АСКАНИО

Александр Дюма

Асканио

Александр Дюма

Перевод с французского: А. Худадовой и Г. Еременко

«Асканио» – один из лучших исторических романов Дюма-отца. В романе, переносящем нас в эпоху позднего Возрождения, описан тот период жизни Бенвенуто Челлини, прославленного итальянского скульптора и ювелира, когда он вместе со своим любимым учеником Асканио находился на службе у французского короля Франциска I. Подлинными героями романа являются не владетельные особы или знатные вельможи, а представители народа – художник, подмастерье, бедный писец-студент, – талантливые, великодушные, мужественные и жизнерадостные.

ISBN: 978-1-7637956-8-6

АСКАНИО

Часть I

Глава 1. Улица и мастерская

Дело было 10 июля 1540 года, летосчисления нашего, в четыре часа пополудни, в Париже, близ университета, у входа в церковь Августинцев, возле чаши со святой водой.

Красивый, статный юноша со смуглым лицом, длинными кудрями, большими черными глазами, одетый изысканно, но просто и вооруженный лишь небольшим кинжалом, рукоятка которого пленяла чудесной работой, простоял там не шелохнувшись всю вечерню. Он был, надо полагать, охвачен благочестивым смирением: склонив голову, он с набожным видом шептал что-то – без сомнения, молитвы, ибо произносил слова до того тихо, что лишь господь бог да он сам понимали их смысл.

Но, когда служба подходила к концу, юноша поднял голову, и его соседи расслышали слова, произнесенные вполголоса:

– До чего же мерзко тянут псалмы французишки-монахи! Неужели не могут петь получше – ведь она привыкла внимать пению ангелов! Ах, но беда не в этом... вот вечерня и кончилась! Господи, господи, сделай же так, чтобы сегодня мне повезло больше, чем в прошлое воскресенье! И чтобы она подняла на меня свои очи!

Право, последние слова молитвы были сказаны неспроста: если бы та, к кому они относились, подняла глаза на того, кто говорил, она увидела бы самое очаровательное юношеское лицо, какое только являлось ее воображению, когда она зачитывалась дивными мифологическими сказаниями, в те времена вошедшими в моду с легкой руки знаменитого поэта Клемана Маро,[1] воспевшего в стихах любовь Психеи[2] и смерть Нарцисса.[3] И в самом деле, незнакомец, одетый в простую темную одежду и только что выведенный нами на сцену, отличался, как мы уже говорили, редкостной красотой и удивительным изяществом. Его ласковая улыбка дышала неизъяснимым обаянием, большие глаза, еще не научившиеся смотреть дерзко, светились такой пламенной страстью, какую, пожалуй, не часто увидишь во взоре восемнадцатилетнего юноши.

Меж тем в церкви с шумом задвигали стульями, что возвестило конец богослужения, и влюбленный юноша (по его словам читатель, должно быть, уже догадался, что он имел право на такое наименование), – повторяю, влюбленный юноша отошел в сторону и стал смотреть на толпу, проходившую мимо в молчании, – на важных членов церковноприходского совета, на почтенных, остепенившихся матрон и миловидных девиц. Но не ради них явился сюда красавец юноша, ибо взгляд его вспыхнул, ибо кинулся он вперед лишь в тот миг, когда подошла девушка в белом, а следом за ней – дуэнья,[4] причем дуэнья из хорошего дома и, судя по всему, весьма учтивая, еще довольно молодая, веселая и, честное слово, просто приятной наружности. Когда обе незнакомки приблизились к чаше, юноша зачерпнул воду и с вежливым поклоном предложил ее дамам.

Дуэнья присела в реверансе с самой любезной, с самой признательной улыбкой, коснулась пальцев молодого человека и, к великому его разочарованию, протянула девушке святую воду как посредница, а девушка, невзирая на его горячую молитву,

---

[1] Маро, Клеман (1496–1544) – французский поэт эпохи раннего Возрождения. Воспевая красоту и радость земной жизни, он часто обращался к образам античной мифологии.

[2] Психея (греч. миф.) – прекрасная девушка (олицетворение человеческой души), которую полюбил сам бог любви Амур.

[3] Нарцисс– по греческому мифу, юноша необыкновенной красоты, который был так очарован своим собственным отражением в водах ручья, что любовался собой, пока не умер.

[4] Дуэнья – пожилая женщина, постоянно сопровождавшая, по испанскому обычаю, знатную девушку или даму.

произнесенную несколько минут назад, так и не вскинула глаз, из чего явствовало, что она знала о присутствии красавца юноши.

Когда же она удалилась, красавец юноша, топнув ногой, прошептал:

– И на этот раз она меня не заметила!

Из этого явствовало, что, как мы уже говорили, юноше вряд ли было больше восемнадцати лет.

Но вот его досада улетучилась. Он сбежал с церковных ступеней и увидел, что рассеянная красавица, опустив покрывало и взяв под руку провожатую, пошла направо. Он тоже поспешил повернуть вправо, заметив притом, что это как раз ему по пути. Пройдя по набережной до моста Святого Михаила, девушка перешла через мост, что тоже было по пути нашему незнакомцу. Затем она дошла до конца Бочарной улицы и направилась к Мельничному мосту. Все это оказалось по пути юноше, и он неотступно следовал за нею, точно тень.

Влюбленный – вот она, тень хорошенькой девушки!

Но увы! У самой тюрьмы Шатле прекрасная звезда, спутником которой стал наш незнакомец, вдруг исчезла, ибо, как только дуэнья постучалась, узкая дверца королевской крепости распахнулась будто сама собой и тут же захлопнулась.

Молодой человек опешил, но, когда хорошенькая девушка, внушавшая ему робость, скрылась, проявил решительность и тут же нашел выход.

Перед воротами королевской крепости Шатле важно расхаживал стражник с пикой на плече. Наш юный незнакомец взял пример с достопочтенного часового и, отойдя в сторону, чтобы не привлекать к себе внимания, но не теряя из виду ворота, с героической отвагой приступил к той караульной службе, которую часто несут влюбленные.

Если читателю доводилось попадать в такое положение, он, должно быть, заметил, что одно из лучших средств скоротать время на часах – это завести разговор с самим собой.

Очевидно, молодой человек привык нести караульную службу, ибо, не успев приступить к делу, он произнес такой монолог:

– Разумеется, она живет не здесь. Нынче утром после службы и два последних воскресенья, когда я осмелился следовать за нею лишь глазами, – и свалял же я дурака! – она свернула по набережной не направо, а налево, к Нельским воротам и Пре-о-Клер, черт возьми! Что ей понадобилось в королевской крепости? Ну что ж, посмотрим. Она пришла проведать узника... быть может, брата. Бедняжка! Как она, должно быть, горюет. Ведь ее доброта, конечно, равна ее красоте. Тьфу ты пропасть! До чего же хочется подойти к ней, спросить без обиняков, кто у нее там, и предложить свои услуги! Если узник ее брат, я откроюсь во всем учителю и попрошу у него совета. Ведь учитель бежал из замка Святого Ангела и, стало быть, знает, каким способом выбираются из тюрьмы. Итак, я спасаю ее брата. После такой услуги ее брат становится моим закадычным другом. Он горит желанием услужить мне – человеку, который оказал ему такую услугу. Я признаюсь, что люблю его сестру. Он нас знакомит, я бросаюсь перед ней на колени, и уж тут-то она, разумеется, поднимет на меня свои глазки!

Понятно, куда может унести воображение влюбленного, когда он размечтается. Поэтому молодой человек очень удивился, услышав, что пробило четыре часа, и увидев, что сменился часовой.

Вот новый часовой стал нести караульную службу, а юноша все продолжал нести свою. Способ скоротать время был так удачен, что он решил снова им воспользоваться и принялся за монолог, не менее многословный, чем первый:

– Как она прекрасна! Как грациозна ее поступь, сколько целомудренного изящества в ее движениях, какое точеное лицо! Лишь великий Леонардо да Винчи[1] и божественный Рафаэль[2] – лишь одни они во всем мире, да и то, когда талант их был в

---

[1] Леонардо да Винчи (1452–1512) – великий итальянский художник и ученый эпохи Возрождения.

[2] Рафаэль Санти (1483–1520) – великий итальянский художник и архитектор эпохи Возрождения.

расцвете, могли бы воспроизвести образ этого чистого и непорочного создания! О боже, отчего я не живописец, а гравер, ваятель, эмалировщик, золотых дел мастер! Впрочем, будь я живописцем, мне не надобно было бы все время видеть красавицу, чтобы создать ее портрет. Мне бы беспрерывно мерещились ее громадные голубые глаза, дивные белокурые волосы, белоснежное личико, тоненький стан. Был бы я живописцем, я воплощал бы красавицу во всех своих полотнах, как Рафаэль Санти – Форнарину и Андреа дель Сарто[1] – Лукрецию. Да ее и сравнивать нельзя с Форнариной! Ну конечно, ни та, ни другая недостойны развязывать шнурки на ее башмачках! Во-первых, Форнарина...

Не успел юноша докончить сравнение, которое, что вполне понятно, льстило его избраннице, как пробили часы.

Во второй раз сменился дозорный.

– Шесть часов... Просто удивительно, до чего быстро бежит время, – пробормотал юноша. – А если оно бежит так быстро, когда ждешь ее, то как же оно, должно быть, летит, если ты рядом с нею! О, если ты рядом с нею, времени не существует – ведь попадаешь в рай! Был бы я рядом с нею, любовался бы без конца ее красотой, и так бы текли часы, дни, месяцы – вся жизнь! О господи, какая была бы счастливая жизнь!

И молодого человека охватил восторг, ибо перед его глазами – глазами художника, – словно живая, промелькнула его возлюбленная.

В третий раз сменился часовой.

Восемь часов пробило во всех приходских церквах, стало смеркаться. Судя по всему, и триста лет назад в июле темнело к восьми часам, точь-в-точь как в наши дни: но, пожалуй, удивительно не это, а баснословное постоянство влюбленных XVI века. В те времена все было могуче и молодо, стойкие люди не

---

[1] Андреа дель Сарто (1486–1531) – известный итальянский живописец.

останавливались на полпути ни в любви, ни в искусстве, ни в ратных делах.

Впрочем, терпение юного ваятеля, ибо теперь мы знаем, чем занимался незнакомец, было в конце концов вознаграждено. Он увидел, что ворота тюрьмы в двадцатый раз отворились, пропустив ту, которую он ждал. Та же матрона шла с ней рядом, а шагах в десяти их сопровождали два вооруженных стража. И снова все они зашагали по той же дороге, что и пять часов назад: прошли Мельничный мост, Бочарную улицу, мост Святого Михаила, набережные и, не доходя шагов трехсот до церкви Августинцев, остановились в закоулке у массивных ворот, рядом с которыми виднелась калитка. Дуэнья постучалась, и привратник тотчас отворил калитку. Двое стражников, отвесив глубокий поклон, отправились в обратный путь, к Шатле, а юный ваятель снова застыл перед воротами.

По всей вероятности, он так бы и простоял здесь до самого утра, ибо он уже в четвертый раз начал строить воздушный замок, но по воле случая на него наскочил какой-то подвыпивший прохожий.

– Эй, приятель! – воскликнул прохожий. – Позвольте-ка, человек вы или столб? Если столб, то стойте на месте, и я вас уважу, а если человек, посторонитесь, дайте дорогу!

– Извините, – произнес рассеянный молодой человек. – Но я чужеземец, не знаю славного города Парижа и…

– Ну, тогда дело другое. Француз гостеприимен, и мне надобно просить у вас прощения. Значит, вы чужеземец… Отлично. Раз вы сказали о себе, следует и мне о себе сказать. Я школяр и писец, а зовут меня…

– Простите, – перебил его юноша-ваятель, – но, прежде чем узнать, кто вы, мне хотелось бы узнать, где я нахожусь.

– У Нельских ворот, дружище. А вот и Нельский замок, – добавил школяр, указывая на массивные ворота, с которых не сводил глаз чужеземец.

– Вот оно что! А как выйти на улицу Святого Мартена, где я живу? – спросил влюбленный юноша просто из учтивости и надеясь отвязаться от собеседника.

– Как вы сказали? Улица Святого Мартена? Пойдемте, я вас провожу, мне как раз по пути. На мосту Святого Михаила я вас покину и укажу, как пройти дальше. Так вот, значит, я школяр, возвращаюсь с Пре-о-Клер, а зовут меня…

– А вы знаете, кому принадлежит Нельский замок? – спросил юноша.

– Еще бы! Как же мне не знать, раз это имеет отношение к университету![1] Нельский замок, молодой человек, принадлежит его величеству королю, а ныне перешел во владение парижского прево[2] Робера д'Эстурвиля.

– Как, там живет парижский прево?! – воскликнул иностранец.

– Сын мой, я и не думал говорить, будто прево там живет, – возразил школяр, – Прево живет в Шатле.

– Ах, вот что – в Шатле! Как же случилось, что он живет в Шатле, а король пожаловал ему Нельский замок?

– Вот в чем тут дело. Король даровал в свое время Нельский замок нашему байи,[3] человеку в высшей степени почтенному, который защищал права и вел судебные дела университетских школяров, и вел он их по-отечески. Великолепнейшая должность! На беду, наш превосходный байи был до того справедлив, до того справедлив к нам… что вот уже два года, как его власть упразднена под предлогом, что он спит на судебных заседаниях, хотя ясно, что

---

[1] Парижский университет в Средние века представлял собой замкнутую корпорацию и пользовался рядом привилегий: имел свое самоуправление, свой суд, был освобожден от налогов и т. п. При Франциске I университет стал превращаться в государственное учреждение и был подчинен судебной власти парижского прево.

[2] Прево – государственный чиновник в феодальной Франции, имевший судебные и военные полномочия. Парижский прево руководил всей жизнью города.

[3] Байи (или бальи) – чиновник в феодальной Франции, вершивший суд от имени короля или сеньора.

слово «байи» происходит от «бай-бай». Итак, должность его упразднена, и охранять Парижский университет поручено парижскому прево. Охранитель отменный, ей-богу! Хорошо, что мы сами себя охраняем... Итак, вышеупомянутый прево... ты слушаешь, приятель?.. вышеупомянутый прево – а руки у него загребущие – решил, что раз к нему перешли обязанности байи, то ему полагается наследовать и его владения, и он потихоньку завладел Нельскими замками – Большим и Малым, при покровительстве госпожи д'Этамп.

– И все же, судя по вашим словам, он не живет в замке.

– И не думает, скареда! Однако я слышал, что там приютилась дочь или племянница старого Кассандра,[1] красотка по имени Коломба или Коломбина, точно не знаю. Он ее держит взаперти в Малом Нельском замке.

– А-а, вот оно что! – воскликнул художник, задыхаясь от волнения – ведь он в первый раз услышал имя владычицы своего сердца. – По-моему, это просто вопиющее беззаконие! Поселить девушку в таком огромном замке вдвоем с дуэньей!..

– Не с луны ли ты свалился, о чужеземец? Или ты не знал, что беззаконие – вещь вполне естественная и что мы, бедняки писцы, вшестером ютимся в тесной лачуге, а у важного вельможи пустует такое вот огромное имение с садами, дворами, залом для игры в мяч!

– Как, там есть зал для игры в мяч?

– Великолепнейший, брат, великолепнейший!

– Но ведь Нельский замок – владение короля Франциска Первого?

– Разумеется, но что прикажешь делать со своим владением королю Франциску Первому?

– Передать другим, раз прево там не живет.

---

[1] Кассандр – один из постоянных персонажей итальянской народной комедии масок – недоверчивый старик, которого обманывают юные влюбленные.

– Ну что ж, попроси, пусть отдаст тебе!

– А почему бы и не отдать?.. А вы любите игру в мяч?

– Безумно.

– В таком случае, приглашаю вас в следующее воскресенье составить мне партию.

– Куда?

– В Нельский замок.

– По рукам, монсеньер управляющий королевскими замками!.. Послушай-ка, надобно все же тебе знать, как меня зовут…

Но чужеземец узнал все, что ему хотелось знать, а остальное, по всей вероятности, его мало заботило. Вот почему он и пропустил мимо ушей рассказ приятеля, поведавшего со всеми подробностями о том, что зовут его Жак Обри, что он школяр в университете и сейчас возвращается с Пре-о-Клер, что нынче он выпил вопреки всем своим правилам.

Когда молодые люди очутились на улице Арфы, Жак Обри указал ваятелю дорогу, которую тот знал лучше его, затем они назначили друг другу свидание на следующее воскресенье в полдень у Нельских ворот и расстались, причем один пошел своей дорогой напевая, другой – мечтая.

А тому, кто мечтал, было о чем помечтать, ибо в тот день он узнал больше, чем за целых три недели.

Он узнал, что любимая девушка живет в Малом Нельском замке, что она, кажется, дочь парижского прево, господина Робера д'Эстурвиля, и что ее имя Коломба. Как мы видим, юноша не потерял времени даром.

Погрузившись в мечты, он свернул на улицу Святого Мартена и остановился перед великолепным зданием, над подъездом которого красовался лепной герб кардинала Феррарского. Он постучал три раза.

– Кто там? – тут же отозвался свежий, звонкий голосок.

– Это я, мадемуазель Катерина, – ответил неизвестный.

– Кто это – я?

– Асканио.

– А, наконец-то!

Ворота отворились, и Асканио вошел.

Прехорошенькая девушка лет восемнадцати-двадцати, пожалуй, слишком смуглая, пожалуй, слишком низенькая и слишком живая, но зато чудесно сложенная, радостно встретила юношу.

– Вот он, беглец! Вот он! – воскликнула она и побежала, вернее, помчалась впереди Асканио, чтобы возвестить о его приходе, нечаянно потушив светильник, который держала в руках.

Она даже не закрыла ворота, но их запер Асканио, не такой ветреный, как она.

Молодой человек остался в темноте по милости стремительно убежавшей Катерины, но он уверенным шагом пересек довольно обширный мощеный двор, между плитами которого пробивалась трава, а вокруг темными громадами возвышались какие-то неуютные строения. Впрочем, таким мрачным и сырым и надлежит быть кардинальскому обиталищу. Правда, сам хозяин и не жил там с давних пор. Асканио взбежал на крыльцо по замшелым, позеленевшим ступеням и вошел в просторный зал, единственный освещенный зал во всем доме – нечто вроде монастырской трапезной, обычно унылой, темной и пустой, но два месяца назад наполнившейся светом, весельем, шумом.

И в самом деле, вот уже два месяца в этой огромной и холодной трапезной жил, работал, смеялся целый деятельный и веселый мирок; вот уже два месяца огромный зал словно поубавился, потому что в нем появились десять верстаков, две наковальни, а в глубине – самодельный кузнечный горн. На побуревших стенах висели рисунки, модели, полки с клещами, молотками и напильниками, шпаги с чудесными, узорчатыми рукоятками и лезвиями филигранной работы, воинские доспехи – шлемы, латы, щиты с золотыми насечками, изображениями богов и богинь, словно созданных для того, чтобы вы забыли, любуясь орнаментом, о назначении оружия. Свет вливался в окна, растворенные настежь, и пение ловких и жизнерадостных подмастерьев оглашало воздух.

Трапезная кардинала превратилась в мастерскую золотых дел мастера.

Однако в тот вечер, 10 июля 1540 года, воскресное безделье на время погрузило оживленный зал в тишину, царившую там целое столетие. Светильник, будто найденный при раскопках Помпеи – так чисты и изящны были его линии, – освещал неубранный стол и остатки роскошного ужина, свидетельствовавшие о том, что нынешние обитатели кардинальского дворца не прочь были иногда отдохнуть, но не были охотниками поститься.

Когда Асканио вошел в мастерскую, там было четыре человека: старая служанка, убиравшая со стола, Катерина, зажигавшая светильник, молодой художник, сидевший в углу и ждавший, когда Катерина поставит светильник на место, чтобы приняться за рисование, и хозяин мастерской, который стоял, скрестив руки и опираясь на кузнечный горн.

Его-то прежде всего и заметил юноша, войдя в зал.

Удивительной энергией и силой дышало лицо этого необыкновенного человека, привлекая внимание даже тех, кому не хотелось его замечать. То был сухощавый, рослый, сильный человек лет сорока, но лишь резец Микеланджело[1] или кисть Риберы[2] могли бы изобразить его тонкий, решительный профиль, написать смуглое, выразительное лицо или воссоздать весь смелый, величественный облик. Его высокий лоб оттеняли густые брови, и

---

[1] Микеланджело Буонаротти (1475–1564) – великий итальянский художник, скульптор и архитектор эпохи Возрождения. Созданные им грандиозные образы полны силы и движения.

[2] Рибера Хусепе (1591–1652) – выдающийся испанский художник, произведения которого отмечены суровой правдивостью.

казалось, они вот-вот нахмурятся; ясные, честные, проницательные глаза порой метали молнии в царственном гневе; добрая и снисходительная, но вместе с тем чуть насмешливая улыбка и очаровывала, и внушала робость. Он по привычке поглаживал черные усы и бороду. Его довольно крупная рука с длинными пальцами – ловкая, умелая, крепкая и при всем том тонкая, породистая, изящная, его манера смотреть, говорить, поворачивать голову, живость, выразительные, но не резкие движения, небрежная поза, в которой он стоял, когда вошел Асканио, – словом, весь его облик дышал силой: отдыхающий лев оставался львом.

Поразителен был контраст между Катериной и художником – учеником Бенвенуто, рисовавшим в уголке. Он был мрачен, нелюдим, морщины уже избороздили его узкий лоб, глаза были полузакрыты, губы сжаты; она же была весела, как птичка, свежа, как распустившийся цветок. Ее ясные глаза смотрели лукаво, а губы то и дело улыбались, обнажая белоснежные зубки. Юноша забился в угол; он был медлителен, вял и, казалось, боялся сделать лишнее движение. Катерина же бегала, вертелась, прыгала, не могла усидеть на месте – жизнь била в ней ключом. Этому молодому, беззаботному созданию надо было двигаться, оно не ведало душевных тревог.

Девушка-резвушка напоминала жаворонка – такой она была живой, так звонок и чист был ее голос, так весело, легко и беспечно принимала она жизнь, в которую недавно вступила. Отлично подходило к ней прозвище «Скоццоне», как окрестил ее хозяин мастерской, что на итальянском языке означало и означает еще в наши дни нечто вроде «сорвиголова». Миловидная, прелестная, по-детски шаловливая, Скоццоне была душой мастерской: она пела, и все притихали; смеялась, и все смеялись вместе с ней; приказывала, и все подчинялись. Ее капризы и причуды никого не сердили.

История жизни девушки – старая история; быть может, мы еще к ней вернемся. Катерина была сиротой, вышла из народа, на ее долю выпало много злоключений… Но девушке улыбнулось счастье, и она с такой искренностью, с такой наивностью радовалась, что ее веселье передавалось всем окружающим и все радовались ее радости.

Итак, мы познакомили вас с новыми действующими лицами, а теперь будем продолжать наш рассказ.

– А-а, вот и ты! Где же пропадал? – спросил учитель у Асканио.

– Как – где? Ходил по вашему поручению, учитель.

– Все утро?

– Все утро.

– Признайся, ты слонялся в поисках приключений!

– Каких приключений, учитель? – пробормотал Асканио.

– Да откуда мне знать!

– Ах ты господи, до чего же вы бледны, Асканио! – воскликнула Скоццоне. – Вы, вероятно, не ужинали, господин бродяга?

– А ведь правда не ужинал! – отвечал юноша. – Совсем позабыл.

– О, в таком случае я согласна с учителем!.. Подумайте только, Асканио не ужинал! Значит, он влюблен... Руперта! Руперта! Ужинать мессеру[1] Асканио, да поживей!

Служанка принесла яства, оставшиеся от ужина, и молодой человек накинулся на угощение. Да и как же ему было не проголодаться – ведь он столько времени простоял на открытом воздухе!

Скоццоне и учитель, улыбаясь, смотрели на юношу: она – с сестринским участием, он – с отцовской нежностью. Художник, сидевший в углу, поднял голову в тот миг, когда вошел Асканио; но он снова склонился над работой, как только Скоццоне поставила на место светильник, который схватила, когда побежала открывать дверь.

– Я же сказал вам, учитель, что весь день бегал по вашим делам, – промолвил Асканио. Он заметил, как лукаво и

[1] Мессер – господин.

внимательно поглядывают на него ваятель и Скоццоне, и, очевидно, хотел перевести разговор на другую тему.

– По каким же делам ты бегал целый день?

– Да ведь вы сами сказали вчера, что освещение здесь не годится и что вам надобна другая мастерская.

– Разумеется.

– Я и нашел мастерскую.

– Ты слышишь, Паголо? – обратился учитель к художнику.

– Что вы сказали, учитель? – произнес тот, снова поднимая голову.

– А ну-ка, прекрати рисовать да иди сюда! Послушай, что рассказывает Асканио. Он нашел мастерскую!

– Извините, учитель, но мне и отсюда слышно каждое слово моего друга Асканио. Мне хотелось бы закончить набросок. Право, тут нет греха – раз ты благоговейно выполнил долг христианина в воскресенье, займись на досуге кое-какими полезными делами: работать – значит молиться.

– Друг мой Паголо, – заметил, покачав головой, учитель скорее грустным, нежели сердитым тоном, – поверь мне: лучше бы ты работал поусидчивее и постарательнее на неделе и развлекался, как наши добрые товарищи, в воскресенье. А ты лодырничаешь в будни и лицемерно стараешься отличиться, выказывая столько рвения в праздничные дни. Но ты сам себе господин, поступай, как тебе заблагорассудится… Ну, рассказывай, Асканио, сынок, – продолжал он, и в его голосе прозвучали бесконечная нежность и задушевность, – что ты нашел?

– Нашел чудесную мастерскую.

– Где же?

– Знаете ли вы Нельский замок?

– Превосходно знаю. То есть я проходил мимо, а заходить не доводилось.

– Но снаружи он вам нравится?

– Еще бы, черт возьми! Но…

– Что – но?

– Но разве он не занят?

– Занят парижским прево, господином Робером д'Эстурвилем. Прево завладел замком, не имея на то никакого права. Кроме того, для успокоения совести мы можем ему оставить Малый Нельский – там, кажется, живет кто-то из его родственников – и удовольствоваться Большим Нельским замком со всеми его дворами, лужайками, залами для игры в шары и мяч.

– Там есть зал для игры в мяч?

– Получше, чем зал Санта-Кроче во Флоренции.

– Клянусь Бахусом,[1] это моя любимая игра! Ты же знаешь, Асканио.

– Знаю. И кроме того, учитель, замок превосходно расположен: сколько там воздуха, и какого воздуха – деревенского! Не то что здесь, в этом отвратительном закоулке – ведь мы тут плесневеем, солнца не видим. А там с одной стороны Пре-о-Клер, с другой – Сена и король, король в двух шагах в своем Лувре.

– Кому же принадлежит этот волшебный замок?

– Кому? Черт возьми, королю!

– Королю?.. Повтори-ка, что ты сказал: Нельский замок принадлежит королю?

– Именно ему. Остается одно – узнать, согласится ли король пожаловать вам это великолепное угодье.

– Кто – король? Как его зовут, Асканио?

– Франциск Первый, конечно.

– А это значит, что через неделю Нельский замок будет моим.

– Но парижский прево, пожалуй, разгневается.

– А мне какое дело!

– А если он не захочет уступить по доброй воле?

---

[1] Бахус (греч. миф.) – бог вина и веселья.

– Не захочет? Как меня зовут, Асканио?

– Бенвенуто Челлини, учитель.

– А это значит, что ежели достойный прево не захочет по своей воле отступиться от замка, то его заставят силой... Ну, а теперь пора спать. Поговорим обо всем завтра. Утро вечера мудренее.

И по знаку учителя каждый ушел на покой, кроме Паголо, который еще некоторое время работал, сидя в углу; но как только ученик решил, что все улеглись, он встал, осмотрелся, подошел к столу, налил полный бокал вина и, мигом осушив его, тоже отправился спать.

Глава 2. Золотых дел мастер XVI века

Да позволят нам читатели, раз уж мы нарисовали портрет Бенвенуто Челлини и упомянули его имя, углубить чисто литературную тему нашего повествования и сделать небольшое отступление, рассказав об этом необыкновенном человеке, вот уже более двух месяцев жившем во Франции, ибо ему суждено стать, о чем легко догадаться, одним из главных персонажей книги.

Однако сначала скажем несколько слов о том, что представлял собой ювелир XVI века.

Есть во Флоренции мост, называемый Старым мостом. Он еще и поныне застроен домами; в этих домах помещались мастерские золотых и серебряных изделий.

Правда, то не были изделия в современном понимании: выделка золотых и серебряных вещей в наши дни – ремесло; прежде это было искусство.

Потому-то и не было на свете ничего чудеснее этих мастерских или, вернее, предметов, их украшавших; были там округлые ониксовые кубки, опоясанные извивающимися драконами, – сказочные чудовища вздымали головы, простирали лазурные крылья, усыпанные золотыми звездами, и, разинув огнедышащие пасти, грозно смотрели друг на друга своими рубиновыми глазами. Были там агатовые кувшины, увитые веткой плюща, – изгибаясь в виде ручки, она закруглялась над самым горлышком; а в изумрудной листве скрывались чудесные райские птицы, покрытые эмалью; они были совсем как живые, так и казалось, что вот-вот запоют. Были там урны из ляпис-лазури, над ними свешивали головки, словно собираясь утолить жажду, две ящерицы, вычеканенные так искусно, что всякому, кто глядел на их переливчатые золотые спинки, чудилось, будто и чуть слышный шорох вспугнет ящериц и они укроются в трещине на стене. Были там и чаши, и дароносицы, и бронзовые, золотые, серебряные медали; все было усыпано драгоценными каменьями, словно в ту эпоху люди находили рубины, топазы, гранаты и алмазы в речном песке или придорожной пыли; наконец, были там нимфы, наяды, боги, богини – весь сияющий Олимп вперемешку с распятиями, крестами, с изображениями Голгофы; скорбящие мадонны и Венеры, Христы и Аполлоны, Юпитеры, метавшие громы и молнии, и Иеговы, созидающие миры.

И все это было не только искусно выполнено, но задумано с поэтическим вдохновением; не только прелестно, как прелестны безделушки для украшения дамского будуара, но великолепно, как величайшие произведения искусства, которые могут обессмертить царствование короля или дух нации.

Правда, ювелиры той эпохи звались: Донателло Гиберти,[1] Гирландайо[2] и Бенвенуто Челлини.

Сам Бенвенуто Челлини рассказывал в своем жизнеописании, более увлекательном, нежели самый увлекательнейший роман, о полной опасных приключений жизни художников XV и XVI веков,

---

[1] Гиберти Донателло (1386–1466) – выдающийся итальянский скульптор.

[2] Гирландайо Доменико Бигорди (1449–1498) – флорентийский живописец.

когда Тициан[1] писал, надев латы, а Микеланджело ваял со шпагой на боку, когда Мазаччо[2] и Доменикино[3] были отравлены, а Козимо[4] запирался на замок, стараясь так закалить сталь, чтобы она резала порфир.

Мы познакомим читателя с Бенвенуто Челлини, поведав лишь об одном эпизоде из его жизни: о том, что привело его во Францию.

Бенвенуто жил в Риме, куда призвал его Климент VII, и с увлечением работал над прекрасной церковной чашей, которую заказал ему папа; но художнику хотелось самым тщательным образом отделать драгоценную чашу, и поэтому работа подвигалась очень медленно. У Бенвенуто, разумеется, было множество завистников, потому что он получал выгодные заказы от герцогов, королей и пап и выполнял заказы с непревзойденным мастерством. И в конце концов случилось так, что один из его собратьев – ювелир, по имени Помпео, лентяй и клеветник, – воспользовался промедлением в работе Челлини и стал порочить его в глазах папы. Ежедневно, не зная ни отдыха, ни срока, Помпео возводил на Бенвенуто напраслину, то втихомолку, то во всеуслышание уверяя, будто он никогда не сделает чашу, потому что очень занят и якобы выполняет другие работы в ущерб заказам его святейшества.

Козни досточтимого Помпео сделали свое дело. Однажды он вошел, сияя от радости, в мастерскую Бенвенуто Челлини, который сразу догадался, что Помпео принес дурные вести.

– Ну вот, любезный собрат, – произнес Помпео, – я пришел к вам, дабы освободить вас от вашей трудной повинности. Его

---

[1] Тициан Тициане Вечелио (1489–1576) – великий итальянский живописец венецианской школы.

[2] Мазаччо Томмазо (1401–1428) – один из крупнейших итальянских художников эпохи раннего Возрождения.

[3] Доменикино Доменико Пампиери (1581–1641) – видный итальянский художник, родом из Болоньи.

[4] Козимо Медичи (1519–1547) стал герцогом в 1537 году; путем жестокого террора укрепил свою власть во Флоренции и, объединив в своих руках всю Тоскану, стал называться Козимо I, герцог Тосканский.

святейшество хорошо понимает, что вы не можете закончить чашу не из-за недостатка усердия, а из-за недостатка времени. Поэтому его святейшество решило избавить вас от некоторых важных дел и по самоличному побуждению освобождает вас от обязанности гравера Монетного двора. Отныне у вас будет дукатов на девять в месяц меньше, зато в день на час больше времени.

Бенвенуто Челлини вскипел и готов был вышвырнуть глумителя в окно, но сдержался – ни один мускул не дрогнул на его лице, и Помпео решил, что удар не достиг цели.

– Да, вот еще что, – продолжал он, – уж не знаю почему, невзирая на мое заступничество, его святейшество требует, чтобы вы тотчас же отдали ему чашу – притом в любом виде. Право, боюсь, дорогой Бенвенуто, что его святейшество намерен поручить завершение чаши другому ювелиру. По-дружески предупреждаю вас об этом.

– Ну уж нет! – воскликнул золотых дел мастер, подскочив так, будто его ужалила змея. – Чаша принадлежит мне, как принадлежит папе управление Монетным двором. Его святейшество имеет право потребовать лишь те пятьсот экю, которые мне выплатили вперед. А я завершу свое произведение, когда мне заблагорассудится.

– Берегитесь, маэстро, – заметил Помпео, – как бы отказ не привел вас в тюрьму!

– Вы осел, государь мой! – отвечал Бенвенуто Челлини.

Помпео ушел вне себя от ярости. На следующий день к Бенвенуто Челлини явились два камерария[1] святейшего отца.

– Мы пришли к тебе по повелению папы, – сказал один из них. – Тебе надлежит вернуть чашу, а затем мы тебя препроводим в тюрьму.

– Господа, – отвечал Бенвенуто, – такой человек, как я, достоин лишь таких стражников, как вы. Так и быть, ведите меня в тюрьму.

---

[1] Камерарий – должностное лицо при дворе, ведавшее сокровищами.

Но предупреждаю вас: это ничуть не ускорит окончания папской чаши.

И Бенвенуто пошел с ними к начальнику королевской тюрьмы, который пригласил его к столу, – очевидно, по приказу папы. За обедом кастелян[1] замка Святого Ангела уговаривал Бенвенуто порадовать папу – отнести ему свое творение, уверяя, что, как только он подчинится, Климент VII, он хоть гневлив и упрям, удовольствуется одной его покорностью. Но Бенвенуто отвечал, что он уже шесть раз показывал святейшему отцу начатую чашу и что ничего другого папа не может от него требовать; кроме того, он знает, что его святейшеству доверяться нельзя – его святейшество, воспользовавшись своим положением, пожалуй, отнимет чашу да и отдаст какому-нибудь олуху, который ее испортит. Зато Бенвенуто повторил, что готов вернуть задаток – пятьсот экю. После чего в ответ на все настойчивые уговоры кастеляна Бенвенуто лишь расхваливал его повара и восхищался винами.

После обеда пришли земляки и близкие друзья Челлини, его ученики во главе с Асканио и стали умолять ваятеля не губить себя, не противиться воле Климента VII. Но, оказывается, Бенвенуто уже давно хотелось удостовериться в той великой истине, что ювелир может переупрямить папу. И раз представился такой отличный случай, о котором можно было только мечтать, он его не упустит, ибо такой случай, пожалуй, не повторится.

Земляки Бенвенуто удалились, пожимая плечами. Друзья решили, что он сошел с ума, Асканио залился слезами.

По счастью, Помпео не забыл о Челлини и, пока все это происходило, говорил папе:

– Ваше святейшество, дозвольте вашему слуге действовать. Я пошлю сказать этому упрямцу, что, если ему уж очень хочется, пусть возвращает пятьсот экю. Ведь Бенвенуто мот и расточитель – нет у него таких денег, поэтому ему придется вернуть чашу.

---

[1] Кастелян – смотритель замка или дворца.

Климент VII нашел, что Помпео придумал чудесный выход, и позволил ювелиру поступать, как ему заблагорассудится. Поэтому в тот же вечер, когда Бенвенуто вели в камеру в замке Святого Ангела, явился камерарий и сказал золотых дел мастеру, что святейшему отцу угодно тотчас же получить пятьсот экю или же чашу.

Бенвенуто отвечал, что отдаст пятьсот экю, как только вернется к себе в мастерскую.

Четверо стражников швейцарской гвардии [1] и камерарий проводили Бенвенуто домой. Придя к себе в опочивальню, Бенвенуто вынул из кармана ключ, открыл железный шкафчик, вделанный в стену, достал из большого кошеля пятьсот экю и, отдав их камерарию, выставил его за дверь вместе с швейцарцами-телохранителями.

Швейцарцы даже получили четыре экю за труды, что делает честь Бенвенуто Челлини, и, уходя, целовали ему руки, что делает честь швейцарцам.

Камерарий тотчас же воротился к святейшему отцу и передал ему пятьсот экю, что раздосадовало святейшего отца. Вспылив, он принялся бранить Помпео.

– Ступай сам за великим ваятелем в его мастерскую, скотина, – приказал папа, – и со всей учтивостью, на какую только способна твоя глупая голова, передай, что, ежели он согласен сделать мне чашу, я предоставлю ему любые льготы!

– Но, ваше святейшество, – отвечал Помпео, – не лучше ли отложить все это до завтрашнего утра?

– Даже нынче вечером и то поздно, дурень ты этакий! Я не желаю, чтобы Бенвенуто отошел ко сну с недобрым чувством ко мне. Тотчас же исполни мою волю, и чтобы завтра, проснувшись, я узнал о его согласии!

---

[1] Швейцарская гвардия славилась в Средние века своими высокими боевыми качествами; иностранные государи часто использовали швейцарцев как наемные войска.

Помпео вышел из Ватикана сам не свой и отправился в мастерскую Бенвенуто. Она была закрыта. Он посмотрел в замочную скважину, посмотрел в дверные щели, оглядел все окна, надеясь, что хоть в одном брезжит свет, но все было погружено в темноту. Тут он тихонько постучался, во второй раз отважился постучаться погромче, а в третий еще громче.

Тогда во втором этаже открылось окошко, и показался Бенвенуто в рубашке, с аркебузом[1] в руке.

– Кто там? – спросил Бенвенуто.

– Это я, – ответил гонец.

– Кто это – я? – снова спросил ваятель, прекрасно узнавший своего недруга.

– Помпео.

– Лжешь! – произнес Бенвенуто. – Я превосходно знаю Помпео – такой трус не отважится в поздний час пройти по улицам Рима!

– Да я уверяю вас, дружище Челлини…

– Замолчи! Ты просто разбойник и выдаешь себя за бездельника Помпео, чтобы тебе открыли дверь, – собираешься меня ограбить.

– Маэстро Бенвенуто, да пусть я умру…

– Еще одно слово, – крикнул Бенвенуто, наводя аркебуз на собеседника, – и твое желание исполнится!

Помпео со всех ног бросился бежать по улице, зовя на помощь, и скрылся за углом.

Когда же он скрылся, Бенвенуто затворил окно, повесил аркебуз на гвоздь и снова улегся спать, посмеиваясь над тем, как припугнул Помпео.

На другой день, спускаясь в мастерскую, открытую час назад учениками, Бенвенуто Челлини увидел, что на противоположной стороне улицы стоит Помпео, который спозаранок явился сюда и ждал его появления.

---

[1] Аркебуз – старинное фитильное ружье.

Заметив Челлини, Помпео приветствовал его с таким сердечным и дружеским видом, с каким, вероятно, еще не приветствовал никого на свете.

– А-а, – воскликнул Челлини, – это вы, дражайший Помпео! Клянусь честью, я нынче ночью чуть было не проучил одного негодяя – он посмел назваться вашим именем!

– Неужели? – воскликнул Помпео с натянутой улыбкой, шаг за шагом приближаясь к мастерской. – Да как же это случилось?

Бенвенуто рассказал посланцу его святейшества о том, что произошло, но Помпео так и не признался, что именно с ним Бенвенуто и разговаривал ночью, ибо ваятель обозвал его тогда трусом. Затем, окончив рассказ, Челлини спросил Помпео, какому счастливому случаю обязан он чести в столь ранний час видеть у себя дорогого гостя.

Тогда Помпео стал рассказывать, разумеется кое-что опуская, о поручении Климента VII. Пока он говорил, лицо Бенвенуто Челлини прояснялось. Итак, Климент VII сдался. Ювелир переупрямил папу!

И, когда Помпео окончил речь, Бенвенуто сказал:

– Передайте его святейшеству, что я почту за счастье подчиниться ему и всеми силами постараюсь снова заслужить его милость, которую потерял не по своей вине, а по наветам завистников. Кстати, ведь у папы довольно много прислужников, не так ли? Пусть же, господин Помпео, – и так будет лучше для вас – ко мне отныне посылают другого слугу. Ради собственного благополучия не вмешивайтесь больше в мои дела, господин Помпео. Пожалейте себя – никогда не попадайтесь мне на пути! И, во имя спасения моей души, молите бога, чтобы я не расправился с вами, как Юлий Цезарь с Помпеем.[1]

---

[1] Во время гражданской войны в Древнем Риме Юлий Цезарь (101—44 годы до н. э.) разбил войско своего соперника Гнея Помпея, который после этого был убит в Египте. Цезарь сделался неограниченным властителем Рима; это было начало перехода от сенатской республики к империи.

Помпео поспешил убраться и, отправившись к папе, передал ему ответ Бенвенуто, впрочем промолчав о заключительной части речи.

Некоторое время спустя, желая окончательно примириться с Бенвенуто, Климент VII заказал ему медаль со своим изображением. Бенвенуто вычеканил ее из бронзы, серебра и золота и отнес папе. Климент VII пришел в восхищение и восторженно заявил, что и античные мастера не делали таких красивых медалей.

– Вот и хорошо, ваше святейшество! – сказал Бенвенуто. – А ведь не прояви я тогда твердости характера, мы бы навеки поссорились: я не простил бы вам обиды, и вы бы потеряли преданного слугу. Видите ли, святейший отец, – продолжал Бенвенуто предостерегающим тоном, – недурно иногда вспоминать поговорку простых здравомыслящих людей: «семь раз отмерь – один раз отрежь»! Так-то, ваше святейшество. И вот еще что: вы хорошо сделаете, если запретите ябедникам и клеветникам дурачить вас. Все это я говорю для вашего же блага, и довольно об этом, святейший отец.

Таким образом, Бенвенуто простил Клименту VII. Разумеется, он не сделал бы этого, если бы не так его любил, но Бенвенуто был очень привязан к папе – своему земляку.

Поэтому он глубоко опечалился, когда через несколько месяцев после происшествия, о котором мы только что рассказали, папа скоропостижно скончался. Бенвенуто, человек, наделенный железной волей, залился слезами, узнав об этом, и рыдал, как ребенок, целую неделю.

Вообще же смерть папы сыграла вдвойне роковую роль в жизни бедного Бенвенуто Челлини, ибо в день погребения он встретил Помпео, с которым не виделся с того утра, когда посоветовал ему больше не являться.

Нужно сказать, что после угроз Бенвенуто Челлини жалкий трус Помпео выходил лишь в сопровождении дюжины хорошо вооруженных наемников, которым он платил столько же, сколько папа – своим телохранителям-швейцарцам, и каждая прогулка по городу обходилась ему в два, а то и в три экю. Но даже в сопровождении дюжины сбиров[1] он трясся от страха при мысли о встрече с Бенвенуто Челлини. Притом он знал, что, если в стычке с Бенвенуто случится беда, папа, в глубине души любивший мастера, расправится с ним, Помпео. Но вот, как мы уже сказали, Климент VII умер, и его смерть придала смелости Помпео.

Бенвенуто отправился в храм Святого Петра, чтобы припасть к ногам усопшего папы. Возвращался он из храма вместе с Асканио и Паголо по улице Банчи и вдруг очутился лицом к лицу с Помпео и дюжиной его наемников. Заприметив врага, Помпео страшно побледнел, но, оглядевшись, увидел, что вокруг надежная охрана, а с Бенвенуто всего два юнца. Тут он расхрабрился и, остановившись, насмешливо кивнул Бенвенуто, а правой рукой, словно ненароком, взялся за рукоятку кинжала.

Завидев отряд, угрожавший учителю, Асканио обнажил шпагу, а Паголо прикинулся, будто смотрит в другую сторону. Бенвенуто не хотел подвергать своего любимого ученика опасности в таком неравном бою. Он схватил Асканио за руку и заставил его вложить шпагу в ножны; затем ваятель пошел дальше, словно ничего не видел или же будто то, что он видел, нисколько его не задевало. Асканио не узнавал своего учителя, но учитель отступил, и он отступил вместе с ним.

Помпео торжествовал и, отвесив глубокий поклон Бенвенуто, продолжал свой путь в окружении сбиров, которые, подражая ему, вели себя весьма вызывающе.

Бенвенуто, сдерживая гнев, до крови искусал себе губы, хотя и казался весел. Поведение знаменитого мастера было непостижимо для всякого, кто знал его вспыльчивый характер.

Но вот, пройдя шагов сто и поравнявшись с мастерской одного из своих собратьев по искусству, Бенвенуто вошел в дом, сказав, что якобы хочет взглянуть на древнюю вазу, недавно найденную

[1] Сбир – городской стражник в Италии.

при раскопках этрусских могильников в Корнето; при этом он велел своим ученикам идти домой, пообещав через несколько минут вернуться в мастерскую.

Он просто хотел удалить Асканио. И действительно, как только юноша и его спутник, о котором Бенвенуто тревожился гораздо меньше, зная, что Паголо не блещет отвагой, завернули за угол, он поставил вазу на место и выбежал из лавки.

Бенвенуто мигом очутился на той улице, где повстречался с Помпео, но Помпео уже там не оказалось. К счастью или, скорее, к несчастью, человека, окруженного дюжиной стражников, заметить нетрудно: Бенвенуто спросил у первого встречного, по какой дороге пошел Помпео, и ему тотчас же указали путь. И он, как ищейка, наведенная на след, ринулся вдогонку.

Помпео остановился у дверей аптечной лавочки на углу улицы Чиавика и рассказывал почтенному аптекарю о своей смелой выходке – о том, как отважно он бросил вызов Бенвенуто Челлини. Но вдруг он заметил, что сам Бенвенуто появился на углу, что глаза его горят, а лоб покрыт потом.

Бенвенуто закричал от радости, заметив своего врага, а Помпео осекся на середине фразы. Было ясно, что сейчас произойдет нечто ужасное. Наемники выстроились вокруг Помпео и вынули шпаги из ножен.

Нападать в одиночку на тринадцать человек было безумием, но, как мы уже говорили, Бенвенуто отличался поистине львиной храбростью и не вел счета врагам. На него было направлено тринадцать обнаженных шпаг, а он выхватил из ножен небольшой острый кинжал, который всегда носил за поясом, пробился в самую середину отряда, одной рукой вырвал у врагов две-три шпаги, другой повалил наземь кое-кого из наемников, да так ловко, что мигом добрался до Помпео и схватил его за шиворот; но наемники тотчас же тесным кольцом окружили Бенвенуто.

И тут все смешалось в рукопашной схватке: раздавались крики; в воздухе мелькали лезвия шпаг; бесформенный живой клубок катался по земле. А спустя мгновение какой-то человек с победным кличем вскочил на ноги и, сделав могучее усилие – перед тем он так же прорвался в самую середину отряда, – выбрался весь в крови, но торжествующе потрясая окровавленным кинжалом. То был Бенвенуто Челлини.

А другой человек в предсмертных судорогах катался по мостовой. Ему были нанесены две кинжальные раны: одна за ухом, другая возле ключицы, у самой шеи. Через несколько секунд он умер. То был Помпео.

Любой на месте Бенвенуто, поразив кого-нибудь насмерть, спасся бы бегством, но Бенвенуто, переложив кинжал в левую руку, зажал шпагу правой и с решительным видом стал ждать схватки с двенадцатью наемниками.

Но сбиры и не думали нападать на Бенвенуто Челлини. Ведь тот, кто им платил, был мертв, а следовательно, платить не будет. И, оставив труп Помпео, они бросились наутек, как стая перепуганных зайцев.

В этот миг появился Асканио и, подбежав к учителю, обнял его. Юноша не поверил предлогу – этрусской вазе – и вернулся; но хотя он и очень спешил, все же на несколько секунд опоздал.

Глава 3. Дедал[1]

Бенвенуто пошел домой вместе с Асканио несколько встревоженный: не ранами, которые ему нанесли, – они были легкие и на них он не обращал внимания, – а тем, что произошло. Полгода назад он отправил к праотцам Гасконти, убийцу своего брата, но избежал кары благодаря покровительству папы Климента

[1] Дедал – по греческому мифу, искусный строитель, который был заключен в созданный им же самим лабиринт и бежал оттуда необычным путем: он смастерил крылья из птичьих перьев, скрепленных воском, на которых поднялся в воздух вместе с сыном своим Икаром.

VII; кроме того, смерть убийцы как бы была возмездием. Но теперь, когда покровитель Бенвенуто умер, положение стало более затруднительным.

Об угрызениях совести, конечно, не было и речи.

Да не составит читатель плохого мнения о нашем достойном мастере, который, убив одного, точнее, двух, а может быть, и трех человек, если хорошенько покопаться в его жизни, – весьма опасался сторожевого дозора, но отнюдь не страшился гнева господня.

Ибо в 1540 году летосчисления нашего этот человек был для своего времени обыкновенным человеком, как и все, по выражению немцев. Да это и понятно. В те времена люди не страшились смерти и сами убивали хладнокровно; мы и теперь смелы, но наши предки были отважны до дерзости; мы люди зрелые, они же были молоды. В те времена люди были так щедры, что совершенно беззаботно теряли, давали, продавали и отнимали жизнь.

Жил-был один писатель, на которого долго возводили клевету, имя которого было синонимом вероломства, жестокости – словом, всего, что означает низость, и только в XIX веке, самом беспристрастном из всех веков в истории человечества, этого писателя, великого патриота и отважного человека, оправдали. А ведь единственная вина Никколо Макиавелли[1] заключалась в том, что он был сыном своего времени, когда все зависело от силы и успеха, когда люди уважали дело, а не слово и когда прямо к цели, не разбирая средства и не рассуждая, шли властитель Борджа,[2] мыслитель Макиавелли и ювелир Бенвенуто Челлини.

---

[1] Макиавелли, Никколо (1469–1527) – итальянский политический деятель и писатель. Считал, что только сильная монархическая власть может объединить раздробленную в его время Италию. В своей книге «Государь» оправдывал любые средства для достижения такой власти, вплоть до прямых преступлений.

[2] Борджа Цезарь (1476–1507) – один из членов знатного семейства Борджа, прославившегося алчностью и преступлениями,

Однажды в городе Чезене на площади нашли труп, разрубленный на четыре части, – труп Рамиро д'Орко. А так как Рамиро д'Орко был важной персоной и занимал видное положение в Италии, то Флорентийская республика[1] пожелала узнать, что же послужило причиной его смерти. Восемь членов синьории республики написали Макиавелли, своему послу, прося удовлетворить их любопытство.

И Макиавелли ограничился таким ответом:

Досточтимые синьоры!

Ничего не могу поведать вам о смерти Рамиро д'Орко, кроме того, что Цезарь Борджа – владыка, который казнит и милует людей по их заслугам.

Макиавелли.

Бенвенуто явился практическим воплощением теории знаменитого политического деятеля Флорентийской республики. Гениальный художник Бенвенуто и властитель Цезарь Борджа воображали, что, по праву сильного, они стоят выше закона. Различие между справедливостью и несправедливостью в глазах каждого из них заключалось лишь в одном: возможно ли это для него или невозможно – понятия о долге и праве для них не существовало.

Человек мешал – человека устраняли.

В наши дни цивилизация оказывает ему честь, покупая его.

Но в те времена молодые нации были так полнокровны, что кровь пускали для здоровья. Нация сражалась с нацией, человек сражался с человеком по внутреннему побуждению, изредка во имя отечества, изредка во имя дамы, а чаще всего просто чтобы

незаконный сын папы Александра VI. Цезарь Борджа прокладывал себе путь к власти обманом и предательством, ядом и кинжалом.

[1] Средневековая Италия была раздроблена на множество мелких государств, представлявших собой либо города-республики, где власть принадлежала богатому, либо княжества. Синьория – орган городского самоуправления в итальянских городах-республиках.

подраться. Бенвенуто объявил войну Помпео, как Франциск I[1] – Карлу V.[2] Франция и Испания вели поединок то в Мариньяно,[3] то в Павии,[4] не мудрствуя, не вдаваясь в объяснения, без пышных фраз, без жалких слов.

И гениальность проявлялась непосредственно, как врожденное качество, как неоспоримое превосходство, как божественное право; в XVI веке творчество было явлением естественным.

Однако не следует удивляться людям той эпохи, которые ничему не удивлялись. И, чтобы объяснить убийства, содеянные ими, их причуды, их выходки, воспользуемся выражением, все объясняющим и оправдывающим во Франции, и особенно в наше время, – *так принято*.

Итак, Бенвенуто попросту делал то, что было принято: Помпео мешал Бенвенуто Челлини, и Бенвенуто Челлини устранил Помпео.

Однако полиция иногда собирала сведения о таких убийствах. Она остерегалась охранять человека, пока он был жив, зато иногда горела желанием покарать виновника его смерти.

---

[1] Франциск I – король Франции с 1515 по 1547 год, сыгравший большую роль в становлении и укреплении французской абсолютной монархии. Завоевательные походы Франциска I в богатую Италию способствовали росту торговли и развитию французской буржуазии; при нем во Франции начался расцвет культуры Возрождения. Король Франциск покровительствовал искусствам и наукам, приглашал к своему двору итальянских мастеров, основал в Париже светский университет Французский Коллеж, сам занимался поэзией.

[2] Карл V – король испанский с 1515 по 1556 год, происходивший из австрийского дома Габсбургов, был в 1519 году избран императором Священной Римской Империи и стал властителем огромной феодальной державы, куда входили Испания с колониями, Нидерланды, австрийские, германские и итальянские земли. Это нанесло удар торговым интересам Франции и послужило причиной многолетней войны между Франциском I и Карлом V.

[3] В сражении при Мариньяно, в Италии (1515), Франциск I одержал победу над швейцарскими войсками, сражавшимися на стороне Карла V.

[4] В битве при Павии (1525) Франциск I потерпел поражение и был взят в плен испанцами.

Такое рвение она и проявила, преследуя Бенвенуто Челлини. Вернувшись домой, он едва успел сжечь кое-какие бумаги и положить несколько экю в карман, как явились папские сбиры, арестовали его и препроводили в замок Святого Ангела, а это послужило немалым утешением для Бенвенуто, ибо он вспомнил, что в замке Святого Ангела все узники – дворяне.

Немало утешила также и приободрила ваятеля мысль, осенившая его, когда он вступил в замок Святого Ангела, – мысль о том, что человек, наделенный такой изобретательностью, какой был наделен он, так или иначе скоро отсюда выберется.

Поэтому, войдя в замок и увидев кастеляна, который восседал за столом, покрытым зеленой скатертью, и приводил в порядок груду бумаг, Бенвенуто сказал:

– Господин кастелян, утройте количество засовов, решеток и сторожей, заточите меня на самом верху башни или в глубоком подземелье, не спускайте с меня ни днем, ни ночью недремлющего ока, а я все равно убегу, предупреждаю вас!

Кастелян поднял глаза на узника, говорившего с такой поразительной самоуверенностью, и узнал бесстрашного Бенвенуто Челлини, которого три месяца назад имел честь угощать обедом. Невзирая на знакомство с Бенвенуто, а быть может, именно благодаря этому знакомству, достойный кастелян, услышав его слова, пришел в глубочайшее смятение: у этого флорентинца, мессера Джоржо, кавалера из рода Уголино, почтенного человека, был немного помутнен рассудок. Впрочем, кастелян тотчас же оправился от удивления и отвел Бенвенуто в камеру, на самую вышку замка. Плоская крыша служила потолком камеры; по крыше прохаживался часовой, другой же стоял внизу у самой стены.

Кастелян обратил внимание узника на все эти подробности и, решив, что тот оценил их по достоинству, заметил:

– Любезный Бенвенуто, можно отомкнуть запоры, взломать двери, сделать подкоп в самом глухом подземелье, пробить стену, подкупить часовых, усыпить тюремщиков, но все равно с такой высоты не спустишься в долину, разве только на крыльях.

– А я все же спущусь! – отвечал Бенвенуто. Кастелян посмотрел на него в упор и подумал, что пленник сошел с ума.

– Значит, вы полетите?

– Что ж, и полечу! Я-то всегда был уверен, что человек может летать. Только все времени не хватало попытаться. А здесь, черт возьми, времени у меня будет вдоволь, и мне хочется самому удостовериться. Приключение Дедала – истинное происшествие, а не выдумка.

– Берегитесь солнца, любезный Бенвенуто! – насмешливо отвечал кастелян. – Берегитесь солнца!

– А я улечу ночью, – сказал Бенвенуто. Кастелян, не ждавший такого ответа, промолчал и удалился вне себя от ярости.

Действительно, Бенвенуто надо было бежать во что бы то ни стало. В иные времена – благодарение богу! – ему нечего было бы тревожиться о содеянном убийстве: во искупление греха, ему довольно было бы в день успения богородицы участвовать в шествии, надев камзол и плащ из голубой тафты.

Но новый папа Павел III отличался невероятной злопамятностью. Когда он еще был кардиналом Фарнезе, Бенвенуто повздорил с ним из-за серебряной вазы. Дело в том, что художник отказался отдать ему вазу бесплатно, и его эминенция[1] чуть было не отнял ее силой, – вот почему Бенвенуто пришлось несколько грубо обойтись со слугами его эминенции. Кроме того, святейший отец был уязвлен тем, что король Франциск I обращался к нему через высокочтимого Монлюка, своего посла в Ватикане, с просьбой отпустить Бенвенуто во Францию.

Узнав о том, что Бенвенуто арестован, высокочтимый Монлюк пожелал оказать услугу бедному пленнику и стал просить еще настойчивее.

---

[1] Эминенция – титул католических епископов и кардиналов.

Однако он обманулся в характере нового папы – этот был упрямее, нежели его предшественник, Климент VII. Итак, Павел III поклялся, что Бенвенуто дорого заплатит за свою проделку. Быть может, Бенвенуто и не угрожала смертная казнь, ибо в те времена папе надо было все хорошенько обдумать, прежде чем отправить на виселицу такого знаменитого художника; зато узнику грозила другая опасность – о его существовании могли забыть.

Поэтому Бенвенуто нельзя было забывать о себе, и он решил бежать до следствия и судебного разбирательства; впрочем, их можно было так и не дождаться, ибо папа, раздраженный вмешательством короля Франциска I, и слушать не желал о Бенвенуто Челлини.

Узник знал обо всем этом от Асканио, который вел дела в мастерской и навещал своего учителя, не без труда выхлопотав разрешение. Разумеется, на свиданиях их разделяли две решетки, и тут же стояли тюремщики, бдительно следившие, чтобы ученик не передал учителю напильник или веревку.

Итак, когда кастелян запер дверь камеры, Бенвенуто принялся все тщательно осматривать.

Вот что он увидел среди голых стен своего нового жилища: кровать, очаг, в котором можно было разводить огонь, стол с двумя стульями. Через два дня Бенвенуто раздобыл глину и стеку.[1] Сначала кастелян отказал узнику в развлечении – лепке, но потом передумал, решив, что, быть может, так удастся отвлечь ваятеля от навязчивой идеи побега, которая, очевидно, им владела. В тот же день Бенвенуто начал лепить огромную Венеру.

То были лишь первые шаги, но при изобретательности, терпении и труде можно было многого добиться.

Однажды в декабре выдался очень холодный день, и в камере Бенвенуто Челлини развели огонь. Тюремщик переменил простыни и вышел, забыв их на стуле. Не успел он запереть дверь, как Бенвенуто вскочил, одним прыжком очутился у самого ложа,

---

[1] Стека – лопаточка для лепки.

вытащил из тюфяка две громадные охапки кукурузных листьев, которыми в Италии набивают матрасы, впихнул вместо листьев две простыни, подошел к статуе, взял стеку и снова принялся за работу. В тот же миг тюремщик вернулся за простынями, обыскал все вокруг, спросил Бенвенуто, не попадались ли они ему на глаза, но ваятель небрежно отвечал, прикидываясь, будто поглощен работой, что, вероятно, заходил кто-нибудь из служителей и взял белье или же сам тюремщик нечаянно его унес. Тюремщик ничего не заподозрил – ведь он вернулся тотчас же, а Бенвенуто отлично разыграл роль. Простыни не нашлись, и тюремщик предпочел умолчать о пропаже из страха, как бы его не заставили уплатить стоимость простыней или не выгнали.

Какие ужасные терзания, какую мучительную тревогу испытывает человек, когда решается его участь! Самые обыденные вещи становятся в тот час целыми событиями, радуют или приводят в отчаяние.

Как только тюремщик вышел, Бенвенуто бросился на колени и возблагодарил господа бога за ниспосланную ему помощь. Он мог спокойно оставить в матрасе свернутые простыни: кровать была постлана – значит, тюремщик к ней не подойдет до утра.

Когда стемнело, он разорвал простыни, к счастью новые и довольно грубые, на полосы в три-четыре пальца шириной и свил из них крепкие веревки. Затем он вскрыл глиняное чрево статуи, выпотрошил его и запрятал туда свое сокровище, потом наложил на разрез ком глины и тщательно сгладил его пальцем и лопаткой: самый тонкий знаток не заметил бы, что бедной Венере произвели операцию. На следующий день в камеру, как всегда, неожиданно вошел кастелян, но узник, как всегда, спокойно работал. Каждое утро чудак кастелян, которому Бенвенуто пригрозил ночным побегом, дрожал от страха, боясь, что камера окажется пустой. И надо сказать в похвалу ему: каждое утро он не утаивал радости, видя Бенвенуто Челлини.

– Должен признаться, из-за вас у меня нет покоя, Бенвенуто, – сказал чудак кастелян. – Однако я начинаю думать, что вы напрасно угрожали мне побегом.

– Я не угрожал и не угрожаю, господин Джоржо, – ответил Бенвенуто, – я предупреждаю.

– Что ж, вы все еще надеетесь улететь?

– По счастью, это не пустая надежда, а, черт побери, уверенность!

– Что за дьявольщина! Каким же образом вы все это устроите, а? – воскликнул злосчастный кастелян, которого выводила из себя не то кажущаяся, не то искренняя уверенность Бенвенуто в том, что ему удастся улететь из тюрьмы.

– А это моя тайна, сударь. Но предупреждаю: крылья у меня растут.

Кастелян невольно взглянул на плечи своего пленника.

– Так-то, мессер кастелян! – продолжал Бенвенуто и все лепил свою статую – как видно, он задумал создать соперницу Венеры Калипита.[1] – У нас с вами поединок, мы бросили друг другу вызов. В вашем распоряжении высокие башни, крепкие двери, надежные засовы, зоркие тюремщики; у меня же – голова да вот эти руки. И я вас предупреждаю: вы будете побеждены, так и знайте. Да, вот еще что… Вы изворотливы, вы приняли все меры предосторожности, поэтому, когда я улечу отсюда, да утешит вас сознание, что вы ничуть не виноваты, уважаемый Джоржо, что вам не в чем упрекать себя и что вы сделали все, уважаемый Джоржо, чтобы сгноить меня тут… Кстати, ваше мнение о моей статуе? Я-то ведь знаю, как вы любите искусство.

Самоуверенность узника раздражала кастеляна, человека недалекого. Его неотступно преследовала, сводила с ума мысль о побеге Бенвенуто. Она повергала его в уныние, лишала аппетита;

---

[1] Венера Калипита – античная статуя, изображающая богиню любви и красоты.

он то и дело вздрагивал, как вздрагиваешь, если тебя внезапно разбудят.

Однажды ночью Бенвенуто услышал шум на плоской крыше, затем шум раздался в коридоре; он приближался и приближался, пока не затих возле самой камеры. Вдруг дверь распахнулась, и узник увидел господина Джоржо в халате и ночном колпаке, а за ним – четырех смотрителей и восьмерых стражников. Кастелян подбежал к постели Бенвенуто. Он был сам не свой. Бенвенуто приподнялся, сел на матрас и расхохотался ему прямо в лицо. Не обращая внимания на его смех, кастелян вздохнул, как вздыхает пловец, вынырнувший из воды.

– Ах, слава богу, – воскликнул он, – мой мучитель еще здесь! Вот уж правду говорят: сны – это враки!

– Что у вас стряслось? – спросил Бенвенуто Челлини. – Какой счастливой случайности я обязан видеть вас в такое позднее время, уважаемый Джоржо?

– Господи Иисусе! Все благополучно, и на этот раз я опять отделался испугом. Знаете ли, мне приснилось, что у вас выросли эти проклятущие крылья, притом огромные, и будто вы преспокойно парите над замком Святого Ангела да приговариваете: «Прощайте, любезный кастелян, прощайте! Не хотелось мне улетать, не попрощавшись с вами, ну, а теперь я исчезаю. И как же я рад, что никогда больше вас не увижу!»

– Неужели? Я так и сказал, уважаемый Джоржо?

– Так и сказали, слово в слово... Ох, Бенвенуто, мне на беду вас сюда прислали!

– Неужели вы считаете, что я так дурно воспитан? Хорошо, что это только сон, иначе я бы вам не простил.

– По счастью, ничего подобного не случилось. Я держу вас тут под замком, милейший, и хотя, должен сознаться, ваше общество мне не очень-то нравится, а все же я надеюсь продержать вас еще долго.

– Вряд ли вам это удастся! – отвечал Бенвенуто с самоуверенной усмешкой, выводившей из себя начальника крепости.

Кастелян вышел, посылая Бенвенуто ко всем чертям, а наутро велел тюремщикам каждые два часа и днем и ночью осматривать его камеру.

Так продолжалось целый месяц; но к концу месяца выяснилось, что нет причин считать, будто Бенвенуто готовится к бегству, и надзор за ним ослабили.

А меж тем именно весь этот месяц Бенвенуто провел в нечеловеческих трудах.

Как мы уже упоминали, Бенвенуто стал тщательно изучать камеру с той минуты, как вошел в нее, и с той самой минуты все его внимание сосредоточилось на одном: каким способом бежать. Окно было зарешечено, а прутья решетки так прочно пригнаны, что вынуть их или расшатать лопаточкой для лепки было невозможно, – а ничего железного, кроме лопатки, у него не было. Дымовой ход был очень узок вверху, и узнику пришлось бы превратиться в змею, наподобие феи Мелюзины,[1] чтобы в него проскользнуть. Оставалась лишь дверь. Да, дверь! Посмотрим же, как она была сделана. Дубовая дверь в два пальца толщиной была заперта на два замка, задвинута на четыре засова, обшита изнутри железными листами, крепко-накрепко прибитыми вверху и внизу.

И путь на волю лежал через эту дверь.

Бенвенуто заметил, что в нескольких шагах от нее, в коридоре, есть лестница – по ней проходил часовой, когда на крыше менялся караул. Каждые два часа Бенвенуто слышал шум шагов: это по лестнице поднимался дозорный, а немного погодя другой дозорный спускался; потом через два часа снова раздавался шум шагов, и снова ровно два часа стояла непробудная тишина.

---

[1] Фея Мелюзина – добрая фея, персонаж французских средневековых легенд и рыцарских романов.

Вот всего-навсего в чем заключалась задача: надо было очутиться по ту сторону дубовой двери в два пальца толщиной, запертой на два замка, задвинутой четырьмя засовами и, кроме того, обшитой изнутри, как мы уже сказали, железными листами, крепко прибитыми вверху и внизу.

Итак, за этот месяц Бенвенуто вытащил при помощи стеки все гвозди, оставив напоследок лишь четыре верхних и четыре нижних; затем, чтобы никто ничего не приметил, он заменил их гвоздями из глины и покрыл головки железной оскоблиной, да так, что самый опытный глаз не отличил бы настоящих гвоздей от поддельных. Вверху и внизу двери было шестьдесят гвоздей, с каждым гвоздем приходились возиться час, а то и два. Легко себе представить, каких трудов стоило узнику осуществить свой замысел.

По вечерам, когда все укладывались спать и слышались лишь шаги часового, ходившего над головой, узник разжигал в очаге жаркий огонь и подсыпал целую груду горящих углей к железным листам, прибитым к низу двери. Железо раскалялось докрасна, постепенно превращая в уголь дерево, к которому было пришито; однако с противоположной стороны было незаметно, что дверь обуглилась.

Как мы уже сказали, Бенвенуто был поглощен работой весь месяц. Зато к концу месяца он все закончил – узник ждал лишь ночи, благоприятной для побега. Однако пришлось ждать несколько дней, ибо, когда он завершил работу, наступило полнолуние.

Бенвенуто вытащил все гвозди, и делать ему было нечего, но он продолжал раскалять железные листы на двери и изводить кастеляна.

Однажды кастелян вошел к нему с необыкновенно озабоченным видом.

– Милейший узник, – начал достопочтенный господин Джоржо, который находился во власти своей навязчивой идеи, – что же, вы все еще надеетесь улететь? Ну-ка, отвечайте откровенно.

– Как никогда, милейший хозяин, – отвечал Бенвенуто.

– Послушайте, – продолжал кастелян, – можете болтать все, что вам угодно, но ведь, откровенно говоря, это невозможно.

– Невозможно для вас, господин Джоржо, для вас невозможно! – подхватил ваятель. – Но вы же прекрасно знаете – это слово для меня не существует. Я привык делать то, что для простых смертных невозможно, и, знаете ли, даже с успехом, милейший хозяин! Не состязался ли я забавы ради с природой, создавая из золота, изумрудов и алмазов цветы прекраснее всех цветов, покрытых жемчужными каплями росы? Или вы думаете, что тот, кто создает цветы, не может создать крылья?

– Господи помилуй, – возопил кастелян, – да из-за вашей неслыханной самоуверенности я скоро голову потеряю! Скажите, какую же форму придадите вы крыльям? Ведь они должны поддерживать вас в воздухе... Хоть мне сдается, что все это невозможно.

– Разумеется, я и сам много размышлял над этим, ибо от формы крыльев зависит мое благополучие.

– Ну и что же?

– А вот что: если понаблюдаешь за существами, наделенными крыльями, то увидишь, что успешно воссоздать крылья, данные им богом, можно, лишь взяв за образец нетопыря.

– Но помилуйте, Бенвенуто! – возразил кастелян. – Положим, способ найден и вы крылья изготовили. Неужели у вас хватит мужества ими воспользоваться?

– Снабдите меня всем нужным для их изготовления, милейший кастелян, и я вместо ответа полечу.

– А что вам нужно?

– Ах, боже мой, нужны сущие пустяки: маленькая кузница, наковальня, напильники, клещи и щипцы для изготовления пружин да локтей двадцать клеенки для перепончатых крыльев.

– Хорошо, хорошо, – произнес мессер Джоржо. – Ну, прямо гора с плеч: хоть вы и умны, а здесь вам ничего такого не удастся раздобыть.

– А у меня уже все есть, – ответил Бенвенуто.

Кастелян подскочил на стуле, но тотчас же сообразил, что сделать крылья в тюрьме человек не в силах. И все же эта нелепая мысль не давала покоя его больной голове. В каждой птице, пролетающей перед окном, он видел Бенвенуто Челлини – так велико бывает влияние гениального ума на заурядный умишко.

В тот же день господин Джоржо послал за самым искусным мастером в Риме и приказал ему сделать крылья по форме крыльев нетопыря.

Остолбенев от изумления, мастер молча смотрел на кастеляна, не без основания полагая, что тот сошел с ума.

Но господин Джоржо настаивал. А ведь господин Джоржо был богат, и если господин Джоржо делал глупости, то ему по средствам было их оплачивать. Поэтому мастер взялся за порученное дело и через неделю принес пару великолепных крыльев, которые прилаживались к телу при помощи железного корсета, приводились в движение чрезвычайно замысловатыми пружинами и действовали самым надежным образом.

Мессер Джоржо уплатил за аппарат условленную цену, измерил крылья, поднялся к Бенвенуто Челлини и, не говоря ни слова, обыскал темницу: он заглядывал под кровать, осматривал очаг, ощупывал матрас – словом, облазил все углы и закоулки.

Затем он вышел, так и не вымолвив ни слова, убежденный, что Бенвенуто, если только он не колдун, не мог спрятать в камере крылья, похожие на крылья, сделанные мастером.

Было очевидно, что рассудок нерадивого кастеляна все больше приходил в расстройство.

Дома господина Джоржо ждал мастер, который пришел сказать, что к каждому крылу приделано по железному кольцу: они должны удерживать ноги летящего в горизонтальном положении.

Не успел мастер выйти, как господин Джоржо заперся у себя в комнате, надел корсет, развернул крылья, просунул ноги в кольца и, лежа плашмя на полу, попытался взлететь. Но, несмотря на все старания, покинуть землю ему не удалось. После двух-трех попыток он снова послал за мастером.

– Сударь, – сказал ему кастелян, – я испытал ваши крылья: они никуда не годятся.

– А как вы их испытывали?

Мессер Джоржо подробнейшим образом поведал о том, как он троекратно их испытывал.

Мастер с важным видом выслушал его, а затем изрек:

– Тут нет ничего удивительного: когда вы лежите на полу, вокруг вас нет должного количества воздуха. Попробуйте-ка подняться на крышу замка Святого Ангела и оттуда отважно ринуться в воздушное пространство.

– И вы думаете, что я полечу?

– Уверен, – ответил мастер.

– Но, если вы так уверены, – заметил кастелян, – почему бы вам самому не испытать крылья?

– Крылья скроены сообразно весу вашего тела, а не моего, – возразил мастер. – Размах крыльев, предназначенных для меня, должен быть на полтора фута больше.

И мастер, откланявшись, вышел.

– Черт бы тебя подрал! – воскликнул мессер Джоржо.

В тот день все замечали, что мессер Джоржо весьма рассеян. Очевидно, под стать Роланду,[1] он мысленно витал в мире грез.

Вечером, отходя ко сну, он созвал всех служителей, всех тюремщиков и всех стражников.

---

[1] Здесь имеется в виду поэма итальянского поэта Лодовико Ариосто «Неистовый Роланд» (1532), в которой герой французского средневекового народного эпоса храбрый рыцарь Роланд изображен рассеянным, тоскующим и, наконец, впавшим в безумие из-за несчастной любви.

– Если вы узнаете, – сказал он, – что Бенвенуто Челлини собирается улететь, пусть себе летит, только оповестите меня! Даже ночью я без труда поймаю его: ведь я – настоящий нетопырь, а Бенвенуто, что бы он там ни толковал, – поддельный.

Горе-кастелян совсем спятил, но окружающие уповали, что со сном у него все пройдет, и поэтому решили подождать и лишь наутро предупредить папу.

К тому же погода стояла отвратительная, дождливая и было очень темно: в такую ночь никому не хотелось выходить на улицу.

Зато Бенвенуто Челлини – конечно, из чувства противоречия – избрал для побега именно эту ночь.

Поэтому, как только пробило десять часов и сменился дозорный, он преклонил колена и, благоговейно помолившись, принялся за работу.

Прежде всего надо было вытащить четыре оставшихся гвоздя, которые придерживали железные листы. Последний гвоздь поддался, когда пробило полночь.

Бенвенуто услышал шаги дозорных, поднимавшихся на плоскую крышу; он застыл и затаив дыхание приник к двери; дозорные сменились, сошли вниз, шум шагов затих, и все погрузилось в тишину.

Начался ливень, и у Бенвенуто сердце запрыгало от радости, когда он услышал, как в окно барабанит дождь.

Тут он попробовал отодрать железные, ничем уже не сдерживаемые листы; они поддались, и Бенвенуто прислонил их рядком к стене.

Затем он лег плашмя и принялся долбить вниз двери стекой, которую подточил наподобие кинжала и насадил на деревянную рукоятку. Обугленные дубовые доски подались. Не прошло и секунды, как Бенвенуто пробил в двери лазейку, такую широкую, что можно было проползти.

Он вскрыл чрево статуи, вынул самодельную веревку, опоясался ею, вооружился стекой, которую, как мы уже говорили, превратил в кинжал, опустился на колени и снова стал молиться.

Окончив молитву, он просунул в лазейку голову, затем плечи и выбрался в коридор.

Бенвенуто вскочил, но у него так дрожали ноги, что ему пришлось опереться о стену, иначе бы он упал. Сердце у него колотилось, словно готово было выпрыгнуть из груди, лицо пылало, капли пота выступили на лбу. Он судорожно сжимал рукоятку самодельного кинжала, будто кто-то собирался его отнять.

Вокруг царила тишина, не слышно было ни шороха, поэтому Бенвенуто, быстро овладев собой, стал ощупью пробираться, держась стены, по коридору, пока не почувствовал, что стена кончилась. Он шагнул вперед и коснулся ногой первой ступени лестницы – приставной лестницы, ведущей на крышу.

Он стал подниматься, вздрагивая от скрипа деревянных ступеней; но вот он почувствовал дуновение ветра, вот дождь стал стегать его по лицу: голова его очутилась над крышей... Беглец больше четверти часа пробыл в кромешной тьме. И только сейчас он понял, чего ему должно бояться и на что надеяться.

Чаша весов клонилась в сторону надежды.

Часовой спрятался в будке, спасаясь от дождя. Дело в том, что часовые, сменявшиеся каждые два часа на крыше замка Святого Ангела, надзирали не за крышей, а за крепостным рвом и окрестностями, поэтому будка глухой стеной обращена была к лестнице, по которой поднялся Бенвенуто Челлини.

Бенвенуто бесшумно подполз на четвереньках к краю крыши, держась как можно дальше от сторожевой будки. Тут он привязал веревку, свитую из простыней, к кирпичу, выступавшему из древней стены дюймов на шесть, и в третий раз преклонил колена, шепотом творя молитву:

– Господи, господи! Помоги мне теперь, ибо я сделал все, что мог.

Окончив молитву, он ухватился за веревку и стал скользить вниз, то и дело ударяясь коленями и лбом о стену, но не обращая внимания на ссадины. Наконец Бенвенуто добрался до земли.

Когда он нащупал ногами твердую почву, неописуемая радость и гордость наполнили его сердце. Он измерил взглядом огромную высокую стену, с которой спустился, и невольно промолвил вполголоса: «Вот я и на свободе!» Но радовался Бенвенуто недолго.

Он обернулся, и у него подкосились ноги: перед ним высилась крепостная стена, недавно построенная, о которой он не знал. Он понял, что погиб. Бенвенуто был сражен и в отчаянии упал на землю; но, падая, он натолкнулся на какой-то предмет – это было длинное бревно. Он даже вскрикнул от изумления и радости: он понял, что спасен.

О, просто непостижимо, сколько раз за одно мгновение человек переходит от отчаяния к радости!

Бенвенуто схватился за бревно – так потерпевший крушение хватается за обломок мачты, который поможет ему удержаться на воде. Двое людей, наделенных заурядной силой, с трудом бы подняли бревно; Бенвенуто же в одиночку подтащил его и приставил к стене.

Затем беглец вскарабкался, цепляясь за бревно руками и ногами, на самый верх стены, но тут силы ему изменили, и он никак не мог втащить бревно и перебросить его на другую сторону.

У Бенвенуто закружилась голова, все вокруг завертелось; он закрыл глаза, и ему почудилось, что вокруг него море огня.

Вдруг он вспомнил о веревке, свитой из простыней, с помощью которой он спустился с крыши.

Челлини соскользнул вниз по бревну и побежал к тому месту, где она висела; но там, наверху, он так крепко привязал к кирпичу веревку, что не мог ее отцепить.

Бенвенуто в отчаянии повис на веревке, стал тянуть ее изо всех сил, надеясь оторвать. К счастью, один из четырех узлов, связывающих полосы, развязался, и Бенвенуто упал навзничь, держа в руках обрывок веревки футов в двенадцать длиной.

Это и было ему нужно. Вскочив, он вскарабкался по бревну; вот он опять уселся верхом на стену и привязал самодельную веревку к поперечной балке. Он спустился до конца веревки, но тщетно пытался нащупать ногами почву. Взглянув вниз, он увидел, что земля в каких-нибудь шести футах от него; он выпустил веревку и очутился у подножия стены.

Тут Бенвенуто прилег. Он изнемогал, кожа у него на руках и ногах была содрана; несколько минут он смотрел на кровоточащие ссадины, покрывавшие тело... Но вот пробило пять часов, и беглец заметил, что звезды стали меркнуть.

Не успел он подняться, как неподалеку появился часовой, которого он до сих пор не приметил, хотя тот, конечно, давно наблюдал за беглецом. Бенвенуто понял, что все погибло и, если он не убьет, будет убит сам. Он выхватил из-за пояса самодельный кинжал и с непреклонным видом пошел прямо на часового. И тот, разумеется, увидел, что перед ним не просто силач, а человек, доведенный до отчаяния, готовый драться не на жизнь, а на смерть. Действительно, Бенвенуто и не думал отступать. И стражник вдруг повернулся к нему спиной, будто не заметив его. Беглец понял, что это означает.

Он бросился к последней крепостной стене. Она была футов двенадцати-пятнадцати высотой, ее окружал ров. Но смельчак, подобный Бенвенуто Челлини, к тому же попавший в безвыходное положение, не отступит перед таким препятствием, ну, а так как часть самодельной веревки осталась на кирпичном выступе, часть же – на бревне и спуститься было не на чем, да и время не ждало, он, мысленно взывая к господу богу, спрыгнул вниз.

На этот раз Бенвенуто сразу потерял сознание. Он не приходил в себя по крайней мере час; но вот подул свежий предрассветный ветерок, и он очнулся. Еще с минуту Бенвенуто лежал словно оглушенный, потом провел рукой по лбу и все вспомнил.

Он почувствовал нестерпимую головную боль и увидел капли крови – они струились, словно пот, по его лицу и падали на камни, на которых он лежал. Он понял, что ранен в лоб, и снова провел рукой по лбу, но уже не для того, чтобы собраться с мыслями, а нащупать раны. Раны оказались легкие: просто ссадины, не задевшие черепа. Бенвенуто усмехнулся и попытался встать, но тут же упал: оказалось, что сломана правая нога пальца на три выше лодыжки. Нога до того онемела, что сначала он не почувствовал боли.

Бенвенуто снял рубашку, разорвал ее на узкие полоски, потом соединил кости сломанной ноги и туго забинтовал, захватывая бинтом ступню, чтобы повязка лучше держалась на переломе. Затем он пополз на четвереньках к одним из ворот, ведущих в Рим, – они находились шагах в пятистах.

Когда после мучительного получасового пути он добрался до ворот, оказалось, что они закрыты. Но Бенвенуто увидел под ними большой камень. Он сдвинул камень, который легко поддался, и пролез в образовавшееся отверстие.

Бенвенуто прополз еще метров тридцать, но тут на него вдруг набросилась свора голодных бродячих собак, почуявших по запаху крови, что он ранен. Он вытащил самодельный кинжал и вонзил его в бок самого большого остервенелого пса, убив его наповал. Вся свора тотчас же накинулась на убитого пса и сожрала его.

Бенвенуто дополз до Траспонтанской церкви. Около нее он натолкнулся на водоноса, который только что наполнил кувшины и навьючил их на осла.

Бенвенуто подозвал водоноса и сказал:

– Послушай-ка, я был в гостях у своей милой, да случилось так, что вошел-то я к ней через дверь, а вышел через окно: спрыгнул со второго этажа и сломал ногу. Отнесешь меня на паперть храма Святого Петра – дам тебе золотой.

Водонос молча взвалил раненого на спину и отнес в указанное место. Затем, получив обещанное вознаграждение, он продолжал свой путь, даже не обернувшись.

Тогда Бенвенуто по-прежнему на четвереньках дополз до дома сеньора Монлюка, французского посла, жившего в нескольких шагах от храма.

Сеньор Монлюк помог ему и проявил такое усердие, что через месяц Бенвенуто поправился, через два получил помилование, а через четыре уехал во Францию с Асканио и Паголо.

А неудачник кастелян сошел с ума, прожил остаток жизни и умер сумасшедшим: ему все представлялось, что он нетопырь, и он без устали пытался взлететь.

Глава 4. Скоццоне

Когда Бенвенуто Челлини приехал во Францию, Франциск I был во дворце Фонтенбло в окружении своего двора. Итак, ваятелю предстояло встретиться с тем, кого он так хотел видеть. Бенвенуто остановился в Фонтенбло и попросил, чтобы о его приезде уведомили кардинала Феррарского. Кардинал, зная, что король ждет Бенвенуто с нетерпением, тотчас же сообщил о новости его величеству. В тот же день король принял Бенвенуто и заговорил с ним на том сочном и богатом языке, которым так хорошо владел Челлини.

– Бенвенуто, несколько дней посвятите веселью, оправьтесь от своих невзгод и усталости, отдыхайте, развлекайтесь. А мы тем временем подумаем, какое прекрасное творение вам заказать.

Затем, поселив скульптора в замке, Франциск I приказал предвосхищать все его желания.

Таким образом, Бенвенуто сразу же очутился в средоточии французской цивилизации, которая в ту эпоху еще отставала от итальянской, но уже готовилась превзойти ее. Ваятель присматривался к окружающей обстановке, и ему казалось, что он не покидал столицу Тосканы, ибо его окружали произведения искусства и живописи, знакомые ему еще по Флоренции; здесь тоже Приматиччо сменил Леонардо да Винчи и маэстро Россо.[1]

Итак, Бенвенуто должен был стать преемником этих знаменитостей и обратить взоры самого изысканного двора в Европе на искусство ваяния, в котором он достиг такого же мастерства, какого достигли эти три великих художника в искусстве живописи. Поэтому Бенвенуто хотелось опередить короля,

---

[1] Приматиччо (1504–1570) – итальянский художник, скульптор и архитектор; был приглашен для работ при дворе Франциска I, так же как Леонардо да Винчи и художник Россо дель Россо (1494–1541).

и, решив не ждать обещанного заказа на прекрасное творение, он задумал создать на собственные средства то, что подскажет ему вдохновение. Челлини сразу приметил, как мила королю резиденция, где они встретились, и решил в угоду ему создать статую и назвать ее «Нимфа Фонтенбло».

Он задумал дивное произведение – статую, увенчанную колосьями, дубовыми листьями и виноградными лозами, ибо Фонтенбло лежит у долины, затенен лесами и окружен виноградниками. Нимфа, о которой грезил Бенвенуто, должна была воплощать Цереру,[1] Диану[2] и Эригону[3] – трех дивных богинь, слитых воедино. Ваятелю хотелось сохранить отличительные черты каждой, но в едином образе; на пьедестале же статуи он хотел изобразить атрибуты всех трех богинь. И те, кто видел восхитительные фигурки, украшающие пьедестал его Персея,[4] знают, с каким искусством мастер-флорентинец ваял дивные скульптурные детали.

Скульптор обладал непогрешимым чувством прекрасного, но для воплощения идеала ему нужна была натурщица – в этом была вся беда. Где найдешь женщину, в которой бы сочетались прекрасные черты трех богинь!

Конечно, если бы, как в античные времена, во времена Фидия и Апеллеса,[5] прославленные красавицы, эти властительницы формы, по своей воле приходили к ваятелю, Бенвенуто без труда нашел бы среди знатных дам ту, которую искал. В ту пору при дворе

---

[1] Церера (римск. миф.) – богиня плодородия.

[2] Диана (римск. миф.) – богиня охоты, владычица лесов, а также богиня Луны.

[3] Эригона (греч. миф.) – прекрасная возлюбленная бога вина Бахуса, которая после смерти была превращена богами в звезду.

[4] Персей (греч. миф.) – герой, совершивший множество подвигов и, в частности, отрубивший голову страшному чудовищу в женском облике – Медузе. Скульптор Бенвенуто Челлини изображает Персея в виде прекрасного юноши с головой Медузы в руках.

[5] Фидий – величайший древнегреческий скульптор классического периода (V век до н. э.). Апеллес – выдающийся древнегреческий живописец второй половины IV века до н. э.

блистали поистине олимпийские богини в расцвете красоты: Екатерина Медичи,[1] которой шел всего лишь двадцать второй год; Маргарита де Валуа, королева Наваррская,[2] прозванная «Четвертой грацией» и «Десятой музой», и, наконец, герцогиня д'Этамп, которой отведена немаловажная роль в нашем повествовании. Она слыла самой красивой из ученых женщин и самой ученой из красавиц. Итак, прекрасных женщин здесь было больше чем достаточно для художника; но мы уже сказали, что времена Фидия и Апеллеса давным-давно миновали.

Надо было искать модель в ином месте. Поэтому Бенвенуто очень обрадовался, узнав, что двор собирается в Париж. На беду, по словам самого Бенвенуто, двор в те времена путешествовал, как погребальная процессия: впереди скакали двенадцать-пятнадцать тысяч всадников, останавливались на привал в деревушках, где едва насчитывалось две-три хижины, теряли каждый вечер четыре часа, чтобы раскинуть палатки, и четыре часа каждое утро, чтобы свернуть их, и, хотя всего шестнадцать лье отделяло королевскую резиденцию от столицы, из Фонтенбло до Парижа добирались пять дней.

Раз двадцать за время перехода Бенвенуто Челлини испытывал искушение поскакать вперед, но всякий раз его удерживал кардинал Феррарский, говоря, что если король ни разу за целый день не увидит ваятеля, то, без сомнения, спросит, что с ним случилось, и, узнав, что он уехал, не испросив разрешения, сочтет это за признак непочтительности к его королевской особе.

Итак, Бенвенуто с трудом преодолевал нетерпение и во время долгих стоянок старался убить время, делая наброски «Нимфы Фонтенбло».

---

[1] Екатерина Медичи (1519–1589) – по происхождению итальянка, из дома флорентийских банкиров и герцогов Медичи; впоследствии – королева Франции (жена короля Генриха II).

[2] Маргарита де Валуа, королева Наваррская (1492–1549) – сестра короля Франциска I, образованная женщина и известная в свое время писательница; она покровительствовала искусству и собрала при своем дворе кружок гуманистов.

Наконец приехали в Париж. Прежде всего Бенвенуто навестил Приматиччо, которому было поручено продолжать в Фонтенбло труды Леонардо да Винчи и Россо. Приматиччо уже давно жил в Париже и, вероятно, мог дать хороший совет – указать, где найти натурщицу.

Кстати, в двух словах расскажем о Приматиччо.

Сеньор Франческо Приматиччо, которого в те времена называли да Болонья, по месту его рождения, а мы называем просто – Приматиччо, ученик Джулио Романо,[1] шесть лет обучавшийся под его руководством, уже восемь лет жил во Франции, куда его пригласил Франциск I, по совету маркиза Мантуанского, величайшего вербовщика художников.

Творчество Приматиччо изумительно плодовито, в чем можно убедиться, посетив Фонтенбло; манера его письма свободна и монументальна, чистота линий безупречна. Долгое время пребывали в неизвестности и сам художник, и его всесторонние познания, его широкий кругозор, могучий талант и мастерство во всех жанрах живописи; наша эпоха мстила ему тремя веками несправедливого забвения. А между тем в религиозном экстазе он написал фрески часовни в Борегаре, украсил дворец Монморанси стенной живописью нравоучительного содержания, изобразив основные христианские добродетели, а обширные залы дворца Фонтенбло и поныне хранят на себе печать его таланта. Он расписал прелестными фресками на аллегорические сюжеты Златые врата и Бальный зал. В галерее Улисса[2] и в покоях Святого Людовика создал образ эпического поэта Гомера и воспроизвел в живописи «Одиссею» и часть «Илиады». Затем из времен легендарных он перенесся в героические и посвятил свое творчество истории. Основные события из жизни Александра[3] и

[1] Джулио Романо (1482–1546) – итальянский художник, ученик Рафаэля.

[2] Улисс – так римляне называли Одиссея.

[3] Имеется в виду Александр Македонский (356–323 годы до н. э.) – крупнейший полководец и государственный деятель древнего

Ромула[1] и сдача Гавра воспроизведены в полотнах, украшавших Большую галерею и покой, смежный с Бальным залом. Он с увлечением писал пейзажи, украсившие Кунсткамеру.

Наконец, если мы измерим всю глубину таланта этого выдающегося живописца, перечислим его разнообразнейшие творения, подсчитаем его труды, мы увидим, что он создал девяносто восемь крупных и сто тридцать более мелких полотен: пейзажи, марины, сцены из Священного писания и истории, портреты, произведения на аллегорические и эпические сюжеты.

Такой человек мог понять Бенвенуто. Поэтому, едва вступив в Париж, Бенвенуто с открытой душой поспешил к Приматиччо. Художник принял его так же сердечно.

После задушевной беседы, которая обычно сразу же завязывается, когда друзья-земляки встречаются на чужбине, Бенвенуто раскрыл картон, показал Приматиччо свои наброски, поведал ему о новых замыслах и спросил, нет ли среди натурщиц олицетворения его мечты.

Приматиччо покачал головой, грустно улыбаясь. И в самом деле, они ведь были не в Италии – этой счастливой сопернице Греции. Франция в ту эпоху, как и ныне, считалась страной изящества, учтивости и кокетства, но было бы тщетно искать на земле Валуа[2] величавую красоту, которая вдохновляла на берегах Тибра и Арно Микеланджело, Рафаэля, Джованни Болонья[3] и Андреа дель Сарто. Конечно, если бы, как мы уже говорили, живописец или ваятель мог выбрать натурщицу в аристократической среде, он быстро нашел бы прообраз своих творений, но, подобно тени, оставшейся по эту сторону Стикса, он довольствовался тем, что смотрел на прекрасные, исполненные

мира. Создал мировую монархию. Его личность была окружена многочисленными легендами.

[1] Ромул – основатель и первый царь древнего Рима.

[2] Земля Валуа – то есть Франция; Валуа – династия королей, правивших во Франции с 1328 до 1589 года.

[3] Джованни Болонья (1529–1608) – фламандский скульптор, обосновавшийся во Флоренции.

благородства фигуры, проходившие по Елисейским полям, вход куда ему был запрещен, и это зрелище лишь воспитывало его художественный вкус.

Произошло то, что и предвидел Приматиччо: Бенвенуто сделал смотр армии натурщиц, но ни в одной не воплотились черты, которые были необходимы для осуществления его замысла.

Тогда он призвал во дворец кардинала Феррарского, где остановился, всех известных натурщиц, бравших по экю за сеанс, но ни одна не оправдала его надежд.

Бенвенуто уже совсем отчаялся, но как-то вечером, когда он возвращался домой, отужинав с тремя земляками, с которыми встретился в Париже, – сенатором Пьетро Строцци, с его зятем графом д'Ангийаром и Галеотто Пико, племянником знаменитого Жана Пик Мирондоля, – и шагал в одиночестве по улицам Пти-Шан, он вдруг увидел красивую, грациозную девушку. Бенвенуто радостно встрепенулся: он еще не встречал женщины, которая так живо воплощала бы его мечту о «Нимфе Фонтенбло». И вот он пошел следом за ней. Она поднялась по Крапивному холму, миновала церковь Святого Оноре и завернула на улицу Пеликан. Тут она обернулась, чтобы взглянуть, не идет ли за ней следом незнакомец, и, увидя Бенвенуто в нескольких шагах от себя, быстрым движением распахнула дверь и скрылась, прикрыв ее. Бенвенуто подошел к двери и тоже распахнул ее. Он сделал это вовремя – еще успел заметить на повороте лестницы, освещенной коптящей плошкой, оборку платья незнакомки, за которой шел следом.

Он поднялся на второй этаж; дверь в комнату была полуотворена, и он увидел девушку.

Не объясняя причины своего прихода, даже не промолвив ни слова, Бенвенуто прежде всего пожелал удостовериться, гармонируют ли линии ее тела с чертами лица, и два-три раза обошел вокруг удивленной девушки, невольно подчинявшейся ему, будто обходил вокруг античного изваяния, и даже заставил ее поднять руки – такую позу он хотел придать «Нимфе Фонтенбло».

В девушке, стоявшей перед Бенвенуто, было мало от Цереры, еще меньше от Дианы, зато очень много от Эригоны. Скульптор понимал, что невозможно сочетать все эти три образа, и решил остановиться на образе вакханки.

А для создания вакханки девушка действительно была находкой: горящие глаза, коралловые губы, жемчужные зубки, точеная шея, покатые плечи, тонкая талия; изящные лодыжки и запястья, удлиненные пальцы придавали ее внешности нечто аристократическое, и это окончательно убедило ваятеля.

– Как вас зовут, мадемуазель? – наконец спросил Бенвенуто, выговаривая слова с иностранным акцентом и приводя девушку в полное изумление.

– Катериной, ваша честь, – ответила она.

– Хорошо! Мадемуазель Катерина, – продолжал Бенвенуто, – вот вам золотой экю за труды. А завтра приходите ко мне на улицу Святого Мартена, во дворец кардинала Феррарского, и за такие же труды вы получите столько же.

Девушка колебалась – она вообразила, что чужеземец решил подшутить над ней. Но золотой экю, поблескивая, доказывал, что он говорит серьезно, и после недолгого размышления она спросила:

– В котором часу?

– В десять часов утра. Вы уже встаете в это время?

– Разумеется.

– Итак, я на вас рассчитываю.

– Что ж, приду.

Бенвенуто отвесил поклон – такой поклон он отвесил бы герцогине – и вернулся во дворец в самом радостном расположении духа. Дома он сжег все эскизы фигуры, существовавшей лишь в его воображении, и набросал новый эскиз, полный движения и жизни. Закончив набросок, Бенвенуто положил на подставку большой кусок воска. И под всемогущей рукой скульптора воск в мгновение ока принял облик нимфы, которой он грезил. Он работал так вдохновенно, что, когда наутро Катерина пришла в мастерскую, многое уже было сделано.

Мы уже говорили, что Катерина не могла понять намерений Бенвенуто; она была очень удивлена, когда ваятель, закрыв за ней дверь, показал набросок статуи и объяснил девушке, зачем он пригласил ее.

Девушка, гордая тем, что послужит моделью для статуи богини, предназначенной в дар королю, сбросила одежду и, не дожидаясь указаний ваятеля, встала в позу, подражая статуе с такой точностью и грацией, что Бенвенуто вскрикнул от радости, когда, обернувшись, увидел, как прекрасна и непринужденна ее поза.

Бенвенуто любил свою работу. Как мы уже говорили, у художника была одна из тех благородных и богато одаренных натур, которые вдохновенно творят, увлекаются работой. Он сбросил камзол, расстегнул ворот рубашки, засучил рукава и принялся не столько копировать натуру, сколько воссоздавать природу в искусстве. Казалось, ваятель мог, как Юпитер, вдохнуть пламень жизни во все, к чему прикасался. Катерина, привыкшая к заурядным людям, знакомая лишь с обывателями или же с молодыми вельможами, для которых она была игрушкой, смотрела на художника с восторгом, и грудь ее вздымалась от непонятного ей самой волнения. Девушке казалось, что она возвысилась до художника, и ее глаза сияли: вдохновение мастера передавалось и натурщице.

Сеанс длился два часа. Затем Бенвенуто заплатил Катерине золотой экю и, простившись с ней так же учтиво, как и накануне, попросил ее прийти в тот же час на следующий день.

Катерина вернулась домой и уже не выходила весь день. Наутро она пришла в мастерскую на десять минут раньше назначенного срока.

Повторилась та же сцена, что и накануне. Бенвенуто был по-прежнему во власти возвышенного вдохновения, и материя оживала под его рукой, как под рукой Прометея. Лицо вакханки было уже вылеплено: казалось, живое лицо выглядывает из бесформенной массы. Катерина улыбалась своей сестре-небожительнице, созданной по ее образу и подобию; никогда не была она так счастлива и, странное дело, не могла отдать себе отчета, почему испытывает такое счастье.

Наутро ваятель и натурщица встретились в тот же час, и Катерина вдруг вспыхнула от смущения, которого прежде не знала. Бедняжка полюбила, а с любовью родилось и целомудрие.

На следующий день дело дошло до того, что ваятелю пришлось напомнить натурщице, что он лепит не Венеру Медицейскую, а Эригону, опьяневшую от страсти и вина. Впрочем, надо было запастись терпением: он собирался через два дня завершить работу над моделью.

Два дня прошло. А вечером, в последний раз коснувшись стекой своего творения, Бенвенуто поблагодарил Катерину за любезность и дал ей четыре золотых экю; но золотые монеты выскользнули из ее рук на пол. Все было кончено для бедняжки: отныне она возвращалась к прежнему образу жизни; а ведь с того дня, когда она вступила в мастерскую скульптора, прежняя жизнь стала ей ненавистна. Бенвенуто, и не подозревавший о том, что происходит в душе несчастной девушки, подобрал четыре экю, снова протянул Катерине деньги и, пожав ей руку, сказал, что, если ей когда-нибудь понадобится помощь, пусть она обращается только к нему. Затем он отправился в мастерскую, где трудились подмастерья, и позвал Асканио, торопясь показать ему свое завершенное творение.

Оставшись одна, Катерина перецеловала все инструменты, которыми работал Бенвенуто, и ушла, заливаясь слезами.

На другое утро Катерина снова пришла в мастерскую, когда Бенвенуто работал там в одиночестве. Увидев ее, ваятель очень удивился, но не успел он спросить, зачем она явилась, как девушка упала перед ним на колени и спросила, не нужна ли ему служанка. У Бенвенуто было сердце художника, а это означает, что он мог все почувствовать и все понять. Он угадал, что происходит в душе бедняжки, поднял ее и поцеловал в лоб.

С этой минуты Катерина стала неотделима от мастерской; ее детская жизнерадостность и неугомонная резвость внесли веселье и оживление. Девушка стала просто необходима для всех, а больше всего для Бенвенуто. Она вела хозяйство, всем распоряжалась; то распекала Руперту, то ластилась к ней, и старая служанка, сначала со страхом встретившая Катерину, в конце концов полюбила ее, как и все окружающие.

Эригона от всего этого только выиграла. Теперь у Бенвенуто была под рукой своя натурщица, и он завершил статую с такой тщательностью, какой никогда еще не вкладывал ни в одно из своих творений. Затем он отнес ее королю Франциску I, который пришел в восторг и поручил Бенвенуто выполнить статую из серебра. Король долго беседовал с ювелиром, спрашивал, удобная ли у него мастерская, где она расположена и есть ли в мастерской произведения искусства; затем он отпустил Бенвенуто Челлини, решив про себя как-нибудь утром нагрянуть к нему невзначай, но промолчал о своем намерении.

А теперь вернемся к началу нашего повествования и перенесемся в мастерскую, где работает Бенвенуто, распевает песни Катерина, грезит Асканио и творит молитву Паголо.

Наутро после того дня, когда Асканио так поздно вернулся с прогулки по окрестностям Нельского замка, вдруг раздался громкий стук в ворота. Служанка Руперта тотчас же встала, чтобы открыть, но Скоццоне (так, если читатель помнит, Бенвенуто окрестил Катерину) мигом выскочила из комнаты.

Через минуту донесся ее не то радостный, не то испуганный голосок:

– Господи! Учитель! Учитель, да это сам король… Сам король явился в мастерскую проведать вас!

И, распахнув все двери настежь, бледная, дрожащая Скоццоне появилась на пороге мастерской, где Бенвенуто работал в кругу своих учеников и подмастерьев.

Глава 5. Гений и королевская власть

Действительно, следом за Скоццоне во двор вошел король Франциск I со всей своей свитой. Он выступал под руку с герцогиней д'Этамп. За ними следовали король Наваррский с дофиной Екатериной Медичи. Дофин, впоследствии ставший Генрихом II, шел вместе со своей теткой, Маргаритой де Валуа, королевой Наваррской. Их сопровождала почти вся придворная знать.

Бенвенуто пошел навстречу гостям и, ничуть не смутившись и не растерявшись, принял королей, принцев, вельмож и придворных дам, как принимают друзей. А ведь среди гостей были самые известные государственные мужи Франции и самые блестящие красавицы в мире. Маргарита пленяла, госпожа д'Этамп восхищала, Екатерина Медичи поражала, Диана де Пуатье ослепляла. Велика важность! В Италии Бенвенуто был на короткой ноге с самыми блестящими представителями древних родов, с вельможами XVI века и, как любимый ученик Микеланджело, привык к обществу королей.

– Разрешите нам, сударыня, любоваться не только вами, но и произведениями искусства, – произнес Франциск I, обращаясь к герцогине д'Этамп, ответившей ему улыбкой.

Анна де Писслэ, герцогиня д'Этамп, на которую король, вернувшись из испанского плена, обратил свое благосклонное внимание, вытеснила из его сердца графиню де Шатобриан и в ту пору была в расцвете своей поистине царственной красоты. У нее была стройная фигура, тонкая талия, она горделиво, с какой-то кошачьей грацией вскидывала свою прелестную головку, а ведь грация присуща не только кошечке, но и пантере, которых она, впрочем, напоминала также своим непостоянством и ненасытной алчностью. И вместе с тем королевская фаворитка умела разыграть такую чистосердечность, такую наивность, что вводила в заблуждение самых недоверчивых людей. Необыкновенно подвижно и коварно было лицо этой женщины – то Гермионы,[1] то Галатеи,[2] на ее бледных губах играла улыбка, иногда манящая, иногда страшная, а глаза, порой такие ласковые, вдруг начинали метать молнии и загорались гневом. У нее была манера так томно поднимать и опускать глаза, что невозможно было понять, нежность или угроза таится в ее взоре. Эта высокомерная и властолюбивая женщина покорила Франциска I, вскружила ему голову; она была надменна и завистлива, изворотлива и скрытна.

– Давно хотелось мне навестить вас, Бенвенуто, – ведь прошло два месяца, если не ошибаюсь, как вы явились в наше королевство, – но скучные дела и заботы мешали мне все это время размышлять о благородных целях искусства. Пеняйте, впрочем, на нашего брата и кузена-императора – он не дает нам ни минуты покоя, – произнес король.

– Если вам угодно, ваше величество, я напишу императору и стану умолять, чтобы он позволил вам остаться великим другом искусства, ибо вы уже доказали ему, что вы великий полководец.

– Как, вы знаете Карла Пятого? – удивился король Наваррский.

– Да, сир, четыре года назад в Риме я имел честь преподнести требник своей работы его священному величеству; при этом я произнес несколько слов, которые император выслушал весьма милостиво.

– Что же вам сказал его священное величество?

– Что он знал меня еще три года назад – увидел на ризе папы пуговицу филигранной работы, делавшую честь моему мастерству.

– О да, я вижу, вы избалованы похвалами королей! – заметил Франциск I.

---

[1] Гермиона – персонаж трагедии «Андромаха» (1667) французского драматурга-классика Жана Расина; покинутая своим женихом Пирром, в порыве ревности подослала к нему убийцу.

[2] Галатея (греч. миф.) – прекрасная нимфа, в которую влюбился циклоп (одноглазый) пастух Полифем.

– Вы правы, ваше величество, мне посчастливилось – мои творения снискали похвалу кардиналов, великих герцогов, принцев и королей.

– Покажите же мне ваши прекрасные творения. И посмотрим, не окажусь ли я более требовательным судьей.

– Времени у меня было очень мало, сир. Однако вот ваза и серебряный таз, над которыми я сейчас работаю, но они, пожалуй, недостойны внимания вашего величества.

Минут пять король молча разглядывал произведения Челлини. Казалось, дивные творения заставили его позабыть о творце. Заметив, что его окружили дамы, подстрекаемые любопытством, Франциск I воскликнул:

– Посмотрите, сударыни, да это просто чудо! Форма вазы так нова и так смела! Бог ты мой, как тонка, как искусна работа барельефа и рельефа! Особенно же восхищает меня красота этих линий: видите, как разнообразны и естественны позы людей! Взгляните-ка на эту девушку... Художник удивительно живо передал ее мимолетный жест. Так и кажется, девушка вот-вот взмахнет рукой. Право, даже в древности не создавали таких прекрасных вещей. Вспоминаю лучшие творения античных мастеров и выдающихся ваятелей Италии... Нет, ничто не производило на меня такого сильного впечатления! Ну, посмотрите же на эту прелестную малютку: дитя утопает в цветах, шевелит ножкой. Все так живо, изящно и прекрасно!

– Вы великий король, сир! – воскликнул Бенвенуто. – Другие осыпали меня похвалами, вы же меня понимаете!

– Покажите еще что-нибудь! – сказал король с каким-то жадным нетерпением.

– Вот медаль, изображающая Леду и лебедя. Я сделал ее для кардинала Габриэля Цезарини. Вот печать, на которой я выгравировал изображение святого Иоанна и святого Амвросия. Вот эмалированная рака...

– Неужели? Вы чеканите медали? – спросила госпожа д'Этамп.

– Как Кавадоне Миланский, сударыня.

– Вы покрываете золото эмалью? – воскликнула Маргарита.

– Как Америго Флорентийский.

– Вы гравируете печати? – осведомилась Екатерина.

– Как Лантизко Перузский. Уж не думаете ли вы, сударыня, что мне достает таланта лишь на изделие филигранных золотых безделушек и чеканку серебряных монет? Хвала создателю, я умею делать все понемногу. Я недурно знаю инженерное искусство, дважды помешал врагу захватить Рим. Пишу сносные сонеты. И вы, ваше величество, можете заказать мне оду. Я сочиню оду в вашу честь, право, не хуже самого Клемана Маро! Музыке отец обучал меня из-под палки. Эта метода пошла мне на пользу – я играю на флейте и на корнете так хорошо, что папа Климент Седьмой, когда мне было двадцать четыре года, взял меня в свой оркестр. Кроме того, я изобрел способ изготовления пороха, умею делать превосходные самопалы и хирургические инструменты. А ежели вы, ваше величество, поведете войну, то соблаговолите позвать меня. Вот увидите, я пригожусь вам – я метко бью из аркебуза и умею наводить кулеврину.[1] На охоте мне случалось за один день подстрелить двадцать пять павлинов. В артиллерийском бою я избавил императора от принца Оранского, а ваше величество – от коннетабля Бурбона.[2] Как видите, предателям приходится со мной не сладко...

– Так чем же вы больше гордитесь, – прервал его молодой дофин, – что убили коннетабля или подстрелили двадцать пять павлинов?

---

[1] Кулеврина – старинная пушка.

[2] Коннетабль – верховный начальник королевских войск в средневековой Франции. В данном случае имеется в виду коннетабль Шарль де Бурбон. Король Франциск I боялся его политического соперничества и попытался отнять у коннетабля часть его владений с помощью своей матери Луизы Савойской. Тогда последний тайно сговорился с Карлом V, бежал к нему и начал воевать против своего отечества, снискав позорную славу предателя.

– Я не горжусь ни тем, ни другим, монсеньор… Ловкость, как и все другие таланты, дана нам господом богом, и я проявил ее, вот и все.

– А ведь я и не знал, что вы оказали мне такую услугу, – произнес король, – Значит, вы убили коннетабля Бурбона? Как же это произошло?

– Бог мой, да очень просто! Армия коннетабля внезапно подступила к Риму и ринулась на приступ крепостных стен. Мы с приятелями пошли посмотреть, как идет бой. Выходя из дому, я невзначай прихватил аркебуз. Доходим мы до вала. Вижу – делать там нечего. «Но не зря же я пришел!» – промелькнула у меня мысль. И вот я навожу аркебуз туда, где погуще и потеснее ряды, беру на мушку рослого воина – он был на целую голову выше всех – и стреляю. Он падает – выстрел сразу производит смятение во вражеских рядах. Оказалось, я убил Бурбона. Он был, как я узнал потом, выше всех ростом.

Пока Бенвенуто беспечно и непринужденно вел рассказ, круг дам и вельмож расступился: все с уважением и чуть ли не страхом смотрели на героя, не ведавшего о своем подвиге. Один лишь Франциск I все стоял рядом с Челлини.

– Итак, любезный друг, – промолвил он, – я вижу, что, еще не посвятив мне свое дарование, вы сослужили мне службу своей отвагой.

– Ваше величество, – с улыбкой ответил Бенвенуто, – знаете ли, по-моему, я и родился вашим слугой! Один случай из моего детства наводит меня на эту мысль. У вас на гербе изображена саламандра, не правда ли?

– Да, и девиз: «Nutriseo et extinguo».[1]

– Так вот… Как-то, когда мне было пять лет, я сидел с отцом в горнице, где перед тем бучили белье. В очаге еще пылали дубовые поленья. Стояли сильные холода. Я взглянул на огонь и заметил

---

[1] «Питаю и уничтожаю» (лат.).

среди языков пламени какое-то существо, похожее на ящерицу. Казалось, ящерица весело отплясывает в самом пекле. Я показал на нее отцу, а отец… прошу простить меня за вольность, но таков уж грубый обычай в наших краях… влепил мне внушительную затрещину и ласково сказал: «Ты ни в чем не провинился, сынок, и я ударил тебя, чтобы тебе запомнилась саламандра в огне. Не слыхал, чтобы еще кому-нибудь довелось ее увидеть». Не правда ли, ваше величество, это было предзнаменование? Я верю в предзнаменования. В двадцать лет я чуть было не уехал в Англию, но чеканщик Пьетро Торреджиано, с которым я туда собирался поехать, рассказал, как однажды, еще мальчишкой, он дал пощечину Микеланджело, поссорившись с ним в мастерской. И все было кончено: ни за какие блага в мире я не поехал бы с человеком, который поднял руку на великого скульптора. Я остался в Италии, а из Италии попал не в Англию, а во Францию.

– Франция горда тем, что вы избрали ее, Бенвенуто. И мы сделаем все, чтобы вы не тосковали по родине.

– О, моя родина – искусство! Оно всегда со мной. А мой повелитель – тот, кто заказывает мне чеканку самой богатой чаши.

– А есть ли у вас какой-нибудь замысел сейчас?

– О да, ваше величество! Я хочу создать фигуру Христа, но не распятого, нет, а Христа во всем блеске божественной славы и, если это возможно, передать всю несказанную красоту, которую он явил мне.

– Неужели вы видели не только земных царей, но и царя небесного? – со смехом воскликнула Маргарита, бравшая все под сомнение.

– Да, сударыня, – отвечал Бенвенуто с детской бесхитростностью.

– Так расскажите же нам и об этом, – попросила королева Наваррская.

– Охотно, сударыня, – сказал Бенвенуто Челлини доверительным тоном, очевидно не допуская мысли, что кто-нибудь может сомневаться в истинности его слов. – Незадолго до того я видел сатану со всеми его присными; вызвал его мой приятель, священник-некромант.[1] Сатана явился нам в Колизее, и мы с большим трудом от него отделались. Но жуткое воспоминание об исчадии ада навсегда покинуло меня, когда в ответ на мою горячую мольбу мне явился, дабы укрепить дух мой в заточении, божественный наш спаситель в сиянии солнечных лучей, увенчанный ореолом.

– И вы действительно уверены… – спросила королева, – вполне уверены, что вам являлся Христос?

– Вполне уверен, сударыня.

– В таком случае, Бенвенуто, сделайте для дворцовой часовни фигуру Христа, – благодушным тоном произнес Франциск I.

– Ваше величество, будьте милосердны и закажите мне что-нибудь другое. Отложим эту работу.

– Но почему же?

– Потому что я дал обет господу богу посвятить это творение только ему.

– Превосходно! Так вот, Бенвенуто, мне нужна дюжина светильников для стола.

– О, это другое дело! Я с радостью повинуюсь вам, сир.

– И не просто светильники, а серебряные статуи.

– Ваше величество, это будет великолепно!

– Да, двенадцать статуй в мой рост – шесть богов и шесть богинь.

– Они будут вашего роста, сир.

– Да вы заказываете целую поэму! – промолвила госпожа д'Этамп. – Чудесную, удивительную! Не правда ли, господин Бенвенуто?

---

[1] Некромант. – У древних греков некромантами назывались люди, якобы обладавшие искусством вызывать души умерших, чтобы от них узнавать будущее.

– Я никогда ничему не удивляюсь, сударыня.

– А я бы удивилась, – сказала герцогиня, задетая за живое, – если бы какой-нибудь ваятель, кроме античных, создал бы нечто подобное.

– Я все же надеюсь, что выполню заказ не хуже античных мастеров. – хладнокровно возразил Бенвенуто.

– А нет ли тут хвастовства, маэстро Бенвенуто?

– Я никогда не хвастаюсь, сударыня, – проговорил Челлини, пристально смотря на госпожу д'Этамп.

И надменная герцогиня невольно опустила глаза, не выдержав его твердого, спокойного взгляда, в котором даже не было гнева. Анна затаила неприязнь к Челлини; она почувствовала духовное превосходство художника, хотя и не могла постичь, в чем его сила. До сих пор герцогиня воображала, что красота всемогуща: она позабыла о могуществе гения.

– Но какие же нужны сокровища, чтобы вознаградить талант, подобный вашему? – желчно спросила герцогиня.

– Разумеется, моих сокровищ мало, – заметил Франциск I. – Кстати, Бенвенуто, вы, кажется, получили только пятьсот золотых экю. Довольно ли вам будет того жалованья, какое мы платили нашему придворному живописцу Леонардо да Винчи, – семьсот золотых в год? Кроме того, все работы, заказанные лично мною, будут оплачены отдельно.

– Ваше величество, эти щедроты достойны такого короля, как Франциск Первый, и, смею сказать, такого ваятеля, как Челлини. И все же осмелюсь обратиться к вашему величеству еще с одной просьбой.

– Заранее обещаю, что она будет выполнена, Бенвенуто.

– Ваше величество, у меня неуютная и тесная мастерская. Один из моих учеников нашел помещение, более подходящее для создания крупнейших работ, которые, быть может, закажет мне мой повелитель. Оно принадлежит вашему величеству. Это

Большой Нельский замок. Он находится в распоряжении парижского прево, но прево не живет там, а занимает лишь Малый Нельский замок, который я охотно ему уступлю.

– Да будет так, Бенвенуто! – сказал Франциск I. – Водворяйтесь в Большой Нельский замок, и, когда мне захочется побеседовать с вами и полюбоваться вашими шедеврами, мне придется лишь перебраться по мосту через Сену…

– Как, ваше величество, – перебила короля госпожа д'Этамп, – вы без всяких оснований лишаете права на владение замком дворянина, преданного мне человека!

Бенвенуто взглянул на нее, и Анна во второй раз опустила глаза, не выдержав его удивительно проницательного, пристального взгляда.

А Челлини подхватил с тем же наивным простодушием, с каким рассказывал о своих видениях:

– Но ведь я тоже благородного происхождения, сударыня! Мой род ведет начало от человека знатного, самого главного полководца у Юлия Цезаря, по имени Фиорино, уроженца Челлино, что близ Монтефиасконе. Его именем названа Флоренция, а именем вашего прево и его предков, если память мне не изменяет, еще ничто не названо… Однако ж, – продолжал Бенвенуто, повернувшись к Франциску I, причем выражение его глаз и голоса тотчас же изменилось, – быть может, я слишком дерзок… быть может, я вызвал к себе ненависть власть имущих и, невзирая на покровительство вашего величества, она в конце концов погубит меня. У парижского прево, говорят, целая армия…

– Мне рассказывали, – перебил его король, – что однажды в Риме некий Челлини, золотых дел мастер, не пожелал без вознаграждения отдать серебряную вазу, заказанную монсеньором Фарнезе, в те времена кардиналом, а ныне папой.

– Сущая правда, ваше величество.

– Говорят еще, что вся стража кардинала явилась со шпагами наголо и пошла на приступ мастерской, чтобы взять вазу силой.

– И это сущая правда.

– Но этот самый Челлини, притаившись за дверью с мушкетом в руках, доблестно защищался и обратил в бегство телохранителей монсеньора, а наутро кардинал заплатил ему сполна.

– Все это истинная правда, ваше величество.

– Уж не вы ли тот самый Челлини?

– Да, сир, именно я, и ежели ваше величество сохранит свое благоволение ко мне, ничто меня не испугает.

– Смелее же вперед! – воскликнул король, чуть заметно улыбнувшись. – Смелее же, ибо вы дворянин!

Госпожа д'Этамп промолчала, но с этой секунды стала ненавидеть Челлини смертельной ненавистью оскорбленной женщины.

– Ваше величество, прошу вас о последней милости, – снова заговорил Челлини. – Не смею представить вам всех своих подмастерьев: их десять человек – французов и немцев, все славные ребята, мои искусные помощники. Но двух учеников – Паголо и Асканио – я привез из Италии... Подойдите, Паголо, выше голову, смотрите веселее! Не как наглецы смотрят, а как честные люди, которым нечего краснеть, ибо они не совершили дурных поступков... Паголо, пожалуй, не хватает изобретательности, ваше величество, а также и вдохновения. Зато он исполнительный и добросовестный мастер; работает он медленно, зато хорошо, прекрасно понимает мои замыслы и точно их выполняет... А вот и Асканио, юноша благородный, милый моему сердцу ученик, мой любимец. Он, без сомнения, не обладает могучим творческим воображением, по воле которого сталкиваются и бьются на барельефе батальоны двух вражеских армий или же вонзаются в края вазы могучие когти льва или зубы тигра. Нет, фантазия не подскажет ему причудливого, волшебного образа: ни чудовищных химер, ни сказочных драконов, – зато его душа, такая же прекрасная, как и тело, по наитию воспринимает, если можно так выразиться, божественный идеал. Попросите Асканио создать ангела или группу нимф, и никто не сравнится с ним – столько утонченности, поэтичности, неподражаемого изящества в его творениях! Когда я работаю с Паголо, у меня четыре руки, а когда с Асканио – две души. Добавлю: он любит меня, и я очень счастлив, что вблизи меня бьется такое чистое, преданное сердце, как сердце Асканио.

Пока учитель говорил все это, Асканио стоял возле него скромно, но без всякого стеснения, и поза его была так грациозна, что госпожа д'Этамп не могла отвести взгляда от черноглазого и черноволосого итальянца, от очаровательного юноши – живой копии Аполлона.

– Если Асканио такой тонкий мастер изящных вещиц, – промолвила она, – пусть придет как-нибудь утром ко мне во дворец д'Этамп. Я хочу, чтоб он сделал какой-нибудь чудесный цветок из драгоценных камней и золота.

Асканио поклонился, взглянув на герцогиню с сердечной признательностью.

– А я, – сказал король, – назначаю ему и Паголо сто золотых экю жалованья в год.

– Они заслужат свое жалованье, – произнес Бенвенуто.

– А что за прелестная девушка с длинными ресницами притаилась там, в уголке? – спросил Франциск I, только тут приметив Скоццоне.

– О, не обращайте на нее внимания, ваше величество! – ответил Бенвенуто, хмуря брови. – Не люблю одного – когда среди всех чудесных творений, украшающих мою мастерскую, замечают и ее. Мне это, право, не по вкусу.

– О, да вы ревнивы, Бенвенуто!

– Что поделаешь, сир, не люблю, когда посягают на мою собственность. Представьте себе, хотя это сравнение и неуместно, что кто-нибудь посмел бы возмечтать о госпоже д'Этамп, – как бы вы разгневались, ваше величество! Скоццоне же – моя герцогиня.

Эти слова вывели из задумчивости герцогиню, любовавшуюся Асканио, и она прикусила губу. Кое-кто из вельмож невольно улыбнулся, дамы зашушукались. Король рассмеялся:

– Полно, полно! Вы вправе ревновать, Бенвенуто, честное слово дворянина! Все мы – и художники, и короли – понимаем друг друга... До свиданья, друг мой! Прошу вас, приступайте к работе над статуями. Начните, разумеется, с Юпитера и, когда вылепите модель, принесите ее мне. Прощайте, желаю успеха! До встречи в Нельском замке.

– Легко сказать, ваше величество, – принести вам модель! Как же я попаду в Лувр?

– Часовым у дворцовых ворот будет приказано пропускать вас ко мне.

Челлини поклонился и в сопровождении Паголо и Асканио довел короля с его свитой до ворот. Тут он опустился на колени и поцеловал руку Франциска I, промолвив с чувством:

– Ваше величество, благодаря посредничеству монсеньора де Монлюка вы спасли меня от заточения, а быть может, и от смерти! Вы осыпали меня щедротами, вы почтили мою бедную мастерскую своим присутствием! Но главное, – и я не знаю, как благодарить вас за это, – вы с поразительным проникновением предвосхищаете мои замыслы. Так повелось, что мы, художники, работаем для тех, кто оценит нас много веков спустя. Мне же посчастливилось: я нашел при жизни судью, который всегда поддержит меня, всегда даст просвещенный совет. До сих пор я был мастером грядущих поколений. Отныне позвольте мне быть королевским золотых дел мастером, ваше величество!

– Вы будете моим мастером, моим ювелиром, моим ваятелем и моим другом, Бенвенуто, если только такое звание вам по душе! Прощайте же или, вернее, до свидания.

Нечего и говорить, что, по примеру короля, придворные, кроме одной лишь госпожи д'Этамп, осыпали Челлини ласками и похвалами.

Когда все уехали и Бенвенуто остался во дворе с двумя учениками, Асканио стал горячо благодарить его. Паголо же – словно нехотя.

– Не благодарите меня, сынки, не стоит труда. Но послушайте: если вы и вправду считаете себя обязанными мне, я попрошу вас об одной услуге, раз нынче зашел об этом разговор; речь идет о том, что мне всего дороже. Вы слышали, что я сказал королю про Катерину, и слова эти отвечают сокровеннейшему моему чувству. Девушка стала необходима мне, друзья, и в творчестве – ведь вы знаете, с какой радостью Скоццоне служит мне моделью, – и в жизни; я верю, что она любит меня. Итак, прошу вас – хотя Скоццоне хороша собой, а вы молоды, как молода и она сама, – не помышляйте о ней. На свете найдете много других хорошеньких девиц. Не терзайте моего сердца, не оскорбляйте моей дружбы к вам, бросая на Скоццоне пылкие взгляды. А когда меня нет, заботьтесь о ней и берегите ее, как братья. Заклинаю вас об этом: я знаю свой нрав, знаю себя и, клянусь богом, замечу неладное – убью ее и предателя!

– Учитель, – воскликнул Асканио, – я почитаю вас своим наставником и люблю вас, как отца! Будьте же спокойны.

– Всемогущий Иисусе! – вскричал Паголо, всплеснув руками. – Да хранит меня бог и помыслить о такой низости! Да разве не обязан я вам решительно всем? Ведь я свершу богомерзкое преступление, если стану злоупотреблять вашим священным для меня доверием и в благодарность за все благодеяния отплачу таким низким предательством!

– Благодарю, сыны мой! – промолвил Бенвенуто, пожимая им руки. – Благодарю несчетное число раз. Я доволен, я верю вам... А теперь, Паголо, берись за работу да помни: я обещал господину де Вилльруа к завтрашнему дню печать, над которой ты трудишься. Мы же с Асканио пойдем осматривать поместье, пожалованное нам всемилостивым королем. А в будущее воскресенье позабавимся: займем Нельский замок, пусть даже силой. – Затем, обернувшись к

Асканио, он добавил: – Пойдем же, Асканио, в знаменитый Нельский замок, который так понравился тебе снаружи, и посмотрим, достоин ли он и внутри того, что о нем говорит молва.

И не успел Асканио вымолвить слова, как Бенвенуто, оглядев мастерскую, чтобы проверить, все ли подмастерья в сборе, ласково похлопал по круглой и румяней щечке Скоццоне и, взяв под руку ученика, вышел вместе с ним из дому.

Глава 6. Для чего пригодны дуэньи

Не прошли они по улице и десяти шагов, как встретили невысокого человека лет пятидесяти с тонким, выразительным лицом.

– А я шел к вам, Бенвенуто, – произнес незнакомец, которому Асканио поклонился не только с уважением, но с глубочайшим почтением, а Бенвенуто дружески протянул ему руку.

– Если вас привело ко мне важное дело, дорогой Франческо, я вернусь с вами; если же вы попросту пришли проведать меня, тогда пойдемте вместе со мной.

– Я пришел дать вам совет, Бенвенуто.

– Охотно выслушаю вас. Совет друга всегда пригодится.

– Но мой совет не для посторонних.

– Этот юноша мое второе «я», Франческо, говорите!

– Сказал бы, если бы считал возможным, – отвечал друг Бенвенуто.

– Простите, учитель, – промолвил Асканио и скромно отошел в сторону.

– Ну что ж, придется тебе одному пойти туда, куда мы думали пойти вместе, сынок, – произнес Бенвенуто. – Ты ведь знаешь – я полагаюсь на тебя, как на самого себя. Осмотри все до мельчайших подробностей. Приметь, хорошо ли освещена мастерская, годится ли двор для отливки и можно ли отделить нашу мастерскую от помещения, где будут работать другие подмастерья. Да не забудь про зал для игры в мяч.

И Бенвенуто, подхватив неизвестного под руку, кивнул на прощанье ученику и вернулся к себе в мастерскую, а молодой человек так и остался неподвижно стоять посреди улицы Святого Мартена.

В самом деле, поручение учителя повергло Асканио в полнейшее смятение. Он уже и так почувствовал растерянность, когда Бенвенуто позвал его осматривать замок. Судите же сами, что стало с юношей теперь, когда учитель послал его туда одного.

Итак, Асканио, два воскресенья подряд видевший Коломбу и не смевший следовать за ней, а на третье последовавший за девушкой, но не посмевший заговорить, теперь должен был явиться к своей возлюбленной... И зачем же? Чтобы осмотреть Нельский замок, который Бенвенуто, желая позабавиться, намеревался в будущее же воскресенье отнять у отца Коломбы, пустив в ход и уговоры, и силу.

Всякий на месте Асканио почувствовал бы себя в ложном положении; влюбленный же юноша пришел в ужас.

По счастью, от улицы Святого Мартена до Нельского замка было довольно далеко. Иначе Асканио и шага бы не сделал; но надо было пройти около полумили, и юноша отправился в путь.

Ничто так не примиряет с опасностью, как время или расстояние, которое нас от нее отделяет. Размышления – могучий пособник для людей, сильных духом или богато одаренных. К такой породе людей и принадлежал Асканио. В те времена среди юношей, едва вступивших в жизнь, еще не было модным напускать на себя разочарованность. Искренни были все чувства, искренни их проявления: в радости люди смеялись, в горе плакали. Манерничанье было почти не принято как в жизни, так и в искусстве, и в те времена двадцатилетний красавец ничуть не почел бы себя униженным, признавшись, что он счастлив.

Итак, несмотря на все свое смятение, Асканио был счастлив. Ведь он думал, что увидит Коломбу только в воскресенье, а увидит ее сегодня. Ведь это означало выиграть шесть дней, а шесть дней ожидания для влюбленного, как известно, равносильны шести векам.

И чем ближе он подходил к замку, тем все казалось ему гораздо проще. Правда, он сам надоумил Бенвенуто попросить у короля позволения обосноваться в Нельском замке и устроить там мастерскую. Но неужели Коломба рассердится на него за то, что он старается быть поближе к ней! Правда, водворение флорентийского мастера нанесет ущерб отцу Коломбы, считавшему замок своей собственностью. Но такой ли это большой ущерб, раз господин Робер д'Эстурвиль там не живет? К тому же у Бенвенуто столько возможностей уплатить за помещение: например, преподнести кубок прево или ожерелье его дочери (и Асканио решил сделать это ожерелье). В ту эпоху расцвета искусства все это могло и должно было устранить любые затруднения. Асканио видывал всемогущих герцогов, королей и пап, готовых продать корону, скипетр и тиару, только бы купить какую-нибудь чудесную драгоценную вещицу, созданную руками его учителя. Да и, в конце концов, мессер Робер поймет, что дело можно уладить миром, и еще останется должником маэстро Бенвенуто. Ведь маэстро Бенвенуто так великодушен, что если мессер д'Эстурвиль проявит учтивость, то маэстро Бенвенуто проявит королевскую щедрость – Асканио был в этом уверен.

Пройдя всю улицу Святого Мартена, Асканио уже вообразил себя вестником мира, ниспосланным господом богом, дабы поддержать согласие между двумя державами.

Однако, поверив в это, Асканио был не прочь – ведь влюбленные так странны – продлить свой путь еще минут на десять. Поэтому он не перебрался через Сену на лодке, а пошел дальше по набережной, по направлению к Мельничному мосту. Быть может, он и выбрал этот путь лишь оттого, что проходил тут накануне следом за Коломбой.

Впрочем, по какой бы причине он ни сделал этот крюк, а минут через двадцать все же очутился перед Нельским замком. И вот, когда Асканио оказался у цели, когда он увидел узкую стрельчатую дверь, порог которой надо было переступить, когда разглядел прелестное здание в готическом стиле, увенчанное островерхими башенками, дерзновенно устремленными ввысь, когда подумал, что за ставнями, полузатворенными из-за жары, живет прекрасная

Коломба, – великолепный воздушный замок, воздвигнутый им по дороге, рухнул, подобно дивным сооружениям, что появляются в облаках и исчезают, лишь только взмахнет крылами ветер. И юноша оказался лицом к лицу с действительностью, а в действительности не было ничего успокоительного.

Однако, помедлив несколько минут – промедление тем более странное, что в тот знойный день на набережной не было ни души, – Асканио понял, что надо на что-то решиться. Надо было войти в замок – это и было единственное решение. И вот юноша подошел к двери и поднял молоток. Но трудно сказать, когда он опустил бы его, если бы в ту самую минуту дверь случайно не отворилась и он не очутился лицом к лицу с каким-то человеком лет тридцати, не то слугой, не то крестьянином, как видно исполнявшим любую работу. Это был садовник мессера д'Эстурвиля.

Асканио и садовник отпрянули друг от друга.

– Что вам надобно? – спросил садовник. – Чего тут стоите?

Отступать было поздно, и Асканио, призвав на помощь все свое мужество, храбро ответил:

– Хочу посетить замок.

– Как это – посетить замок? – удивился садовник. – От чьего имени?

– От имени короля, – отвечал Асканио.

– От имени короля?! – возопил садовник. – Господи Иисусе! Уж не собирается ли король отнять у нас замок?

– Вполне вероятно, – ответил Асканио.

– Но что это значит?

– Сами понимаете, приятель, – произнес Асканио с важностью, которой сам остался доволен, – мне незачем перед вами отчитываться!

– Что ж, верно. С кем вам угодно говорить?

– Скажите, господин прево дома? – спросил Асканио, превосходно зная, что его нет в замке.

– Нет, сударь, он в Шатле.

– А кто заменяет господина, когда его нет дома?

– Дочь его милости, мадемуазель Коломба.

Асканио почувствовал, что краснеет до ушей.

– Да еще, – продолжал садовник, – госпожа Перрина. С кем вам угодно говорить – с госпожой Перриной или с мадемуазель Коломбой, сударь?

Этот простой вопрос поднял целую бурю чувств в душе Асканио. Юноша открыл рот, собираясь сказать, что хочет видеть мадемуазель Коломбу, однако дерзкие слова так и не слетели с его языка, и он попросил провести его к госпоже Перрине.

Садовник, не подозревавший, что этот, по его мнению, естественный вопрос мог вызвать такое смятение, кивнул головой в знак повиновения и зашагал по двору к Малому Нельскому замку. Асканио пошел вслед за ним.

Они пересекли второй двор, затем вошли во вторую дверь, миновали цветник, поднялись по ступенькам на крыльцо, добрались до конца длинной галереи.

И тут садовник открыл дверь и доложил:

– Госпожа Перрина, пришел молодой человек и от имени короля требует, чтобы ему показали замок.

И он посторонился, уступая место Асканио, остановившемуся на пороге.

Асканио прислонился к стене, в глазах у него потемнело: случилось то, чего он не предвидел. В комнате вместе с дуэньей была Коломба, и он очутился лицом к лицу с ними.

Госпожа Перрина сидела за прялкой и пряла. Коломба сидела за пяльцами и вышивала.

Обе подняли голову одновременно и посмотрели на дверь. Коломба сразу же узнала Асканио. Девушка ждала его, хотя рассудок и говорил ей, что прийти он не может. А юноша, встретившись с ней глазами, решил, что сейчас умрет, хотя взгляд девушки и выражал бесконечную нежность.

Дело в том, что, думая о встрече с Коломбой, Асканио предвидел множество затруднений, рисовал в воображении множество препятствий; препятствия должны были воодушевить, трудности – укрепить. И вот все сложилось так просто, так хорошо. Юноша встретился с Коломбой неожиданно, и все великолепные речи, уготованные заранее, пылкие, образные речи, которые должны были тронуть и поразить девушку, исчезли из его памяти – не осталось ни фразы, ни слова, ни слога.

Коломба тоже замерла, сидела не шелохнувшись, не проронив ни словечка. Чистые и юные существа, словно заранее соединенные в небесах, уже чувствовали, что принадлежат друг другу, и, устрашенные первой встречей, трепетали, полные смущения, и не могли вымолвить ни слова.

Госпожа Перрина встала со стула; отложив веретено, она оперлась о колесо прялки и первая нарушила молчание.

– Этот простофиля Рембо мелет вздор! – произнесла достойная дуэнья. – Вы слышали, Коломба?

Коломба не ответила.

И дуэнья продолжала, подойдя к Асканио:

– Кто вам здесь нужен, сударь?.. Ах, да простит мне господь бог! – воскликнула она, вдруг узнав юношу. – Да ведь это тот самый любезный молодой человек, который вот уже три воскресенья так учтиво предлагает мне святую воду у дверей церкви. Что вам угодно, дружок?

– Мне нужно поговорить с вами, – пробормотал Асканио.

– Наедине? – жеманясь, спросила госпожа Перрина.

– Наедине...

И, говоря это, Асканио понимал, что совершает непростительную глупость.

– В таком случае, пожалуйте сюда, молодой человек, пожалуйте сюда, – проговорила госпожа Перрина, открывая боковую дверь и знаком приглашая Асканио следовать за ней.

И Асканио последовал за ней, но, уходя, он бросил на Коломбу один из тех долгих взглядов, в которые каждый влюбленный умеет вкладывать так много, – они непонятны для непосвященных, зато полны глубокого значения для тех, к кому обращены. И Коломба, разумеется, поняла смысл этих речей, ибо, когда ее глаза невольно встретились с глазами молодого человека, она вдруг вспыхнула и, почувствовав это, потупилась, будто разглядывая вышивание, и принялась немилосердно калечить ни в чем не повинный цветок. Асканио, увидев, что личико Коломбы вспыхнуло, тотчас же остановился и устремился было к ней, но в эту минуту госпожа Перрина, обернувшись, окликнула молодого человека, и ему пришлось пойти вслед за ней. Не успел он перешагнуть порог, как Коломба бросила иголку, уронила руки на подлокотники кресла, откинула голову и глубоко вздохнула, причем во вздохе ее – такова необъяснимая тайна сердца – воедино слилось все: и сожаление, что Асканио уходит, и чувство облегчения оттого, что его уже нет.

Асканио же был явно не в духе: он сердился на Бенвенуто, который дал ему такое нелепое поручение; сердился на себя за то, что не воспользовался удобным случаем, а больше всего сердился на госпожу Перрину, ибо по ее вине он вышел именно в тот миг, когда ему показалось, будто Коломба взглядом просит его остаться.

Поэтому, когда дуэнья, оказавшись наедине с Асканио, спросила о цели его прихода, юноша ответил довольно дерзко, решив отплатить ей за свой собственный промах:

– Я пришел, уважаемая, попросить вас показать мне Нельский замок и обойти его со мной вдоль и поперек.

– Показать вам Нельский замок? – переспросила госпожа Перрина. – А для чего вам это понадобилось?

– А чтобы посмотреть, годится ли он для нас, удобно ли нам тут будет и стоит ли нам хлопотать и переселяться сюда.

– Как так – переселяться сюда? Разве вы сняли замок у господина прево?

– Нет, нам дарует замок его величество.

– Его величество дарует вам замок?! – воскликнула госпожа Перрина вне себя от удивления.

– В полную собственность, – ответил Асканио.

– Вам?

– Не мне, милейшая, а моему учителю.

– А кто такой, дозвольте полюбопытствовать, ваш учитель, молодой человек? Уж верно, какой-нибудь вельможа из иностранцев?

– Поважнее, госпожа Перрина, – великий художник, нарочно приехавший из Флоренции, чтобы служить его христианнейшему величеству!

– Вот оно как! – произнесла дуэнья, которая не совсем хорошо понимала, о чем идет речь. – А что делает ваш учитель?

– Что делает? Да все на свете: перстеньки для девичьих пальчиков, кувшины для королевского стола, статуи для храмов, а в свободное время он то осаждает, то защищает города, если ему вздумается повергнуть в ужас императора или укрепить власть папы.

– Господи Иисусе! – воскликнула госпожа Перрина. – Как же зовут вашего учителя?

– Его зовут Бенвенуто Челлини.

– Странно, не слышала этого имени, – пробормотала дуэнья. – Кто же он по званию?

– Он золотых дел мастер.

Госпожа Перрина взглянула на Асканио, вытаращив глаза от удивления.

– Золотых дел мастер? – повторила она. – И вы воображаете, что мессер прево так и уступит свой замок какому-то золотых дел мастеру?

– А не уступит – силой возьмем.

– Силой?

– Вот именно.

– Надеюсь, ваш учитель не посмеет идти наперекор господину прево?

– Ему случалось идти наперекор трем герцогам и двум папам.

– Господи Иисусе! Двум папам! Уж не еретик ли он?

– Он такой же католик, как мы с вами, госпожа Перрина. Успокойтесь: сатана нам не союзник, зато нам ворожит сам король.

– Ах, вот как! Ну, а господину прево тоже ворожат, и не хуже, чем вам.

– Кто же это?

– Госпожа д'Этамп.

– Ну, в таком случае наши силы равны, – заметил Асканио.

– А если мессер д'Эстурвиль вам откажет?

– Маэстро Бенвенуто захватит замок силой.

– А если мессер Робер запрется здесь, как в крепости?

– Маэстро Челлини приступит к осаде замка.

– У мессера прево двадцать четыре вооруженных стражника. Подумайте-ка об этом.

– У маэстро Бенвенуто Челлини десять учеников. Наши силы равны – сами видите, госпожа Перрина.

– Зато сам мессер д'Эстурвиль – опасный противник. Он поверг на землю всех, кто осмелился с ним состязаться на турнире в честь свадьбы Франциска Первого.

– Что ж, госпожа Перрина, вот с таким-то храбрецом Бенвенуто и хочет помериться силами. Он, как и мессер д'Эстурвиль, поверг на землю всех своих неприятелей. Только те, кого победил ваш прево, недели через две были веселы и здоровы; те же, кто имел дело с моим учителем, так уж и не поднялись, и через три дня их отнесли на кладбище.

– Ох, быть беде, быть беде! – пробормотала госпожа Перрина. – Говорят, в осажденных городах творятся ужасные дела.

– Успокойтесь, госпожа Перрина, – со смехом отвечал Асканио, – ваши победители будут милосердны.

– А сказала я все это, мой юный друг, оттого, что боюсь, как бы не пролилась кровь, – отвечала госпожа Перрина, которая была, очевидно, не прочь приобрести поддержку среди осаждающих. – Ваше соседство, сами понимаете, нам будет приятно. Ведь нам в этой проклятой глуши не хватает общества. Мессер д'Эстурвиль подверг нас – свою дочку и меня – настоящему заточению, как двух бедных монахинь, хоть, сохрани бог, мы не давали обета безбрачия. Нельзя быть человеку одному, гласит Священное писание, а когда священное писание гласит «человек», то тут подразумевается и женщина. Не правда ли, сударь?

– Само собой разумеется.

– А мы здесь в огромных покоях совсем одни и, конечно, ужасно скучаем.

– Разве вас никто не посещает? – спросил Асканио.

– Господи боже! Да живем мы хуже монахинь, я ведь вам уже сказала. Монахини хоть родственников, друзей принимают, видятся с ними через решетку. У них есть трапезная, где они собираются, где беседуют, болтают. Не очень-то это все весело, конечно, но все же немного отвлечешься. К нам же время от времени только мессер прево приходит да пробирает дочку – видно, за то, что она все хорошеет. Право же, только в том и повинна бедняжка. И меня бранит – построже велит смотреть за ней. Благодарение богу, ведь она не видит ни единой живой души и, если не считать разговоров со мною, только и открывает ротик, чтобы сотворить молитву. И я прошу вас, молодой человек, никому не говорить, что вас сюда впустили и что после осмотра Большого Нельского замка вы зашли побеседовать с нами в Малый.

– Как, после осмотра Большого Нельского замка?.. – воскликнул Асканио. – Значит, я вернусь с вами в Малый? Значит, я… – И Асканио осекся, поняв, что его радость слишком очевидна.

– Вряд ли было бы учтиво, молодой человек, представившись мадемуазель Коломбе, – а она, прошу принять к сведению, здесь хозяйка, когда ее отца нет дома, – итак, по-моему, вряд ли было бы учтиво с вашей стороны покинуть Нельский замок, поговорив только со мной, не сказав ей ни словечка на прощанье. Впрочем, если вам это не угодно – сами понимаете, вольному воля, – выходите прямо через Большой Нельский, там есть свои ворота.

– Ни за что, ни за что, черт возьми! – воскликнул Асканио. – Госпожа Перрина, право же, я воспитан не хуже других и учтив с дамами. Только прошу вас, госпожа Перрина, осмотрим поскорее покои Большого замка, я очень спешу.

И действительно, теперь, узнав, что можно вернуться в Малый замок, Асканио торопился покончить с осмотром Большого. А госпожа Перрина побаивалась, что вдруг ее застанет врасплох прево, и не хотела задерживать Асканио; прихватив связку ключей, висевшую за дверью, она пошла вперед.

Бросим же вместе с Асканио взгляд на Нельский замок, где отныне будут происходить самые важные события нашего повествования.

Замок, или, вернее, поместье Нель – так его обыкновенно называли и в те времена, – был расположен, как уже знает читатель, на левом берегу Сены, на том самом месте, где потом воздвигли Неверский дворец, а позже построили Монетный двор и академию. Он стоял на юго-западной окраине Парижа, за стенами его виднелся лишь городской ров и расстилались зеленые лужайки Пре-о-Клер. Построил его в конце VIII века владетельный сеньор Нельский из Пикардии, Амори. В 1308 году Филипп Красивый[1] купил замок и сделал его королевской резиденцией. В 1520 году Нельскую башню – память о ее кровавом, разгульном прошлом

[1] Филипп Красивый (1285–1313) – король Франции.

осталась в веках – отделили от замка, по берегу реки проложили набережную, а через ров перекинули мост. Мрачная башня стояла на острове одиноко и угрюмо, словно кающаяся грешница.

Поместье Нель было так обширно, что отторжение башни на нем почти не отразилось. Оно напоминало целое селение. Высокая стена с широкими стрельчатыми воротами и узкой дверью отделяла его от набережной. Сначала вы попадали в обширный четырехугольный двор, тоже обнесенный стеной, в которой было пробито две двери: одна – слева, а другая – в глубине двора. Если вы входили, как это только что сделал Асканио, через дверь слева, то вашему взору являлось небольшое прелестное здание XIV века в готическом стиле: то был Малый Нельский замок, вдоль южной стены которого тянулся сад. Если же вы проходили через дверь, видневшуюся в глубине двора, то справа от вас вставал Большой Нельский замок, сложенный из камня, с двумя своими островерхими башнями, окаймленными балюстрадами, с фасадом, поднимавшимся уступами, высокими расписными окнами и двадцатью флюгерами, скрипевшими под порывами ветра. В наши дни там хватило бы места для трех банкирских домов.

А если бы вы пошли дальше, вы бы просто заплутались в садах всех видов и размеров, и в садах этих вы увидели бы помещение для игры в мяч, для игры в серсо, литейную, склад военных припасов, а за ними – птичьи дворы, овчарни, хлева и конюшни. В наши дни там хватило бы места для трех ферм.

Надобно заметить, что на всем лежала печать запустения, все обветшало. Садовник Рембо и два его помощника едва успевали ухаживать за садом Малого Нельского замка, где Коломба разводила цветы, а госпожа Перрина выращивала капусту. Но места в замке было много, освещение было хорошее, построено все на славу, и, вложив немного труда и денег, можно, конечно, было устроить там чудеснейшую в мире мастерскую.

Но даже если бы здание и не было таким удобным, Асканио восторгался бы ничуть не меньше, ибо тут, поблизости, жила Коломба, а это было главное.

Осмотр он произвел быстро: проворный юноша все оглядел, все проверил, все оценил в мгновение ока. Госпожа Перрина сначала тщетно пыталась за ним поспеть, но немного погодя отдала ему связку ключей, которую он честно вернул ей, окончив осмотр.

– А теперь, госпожа Перрина, – сказал Асканио, – я в вашем распоряжении.

– Ну что ж, вернемся в Малый Нельский замок, молодой человек, ибо так следует поступить из учтивости.

– Конечно! Иначе я был бы просто нелюбезен.

– Да смотрите, Коломбе ни гугу о причине вашего посещения!

– Господи, о чем же я тогда буду говорить с ней? – воскликнул Асканио.

– Не смущайтесь, ангел мой! Ведь вы сами сказали, что вы золотых дел мастер!

– Так оно и есть.

– Вот и говорите с ней об украшениях. Такой разговор всегда приятен даже самой скромной девице. Или ты дочь Евы, или нет. А ежели ты дочь Евы, то любишь все, что блестит. Да и у бедняжки так мало развлечений, она живет так уединенно, что развеселить ее немного – просто благодеяние. И всякий раз, когда господин Робер приходит к нам, я тихонько говорю ему: «Выдайте ее замуж, выдайте бедняжку замуж».

С этими словами госпожа Перрина направилась к Малому Нельскому замку и вошла в сопровождении Асканио в покой, где они оставили Коломбу.

Коломба сидела с задумчивым и мечтательным видом в той же позе, в какой мы оставили ее, только раз двадцать она поднимала головку и устремляла взгляд на дверь, через которую вышел красавец юноша. И если бы кто-нибудь проследил за ее взглядами, то решил бы, что она ждет Асканио. Однако, как только дверь приотворилась, девушка проворно принялась за рукоделье. И ни госпожа Перрина, ни Асканио не заподозрили, что работа была прервана.

Как же она догадалась, что молодой человек шел за дуэньей? Все это можно было бы объяснить гипнотизмом, если бы в те времена его уже придумали.

– Коломба, я привела юношу, который давал нам святую воду. Милочка, это он, я его тотчас же узнала. Я собралась было проводить его до ворот Большого Нельского замка, да он сказал, что не простился с вами. И это истинная правда – ведь вы не перемолвились ни словечком. А ведь оба, слава богу, не онемели…

– Госпожа Перрина! – перебила дуэнью Коломба вне себя от смущения.

– Ну да! Что же тут такого? Нечего вам краснеть. Господин Асканио порядочный молодой человек, а вы девица благонравная. Кроме того, он, как видно, превосходный мастер по части безделушек, драгоценных камней и украшений, а хорошенькие девушки их обычно любят. И, если вам угодно, дочь моя, он принесет свои изделия.

– Мне ничего не нужно, – пролепетала Коломба.

– Сейчас, может быть, и не нужно, но, надеюсь, не зачахнете же вы в этом глухом углу! Вам уже шестнадцать лет, Коломба, и придет день, когда вы станете красавицей невестой и вам понадарят уйму драгоценностей; а потом – знатной дамой, и вам понадобятся всякие украшения. Уж лучше предпочесть этого молодого человека иным мастерам, не стоящим его, конечно.

Коломба страдала. Заметив это, Асканио, не слишком обрадованный предположениями госпожи Перрины, поспешил на помощь бедной девушке, которой гораздо легче было бы разговаривать с юношей, чем слушать монолог дуэньи.

– О мадемуазель, – сказал он, – не отказывайте мне в милости, дозвольте принести кое-что из моих поделок! Теперь мне кажется, что я мастерил все украшения для вас и что, мастеря их, думал о вас. О, поверьте этому, ибо мы, художники-ювелиры, порой воплощаем в безделушках из золота, серебра и драгоценных камней свои помыслы!..

И, скажем откровенно, как полагается бытописателю, что при этих словах, исполненных нежности, сердце Коломбы возликовало, ибо Асканио, долго молчавший, наконец заговорил, и заговорил так, как подобало говорить тому, кто являлся ей в мечтах, причем, даже не поднимая глаз, девушка чувствовала, какой пламенный, лучистый взгляд устремлен на нее. Иностранный выговор придавал особую прелесть словам юноши, новым, непонятным для Коломбы, придавал глубокий смысл и неотразимое очарование тому неуловимому, гармоничному языку любви, который девушки понимают, прежде чем сами на нем заговорят.

– Конечно, – продолжал Асканио, не сводя глаз с Коломбы, – конечно, мы ничуть не обогащаем вашу красоту. Бог не становится все сильнее оттого, что мы украшаем его алтарь. Мы просто обрамляем красу женщины пленительными и чудесными, как сама она, драгоценностями, и, когда, притаившись в тени, мы, скромные, смиренные мастера блестящих и очаровательных безделушек, видим вас во всей вашей сияющей красоте, мы, размышляя о своем ничтожестве, утешаемся тем, что наше мастерство сделало вас еще прекраснее.

– О сударь, – ответила Коломба, вконец смущенная его словами. – мне, вероятно, никогда не носить ваши очаровательные безделушки! Право же, мне они не пригодятся. Живу я в уединении и безвестности, и уединение это и безвестность меня вовсе не тяготят. Признаюсь, мне хотелось бы так жить всегда. И все же, признаюсь, мне очень хотелось бы взглянуть на ваши украшения… Не иметь их, нет, а просто так, посмотреть… Не надевать их, а просто полюбоваться ими.

И, трепеща при мысли, что она слишком многое сказала, а быть может, чтобы не сказать еще больше, Коломба умолкла, поклонилась и выпорхнула с такой поспешностью, что человек, более опытный в подобных делах, решил бы, что это – бегство…

– Вот и отлично! – воскликнула госпожа Перрина. – Наконец-то и мы начинаем кокетничать! Надо признаться, вы и вправду говорите как по писаному, молодой человек. Право, видно, в ваших краях знают секрет нравиться людям. И вот вам доказательство: вы сразу же привлекли меня на свою сторону. И, клянусь честью, я от души желаю, чтобы господин прево не обошелся с вами уж слишком худо. Ну, до свидания, молодой человек, да скажите-ка своему учителю, чтобы он остерегался. Предупредите, что у мессера д'Эстурвиля нрав злой – он сущий дьявол, и, кроме того, он влиятельная персона при дворе. Пусть ваш учитель послушается да откажется от своей затеи: не водворяйтесь в Большом Нельском замке, а главное, не берите его силой. А ведь с вами мы еще увидимся, не правда ли? И, пожалуйста, не верьте Коломбе: она унаследовала от своей покойной мамаши такое богатство, что может позволить себе любую прихоть и заплатит за ваши безделушки в двадцать раз дороже, чем они стоят. Да, кстати, принесите-ка вещицы и попроще – может, она надумает сделать мне подарочек. Не в таких я, благодарение богу, летах – если принаряжусь, могу еще и приглянуться. Вы ведь поняли меня, не правда ли?

И, решив, что для большей вразумительности следует подкрепить свои слова жестом, госпожа Перрина притронулась к плечу юноши. Асканио встрепенулся, и вид у него был такой, будто его внезапно разбудили. И в самом деле, юноше казалось, будто ему все пригрезилось. Он не мог постичь, что был у любимой, не верил, что это чистое видение, чей певучий голосок все еще звучал в его ушах, а легкая фигурка только что проскользнула перед его глазами, было действительно той, за чей взгляд еще вчера и сегодня утром он отдал бы свою жизнь.

И вот, исполненный счастья и надежды на будущее, он обещал госпоже Перрине все, что ей было угодно, даже не слушая, о чем она просит. Да, он готов был отдать все, чем обладал, только бы вновь увидеться с Коломбой.

Но тут он понял, что оставаться здесь дольше не следует, и распрощался с госпожой Перриной, пообещав вернуться на следующее утро.

Когда Асканио выходил из Малого Нельского замка, ему попались двое встречных. Один из них так посмотрел на него, что по одному взгляду, не говоря уж о костюме, юноша узнал прево.

И предположения Асканио перешли в уверенность, когда он увидел, как двое встречных постучались в ворота, из которых он только что вышел. Тут юноша пожалел, что не ушел раньше, – ведь кто знает, не обратится ли его неосторожность против Коломбы...

И, чтобы не привлекать к себе внимания, если, конечно, прево вообще его заметил, Асканио пошел прочь, не оглядываясь на единственный уголок во всей вселенной, которым в тот миг хотел бы владеть безраздельно.

Вернувшись в мастерскую, он увидел, что Бенвенуто очень озабочен. Человек, остановивший их на улице, был Приматиччо, который поспешил, как оно и подобает доброму земляку, предупредить Челлини, что во время утреннего визита Франциска I ваятель вел себя неосторожно и приобрел смертельного врага – герцогиню д'Этамп.

Глава 7. Жених и друг

Один из незнакомцев, встретившихся Асканио у входа в Нельский замок, и в самом деле был мессер Робер д'Эстурвиль, парижский прево. О другом же мы скоро узнаем.

Прошло минут пять после ухода Асканио, а Коломба все еще задумчиво стояла, притаившись в своей комнате и прислушиваясь к каждому шороху, когда к ней влетела госпожа Перрина и сообщила, что в соседней комнате ее ждет отец.

– Батюшка! – воскликнула испуганная Коломба и тут же добавила еле слышно: – Господи, неужели они встретились?

– Да, ваш отец, милочка, – отвечала госпожа Перрина, не дослышав окончания фразы, – а с ним еще какой-то важный старик, но кто – не знаю.

– Еще какой-то важный старик? – промолвила Коломба, вздрогнув от дурного предчувствия. – Боже мой! Что это значит, госпожа Перрина? Пожалуй, впервые за два-три года батюшка пришел к нам не один.

Однако, несмотря на страх, девушке пришлось повиноваться, к тому же она хорошо знала нетерпеливый нрав мессера д'Эстурвиля. Она призвала на помощь все свое мужество и с улыбкой вошла в комнату, из которой только что убежала. Дело в том, что, несмотря на какой-то безотчетный страх, который Коломба испытывала впервые в жизни, она любила отца искренней любовью, и, хотя прево обращался с ней довольно сурово, девушка выделяла среди однообразной и унылой череды дней те дни, когда он бывал в Нельском замке, и считала их праздником.

Коломба подошла к отцу и хотела обнять его, сказать что-нибудь ласковое, но прево отстранился от девушки, не дав ей вымолвить ни слова. Он взял ее за руку, подвел к незнакомцу, который стоял, прислонившись к огромному камину, уставленному цветами, и произнес:

– Вот, любезный друг, представляю тебе свою дочь... – Затем, обращаясь к Коломбе, добавил: – Коломба, это граф д'Орбек, казнохранитель короля и твой жених.

Коломба негромко ахнула, сдержавшись из вежливости, но колени у нее подогнулись, и она оперлась о спинку стула.

И действительно, чтобы понять, как ужаснула новость Коломбу, особенно сейчас, при том душевном состоянии, в котором она находилась, надо было видеть графа д'Орбека.

Правда, и мессер Робер д'Эстурвиль, отец Коломбы, не отличался красотой; он хмурил свои густые брови, когда ему противились или в чем-нибудь перечили. Лицо у него было суровое, и во всей коренастой фигуре было что-то грубое, неуклюжее, мало располагавшее в его пользу; но, когда прево стоял рядом с графом д'Орбеком, его можно было сравнить с Михаилом-архангелом, стоящим рядом с драконом. Во всяком случае, широкое лицо и резкие черты говорили о решительности и воле, а в маленьких серых глазах, проницательных и живых, светился ум. Граф же, хилый, сухопарый, тщедушный, с длинными руками, напоминавшими лапы паука, тонким, комариным голосом, медлительный, как улитка, был не просто уродлив, а омерзителен; причем уродство сочеталось в нем с глупостью и злобностью. По укоренившейся привычке он стоял, чуть склонив голову набок, и мерзко улыбался; в его взгляде было что-то коварное.

Поэтому-то, увидев противного старика, которого отец представил ей как жениха в тот час, когда в душе ее, в памяти, в глазах запечатлелся образ красавца юноши, только что исчезнувшего из этой комнаты, Коломба, как мы уже сказали, чуть не вскрикнула, но сдержалась и, побледнев, замерла, со страхом устремив взгляд на отца.

– Прошу прощения, любезный друг, – продолжал прево, – за неучтивость Коломбы. Во-первых, моя дикарка не выходила отсюда года два, ибо, как тебе известно, веяния наших дней не очень полезны для хорошеньких девушек. Во-вторых, по правде сказать, я сглупил, не предупредив ее о наших планах. Впрочем, это излишне – ведь мое решение не нуждается ни в чьем подтверждении и выполняется беспрекословно. Наконец, она не знает, кто ты, не знает, что с твоим именем, богатством и при благосклонности госпожи д'Этамп ты можешь добиться всего, чего пожелаешь. И, поразмыслив над этим, она оценит честь, которую ты нам оказываешь, связывая свой славный старинный род с нашим молодым дворянским родом. Она поймет, что сорокалетняя дружба…

– Довольно, любезный друг! Ради бога, довольно! – прервал его граф. Затем, обращаясь к Коломбе с той бесцеремонной и наглой самоуверенностью, которая так не похожа была на застенчивость бедного Асканио, проговорил: – Ну, ну, успокойтесь, моя прелесть! Пусть на ваших ланитах заиграет обворожительный румянец, который так идет вам. О господи, мне ли не знать душу девушки и даже молоденькой женщины – ведь я уже дважды был женат, моя крошка! Ну, право же, не следует так волноваться. Надеюсь, вы не боитесь меня, а? – самодовольным тоном добавил граф, выпячивая грудь и проводя рукой по жиденьким усам и бороде, подстриженной на манер королевской. – Ваш отец напрасно так неожиданно нарек меня женихом – это слово всегда смущает сердца девиц, когда они слышат его впервые, но вы свыкнетесь с ним, крошка моя, и в конце концов произнесете своими хорошенькими губками… Э, да вы еще больше побледнели!.. Помилуй бог!.. Уж не дурно ли ей?

И д'Орбек хотел поддержать Коломбу, но она выпрямилась, отступила на шаг, словно боясь прикоснуться к нему, как к змее, собрала все силы и промолвила, запинаясь:

– Простите, сударь… Простите, батюшка… Это пустяки. Ведь я надеялась, думала…

– О чем это ты думала, на что надеялась? Ну, не мешкай, говори! – приказал прево, не сводя с дочери своих острых, злых глазок.

– Что вы позволите мне навсегда остаться с вами, батюшка, – отвечала Коломба. – Ведь со дня смерти матушки я одна забочусь о вас, люблю вас, и я думала…

– Замолчи, Коломба! – властно сказал прево. – Я не так стар и не нуждаюсь в уходе, а ты уже в том возрасте, когда нужно устраивать свою жизнь.

– Бог мой! – снова вмешался в разговор граф. – Да соглашайтесь же, к чему столько церемоний, милочка! Не передать словами, как вы будете со мной счастливы! Клянусь, завистницы у вас найдутся. Я богат, черт возьми! И хочу, чтобы вы оказали мне честь. Вы будете приняты при дворе, и вашим брильянтам позавидует если не королева, то сама госпожа д'Этамп.

Трудно сказать, какие чувства вызвали последние слова в сердце Коломбы, но на ее щечках вдруг вспыхнул румянец, и она ответила графу, несмотря на суровый, угрожающий взгляд прево:

– Я прошу батюшку, монсеньор, дозволить мне подумать о вашем предложении.

– Это еще что такое?! – с яростью закричал д'Эстурвиль. – Ни часа, ни минуты! Отныне ты невеста графа, запомни это хорошенько! Вы поженились бы нынче же вечером, если бы через час он не уезжал в свое Нормандское графство. Ты же знаешь, что моя воля – это приказ. Не рассуждать!.. Идем, д'Орбек, оставим жеманницу. Итак, отныне она твоя, друг мой, и ты объявишь ее своей невестой когда захочешь!.. Пойдем-ка осмотрим ваше будущее жилище!

Д'Орбек медлил, собираясь еще что-то сказать Коломбе, но прево взял его под руку и с недовольным ворчанием увлек за собой; поэтому графу пришлось удовольствоваться лишь поклоном, и, злобно усмехнувшись, он вышел вместе с мессером Робером.

Не успели они выйти, как с противоположной стороны в покой вбежала госпожа Перрина. Она слышала раздраженный голос прево и поспешила прийти, догадываясь, что отец, как всегда, грубо обошелся с Коломбой. Дуэнья появилась вовремя и успела поддержать Коломбу, которая чуть не упала.

– О господи, господи! – воскликнула бедная девушка, закрывая глаза руками, словно боясь снова увидеть отвратительную физиономию д'Орбека, хотя его уже не было в комнате. – Господи, значит, все кончено! Прощайте, дивные мечты! Прощайте, сладостные надежды! Все пропало, погибло, и мне остается лишь одно – умереть!

Нечего и говорить, что эти слова, слабость и бледность Коломбы испугали госпожу Перрину, а испуг подстрекнул любопытство. Коломбе же хотелось облегчить душу, и она поведала достойной воспитательнице, заливаясь такими горючими слезами, каких еще никогда не проливала, обо всем, что произошло между отцом, графом д'Орбеком и ею.

Госпожа Перрина согласилась, что жених не молод и не пригож, но она считала, что нет больше беды, чем остаться в девицах, поэтому стала доказывать Коломбе, что куда лучше выйти замуж за безобразного, зато богатого старика вельможу, чем быть старой девой. Все эти разглагольствования дуэньи до глубины души возмутили Коломбу, и она вернулась к себе в комнату, оставив в одиночестве госпожу Перрину, которая наделена была весьма живым воображением и уже мечтала о том, как из воспитательницы мадемуазель Коломбы она возвысится до звания дамы-компаньонки графини д'Орбек.

А в это время прево и граф осматривали Большой Нельский замок, как осматривали его часом раньше госпожа Перрина и Асканио.

Было бы забавно, если бы у стен, кроме ушей, которые, как говорят, у них есть, были бы еще глаза и язык и если бы они рассказывали всем проходящим о том, что видели и слышали об ушедших.

Но стены молча смотрели на прево и казнохранителя, быть может смеясь на свой, стенной лад; поэтому заговорил уже известный нам хранитель королевской казны.

– Право же, – рассуждал он, идя по двору от Малого к Большому Нельскому замку, – право же, наша крошка очень хороша. Такая жена мне и нужна, дружище д'Эстурвиль, – благоразумная, чистая, воспитанная. Отгремит первая гроза, и наступят погожие дни, поверьте мне. Все юные девицы мечтают о молодом, красивом и богатом муже – я-то их знаю. Господи боже! У меня-то есть, по крайней мере, половина всех этих качеств!

Поговорив о невесте, он завел речь о будущих владениях, притом говорил и о девушке и о приданом одинаковым тоном.

– Вот он, старинный Нельский замок! – воскликнул казнохранитель. – Покои отменные, благодарствую. Здесь нам будет чудесно – жене, мне и королевским сокровищам. Вот тут будут наши покои, вон там я буду держать казну, а тут – челядь. Однако ж все здесь изрядно пообветшало, но, потратившись на починку – причем мы уговорим расплатиться за все его величество, – мы тут заживем отлично. Кстати, д'Эстурвиль, а ты твердо уверен, что это имение сохранится за тобой? Ты должен сделать так, чтобы тебя ввели в права владения. Насколько мне помнится, король не жаловал тебя дарственной.

– Замка он мне не даровал, что верно, то верно! – с хохотом подтвердил прево. – Зато он позволил мне взять его, а это почти одно и то же.

– Ну, а если кто-нибудь сыграет с тобой злую шутку, добившись дарственной на замок?

– Э, да сумасброду будет оказан плохой прием, ручаюсь, пусть только попробует предъявить свои права! Вы с госпожой д'Этамп поддержите меня, и я заставлю молодчика раскаяться в его притязаниях. Да что ты, я совершенно спокоен: Нельский замок принадлежит мне, и это так же верно, дружище, как то, что моя дочка Коломба – твоя невеста. Отправляйся же с богом да возвращайся поскорее.

Когда прево произносил эти слова, в истинности которых ни он сам, ни его собеседник не имели причин сомневаться, в воротах, ведущих из четырехугольного двора в сады Большого Нельского замка, появилось третье действующее лицо в сопровождении садовника Рембо. То был виконт де Мармань.

Виконт тоже слыл претендентом на руку Коломбы, но претендентом-неудачником. У этого повесы были рыжеватые волосы, бело-розовое лицо; он был самодоволен, дерзок, болтлив и кичился тем, что занимает должность королевского секретаря; благодаря этой должности он и имел свободный доступ к его величеству вместе с борзыми, попугаями и обезьянами. Вот почему прево не ввели в обман ни кажущаяся благосклонность, ни мнимое дружелюбие его величества по отношению к де Марманю – ведь этой благосклонностью и дружелюбием он был обязан, по слухам, лишь тому, что брался за всякие поручения, даже и не особенно нравственные. Кроме того, виконт де Мармань уже давненько прокутил свои владения, и все его достояние зависело от щедрот Франциска I. А ведь щедроты эти в любую минуту могли иссякнуть, и мессер Робер д'Эстурвиль был не так легковерен, чтобы в таких важных случаях полагаться на прихоти короля, обладавшего весьма капризным характером. Он осторожно отклонил предложение виконта де Марманя, сказав ему по секрету, что дочь уже давным-давно помолвлена с другим. Благодаря этому признанию, объясняющему причину отказа, виконт де Мармань и мессер Робер с виду остались закадычными друзьями, хотя с того дня виконт возненавидел прево, а прево стал остерегаться виконта. Ведь, несмотря на приветливость и милые улыбки, виконт не мог утаить злобу от человека, для которого были открытой книгой темные дворцовые тайны и потемки чужих душ. Всякий раз, когда появлялся виконт, такой приветливый и предупредительный, прево готовился услышать дурные вести, которые де Мармань обычно сообщал ему со слезами на глазах, с напускным, деланным сочувствием, растравляя его рану.

С графом же д'Орбеком виконт де Мармань почти порвал. Больше того, их взаимная неприязнь просто бросалась в глаза, что при дворе бывает редко. Д'Орбек презирал де Марманя, ибо де Мармань был небогат и не мог достойно поддержать свое высокое положение. Де Мармань ненавидел д'Орбека, ибо д'Орбек был сказочно богат. Словом, оба терпеть не могли друг друга, строили друг другу козни всякий раз, когда сталкивались на узенькой дорожке.

Поэтому, встречаясь, оба царедворца раскланивались с той язвительной и холодной улыбкой, какую видишь лишь в дворцовых приемных, – она означает: «Эх, не были бы мы такими подлыми трусами, одного из нас уже давно не было бы на свете!»

Следует, однако, признать, ибо долг повествователя – говорить и о хорошем и о дурном, что и на этот раз они ограничились лишь поклоном и улыбками; граф д'Орбек не обменялся ни единым словом с виконтом де Марманем и, сопровождаемый прево, торопливо вышел в ту дверь, в которую вошел его враг.

Поспешим же добавить, что, невзирая на взаимную ненависть, враги при случае тотчас же объединились бы, стремясь уничтожить третьего.

Итак, граф д'Орбек ушел, а прево остался наедине со своим «другом» виконтом де Марманем.

Прево приблизился к нему, состроив веселую мину, а виконт ждал его, состроив мину унылую.

– Так-так, любезный прево, – сказал виконт, первый нарушив молчание. – Вид у вас превеселый.

Видите ли, бедный мой д'Эстурвиль, беды моих друзей так же печалят меня, как и мои собственные.

– Да, да, я знаю, какое у вас отзывчивое сердце, – ответил прево.

– А когда я увидел, что вы сияете от радости, равно как и ваш будущий зять граф д'Орбек, ибо его женитьба на вашей дочери уже ни для кого не тайна, и я поздравляю вас, любезный д'Эстурвиль…

– Да ведь я давно сказал вам, что Коломба просватана, любезный Мармань.

– Просто ума не приложу, как вы соглашаетесь на разлуку со своей очаровательной дочкой!

– Да я и не разлучаюсь с нею, – возразил мессер Робер. – Мой зять граф д'Орбек переправится через Сену со всей своей казной и поселится в Большом Нельском замке. Я же часы досуга буду проводить в Малом.

– Мой бедный друг! – проговорил Мармань; качая головой и прикидываясь глубоко озабоченным, он подхватил одной рукой прево под руку, а другой смахнул воображаемую слезу.

– Почему же «бедный»? – спросил мессер Робер. – Черт возьми, какие еще вести вы собираетесь мне сообщить?

– Неужели я первый должен сообщить вам плохую весть?

– Какую же? Да говорите!

– Знаете ли, любезный прево, нужно быть философом в нашей земной юдоли. Существует старая поговорка, которую несчастный род человеческий должен был бы беспрестанно повторять, ибо в ней заключена вся человеческая мудрость.

– Ну, договаривайте же! Какая поговорка?

– Человек предполагает, любезный друг… человек предполагает, а бог располагает.

– Что же предполагаю я и как располагает бог? Ну, говорите же, и делу конец!

– Вы предназначали древний Нельский замок зятю и дочери?

– Разумеется. И, я надеюсь, они поселятся там месяца через три.

– Заблуждаетесь, любезный прево, заблуждаетесь! Нельский замок уже не ваша собственность. Простите, я причиняю вам такое огорчение, но я подумал, что лучше будет, если вы – а я знаю ваш вспыльчивый характер – узнаете эту новость из уст друга, который сообщит вам ее бережно, осторожно, нежели из уст негодяя, который обрадуется вашему несчастью и выложит вам все без околичностей. Увы, друг мой, Большой Нельский замок уже не ваш.

– Да кто же его отнял у меня?

– Его величество.

– Его величество?

– Самолично. Теперь вы хорошо понимаете, что несчастье непоправимо.

– Когда же это произошло?

– Сегодня утром. Если бы меня не задержали дела в Лувре, я уведомил бы вас раньше.

– Вас ввели в обман, Мармань. Это ложный слух, пущенный моими врагами, а вы, ничего не узнав толком, его разглашаете.

– Очень желал бы, чтобы так и было, но, к несчастью, мне никто ничего не говорил, я все слышал собственными ушами.

– Что вы слышали?

– Я слышал, как король самолично приказал отдать Большой Нельский замок другому.

– Кто же это «другой»?

– Проходимец, некий золотых дел мастер, родом из Италии, имя которого, без сомнения, вам знакомо. Это Бенвенуто Челлини, интриган, явившийся из Флоренции два месяца назад. Неизвестно, почему король от него без ума и нынче сам со всеми придворными посетил его во дворце кардинала Феррарского, где этот горе-художник устроил себе мастерскую.

– Скажите, виконт, вы присутствовали при том, как король пожаловал Большой Нельский замок этому проходимцу?

– При-сут-ство-вал, как же! – отвечал Мармань, произнося слова по слогам и медленно, с наслаждением выговаривая их.

– Так, так, – произнес прево. – Что ж, буду поджидать проходимца. Пусть приходит за королевским даром.

– Как, вы намерены оказать сопротивление?

– Разумеется.

– Повелению короля?

– Повелению бога, повелению черта – словом, всем, кто прикажет выгнать меня отсюда!

– Берегитесь, берегитесь, прево! – воскликнул виконт де Мармань. – Я уж не говорю о том, что вы обрекаете себя на немилость. Но помните: Бенвенуто Челлини страшнее, чем вы думаете.

– Да знаете ли вы, кто я, виконт?

– Прежде всего ему покровительствует сам король. Правда, может быть, временно, но все же покровительствует.

– Да знаете ли вы, что я, парижский прево, представляю его величество в Шатле, что я восседаю под балдахином, в мантии с воротником, с саблей на боку, в шляпе с перьями и держу в руке голубой жезл!..

– Далее должен вам сказать, что этот проклятый итальянец охотно вступает в борьбу как равный с принцами, кардиналами и папами.

– Да знаете ли вы, что я располагаю особой печатью, которая придает подлинность актам!

– Говорят, этот проклятый забияка ранит и убивает без разбора всех, кто чинит ему препятствия.

– Разве вам неизвестно, что двадцать четыре стрелка днем и ночью находятся в моем распоряжении?

– Говорят, он, сразившись с отрядом в шестьдесят человек, убил своего недруга-ювелира.

– Вы забываете, что Нельский замок укреплен, что в стенах бойницы, над дверями машикули, [1] да вдобавок благодаря городской крепости он с одной стороны неприступен.

[1] Машикули – навесные бойницы.

– Уверяют, что Бенвенуто знает толк в осаде, как Баярд[1] или Антонио де Лейва.[2]

– Посмотрим.

– Я боюсь за вас…

– А я жду.

– Позвольте, любезный друг, не угодно ли вам выслушать совет?

– Советуйте, только покороче!

– Не тягайтесь с противником, если он сильнее вас!

– Сильнее меня? Вы говорите о дрянном ремесленнике-итальянце? Виконт, вы выводите меня из терпения!

– Клянусь честью, смотрите, как бы вам не раскаяться! Предупреждаю вас, ибо у меня есть на то веские основания.

– Виконт, вы меня бесите!

– Подумайте, на его стороне – король.

– Что ж, а на моей – госпожа д'Этамп!

– Как бы его величество не разгневался за ослушание.

– Я уже не раз поступал так, сударь, и с успехом.

– Да, знаю, в деле пошлин за проезд через Мантский мост. Но…

– Что «но»?..

– Видите ли, рискуешь немногим и порой даже ничем не рискуешь, идя наперекор слабому и доброму королю, зато всем рискуешь, когда вступаешь в борьбу с таким сильным и страшным человеком, как Бенвенуто Челлини.

– Черт возьми! Виконт, вы сведете меня с ума!

– Напротив, я хочу вас надоумить.

---

[1] Баярд Пьер дю Террайль (1473–1524) – прославленный французский военачальник, о верности, отваге и мужестве которого слагали легенды в народе. Он получил прозвище «Рыцарь без страха и упрека».

[2] Антонио де Лейва (1480–1536) – один из наиболее видных полководцев Карла V.

– Довольно, виконт, довольно! Каков негодяй! Клянусь, он мне дорого заплатит за те приятные минуты, которые я провел благодаря вашему дружескому участию!

– Дай-то бог, прево, дай-то бог!

– Довольно, довольно! Вы мне все сказали?

– Да, да, как будто все, – ответил виконт, словно стараясь припомнить, нет ли еще новостей под стать первой.

– Прощайте же! – воскликнул прево.

– Прощайте, бедный друг.

– Прощайте!

– Я все же вас предупредил.

– Прощайте!

– Мне не в чем будет себя упрекнуть – вот что меня утешает!

– Прощайте, прощайте!

– Желаю удачи! Но должен сказать, что мое пожелание вряд ли осуществится.

– Прощайте, прощайте, прощайте!

– Прощайте!

И Мармань с сокрушенным видом, тяжело вздыхая, пожал руку прево, как бы прощаясь с ним навеки, и удалился, воздевая руки к небу.

Прево проводил виконта и сам закрыл за ним входную дверь.

Понятно, что после такой дружеской беседы мессер д'Эстурвиль был вне себя от ярости, желчь в нем так и кипела. Ему хотелось на ком-нибудь сорвать злобу, и вдруг он вспомнил о молодом человеке, который выходил из Большого Нельского замка в тот миг, когда они с графом д'Орбеком туда входили. Неподалеку оказался Рембо. И господин д'Эстурвиль, повелительным жестом подозвав садовника, спросил, что ему известно о незнакомце.

Садовник отвечал, что молодой человек, о котором толкует хозяин, явился от имени короля, пожелал осмотреть Большой Нельский замок; он же, Рембо, побоялся взять на себя такое важное дело и провел пришельца к госпоже Перрине, а домоправительница весьма любезно сама ему все показала.

Прево бегом бросился в Малый Нельский замок, чтобы потребовать объяснения у достойной дуэньи, но, к сожалению, она недавно ушла закупить на неделю провизию.

Дома была одна Коломба. Но прево не допускал и мысли, что она могла видеться с незнакомцем после строжайшего наказа, данного госпоже Перрине на случай появления красивых молодых людей, поэтому дочери он не сказал ни слова.

Дела службы призывали господина д'Эстурвиля в Шатле, и перед уходом, пригрозив Рембо тотчас же прогнать его за ослушание, он приказал никого не впускать ни в Большой, ни в Малый Нельские замки, от чьего бы имени ни являлись посланцы, в особенности же презренного проходимца, который уже осматривал замок.

Поэтому, когда на следующее утро Асканио пришел с драгоценностями по приглашению госпожи Перрины, Рембо открыл лишь слуховое оконце и сказал через решетку, что вход в Нельский замок запрещен для всех, особенно же для него.

Асканио, разумеется, пришел в отчаяние; но нужно сознаться, что он и не подумал обвинить Коломбу за такой нежданный прием: накануне девушка только взглянула на него, уронила только одну фразу, но в ее взгляде было столько робкой любви, а в тоне столько нежности, что со вчерашнего вечера Асканио все казалось, будто в душе его звучит ангельское пение. Юноша догадался, что мессер Робер д'Эстурвиль заметил его и отдал этот строгий приказ, жертвой которого он и стал.

Глава 8. Подготовка к нападению и обороне

Лишь только Асканио вошел во дворец и дал отчет Бенвенуто о своем походе, вернее, обо всем, что касалось топографии Нельского замка, Челлини, видя, что помещение подходит ему во всех отношениях, тотчас же отправился к королевскому секретарю сеньору де Нёфвилю, чтобы испросить у него дарственную от имени короля.

Сеньор де Нёфвиль попросил его подождать до утра, чтобы удостовериться, соответствуют ли действительности притязания мессера Бенвенуто; и хотя ваятель почел за дерзость, что ему не поверили на слово, но понял законность этой просьбы и подчинился необходимости, однако решил не давать сеньору Нёфвилю никакой отсрочки.

Поэтому на следующее утро Челлини явился к королевскому секретарю в назначенный срок, минута в минуту. Его тотчас же приняли, и он счел это за хорошее предзнаменование.

– Ну как, монсеньер, – спросил Бенвенуто, – правду вам сказал итальянец или же оказался лгуном?

– Истинную правду, любезный друг!

– Отрадно слышать.

– Король приказал мне вручить вам дарственную, составленную по всем правилам.

– Весьма доволен.

– Однако же… – продолжал нерешительным тоном секретарь по делам финансов.

– Ну что еще, говорите!

– Однако же, если вы разрешите мне дать вам добрый совет…

– Добрый совет, черт возьми! Ведь это редкостная штука, господин секретарь! Прошу, прошу…

– Так вот: поищите лучше для своей мастерской другое помещение вместо Большого Нельского замка.

– Вот оно что! – заметил Бенвенуто, усмехаясь. – По-вашему, он мне не подходит.

– Напротив.

– Так в чем же дело?

– Дело в том, что замок принадлежит весьма высокопоставленному лицу, и борьба не пройдет для вас безнаказанно.

– Я слуга благороднейшего короля Франции, – отвечал Челлини, – и никогда не уступлю, ибо буду действовать от его имени!

– Да, но в нашей стране, господин Бенвенуто, каждый вельможа – король в своих владениях, и, пытаясь изгнать прево из здания, которое он занимает, вы ставите под угрозу свою жизнь.

– Ведь рано или поздно, а умирать придется, – наставительно отвечал Челлини.

– Итак, вы решили…

– …покончить с дьяволом, прежде чем дьявол покончит со мной. Положитесь на меня, сеньор секретарь, а господин прево пусть поостережется, как и все те, кто попытается воспротивиться воле короля, особенно же если выполнить ее поручено Бенвенуто Челлини.

После этих слов мессер де Нёфвиль сразу перестал вести душеспасительные разговоры, но сослался на всякого рода формальности, которые якобы нужно было выполнить, прежде чем вручить дарственную. Однако Бенвенуто преспокойно уселся, заявив, что не тронется с места, пока не получит дарственную; а если придется здесь переночевать, то он тут и переночует, ибо заранее предупредил домашних, что, может быть, и не вернется до утра.

Видя все это, мессер де Нёфвиль смирился, и хоть он и опасался осложнений, но вручил Бенвенуто Челлини дарственную, решив предуведомить мессера Робера д'Эстурвиля о том, что вынужден был так поступить – отчасти по воле короля, а отчасти по требованию ювелира.

А Бенвенуто Челлини вернулся домой, не говоря никому ни слова о своем поступке, запер дарственную в шкаф, где у него хранились драгоценные камни, и спокойно принялся за работу.

Новость, переданная секретарем короля по делам финансов Роберу д'Эстурвилю, доказывала, что виконт де Мармань был прав и Бенвенуто действительно задумал любой ценой завладеть Нельским замком. Прево решил быть начеку. Он созвал всю свою охрану – двадцать четыре стражника, расставил часовых на крепостных стенах и отлучался в Шатле только по неотложным делам.

Меж тем время шло, а Челлини по-прежнему спокойно работал и не предпринимал наступления. Но прево был убежден, что это кажущееся спокойствие лишь хитрость, что враг ждет, когда он ослабит надзор, и постарается захватить замок врасплох. Поэтому мессер Робер все время приглядывался, прислушивался, жил в напряжении, пребывая в самом воинственном расположении духа, и это состояние не то мира, не то войны, лихорадка ожидания, душевная тревога угрожали, затянувшись, довести его до сумасшествия, как и кастеляна замка Святого Ангела. Прево не ел, не спал и худел на глазах.

Иногда он вдруг выхватывал шпагу, размахивал ею и, наступая на стену, вопил:

– Пусть явится! Пусть только явится этот мошенник – я жду его!

А Бенвенуто все не появлялся. Порой мессер Робер успокаивался, убеждая себя, что ваятель лучше владеет языком, чем шпагой, и никогда не посмеет осуществить свое гнусное намерение. В одну из таких минут Коломба, выйдя случайно из своей комнаты, увидела приготовления к схватке и спросила отца, что все это означает.

– Собираюсь наказать одного шалопая, вот и все, – отвечал прево.

Наказывать господину прево полагалось, поэтому Коломба даже не спросила, кто же этот шалопай, для наказания которого велись такие приготовления, – она так была занята своими мыслями, что удовольствовалась этим объяснением.

И действительно, недавнее решение мессера Робера внесло глубокие и печальные изменения в жизнь его дочери. До сих пор она жила безмятежно, скромно, уединенно. Тихо и беззаботно проводила она дни, спокойно спала по ночам. А теперь ее жизнь можно было сравнить с озерцом, взбаламученным бурей.

О, как сожалела девушка о той поре неведения и спокойствия, когда она довольствовалась дружбой с грубоватой, но заботливой госпожой Перриной и была почти счастлива, о той поре, когда она надеялась и верила, когда она уповала на будущее, как уповают на друга, и, наконец, о той поре дочерней доверчивости, когда она полагалась на чувства отца! Увы! Будущее стало настоящим: появился граф д'Орбек, который ей так противен; любовь отца оказалась замаскированным честолюбием. Отчего она родилась единственной наследницей богатого вельможи, а не дочкой какого-нибудь скромного обывателя из предместья, который о ней заботился бы, лелеял бы ее? Ведь тогда она могла бы встречаться с молодым художником, взволнованные речи которого ее пленили, с красавцем Асканио, взгляд которого сулил столько счастья, столько любви…

Но, когда учащенное биение сердца, когда румянец, заливавший щеки, предупреждали Коломбу, что образ чужеземца уже давно занимает ее мысли, она всякий раз с твердостью обещала себе изгнать сладостные грезы, и это ей удавалось, ибо она понимала, как безотрадна действительность. Впрочем, с той поры, как отец объявил Коломбе о своем решении выдать ее замуж, она строго-настрого запретила госпоже Перрине принимать Асканио, под каким бы предлогом он ни явился, пригрозив иначе все рассказать отцу. И дуэнья из боязни, что ее обвинят в сговоре с Асканио, умолчала о дерзких планах его учителя, поэтому бедная Коломба вообразила, что она защищена от всяких случайностей.

Однако не следует думать, что кроткая девушка решила принести себя в жертву и покориться отцовской воле. Нет, все ее существо восставало при мысли о браке с человеком, которого она возненавидела бы, если бы ей ведомо было чувство ненависти. Итак, под прекрасным белоснежным челом Коломбы теснилось множество мыслей, совершенно чуждых ей прежде, мятежных, негодующих мыслей, которые она считала чуть ли не преступными и на коленях вымаливала прощение за них у господа бога. Порой она даже думала пойти к Франциску I, броситься к его ногам. Но и до нее дошли слухи, которые передавались шепотом, о том, что при обстоятельствах еще более ужасных такая же мысль осенила Диану де Пуатье[1] и что за свой поступок она поплатилась честью. Госпожа д'Этамп могла бы оказать покровительство Коломбе, спасти ее, если бы захотела. Но захочет ли она? Не усмехнется ли в ответ на жалобы девушки? Такую презрительную, насмешливую усмешку она уже видела на губах своего отца, когда умоляла его не разлучаться с ней, и эта усмешка причинила девушке много душевных страданий.

Коломба сто раз на дню преклоняла колени, творя молитву и заклиная всевышнего помочь ей, послать избавление за эти три месяца, оставшиеся до бракосочетания с ненавистным женихом; а если уж это невозможно, позволить ей соединиться с матерью.

Что же касается Асканио, то и в его жизни было не меньше тревог, чем в жизни той, кого он любил. Много раз с тех пор, как Рембо заявил, что двери Нельского замка для него закрыты, он по утрам, когда еще никто не вставал, или по вечерам, когда все уже

---

[1] Диана де Пуатье – знаменитая в свое время придворная красавица, фаворитка сына Франциска I, впоследствии французского короля Генриха II; по преданию, бросилась к ногам Франциска I и вымолила помилование для своего отца, приговоренного к смерти за политические интриги.

спали, бродил вокруг высоких стен, отделявших юношу от счастья всей его жизни. Но ни разу ни явно, ни украдкой он не пытался проникнуть в запретный сад. В нем еще жило чистое, юношеское уважение к женщине, которое охраняет возлюбленную даже от самой любви.

Но это не мешало Асканио, чеканя на золоте узор, вставляя и вделывая в оправу жемчуга и алмазы, предаваться безумным мечтам, уж не говоря о грезах в часы утренних и вечерних прогулок, о тревожных ночных сновидениях. В помыслах он устремлялся чаще всего к тому страшному, а теперь желанному дню, когда Бенвенуто станет хозяином Нельского замка, ибо Асканио хорошо знал своего учителя и видел, что внешнее спокойствие Челлини было спокойствием вулкана перед извержением.

И вот извержение началось: Челлини решил захватить замок в следующее воскресенье и объявил об этом. Асканио не сомневался, что в следующее воскресенье Челлини осуществит свой план.

Но этот план – о чем он мог судить, обходя вокруг Нельского замка, – нельзя было осуществить беспрепятственно, ибо на стенах день и ночь сменялись часовые. Асканио заметил в замке все признаки подготовки к обороне. Итак, если пойти на приступ, осажденные будут защищаться; очевидно, крепость и не собирается сдаваться – значит, придется брать ее штурмом.

Одним словом, в этот решительный час Асканио должен вести себя по-рыцарски. Начнется сражение, они ворвутся в замок через брешь... может быть, вспыхнет пожар... Ах, только бы случилось нечто подобное! И лучше всего – пожар. Пожар разгорается, жизнь Коломбы в опасности. И вот он, Асканио, взбирается по шатким ступеням, перепрыгивает через горящие бревна, перелезает через стены, объятые пламенем; он слышит ее голосок, взывающий о помощи, и добирается до нее, поднимает умирающую, почти потерявшую сознание девушку, проносит сквозь море огня, прижимая к своей груди, чувствуя, как ее сердце бьется рядом с его сердцем. А потом, преодолев все опасности, все препятствия, он кладет Коломбу к ногам обезумевшего от горя отца, и прево, чтобы вознаградить спасителя за мужество, отдает ему дочь. Или же, перебегая по шаткому мостику, под которым полыхает пламя, Асканио вдруг оступается, и они вместе умирают, соединив свои сердца в последнем дыхании, в первом и последнем поцелуе... И такой страшный конец не мог ужаснуть человека, потерявшего всякую надежду, как потерял ее Асканио; ибо после величайшей радости - жить друг для друга - наивысшее счастье - умереть вместе.

Как видит читатель, наши герои дни и ночи проводили в треволнениях, кроме Бенвенуто Челлини, который, казалось, совсем забыл о дерзких планах осады Нельского замка, и кроме Скоццоне, которая о них не знала.

Итак, неделя прошла в тревогах, которые мы уже описали, и Бенвенуто Челлини, добросовестно проработав все семь дней недели и почти закончив глиняную модель Юпитера, в субботу около пяти часов вечера надел кольчугу, поверх нее камзол, позвал Асканио и, велев юноше проводить его, направился по дороге к Нельскому замку. Подойдя к подножию стены, он обошел замок, отыскивая уязвимые места и обдумывая план осады.

Штурмовать замок будет нелегко, о чем и говорил прево своему другу де Марманю и о чем сообщал Асканио своему учителю, да, впрочем, и сам Челлини это видел. В Нельском замке были бойницы и машикули; двойная стена огибала его со стороны берега, рвы окружали со стороны Пре-о-Клер. Это был один из тех прочных и внушительных замков-исполинов, которые могли отлично защищаться, если только ворота крепко-накрепко заперты, и отбрасывать без посторонней помощи воровские и разбойничьи ватаги, как говорилось в те времена, а в случае надобности - даже ратников короля. Впрочем, в ту любопытную эпоху частенько приходилось служить самим себе и полицией и стражей.

Окончив осмотр по всем правилам древней и современной стратегии и решив, что сперва следует потребовать сдачи крепости, а уж потом приступать к осаде, Бенвенуто постучался в ту самую дверцу, через которую однажды вошел в замок Асканио. Как и тогда, на стук сейчас же открылось оконце; но на этот раз вместо мирного садовника перед пришельцами предстал вооруженный страж.

– Что вам нужно? – спросил он незнакомца, стучавшего в дверь Нельского замка.

– Вступить во владение замком, ибо дарственная на него пожалована мне, Бенвенуто Челлини, – ответил ваятель.

– Что ж, подождите, – отвечал честный воин и поторопился, как ему было приказано, предупредить мессера д'Эстурвиля.

Он тотчас же вернулся в сопровождении прево, окруженного телохранителями, но господин д'Эстурвиль притаился и стал подслушивать, чтобы самому судить о серьезности положения.

– Мы не понимаем, чего вы от нас хотите, – сказал стражник.

– В таком случае, – промолвил Бенвенуто, – вручите дарственную мессеру прево; это удостоверенная копия.

И он подал грамоту в оконце.

Стражник снова исчез; но на этот раз ему стоило лишь протянуть руку, чтобы передать прево копию дарственной, а потом оконце тотчас же снова отворилось.

– Вот вам ответ, – проговорил стражник, просунув в оконце грамоту, изорванную в клочки.

– Отлично, – хладнокровно произнес Челлини. – До свидания.

Он был в восторге от того, как внимательно Асканио осмотрел крепость, от разумных замечаний, сделанных молодым человеком по поводу предстоящего смелого предприятия, и, вернувшись в мастерскую, сказал, что его ученик мог бы стать великим полководцем, если бы ему не суждено было стать еще более великим художником, а в глазах Челлини это было куда выше.

На следующее утро восход солнца был великолепен; накануне Бенвенуто попросил своих помощников явиться в мастерскую. И, хотя дело было в воскресенье, собрались все до единого.

– Сыны мои, – обратился к ним учитель, – я нанял вас, дабы вы трудились над созданием золотых и серебряных изделий, а не для ратных дел, – это ясно. Но вот уже два месяца мы работаем вместе и хорошо узнали друг друга, поэтому в случае необходимости я могу рассчитывать на вас, так же как вы можете всегда и во всем рассчитывать на меня. Вы знаете, о чем идет речь. Плохо нам здесь работать без воздуха и света, руки у нас связаны, не можем мы взяться за настоящую работу, даже ковать, как надлежит, не в силах. И вот король – вы все были свидетелями этого – соблаговолил пожаловать мне более обширное и удобное помещение. Но у него нет времени заниматься всякими пустяками, и он велел мне самому о себе позаботиться. Ну, а кое-кто не желает предоставить мне помещение, столь великодушно дарованное королем; значит, нужно взять замок силой. Парижский прево не отдает замка вопреки повелению его величества – должно быть, так принято в этой стране, – но он, очевидно, не знает, с кем имеет дело. Когда мне отказывают, я требую; когда сопротивляются, побеждаю. Хотите помочь мне? Не скрою – дело опасное: придется дать сражение, пойти на штурм крепости. Предстоят и другие не совсем безобидные развлечения. Нам нечего бояться ни полиции, ни сторожевой охраны – у нас есть дарственная его величества. Вероятно, будут и убитые, сыны мои. Так что пусть тот, кто хочет повернуть обратно, не церемонится; пусть тот, кто хочет сидеть дома, не стесняется. Я призываю лишь людей отважных. Если вы оставите меня с Паголо и с Асканио, не тревожьтесь. Не знаю, как я поступлю, но знаю, что решение мое неизменно. Зато, клянусь кровью Христовой, если вы будете мне преданны душой и телом – а я на это надеюсь, – пусть трепещет прево в своей резиденции! А теперь, когда вы обо всем досконально осведомлены, говорите: пойдете за мной?

Раздался единодушный возглас:

– Пойдем, учитель, пойдем всюду, куда вам угодно!

– Молодцы, сыны мои! Ведь вы все любите позабавиться?.. Все! Гром и молния! Повеселимся знатно! – воскликнул Бенвенуто, чувствуя, что он наконец в своей стихии. – А то я совсем закис. Вперед, вперед, смелее, шпаги наголо! Слава богу, немало хороших ударов нанесем, немало отобьем! Видите ли, милые мои сыны, видите ли, храбрые мои друзья, нужно быть во всеоружии, нужно условиться о едином плане, нужно подготовить нападение – придется вам поупражняться в фехтовании, и да здравствует веселье! Всё отдаю в ваше распоряжение – и наступательное оружие, и оборонительное, а то, что висит на стенах, не в счет. Пусть каждый выбирает себе что приглянется. Эх, как бы нам пригодилась добрая кулеврина! Ну, да что поделаешь! Зато вот вам взамен всякая мелочь: аркебузы, мушкеты, пики, кинжалы и шпаги, а вот вам еще и кольчуги, шлемы и панцири… И живей, живей принарядимся к балу, а прево пусть платит за музыку!

– Ура! – закричал весь отряд.

Любо было видеть, какое оживление царит в мастерской, какая там суматоха; все было перевернуто вверх дном.

Одушевление, воинственный пыл Бенвенуто веселили все сердца, оживляли все лица. Его помощники примеряли кольчуги, размахивали шпагами, выхватывали из ножен кинжалы, хохотали, пели… Можно было подумать, что все готовятся к маскараду или празднику. Бенвенуто всюду поспевал: одному показывал, как нужно наносить удар, другому привязывал портупею; он чувствовал, что горячая кровь свободно и вольно течет по его жилам, как будто он вновь зажил настоящей жизнью.

Подмастерья без умолку шутили над своим воинственным видом и над своим неумелым обращением с доспехами.

– Эй, учитель, взгляните-ка! – кричал один. – Взгляните, как Симон-Левша надевает шпагу!.. Да справа же надевай! Справа!

– А как Жан держит алебарду! – отвечал Симон. – Он будет так держать посох, когда станет епископом.

– А Паголо! Паголо надевает двойную кольчугу! – кричал Жан.

– Что же тут такого? – возражал Паголо. – Глядите, германец Герман одет совсем как рыцарь времен императора Барбароссы.[1]

И действительно, тот, кого сейчас назвали германцем Германом, что было излишне, ибо само имя по своему немецкому звучанию указывало, что тот, кто его носит, принадлежит к выходцам из Священной Империи, – повторяем, Герман был с ног до головы закован в латы и напоминал одну из тех исполинских статуй, которые в ту прекрасную эпоху расцвета искусства украшали гробницы. Хотя сила храброго малого, родившегося по ту сторону Рейна, и вошла в поговорку у подмастерьев, Бенвенуто заметил ему, что, пожалуй, он не повернется в таком панцире и силы у него не прибавится, а, скорее, убавится. Но Герман вместо ответа вскочил на верстак с такой легкостью, будто одет был в бархат, и, сняв с крюка огромный молот, повертел им над головой, а потом ударил три раза по наковальне, да так, что при каждом могучем ударе наковальня уходила на дюйм в землю. После такого убедительного ответа Челлини почтительно поклонился в знак того, что он вполне доволен.

Асканио надевал военные доспехи молча, в стороне от других; юноша с тревогой думал о последствиях дерзкого предприятия. А вдруг Коломба не простит ему, что он участник нападения на ее отца? И, быть может, поселившись вблизи от нее, он станет чужд ее сердцу, тем более если прево будет убит или изувечен в бою.

Скоццоне же все это и развлекало и тревожило: она то плакала, то смеялась. Всякие перемены и борьба были ей по вкусу, но кровавая схватка и ранения пугали.

Глядя на приготовления к бою, Скоццоне-резвушка прыгала от радости, но при мысли о последствиях боя Скоццоне-женщина дрожала от страха.

---

[1] Фридрих I Барбаросса (то есть Рыжебородый, 1123–1190) – король Германии, позднее избранный императором Священной Римской Империи.

Бенвенуто наконец заметил, что она смеется сквозь слезы, подошел к ней и сказал:

– Скоццоне, ты остаешься дома с Рупертой. Приготовь корпию для раненых и вкусный обед для здоровых.

– Это еще что такое! – воскликнула Скоццоне. – От вас я ни на шаг! С вами я не оробею перед прево и всеми его присными, а здесь, вдвоем с Рупертой, умру от тревоги и страха…

– Ну нет, я ни за что не возьму тебя с собой, – отвечал Бенвенуто, – а то я все буду тревожиться, как бы с тобой чего не случилось. Ты будешь ждать нашего возвращения и молить господа бога за нас, дорогая крошка.

– Послушайте, Бенвенуто! – возразила Скоццоне – очевидно, ее внезапно осенила удачная мысль. – Сами понимаете, не могу я смириться с тем, что буду сидеть здесь сложа руки, а вас там ранят… еще, пожалуй, убьют. Но, право, все можно уладить: не стану я молиться богу в мастерской, а пойду в церковь, поближе к месту сражения. Там я буду в безопасности и тотчас же узнаю о победе или поражении.

– Пусть будет по-твоему, – ответил Бенвенуто. – Да и мы, разумеется, не вступим в смертельную схватку, пока не отстоим, как подобает, обедню. Итак, решено: отправляемся в церковь Августинцев – она неподалеку от Нельского замка, – в ней, милочка, ты и останешься.

На том и порешили, и, закончив приготовления, все выпили по глотку доброго бургундского вина. Вместе с оружием прихватили молоты, щипцы, веревочные лестницы, веревки и отправились не в боевом порядке, а попарно и на довольно далеком расстоянии друг от друга, чтобы не привлекать к себе внимания.

Такие нападения в те времена случались не реже, чем в наши дни мятежи или смены министерств, но, по правде говоря, и в те времена никто обычно так не развлекался по воскресеньям, да еще в полдень, и, чтобы решиться на такую затею, нужно было обладать отвагой Бенвенуто Челлини, которого, впрочем, поддерживало сознание своей правоты.

Итак, наши герои гуськом вошли в церковь Августинцев и, сложив оружие и инструменты у пономаря, друга Симона-Левши, благоговейно прослушали раннюю обедню, моля господа бога смилостивиться и ниспослать им силы, чтобы уничтожить побольше стражников.

Однако, надо сознаться, что, несмотря на всю серьезность положения, несмотря на свою набожность и важность той молитвы, с которой он собирался обратиться к всевышнему, Бенвенуто, войдя в церковь, обнаружил признаки поразительной рассеянности. Случилось это потому, что чуть позади, у противоположной стены храма, склонилась над раскрашенным молитвенником девушка с таким обворожительным личиком, что могла привлечь внимание не только скульптора, но даже святого. И сейчас художник невольно мешал верующему. Доброму нашему Челлини хотелось поделиться с кем-нибудь своим восхищением, а так как Катерина, находившаяся слева от него, вряд ли отнеслась бы благосклонно к восторгам маэстро Бенвенуто, то он повернулся вправо, к Асканио, и указал ему на прекрасную девичью головку. Но взор Асканио и без того был устремлен на девушку: юноша не сводил с нее глаз с той минуты, как вошел в храм. Увидев, что Асканио так же поглощен созерцанием, как и он сам, Бенвенуто подтолкнул его локтем.

– Да-да, – произнес Асканио, – это Коломба. Как она прекрасна, не правда ли, учитель?

Действительно, то была Коломба. Прево, не опасавшийся нападения среди бела дня, разрешил ей, хотя и не без колебания, пойти помолиться в церковь Августинцев. Правда, Коломбе пришлось долго упрашивать отца – ведь она находила утешение лишь в молитве. Рядом с ней была госпожа Перрина.

– А кто такая Коломба? – полюбопытствовал Бенвенуто.

– Ах да, правда, вы же ее не знаете! Коломба – дочь самого прево мессера Робера д'Эстурвиля. Как она прекрасна, не правда ли? – воскликнул Асканио снова.

– Да нет же, – возразил Бенвенуто, – нет, это не Коломба.[1] Посмотри, Асканио, ведь это Геба,[2] богиня юности Геба, которую заказал мне король. Геба, о которой я мечтал, умоляя господа бога ниспослать мне ее! И вот она сошла сюда по моей молитве...

И, сам не замечая, как нелепо представлять себе Гебу с молитвенником в руках, возносящуюся душой к Иисусу, Бенвенуто продолжал восхвалять ее красоту, творя молитву и одновременно обдумывая план нападения на замок. В его душе боролись ваятель, католик и стратег.

– «Отче наш, иже еси на небесех...» Да взгляни же, Асканио, какой пленительный, какой тонкий профиль! «Да святится имя твое, да приидет царствие твое...» Как очаровательна линия ее стана! «Хлеб наш насущный даждь нам днесь...» Так ты говоришь, что это прелестное создание – дочка прево, негодяя, которого я собираюсь уничтожить собственными руками? «И остави нам долги наши, как и мы оставляем должникам нашим...» Я готов поджечь замок! Аминь! – И Бенвенуто перекрестился, не сомневаясь, что он с должным благоговением прочел воскресную молитву.

Обедня закончилась. Человеку с иным характером, живущему в иную эпоху, поступки Челлини, пожалуй, показались бы святотатством, однако они были совершенно естественны для такого непосредственного человека, каким был художник, и для той эпохи, когда Клеман Маро переложил на любовные стихи семь покаянных псалмов.

После возгласа «It messa est»[3] Бенвенуто и Катерина пожали друг другу руки. Челлини и Асканио, не сводя взгляда с Коломбы, которая так и не подняла взора от молитвенника, пошли в

---

[1] Имя Коломба означает по-французски «голубка».
[2] Геба (греч. миф.) – богиня юности, дочь бога Зевса.
[3] Идите, месса кончена (лат.).

сопровождении своих спутников окропить себя святой водой. Затем все вышли поодиночке и снова соединились в безлюдном тупике, приблизительно на полдороге между церковью и Нельским замком.

Катерина же, как было условлено, осталась на позднюю обедню, что сделали также и Коломба с госпожой Перриной. Обе они пришли спозаранок и, прослушав раннюю обедню, ждали праздничную службу; ни та, ни другая не подозревали, что Бенвенуто и его ученики намереваются отрезать им дорогу в дом, который они так неосторожно покинули.

Глава 9. Неожиданное нападение

Наступила решительная минута. Челлини разделил десять своих воинов на два отряда: одному надлежало любым способом проникнуть в замковые ворота, другому же прикрывать его действия, палить из аркебуза или же отражать удары осажденных, если они появятся на зубчатой стене либо попытаются сделать вылазку. Бенвенуто встал во главе этого отряда и назначил своим помощником нашего друга Асканио. Командовать вторым отрядом он приказал нашему старому знакомцу Герману – доброму и храброму немцу, который сплющивал железный брус ударом молота и наповал убивал человека ударом кулака. Герман же, в свою очередь, взял в помощники Жана-Малыша. Пятнадцатилетний сорванец был проворен, как белка, хитер, как обезьяна, и смел, как паж; проказник сумел завоевать искреннюю любовь Голиафа, очевидно, тем, что все время подшучивал над ним. Итак, Жан-Малыш с гордым видом встал рядом со своим начальником, к великой досаде Паголо, который благодаря своей двойной кольчуге и неповоротливости изрядно смахивал на статую Командора.

Когда обязанности были распределены, Бенвенуто в последний раз произвел смотр оружию и воинам и обратился с краткой речью к смельчакам, которые отважно шли ради него навстречу опасности, а может быть, и смерти. Затем он им всем пожал руки, благочестиво осенил себя крестным знамением и воскликнул: «Вперед!» Оба отряда немедленно тронулись в путь и, пройдя вдоль набережной Августинцев, в тот час совсем безлюдной, скоро оказались, соблюдая некоторое расстояние друг от друга, у стен Нельского замка.

Но Бенвенуто не желал нападать на врага, не выполнив всех правил учтивости, полагающихся в таких случаях. Он нацепил белый платок на острие шпаги и, приблизившись к воротам, к которым подходил уже накануне, постучался. Как и накануне, его спросили через железную решетку, что ему нужно. Бенвенуто повторил свое требование, говоря, что он желает вступить во владение замком, пожалованным ему королем. Но на этот раз его даже не удостоили ответом.

Тогда, повернувшись к воротам, он крикнул громовым, властным голосом:

– Робер д'Эстурвиль, сеньор Вильбонский, прево парижский! Я, Бенвенуто Челлини, золотых дел мастер, ваятель, художник, механик и инженер, ставлю тебя в известность, что его величество король Франциск Первый добровольно и по принадлежащему ему праву пожаловал мне в полную собственность Большой Нельский замок! Ты же, вопреки королевской воле, отказываешься его освободить. И я объявлю тебе, Робер д'Эстурвиль, сеньор Вильбонский, прево парижский, что я возьму его силой! Защищайся! И, если из-за твоего отказа произойдет беда, знай, что ты сам отвечаешь за это на земле и на небе, перед людьми и перед богом.

И Бенвенуто умолк в ожидании ответа, но за стенами замка стояла тишина. Тогда Бенвенуто зарядил аркебуз и приказал своему отряду приготовить оружие; затем он созвал военный совет, состоявший из него самого, Германа, Асканио и Жана, и обратился к соратникам с такими словами:

– Сынки, сами видите, не миновать сражения. С чего же нам начинать?

– Я взломай ворот, – предложил Герман, – и ви последовайт за мной, и всё тут.

– Ты у меня настоящий Самсон. Но как ты их взломаешь? – спросил Бенвенуто Челлини.

Герман осмотрелся и заметил на набережной бревно, которое, пожалуй, с трудом приподняли бы и четыре человека, наделенные обыкновенной силой.

– Я взломай бревном, – проговорил он.

И, преспокойно подойдя к бревну, он поднял его и, неся наподобие тарана, вернулся к военачальнику.

Тем временем стала собираться толпа. Но, когда Бенвенуто, подстрекаемый зрителями, дал приказ начать атаку, на углу появился капитан королевских стрелков в сопровождении пяти или шести всадников. Очевидно, его предуведомил какой-нибудь благонамеренный горожанин. Капитан, приятель прево, прекрасно знал, в чем дело; он поскакал к Бенвенуто Челлини в твердой уверенности, что Бенвенуто испугается; стрелки же преградили дорогу Герману.

– Что вам тут нужно? И почему вы нарушаете покой горожан?

– Нарушает покой тот, кто отказывается подчиниться воле короля, – отвечал Челлини, – а не тот, кто ее выполняет.

– Что вы хотите этим сказать? – спросил капитан.

– Я хочу сказать, что вот грамота его величества в надлежащем виде, выданная мне секретарем по делам финансов господином де Нёфвилем; в ней говорится, что мне пожалован Большой Нельский замок. Но люди, засевшие в нем, не желают повиноваться королевскому повелению и, следовательно, оспаривают мое право. Словом, как бы то ни было, а я вбил себе в голову – ведь недаром в писании сказано: «Воздайте кесарево кесареви», – что Бенвенуто Челлини вправе взять то, что принадлежит Бенвенуто Челлини.

– Эй, вы, не мешайте нам, а лучше помогите отвоевать замок!.. – крикнул Паголо.

– Замолчи, бездельник! – прервал его Бенвенуто, топнув ногой. – Я не нуждаюсь ни в чьей помощи, понял?

– Конечно, право на вашей стороне, но на деле вы неправы, – заметил капитан.

– Как это так? – спросил Бенвенуто, чувствуя, что вся кровь бросилась ему в лицо.

– Вы правы, что желаете вступить во владение своим имуществом, но неправы, желая сделать это таким способом. Вы ничего не добьетесь, заранее говорю вам, если будете сражаться со стенами. Я хочу дать вам совет – дружеский совет, поверьте мне:

обратитесь к правосудию. Например, подайте жалобу на парижского прево. А засим прощайте, желаю успеха!

И капитан королевских стрелков удалился, посмеиваясь и зубоскаля, а в толпе, увидевшей, что представитель власти смеется, захохотали.

– Хорошо смеется тот, кто смеется последним! – воскликнул Бенвенуто Челлини. – Вперед! Герман, вперед!

Герман снова взялся за бревно. И, пока Бенвенуто, Асканио и два-три лучших стрелка из отряда с аркебузами в руках готовились открыть огонь по стенам замка, он, как живая катапульта, направился к двери, которую было легче проломить, чем ворота.

Но лишь только он приблизился к замку, сверху посыпался град камней, хотя нигде не было видно ни одной живой души. Дело в том, что прево велел навалить камни на крепостную стену – получилось нечто вроде второй стены, возвышавшейся над первой. Стоило лишь легонько подтолкнуть ее, и камни лавиной полетели на головы осаждающих.

Между тем осаждающие, встреченные градом камней, чуть отступили. И, хотя никто из них не ждал такого страшного отпора, никто и не пострадал, кроме Паголо, который стал так неуклюж в двойной кольчуге, что не успел отбежать, как остальные, и был ранен в пятку.

Герман же, не обращая внимания на тучу мелких камней – так дуб не сгибается под градом, – все приближался к двери. Добравшись до цели, он принялся колотить в дверь бревном с такой силой, что всем стало ясно: хоть она и крепка, а долго не продержится.

Бенвенуто и его помощники готовы были открыть огонь из аркебузов, как только враг появится на крепостных стенах, но никто там не появлялся. Казалось, невидимое войско защищало Большой Нельский замок. Бенвенуто неистовствовал оттого, что не мог помочь отважному немцу. Вдруг он заметил древнюю Нельскую башню, которая, как мы говорили, стояла на отлете, по другую сторону набережной, купая подножие в Сене.

– Постой, Герман, – воскликнул Челлини, – постой, мой храбрый друг! Нельский замок наш – это так же верно, как то, что меня зовут Бенвенуто Челлини и что я по званию золотых дел мастер.

И, знаком приказав Асканио и двум своим подмастерьям следовать за ним, он побежал к башне; а Герман, послушный воле учителя, отступил шага на четыре, выбрал безопасное место, куда не долетали камни, и, поставив бревно, как швейцарский воин алебарду, решил посмотреть, к чему приведет маневр главнокомандующего.

Действительно, как Бенвенуто и предполагал, прево упустил из виду одно: охрану древней башни. Челлини завладел ею беспрепятственно и, перепрыгивая через ступени, мигом взобрался по лестнице на плоскую крышу; крыша эта возвышалась над Большим Нельским замком, как колокольня над городом, поэтому осажденные, которых до сих пор защищали крепостные стены, неожиданно оказались под ударом.

Раздался выстрел из аркебуза, просвистела пуля, раненый стражник с воплем упал на землю, и прево понял, что положение изменилось.

А тем временем Герман, увидев, что поле действия свободно, поднял бревно и стал сотрясать дверь, которую осажденные, воспользовавшись временной передышкой, только что укрепили.

Толпа же, с помощью своего удивительного инстинкта самосохранения, мгновенно поняла, что в такой перестрелке ей несдобровать, что очевидцам трагической сцены, которая сейчас разыграется, грозит немалая опасность, рассеялась, как стая голубей, лишь только Бенвенуто выстрелил из аркебуза и раздались вопли раненого стражника.

На площади остался лишь один зритель.

Зрителем был наш знакомец Жак Обри. Надеясь поразвлечься игрою в мяч, он пришел на свидание, назначенное ему Асканио в прошлое воскресенье. С первого же взгляда на поле битвы он понял, в чем тут дело. Зная нрав Жака Обри, нечего было гадать, какое он примет решение. Не все ли равно, во что играть – в мяч ли, в осаду ли: ведь и то и другое игра; догадавшись, что в числе нападающих друзья, он тут же и примкнул к ним.

– Вот как, приятели! – воскликнул он, приближаясь к отряду, который ждал, что дверь вот-вот распахнется, и готов был ринуться в замок. – Собираемся идти на приступ! Черт возьми! Вы атакуете не домишко, а пошли на трудное дело: кучка людей перед укрепленным замком!

– Мы не одни, – проговорил Паголо, перевязывая пятку. Он указывал на Бенвенуто и на трех-четырех его соратников, продолжавших вести по стене такой яростный огонь, что град камней стал гораздо реже.

– Понимаю, понимаю, монсеньор Ахилл, – сказал Жак Обри, – ибо я не сомневаюсь, что у вас с Ахиллом много схожего. Ну, а кроме всего прочего, вы тоже ранены в пяту. Понимаю, понимаю! А вот и мой приятель Асканио! С ним, конечно, маэстро Челлини – вот они там, на верху башни.

– Верно, – сказал Паголо.

– А что это за великан так рьяно дубасит в дверь? Он тоже из вашего отряда, не правда ли?

– Это Герман! – гордо проговорил Жан-Малыш.

– Черт возьми, ловко он орудует! – воскликнул школяр. – Поприветствуем его.

И он, засунув руки в карманы и не обращая внимания на пули, свистевшие над его головой, приблизился к храброму немцу, продолжавшему делать свое дело с той же исправностью – совсем как машина, приводимая в движение отменным механизмом.

– Не нужно ли вам чего-нибудь, любезный Голиаф? – спросил Жак Обри. – Я к вашим услугам.

– Я желай пить, – отвечал Герман, все так же атакуя дверь.

– Черт возьми, я думаю! От такой работы взбеситься можно! Жаль, нет у меня под рукой бочки пива или браги, – угостил бы вас!

– Дай вода! – крикнул Герман. – Дай вода!

– Вам нравится этот напиток? Ну что ж, под боком у нас целая река. Минутку терпения – я вас угощу водицей.

И Жак Обри побежал к Сене, зачерпнул полную шапку воды и принес ее немцу; силач выпустил бревно, выпил одним духом воду из шапки и возвратил ее школяру.

– Карашо! – сказал он и, схватив бревно, продолжал свое дело.

Немного погодя он проговорил:

– Ви идет к учителю, ви скажет – скоро все готов, пусть сам готов будет.

Жак Обри бросился к башне и в мгновение ока очутился рядом с Асканио и Бенвенуто, которые открыли такой жаркий огонь из аркебузов по осажденным, что из строя вышли два-три стражника мессера прево. Враг, не решаясь подняться на стену, выжидал.

В ту минуту, когда Герман велел передать Бенвенуто, что дверь вот-вот подастся, прево решил сделать последнюю попытку; ему удалось приободрить своих вояк, и вот с новой силой посыпался целый град камней; но почти тотчас же два выстрела из аркебуза снова остудили пыл осажденных, разожженный угрозами и посулами мессера Робера; они притихли и попрятались. Видя это, мессер Робер двинулся вперед самолично и, взяв обеими руками огромный камень, собрался спустить его на голову Германа.

Но Бенвенуто был не из тех, кого можно застигнуть врасплох. Заметив, что неосмотрительный враг подошел туда, куда уже никто не смел приблизиться, он прицелился. Но в тот миг, когда Челлини собрался спустить курок, Асканио с криком отвел рукой ствол аркебуза, и оружие выстрелило в воздух. Дело в том, что Асканио узнал отца Коломбы.

Разъяренный Бенвенуто хотел было потребовать у Асканио объяснения, но в этот миг камень, сброшенный прево, упал прямо на каску Германа. Несмотря на всю свою силищу, современный Титан не мог справиться с этим Пелионом;[1] он выпустил бревно, протянул руки, как бы ища опоры, и, не найдя ее, со страшным грохотом упал, потеряв сознание.

И осаждаемые, и осажденные хором закричали. Жан-Малыш и трое-четверо подмастерьев, стоявшие поблизости, бросились к силачу, отнесли его подальше от стены и стали приводить в чувство. Но в этот миг дверь и ворота Нельского замка распахнулись, и прево во главе пятнадцати стражников ринулся к раненому, причем все они так ловко орудовали шпагами, коля и рубя, что Жану и трем его товарищам пришлось отступить, несмотря на подбадривающие крики Бенвенуто, на его уговоры держаться, на обещание прийти на выручку. И прево воспользовался этим. Восемь человек схватили за руки и за ноги Германа, который так и не пришел в себя, семеро же встали перед отрядом для его защиты, и, пока Челлини, Асканио, Жак Обри и трое или четверо их товарищей, находившихся на верхушке башни, спускались с высоты четырех-пяти этажей, Германа уже вносили в Большой Нельский замок; и не успел Челлини с аркебузом наготове показаться в дверях башни, как ворота замка захлопнулись за последним стрелком из отряда прево.

Скрывать было нечего – это было поражение, и поражение нешуточное. Челлини, Асканио и их друзья выстрелами из аркебузов уложили трех-четырех осажденных, но потеря трех-четырех стражников не нанесла такого урона прево, как потеря Германа – Челлини.

Осаждающие на миг растерялись.

Вдруг Асканио и Челлини переглянулись.

---

[1] Пелион – гора в Греции (в Фессалии). Согласно мифу, старшее поколение богов – Титаны восстали против захватившего власть Зевса и взгромоздили Пелион на соседнюю с ним гору Осу, чтобы взобраться на небо.

– У меня есть один план, – сказал Челлини, смотря налево, в сторону города.

– И у меня тоже, – ответил Асканио, смотря направо, в сторону полей.

– Я придумал, каким способом выманить стражу из замка.

– А если удастся выманить стражу, я придумал, каким способом мы откроем ворота.

– Сколько тебе нужно людей?

– Довольно одного.

– Выбирай.

– Жак Обри, – спросил Асканио, – хотите идти со мной?

– Да хоть на край света, дорогой друг, хоть на край света! Только не мешало бы и мне получить оружие, какой-нибудь обломок шпаги или огрызок кинжала – несколько дюймов железа, чтобы при случае всадить их во врага.

– Отлично! Берите шпагу Паголо – он уже не может ею орудовать: ведь он правой рукой держится за пятку, а левой творит крестное знамение.

– А вот вам вдобавок мой кинжал, – произнес Челлини. – Наносите удары, молодой человек, да не забывайте его в теле врага! Слишком это дорогой подарок для противника – я сам чеканил рукоятку, и она стоит сто золотых экю.

– А лезвие? – спросил Жак Обри. – Рукоятка, конечно, вещь ценная, но, знаете ли, я предпочитаю лезвие.

– Лезвию цены нет, – ответил Бенвенуто, – я убил им убийцу своего брата.

– Да здравствует кинжал! – воскликнул школяр. – В поход, Асканио!

– Сейчас, – проговорил Асканио, обернув вокруг талии веревку в пять-шесть морских саженей и вскинув на плечо лестницу. – Вот я и готов!

И оба отважных молодых человека прошли шагов сто по набережной, затем повернули налево и скрылись за углом Большого Нельского замка, позади городского рва.

Пусть Асканио выполняет свой замысел, а мы посмотрим, как Челлини осуществляет свой.

Асканио, как мы говорили, смотрел направо, то есть в сторону полей; а Бенвенуто смотрел налево, то есть в сторону города, потому что в толпе зрителей, держащейся на расстоянии, Челлини приметил двух женщин, и в них он как будто узнал дочь прево и ее дуэнью.

И в самом деле то были Коломба и госпожа Перрина. Когда обедня кончилась, они пошли домой, в Малый Нельский замок, но, напуганные рассказами об осаде и страшным зрелищем, представившимся их глазам, в ужасе остановились и затерялись в толпе.

Но как только Коломба, встревоженная судьбой отца, заметила, что сражение поутихло и по улице можно свободно пройти, она, невзирая на мольбу госпожи Перрины, заклинавшей девушку держаться подальше от места схватки, бесстрашно направилась к замку, предоставив госпоже Перрине полную свободу действий; но госпожа Перрина в глубине души нежно любила Коломбу, поэтому, правда умирая от страха, все же решилась сопровождать свою воспитанницу.

Обе женщины отделились от толпы в ту минуту, когда Асканио и Жак Обри завернули за угол.

Теперь нам понятен план Бенвенуто Челлини.

Увидев, что женщины приближаются к замку, он пошел к ним навстречу и учтиво предложил руку Коломбе.

– Сударыня, не бойтесь, – произнес он. – И, если вы пожелаете опереться на мою руку, я вас проведу к вашему отцу.

Коломба колебалась, но госпожа Перрина повисла на руке Челлини, хотя он и забыл предложить ей помощь.

– Соглашайтесь, милая крошка, соглашайтесь на покровительство этого благородного кавалера!.. Смотрите-ка, а вот и сам господин прево – он стоит на крепостной стене! Вот он наклонился... Конечно, он тревожится за нас.

Коломба оперлась на руку Бенвенуто, и все трое подошли к воротам замка.

Тут Челлини остановился, держа под руки Коломбу и госпожу Перрину.

– Господин прево, – крикнул он, – ваша дочь желает вернуться домой! Надеюсь, вы откроете дверь и впустите ее, если не согласны отдать в руки врагов такую прекрасную заложницу!

Не раз за эти два часа прево, сражаясь под прикрытием крепостной стены, думал о дочери, которой так неосмотрительно разрешил выйти, и не мог придумать, как же впустить ее в замок. Он надеялся, что девушку вовремя предупредят и она догадается пойти в Шатле и там переждать, как вдруг увидел Челлини; ваятель покинул отряд и направился к двум женщинам, в которых д'Эстурвиль сразу узнал Коломбу и госпожу Перрину.

– Глупая девчонка! – проворчал сквозь зубы прево. – Однако нельзя оставлять ее среди этих нечестивцев...

Затем, повысив голос, спросил у Челлини, открывая оконце и припав лицом к решетке:

– Чего вы требуете?

– Вот мое условие, – произнес Бенвенуто. – Я позволю вернуться домой госпоже Коломбе и ее дуэнье, а вы со всеми своими людьми выйдете на улицу, и мы сразимся в открытом бою. Тот, за кем останется поле битвы, будет владеть замком, и тогда – горе побежденным! Voe victis! – как говорил ваш соотечественник Бренн.[1]

---

[1] Бренн – галльский вождь, который в 390 году вторгся в Этрурию и захватил Рим. По преданию, Бренн потребовал от населения города огромный выкуп и, когда ему отвешивали золото,

– Согласен, – сказал прево, – но при одном условии.

– Каком же?

– Вы и ваши воины отойдете, чтобы дать моей дочери время войти, а моим стражникам выйти.

– Пусть так! – проговорил Челлини. – Но сначала вы выйдете, затем войдет госпожа Коломба, и, чтобы отрезать себе путь к отступлению, вы перекинете ключ через стену.

– Согласен, – сказал прево.

– Даете слово?

– Слово дворянина! А вы?

– Слово Бенвенуто Челлини!

Когда они обменялись честным словом, ворота распахнулись: стражники во главе с мессером д'Эстурвилем вышли и выстроились в два ряда. Теперь их было девятнадцать человек. А в отряде Бенвенуто Челлини, без Асканио, Германа и Жака Обри, было только восемь, в том числе и Симон-Левша, к счастью, раненный в правую руку. Но Бенвенуто был не из тех, кто считает своих врагов, – ведь он сразил Помпео, которого охраняла дюжина наемников. Он с радостью дал слово, ибо больше всего на свете хотел, чтобы произошло решительное, генеральное сражение.

– Теперь вы можете войти, сударыня, – сказал он своей прелестной пленнице.

Коломба, вспорхнув, как голубка, на которую она была похожа, перелетела от лагеря к лагерю и вне себя от волнения бросилась на шею прево.

– Батюшка! Батюшка! Ради бога, не подвергайте опасности свою жизнь! – воскликнула она, заливаясь слезами.

– Ступай прочь! – грубо ответил прево, схватив ее за руки и отводя к воротам. – Из-за твоей глупой выходки мы попали в труднейшее положение.

бросил на ту чашу весов, где лежали гири, свой меч, воскликнув при этом: «Горе побежденным!» (По-латыни «voe victis!»).

Коломба вошла в замок в сопровождении госпожи Перрины, которая от страха хоть и не летела словно на крыльях, как ее прелестная воспитанница, зато бежала, и довольно быстро, а ведь целых десять лет она воображала, что у нее отнимаются ноги! Прево захлопнул за ними ворота.

– Ключ! Ключ! – крикнул Челлини.

Прево, верный своему слову, вынул ключ и перебросил его через стену во двор замка.

– А теперь, – крикнул Бенвенуто, устремляясь к прево и к его отряду, – каждый за себя. Бог за всех!

И тут произошла кровопролитная схватка, ибо не успели стражники прицелиться из аркебузов и выстрелить, как Бенвенуто с семеркой подмастерьев очутился среди них, рубя направо и налево своей грозной шпагой, а ею он не только ловко действовал, но и сам ее на диво закалил, поэтому не было на свете такой кольчуги и такого панциря, которые бы перед ней устояли. Стражники побросали аркебузы, ставшие бесполезными, выхватили шпаги и, в свою очередь, пошли врукопашную. Но, несмотря на количество и на силу врагов, отряд Челлини мигом разметал их по площади, а двое или трое самых смелых были так тяжело ранены, что уже не могли сражаться и принуждены были отступить.

Прево видел опасность, но это был человек храбрый и в свое время, как мы упоминали, мог похвалиться ратными успехами; он бросился навстречу грозному Бенвенуто Челлини, перед которым все отступали.

– Ко мне, – кричал он, – ко мне, гнусный разбойник, и пусть все решит между нами поединок! Теперь посмотрим!

– О, клянусь, ничего иного я и не желаю, мессер Робер! Прикажите своим людям не мешать нам, и я в вашем распоряжении.

– Смирно! – приказал прево стражникам.

– Ни с места! – крикнул своим помощникам Челлини.

И все замерли в неподвижности, как воспетые Гомером воины, прекратившие сражение, чтобы не пропустить ни единого движения двух знаменитых полководцев, вступивших в поединок.

И вот прево и Челлини устремились друг на друга со шпагами наголо.

Прево искусно владел оружием, но и Челлини был непревзойденным фехтовальщиком. Уже десять-двенадцать лет у прево не было случая обнажить шпагу. И, напротив, за десять-двенадцать последних лет, вероятно, не проходило дня, чтобы Бенвенуто не дрался холодным оружием; прево, который так самоуверенно вступил в бой, при первых же выпадах заметил преимущество врага.

А Бенвенуто Челлини, в свою очередь не ожидавший, что какой-то судейский окажет такое сопротивление, фехтовал энергично, быстро, ловко. Все поражались, глядя, как его шпага, словно двойное жало змеи, угрожала одновременно голове и сердцу врага, перелетала с места на место, не позволяла противнику нанести ни единого удара и едва давала ему время парировать удары. И прево, понимая, что имеет дело с более сильным фехтовальщиком, подался назад, правда защищаясь, но в конце концов начал сдавать позиции. Мессеру Роберу не повезло: он стоял спиной к замку. Поэтому не успел он отступить на несколько шагов, как Бенвенуто прижал его к воротам, к которым прево инстинктивно приблизился, хотя отлично помнил, что сам их запер и перебросил ключ за стену.

И тут прево почувствовал, что все кончено, и, как кабан, обороняющийся от собак, собрался с силами и сделал три-четыре выпада с такой быстротой, что Бенвенуто, в свою очередь, пришлось перейти к защите; но один удар он отразил слишком поздно, и вражеская шпага, несмотря на превосходную кольчугу, надетую на Бенвенуто, поцарапала ему грудь. Почувствовав холодок стального острия, Бенвенуто разъярился, как раненый лев, напряг все силы, и молниеносный, могучий удар поразил бы мессера д'Эстурвиля, но в эту минуту ворота распахнулись, прево упал навзничь, и шпага пронзила того, кто только что спас мессера прево, внезапно растворив ворота.

Но произошло нечто неожиданное: раненый не застонал, зато Бенвенуто издал вопль отчаяния. Оказалось, что он сразил Асканио. Бенвенуто не обратил внимания ни на Жака Обри, ни на Германа, стоявших позади раненого. Он как безумный заключил юношу в объятия, осматривал, ощупывал, целовал его, ища рану, и кричал, рыча и рыдая, как, вероятно, рычит и рыдает лев.

– Убит, убит! Я убил его! Асканио, дитя мое, я убил тебя!

В это время Герман схватил здорового и невредимого прево, лежавшего у ног Асканио и Челлини, поднял его и отнес, как малого ребенка, в сарай, где Рембо обычно складывал садовые инструменты, запер дверь и со шпагой наголо встал у входа, готовясь отразить любую попытку врагов освободить пленника.

А Жак Обри одним прыжком вскочил на стену и, потрясая кинжалом в знак победы, крикнул:

– Играйте, фанфары, играйте, фанфары! Большой Нельский замок отныне наш!

О том же, что последовало за всеми этими удивительными событиями, читатель узнает из следующей главы.

Глава 10. О преимуществе крепостей

Нельский замок со стороны Пре-о-Клер был крепко-накрепко защищен городским валом и рвом, и все считали, что в этой части он просто неприступен. И вот Асканио, здраво рассудив, что люди редко думают об охране того, чего у них не отнять, решил проникнуть в замок в том месте, где никто не помышлял о его обороне.

Поэтому он и удалился со своим другом Жаком Обри, не подозревая, что в тот миг, когда он скроется с одной стороны, его любимая Коломба появится с другой и что это даст возможность Бенвенуто принудить прево скрепя сердце выйти из замка.

Нелегко было выполнить все, что задумал Асканио, и его замысел был чреват опасными последствиями. Юноша задумал перебраться через глубокий ров и вскарабкаться на двадцатипятифутовую стену; он мог свалиться, попасть в стан врага. И только подойдя к самому краю рва и, следовательно, приступив к выполнению своего замысла, Асканио понял, как трудно будет перебраться через ров и осуществить задуманное. Поэтому он на миг чуть не отступил от своего решения.

Жак Обри с невозмутимым видом остановился в десяти шагах от своего друга, то поглядывая на стену, то на ров. Затем, измерив препятствие глазами, он сказал:

– А ну-ка, милый друг, сделай одолжение, скажи, на кой черт ты притащил меня сюда? Ведь не лягушек же ловить… А, вот оно что… смотришь на веревочную лестницу… отлично. Понимаю. Но длина лестницы двенадцать футов, а высота стены двадцать пять футов, ров же десяти футов шириной; итого, если не ошибаюсь, двадцати трех футов недостает.

Такой подсчет сначала ошеломил Асканио, но немного погодя он вдруг ударил себя по лбу.

– Ах, какая удачная мысль! – воскликнул он. – Взгляните-ка!

– Куда?

– Туда, – сказал Асканио, – туда!

– Да ты не на удачную мысль мне показываешь, – ответил школяр, – а на дуб.

И действительно, почти у самого рва возвышался могучий дуб, ветви которого, казалось, с любопытством склонились над стенами Нельского замка.

– Неужели же вы не понимаете? – спросил Асканио.

– Так-так… Как будто начинаю разуметь. Что верно, то верно. Догадался. Дуб и стена – как бы начало моста, его дополнит лестница. Но под ним, дружище, разверстая пропасть, и пропасть, полная грязи! Черт возьми, тут нужна осторожность. На мне, знаешь ли, праздничная одежда, а портной отказывается шить мне в долг.

– Помогите мне взобраться по лестнице, – сказал Асканио, – вот все, о чем я вас прошу.

– Так-так… А я, значит, останусь здесь, внизу? Благодарю покорно!

И друзья схватились одновременно за ветку и мигом очутились на дубе.

Тут, объединив усилия, они зацепили лестницу за верхушку дуба и добрались до самой макушки дерева. Затем перекинули лестницу через стену, наподобие подъемного моста, и обрадовались, увидев, что один конец прочно укреплен на толстой ветке, а другой свисает по ту сторону стены на два-три фута.

– Ну, а как быть, когда мы очутимся на стене? – спросил Обри.

– Когда мы очутимся на стене, подтянем лестницу и спустимся вниз.

– Так-то оно так. Но вот в чем затруднение: высота стены двадцать пять футов, а длина лестницы – всего двенадцать.

– Предусмотрено и это, – сказал Асканио, разматывая веревку, которую он намотал вокруг тела; затем, привязав один конец к стволу дерева, он перебросил ее через стену.

– О умная голова, понимаю тебя! – воскликнул Жак Обри. – И я счастлив и горд тем, что сломаю себе шею вместе с тобой.

– Да что вы делаете?

– Переправляюсь, – отвечал Обри, готовясь перебраться на стену.

– Нет, я переправляюсь первый, – сказал Асканио.

– Тянем жребий на смоченный палец! – предложил Обри и протянул приятелю указательный и средний пальцы.

– Хорошо, – согласился Асканио и прикоснулся к одному из пальцев.

– Ты выиграл, – сказал Обри. – Но смотри будь хладнокровен и спокоен, понял?

– Не тревожьтесь, – произнес Асканио.

И он пошел по висячему мосту. Жак Обри уцепился за лестницу и поддерживал ее в равновесии. Лестница была непрочная, но храбрый юноша был легок. Школяр затаил дыхание, ему казалось, что Асканио вот-вот оступится... Но юноша бегом пробежал последние четыре шага и очутился на стене целый и невредимый. И там он тоже подвергся бы смертельной опасности, если бы кто-нибудь из осаждающих его заметил; но Асканио не обманулся в своих предположениях. Заглянув в сад, он крикнул приятелю:

– Тут никого нет, ни души!

– Тогда вперед! – воскликнул Жак Обри. – Спляшу-ка и я на канате.

И он, в свою очередь, пошел по узкой и дрожащей воздушной дорожке, а Асканио придерживал лестницу, платя ему услугой за услугу. Обри был так же ловок и проворен, как он, и мигом оказался рядом с приятелем.

Тут оба уселись верхом на стену и подтянули к себе лестницу, затем привязали ее к веревке, другой конец которой был прочно закреплен на дубе, и спустили вниз, придав ей нужную длину, чтобы она служила им понадежнее. Затем Асканио, которому выпало право испытать все на себе, обеими руками схватился за веревку и соскользнул до первой перекладины лестницы, а через секунду он уже стоял на земле.

Жак Обри благополучно спустился за ним, и оба друга очутились в саду.

Теперь главное было – действовать как можно быстрее. На переправу ушло немало времени, и Асканио дрожал при мысли, что их отсутствие окажется гибельным для учителя. Со шпагами наголо Асканио и Жак Обри побежали к двери, ведущей в первый двор, где, очевидно, находился отряд прево, если только он не успел переменить позиции.

Подойдя к двери, Асканио посмотрел в замочную скважину и увидел, что двор пуст.

– У Бенвенуто удача! – воскликнул он. – Отряд вышел. Замок наш!

И он попытался открыть дверь, но она была заперта на ключ.

Оба стали трясти ее изо всех сил.

– Подите сюда! – раздался голос, отозвавшийся в сердце юноши. – Сюда, сударь!

Асканио обернулся и в окне первого этажа увидел Коломбу. В два прыжка он оказался около нее.

– Ах, вот оно что! – проговорил Жак Обри, следуя за ним. – Видно, у нас тут есть знакомые! А вы и словом не обмолвились об этом, господин молчальник!

– О! Спасите моего отца, господин Асканио! – воскликнула Коломба, ничуть не удивившись, что молодой человек здесь, как будто его присутствие было совершенно естественным. – Слышите, они дерутся там, на площади, и все из-за меня, по моей вине! О боже мой, боже мой! Поспешите же, иначе его убьют!

– Успокойтесь, – проговорил Асканио, устремляясь в покои, выходившие во второй двор. – Успокойтесь, я отвечаю за все.

– Успокойтесь, – повторил Жак Обри, не отстававший от юноши. – Успокойтесь, мы отвечаем за все.

У порога двери Асканио услышал, что кто-то зовет его, но на этот раз голос был не так нежен.

– Кто меня зовет? – спросил Асканио.

– Я зваль, мой юный друг, я зваль, – повторил тот же голос с явным немецким акцентом.

– Ах, черт побери! – воскликнул Жак Обри. – Да ведь это наш Голиаф! Что вы делаете в этом курятнике, храбрец великан?

И действительно, он увидел голову Германа в слуховом окне небольшого сарая.

– Сам не знай, как я попаль зюда. Отодвигайт засов, чтобы я вступаль в сражений. Руки чесаться!

– Выбирайтесь, – сказал школяр, поспешив оказать нашему Голиафу услугу, о которой он просил.

Меж тем Асканио приблизился к воротам, из-за которых доносился грозный звон скрещивающихся шпаг. Лишь массивные деревянные ворота отделяли его от сражающихся, но, опасаясь внезапно показаться и попасть в руки врагов, он посмотрел в зарешеченное оконце. И тут прямо против себя он увидел Челлини, возбужденного, разъяренного, ожесточенного Челлини, и понял, что мессер Робер погиб. Асканио поднял ключ, валявшийся на земле, мигом открыл ворота и, думая лишь о том, что обещал Коломбе, получил, как мы сказали, удар в плечо, иначе шпага неминуемо пронзила бы прево.

Мы уже видели, что последовало за этим. Бенвенуто, вне себя от отчаяния, сжимал Асканио в объятиях; Герман запер прево в темнице, из которой только что вышел сам, а Жак Обри взобрался на крепостную стену и махал руками, возглашая победу.

Победа действительно была полная; стражники прево, видя, что начальник попал в плен, даже не пытались сопротивляться и сложили оружие. И вот подмастерья Бенвенуто вошли во двор Большого Нельского замка, отныне ставшего их собственностью, и заперли за собой ворота, оставив снаружи наемников и воинов прево.

Бенвенуто же не обращал внимания на все то, что творилось вокруг; он снял с Асканио кольчугу и, не выпуская юношу из объятий, разорвал его куртку; найдя наконец рану, стал прикладывать к ней платок, пытаясь остановить кровь.

– Асканио, мальчик мой, – беспрерывно повторял он, – я тебя ранил, ранил! Что скажет там, в небесах, твоя мать? Прости, прости, Стефана!.. Тебе больно? Отвечай же: плечо болит, да? Неужели кровь не остановится?.. Скорее лекаря! Ступайте же за лекарем!..

За лекарем побежал Жак Обри.

– Да все это пустяки, дорогой учитель! Право, пустяки, – твердил Асканио. – Только плечо задето. Не отчаивайтесь: повторяю, все это пустяки.

И действительно, лекарь, приведенный минут через пять Жаком Обри, объявил, что хоть рана и глубока, но не опасна, и стал накладывать первую повязку.

– О, какую тяжесть вы сняли с моей души, господин врач! – воскликнул Бенвенуто Челлини. – Дорогой сынок, значит, я не буду твоим убийцей!.. Но что с тобой, Асканио? Пульс частит, кровь прилила к лицу… О господин лекарь, его нужно перенести отсюда, у него жар!

– Нет, нет, учитель, – промолвил Асканио, – напротив, я чувствую себя лучше. О, оставьте меня здесь, оставьте, умоляю вас!

– А где же отец? – раздался вдруг позади Бенвенуто голос, заставивший его вздрогнуть. – Что вы сделали с моим отцом?

Бенвенуто обернулся и увидел бледную, неподвижную Коломбу. Спрашивая, она взглядом искала прево.

– О, ваш отец цел и невредим, мадемуазель! Цел и невредим, благодарение господу богу! – воскликнул Асканио.

– Благодарить надо моего бедного мальчика, – подхватил Бенвенуто. – Он поставил себя под удар, предназначенный мессеру прево... И вы, господин д'Эстурвиль, можете смело сказать, что храбрец спас вам жизнь. Слышите? Да где же вы, мессер Робер? – спросил Челлини, в свою очередь ища глазами мессера Робера и не понимая, куда он исчез.

– Он есть тут, сударь! – крикнул Герман.

– Где это «тут»?

– Тут. Он есть в темница.

– О, господин Бенвенуто! – всплеснув руками, воскликнула Коломба, в голосе которой прозвучали и мольба и упрек, и побежала к сараю.

– Откройте же, Герман! – приказал Челлини. Герман отпер дверь, и на пороге появился прево, несколько смущенный своей неудачей. Коломба обняла его.

– О батюшка, – воскликнула она, – вы не ранены? Вам не причинили вреда? – И, говоря это, она смотрела на Асканио.

– Нет, – ответил прево, как всегда, резко, – благодарение богу, со мной ничего не случилось.

– И... и... вас правда спас этот молодой человек? – спросила Коломба запинаясь.

– Не могу отрицать: он явился весьма кстати.

– Да, да, господин прево, – сказал Челлини, – его пронзила шпага, направленная на вас... Да, мадемуазель Коломба, – повторял он, – ваш отец обязан жизнью отважному юноше, и, если господин прево не заявит об этом во всеуслышание, значит, он лгун и вдобавок человек неблагодарный!

– Надеюсь, ваш спаситель не слишком дорого поплатился? – промолвила Коломба и вспыхнула, смущенная своей смелостью.

– О мадемуазель, – воскликнул Асканио, – я готов был бы поплатиться жизнью!

– Видите, мессер прево, как вас любят, – заметил Челлини. – Но боюсь, что Асканио ослаб. Повязка наложена, и мне кажется, ему следует отдохнуть.

То, что Бенвенуто сказал прево об услуге, оказанной ему раненым, было сущей правдой; к тому же правда сама за себя говорит, и прево в глубине души понимал, что он обязан жизнью Асканио; он сделал над собой усилие, подошел к нему и сказал:

– Молодой человек, передаю в ваше распоряжение часть моего замка.

– Вашего замка, мессер Робер? – расхохотался Бенвенуто Челлини, который обрел хорошее расположение духа, несколько успокоившись за Асканио. – Вашего замка? Что ж, вам угодно, чтобы схватка возобновилась?

– Как! – вскричал прево. – Уж не воображаете ли вы, что вам удастся изгнать нас с дочерью?

– Вы ошибаетесь, мессер. Вы занимаете Малый Нельский замок – ну что ж, и оставайтесь в Малом. Будем жить в добром соседстве. Так вот, мессер: Асканио сейчас же водворится в Большом замке, и мы присоединимся к нему вечером. Ну, а если война нравится вам больше…

– О отец!.. – воскликнула Коломба.

– Нет, да будет мир! – произнес прево.

– Мира без условий не бывает, господин прево, – произнес Бенвенуто. – Сделайте милость, последуйте за мной в Большой Нельский замок или, в знак дружбы, примите меня в Малом Нельском, и мы составим договор.

– Я следую за вами, сударь, – ответил прево.

– Согласен! – воскликнул Челлини.

– Мадемуазель, – обратился господин д'Эстурвиль к дочери, – не вздумайте перечить мне. Ступайте домой и ждите моего возвращения.

Коломба, несмотря на резкий тон приказания, подставила лоб отцу для поцелуя и, бросив на присутствующих прощальный взгляд так, чтобы и Асканио мог принять его на свой счет, удалилась.

Юноша провожал ее глазами, пока она не скрылась. Затем он сам попросил, чтобы его унесли, ибо уже ничто его здесь не задерживало. Герман взял Асканио на руки, как ребенка, и перенес в Большой Нельский замок.

– Право, мессер Робер… – сказал Бенвенуто, в свою очередь провожая глазами девушку, пока она не скрылась, – право, вы хорошо сделали, удалив мою бывшую пленницу. Говоря по чести, я должен благодарить вас за предусмотрительность: присутствие мадемуазель Коломбы, пожалуй, повредило бы моим делам, душа бы у меня смягчилась, и я забыл бы, что я победитель, а помнил бы только, что я художник, то есть поклонник совершенной формы и божественной красоты.

Мессер д'Эстурвиль ответил на любезные речи весьма неучтивой гримасой; однако он последовал за ваятелем, стараясь скрыть скверное расположение духа, хоть и бормотал какие-то угрозы. Челлини, решив вывести недруга из себя, попросил д'Эстурвиля обойти вместе с ним его новое владение – замок; приглашение это было сделано с такой учтивостью, что прево не мог отказаться. Волей-неволей ему пришлось последовать за своим соседом, который заставил его заглянуть и в сад, и в покои – словом, во все уголки и закоулки.

– Да тут просто великолепно! – воскликнул Бенвенуто, закончив обход, во время которого оба они испытывали весьма противоречивые чувства. – Теперь я извиняю вас, поняв, отчего вам так жаль было покидать замок, господин прево. Нечего и говорить, вы всегда будете здесь желанным гостем, как только соблаговолите оказать мне честь и посетить, как нынче, мое бедное жилище.

– Вы забываете, сударь, что сегодня я пришел лишь для того, чтобы узнать о ваших условиях и сообщить вам свои. Я жду.

– Конечно, конечно, мессер Робер! Я в вашем распоряжении. Если разрешите, я первый поведаю о своих желаниях, а потом вы без помех выразите и свою волю.

– Говорите.

– Прежде всего – условимся о главном.

– О чем же?

– А вот о чем. «Условие первое: мессер Робер д'Эстурвиль, парижский прево, признает права Бенвенуто Челлини на владение Большим Нельским замком и навсегда отказывается от него».

– Согласен, – ответил прево. – Но, если королю снова захочется отнять у вас то, что он отнял у меня, и передать замок кому-нибудь другому, само собой разумеется, я за это не отвечаю.

– Гм... – протянул Челлини. – Тут кроется какой-то подвох, господин прево. Но все равно я отстою то, что завоевано. Далее.

– Моя очередь, – произнес прево.

– Справедливо, – сказал Челлини.

– «Условие второе: Бенвенуто Челлини обязуется не совершать покушений на Малый Нельский замок, который является собственностью Робера д'Эстурвиля; больше того, он не будет пытаться проникнуть туда ни как сосед, ни под видом друга».

– Пусть так, – заметил Бенвенуто, – хоть и нельзя сказать, что с вашей стороны любезно предлагать такое условие; если мне откроют дверь, то, разумеется, я из учтивости войду.

– Следовательно, я отдам приказ не открывать дверей, – отвечал прево.

– Далее.

– Продолжаю. «Условие третье: первый двор, расположенный между Большим и Малым Нельскими замками, будет общим для обоих владений».

– Весьма справедливо, – сказал Бенвенуто. – И, если мадемуазель Коломба захочет войти туда, я не задержу ее как пленницу.

– О, не тревожьтесь! Моя дочь будет входить и выходить через дверь, которую я велю прорубить; я только хочу закрепить за собой право на проезд для колясок и телег.

– Это все? – спросил Бенвенуто.

– Да, – отвечал мессер Робер и тут же добавил: – Кстати, я надеюсь, что вы позволите мне вынести обстановку?

– Весьма справедливо. Ваша обстановка принадлежит вам, как Большой Нельский – мне… Теперь, мессер прево, последнее дополнение к договору, дополнение, свидетельствующее о нашем доброжелательстве.

– Говорите.

– «Условие четвертое, и последнее: мессер Робер д'Эстурвиль и Бенвенуто Челлини не таят зла друг против друга и уславливаются сохранять мир – мир честный и искренний».

– Я готов принять это условие, – произнес прево, – поскольку оно не обязывает меня оказывать вам поддержку и помощь в случае нападения. Согласен, не стану причинять вам зла, но не обещаю оказывать услуги.

– Ведь вы, господин прево, превосходно знаете, что я умею себя защитить, не правда ли? Поэтому, если вы, – добавил Челлини, протягивая ему перо, – подписываете, господин прево, то подписывайте.

– Подписываю! – сказал прево со вздохом.

Прево подписал, и каждая из договаривающихся сторон получила копию договора.

Затем мессер д'Эстурвиль отправился в Малый Нельский замок: ему не терпелось выбранить бедную Коломбу за неосмотрительный поступок. Коломба опустила головку и не перечила отцу. Впрочем, она и не слушала его, она думала лишь об одном – об Асканио. Ей очень хотелось спросить, как его здоровье, но она не могла вымолвить ни слова, и имя прекрасного юноши так и не сорвалось с ее уст.

А пока все это происходило по одну сторону стены, по другую сторону Катерина, за которой отправили посланца, вошла в Большой Нельский замок и с милой непосредственностью бросилась в объятия Челлини, пожала руку Асканио, поздравила Германа, осыпала насмешками Паголо… Она плакала, смеялась, задавала вопросы и все это делала одновременно. Надо сказать, что все утро девушка провела в тревоге. Звуки выстрелов из аркебузов доносились до нее и не давали ей молиться. Но вот наконец-то все кончилось хорошо; правда, есть убитые, есть раненые, зато остальные целы и невредимы. Скоццоне была весела, как всегда.

Когда шум поутих, Асканио вспомнил, зачем пришел в замок школяр, вовремя явившийся им на помощь, и, обернувшись к Бенвенуто, сказал:

– Учитель, вот мой товарищ Жак Обри. Мы собирались сегодня сыграть партию в мяч. При всем своем желании я не в силах быть его партнером, как говорит наш друг Герман. Но он так доблестно помог нам, что я осмеливаюсь просить вас: замените меня.

– Охотно, – отвечал Бенвенуто. – Ну, держитесь, господин Обри!

– Постараемся, постараемся, мессер!

– Ну, а потом мы будем ужинать. И знайте: победитель должен осушить за ужином на две бутылки больше побежденного.

– Это означает, господин Бенвенуто, что меня вынесут от вас мертвецки пьяным. Да здравствует веселье! Это мне нравится…

И, взяв мячи и ракетки, оба направились в сад.

Глава 11. Совы, сороки и соловьи

Тот день был днем воскресным, поэтому Челлини ничего не делал, он только играл в мяч; а после игры попивал вино и осматривал свои новые владения. Но на следующий же день стали перевозить вещи, и девять подмастерьев так старались, что два дня спустя все перевезли. На третий день Бенвенуто принялся за работу так спокойно, будто ничего и не произошло.

Когда прево увидел, что окончательно побежден, когда он узнал, что мастерская Бенвенуто, ученики его и инструменты окончательно водворены в Большом Нельском замке, он снова пришел в ярость и стал вынашивать планы мести. Он был полон лютой злобы, когда на третий день утром, то есть в среду, к нему неожиданно явился де Мармань. Самовлюбленного хвастуна виконта всегда радовали, как всякого глупого и подлого человека, неудачи и несчастья ближних.

– Итак, – сказал он, подходя к д'Эстурвилю, – я был прав, любезный прево?

– Ах, это вы, виконт? Здравствуйте! – ответил д'Эстурвиль.

– Так, значит, я был прав?

– Увы, да. Как вы поживаете?

– По крайней мере, мне не в чем себя упрекать, я тут ни при чем: ведь я вас предупреждал.

– А что, король вернулся в Лувр?

– Все это россказни, твердили вы: «Подумаешь, ремесленник, ничтожество! Хотел бы я на него посмотреть!» Ну что ж, вот вы и посмотрели, мой бедный друг!

– Я вас спрашиваю: вернулся ли его величество из Фонтенбло?

– Да, и жалел, что не был в Париже в воскресенье, не видел, стоя на одной из луврских башен, как его золотых и серебряных дел мастер победил прево.

– А что говорят при дворе?

– Говорят, что вы были разбиты наголову.

– Гм... гм... – пробурчал прево, которого приводил в ярость неприятный разговор.

– Как же это случилось? Неужели он нанес вам такое позорное поражение? – продолжал Мармань.

– Но...

– Он убил двух ваших стражников, не правда ли?

– Как будто...

– Если вы хотите их заменить, у меня к вашим услугам два храбреца, два итальянца-наемника. Правда, немного дороговато, зато люди надежные. Были бы они у вас, дело приняло бы другой оборот.

– Посмотрим, я не отказываюсь; если сам не найму, может быть, они пригодятся моему зятю, графу д'Орбеку.

– Однако что бы там ни говорили, но я просто не могу поверить, будто Бенвенуто вас собственноручно избил палкой.

– Кто вам это сказал?

– Все говорят. Одни негодуют, как я, другие смеются, как король.

– Довольно! Борьба еще не кончена.

– Глупо, что вы связались с этим грубияном. И ради чего? Ради низкой корысти.

– Теперь я буду драться ради чести.

– Вот если бы дело касалось женщины, тогда вы могли бы обнажить шпагу и проучить весь этот сброд, но из-за жилища...

– Нельский замок – жилище, достойное самого короля.

– Согласен. Но как вы допустили, чтобы из-за жилища, достойного короля, вас проучили, как простолюдина!

– О, мне пришла в голову одна мысль! – воскликнул прево, вконец выведенный из терпения. – Черт возьми! Вы так мне преданны, что мне тоже хочется оказать вам дружескую услугу. И я в восторге, что выдался такой удачный случай. Любезный виконт, вы – дворянин, вы – секретарь короля, однако вам плохо живется на улице Юшетт. Между тем я недавно просил герцогиню д'Этамп – а она ни в чем мне не отказывает, вы это знаете – за одного своего друга: ему очень хотелось поселиться в каком-нибудь королевском дворце. Мне это удалось, хоть и не без труда; но оказалось, что мой подопечный отозван по неотложным делам в Испанию. Итак, у меня осталась грамота короля – она дает право занять любой дворец. Я не могу воспользоваться грамотой. Не хотите ли вы воспользоваться ею? Я буду счастлив, что отплачу таким образом вам за вашу любезность, за услуги и искреннюю дружбу.

– Милейший д'Эстурвиль, какую же услугу вы мне оказываете! Вы правы, у меня отвратительное жилище, и я двадцать раз жаловался на это королю.

– Но я ставлю одно условие.

– Какое?

– А вот какое: раз вы можете выбрать любой из королевских дворцов, выберите...

– Договаривайте, я жду.

– ...Нельский замок.

– Ах, так это ловушка!

– Полно, что вы! Вот вам и доказательство – королевская грамота за собственноручной подписью его величества. Остается только вписать имя и фамилию просителя и название дворца. Так вот, я пишу – Большой Нельский замок, а вы вольны вписать имя и фамилию, какие вам угодно.

– Ну, а проклятый Бенвенуто?

– Он ровно ничего не подозревает – его успокоил договор, заключенный между нами. Тот, кто захочет войти, найдет двери открытыми, и если придет в воскресенье, то будут пустыми и все залы. Кроме того, дело ведь не в том, чтобы выгнать Бенвенуто, а чтобы поделить с ним Большой Нельский замок. Ведь места там довольно для трех-четырех семейств. Бенвенуто внемлет доводам рассудка… Но что вы делаете?

– Вписываю в конце грамоты свое имя и титул. Видите?

– Однако берегитесь, ибо Бенвенуто может оказаться страшнее, чем вы думаете.

– Хорошо! Я оставлю у себя наемников, и как-нибудь в воскресенье мы захватим его врасплох.

– Как? Вы свяжетесь с грубияном ради низкой корысти?

– Победителей не судят, да и к тому же я мщу за друга.

– В таком случае, желаю успеха! Я вас предупредил, Мармань.

– В таком случае, вдвойне благодарю: во-первых, за подарок, во-вторых, за предупреждение.

И Мармань, вне себя от радости, положил грамоту в карман и поспешил уйти, чтобы не упустить наемных убийц.

– Отлично! – произнес, потирая руки и провожая его взглядом, мессер д'Эстурвиль. – Отправляйся, виконт. Одно из двух: или ты отомстишь за меня, победив Бенвенуто, или Бенвенуто отомстит тебе за насмешки надо мной. И в том и в другом случае я в выигрыше. Я всегда натравливаю друг на друга своих врагов: пусть себе дерутся, пусть убивают друг друга, а я стану рукоплескать любому их удару, ибо любой удар доставит мне удовольствие.

А сейчас, когда прево, горя ненавистью, задумал отомстить обитателям Большого Нельского замка, перейдем Сену и взглянем, как им пока живется. Мы уже сказали, что Бенвенуто со спокойной уверенностью сильного человека отдался работе, не тревожась, не подозревая о злопамятстве мессера д'Эстурвиля. Вот как ваятель проводил дни: поднимаясь с рассветом, он отправлялся в уединенную комнатку над литейной мастерской, окно которой выходило в сад Малого Нельского замка. Там он лепил модель статуи Гебы. После обеда, то есть в час пополудни, он входил в мастерскую, где трудился над Юпитером; вечером для отдыха играл в мяч или прогуливался. А вот как проводила день Катерина: она вертелась вьюном, шила, веселилась, пела, и ей больше нравилось в Большом Нельском замке, чем во дворце кардинала Феррарского. Рана еще не позволяла Асканио работать, но он не скучал – он мечтал.

Теперь, если мы воспользуемся преимущественным правом воров и, перебравшись через стену, войдем в Малый Нельский замок, вот что мы там увидим: сначала Коломбу, как и Асканио мечтающую у себя в комнате, и да будет нам позволено до поры до времени ничего к этому не добавлять. Скажем только, что если мечты Асканио розовы, то мысли бедной Коломбы черны, как ночь. А вот и госпожа Перрина; она отправилась за провизией, и мы тоже, если вам угодно, последуем за ней.

Мы совсем потеряли из виду достойную дуэнью. Откровенно говоря, смелость не являлась основной добродетелью этой дамы; она умышленно держалась в тени, в стороне от опасных событий, о которых мы рассказали, но теперь, когда мир восстановлен, розы на ее щеках снова зацвели, и в ту пору, когда к Бенвенуто вернулось вдохновение и он отдался творчеству, к ней вернулись веселое расположение духа, словоохотливость, любопытство, свойственное каждой кумушке, – словом, все добродетели домоправительницы.

Когда госпожа Перрина отправлялась за провизией, ей приходилось пересекать общий двор обоих владений, так как новые ворота в ограде Малого Нельского замка еще не были пробиты. И вот случилось так, что Руперта, старая служанка Бенвенуто, вышла именно в ту самую минуту за провизией для обеда. Обе эти уважаемые и достойные особы были слишком высокого мнения друг о друге, чтобы разделять неприязнь своих хозяев.

Вот почему они отправились в путь вместе в самом трогательном согласии; ну, а так как дорога кажется наполовину короче, когда с кем-нибудь болтаешь, они и болтали. Госпожа Перрина начала с того, что познакомила Руперту с ценами на съестные припасы и с фамилиями лавочников здешнего квартала, затем разговор у них стал задушевнее и интереснее.

– Стало быть, у вашего хозяина свирепый нрав, а? – спросила госпожа Перрина.

– Что вы! Если его не обижаешь, он кроток, просто как Христос; вот если не выполнишь его воли, тогда держись! Уж очень он любит, чтобы все делали, как он хочет. Такой у него нрав. А если он что заберет в голову, то тут всем чертям ада с ним не справиться. Зато будет послушен, как ребенок, если ему покажется, что ты ему подчиняешься. И до того уж обходителен! Послушайте только, как он со мной беседует: «Госпожа Руперти – он меня зовет „Руперти“ на свой иностранный лад; по-настоящему я называюсь Руперта, – госпожа Руперти, баранья ножка превосходно зажарена, в самый раз, да и бобы приправлены на славу; право, госпожа Руперти, право, вы королева стряпух!» Да так любезно скажет все это, что сердце у меня просто тает.

– Вот как! Но, говорят, он людей убивает.

– О да, попробуй пойди наперекор – сразу убьет! Таков уж обычай в его стране. Убьет защищаясь, если на него нападут. А вообще он превеселый и уж такой приветливый!

– Я его никогда не видала. Он рыжий, не правда ли?

– Да нет же! Черноволосый, как мы с вами, то есть как я прежде была... Ах, так вы его никогда не видели? Хорошо. Зайдите ко мне что-нибудь занять, не подавая виду, и я вам его покажу. Он красавец мужчина, и из него получился бы отличный воин.

– Кстати, о красавцах... Как здоровье нашего любезного кавалера? Знаете, того раненого юноши приятной наружности, который принял на себя ужасный удар и спас жизнь господина прево.

– Асканио? Вы с ним знакомы?

– Еще бы! Он обещал Коломбе, моей госпоже, и мне показать кое-какие украшения. Напомните ему, пожалуйста, милочка. Но не в этом дело. Скажите, как он? Коломба обрадуется, если узнает, что спаситель ее отца вне опасности.

– О, вы можете ей передать, что все идет отлично. Сейчас он даже встал. Только костоправ запретил Асканио выходить из комнаты, а меж тем ему было бы полезно подышать свежим воздухом. Но в такую жару это просто невозможно. Ведь при Большом Нельском замке не сад, а пустыня. Ни одного тенистого уголка; крапива и колючки вместо огорода да четыре-пять деревьев без листвы вместо рощи. Места много, а гулять приятности мало. Наш хозяин развлекается игрой в мяч; а бедный Асканио даже не в состоянии отбить мяч – вот он и томится от скуки. А ведь наш милый юноша такой непоседа! Я говорю о нем так потому, что он мой любимец. Уж очень он вежлив с пожилыми людьми! Не то что грубиян Паголо или ветреница Катерина.

– И вы говорите, что бедный молодой человек…

– Да он с ума сойдет, сидя целыми днями как пригвожденный к креслу в своей комнате!

– Ах боже мой! – воскликнула сердобольная дуэнья. – Скажите же бедному молодому человеку, чтобы он пришел в Малый Нельский замок, у нас там чудесные тенистые деревья. Я с удовольствием открою ему дверь, хотя мессер прево и строго-настрого запретил. Ну и пусть! Ослушаться прево – просто доброе дело, раз мы поможем его спасителю. Вот вы говорите, что юноша тоскует. Да и мы от тоски сохнем! Милый юноша нас развлечет, он нам расскажет о своей стране, об Италии, покажет нам ожерелья, браслеты, побеседует с Коломбой. Молодые люди любят общество, любят поболтать и томятся в одиночестве. Итак, решено: скажите своему любимчику – пусть не стесняется и приходит к нам гулять, сколько его душе угодно, но только один или, само собой разумеется, с вами, госпожа Руперта. Вы поможете ему. Постучите четыре раза – первые три тихонько, а напоследок посильнее: я буду знать, что это означает, и сама вам открою.

– Благодарю за Асканио и за себя. Непременно передам ему о вашем любезном приглашении, и он непременно им воспользуется.

– Очень рада, госпожа Руперта.

– До свидания, госпожа Перрина! Я в восторге от знакомства с такой любезной особой.

– И я также, госпожа Руперта.

Кумушки присели в глубоком реверансе и расстались, очарованные друг другом.

Действительно, сады в Нельском поместье были, как сказала госпожа Руперта, сухи и выжжены, словно вересковая пустошь, с одной стороны; свежи и тенисты, будто лес, – с другой. Сад Большого Нельского замка оставался невозделанным из-за жадности прево: уход за садом обошелся бы слишком дорого, а прево не совсем был уверен в своем праве на замок и, не желая на благо преемника взращивать деревья, поспешил их вырубить, вступив во владение поместьем. Но в Малом Нельском жила его дочь, поэтому ему пришлось сохранить там тенистые аллеи и купы деревьев, единственную радость и развлечение бедной девушки. Рембо с двумя помощниками поддерживали и даже украшали сад Коломбы.

Сад этот был пышен и довольно хорошо разбит. В глубине зеленел огород – царство госпожи Перрины. Вдоль стен Большого Нельского замка тянулся цветник, за которым ухаживала Коломба. Госпожа Перрина называла его Утренней аллеей, потому что сюда проникали лучи восходящего солнца, и Коломба обычно на восходе поливала маргаритки и розы. Отметим мимоходом, что из комнаты, расположенной над литейной мастерской в Большом Нельском замке, можно было незаметно для окружающих наблюдать за хорошенькой садовницей, не упуская из виду ни одного ее движения. Следуя географическим определениям, придуманным госпожой Перриной, упомянем еще Полуденную аллею, что обрывалась у купы деревьев, – там Коломба в жаркие дни любила читать или вышивать. А на противоположном конце сада была

Вечерняя аллея, обсаженная тремя рядами лип, под сенью которых всегда царила сладостная прохлада; аллею эту избрала Коломба для прогулок после ужина.

Добросердечная госпожа Перрина предназначала эту аллею для успешного восстановления сил и укрепления здоровья раненого Асканио. Тем не менее она побоялась поведать Коломбе о своих христианских намерениях. Девушка, покорная воле отца, могла, пожалуй, и не дать согласия ослушнице-дуэнье. А что подумала бы в таком случае госпожа Руперта о своей соседке, о ее положении и влиянии? Нет, раз уж она сделала такое предложение, пусть даже и необдуманно, дело нужно довести до конца. Напомним в оправдание этой превосходной женщины, что ей с утра до ночи приходилось довольствоваться обществом Коломбы; да и то чаще всего Коломба, поглощенная своими думами, не отвечала ей.

Понятно, в какой восторг пришел Асканио, когда узнал, что ему открыты врата рая, и как он благословлял Руперту! Он готов был тотчас же воспользоваться неслыханно удачным случаем, и госпоже Руперте с трудом удалось убедить его подождать хотя бы до вечера. Ведь все говорило о том, что госпожа Перрина пригласила его с ведома Коломбы, и при этой мысли Асканио просто сходил с ума от радости. С каким нетерпением, смешанным с непонятным страхом, он считал часы, которые текли так медленно! Наконец-то, наконец бьет пять часов! Подмастерья ушли. Бенвенуто уже с полудня не было в мастерской: очевидно, он отправился в Лувр.

И вот Руперта торжественно сказала юноше:

– Вот время и пришло. Следуйте за мной, молодой человек.

Они пересекли двор, и госпожа Руперта постучала четыре раза в дверь Малого Нельского замка.

– Только не рассказывайте об этом учителю, добрая моя Руперта, – обратился к ней Асканио: он знал, какой Челлини шутник, и не хотел, чтобы над его целомудренной любовью шутили.

Руперта собралась было осведомиться, отчего ей нужно молчать, но тут дверь отворилась, и они увидели госпожу Перрину.

– Входите, красавец мой! – сказала она. – Как вы себя чувствуете?.. Бледность, однако, ему к лицу, он очень мил... Проходите же и вы, госпожа Руперта... Идите налево по аллее, молодой человек. Коломба сейчас спустится в сад, в эту пору она всегда тут гуляет. Уж вы похлопочите, пусть меня не слишком бранят за то, что я провела вас сюда.

– Как! – воскликнул Асканио. – Разве мадемуазель Коломба не знает...

– Да что вы, неужели она ослушалась бы отца! Я воспитала ее в твердых правилах. Я ослушалась за нас обеих. Ничего не поделаешь – нельзя же вечно жить затворницами! Рембо не приметит, а если и пронюхает, я уговорю его помалкивать. Ну, а на худой конец я уже не раз давала отпор господину прево, вот что!

Тут госпожа Перрина пустилась разглагольствовать о своем хозяине, но ее слушала одна госпожа Руперта – Асканио стоял неподвижно и внимал лишь ударам своего сердца. Однако он услыхал слова, оброненные на ходу госпожой Перриной:

– Вот аллея, где Коломба прогуливается по вечерам. Конечно, она придет сюда и сегодня. Вот видите, солнце здесь вам не помешает, милый наш больной.

Асканио поклонился в знак благодарности, прошел несколько шагов по аллее и, снова погрузившись в мечты и какие-то бессвязные мысли, стал ждать с тревожным нетерпением. И все же он услышал, как госпожа Перрина сказала мимоходом госпоже Руперте:

– А вот любимая скамейка Коломбы.

И, предоставив кумушкам прогуливаться и болтать, он молча сел на священную для него скамью.

Чего он хотел? На что надеялся? Он и сам не знал. Он ждал Коломбу, потому что она была молода и прекрасна и потому что он был молод и прекрасен. У него не было честолюбивых намерений.

Быть рядом с ней – вот о чем он только и думал. Остальное – на милость божью! Впрочем, он не заглядывал в будущее. Для любви нет завтрашнего дня.

Коломба тоже не раз, помимо воли, думала о молодом чужеземце, неожиданно явившемся в ее уединении. Снова увидеться с ним – вот что стало сокровенной мечтой девушки после первой же встречи с Асканио, а ведь до сих пор она ни о ком не мечтала. Хотя неосмотрительный отец и предоставил ее самой себе, она относилась к собственным поступкам с неизменной строгостью, от которой благородные люди отступают лишь в том случае, если их лишают свободы и воли. Она мужественно гнала прочь мысль об Асканио, но эта навязчивая мысль преодолевала тройные заграждения, воздвигнутые Коломбой вокруг своего сердца, еще легче, чем Асканио преодолел стены Большого Нельского замка. Последние три-четыре дня Коломба провела в смятении: то она тревожилась, что не увидит больше Асканио, то боялась с ним встретиться. Единственным ее утешением были мечты – и она мечтала и за работой, и во время прогулок. Днем она уединялась в своей комнате, к великому огорчению госпожи Перрины, которой приходилось вести нескончаемые пустые разговоры с самой собой и этим довольствоваться. Под вечер, когда зной начинал спадать, девушка шла в тенистую, прохладную аллею, поэтически окрещенную госпожой Перриной Вечерней аллеей, и там, сидя на скамье, где сидел сейчас Асканио, она ждала наступления ночи, появления звезд, прислушиваясь к своим мыслям и отвечая на них до тех пор, пока госпожа Перрина не приходила звать ее домой.

И вот юноша вдруг увидел, что на повороте аллеи в обычный час появилась Коломба с книгой в руках. Девушка сначала не заметила Асканио, но, увидев рядом с госпожой Перриной незнакомую женщину, вздрогнула от удивления. В этот решительный миг госпожа Перрина, подобно отважному полководцу, смело бросилась в наступление.

– Коломба, милочка, – сказала она, – зная ваше доброе сердце, я не сочла нужным просить у вас разрешения и пригласила подышать свежим воздухом под сенью листвы бедного юношу, который был ранен, спасая вашего отца. Ведь вы же знаете, что вокруг Большого Нельского замка не найдешь тени. А если молодой человек не будет ежедневно час гулять, то врач не отвечает за его жизнь.

И пока дуэнья говорила, прибегая к грубой, но спасительной лжи, Коломба издали смотрела на Асканио, и яркий румянец вдруг вспыхнул на ее щеках. Асканио же не в силах был подняться со скамьи.

– Но, госпожа Перрина, ведь дело не в моем позволении, – произнесла наконец девушка. – Нужно разрешение батюшки.

Сказав это с грустью, но с твердостью, Коломба подошла к каменной скамье, на которой сидел Асканио. Он ждал ее, с мольбою сложив руки.

– Извините меня, сударыня, – проговорил он, – я думал… я надеялся… что вы соизволили подтвердить любезное приглашение госпожи Перрины. Теперь же, когда я узнал, что это не так, – продолжал он кротко, но с достоинством, – умоляю вас, извините меня за дерзость и разрешите удалиться.

– Но, право же, дело не во мне! – живо возразила растроганная Коломба. – Ведь не я здесь хозяйка. Останьтесь, по крайней мере, сегодня, даже если запрет отца распространяется и на его спасителя; останьтесь, сударь, хотя бы для того, чтобы я могла поблагодарить вас.

– О сударыня, – промолвил Асканио, – всем сердцем благодарю вас! Но я не помешаю вам, если останусь? К тому же я, кажется, выбрал неудачное место.

– О нет, напротив! – возразила Коломба и, от волнения забыв обо всем на свете, присела на противоположный конец той же каменной скамьи.

Тут госпоже Перрине, застывшей в неподвижности после строгой отповеди Коломбы, надоело стоять; к тому же достойную дуэнью смутило наступившее молчание, и, подхватив под руку госпожу Руперту, она тихонько удалилась. Юноша и девушка остались наедине.

Коломба сидела потупившись и не сразу заметила, что дуэнья ушла; но она не читала: глаза ее застилал туман.

Девушка все еще была взволнована, ошеломлена, и она невольно пыталась скрыть свое волнение, успокоить трепещущее сердце. Асканио тоже был растерян. Сначала, когда Коломба хотела удалить его, юноше было нестерпимо больно; затем он безумно обрадовался, догадавшись, в каком смятении его любимая; он был так слаб, что хоть и утопал в блаженстве, но от всех неожиданных волнений совсем обессилел. Он был в полуобмороке, но мысли его с необыкновенной быстротой сменяли друг друга.

«Она меня презирает! Нет, она меня любит!..» – то и дело повторял он про себя. Он смотрел на Коломбу, сидевшую молча и неподвижно, и не чувствовал, как по его щекам текут слезы. Над их головами в ветвях пели птицы. Ветерок шевелил листву. В церкви Августинцев колокол звал к вечерне, и мягкий звон разливался в тишине. Июльский вечер был удивительно тих и мирен. Это было одно из тех торжественных мгновений, когда душа обновляется и когда одна минута будто заключает в себе двадцать лет, – мгновение, о котором вспоминаешь всю жизнь. Прекрасные юноша и девушка словно были сотворены друг для друга, словно заранее обручены – надо было только протянуть друг другу руку. А оказалось, что их разделяет пропасть.

Прошло несколько секунд, и Коломба подняла голову.

– Вы плачете! – воскликнула она, выразив больше чувства, чем ей бы хотелось.

– Я не плачу, – отвечал Асканио, но, проведя рукой по лицу, почувствовал, что оно мокро от слез. – Да, вы правы, – сказал он.

– Почему? Что с вами? Не позвать ли кого-нибудь? Вам больно?

– Да, при одной лишь мысли...

– Какой же?

– Я думаю о том, что мне, пожалуй, лучше было бы умереть.

– Умереть? Сколько же вам лет, отчего вы говорите о смерти?

– Девятнадцать. Но год несчастья должен быть и годом смерти.

– Но ваши родители тоже будут вас оплакивать, – продолжала Коломба, безотчетно желая узнать о прошлом юноши и смутно предчувствуя, что его будущее принадлежит ей.

– Нет у меня ни отца, ни матери, и никто обо мне не заплачет, кроме моего учителя Бенвенуто.

– Бедный сиротка!

– Да, круглый сирота! Отец меня никогда не любил, а матушку я потерял в раннем детстве, я даже не успел оценить ее любовь, не мог отплатить за нее. Отец!.. Но зачем я все это говорю вам, что вам мои родители?

– Продолжайте, Асканио, прошу вас!

– О святые угодники! Вы запомнили мое имя?

– Продолжайте, продолжайте, – пролепетала Коломба, закрывая руками разрумянившееся личико.

– Отец мой был золотых дел мастер, моя добрая матушка была дочерью флорентийского ювелира, по имени Рафаэль дель Моро, из хорошего итальянского рода. В Италии, в наших городах-республиках, труд не бесчестие – на вывесках лавочников читаешь древнейшие и прославленные имена. Вот мой учитель Челлини, например, знатен, как и король Франции, а пожалуй, и познатнее. Рафаэль дель Моро был беден и выдал замуж свою дочь Стефану против ее воли за своего собрата, который был в тех же летах, что и он, но богат. Увы! Матушка и Бенвенуто Челлини любили друг друга, но были бедны. В ту пору Бенвенуто бродил по свету, чтобы создать себе имя и нажить состояние. Он был далеко и не мог помешать этому союзу. Джизмондо Гадди – так звали моего отца – никогда не узнал, что матушка любила другого, но, увы, возненавидел жену оттого, что она его не любила. Отец был человек злой, завистливый. Да простится мне, что я обвиняю его, но у детей безжалостная память. Сколько раз матушка искала защиты от нападок отца у моей колыбели! Но он не всегда щадил и это убежище. Случалось, он бил мою мать – да простит его бог! – когда она держала меня на руках; в ответ на каждый удар мать целовала меня, чтобы заглушить боль.

Всевышний в своем справедливом гневе покарал отца: он лишился того, что было для него всего дороже на свете, – богатства. Отец разорился. Он умер от горя, так как обеднел, а матушка тоже умерла несколькими днями позже, так как думала, что ее разлюбили.

Я остался один на свете. Заимодавцы отца захватили все, что у нас было, они рылись всюду, ничего не забыли; но плачущего ребенка не заметили. Старая верная служанка кормила меня два дня из милосердия, но бедная женщина сама жила подаянием, впроголодь.

Она не знала, что со мной делать, когда в комнату вошел человек в пыльной дорожной одежде, взял меня на руки, плача поцеловал и, дав денег доброй старушке, унес меня с собой. То был Бенвенуто Челлини. Он приехал за мной во Флоренцию из Рима. Он полюбил меня, обучил своему мастерству, и мы никогда не расставались – он один и будет оплакивать меня, если я умру…

Коломба слушала, поникнув головой, с тяжелым сердцем рассказ о жизни юноши-сироты, такой же одинокой, какой была и ее жизнь, и историю несчастной матери Асканио. Такой же, очевидно, будет и ее история – ведь она тоже по принуждению выходит замуж за человека, который возненавидит ее, потому что она никогда его не полюбит.

– Не гневите бога, – сказала она Асканио. – Кто-то любит вас… ну, хотя бы ваш добрый учитель, и вы знали свою мать; а я вот даже не помню материнской ласки. Матушка умерла, подарив мне жизнь. Меня вырастила сестра отца, сварливая, неласковая, и все же я ее оплакивала, когда она умерла два года назад, ибо я совсем одинока и сроднилась с этой женщиной, как плющ со скалой. Два года я живу тут, в замке, с госпожой Перриной, и, несмотря на одиночество – ведь отец редко навещает меня, – это время было и будет самой счастливой порой моей жизни.

– Вы много страдали, это правда, – ответил Асканио. – В прошлом вы были несчастливы, но зачем же сомневаться в будущем? У вас, увы, блестящее будущее. Вы богаты, прекрасны, и по сравнению с вашей печальной юностью жизнь вам покажется еще прекрасней.

Коломба грустно покачала головкой.

– О, матушка, матушка! – прошептала она. Подчас, когда ты мысленно витаешь вдали от жалких будничных забот, ты вдруг видишь, словно при вспышке молнии, всю свою жизнь, грядущее и минувшее, и тобой овладевает опасное душевное волнение, какая-то странная отрешенность. И от бесчисленных горестей, которые ты предчувствуешь, сердце твое, дрогнув, преисполняется неизъяснимой, смертельной тревогой и каким-то смертельным изнеможением. Быть может, юноше и девушке, испытавшим столько терзаний и таким одиноким, стоило бы произнести лишь одно слово, и их печальное прошлое слилось бы в единое для них будущее; но она была так чиста, а он так боготворил ее, что это слово не было произнесено.

Однако Асканио смотрел на Коломбу с бесконечной нежностью, а Коломба смотрела на него кротко и доверчиво; и вот, умоляюще сложив руки, юноша сказал девушке, – таким голосом он, вероятно, творил молитвы:

– Послушайте, Коломба, если у вас есть какое-нибудь желание, если вам грозит какая-нибудь беда, скажите мне как брату, и я отдам всю кровь свою, лишь бы исполнить вашу волю! Я пожертвую жизнью, чтобы отвратить от вас беду, и буду горд и счастлив этим.

– Благодарю, благодарю, – ответила Коломба. – По одному моему слову вы уже великодушно подвергли себя опасности, я это знаю. Но на этот раз только господь бог может спасти меня…

Она не успела ничего больше сказать, ибо в эту минуту возле них появились госпожа Перрина и госпожа Руперта.

Кумушки провели время с не меньшей пользой, чем наши влюбленные, и успели завязать тесную дружбу, основанную на взаимной симпатии. Госпожа Перрина посоветовала госпоже Руперте лекарство против отмораживания, а госпожа Руперта не осталась в долгу и поведала госпоже Перрине секрет хранения слив. Легко понять, что отныне их связывала дружба на всю жизнь, – вот почему дамы дали друг другу обещание видеться, несмотря на все преграды.

– Ну что, Коломба, – спросила госпожа Перрина, приближаясь к скамье, – вы все еще упрекаете меня? Стыд-то был бы какой, если б мы закрыли перед юношей двери! Ведь если бы не он, дом лишился бы хозяина! И, в конце концов, дело идет об исцелении раны, полученной ради нас… Посмотрите-ка, госпожа Руперта, вид у него получше, не правда ли? И он не так бледен.

– Да, да, – подтвердила госпожа Руперта, – у него и у здорового никогда не было такого яркого румянца.

– Подумайте, Коломба, – продолжала госпожа Перрина, – ведь было бы просто грешно помешать столь успешному выздоровлению! Да что и говорить: конец – делу венец. Вы мне, конечно, разрешите пригласить его к нам завтра под вечер? Для вас, дитя мое, это тоже будет развлечением, и развлечением невинным. Притом же, благодарение богу, мы с госпожой Рупертой будем тут же, рядом. Право, Коломба, уверяю вас, вам надобно развлечься. Да и кто станет доносить мессеру прево, что мы самовольно чуть-чуть обошли его строгий запрет? К тому же еще до его распоряжения вы разрешили Асканио прийти и показать вам драгоценности. Он позабыл их сегодня, пусть же принесет завтра.

Коломба посмотрела на Асканио; он побледнел и со стесненным сердцем ждал ее ответа.

Такое смирение несказанно польстило униженной и одинокой девушке: значит, на свете есть человек, который зависит от нее, и одно ее слово может осчастливить или огорчить его. Кто не любит властвовать! Развязность графа д'Орбека оскорбила Коломбу. И бедной затворнице – извиним ее за это – непреодолимо захотелось увидеть, как засверкают от радости глаза Асканио, и она, улыбаясь и краснея, произнесла:

– Госпожа Перрина, на что вы меня толкаете?

Асканио хотел что-то сказать, но он лишь умоляюще сложил руки; ноги у него подкосились.

– Благодарю вас, красавица! – сказала Руперта, делая глубокий реверанс. – Идемте, Асканио. Вы еще слабы, нам пора домой. Дайте же мне руку.

Асканио едва нашел в себе силы, чтобы попрощаться с Коломбой и поблагодарить ее, но слова он заменил взглядом, в который вложил всю свою душу, и послушно последовал за служанкой с сердцем, переполненным радостью.

Коломба, поглощенная своими мыслями, снова уселась на скамью; она упивалась счастьем, а к этому чувству она не привыкла и корила себя.

– До завтра! – с победоносным видом сказала госпожа Перрина, проводив гостей до двери. – И, пожалуйста, молодой человек, приходите, как только вздумается, хоть ежедневно, в течение трех месяцев.

– А почему только в течение трех месяцев? – спросил Асканио, мечтавший вечно приходить сюда.

– Да как же иначе! – отвечала госпожа Перрина. – Ведь через три месяца Коломба выходит замуж за графа д'Орбека.

Асканио напряг все свои силы, чтобы не упасть.

– Коломба выходит замуж за графа д'Орбека! – прошептал он. – О боже мой! Значит, я обманулся! Коломба меня не любит…

Но в эту минуту госпожа Перрина затворяла за ним дверь, а госпожа Руперта шла впереди, поэтому ни та, ни другая его не услышали.

Глава 12. Повелительница короля

Мы сказали, что часов в одиннадцать утра Бенвенуто вышел из мастерской, не обмолвившись ни словом о том, куда он идет. А отправился он в Лувр, чтобы отдать визит Франциску I, посетившему его во дворце кардинала Феррарского.

Король сдержал слово. Перед Бенвенуто Челлини открылись все дворцовые двери, однако в последнюю его не впустили: она вела в зал, где собрался совет. Франциск I обсуждал дела с государственными мужами, и, несмотря на его приказ, Челлини не допустили в зал – для этого нужно было особое повеление короля.

Надо сказать, что Франция действительно была в трудном положении. До сих пор мы мало говорили о государственных делах, ибо, по нашему глубокому убеждению, читатели, а в особенности читательницы, предпочитают сердечные дела политическим; но сейчас мы не можем обойти эти дела молчанием и принуждены хотя бы мимоходом коснуться положения дел во Франции и Испании, или, вернее, отношений Франциска I и Карла V, так как в XVI веке короли означали государства.

В те годы, которые мы описываем, чаша политических весов – а к чему приводят их колебания, было хорошо известно обоим монархам – стала клониться в сторону Франциска I, и его положение улучшилось, а положение Карла V ухудшилось. В самом деле, обстановка немало изменилась с той поры, когда в Камбре был подписан знаменитый мирный договор,[1] причем посредницами

---

[1] Взятый в плен при Павии, Франциск I был отправлен в Мадрид и там был вынужден подписать Мадридский договор (1526), по которому он отказывался от притязаний на Фландрию и лишался около четверти французских земель и всех итальянских завоеваний. Однако, отпущенный из плена, Франциск I нарушил этот договор и возобновил войну против Карла V. Вторично потерпев поражение, он согласился на новый мирный договор в Камбре (1529), который, впрочем, тоже был вскоре нарушен.

в переговорах выступали две женщины – Маргарита Австрийская, тетка Карла V, и герцогиня Ангулемская, мать Франциска I. Этот договор, являвшийся дополнением к Мадридскому, гласил, что король Испании отказывается от Бургундии в пользу короля Франции и что король Франции, со своей стороны, отказывается от прав на Фландрию и на провинцию Артуа. Кроме того, оба юных принца, взятые как заложники отца, будут возвращены ему за выкуп в два миллиона золотых экю. Наконец, добрая королева Элеонора,[1] сестра Карла V, сначала обещанная в жены коннетаблю в награду за его предательство, а затем выданная за Франциска I в залог мира, вернется ко французскому двору с двумя детьми, о которых заботилась как мать; все это было честно выполнено обеими договаривающимися сторонами.

Но, разумеется, Франциск I, которого в плену принудили отказаться от герцогства Миланского, отказался от него лишь временно. Едва он получил свободу, восстановил свою власть и силу, как снова обратил взор на Италию. И вот, чтобы укрепить свои притязания при римском дворе, он женил сына Генриха, ставшего дофином после смерти своего старшего брата, Франциска, на племяннице папы Климента VII, Екатерине Медичи.

На беду, когда подготовка к вторжению, задуманному королем, была закончена, папа Климент VII умер, и его преемником стал Александр Фарнезе, взошедший на престол святого Петра под именем Павла III.

Павел III решил в своей политике не подпадать ни под влияние императора, ни под влияние короля Франции и не вмешиваться в дела Карла V и Франциска I.

Император больше не опасался папы, его уже не тревожила подготовка Франции к войне, и он, в свою очередь, стал готовиться к походу на Тунис.

---

[1] Элеонора Австрийская (1498–1558) – старшая сестра императора Карла V, вдова португальского короля; была сперва обещана Карлом в жены коннетаблю Бурбону, но после договора в Камбре в 1530 году выдана за Франциска I.

Поход был успешен, и Карл V, потопив три-четыре корабля Солимана,[1] торжественно вошел в Неапольский порт.

Там он получил сведения, ободрившие его еще больше: оказалось, Карл III, герцог Савойский, дядя Франциска I с материнской стороны, расторг союз с королем Франции по совету своей новой жены, Беатрисы, дочери португальского короля Эммануэля. Поэтому, когда Франциск I на основании своих прежних договоров с Карлом III потребовал у герцога согласия на ввод французских войск в Савойю, тот ответил отказом; таким образом, Франциск I был вынужден предпринять труднейший поход через Альпы, а ведь прежде он считал, что Савойя для него открыта по милости его союзника и родственника.

Карл V, уверенный в своей безопасности, был как громом поражен развернувшимися событиями. По повелению короля Франциска I войска вступили в Савойю с небывалой стремительностью, и герцог увидел, что провинция занята врагом, еще не ведая о своем поражении. Полководец Брион захватил Шамбери, появился на высотах Альп и стал угрожать Пьемонту в тот час, когда Франциск Сфорца, потрясенный успешным продвижением врага, скоропостижно умер, оставив Миланское герцогство без наследника, что не только облегчало задачу Франциска I, но и давало ему новые права.

Брион спустился с гор в Италию и завладел Турином. Заняв город, он расположился лагерем на берегах Сезии и стал выжидать.

Карл V, со своей стороны, перебрался из Неаполя в Рим. После победы, одержанной им над заклятыми врагами христианства, он с триумфом вошел в столицу католического мира. Триумф опьянил императора, и, вопреки своему обыкновению, он потерял чувство меры: обвинил перед консисторией Франциска I в ереси,

---

[1] Солиман – французское произношение имени Сулеймана I (1494–1566), турецкого султана, который вел многочисленные войны и добился большого могущества. В 1535 году он заключил политический и торговый договор с Франциском I, предоставлявший Франции льготы в торговле на Востоке.

сославшись на то, что король покровительствует протестантам, что он заключил союз с турками. Затем, припомнив все старые ссоры, в которых, по его мнению, Франциск I был зачинщиком, он поклялся вести беспощадную войну против зятя.

После всех своих бед Франциск I стал настолько же осторожным, насколько прежде был неосмотрительным. Поэтому, увидев, что ему угрожают войной и Испания, и Империя, он приказал Аннебо охранять Турин и отозвал Бриона, поручив ему просто-напросто охрану границы.

Все те, кто знали рыцарски смелый характер Франциска I, не поняли, отчего король отступил, и вообразили, что он отступил потому, что заранее считает себя побежденным. Эта молва заставила Карла V возгордиться еще больше; он стал во главе своей армии и решил вторгнуться во Францию с юга.

Последствия этой попытки известны: город Марсель, оказавший сопротивление коннетаблю Бурбону и Пескеру[1] – двум величайшим полководцам того времени, без труда отразил натиск крупнейшего политического деятеля, но плохого полководца. Карл V не стал упорствовать; он обошел Марсель и решил двинуться на Авиньон. Но Монморанси[2] расположился неприступным лагерем между реками Дюранс и Роной, и Карл V тщетно старался его одолеть. После полутора месяцев бесполезных попыток он был отброшен; его теснили с флангов, угрожали отрезать с тыла, и он отдал приказ отступать, что весьма сильно походило на беспорядочное бегство. И, чуть не попав в плен, он наконец с большим трудом достиг Барселоны без войска и денег.

---

[1] Пескер Альфонс д'Авалос (1504–1546) – полководец Карла V, участник всех главных сражений во время войны с Франциском I.

[2] Монморанси. – Имеется в виду Анн де Монморанси (1493–1567) – один из наиболее близких к королю Франциску I вельмож; пользовался неограниченным могуществом при его дворе.

Тогда все те, кто ожидали исхода событий, чтобы выступить, выступили против Карла V. Генрих VIII[1] развелся с женой Екатериной Арагонской и женился на своей фаворитке Анне де Болейн. Солиман напал на Неаполитанское королевство и на Венгрию. Протестантские князья Германии[2] образовали тайную лигу против императора. Наконец, жители Гента,[3] изнемогавшие от обременительных налогов, которыми их беспрерывно облагали, чтобы покрыть расходы в войне против Франции, неожиданно восстали и послали Франциску I послов, предлагая ему стать во главе их войска.

Но во время всех этих событий, угрожавших судьбе Карла V, между ним и Франциском I были возобновлены переговоры. Оба монарха встретились в Эт-Морте, и Франциск I, желавший мира, в котором, как он чувствовал, больше всего нуждается Франция, решил отныне добиваться цели не оружием, а дружескими переговорами.

Итак, он велел предуведомить Карла V о том, что к нему обратились жители Гента, и предложил ему в то же время пройти через Францию во Фландрию.

Вот по этому-то поводу и заседал совет, когда Бенвенуто явился в Лувр; Франциск I, предупрежденный о приходе великого

---

[1] Генрих VIII – английский король; его развод, вопреки возражению папы римского, с Екатериной Арагонской, родственницей императора Карла V, означал разрыв с католической церковью и смену политического курса Англии.

[2] В Средние века Германия была раздроблена на несколько сот мелких княжеств. В некоторых из них в начале XVI века получила распространение протестантская (враждебная католицизму) религия; протестантские князья Германии стремились освободиться от влияния папы римского и от власти императора Карла V, тогда как католические германские князья его поддерживали.

[3] Гент – богатый торговый город в Нидерландах, являвшийся одним из самых важных испанских владений в Европе. В течение XVI века в Нидерландах нарастало национально-освободительное движение против Испании. В 1540 году вспыхнуло восстание в Генте, которое было жестоко подавлено лично прибывшим туда Карлом V.

мастера и верный своему обещанию, приказал впустить его. Таким образом, Бенвенуто услышал конец обсуждения.

– Да, господа, – говорил Франциск I, – да, я согласен с господином де Монморанси: я тоже мечтаю о заключении длительного союза с императором, избранным на престол, я мечтаю о том, чтобы мы оба властвовали над всем христианским миром и чтобы перед нашим лицом исчезли все эти корпорации, все эти коммуны, все эти народные сборища, которые желают ограничить нашу королевскую власть и заставить наших подданных отказывать нам то в солдатах, то в деньгах. Я мечтаю привлечь в лоно религии под верховной властью папы всех еретиков, которые причиняют горе нашей святой матери церкви. Я мечтаю, наконец, объединить все свои силы против врагов Христа, изгнать из Константинополя турецкого султана – тогда-то я докажу, вопреки слухам, что он мне не союзник, – сделать Константинополь столицей второй империи, соперничающей с первой по могуществу, блеску и величине. Вот моя мечта, господа! Я говорю «мечта», чтобы не слишком обольщаться надеждами на успех и не слишком разочаровываться, если будущее покажет, что все это невозможно. Но если только моя мечта осуществится… да, если она осуществится, коннетабль, если под властью моей будут Франция и Турция, Париж и Константинополь, Запад и Восток, согласитесь, господа, это будет прекрасно, величественно и возвышенно!

– Итак, сир, решено, – сказал герцог де Гиз, – что вы отказываетесь от прав сюзерена, которые вам предложили жители Гента, а также от исконных владений Бургундского дома?

– Да, решено: император увидит, что я честен и как союзник и как враг. Но прежде всего, поймите, я хочу, я требую, чтобы мне было возвращено Миланское герцогство. Оно принадлежит мне по праву наследования и в силу того, что было передано во владение французских королей. Даю слово дворянина, я получу его, но, надеюсь, не порывая дружбы с моим братом Карлом!

– И вы предложите Карлу Пятому пройти через Францию, чтобы покарать восставших жителей Гента? – спросил Пуайе.

– Да, господин канцлер, – ответил король. – Сегодня же пошлите господина Фрежюса к императору, пусть передаст ему от моего имени это предложение. Покажем императору, что для сохранения мира мы готовы на все! Ну, а если он жаждет войны…

Грозный и величественный жест сопровождал эти слова, но тут Франциск I на миг замолчал, заметив художника, скромно стоявшего у дверей.

– Но если он жаждет войны, – продолжал король, – клянусь Юпитером, вести о котором принес мне Бенвенуто, клянусь, что война будет кровопролитная, ужасная, ожесточенная!.. Ну, Бенвенуто, где же мой Юпитер?

– Сир, – отвечал Бенвенуто, – я вам принес модель вашего Юпитера. Но знаете, о чем я мечтал, смотря на вас и слушая вас? Я мечтал о фонтане для вашего Фонтенбло. Представьте: над фонтаном возвышается исполинская статуя в шестьдесят футов, в правой руке она держит сломанное копье, а левой опирается на эфес шпаги. Статуя изображает Марса[1] – иными словами, вас, ваше величество, ибо вы олицетворение храбрости, сир, и этой храбростью вы пользуетесь в справедливом деле – священной защите вашей славы… Подождите, сир, это еще не все. По углам пьедестала статуи я вижу четыре сидящие фигуры: поэзию, живопись, скульптуру и щедрость. Вот о чем я мечтал, глядя на вас и слушая вас, сир!

– И вы воплотите эту мечту в мраморе или бронзе, Бенвенуто! Такова моя воля, – сказал король повелительно, но улыбаясь искренней и приветливой улыбкой.

Все члены совета встретили эти слова рукоплесканиями, ибо находили короля достойным статуи, а статую – достойной короля.

– А пока, – произнес король, – взглянем на нашего Юпитера.

---

[1] Марс (римск. миф.) – бог войны.

Бенвенуто вытащил из-под плаща модель и поставил ее на стол, за которым только что решалась судьба мира.

Франциск I смотрел на нее с восторгом – в выражении его лица трудно было ошибиться.

– Наконец-то я нашел мастера по сердцу! – воскликнул он и, похлопав Бенвенуто по плечу, продолжал: – Друг мой, кто чувствует себя счастливее: король, которому удалось найти художника, понимающего все его замыслы, – словом, такого художника, как вы, – или художник, который встретил короля, способного его понять? По правде говоря, мне кажется, что моя радость сильнее...

– О нет, сир, позвольте! – воскликнул Бенвенуто. – Моя радость, без сомнения, сильнее.

– Нет, моя, Бенвенуто!

– Не смею противоречить вашему величеству: однако ж...

– Ну согласимся же, что наша радость одинакова, друг мой.

– Сир, вы меня назвали своим другом... – сказал Бенвенуто. – Одно лишь это слово оплачивает сторицей все то, что я уже сделал для вашего величества, и все, что я еще сделаю для вас.

– Так вот, я хочу доказать тебе, что это не пустое, случайно сказанное слово, Бенвенуто, и, если я назвал тебя своим другом, – значит, ты действительно мой друг. Я жду Юпитера. Заканчивай работу как можно скорей, и ты получишь, даю слово дворянина, все, что пожелаешь, если только это будет в королевской власти... Слышите, господа? И если я забуду о своем обещании, напомните мне о нем.

– Сир! – воскликнул Бенвенуто. – Вы великий и благородный король, и мне стыдно, что я лишь немногим могу воздать за все то, что вы сделали для меня!

И, поцеловав руку, протянутую королем, Челлини спрятал модель Юпитера под плащом и вышел из зала совета, преисполненный гордости и радости.

Выходя из Лувра, он встретил Приматиччо, который входил во дворец.

– Куда вы спешите и что вас так обрадовало, дорогой друг Бенвенуто? – спросил Приматиччо Челлини, который не сразу заметил его.

– Ах, это вы, Франческо! – воскликнул Челлини. – Да, вы правы, я радуюсь, ибо только что видел нашего великого, высокочтимого, божественного Франциска Первого.

– А госпожу д'Этамп вы тоже видели? – спросил Приматиччо.

– Я не смею повторить его слова, Франческо, хотя и говорят, что со скромностью я не в ладу.

– Ну, а что вам сказала госпожа д'Этамп?

– Он назвал меня своим другом. Понимаете, Франческо? Он говорил со мной на «ты», как со своими маршалами. Наконец, он сказал мне, что, когда будет готов Юпитер, я могу просить о любой милости и что он заранее ее дарует.

– Ну, а что обещала вам госпожа д'Этамп?

– Какой вы чудак, Франческо!

– Почему же?

– Вы мне твердите о госпоже д'Этамп, а ведь я твержу вам о короле.

– Да потому что я знаю двор получше вашего, Бенвенуто; потому что вы мой земляк и мой друг; потому что вы принесли с собой частицу нашей прекрасной Италии, и в благодарность я хочу избавить вас от большой опасности. Послушайте, Бенвенуто, я уже вас предупреждал: герцогиня д'Этамп – ваш смертельный враг. Но прежде я просто опасался этого, теперь же в этом уверен. Вы оскорбили герцогиню, и, если вы ее не умиротворите, она вас погубит. Слушайте меня внимательно, Бенвенуто: госпожа д'Этамп – повелительница короля!

– Бог ты мой, да о чем вы толкуете! – воскликнул Челлини, расхохотавшись. – Я, видите ли, оскорбил госпожу д'Этамп! Но каким же образом?

– Я хорошо знаю вас, Бенвенуто, и догадываюсь, что вам известны не больше, чем мне и ей самой, причины этой неприязни. Но что поделаешь? Женщины так устроены: они и ненавидят и любят, сами не зная за что. Так вот, герцогиня д'Этамп вас ненавидит.

– Что я могу тут поделать?

– Что поделать? А вот что: угождением спасать искусство.

– Угождать куртизанке?

– Вы не правы, Бенвенуто, – ответил, усмехаясь, Приматиччо. – Вы не правы. Госпожа д'Этамп прекрасна, и художник должен признать это.

– Я и признаю, – произнес Бенвенуто.

– Так вот, скажите об этом ей самой, а не мне. Большего и не требуется, и вы станете друзьями. Вы ее оскорбили своенравной выходкой, вам и надлежит сделать первый шаг.

– Если я и оскорбил герцогиню, – сказал Челлини, – то нечаянно или, вернее, не по злобе. Она съязвила на мой счет, а я этого не заслужил; я и поставил ее на место, и по заслугам.

– Полно, полно! Забудьте о ее словах, Бенвенуто, и заставьте ее забыть ваш ответ. Повторяю, она злопамятна, мстительна, она повелевает сердцем короля. Правда, король любит искусство, но еще больше любит ее. Она принудит вас раскаяться в вашей дерзости, Бенвенуто. Из-за нее вы наживете врагов – ведь по ее наущению прево дерзнул вам противиться. Послушайте, я еду в Италию, в Рим, по ее приказу. И это путешествие, Бенвенуто, направлено против вас, причем ваш друг принужден служить орудием ее мести.

– А что же вы будете делать в Риме?

– Что буду делать? Вы обещали королю вступить в соперничество с древними мастерами, и я знаю, что вы выполните свое обещание. Но герцогиня думает, что вы хвастун, и, очевидно, для того чтобы уничтожить вас сравнением, она посылает меня, живописца, отлить в Риме самые прекрасные древние статуи – Лаокоона, Венеру и многие другие.

– Вот уж действительно страшная, утонченная месть! – произнес Бенвенуто, который, несмотря на всю свою самоуверенность, не мог не встревожиться, узнав, что его произведения будут сравнивать с произведениями величайших мастеров. – Но нет, я не уступлю женщине! – добавил он, сжимая кулаки. – Никогда, никогда!

– Зачем же уступать! Послушайте, есть одно средство: госпоже д'Этамп понравился Асканио. Она хочет сделать ему заказ и даже просила, чтобы я прислал к ней юношу. Так вот, нет ничего проще: проводите своего ученика во дворец д'Этамп и сами представьте его прекрасной герцогине. Воспользуйтесь случаем и захватите с собой какую-нибудь прелестную побрякушку – вы ведь лучший ювелир на свете, Бенвенуто! Покажите ей драгоценность, а когда увидите, что у дамы заблестели глазки, поднесите вещицу как дань, едва ли достойную ее красоты. Герцогиня примет драгоценность, мило поблагодарит, в обмен сделает вам какой-нибудь подарок, достойный вас, и вернет вам свою милость. Если же у вас будет враг в лице этой женщины, откажитесь заранее от всех своих великих начинаний! Увы! Я тоже был принужден склонить на миг голову, зато потом снова поднялся во весь рост. До тех пор мне предпочитали пачкуна Россо; всюду и всегда его ставили выше меня. Он даже был назначен хранителем короны.

– Вы несправедливы к Россо, Франческо, – заметил Челлини со свойственной ему непосредственностью. – Он – великий художник!

– Вы находите?

– Я в этом уверен.

– Э, я тоже в этом уверен, – произнес Приматиччо, – поэтому-то я и ненавижу его. Так вот, им пользовались, чтобы уничтожить меня. Я польстил ее мелкому тщеславию, и теперь я – великий Приматиччо, и теперь будут пользоваться мной, чтобы, в свою очередь, уничтожить вас. Поступайте же так, как поступил я, Бенвенуто, последуйте моему совету, и вы не раскаетесь. Умоляю об этом и ради вас, и ради самого себя, умоляю во имя вашей славы и вашего будущего! Ведь если вы станете упорствовать, то погубите и свое будущее, и свою славу.

– Переломить себя трудно, – сказал Челлини, хотя было видно, что он сдается.

– Бенвенуто, сделайте это ради короля, если вы о себе не думаете! Неужели вы хотите, чтобы его сердце обливалось кровью, когда ему придется выбирать между женщиной, которую он любит, и ваятелем, перед которым он преклоняется?

– Что ж, будь по-вашему! Ради короля я готов на все! – воскликнул Челлини, радуясь, что найден предлог, благодаря которому не пострадает его самолюбие.

– В добрый час! – сказал Приматиччо. – И вот еще что: само собой разумеется, если малейший намек на наш разговор дойдет до герцогини, я погиб.

– Право, вы можете на меня положиться, – заметил Челлини.

– Если Бенвенуто дает слово, больше ничего не нужно.

– Слово дано.

– Так прощайте же, брат!

– Счастливого пути!

– Счастливо оставаться!

И друзья обменялись на прощанье крепким рукопожатием и расстались, как бы подтверждая свой договор кивком головы.

Глава 13. Сердце красавицы

Дворец д'Этамп был расположен неподалеку от Нельского замка. Поэтому пусть читателя не поражает, что мы так быстро прошли от замка к дворцу.

Дворец этот находился близ набережной Августинцев и тянулся вдоль улицы Простака-Нищего, переименованной на сентиментальный лад в улицу Приют Для Души. Парадный вход был с улицы Ласточки. Франциск I даровал дворец своей фаворитке с условием, что она согласится выйти замуж за Жака Деброса графа де Пантьевр, а Жаку Дебросу графу де Пантьевр он пожаловал герцогство Этамп и управление Бретанью с условием, что граф женится на его фаворитке.

Король постарался сделать свой дар достойным прекрасной герцогини. Он повелел разукрасить старинный дворец в новейшем вкусе. По мрачному и строгому фасаду здания, словно по мановению волшебной палочки, - а так бывает, когда осуществляются замыслы, подсказанные любовью, - распустились прелестные цветы эпохи Возрождения. И наконец, судя по тому, какое король проявил рвение, стараясь украсить дворец, можно было догадаться, что он сам намеревается проводить там не меньше времени, чем герцогиня д'Этамп. Покои были обставлены поистине с королевской роскошью, и весь дворец убран так, будто предназначался для подлинной королевы, и, конечно, даже много лучше, чем дворец превосходной, высоконравственной женщины, сестры Карла V и законной супруги Франциска I - Элеоноры, с которой весьма мало считались в свете и даже при дворе.

Сейчас утро, и если мы бросим взгляд в покои герцогини, то увидим, что она полулежит на оттоманке, опустив очаровательную головку на свою изящную руку, другой же рукой небрежно играя своими золотисто-каштановыми локонами. Босые ножки Анны кажутся еще меньше, еще белее в открытых туфельках из черного бархата, а платье, ниспадающее небрежными, свободными складками, придает прелестнице неотразимое очарование.

Здесь и король; он стоит у окна, но не смотрит на герцогиню. Он отбивает пальцами такт по стеклу и, как видно, погружен в глубокое раздумье. Он, без сомнения, обдумывает важный вопрос, связанный с приездом Карла V во Францию.

– О чем это вы задумались, ваше величество, и к тому же повернулись ко мне спиной? – наконец спросила герцогиня с досадой.

– О стихах, посвященных вам, душа моя. Они, по-моему, вполне закончены, – отвечал Франциск I.

– О, умоляю, прочтите их поскорее, мой прекрасный коронованный поэт!

– Охотно, – отвечал король с самоуверенностью державного стихоплета. – Слушайте же:

Чуть зарождался день, и в эту пору
Я, стоя здесь, увидел за окном
Навстречу мне летевшую Аврору,
Путь Фебу означавшую перстом.
Но не денницы ослеплен лучом
Я был в тот миг, а локонов каскадом,
Улыбкой нежной и лучистым взглядом.
И крикнул я богам: – Луны бледней
Вы кажетесь с моей любимой рядом!
Померкли вы, соперничая с ней![1]

– Ах, какие дивные стихи! – воскликнула герцогиня, хлопая в ладоши. – Любуйтесь Авророй сколько вам угодно, теперь я не буду ревновать, ибо по ее милости у меня такие чудесные стихи. Прочтите же еще раз, исполните мою просьбу!

Франциск I прочел еще раз стихи, посвященные фаворитке, чтобы доставить удовольствие и ей, и себе, но Анна не вымолвила больше ни слова.

---

[1] Стихи в переводе В. Бугаевского.

– Что с вами, душа моя? – спросил Франциск I, который ждал, что его снова похвалят.

– А то, сир, что я нынче повторяю еще с большей уверенностью, чем говорила вчера: поэту менее простительно, чем королю-рыцарю, терпеть оскорбление его дамы – не просто возлюбленной, но и его музы.

– Вы опять за старое, злючка! – подхватил король, раздраженно передернув плечами. – Ну какое же это оскорбление, бог ты мой! Как же вы злопамятны, о царственная моя нимфа, раз обиды заставляют вас забыть о моих стихах!

– Сир, ненависть моя так же сильна, как и любовь.

– И все же я очень прошу вас не сердиться на Бенвенуто, на чудака, который не ведает, что говорит, который говорит так же безрассудно, как и дерется, который и не помышлял, ручаюсь вам, оскорблять вас. К тому же вы ведь знаете, что милосердие – достояние богов, милая моя богиня. Простите же безумца из любви ко мне!

– Безумца ли? – возразила вполголоса Анна.

– Да, величайшего безумца, и это истинная правда, – подтвердил Франциск I. – Я его видел вчера, и он обещал мне создать чудесные вещи. Ведь нет равного ему мастера в этой области искусства! Он прославит меня в грядущих веках, как Андреа дель Сарто, Тициан и Леонардо да Винчи. Вы же знаете, я без ума от художника, дорогая герцогиня! Будьте же благосклонны и снисходительны к нему, заклинаю вас! Право, мне нравятся и ничуть не сердят внезапный дождь со снегом в апреле, капризы женщины, причуды художника. Да простит же тому, кто мне мил, та, в которую я влюблен!

– Я – ваша рабыня, и я послушна вашей воле, сир.

– Благодарю. Зато, оказав мне милость по женской своей доброте, вы можете потребовать у меня в дар все, что вам захочется, что король в силах сделать! Но, увы, нам пора расстаться. Сегодня у нас совет. Какая скука!.. Да, наш брат, Карл Пятый, вносит много осложнений в дела короля. Он идет на хитрости, а не на рыцарские подвиги: пускает в ход перо, а не шпагу, и это постыдно. Честное слово, следует, по-моему, изобрести новые наименования для столь искусного и ловкого ведения государственных дел!.. Прощайте, моя любимая, я постараюсь быть хитрым и ловким. Какая вы счастливица – вам надобно лишь одно: всегда быть прекрасной! И небеса все сделали для этого. Прощайте же! Не поднимайтесь, паж ждет меня в передней. До свидания, и думайте обо мне.

– Всегда думаю, сир.

И, посылая прощальный воздушный поцелуй госпоже д'Этамп, Франциск I приподнял портьеру и вышел, оставив в одиночестве прекрасную герцогиню, которая, следует признаться, была так верна своему обещанию, что тотчас же стала думать не о короле, а совсем об иных людях.

У госпожи д'Этамп была деятельная, страстная, честолюбивая натура. Герцогиня настойчиво домогалась и доблестно завоевала любовь короля, но ее мятежный ум скоро пресытился этой любовью, и она стала скучать. Адмирал Брион и граф де Лонгваль, которые ей одно время нравились, Диана де Пуатье, которую она возненавидела на вечные времена, не занимали все ее помыслы; но уже с неделю душевная пустота герцогини заполнилась, и она снова стала жить, ибо вновь возненавидела и вновь полюбила. Она ненавидела Челлини и любила Асканио и сейчас, пока служанки одевали ее, размышляла о них. Когда все было готово, кроме прически, герцогине доложили о приходе парижского прево и виконта де Марманя.

Они принадлежали к числу самых ярых приверженцев герцогини в двух лагерях, которые образовались при дворе вокруг фаворитки дофина Дианы де Пуатье и госпожи д'Этамп. Ведь другу оказываешь добрый прием, когда думаешь о враге. Госпожа д'Этамп с неизъяснимой грацией протянула руку для поцелуя хмурому прево и улыбающемуся виконту.

– Мессер прево, – сказала она д'Эстурвилю, и чувствовалось, что в гневе ее нет ничего напускного, а в сочувствии – ничего оскорбительного, – нам стало известно, как обошелся с вами, нашим лучшим другом, этот невежа итальянец, и мы до сих пор негодуем.

– Сударыня, – отвечал д'Эстурвиль, облекая льстивыми словами даже свою неудачу, – стыдно было бы мне, если б нечестивец, которого не остановили ни ваша красота, ни обходительность, пощадил бы меня из-за моих седин и звания.

– О, дело в том, что король, – промолвила Анна, – а он, право, чересчур уж снисходителен к этим обнаглевшим чужестранцам, – просил меня забыть об оскорблении, которое мне нанесли, и я о нем забыла.

– В таком случае, сударыня, нашу просьбу, без сомнения, ждет плохой прием. Дозвольте же нам удалиться, умолчав о ней.

– Как, мессер д'Эстурвиль, да разве не была я вам другом во все времена, что бы ни случалось? Говорите же, говорите же, или я рассержусь на такого недоверчивого друга!

– Ну что ж, сударыня, вот как обстоит дело. Я решил на благо виконта де Марманя воспользоваться своим правом и занять любой из королевских дворцов, правом, данным мне от ваших щедрот, и мы, разумеется, остановили свой выбор на Нельском замке, попавшем в столь скверные руки.

– Так, так! Слушаю вас внимательно, – заметила герцогиня.

– Сначала виконт весьма обрадовался, сударыня; но теперь, поразмыслив, он колеблется и со страхом думает о злодее Бенвенуто…

– Прошу прощения, мой достойный друг, – перебил его виконт де Мармань, – вы объясняете плохо суть дела. Не Бенвенуто страшит меня, а страшит гнев короля. Право же, я не боюсь, что меня убьет этот невежа итальянец, как называет его герцогиня… А я, так сказать, боюсь его убить, боюсь, как бы не стряслось беды и король, по моей милости, не лишился слуги, которым он, кажется, весьма дорожит.

– И я, сударыня, осмелился обнадежить виконта, что в случае надобности вы окажете ему покровительство.

– Друзьям я всегда оказываю покровительство, – проговорила герцогиня. – Да и, кроме того, разве у вас нет еще более надежного друга, нежели я, – справедливости? Разве вы не поступаете по воле короля?

– По повелению его величества никто, кроме этого самого Бенвенуто, не смеет занимать Нельский замок, и наш выбор – нельзя закрывать на это глаза – похож будет на месть. Но вот я убью Челлини – утверждаю, что так оно и будет, ибо у меня есть два надежных человека, – что же тогда?..

– Ах, боже мой! – воскликнула герцогиня и усмехнулась, сверкнув своими белыми зубками. – Ведь король покровительствует живым. Право же, его мало будет занимать месть за мертвых, и, когда источник его восторга перед красотами искусства иссякнет, он, надеюсь, будет помнить лишь о чувстве ко мне. Чужеземец нанес мне во всеуслышание такое ужасное оскорбление! Помните, Мармань?

– Но, сударыня, – отвечал осторожный виконт, – надобно, чтобы вы отчетливо представляли себе то, что вам придется защищать.

– О да, ваши намерения совершенно ясны, виконт.

– Нет, позвольте мне все рассказать – не хочу оставлять вас в неведении. Может случиться, что силой его не возьмешь, ведь он сущий дьявол. В таком случае, признаюсь вам, мы прибегнем к хитрости, и, если Бенвенуто среди бела дня ускользнет из рук наемников, удерет в свой замок, они как-нибудь вечерком случайно встретятся с ним в узеньком переулке и... У них есть не только шпаги, сударыня, у них есть кинжалы...

– Я все поняла, – промолвила герцогиня, и ее прелестное свежее лицо ничуть не побледнело, когда ей вкратце рассказали о плане убийства.

– Прекрасно, сударыня!

– Прекрасно, виконт! Я вижу, что вы человек предусмотрительный и что враждовать с вами не стоит, клянусь честью!

– Ну, а как вы смотрите на нашу затею, сударыня?

– Затея действительно нешуточная. Пожалуй, ее следовало бы хорошенько обдумать; но ведь я вам говорила, да это всем известно и даже сам король понимает, что этот невежа глубоко уязвил мою гордость. Я ненавижу его… как ненавижу своего мужа или госпожу Диану! И, честное слово, я, пожалуй, могу вам обещать… Да что там случилось, Изабо? Ты нам помешала.

С этими словами графиня обратилась к служанке, которая вбежала в полнейшей растерянности.

– Господи! Сударыня, – проговорила Изабо, – прошу вас, извините меня, но флорентийский ювелир Бенвенуто Челлини принес самую чудесную золоченую вазочку, какую можно только вообразить. Да так вежливо сказал, что принес ее в дар вашей светлости и просит вас оказать ему милость – уделить ему минутку.

– Ах, вот как! – воскликнула герцогиня: ее гордость была удовлетворена, и она смягчилась. – Что же ты ответила ему, Изабо?

– Что госпожа еще не одета и что я сейчас ей доложу.

– Превосходно!.. Как будто наш враг исправляется, – добавила герцогиня, оборачиваясь к ошеломленному прево, – и начинает признавать наш вес и нашу силу. Все равно, пусть не воображает, что так дешево отделается. Я и не подумаю сразу же выслушивать его извинения. Пусть почувствует, кому он нанес оскорбление и что значит наш гнев!.. Изабо, скажи ему, что ты мне доложила и что я приказала подождать.

Изабо вышла.

– Итак, я говорила вам, виконт, – продолжала герцогиня, гнев которой несколько поутих, – что ваша затея – дело нешуточное и я не могу обещать вам помощи – ведь, в конце концов, это злодеяние или убийство из-за угла.

– Оскорбление всем бросилось в глаза, – отважился вставить прево.

– Извинение, надеюсь, тоже всем бросится в глаза, мессер. Человек, внушающий всем страх, гордец, не повиновавшийся владыкам мира, ждет там, у меня в передней, когда я сменю гнев на милость, и два часа, проведенные в чистилище, право же, искупят его дерзость. Нельзя, однако, быть безжалостным! Простите его, как прощу его и я через два часа. Неужели же мое влияние на вас менее сильно, чем влияние короля на меня?

– Соблаговолите же, сударыня, позволить нам удалиться, – сказал прево, отвешивая поклон, – ибо мне не хотелось бы давать своей истинной повелительнице обещание, которое я не сдержу.

– Позволить вам удалиться? О нет! – воскликнула герцогиня, которая горела желанием удержать свидетелей своего торжества. – Я хочу, господин прево, чтобы вы видели, как унижен ваш враг, чтобы таким образом мы оба были отомщены заодно. Я дарю вам и виконту эти два часа. Не благодарите… Говорят, что вы выдаете дочь за графа д'Орбека, не так ли? Право, прекрасная партия. Я сказала – «прекрасная», а должна была бы сказать – «выгодная». Присядьте же, мессер. Знаете ли, чтобы свадьба состоялась, надобно мое согласие, а вы его еще не спросили. Но я даю это согласие. Д'Орбек мне так же предан, как и вы. Надеюсь, мы увидим вашу прелестную дочку, насладимся ее обществом. И ваш зять будет, разумеется, благоразумен и представит ее ко двору. Как зовут вашу дочку?

– Коломба, сударыня.

– Красивое и приятное имя. Говорят, что имена влияют на судьбу; если это так, у бедной девочки нежное сердце, и она будет страдать… Ну, что еще случилось?

– Ничего, сударыня. Он сказал, что подождет.

– Ну что ж, превосходно! А я о нем совсем забыла... Так вот повторяю: берегите Коломбу, мессер д'Эстурвиль! Ее будущий муж, граф д'Орбек, под пару моему: его честолюбие не уступает алчности герцога д'Этамп, и ему ничего не стоит променять жену на какое-нибудь герцогство. Да и мне следует остерегаться! Особенно если она так хороша, как говорят. Вы мне представите дочку, не правда ли, мессер? Ведь мне надо приготовиться к защите.

Герцогиня сияла от удовольствия в предвкушении победы над Бенвенуто и долго с каким-то самозабвением говорила в том же духе, и в каждом ее движении сквозило радостное нетерпение.

– Ну, еще полчасика – и два часа истекут, – сказала она наконец, – и тогда бедный Бенвенуто избавится от пытки. Поставим себя на его место – должно быть, он ужасно мучается! Не привык он к такому обращению. Лувр для него всегда открыт, и король всегда доступен. По правде сказать, мне жаль его, хоть он этого и не заслуживает. Он, вероятно, вне себя, не правда ли? Нет, вообразите только, как он разъярен! Ха, ха, ха, долго я буду вспоминать все это и смеяться... Господи, что за шум? Крики, какой-то грохот...

– Уж не расшумелся ли проклятый Челлини, соскучившись в чистилище? – проговорил прево, воспрянув духом.

– Хочу посмотреть, что там творится, – произнесла герцогиня, побледнев. – Пойдемте со мной, господа, пойдемте же!

Бенвенуто, решившись, по соображениям, которые мы знаем, помириться со всемогущей фавориткой, на другой же день после разговора с Приматиччо взял небольшую позолоченную вазу – выкуп за свое спокойствие – и, подхватив под руку Асканио, очень бледного и ослабевшего после тревожной ночи, отправился ко дворцу д'Этамп. Сперва его встретили лакеи, отказавшиеся доложить о нем госпоже спозаранок, и он потерял добрых полчаса на переговоры. Это уже начало его раздражать. Наконец пришла Изабо и согласилась доложить о нем госпоже д'Этамп. Она быстро вернулась и передала Бенвенуто, что герцогиня одевается и что ему придется немножко подождать. И вот он, запасшись терпением, уселся на скамью рядом с Асканио, который был истомлен ходьбой, жаром и своими мыслями и чувствовал легкую дурноту.

Так прошел час. Челлини принялся считать минуты. «Конечно, – раздумывал он, – туалет – самое важное занятие герцогини за весь день. Четверть часа раньше, четверть часа позже, – да стоит ли из-за этого жертвовать той выгодой, которую принесут хлопоты!» Однако, невзирая на философские рассуждения, он начал считать секунды.

Асканио же тем временем становился все бледнее; он решил скрыть от учителя недомогание и мужественно пошел вместе с ним, не проронив ни слова; утром он не поел и чувствовал, хотя и не признавался себе, что силы его покидают. Бенвенуто же не мог усидеть на месте и стал мерить большими шагами прихожую.

Прошло еще четверть часа.

– Ты себя плохо чувствуешь, сынок? – спросил он Асканио.

– Нет. Право же, нет, учитель. Скорее вы себя плохо чувствуете. Запаситесь же терпением, умоляю вас, теперь уже недолго ждать.

В эту минуту снова появилась Изабо.

– Ваша госпожа порядком замешкалась, – буркнул Бенвенуто.

Насмешливая девица подошла к окну и посмотрела на часы, висевшие во дворе.

– Да вы всего лишь полтора часа ждете, – проговорила она. – Чего вы жалуетесь?

Челлини нахмурился, а она расхохоталась и стремглав убежала.

Бенвенуто на этот раз сдержался, сделав над собой невероятное усилие. Он снова сел и, скрестив руки на груди, молча застыл в величественной позе. Казалось, ваятель был совсем спокоен, но в его душе закипал гнев. Двое слуг, неподвижно стоявших у дверей, смотрели на него с важностью, а ему казалось – с насмешкой.

Часы отбили четверть часа. Бенвенуто взглянул на Асканио и увидел, что он необыкновенно бледен и вот-вот потеряет сознание.

– Ах, так! – воскликнул Челлини, не в силах больше сдерживаться. – Все это она подстроила, вот что! А я-то готов был поверить ее словам и подождать из учтивости! Но ей угодно нанести мне оскорбление, а я не догадался – ведь я не привык, чтобы меня оскорбляли! Да не на такого напали – не из тех я людей, которые позволяют себя оскорблять даже женщине, и я ухожу! Пойдем, Асканио.

И с этими словами Бенвенуто приподнял своей могучей рукой негостеприимную табуретку, швырнул ее об пол и сломал – ведь целых два часа он просидел на ней по милости злопамятной герцогини и, сам того не ведая, подвергался унижению. Слуги устремились было к нему, но Челлини схватился за кинжал, и они остановились. Асканио, испугавшись за учителя, хотел вскочить. Но он был так взволнован, что силы ему изменили, и он упал, потеряв сознание. Бенвенуто сначала этого не заметил. В эту минуту на пороге появилась бледная и разгневанная герцогиня.

– Да, я ухожу! – продолжал громовым голосом Бенвенуто, отлично видя ее. – Передайте же этой особе, что я уношу свой дар и отдам его первому встречному невежде-простолюдину. Он и то будет достойнее такого подарка. Да скажите герцогине, что она ошибается, ежели принимает меня за лакея вам под стать, – у нас, художников, покорность и уважение не продажны, не то что ее продажная любовь! Посторонитесь! За мной, Асканио!

В этот миг он обернулся и увидел, что его любимый ученик сидит у стены, запрокинув голову, что глаза у него закрыты, а лицо мертвенно-бледно.

– Асканио! – крикнул Бенвенуто. – Асканио, сынок! Да он потерял сознание, умирает! О мой родной Асканио! И все из-за этой женщины… – Бенвенуто обернулся с угрожающим видом к герцогине д'Этамп и тут же склонился над Асканио, чтобы поднять его и унести.

Герцогиня же, вне себя от ярости и страха, не могла двинуться с места, не могла говорить. Но, увидев белое, как мрамор, лицо Асканио, его поникшую голову, длинные разметавшиеся волосы, увидев прекрасное бледное чело и грациозную позу юноши, потерявшего сознание, она, не отдавая себе отчета, бросилась к нему, наклонилась, чуть не встав на колени рядом с Бенвенуто, и схватила, как и он, руку Асканио.

– Да ведь юноша при смерти! Вы убьете его, сударь, если вздумаете переносить. Ему, вероятно, надобно тотчас же оказать помощь... Жером, беги за лекарем Андре!.. Нельзя его переносить – ему ведь так плохо. Слышите? Вы можете идти, можете оставаться, но его не трогайте.

Бенвенуто посмотрел на герцогиню проницательным взором, затем с тревогой взглянул на Асканио. Он понял, что у госпожи д'Этамп его любимому ученику не угрожает никакая опасность и что, пожалуй, опасно переносить его без предосторожностей. И он тотчас же принял решение, ибо быстрота и непреклонность были одним из достоинств, а может быть, недостатков Челлини.

– Вы за него отвечаете, сударыня! – проговорил он.

– О да, своей жизнью! – воскликнула герцогиня.

Бенвенуто нежно поцеловал в лоб своего ученика, закутался в плащ и, держась за рукоятку кинжала, гордо вышел, обменявшись с герцогиней взглядом, исполненным ненависти и презрения. А на прево и виконта он даже не соблаговолил посмотреть.

Анна проводила Бенвенуто, пока он не скрылся из виду, взглядом, горящим от ярости; затем выражение ее глаз изменилось, и она встревоженно и печально взглянула на милого ее сердцу больного: любовь сменила гнев, тигрица вновь превратилась в газель.

– Доктор Андре, – обратилась она к лекарю, прибежавшему со всех ног, – осмотрите его! Спасите! Он ранен, он умирает...

– Пустяки, – сказал доктор, – временный упадок сил. – И он влил в рот Асканио несколько капель целебного настоя, который всегда носил с собой.

– Он приходит в себя! – воскликнула герцогиня. – Он пошевелился! А теперь, доктор, ему надобен покой, не правда ли?.. Перенесите его вот сюда, в эту комнату, и положите на оттоманку! – приказала она двум лакеям и добавила вполголоса, чтобы никто, кроме них, не слышал: – Предупреждаю: если проговоритесь о том, что видели или слышали, головой поплатитесь за болтовню! Ступайте.

Лакеи, дрожа от страха, поклонились, осторожно подняли Асканио и унесли.

Оставшись наедине с прево и виконтом де Марманем, осторожными свидетелями того, как ей вновь нанесли оскорбление, госпожа д'Этамп смерила обоих, особенно виконта, презрительным взглядом, однако же тотчас сдержала свои чувства.

– Итак, я сказала, виконт, – заметила она желчно, но спокойно, – что ваша затея – дело нешуточное, но сказала не подумав. Полагаю, власти у меня довольно, чтобы покарать злодея, а в случае надобности поразить тех, кто разгласит тайну. Надеюсь, на этот раз король соизволит его наказать; но я хочу отомстить. Наказание делает оскорбление явным, месть же его скрывает. У вас, господа, оказалось достаточно хладнокровия, и вы медлите, чтобы вернее отомстить. Хвалю вас за это, но советую вам: будьте благоразумны, не упускайте случая, не заставляйте меня прибегать к содействию других. Виконт де Мармань, с вами надобно говорить прямо: я ручаюсь, что вы останетесь безнаказанным, как ненаказуем и палач. Однако, если вам угодно знать мое мнение, советую вам и вашим головорезам отказаться от шпаги и орудовать кинжалом. Итак, решено: не болтайте, а действуйте немедля – вот лучший ответ. Прощайте, господа!

Она говорила отрывисто, резким голосом и протянула руку, как бы указывая вельможам на дверь. Они до того смешались, что неловко откланялись и вышли с растерянным видом, не сказав ни слова.

– О, вот что значит быть всего лишь женщиной и обращаться за помощью к таким трусам! – проговорила Анна, поглядев им вслед с брезгливой гримасой. – О, как я презираю всех этих людишек, коронованного возлюбленного, продажного супруга, лакея в камзоле, лакея в ливрее, презираю всех, кроме того, кем я, помимо воли, восхищаюсь и кого без памяти люблю!

Она вошла в покой к красавцу больному; Асканио открыл глаза в тот миг, когда к нему приблизилась герцогиня.

– Пустяки, – повторил лекарь Андре, обращаясь к госпоже д'Этамп. – Молодой человек ранен в плечо. Слабость, усталость, душевное потрясение, а может быть, и голод вызвали обморок. Как видите, все словно рукой сняло после приема целебного снадобья. Сейчас он совсем пришел в себя, и его можно перенести домой на носилках.

– Довольно! – проговорила герцогиня, подавая кошелек господину Андре, который отвесил ей глубокий поклон и вышел.

– Где я? – спросил Асканио; очнувшись, он старался собраться с мыслями.

– Вы у меня, Асканио, – отвечала герцогиня.

– У вас, сударыня? Ах да, узнаю вас! Вы госпожа д'Этамп. Припоминаю… А где же Бенвенуто? Где учитель?

– Не шевелитесь, Асканио. Ваш учитель в безопасности. Не тревожьтесь: он преспокойно сидит у себя дома и обедает.

– Да как же он оставил меня?

– Вы потеряли сознание, и он поручил мне позаботиться о вас.

– А вы правду говорите, что он не подвергся опасности, что вышел отсюда цел и невредим?

– Повторяю и подтверждаю, что он в полной безопасности, ему ничто не угрожает. Поймите же, Асканио! Неблагодарный! Я, герцогиня д'Этамп, бодрствую у его ложа, ухаживаю за ним с сестринской заботливостью, а он только и знает, что говорит о своем учителе!

– О сударыня, простите меня и примите мою благодарность! – отвечал Асканио.

– Давно бы так, – промолвила герцогиня, покачивая своей хорошенькой головкой и лукаво улыбаясь.

И тут герцогиня д'Этамп стала говорить. Тон ее речей был задушевен, в самые простые слова она вкладывала сокровенный смысл, задавала вопросы с жадным любопытством и в то же время с каким-то уважением и вслушивалась в ответы так, будто от них зависела ее участь. Она стала кроткой, нежной и ласковой, как кошечка, предупредительной и чуткой; напоминая искусную актрису на сцене, она незаметно наводила Асканио на разговор, от которого он уклонялся, и приписывала ему те мысли, которые сама обдумала и высказала. Она, казалось, потеряла всю свою самоуверенность и внимала ему как пророку, обнаруживая весь свой просвещенный и пленительный ум, благодаря которому, как мы говорили, ее называли самой красивой из ученых женщин и самой ученой из красавиц. Словом, она превратила беседу в тончайшую лесть, в искуснейшее обольщение; и в конце концов, ибо юноша в третий или четвертый раз намеревался уйти, она сказала, удерживая его:

– Асканио, вы рассказываете о своем прекрасном ювелирном ремесле так красноречиво, с таким жаром, что для меня это своего рода откровение. Отныне я буду находить глубокий смысл в том, что прежде мне представлялось всего лишь украшением. Значит, по-вашему, Бенвенуто мастер своего дела?

– Сударыня, тут он превзошел самого божественного Микеланджело!

– Я сердита на вас. По вашей милости я, пожалуй, не стану так гневаться на него за неучтивость.

– О, не обращайте внимания на дерзость учителя, сударыня! Под его грубоватостью скрывается горячее и преданное сердце. Но

Бенвенуто нетерпелив и необуздан – ему показалось, будто вы заставили его ждать, чтобы позабавиться, и это оскорбление…

– Вернее, шутка, – сказала герцогиня тоном балованной девочки, смущенной своей шалостью. – Я, право, еще не была одета, когда явился ваш маэстро, и просто чуть-чуть замешкалась с туалетом. Это дурно, очень дурно! Видите, я исповедуюсь перед вами. Ведь я не знала, что вы пришли тоже! – добавила она с живостью.

– Все это так, сударыня, но Челлини – а он, конечно, не очень проницателен, да его вдобавок ввели в заблуждение, я-то могу признаться вам, ведь вы так очаровательны и так добры, – итак, Челлини считает вас ужасно злой и жестокой, а в вашей ребяческой выходке он усмотрел оскорбление.

– Неужели? – воскликнула герцогиня и даже не в силах была утаить язвительную усмешку.

– О, простите его, сударыня! Поверьте, когда б учитель узнал вас, он на коленях испросил бы у вас прощения за ошибку – ведь он так благороден и великодушен!

– Да замолчите же! Вы, кажется, стараетесь заставить меня полюбить его? Повторяю, я питаю неприязнь к нему и для начала найду ему соперника.

– Найти будет трудно, сударыня!

– Нет, Асканио, ибо соперник этот – вы, его ученик. Позвольте же мне лишь косвенно воздавать должное великому гению, который ненавидит меня! Послушайте, ведь сам Челлини восхваляет вас за тонкое мастерство. Неужели вы не хотите, чтобы ваше творчество послужило мне? Докажите, что вы не разделяете предубеждения маэстро к моей особе и согласитесь приукрасить ее. Ну, что вы на это скажете?

– Сударыня, все мои способности, все мое усердие к вашим услугам. Вы так благосклонны ко мне, с таким участием расспрашивали о моем прошлом, о моих надеждах, что отныне я предан вам и сердцем и душой.

– Дитя! Я еще ничего не сделала для вас и прошу вас только об одном: посвятите мне крупицу своего таланта. Послушайте, не создавали ли вы в грезах какие-нибудь чудесные драгоценные украшения? У меня есть великолепные жемчуга. Не хотелось бы вам сделать волшебный дождь для меня, мой милый чародей? Знаете что, я расскажу о своем замысле, хотите? Вот сейчас, когда вы лежали тут, в комнате, бледный, с закинутой головой, мне представилась прекрасная лилия, склонившаяся от ветра. Так вот, сделайте мне из жемчугов и серебра лилию, и я буду носить ее на корсаже, – проговорила герцогиня, приложив руку к сердцу.

– Ах, сударыня, как вы добры…

– Асканио, хотите отблагодарить меня за эту, как вы говорите, доброту? Изберите меня своей наперсницей, другом, не скрывайте своих поступков, желаний, огорчений, ибо, я вижу, вы печальны. Обещайте приходить, когда вам надобны будут помощь и совет!

– Но ведь вы оказываете мне еще одну милость, а вовсе не требуете доказательства моей благодарности.

– Словом, вы обещаете мне это?

– Увы! Еще вчера обещал бы, сударыня; еще вчера я мог бы принять ваш великолепный дар и нуждался в нем. Ныне же никто не властен помочь мне.

– Кто знает…

– Я знаю, сударыня.

– Ах, я вижу, вас терзает какое-то горе, Асканио!

Асканио с грустью кивнул головой.

– Вы не откровенны со своим другом, Асканио. Нехорошо, нехорошо! – продолжала герцогиня, взяв юношу за руку и нежно пожимая ее.

– Маэстро, должно быть, тревожится обо мне, сударыня, и к тому же я не смею докучать вам. Я чувствую себя превосходно. Позвольте же мне оставить вас.

– Как вам хочется поскорее покинуть меня! Подождите, по крайней мере, пока подадут носилки. Не противьтесь – это приказание доктора, да и мое тоже.

Анна позвала слугу и дала ему необходимые распоряжения; затем велела Изабо принести жемчуга и кое-какие драгоценные камни и отдала их Асканио.

– Я возвращаю вам свободу, – сказала она. – Но, когда ваш недуг пройдет, вы тотчас же займитесь моей лилией. А пока думайте о ней, прошу вас, и, как только сделаете набросок, приходите показать.

– Если вам угодно, приду.

– Или вы не хотите, чтобы я услужила вам? Ведь вы сделаете все, что я пожелаю. Почему бы и мне не сделать то, что пожелаете вы? Ну право, мой милый Асканио, чего вам хочется? Полно, в вашем возрасте как ни стараешься подавлять веления сердца, отводить глаза, сжимать губы, всегда чего-нибудь желаешь. Однако ж вы, очевидно, не верите в мое влияние и могущество, думаете, что я недостойна стать вашей наперсницей?

– Я знаю, сударыня, – ответил Асканио, – что вы могущественны, как того и заслуживаете. Но не в силах человеческих помочь в моей беде.

– И все же поведайте мне обо всем, – проговорила герцогиня д'Этамп. – Я так хочу! – И добавила с обворожительной улыбкой, преобразившей и голос ее, и лицо: – Я умоляю!

– Увы, увы, сударыня! – воскликнул Асканио, душу которого переполняла тоска. – Увы! Ведь вы так добры ко мне, да и мы сейчас расстанемся, и я скрою от вас свой позор и слезы. Вот почему я обращаюсь не к герцогине, как сделал бы вчера, а доверюсь женщине. Вчера я сказал бы вам: я люблю Коломбу и я счастлив... Сегодня я говорю вам: Коломба меня не любит, и мне остается одно – умереть! Прощайте, сударыня, пожалейте меня!

Асканио стремительно поцеловал руку госпожи д'Этамп, безмолвной и неподвижной, и убежал.

– Соперница! Соперница! – проговорила Анна, словно пробуждаясь. – Но она не любит его, и он полюбит меня, я так хочу!.. Да-да, клянусь, он полюбит меня, и я убью Бенвенуто!

Глава 14, в которой говорится о том, что суть человеческой жизни – страдание

Да простят нам читатели, что такой горечью и безнадежностью веет от заглавия. Но в самом деле настоящая глава, следует признаться, повествует о душевных страданиях, которыми полнится и сама жизнь. Мысль эта не нова, как сказал бы некий персонаж из некоего водевиля, но для нас утешительна, ибо может послужить нам извинением перед читателем, которого мы поведем, как Вергилий ведет Данте, по пути скорби.[1]

Да не обидятся на нас за сравнение ни читатель, ни Вергилий!

В самом деле, в ту пору, до которой мы довели повествование, наши друзья, начиная с Бенвенуто и кончая Жаком Обри, были повергнуты в печаль, и мы скоро увидим, как скорбь, словно прилив, мало-помалу поглотит их всех.

Мы расстались с Челлини в тот миг, когда он тревожился о судьбе Асканио. Вернувшись в Большой Нельский замок, он, уверяю вас, забыл и думать о разгневанной герцогине. Все помыслы его были сосредоточены на милом его сердцу больном юноше. Поэтому радость его была велика, когда ворота раскрылись, пропустили носилки и Асканио, легко спрыгнув на землю, подбежал к нему, пожал руку и стал уверять, что от недомогания не осталось и следа.

Но Бенвенуто нахмурился при первых же словах ученика и слушал с каким-то странным, горестным выражением рассказ юноши:

– Учитель, я хочу опровергнуть одно несправедливое суждение и знаю – вы поблагодарите меня за это и ничуть не рассердитесь. Вы ошиблись в суждении о госпоже д'Этамп. Она не таит ни

[1] В поэме великого итальянского поэта Данте (1265–1321) «Божественная комедия» изображено путешествие героя по загробному миру, причем проводником его по аду и чистилищу является древнеримский поэт Вергилий (I век до н. э.).

презрения, ни ненависти к вам – напротив, она уважает вас и восхищается вами. И надобно согласиться, что вы обошлись с ней – женщиной и герцогиней – просто грубо. Учитель, госпожа д'Этамп не только прекрасна, как богиня, – она добра, как ангел, скромна и восторженна, проста и великодушна, чутка и умна. Поступок, который вы нынче утром посчитали до крайности оскорбительным, был просто-напросто ребяческой проказой. И я прошу вас – вы же не любите несправедливости, – ради меня, ибо она приняла меня и позаботилась обо мне с такой трогательной обходительностью, не упорствуйте, не относитесь к ней с несправедливым презрением. Ручаюсь, вы с легкостью заставите ее забыть обо всем... Но вы молчите, дорогой учитель? Вы качаете головой. Уж не обиделись ли вы?

– Выслушай меня, сынок, – серьезно ответил Бенвенуто. – Я часто повторял тебе, что, по моему мнению, лишь одно божественное искусство обладает бессмертной красотой, бессмертной молодостью и плодотворной силой. Однако я верю, я знаю, я надеюсь, что в иных нежных душах расцветает настоящая, глубокая любовь, которая может осчастливить человека на всю жизнь, но бывает это редко. Что такое обычная любовь? Легкое увлечение, веселый союз, в котором он и она обманываются, и зачастую искренне. Ты ведь знаешь, Асканио, я люблю трунить над такой любовью; я насмехаюсь над ее притязаниями, над ее проявлениями.

Я не злословлю, нет. И мне, по правде сказать, она нравится, в ней, как в капле воды, отражаются и радости, и нежность, и ревность – все, что есть в большом, страстном чувстве, но она не наносит смертельной раны. Вылилась ли она в комедию, вылилась ли в трагедию, все равно: пройдет время – и вспоминаешь ее, как некое театральное представление. Добавь, Асканио, что все эти непрочные союзы одинаковы и основа их вполне удовлетворяет художника: это культ формы и обожание чистой красоты. И это чистая сторона такой любви. Вот почему я не клевещу на нее, хоть и смеюсь над ней. Но послушай, Асканио, существует и другая любовь, она вызывает у меня не смех, а ужас: любовь страшная, безрассудная, неосуществимая, как мечта.

«Бог мой, – подумал Асканио, – уж не проведал ли он о моей безумной любви к Коломбе?»

– Любовь эта, – продолжал Челлини, – не дает ни радости, ни блаженства, а все же захватывает тебя всего, целиком. Это вампир, по каплям высасывающий всю твою кровь, медленно пожирающий твою душу. Любовь с непреодолимой силой держит тебя в своих когтях, и вырваться из них невозможно. Асканио, Асканио, бойся ее! Видишь, что она химера и что счастья не добиться, а все же ей отдаешься всей душой, почти с радостью жертвуешь всей своей жизнью.

«Так и есть! Он все знает!» – подумал Асканио.

– Дорогой мой сынок, – продолжал Бенвенуто, – если еще не поздно, порви узы, которые связали бы тебя навеки! Правда, следы останутся, но зато ты спасешь свою жизнь.

– Да кто вам сказал, что я влюблен в нее? – воскликнул Асканио.

– Хвала богу, если не влюблен! – проговорил Бенвенуто, который принял восклицание юноши за отрицание, хотя это был вопрос. – И все же берегись, ибо нынче утром я приметил, что она-то в тебя влюблена.

– Нынче утром? Так о ком же вы говорите? Что вы хотите сказать?

– О ком я говорю? О госпоже д'Этамп.

– О госпоже д'Этамп? – переспросил пораженный ученик. – Да вы ошибаетесь, учитель! Это просто невероятно. Вы говорите, что приметили, будто госпожа д'Этамп в меня влюблена?

– Асканио! Мне сорок лет, пережил я немало и все знаю. По одному тому, как эта женщина смотрела на тебя, по тому, какой прикинулась доброй, я понял, клянусь тебе, что она влюблена в тебя; а судя по тому, как ты восторженно защищал ее сейчас, боюсь, уж не влюбился ли и ты. Видишь ли, мой дорогой Асканио, ты погиб, если это так: любовь к ней опалит твою душу. А когда исчезнет, ты останешься без иллюзий, без веры, без надежды и найдешь забвение лишь в одном – в такой же любви, какой любили тебя, в любви отравленной и роковой, и так же будешь опустошать сердца, как опустошили твое.

– Учитель, – проговорил Асканио, – не знаю, влюблена ли в меня госпожа д'Этамп, но я-то не люблю госпожу д'Этамп, и в этом нет сомнения.

Бенвенуто разуверился лишь наполовину, несмотря на искренность Асканио, ибо думал, что юноша мог сам заблуждаться. К этому разговору он больше не возвращался, но все последующие дни грустно посматривал на своего ученика.

Впрочем, нужно сказать, что он как будто не очень тревожился об Асканио. Его тоже, казалось, мучили какие-то свои заботы. Он уже не был так заразительно весел, забыл о шутках, о забавных выходках. Утро он проводил, запершись в своей комнате над литейной мастерской, и всем запретил входить туда и беспокоить его. Все остальное время он работал над огромной статуей Марса со всегдашним своим пылом, хотя и не говорил о ней с обычной горячностью.

Особенно при Асканио он казался мрачным, смущенным и как будто пристыженным. Казалось, он избегает своего любимого ученика, как избегают кредитора или судью. И легко было заметить, что великая печаль и какая-то испепеляющая страсть посетили его могучую душу и опустошают ее.

Асканио не был счастливее; он был убежден, как сказал госпоже д'Этамп, что Коломба не любит его. Ревнивое воображение рисовало ему графа д'Орбека, которого он знал лишь по имени, молодым и изящным вельможей, а дочь мессера д'Эстурвиля – счастливой невестой красавца аристократа, которая и думать позабыла о безвестном художнике. И хоть он лелеял смутную и робкую надежду, никогда не покидающую сердце, исполненное любовью, но он навсегда отрезал себе путь к счастью, сообщив госпоже д'Этамп имя ее соперницы, если действительно герцогиня была влюблена в него. Быть может, она и могла бы расстроить свадьбу; теперь же она станет торопить ее всеми силами. Она возненавидит бедную Коломбу. Да, Бенвенуто был прав: любовь этой женщины страшна и опасна, зато любовь Коломбы, должно быть, и была тем возвышенным, неземным чувством, о котором учитель говорил вначале. Но счастье, увы, суждено было другому...

Асканио был в отчаянии; он поверил в дружеское участие госпожи д'Этамп, а эта мнимая дружба обернулась опасной для него любовью; он надеялся на любовь Коломбы, а эта воображаемая любовь оказалась всего лишь холодной дружбой. Он готов был возненавидеть обеих – ведь они обманули его мечты, ему хотелось, чтобы иным было чувство каждой из них.

Впав в мрачное уныние, Асканио и не помышлял о лилии – заказе госпожи д'Этамп – и, подстрекаемый ревностью, решил никогда больше не бывать в Малом Нельском замке, несмотря на уговоры и попреки Руперты, несмотря на то, что она засыпала его вопросами, на которые он даже не отвечал. Порой, однако, он все же раскаивался, что принял сгоряча такое решение, хотя, конечно, жестоко страдал лишь сам. Ему хотелось увидеть Коломбу, потребовать у нее отчета, но в чем – в его собственных нелепых бреднях? А если б он увидел ее – так порой раздумывал юноша, смягчаясь, – то непременно признался бы ей в любви, признался бы, точно в преступлении, и она, такая добрая, быть может, утешила бы его, как утешила бы в беде. Но как объяснить ей, отчего он так долго не был, как оправдаться в глазах девушки?

Время шло, а Асканио все предавался своим наивным и горестным думам и не смел принять никакого решения.

А Коломба со страхом и радостью ждала Асканио весь тот день, накануне которого госпожа Перрина ввергла Асканио в отчаяние, раскрыв ему тайну; но напрасно девушка считала часы и минуты, напрасно госпожа Перрина прислушивалась: Асканио, который мог бы воспользоваться любезным разрешением Коломбы, так и не появился в сопровождении Руперты, так и не постучался четыре раза, как было условлено, в дверь Малого Нельского замка. Что это означало?

А это означало, что Асканио болен… быть может, умирает; во всяком случае, ему так плохо, что он не может прийти. Так, по крайней мере, думала Коломба. Весь вечер простояла она на коленях, заливаясь слезами и творя молитвы, и, когда перестала молиться, заметила, что слезы все еще текут у нее по щекам. Это ее испугало. Тоска, сжимающая сердце, ей обо всем поведала. Право же, было от чего испугаться: ведь не прошло и месяца, а Асканио так завладел ее мыслями, что она забыла господа бога, отца, свои горести. Да не в этом дело! Ведь Асканио здесь, в двух шагах, он болен, он умирает, а она не может повидаться с ним. Ей было не до рассуждений, и она дала волю слезам и плакала без удержу. Когда он поправится, она все обдумает.

А на следующий день дело обернулось еще хуже. Госпожа Перрина подстерегла Руперту и, увидев, что она выходит, устремилась к воротам за запасом новостей, гораздо более насущных, нежели запас провизии. Итак, у Асканио нет ничего опасного: Асканио просто не хочет посетить Малый Нельский замок, даже не желает отвечать госпоже Руперте, засыпавшей его вопросами, и упорно отмалчивается. Обе кумушки терялись в догадках. Действительно, для них все это было непостижимо.

А Коломба доискивалась причины недолго, она скоро все поняла и подумала: «Он все знает. Он проведал, что через три месяца я стану женой графа д'Орбека, и не хочет меня видеть».

Сначала она почувствовала признательность к любимому за его гнев и улыбнулась. Пусть читатель сам объясняет, в чем причина такой радости; наше дело – всего лишь беспристрастное повествование. Но, поразмыслив, Коломба рассердилась на Асканио: неужели он и не подумал, что мысль о браке приводит ее в отчаяние? «Значит, он презирает меня», – решила девушка про себя.

Все эти переходы от негодования к нежности были весьма опасны: ее чистое сердце познавало себя. Коломба убеждала себя, будто видеть не желает Асканио, а внутренний голос твердил, что она ждет его, надеясь оправдаться.

И ее мучила боязнь, что она впала в грех, мучило сознание неразделенной любви.

Но не только о ее любви не ведал Асканио. Еще одна женщина любила его, и любовь ее была еще более страстной и требовательной, и, добиваясь взаимности, она мечтала о счастье, – так ненависть лелеет мечту о мести.

Госпожа д'Этамп не верила, не хотела верить в глубокое чувство Асканио к Коломбе. «Он сущий ребенок, сам не знает, чего хочет, – твердила она. – Влюбился в первую встречную смазливую девчонку, натолкнулся на пренебрежение глупенькой зазнайки, и гордость его задета.

О, когда он почувствует, что такое настоящая любовь, страстная и настойчивая, когда он узнает, что я люблю его!.. Я – герцогиня д'Этамп, прихоти которой – закон для целого королевства. Пусть же он узнает об этом».

Виконт де Мармань и парижский прево тоже страдали – страдали от ненависти, как Анна и Коломба – от любви. Они питали смертельную злобу к Бенвенуто, в особенности же Мармань. Из-за Бенвенуто его презирала и унижала женщина, из-за Бенвенуто ему надо было прикидываться храбрецом, ибо до сцены во дворце д'Этамп виконт мог поручить наемным убийцам прикончить ваятеля на улице; теперь же он принужден сразиться с ним в его же собственном доме, и Мармань при одной этой мысли дрожал от страха; но человеку, который дал вам почувствовать, что вы подлый трус, не прощаешь.

Итак, страдали все, даже Скоццоне, ветреная Скоццоне; хохотушка Скоццоне уже не смеялась, не пела, и частенько глазки ее были красны от слез. Бенвенуто разлюбил ее, Бенвенуто теперь всегда холоден, а подчас даже груб с ней.

Бедняжку Скоццоне преследовала навязчивая идея, она просто совсем помешалась. Девушке страстно хотелось выйти замуж за Бенвенуто. Когда Скоццоне поселилась у художника, он отнесся к ней с уважением, как к порядочной женщине, а не как к легкомысленной красотке, и она сразу выросла в своих глазах благодаря этому уважению, которого не ждала, и благодаря почтительности, на которую не надеялась, и прониклась глубокой признательностью к своему благодетелю и наивной гордостью оттого, что ее так высоко ценят. С той поры не по требованию Челлини, а по его просьбе она с радостью согласилась служить ему натурщицей, и ее столько раз воплощали в бронзе, серебре, в золоте и столько раз восторгались ею, что девушка в простоте сердечной приписала себе половину успехов мастера. Скоццоне невольно краснела, когда ваятелю расточали похвалы, восхищаясь чистотой линий той или иной статуи; она самодовольно твердила про себя, что просто стала необходима ему, что без нее ему не достичь известности, что часть его славы принадлежит ей, как принадлежит ей его сердце.

Бедняжка! Она не ведала, что никогда не была для художника той святая святых, тем сокровенным божеством, к которому взывает всякий творец и которое делает его творцом. Бенвенуто копировал ее фигуру, ее грациозные позы, а она вообразила, будто он всем ей обязан, и мало-помалу осмелела и начала надеяться, что станет его женой. Она не умела скрытничать и поэтому откровенно заявила о своих притязаниях. Челлини выслушал ее с самым серьезным видом и ответил:

– Там будет видно.

На самом же деле он предпочел бы вновь попасть в крепость Святого Ангела и даже еще раз сломать себе ногу при побеге. Не то чтобы он презирал свою милую Скоццоне: он нежно любил ее и даже немного ревновал, как мы уже видели, но он боготворил лишь одно искусство, и первейшей, настоящей и узаконенной его возлюбленной была скульптура. К тому же не омрачит ли супружество нрава весельчака-скитальца? Не загубят ли семейные заботы талант ваятеля? Да и кроме того, если б ему пришлось жениться на всех своих натурщицах, он был бы по меньшей мере стократ двоеженцем.

«Я подыщу жениха Скоццоне, – раздумывал Бенвенуто, – какого-нибудь славного малого, дам ей недурное приданое. Вот так я и осуществлю страстное желание Скоццоне, которая, как любая обывательница, мечтает носить фамилию супруга».

Бенвенуто был убежден, что единственное стремление Скоццоне – выйти замуж, а кем будет муж – право, неважно. А пока он предоставил честолюбивой девушке лелеять несбыточные мечты. Но со дня переезда в Большой Нельский замок все воздушные замки Скоццоне рухнули; она отлично видела, что не так уж нужна Челлини и в жизни, и в творчестве, как воображала, ей не удавалось развеселить ваятеля, рассеять облако грусти, покрывавшее его лоб. И он начал лепить из воска Гебу, и лепить не с нее. И вот еще что – страшно даже подумать! – бедняжка попробовала было пококетничать с Асканио на глазах у Челлини, и маэстро даже бровью не повел, ничем не выразил ни гнева, ни ревности. Неужели же придется сказать «прости» дивным мечтам?

О Паголо же, если читателю небезынтересно проникнуть в темные глубины его души, следует сказать, что с некоторых пор он стал еще угрюмее и нелюдимее, чем прежде.

Читатель, вероятно, решил, что наш старый знакомый весельчак Жак Обри избежал беды – этого всеобщего поветрия. Ничуть – и на его долю выпали огорчения. Жак Обри быстро изнашивал платье, не берег его (больше берег карман), а себялюбец портной отказался одевать его в долг.

Итак, нашего бедного приятеля постигла неудача в делах житейских. Но, к счастью, как мы уже могли убедиться, он был не из тех чудаков, которые раскисают от неудач. Вскоре он встретил прелестную утешительницу, по имени Жервеза. Но девушка не обращала внимания на Жака Обри, и он просто измучился, выискивая способ покорить ее сердце. Он почти перестал есть и пить, тем более что подлец трактирщик, двоюродный брат подлеца портного, не пожелал кормить его в долг.

Итак, все герои, имена которых упоминались на страницах этого повествования, были несчастливы, начиная с короля, которого тревожила мысль о том, намерен или не намерен Карл V пройти через Францию, до госпожи Перрины с госпожой Рупертой, весьма раздосадованных тем, что им не удается поболтать. И если бы, подобно античному Юпитеру, наши читатели имели не очень приятное право выслушивать сетования и жалобы смертных, вот какой бы унылый хор голосов они услышали:

Жак Обри. Хоть бы Жервеза перестала смеяться надо мной!

Скоццоне. Хоть бы Бенвенуто немножко ревновал меня!

Паголо. Хоть бы маэстро Бенвенуто опостылел Скоццоне!

Мармань. Хоть бы мне удалось застигнуть Челлини врасплох!

Госпожа д'Этамп. Хоть бы Асканио понял, как я люблю его!

Коломба. Хоть бы на минутку увидеться с ним и оправдаться!

Асканио. Хоть бы она оправдалась!

Бенвенуто. Хоть бы найти в себе силы и поведать Асканио о своих муках!

Все хором. Увы! Увы! Увы!

Глава 15. О том, как радость оборачивается горем

Всем этим желаниям, выраженным с такой горячностью, суждено было осуществиться до конца недели. Однако после исполнения желаний те, кто его домогались, стали еще несчастнее, еще печальнее. Таков закон: радость содержит зародыш горести.

Итак, Жервеза уже не смеялась над Жаком Обри. Если читатель помнит, об этой перемене горячо молил школяр. Действительно, Жак Обри нашел талисман, который покорил сердце легкомысленной девушки. Талисманом оказался прелестный золотой перстенек работы самого Бенвенуто, изображающий две руки, соединенные в пожатии.

Следует сказать, что после боя за Нельский замок Жак Обри проникся живейшей симпатией к флорентийскому ваятелю, восхищаясь его чистосердечием и неиссякаемой энергией. И – неслыханная вещь! – он не прерывал Бенвенуто, когда тот говорил. Он смотрел на ваятеля и слушал его с уважением, чего никак не могли добиться от Обри наставники. Он восторгался творениями Челлини и хоть не был крупным знатоком, зато говорил искренне и горячо. А Челлини понравились прямодушие, отвага и веселый нрав Жака. Играя в мяч, школяр мог осушить не одну чарку вина и помериться силами с любым собутыльником. Словом, он и Бенвенуто стали закадычными друзьями, и ваятель – а он был великодушен, ибо знал, что богатство его неисчерпаемо, – однажды заставил Жака принять в подарок перстенек, сделанный столь искусно, что соблазнил бы Еву, если бы вместо яблока[1] был этот перстенек, внес бы раздор в свадебное торжество Фетиды и Пелея.[2]

---

[1] По библейскому мифу, первые люди на земле Адам и Ева были изгнаны из земного рая за то, что Ева, соблазненная дьяволом, вопреки запрету бога, сорвала и съела вместе с Адамом яблоко с древа познания добра и зла.

[2] По греческому мифу, богиня ссоры Эрида, которую не пригласили на свадьбу морской богини Фетиды с царем Пелеем,

Перстенек перешел из рук Жака Обри в ручки Жервезы, и Жервеза перестала насмехаться над школяром, и он понадеялся, что она отныне принадлежит ему.

И желание Скоццоне исполнилось: она разожгла в сердце Бенвенуто искру ревности. Вот как это случилось.

Однажды вечером, когда ей опять не удалось, как она ни кокетничала, как ни ластилась, привлечь к себе внимание маэстро Бенвенуто, хранившего бесстрастный и серьезный вид, она тоже напустила на себя важность и сказала:

– Бенвенуто, вы как будто и не думаете о своих обязательствах по отношению ко мне!

– О каких это обязательствах, милая крошка? – спросил Бенвенуто, глядя в потолок, словно он искал там объяснения ее попреков.

– Да ведь вы сто раз обещали на мне жениться!

– Что-то не помню, – отвечал он.

– Не помните?

– Нет. Впрочем, я, кажется, сказал тебе: «Там будет видно».

– Так что же, вы все еще ничего не увидели?

– Увидел.

– Что же вы увидели?

– Что я еще слишком молод, и мне не подходит роль мужа, Скоццоне. К этому разговору мы еще вернемся.

– А я, сударь, не такая уж дурочка и не могу больше довольствоваться расплывчатым обещанием да ждать вас целую вечность!

– Поступай как знаешь, крошка. И, если спешишь, ищи счастья.

мести ради подбросила в пиршественный зал золотое яблоко с надписью «Прекраснейшей». Это послужило причиной раздора между богинями и привело в конце концов к Троянской войне, воспетой Гомером.

– Понимаю! – с живостью воскликнула Скоццоне и залилась слезами. – Вы слишком прославлены и не желаете, чтобы ваше имя носило ничтожество – девушка, отдавшая вам свою душу, свою жизнь! А ведь она готова претерпеть любые муки ради вас, она дышит только вами, любит только вас одного…

– Знаю, Скоццоне, и уверяю тебя – я бесконечно благодарен тебе!

– Она привязана к вам всей душой, внесла радость в вашу одинокую жизнь и никогда не заглядывалась на блестящие кавалькады стрелков и герольдов, не слушала нежных признаний, а их было немало даже здесь…

– Даже здесь? – прервал ее Бенвенуто.

– Да, здесь! Даже здесь, слышите?

– Скоццоне, – воскликнул Бенвенуто, – неужто это кто-нибудь из моих подмастерьев?..

– И вздыхатель женился бы на мне, если б я захотела, – продолжала Скоццоне, вообразившая, что Челлини разгневался в приливе нежных чувств к ней.

– Скоццоне, отвечай: кто этот негодяй?.. Надеюсь, не Асканио?

– Ведь он сто раз твердил мне: «Катерина, учитель вас обманывает, никогда он на вас не женится, хоть вы так добры и так хороши собой, – он слишком заважничал. О, если б он любил вас, как люблю я, или если б вы любили меня, как любите его!»

– Имя, имя предателя! – крикнул в ярости Бенвенуто.

– Но только я не слушала его, – говорила обрадованная Скоццоне. – Напротив, зря он расточал свои медовые речи. Я даже пригрозила все рассказать вам, если он будет продолжать. Я любила только вас, была слепа, и вздыхатель ничего не добился – его сладкие речи и умильные взгляды ни к чему не привели. Пожалуйста, прикидывайтесь, будто вам все, как всегда, безразлично, будто вы мне не верите! А ведь все это чистая правда!

– Не верю тебе, Скоццоне, – проговорил Бенвенуто, поняв, что все выведает, если заговорит по-иному.

– Как, вы мне не верите?! – воскликнула озадаченная Скоццоне.

– Не верю.

– Да не воображаете ли вы, что я лгу?

– Думаю, что заблуждаешься.

– Так, значит, по-вашему, в меня уж и влюбиться нельзя?

– Я этого не говорил.

– Значит, подумали?

Бенвенуто усмехнулся, ибо увидел, как можно заставить Катерину развязать язычок.

– Однако ж он любит меня, и это сущая правда, – продолжала Скоццоне.

Бенвенуто снова с сомнением пожал плечами.

– Да как еще любит! Не по-вашему – вам никогда так не полюбить, зарубите себе это на носу, сударь!

Бенвенуто расхохотался:

– Любопытно бы узнать, кто этот прекрасный Медор!

– Его имя вовсе не Медор, – ответила Катерина.

– А как же? Амадис?

– Нет, и не Амадис. Его зовут…

– Галаор?[1]

– Паголо его зовут, раз уж вам так хочется знать!

– А-а… так это сам господин Паголо! – пробормотал Челлини.

– Да, сам господин Паголо, – подтвердила Скоццоне, задетая презрительным тоном Челлини. – Славный малый, из хорошей семьи, добропорядочный, тихий, верующий и будет примерным мужем.

---

[1] Медор – прекрасный юноша, персонаж поэмы Ариосто «Неистовый Роланд». Амадис – герой известного испанского рыцарского романа «Амадис Галльский». Галаор – герой многочисленных испанских рыцарских романов XVI века.

– Ты в этом уверена, Скоццоне?

– Да, уверена.

– И ты не подавала ему надежды?

– Даже слушать его слов не хотела. О, как я была глупа! Но уж теперь-то…

– Ты права, Скоццоне, нужно его выслушивать и отвечать ему.

– Как так? Что вы сказали?

– Сказал, что ты должна выслушивать признания Паголо и не отталкивать его. Остальное – мое дело.

– Да, но…

– Не тревожься, я просто кое-что придумал.

– Ну что ж! Только, пожалуйста, не наказывайте слишком жестоко беднягу; когда он говорит: «Я вас люблю», он будто в грехах кается. Если уж вам так хочется, сыграйте с ним шутку позабавней, но не пускайте в ход шпагу. Прошу вас, пощадите его!

– Ты будешь довольна местью, Скоццоне, ибо месть обернется в твою пользу.

– Как так?

– Да, благодаря ей исполнится одно из самых горячих твоих желаний.

– Что вы хотите этим сказать, Бенвенуто?

– Это моя тайна.

– О, если б вы знали, до чего же у него бывает смешной вид, когда он говорит нежные слова! – продолжала резвушка Скоццоне, которая не способна была и пяти минут предаваться печали. – Итак, злюка, вам все-таки небезразлично, ухаживают или нет за вашей хохотушкой? Вы немножко любите бедненькую Скоццоне?

– Да. Но смотри держись с Паголо, как я велю, и в точности выполняй мои распоряжения.

– О, не бойтесь, я умею притворяться не хуже других! Только он заведет свою песенку: «Ну как, Катерина, вы все так же бессердечны?» – я отвечу: «Вы опять за свое, господин Паголо?» Но, разумеется, не очень уж сердито и скорее даже ласково. Увидит он, что во мне нет прежней суровости, и возомнит себя покорителем сердец… А что вы с ним сделаете, Бенвенуто? Когда начнете мстить ему? Надолго это затянется? И, уж верно, будет презабавно? Мы посмеемся?

– Посмеемся, – произнес Бенвенуто.

– А вы меня не разлюбите?

Вместо ответа Челлини поцеловал ее в лоб – а это самый красноречивый ответ, ибо он ни о чем не говорит и говорит обо всем. Бедняжка Скоццоне не сомневалась, что поцелуй Челлини был началом его мести.

Виконт де Мармань, как он и хотел, застал Бенвенуто одного. Вот как это произошло.

Раздосадованный гневом прево, обиженный презрением госпожи д'Этамп, а главное, подстрекаемый своей ненасытной жадностью, виконт решил напасть на льва в его логовище с помощью двух наемных убийц и выбрал для похода день святого Элигия – праздник корпорации золотых и серебряных дел мастеров, когда Нельский замок должен был пустовать. Итак, он шагал по набережной, высоко подняв голову, с бьющимся сердцем, а наемные убийцы шествовали в десяти шагах позади него.

– А вот, – раздался вблизи чей-то голос, – красивый молодой сеньор идет на любовное свидание: храбрый вид для дамы, а два сбира – для ее мужа.

Мармань обернулся, думая, что пошутил кто-нибудь из его приятелей, но увидел незнакомого ему человека, который шел в том же направлении. Виконт до сих пор его не замечал – так он был поглощен своими мыслями.

– Бьюсь об заклад, что я прав, любезный кавалер, – продолжал незнакомец, переходя от монолога к диалогу. – Ставлю свой кошелек против вашего, даже не зная, сколько в нем монет… да мне это все равно… что вы идете искать счастья… О, молчите же, будьте скромны в делах любви! Это наш долг. Ну, а зовут меня Жак

Обри, я по званию школяр; сейчас я иду на свидание с Жервезой Попино, прехорошенькой девушкой, но, между нами говоря, страшной недотрогой; впрочем, она не устояла перед перстеньком. Правда, перстенек этот – просто чудо! Чудо перстенек работы самого Бенвенуто Челлини, что тут говорить!

До сих пор виконт де Мармань почти не слушал излияний дерзкого болтуна и остерегался отвечать ему. Но при имени Бенвенуто Челлини он насторожился:

– Работы Бенвенуто Челлини? Черт возьми! Слишком роскошный подарок для школяра.

– Э, да вы сами понимаете, любезный барон... Кстати, кто вы: барон, граф или виконт?

– Виконт, – отвечал Мармань, кусая губы: его бесил непочтительный, фамильярный тон школяра, но ему хотелось вытянуть из него какие-нибудь сведения о Челлини.

– Сами понимаете, любезный виконт, что перстень я не покупал. Нет, хоть я в душе и художник, но не трачу деньги на такие пустяки. Мне преподнес его Бенвенуто в знак благодарности – я помог ему в прошлое воскресенье отнять Большой Нельский замок у прево.

– Так, значит, вы друг Челлини? – спросил Мармань.

– Закадычный друг, виконт, и горжусь этим! Знаете ли, друг на всю жизнь. Вы, конечно, тоже с ним знакомы?

– Да.

– Какое же это для вас счастье! Великий талант, не правда ли, любезный? Простите, я сказал вам: «любезный» – такая уж у меня привычка; да и, кроме того, я тоже из благородных. По крайней мере, матушка твердила об этом отцу всякий раз, когда он колотил ее. Так вот, как я уже вам сказал, я – почитатель, доверенное лицо, названый брат великого Бенвенуто Челлини и, следовательно, друг его друзей, враг его врагов, ибо у великого мастера есть враги. И первейший враг – госпожа д'Этамп, затем парижский прево, старый болван, затем некий Мармань, ужасно нескладный и долговязый, да вы, вероятно, его знаете... Говорят, он хочет завладеть Большим Нельским замком. Пусть только сунется, черт возьми!

– Так Бенвенуто известны его намерения? – спросил Мармань, живо заинтересовавшись словами школяра.

– Его предупредили, но... тише! Не будем об этом говорить. Пусть вышеупомянутый Мармань получит должное наказание.

– Значит, Бенвенуто все время настороже? – спросил виконт.

– Настороже? Да он всегда настороже. Сколько раз его собирались убить там, на родине, но, слава богу, всякий раз он благополучно отделывался.

– А что же вы подразумеваете, говоря, что он настороже?

– Уж, конечно, не то, что у него дома целый гарнизон, как у этого старого труса прево! О нет, нет, напротив, сейчас он совсем один – ведь все его подмастерья отправились повеселиться в Ванвр. Я собирался пойти к любезному Бенвенуто – составить с ним партию в мяч. Да, на беду, Жервеза оказалась соперницей великого мастера, и, сами понимаете, я предпочел Жервезу.

– В таком случае, я вас заменю, – заявил Мармань.

– Ну что ж, ступайте к нему, такой поступок достоин похвалы. Ступайте, любезный виконт, и передайте моему другу Бенвенуто, что нынче вечером я навещу его. И вот еще что: постучитесь три раза, да посильней, уж так у нас условлено, – он придумал это из предосторожности, остерегаясь верзилы де Марманя, который все строит ему какие-то козни. А вы не знаете этого самого виконта де Марманя?

– Не знаю.

– Эх, жаль! Не то описали бы его приметы.

– Зачем это вам?

– А вот встретился бы я с ним – запел бы он у меня не ту песенку! Сам не знаю почему, но поверьте, любезный виконт, в лицо я не видел вашего Марманя, а просто терпеть его не могу! Попадись он мне только в руки, уж я бы его проучил как нельзя лучше!.. Но, прошу прощения, вот мы и у церкви Августинцев, и я принужден вас покинуть... Да, кстати, как вас зовут, любезный?

Виконт удалился, будто не расслышав вопроса.

– А-а! – протянул Жак Обри, глядя ему вслед. – Видно, любезный виконт, вам угодно сохранить инкогнито! Вот оно, истинное рыцарство, или я вообще ничего в этом не смыслю! Как вам угодно, любезный виконт, как вам угодно...

Тут Жак Обри, заложив руки в карманы и насвистывая песенку, зашагал, как всегда, вразвалку и свернул на улицу Валька, в конце которой жила Жервеза. А виконт де Мармань продолжал свой путь к Большому Нельскому замку.

В самом деле, как и говорил Обри, Бенвенуто был дома один: Асканио где-то бродил, витая в мечтах, Катерина вместе с госпожой Рупертой отправилась в гости к какой-то подруге, а подмастерья справляли праздник святого Элигия в Ванвре.

Ваятель работал в саду над исполинской глиняной моделью статуи Марса, огромная голова которого возвышалась над крышами Большого Нельского замка и, казалось, лицезрела Лувр, когда Жан-Малыш, в тот день стоявший на страже у дверей, введенный в обман троекратным стуком Марманя, принял виконта за друга и провел в сад вместе с двумя сбирами.

Хоть Бенвенуто и не работал в доспехах, как Тициан, но зато, как Сальватор Роза,[1] со шпагой на боку и мушкетом под рукой. И Мармань увидел, что не многого добился, нагрянув к Челлини, ведь он попал к человеку вооруженному.

Виконт струсил, но все же попытался скрыть страх и, когда Челлини повелительным тоном, не терпящим возражения, спросил, зачем он явился, заявил с наглым видом:

– До вас мне дела нет. Зовут меня виконт де Мармань, и я королевский секретарь. А вот и указ его величества, – добавил он,

---

[1] Сальватор Роза (1615–1673) – итальянский художник; некоторое время работал при дворе Людовика XIV. Упоминание о нем в романе является исторической неточностью.

поднимая грамоту над головой, – изволившего пожаловать мне часть Большого Нельского замка. Итак, я пришел, дабы отдать распоряжения и обставить по своему вкусу отведенные мне покои, где отныне я и буду жить.

И, сказав это, Мармань, все так же сопутствуемый двумя стражами, двинулся к дверям, ведущим в замок.

Бенвенуто схватил мушкет, который, как мы сказали, всегда был при нем, и в два прыжка очутился на крыльце перед дверью.

– Ни с места! – крикнул он громовым голосом, протягивая правую руку к Марманю. – Еще один шаг – и вы будете убиты!

Виконт действительно остановился как вкопанный, хотя, судя по началу, читатель мог ждать кровавой стычки.

Да, иные люди обладают даром устрашать. Неизъяснимый ужас вселяет весь их вид, взгляд, движение, словно вид, движение, взгляд льва. Их гнев наводит ужас, а силу их ощущаешь сразу же, с первого взгляда. Если такой человек топнет ногой, сожмет кулаки, насупится, раздувая ноздри, даже храбрецы теряются. Стоит крупному зверю, когда на него нападет стая мелких хищников, ощетиниться и зареветь – и они затрепещут. Люди, о которых мы ведем речь, грозны. Смелые духом узнают в них себе подобных и, несмотря на тайную тревогу, готовы помериться с ними силой. Но люди слабые, робкие, трусливые, завидя их, дрожат и отступают.

Мармань, как, вероятно, уже догадался читатель, не принадлежал к числу смельчаков, а Бенвенуто был грозен.

Поэтому, когда виконт услыхал голос грозного врага и увидел, как величественно простер руку Бенвенуто, он понял, что мушкет, шпага и кинжал не спасут ни его самого, ни двух телохранителей. К тому же Жан-Малыш, увидев, что маэстро в опасности, схватил длинное копье.

Мармань почувствовал, что игра проиграна и что ему посчастливится, если он целым и невредимым выберется из опасного положения, в которое попал по своей воле.

– Полно, полно, мессер ювелир! – сказал он. – Мы просто хотели узнать, подчинитесь ли вы повелениям его величества. Вы пренебрегаете ими, вы не желаете их признавать! Да будет так. Мы обратимся к тому, кто заставит вас выполнить их. Но не воображайте, что мы снизойдем до вас и вступим с вами в бой! Прощайте!

– Прощайте! – ответил Бенвенуто, заливаясь своим заразительным смехом. – Жан, выпроводи-ка этих господ!

Виконт и оба сбира вышли из Большого Нельского замка – они были посрамлены: троих испугал один, а выпроводил мальчишка.

Так, к великому прискорбию виконта, исполнилось и его желание: застать Бенвенуто одного дома.

Наш доблестный виконт был взбешен: жизнь еще более жестоко обманула его чаяния, чем чаяния Жака Обри и Скоццоне, сначала даже не заметивших всей иронии судьбы.

«Значит, госпожа д'Этамп была права, – думал виконт, – и мне придется последовать ее совету: надобно сломать шпагу и отточить кинжал. Да он сущий дьявол! Именно такая о нем и идет молва. Нетерпелив, несговорчив. Его взгляд сказал мне коротко и ясно: сделай шаг – и будешь убит. Но за проигрышем всегда жди выигрыша – я отыграюсь. Держитесь же, маэстро Бенвенуто, крепче держитесь!»

И тут он стал бранить наемников, бывалых вояк, которые готовы были по-своему честно заработать обещанные деньги – убить или быть убитыми; отступив, они всего лишь выполнили приказание своего господина. Наемники пообещали, что в засаде постараются действовать удачнее, но Мармань, защищая свою честь, сказал, что они виновники неудачи и что в засаде он им не товарищ – пусть выпутываются как знают. А они только этого и домогались.

Затем, посоветовав им помалкивать обо всей этой истории, он отправился к парижскому прево и сказал ему, что бесповоротно решил для большей верности и чтобы рассеять всякие подозрения, отложить расправу над Бенвенуто до того дня, когда тот с изрядной суммой денег или же с ценной вещью своей работы забредет на глухую, пустынную улицу, а это с ним нередко случается. Таким образом, все поверят, что Бенвенуто убили грабители.

Теперь нам остается одно – узнать, какие невзгоды принесло госпоже д'Этамп, Асканио и Челлини исполнение их желаний.

Глава 16. При дворе

Между тем Асканио закончил рисунок лилии и то ли из любопытства, то ли по влечению, которое испытывает человек в несчастье к тому, кто жалеет его, немедля отправился во дворец д'Этамп. Было около двух часов пополудни, и в эту пору дня герцогиня восседала, окруженная поистине целым штатом придворных. Двери дворца д'Этамп были всегда открыты для Асканио, как двери Лувра – для Челлини. Асканио тотчас же провели в приемную, затем пошли доложить герцогине. Герцогиня вздрогнула от радости при мысли, что предстанет перед молодым человеком во всем блеске, и вполголоса дала какие-то приказания Изабо. И вот Изабо взяла Асканио за руку, вышла с ним в коридор и, приподняв портьеру, тихонько подтолкнула юношу вперед. Асканио очутился в зале для приемов, позади кресла повелительницы здешних мест.

Красавица герцогиня была, как мы говорили, окружена настоящим придворным штатом. По правую ее руку сидел герцог де Медина-Сидониа, посол Карла V, по левую руку – господин де Монбрион, воспитатель Карла Орлеанского, второго сына короля. Остальные вельможи разместились полукругом у ее ног.

Тут были не только виднейшие в королевстве сановники, полководцы, государственные деятели, должностные лица, художники, но и вожди протестантской партии, которой госпожа д'Этамп втайне покровительствовала; все эти вельможи, обласканные при дворе, стали придворными фаворитки.

Зрелище было великолепное и на первых порах просто ослепляло. Беседу оживляли насмешки над фавориткой дофина – Дианой де Пуатье, с которой госпожа д'Этамп враждовала. Анна почти не участвовала в этой словесной войне, где все изощрялись в остроумии, и лишь иногда, будто невзначай, роняла такие замечания: «Полно, полно, господа, перестаньте злословить о Диане, не то, смотрите, Эндимион[1] разгневается». Или же: «Бедненькая госпожа Диана вышла замуж в тот день, когда я родилась».

Не считая этих выпадов, придававших остроту беседе, госпожа д'Этамп вела разговор лишь с двумя своими соседями; говорила она вполголоса, но очень оживленно и вдобавок довольно громко, поэтому Асканио, оробевший, растерявшийся в обществе сановных лиц, мог ее слышать.

– Да, господин Монбрион, – доверительно говорила прекрасная герцогиня соседу слева, – надобно постараться, чтобы ваш воспитанник стал блистательным монархом. Видите ли, он и есть наш будущий король. У меня честолюбивые мечты о будущем милого мальчика, и я уже теперь подготовляю для него королевство в королевстве на тот случай, если господь бог отнимет у нас его отца. Допустим, Генрих Второй – а говоря между нами, он полное ничтожество – взойдет на престол Франции. Пусть так! Нашим королем будет французский король, хоть мы предоставим его старшему брату Диану и Париж. Но мы унесем вместе с нашим Карлом дух Парижа. Двор будет там, где буду я, господин Монбрион. Я перемещу солнце, вокруг нас соберутся такие великие художники, как Приматиччо, такие очаровательные поэты, как Клеман Маро… Вот он молча забился в уголок; поэт взволнован, а это явное доказательство, что ему хочется прочесть нам свои стихи.

[1] Эндимион (греч. миф.) – прекрасный юноша-охотник, возлюбленный богини Селены (у римлян – Дианы). Герцогиня д'Этамп использует совпадение этого имени с именем Дианы де Пуатье.

Все эти люди в глубине души скорее тщеславны, нежели корыстны, и скорее жаждут славы, чем денег, и преданны они будут не тому, кто осыплет их щедротами, а кто без устали станет восхвалять их. Тот же, кому они будут преданны, прославится, ибо они озарят своим блеском город, приютивший их славу. Дофин любит одни лишь турниры... Ну что ж, оставим ему копья и шпаги, а сами возьмемся за перья и кисти. О, не надо тревожиться, господин Монбрион, вовек не допущу, чтобы первенствовала Диана – быть может, будущая королева! Пусть терпеливо ждет: а вдруг время и случай принесут ей владычество? Я же дважды облекусь королевской властью... Кстати, что вы скажете о Миланском герцогстве? Вы были бы там неподалеку от своих женевских друзей – ведь я знаю, вам не чуждо новое учение в Германии. Тсс... мы еще вернемся к этому разговору, и я кое-что расскажу вам. Вы будете поражены – что делать! Почему госпожа Диана стала покровительствовать католикам? Она покровительствует, я противоборствую – вот и все!

С этими словами госпожа д'Этамп сделала повелительный жест и, бросив многозначительный взгляд, оборвала свои тайные признания, ошеломившие наставника Карла Орлеанского. Он хотел было ответить, но герцогиня уже повернулась к герцогу де Медина-Сидониа.

Мы уже сказали, что Асканио все слышал.

– Ну что же, господин посол, – проговорила госпожа д'Этамп, – решился ли наконец император пройти через Францию? По правде говоря, иначе ему не выйти из трудного положения – ведь всегда следует искать брода помельче. Его кузен, Генрих Восьмой, без угрызений совести захватит его; если же он ускользнет от англичан, то попадет в руки к туркам; на суше его задержат протестантские государи. Ничего не поделаешь. Надобно проходить через Францию или же многим пожертвовать, отказавшись подавить восстание жителей Гента, его любезных земляков. Ведь великий император

Карл – гентский гражданин,[1] и это бросилось в глаза, когда он без должного почтения отнесся к его величеству. Император действует ныне так неуверенно и осмотрительно из-за этих воспоминаний, господин де Медина. О, мы его хорошо понимаем! Он опасается, как бы король Франции не отомстил за испанского пленника и как бы парижскому пленнику не пришлось уплатить часть выкупа, оставшегося за узником Эскуриала.[2] О господи, пусть он успокоится! Даже если Карл Пятый не постигает нашей рыцарской честности, он, надеюсь, по крайней мере, слышал о ней.

– Разумеется, сударыня, – ответил посол. – Нам известна честность Франциска Первого, когда он бывает предоставлен сам себе. Однако мы опасаемся…

Герцог примолк.

– Вы опасаетесь советчиков, не правда ли? – подхватила герцогиня. – Вот оно что! Да-да, я знаю, что совет хорошенькой женщины, совет, данный остроумно и весело, не может не повлиять на мнение короля. Ваше дело подумать об этом, господин посол, и принять меры предосторожности. Кроме того, у вас, должно быть, неограниченные полномочия, а если нет неограниченных полномочий – чистый лист, на котором поместится очень и очень многое. Мы-то знаем, как это делается. Мы изучали дипломатию, и я даже просила короля назначить меня послом. По-моему, у меня есть явная склонность к дипломатии. Я отлично понимаю, как тяжело будет Карлу Пятому отдать часть империи ради освобождения своей особы или ради своей неприкосновенности. С другой стороны, одно из лучших украшений его короны – Фландрия, наследие бабки по материнской линии, Марии Бургундской, и трудно отказаться одним росчерком пера от

---

[1] Карл V воспитывался в Нидерландах и, став королем, прибыл в Испанию со свитой нидерландской знати.

[2] Эскуриал – дворец и монастырь с усыпальницей испанских королей близ Мадрида. Строительство его началось при сыне Карла V, короле Филиппе II, в 1563 году; поэтому Франциск I не мог быть «узником Эскуриала»; здесь в романе допущена неточность.

достояния предков, в особенности если это достояние может превратиться из великого герцогства в небольшую монархию. Но, боже мой, зачем я говорю все это! Ведь политика мне так противна! Говорят, от нее дурнеют. Речь идет о женщинах, конечно. Правда, время от времени я без всякой цели роняю два-три слова о государственных делах, но, если его величество настаивает, хочет проникнуть поглубже в мою мысль, я умоляю уволить меня от скучных разговоров, а иной раз даже убегаю, оставляя его в раздумье. Вы такой искусный дипломат, так хорошо знаете людей и скажете, пожалуй, что слова, брошенные на ветер, дают ростки в умах людей, похожих на короля, что ветер не унесет эти слова, вопреки ожиданию, и они почти всегда оказывают большее влияние, чем длинные разглагольствования, которые никто и не слушает. Может быть, это и так, господин де Медина, может быть, – ведь я всего лишь слабая женщина, обожаю наряды, безделушки, и вы в тысячу раз лучше меня разбираетесь в важных вопросах; но порой и лев прибегает к помощи муравья, а лодка спасает экипаж тонущего корабля. Ведь мы с вами созданы, чтобы понимать друг друга, герцог, и речь идет лишь о том, как добиться этого понимания.

– Если вам будет угодно, сударыня, – проговорил посол, – это случится быстро.

– Рука дающего не оскудеет, – продолжала герцогиня, избегая прямого ответа. – Внимая голосу своего сердца, я всегда советую Франциску Первому совершать возвышенные, благородные деяния, но подчас сердце идет вразрез с разумом. Надобно также думать о пользе, пользе Франции, само собой разумеется. Но я доверяю вам, господин Медина, и буду держать с вами совет... Впрочем, полагаю, что император поступит благоразумно, если доверится честному слову короля.

– Ах, если бы вы стояли за нас, сударыня, он бы не колебался...

– Маэстро Клеман Маро! – вдруг прервала посла герцогиня, будто не расслышав его восклицания. – Маэстро Клеман Маро, не вдохновились ли вы на какой-нибудь изящный мадригал или звучный сонет? Не продекламируете ли нам что-нибудь?

– Сударыня, – ответил поэт, – все сонеты и мадригалы лишь цветы, распускающиеся под солнцем ваших прекрасных очей. Взирая на них, я только что сочинил десятистишие.

– Неужели, сударь? Что ж, мы слушаем вас... А-а, мессер прево, рада вас видеть! Простите, я не сразу вас заметила. Есть ли у вас известия от вашего будущего зятя, нашего друга графа д'Орбека?

– Да, сударыня, – отвечал мессер д'Эстурвиль. – Он извещает, что спешит вернуться, и, надеюсь, мы скоро увидим его.

Чей-то жалобный, приглушенный вздох заставил госпожу д'Этамп вздрогнуть, но она, даже не обернувшись, продолжала:

– О, ему все обрадуются!.. А вот и вы, виконт Мармань! Ну как, нашли вы применение для своего кинжала?

– Нет, сударыня. Но я напал на след и знаю, где теперь найти то, что ищу.

– Желаю удачи, господин виконт, желаю удачи!.. Вы готовы, маэстро Клеман? Мы обратились в слух.

– Стихи, посвященные д'Этамп! – возгласил поэт. Послышался одобрительный шепот, и поэт стал жеманно декламировать десятистишие:

Тампе – долина, полная услады,
Обитель милых муз, приют дриад,
Ты в наши дни не средь холмов Эллады
Струишь цветов весенний аромат —
Во Франции тебя узреть я рад,
Где прихоть властелина дивной силой
Перестановкой букв преобразила
Тампе в Этамп и – мудрости венец —
Ее, как лен, царице нимф вручила,
Властительнице гордой всех сердец.

Госпожа д'Этамп захлопала в ладоши, расточая поэту улыбки, а следом за ней все тоже стали хлопать в ладоши и расточать ему улыбки.

– Однако ж, – произнесла герцогиня, – я вижу, что вместе с Тампе Юпитер перенес во Францию и Пиндара.[1]

С этими словами герцогиня поднялась; поднялись и все остальные. Женщина эта имела основание почитать себя подлинной королевой, поэтому она величественным жестом дала понять присутствующим, что аудиенция окончена, и придворные, уходя, отвешивали ей глубокий поклон, как королеве.

– Останьтесь, Асканио, – шепнула она.

Асканио повиновался.

Но, когда все ушли, не презрительная и надменная владычица, а покорная и любящая женщина предстала перед молодым человеком.

Асканио, рожденный в безвестности, воспитанный вдали от света, чуть ли не в монастырском уединении мастерской, редкий гость дворцов, где он бывал лишь со своим учителем, был ошеломлен, смущен, ослеплен всем этим блеском, всем этим оживлением и всеми этими разговорами. Голова у него пошла кругом, когда он услышал, что госпожа д'Этамп говорит просто и как будто шутя о столь важных планах на будущее и непринужденно играет судьбами королей и благом королевств. Только что у него на глазах эта женщина, как само провидение, ввергала одних в горе, других одаривала радостью, одною и той же рукой потрясала оковами и срывала короны. И эта женщина, обладавшая высшей земной властью, с такой надменностью обращавшаяся с сановными льстецами, смотрит на него не только нежным взглядом любящей женщины, но и с умоляющим видом

---

[1] Пиндар (конец VI–V веков до н. э.) – древнегреческий поэт, автор торжественных од, исполнявшихся хором на народных празднествах.

преданной рабыни! И Асканио из простого зрителя внезапно превратился в главное действующее лицо.

Впрочем, герцогиня, опытная кокетка, все рассчитала и умело подготовила, чтобы произвести впечатление. Асканио почувствовал, как эта женщина, помимо его воли, берет власть если не над его сердцем, то над разумом; но он был еще таким ребенком, что, желая скрыть свое душевное смятение, вооружился холодностью и суровостью. И, быть может, ему почудилось, что между ним и герцогиней промелькнула тень его чистой Коломбы и он увидел ее белое платьице, ее одухотворенное чело…

Глава 17. Любовь – страсть

– Сударыня, – сказал Асканио герцогине д'Этамп, – помните, вы заказывали мне лилию. Вы велели принести набросок тотчас же, как я сделаю его. Я окончил рисунок сегодня утром – вот он.

– У нас еще будет время, Асканио, – отвечала герцогиня вкрадчиво, с обольстительной улыбкой. – Садитесь же! Ну, мой милый больной, как ваша рана?

– Рана зажила, сударыня, – проговорил Асканио.

– Зажило плечо... Ну, а тут? – спросила герцогиня, приложив руку к сердцу юноши грациозным и ласковым движением.

– Умоляю вас, сударыня, забудьте все мои бредни! Я так зол на себя, что докучал вашей милости.

– Ах, боже мой! Почему такой принужденный вид? Нахмуренный лоб? Почему так суров голос? Вам наскучили все эти людишки, не правда ли, Асканио? А мне-то каково? Я ненавижу их, они мне гадки, но я их боюсь. О, как мне хотелось поскорее остаться наедине с вами! Вы заметили, как я ловко от них отделалась?

– Вы правы, сударыня. Мне, бедному художнику, было не по себе среди всей этой знати. Ведь я пришел просто показать вам лилию.

– Ах, боже мой! Покажете немного погодя, Асканио, – продолжала герцогиня, покачав головкой. – Как вы холодны, как угрюмы, а ведь я вам друг! В прошлый раз вы были так оживленны, так милы! Что вызвало эту перемену, Асканио? Без сомнения, слова вашего учителя, который терпеть меня не может. Как вы могли выслушивать его нападки на меня, Асканио! Ну, будьте же откровенны: вы говорили с ним обо мне, не правда ли? И он вам сказал, что доверяться мне опасно, что в дружбе моей таится западня. Уж не сказал ли он вам, что я вас презираю? Отвечайте же!

– Он мне сказал, что вы в меня влюблены, сударыня, – ответил Асканио, пристально глядя на герцогиню.

Госпожа д'Этамп молчала под наплывом множества противоречивых мыслей. Она, конечно, хотела, чтобы Асканио узнал о ее любви, но решила постепенно подготовить почву и с безучастным видом вырвать из его сердца любовь к Коломбе. Теперь, когда ее западню обнаружили, она могла победить, только действуя с полной откровенностью, в открытом бою. Она тотчас же решилась на это.

– Ну что ж, это так, – проговорила она. – Я люблю тебя. Разве это преступление? Или ошибка? Разве мы вольны в любви или в ненависти? Ты никогда бы не узнал о моей любви. Зачем было мне говорить о ней, раз ты любишь другую? Но твой учитель, выдав мою тайну, раскрыл тебе мое сердце, и хорошо сделал, Асканио. Загляни же в мое сердце, и ты увидишь такое беззаветное обожание, что будешь умилен! Знай, Асканио, ты тоже должен полюбить меня.

Анна д'Этамп, женщина с сильным, незаурядным характером, знавшая людей, презиравшая всех окружающих, честолюбивая от скуки, еще никогда не любила. Она обольстила короля, адмирал Брион поразил ее воображение, граф Лонгваль ей понравился, но рассудок у нее всегда преобладал над сердцем. И вот наконец она познала любовь – сильную, настоящую любовь, нежную, глубокую, столько раз призываемую и еще не изведанную. Но оказалось, что у нее есть соперница. Ну что ж, тем хуже для соперницы! Соперница не ведает, что герцогиня д'Этамп беспощадна в своей страсти. Анна отдаст своей любви всю волю, всю силу души. Девушка не знает, что ей грозит гибелью соперничество с герцогиней, самой герцогиней д'Этамп, которая никому не отдаст своего Асканио. Ведь один ее взгляд, одно слово, жест всесильны и могут сокрушить все преграды между нею и любимым. Итак, жребий брошен. Честолюбие, красота фаворитки короля отныне будут служить ее любви к Асканио и ревности к Коломбе.

А бедняжка Коломба в этот миг, быть может, пряла... быть может, сидела, склонившись над вышиванием, или молилась, преклонив колени.

Асканио же такая искренняя и такая опасная любовь и чаровала и пугала. Бенвенуто предупреждал его, и Асканио теперь понял, что чувство герцогини не пустой каприз; но для борьбы ему недоставало не силы, нет – ему недоставало опыта, с помощью которого обманываешь и подчиняешь противника. Ему шел двадцатый год, и он был чересчур правдив и не умел притворяться. Бедный юноша вообразил, что воспоминание о Коломбе, что имя непорочной девушки послужит ему оружием в наступлении и защите, мечом и щитом, а оказалось, что, напротив, он вонзил еще глубже стрелу в сердце госпожи д'Этамп, ибо любовь без соперничества и борьбы, быть может, быстро прискучила бы ей.

– Ну что ж, Асканио, – сказала герцогиня спокойнее, заметив, что молодой человек умолк, вероятно испуганный ее словами, – забудем сейчас о моей любви. Так досадно, что о ней зашла речь! Виной тому одна лишь ваша неосторожная фраза. Лучше подумаем о вас. О, я люблю вас самоотверженно, клянусь вам! Я хочу осветить вашу жизнь, как вы осветили мою. Вы сирота, позвольте же мне заменить вам мать! Вы слышали, что я говорила Монбриону и Медина, и подумали, что у меня нет иных чувств, кроме честолюбия. Правда, я честолюбива, но только ради вас. С каких пор я стала мечтать о создании независимого герцогства в сердце Италии? С той поры, как полюбила вас. Если и там я буду королевой, кто станет настоящим королем? Вы. Ради вас я сделаю из империи королевство. Ах, вы еще не знаете меня, Асканио, не знаете моего характера! Вы же видите, я говорю вам чистую правду, раскрываю перед вами все свои замыслы. И вы, в свою очередь, признайтесь мне во всем, Асканио. Поведайте мне о своих мечтах, и я все исполню. Поведайте мне о своих прихотях, и я буду их рабой!

– Сударыня! Я тоже хочу быть откровенным и чистосердечным, как вы, я хочу поведать вам всю правду, как сделали это вы. Я ничего не желаю, ничего не хочу, ничего не домогаюсь, кроме любви Коломбы!

– Но она же не любит тебя, ведь ты сам мне об этом сказал!

– В тот день я отчаялся, это правда. Но нынче – кто знает!.. – Асканио потупился и добавил вполголоса: – Ведь вы-то любите меня.

Герцогиню поразило, что влюбленный юноша вложил особый смысл в эти слова, безотчетно разгадав непреложную истину. Водворилось короткое молчание, и герцогиня успела взять себя в руки. Она сказала:

– Асканио, не будем говорить сегодня о сердечных делах. Я уже вас просила об этом, прошу еще раз. Видите ли, любовь у вас, мужчин, не заполняет всей жизни. Разве вы не мечтали о почестях, богатстве, славе?

– О да, мечтал! Вот уже с месяц, как я страстно желаю всего этого, – ответил Асканио, помимо воли все время возвращаясь к своим неотвязным мыслям.

Они опять замолчали.

– Вы любите Италию? – спросила Анна с усилием.

– Да, сударыня, – ответил Асканио. – Там цветут апельсиновые деревья, и под ними так приятно беседовать! На фоне голубого неба еще нежнее, еще красивее кажутся дивные пейзажи...

– О, умчать бы тебя туда, чтобы ты принадлежал мне, мне одной! Быть для тебя всем на свете, как ты для меня – все на свете! Боже мой, боже мой! – воскликнула герцогиня, тоже не в силах преодолеть своего чувства. Но, боясь вспугнуть Асканио, она снова взяла себя в руки и продолжала: – А я-то думала, что вы больше всего любите искусство!

– Больше всего я люблю ее! Люблю! – проговорил Асканио. – Не я, а мой учитель Челлини всего себя отдает своим творениям. Великий, достойный восхищения, непревзойденный художник – вот он кто! А я всего лишь жалкий подмастерье. И последовал я за ним во Францию не ради богатства, не ради славы, а только из любви к нему, чтобы не расставаться с ним, ибо в ту пору он был мне всех ближе. У меня нет своей воли, нет самостоятельности. Я стал золотых дел мастером, чтобы угодить ему, потому что это была его воля. Ради него я стал и чеканщиком – ведь он восторгался тонкой и изящной работой чеканщиков.

– Так слушай же! – проговорила герцогиня. – Жить в Италии, быть всемогущим, почти королем, покровительствовать художникам, и в первую очередь Челлини, одаривать его бронзой, серебром, золотом для чеканки, литья, лепки, а главное, любить и быть любимым! Скажи, Асканио, разве это не дивная мечта?

– Рай, сударыня, если б со мной была любимая и любящая меня Коломба!

– Опять Коломба, вечно Коломба! – воскликнула герцогиня. – Пусть будет так, раз к ней все время упорно возвращается наш разговор, к ней тянется твоя душа, раз Коломба третья в нашей беседе, раз она все время стоит у тебя перед глазами, наполняет твое сердце! Поговорим о ней и обо мне откровенно, без притворства. Она не любит тебя, и ты это отлично знаешь.

– О нет, уже не знаю, сударыня...

– Но ведь она выходит замуж за другого! – крикнула герцогиня.

– Быть не может, ее принуждает отец, – возразил Асканио.

– «Принуждает отец»! Если б ты любил меня, как любишь ее, и я была бы на ее месте, неужели существовала бы в мире такая сила, такая воля, власть, которые разлучили бы нас с тобой! Да я бы все бросила, от всего отреклась, я бы прибежала к тебе, вверила бы тебе свою любовь, честь, жизнь! Нет, нет, поверь мне, она не любит тебя! И больше того: ты сам не любишь ее!

– Это я-то не люблю! Не люблю Коломбу! Вы, вероятно, обмолвились, сударыня.

– Нет, ты не любишь ее. Ты обманываешься. В твоем возрасте жажду любви принимают за любовь. Увидел бы ты первой меня, полюбил бы не ее, а меня. О, только подумать, что ты мог меня тогда полюбить! Впрочем, нет, нет! Я предпочитаю стать твоей избранницей! Я не знаю Коломбы. Она хороша, она чиста, она воплощение твоих грез, но твоя Коломба не сказала бы тебе того, что сказала я, которой ты пренебрегаешь. Она слишком тщеславна, слишком сдержанна... пожалуй, слишком стыдлива... Моя же любовь проста, и язык ее прост. Ты презираешь меня, находишь, что я забываю, как должна вести себя женщина, и все это потому, что я не скрытничаю. Когда ты лучше узнаешь свет, когда ты глубже познаешь жизнь и испытаешь всю ее горечь, ты поймешь, как был несправедлив, и будешь восхищаться мною. Но я не хочу, чтобы мною восхищались, я хочу, чтобы меня любили! Повторяю, Асканио, не люби я тебя так сильно, я бы лгала, изворачивалась, кокетничала; но я слишком сильно люблю, чтобы обольщать тебя. Я хочу получить твое сердце в дар, я не хочу красть его! Что даст твоя любовь к этой девочке? Отвечай! Страдание, мой любимый, больше ничего. Ведь я могу во многом помочь тебе. Прежде всего, я страдала за двоих и уповаю, что господь бог смилостивится и зачтет тебе избыток моих страданий; а свое богатство, свою власть, свой опыт – все это я брошу к твоим ногам. Моя жизнь сольется с твоей, я оберегу тебя от ошибок и тлетворных влияний. Чтобы добиться богатства и даже славы, художнику часто приходится низкопоклонничать, раболепствовать, унижаться. Со мной тебе этого нечего бояться. Я непрестанно буду возвышать тебя, служить тебе ступенькой к успеху. Со мной ты сохранишь гордость и чистоту, Асканио!

– А Коломба? Ведь Коломба – чистая жемчужина!

– Дитя, поверь мне, – отвечала герцогиня уже не восторженно, а печально, – целомудренная, невинная Коломба сделает твою жизнь скучной, однообразной. Вы оба слишком неземные: бог сотворил ангелов не для того, чтобы соединять их, а чтобы сделать лучше дурных людей.

И герцогиня произнесла это так выразительно и убежденно, таким искренним тоном, что Асканио почувствовал, помимо воли, прилив нежности и сострадания к ней.

– Увы, сударыня, – сказал он, – я вижу, что вы очень любите меня, и глубоко тронут; но моя любовь еще прекраснее!

– О, как это верно! Как верно то, что ты говоришь! Я предпочитаю твое пренебрежение самым нежным словам короля. О, я люблю впервые, впервые в жизни, клянусь тебе!

– А короля? Значит, вы не любите короля, сударыня?

– Нет!

– Но он-то вас все еще любит!

– Господи! – воскликнула Анна, пристально глядя в лицо Асканио и сжимая его руки. – Господи, как была бы я счастлива, если б ты ревновал меня! Тебе неприятна мысль о короле, не правда ли? Послушай, до сих пор я была для тебя герцогиней, богатой, важной, могущественной, готовой ради тебя разметать королевские короны и низвергнуть троны. Может быть, тебе больше нравится бедная, простая женщина, живущая уединенно, вдали от общества, в скромном белом платье, с полевыми цветами в волосах? Может быть, она тебе больше нравится, Асканио? Тогда покинем Париж, свет, двор. Уедем, укроемся в каком-нибудь уголке твоей Италии, под дивными приморскими соснами, близ твоего прекрасного Неаполитанского залива. Я твоя, я готова следовать за тобой! О Асканио, Асканио, неужели не льстит твоей гордости, что я пожертвую ради тебя коронованным возлюбленным?

– Сударыня! – отвечал Асканио, чувствуя, как его сердце невольно тает в жарком пламени ее великой любви. – Сударыня, сердце у меня очень гордое и требовательное: вы не можете подарить мне свое прошлое.

– «Прошлое»! О, как все мужчины жестоки! «Прошлое»! Да разве несчастная женщина должна отвечать за свое прошлое, когда почти всегда события, обстоятельства сильнее ее, а они-то и составляют прошлое. Представь себе, что вихрь унесет тебя в

Италию; пройдет год, два, три, и ты возвратишься, и неужели не вызовет у тебя негодования твоя любимая Коломба, когда ты узнаешь, что она повиновалась воле родителей и вышла замуж за графа д'Орбека? Неужели ты не будешь возмущен ее добродетелью? Не покараешь за то, что она подчинилась одной из заповедей господних? А представь себе, что твой образ изгладится из ее памяти, будто она и не знала тебя; что, истомившись тоской, подавленная горем, забытая на миг богом, она захотела познать радости, рай, называемый любовью, врата которого перед ней закрыты; что она полюбила другого, а не мужа, которого не в силах была любить; что в минуту восторженного самозабвения она подарила свою душу избраннику, – неужели эта женщина будет потеряна в твоих глазах, обесчещена в твоем сердце? И этой женщине уже нечего надеяться на счастье, потому что ей уже нельзя отдать свое прошлое в обмен на твое сердце? О, повторяю, какая это несправедливость, какая жестокость!..

– Сударыня…

– Откуда тебе знать – может быть, это история моей жизни? Выслушай же меня и поверь мне. Повторяю, моих страданий довольно было бы на двоих. Так вот! Бог прощает страдалицу, а ты не прощаешь. Ты не понимаешь, что величественнее, прекраснее подняться из пропасти после падения, чем пройти вблизи пропасти, не видя ее, с повязкой счастья на глазах. О Асканио, Асканио! А я-то думала, что ты лучше других, потому что ты моложе, потому что ты прекраснее…

– О сударыня…

– Дай мне руку, Асканио, и я поднимусь из пропасти, поднимусь до твоего сердца. Хочешь? Завтра же я порву с королем, двором, светом! О да, любовь даст мне мужество! И кроме того, я не хочу казаться лучше, чем я есть: поверь, я приношу тебе лишь небольшую жертву. Все эти люди не стоят ни единого твоего взгляда. Но если ты послушаешься меня, дорогой мой мальчик, то позволишь мне сохранить власть ради тебя, ради твоего будущего.

Я возвеличу тебя – ведь все вы, мужчины, от любви идете к славе и рано или поздно становитесь честолюбцами. А любовь короля пусть тебя не тревожит. Я сделаю так, что он обратит внимание на другую женщину и отдаст ей свое сердце, а я буду властвовать над его разумом. Выбирай же, Асканио: или ты достигнешь могущества по моей воле и вместе со мной, либо я буду жить безвестно по твоей воле и вместе с тобой. Слушай! Я только что сидела в этом кресле, ты же знаешь, и самые могущественные вельможи были у моих ног. Садись на мое место, садись, я так хочу!.. И вот я у твоих ног. О, как мне хорошо, Асканио! Какое блаженство видеть тебя, смотреть на тебя!.. Ты побледнел, Асканио! О, скажи, что когда-нибудь… не теперь и не скоро, совсем не скоро, но ты все же полюбишь меня!

– Сударыня, сударыня! – воскликнул Асканио, пряча лицо, зажимая пальцами уши и закрывая глаза, ибо он чувствовал, что и облик и голос герцогини его чаруют.

– Не называй меня сударыней, не называй меня Анной! – сказала герцогиня, разнимая руки молодого человека. – Зови меня Луизой. Это тоже мое имя, но так меня еще никто не называл, только ты будешь знать это имя. Луиза, Луиза!.. Асканио, не правда ли, премилое имя?

– Есть еще одно имя, гораздо милее, – отвечал Асканио.

– О, берегись, Асканио! – воскликнула герцогиня, чем-то напомнив раненую львицу. – Если из-за тебя я буду слишком сильно страдать, я, пожалуй, возненавижу тебя так же сильно, как сейчас люблю!

– Боже мой, сударыня! – проговорил молодой человек, встряхивая головой, словно для того, чтобы развеять чары. – Боже! Мой разум в смятении, в душе разлад… Уж не в бреду ли я? Или у меня лихорадка? Не грежу ли я? Если я и сказал вам что-то недоброе, простите меня, мне нужно было рассеять чары. Вы у моих ног, вы – красавица, богиня, королева! Такое искушение ниспослано нам для погибели души. Да-да, вы сами сказали, что попали в пропасть. А теперь увлекаете туда и меня. Вы не подниметесь, а хотите, чтобы я ринулся туда вслед за вами. Я слаб, не подвергайте же меня такому испытанию!

– Нет тут ни испытания, ни искушения, ни сновидений. Перед нами чудесная действительность. Я люблю тебя, Асканио, люблю тебя!

– Вы любите меня, но вы раскаетесь в этой любви. Когда-нибудь вы станете попрекать меня тем, что сделали для меня, или же тем, что я испортил вашу жизнь.

– Ах, ты не знаешь меня! – воскликнула герцогиня. – Я не так слаба духом, чтобы раскаиваться. Хочешь поруку?

И Анна с живостью присела к столу, придвинула к себе чернильницу и бумагу, схватила перо и торопливо набросала несколько слов.

– Вот возьми, – промолвила она, – и посмей теперь сомневаться во мне!

Асканио взял листок бумаги и прочел:

«Асканио, я люблю тебя! Следуй за мной по моему пути или же позволь следовать за тобой по твоему пути.

Анна д'Эйли».

– О, это невозможно, сударыня! Мне кажется, моя любовь опозорила бы вас.

– «Опозорила»! – воскликнула герцогиня. – Да разве меня можно опозорить? Я слишком горда для этого. Гордость – свойство моей души.

– Ах, я знаю душу более нежную, более чистую! – произнес Асканио.

Удар попал в самое сердце герцогини; она вскочила, дрожа от негодования.

– Вы упрямый и жестокий ребенок, Асканио! – произнесла она прерывистым голосом. – Я хотела уберечь вас от страданий, но я вижу, что лишь горе научит вас жить. Вы вернетесь ко мне,

Асканио! Вернетесь раненый, окровавленный, истерзанный, и тогда вы поймете, чего стоит ваша Коломба и чего стоила я. Впрочем, я прощу вас, ибо я вас люблю. Но знайте: до той поры произойдут страшные события. До свидания!

И госпожа д'Этамп, объятая ненавистью и любовью, вышла из зала, позабыв, что в руках Асканио осталась записка, написанная ею в минуту самозабвения.

Глава 18. Любовь – сновидение

Как только госпожа д'Этамп вышла, сила ее обаяния исчезла, и Асканио отдал себе отчет во всем, что творится в его душе и происходит вокруг. И ему вспомнилось, что он сказал госпоже д'Этамп: быть может, Коломба любит его, раз его полюбила и герцогиня. Итак, отныне он уже не волен располагать своей жизнью, ибо сердце сослужило ему хорошую службу, подсказав эту мысль, но он сделал ошибку, поведав о ней герцогине. Если бы чистосердечный и прямодушный юноша умел лукавить, все было бы спасено, но он заронил подозрение в душе злой и грозной герцогини. Война была объявлена, и она особенно страшила его оттого, что угрожала одной лишь Коломбе.

Однако бурная и опасная сцена, разыгравшаяся между ним и Анной, принесла ему некоторую пользу. Он почувствовал какое-то одушевление, уверенность в себе.

Рассудок юноши, возбужденный новыми впечатлениями и душевным подъемом, лихорадочно работал. Асканио готов был действовать, и действовать отважно. Осмелев, он решил разузнать, может ли он надеяться, а для этого проникнуть в душу Коломбы и пусть даже обнаружить там одно лишь безразличие. Если и в самом деле Коломба любит графа д'Орбека, зачем же бороться против госпожи д'Этамп? Пусть тогда герцогиня делает все, что ей хочется, с его мятущейся, отвергнутой, безутешной, потерянной душой. Он превратится в честолюбца, станет мрачным, злым... Ну что ж, не все ли равно? Но прежде всего нужно покончить со всеми сомнениями и решительно пойти навстречу своей судьбе. В таком случае обязательство госпожи д'Этамп – порука его будущего.

Асканио обдумал все это, возвращаясь домой по набережной и не сводя глаз с пылающего заката, на фоне которого чернела Нельская башня. Дома он, не медля и не колеблясь, взял кое-какие безделушки, направился к Малому Нельскому замку и решительно постучал четыре раза в дверь.

По счастью, госпожа Перрина была неподалеку. Она изумилась и, сгорая от любопытства, бросилась отпирать дверь. Однако, увидя юношу, она сочла нужным оказать ему холодный прием.

– Ах, это вы, господин Асканио! – сказала она. – Что вам угодно?

– Мне угодно, милейшая госпожа Перрина, показать сию же минуту вот эти украшения мадемуазель Коломбе. Она в саду?

– Да, гуляет по своей любимой аллее... Но куда же вы, молодой человек?

Асканио, хорошо помнивший дорогу, устремился в сад, забыв и думать о дуэнье.

«Вот как! – сказала она и остановилась, чтобы все обдумать. – Пожалуй, не стоит подходить к ним. Пусть уж Коломба покупает, что ей вздумается, для себя и для подарков. Не годится мне там быть – ведь она наверняка выберет для меня подарочек. Уж лучше я приду, когда она все купит. Тут-то, разумеется, будет просто неловко отказываться от подарка. Что верно, то верно! Останемся же здесь и не будем мешать нашей милой крошке – ведь у нее такое доброе сердце».

Как видите, достойная дуэнья была дамой весьма щепетильной.

Все эти десять дней Коломба провела в мечтах об Асканио. Невинной, чистой девушке любовь была неведома, но именно любовь сейчас переполняла ее сердце. Она твердила, что дурно предаваться таким мечтам, но находила себе извинение в том, что они с Асканио никогда больше не увидятся и что ей не дано найти утешения, оправдавшись перед ним.

Под таким предлогом Коломба и проводила все вечера на той самой скамье, где она как-то сидела рядом с Асканио, говорила с ним, внимала ему, а теперь всей своей душой отдавалась этому воспоминанию; затем, когда становилось совсем темно и госпожа Перрина звала ее домой, прелестная мечтательница шла медленным шагом и, очнувшись от грез, вспоминала о приказании отца, о графе д'Орбеке и о том, как бежит время. Она проводила ночи без сна в мучительной тоске, но и от этого не тускнели ее дивные вечерние мечты.

В тот вечер воображение Коломбы, по обыкновению, вновь ярко рисовало счастливое прошлое – час, проведенный вблизи Асканио, – как вдруг, подняв глаза, девушка вскрикнула.

Он стоял перед ней и молча смотрел на нее.

Он нашел, что она изменилась, но стала еще прекраснее. Бледность и печаль так шли к ее идеально правильному личику! Ее красота, казалось, стала еще одухотвореннее. Асканио находил, что она никогда не была так прелестна, и к нему вновь вернулись сомнения, рассеявшиеся было под влиянием любви госпожи д'Этамп. Неужели эта небожительница могла полюбить его?

Итак, очутились наконец лицом к лицу милые, невинные создания, которые так давно молча любили друг друга и уже доставили друг другу столько мучений. Конечно, они должны были бы, встретившись, тотчас же забыть о расстоянии, разделявшем их, – ведь в мечтах каждый из них шаг за шагом преодолевал его. Теперь-то они могли объясниться, с первого слова понять друг друга и в порыве радости излить свои чувства, которые до сих пор, терзаясь, сдерживали.

Но оба были чересчур робки, и, хотя волнение выдавало чувства влюбленных, все же их чистые души вновь обрели друг друга не сразу.

Коломба вспыхнула и молча вскочила с места. Асканио побледнел от волнения и, прижав дрожащую руку к груди, пытался унять сердцебиение.

Они заговорили вместе. Он сказал:

– Прошу прощения, мадемуазель, но вы разрешили мне показать вам кое-какие украшения.

Она промолвила:

– Рада видеть, что вы совсем здоровы, господин Асканио.

Влюбленные в один и тот же миг умолкли, и хотя они перебили друг друга, хотя их нежные голоса слились, – очевидно, они всё отлично расслышали, ибо Асканио, подбодренный улыбкой девушки, которую, разумеется, рассмешил забавный случай, отвечал чуть увереннее:

– Неужели по доброте своей вы все еще помните, что я был ранен?

– Мы с госпожой Перриной очень тревожились о вас и все удивлялись, отчего вы не приходите.

– Я решил больше не приходить.

– Почему же?

В эту решительную минуту Асканио пришлось опереться о ствол дерева, затем он собрал все силы, все свое мужество и промолвил прерывистым голосом:

– Что ж, я могу признаться: я любил вас.

– А теперь?

Крик этот, вырвавшийся из груди Коломбы, рассеял бы все сомнения человека, более опытного, чем Асканио; у него же он пробудил лишь слабую надежду.

– Теперь – увы! – продолжал он. – Я измерил расстояние, разделяющее нас, и знаю, что вы счастливая невеста знатного графа…

– «Счастливая»! – перебила его Коломба с горькой улыбкой.

– Как, вы не любите графа? Великий боже! О, скажите же, разве он недостоин вас?

– Он богатый, могущественный вельможа, он гораздо выше меня по положению… Впрочем, разве вы его не видели?

– Нет. И я боялся расспрашивать о нем, но, право, не знаю почему, я был уверен, что он молод и хорош собою, что он вам нравится.

– Он старше моего отца, и я его боюсь! – промолвила Коломба, закрывая лицо руками с непреодолимым отвращением.

Асканио вне себя от радости упал на колени, молитвенно сложил руки и, побледнев еще больше, полузакрыл глаза, но его нежный взгляд светился из-под ресниц, и божественно прекрасная улыбка расцвела на побелевших губах.

– Что с вами, Асканио? – испуганно спросила Коломба.

– Что со мной! – воскликнул молодой человек, обретая в приливе радости ту смелость, которую сначала придало ему горе. – Что со мной! Ведь я люблю тебя, Коломба!

– Асканио, Асканио! – прошептала Коломба, и в голосе ее звучали укоризна, радость и такая нежность, будто она произносила слова любви.

Да, они поняли друг друга; их сердца соединились, и они сами не заметили, как их уста встретились.

– Друг мой! – промолвила Коломба, ласково отстраняя Асканио.

Они смотрели друг на друга в каком-то самозабвении; то была встреча двух ангелов. Такие минуты не повторяются.

– Итак, – сказал Асканио, – вы не любите графа д'Орбека. Значит, вы могли бы полюбить меня!

– Друг мой! – повторила Коломба серьезно и ласково. – До сих пор только отец целовал меня в лоб, и, увы, так редко! Я наивна, как ребенок, не ведающий жизни, но я почувствовала радостный трепет, когда вы поцеловали меня, и я поняла, что долг мой отныне принадлежать только вам или господу богу. Право, если бы не это чувство, я подумала бы, что согрешила! Уста ваши освятили наш союз. Да, отныне я ваша невеста и жена, и пусть даже сам отец мой скажет мне «нет»! Я верю лишь голосу господа бога, голосу, звучащему в моей душе и говорящему мне «да». Вот моя рука, она принадлежит вам.

– Ангелы рая, внемлите ей и завидуйте мне!.. – воскликнул Асканио.

Восторг влюбленных нельзя описать, нельзя пересказать. Поймет его лишь тот, кто испытал его. Невозможно описать слова, взгляды, пожатия рук этих двух чистых и прекрасных юных созданий. Их незапятнанные души сливались воедино, как два прозрачных источника, не меняя ни свойств своих, ни цвета. Ни одним нескромным помыслом не омрачил Асканио ясного чела своей любимой; Коломба доверчиво оперлась о плечо жениха. И если бы дева Мария посмотрела на них с высоты, она бы не отвернулась.

Когда полюбишь, спешишь всем поделиться с любимым существом, рассказать о своей жизни, о настоящем, о прошлом, о будущем. И вот, когда к Асканио и Коломбе вернулся дар речи, они поведали друг другу обо всех своих горестях, обо всех надеждах последних дней. Это было восхитительно. Их чувства были так схожи, будто они говорили друг про друга. Они много выстрадали, но сейчас вспоминали о своих страданиях с улыбкой.

Но вот они коснулись будущего и сразу же стали серьезными и печальными. Что провидение уготовило им на завтра? Они сотворены друг для друга, но люди, почитающие условности, сочтут их брак неравным, просто чудовищным. Как же быть? Как заставить графа д'Орбека отказаться от невесты, а парижского прево – выдать дочь за какого-то ремесленника?

– Увы, друг мой, – сказала Коломба, – ведь я дала обет, что буду принадлежать только вам или господу богу, и ясно вижу, что мне суждено принадлежать богу.

– Нет, нет, – отвечал Асканио, – вы моя! Мы слишком неопытны, и нам вдвоем не перевернуть мира, но я поговорю со своим дорогим учителем, с Бенвенуто Челлини. Вот кто силен духом, Коломба, вот у кого нет предрассудков! На земле он поступает так, как, должно быть, господь бог поступает в небесах, и добивается всего, чего ни пожелает. Он сделает так, что ты будешь моей. Уж не знаю, как он сделает это, но так будет. Он любит препятствия. Бенвенуто поговорит с Франциском Первым, убедит твоего отца. Он может разрушить любые преграды! Только одного он не мог бы сделать, но ты сама это сделала без его вмешательства – ты полюбила меня. Все остальное пустяки. Знаешь, моя любимая, теперь я верю в чудеса!

– Асканио, милый, раз вы надеетесь, надеюсь и я. Как вы думаете, а не попытаться ли и мне что-нибудь сделать? Есть одна особа, воле которой отец послушен. Как вы думаете, не написать ли мне госпоже д'Этамп?

– Госпоже д'Этамп?! – воскликнул Асканио. – Боже мой, я совсем забыл о ней!

И тут Асканио просто, без всякой рисовки, поведал девушке о встрече с герцогиней, о том, что она полюбила его, как еще сегодня, всего лишь час назад, сказала о своей смертельной ненависти к его возлюбленной. Впрочем, все это пустяки! Бенвенуто будет немного труднее – вот и все. Подумаешь, одним противником больше, этим его не испугаешь.

– Милый друг, – промолвила Коломба, – вы верите в своего учителя, а я верю в вас. Поговорите же с Челлини как можно скорее, вручим ему нашу судьбу!

– Завтра же я открою ему свою душу. Он так меня любит! Он все поймет с полуслова… Но что с тобой, Коломба, родная, тебе взгрустнулось?

Коломба ловила каждое слово Асканио и познавала всю глубину своей любви, чувствуя, как жало ревности впивается ей в сердце. Не раз она порывисто сжимала руку Асканио, которую не выпускала из своих ручек.

– Асканио, госпожа д'Этамп красавица, она возлюбленная великого короля. Господи, уж не подпала ли ваша душа под ее очарование?

– Я люблю тебя, – отвечал Асканио.

– Подождите меня, – молвила Коломба.

И тотчас же вернулась с белой лилией в руке, лилией, дышавшей свежестью.

– Слушай же, – сказала девушка, – когда ты будешь работать над золотой лилией герцогини и украшать цветок драгоценными камнями, поглядывай на простенькую лилию из сада твоей Коломбы.

И с обольстительной улыбкой – так улыбнулась бы сама госпожа д'Этамп – поцеловала цветок, а потом передала его Асканио.

Но тут в конце аллеи появилась госпожа Перрина.

– Прощай и до свидания! – торопливо проговорила Коломба, украдкой, движением, полным прелести, приложив пальчик к губам возлюбленного.

Дуэнья подошла к ним и сказала Коломбе:

– Ну, дитя мое, надеюсь, вы отчитали беглеца и выбрали себе украшение?

– Держите-ка, госпожа Перрина! – воскликнул Асканио, отдавая дуэнье шкатулку с драгоценностями, которые он так и не показал Коломбе. – Мы с мадмуазель Коломбой решили, что вам лучше самой выбрать себе вещицу по вкусу. А завтра я приду за остальными.

И он, сияя от радости, быстро ушел, бросив Коломбе на прощание взгляд, говорящий о многом.

Коломба скрестила на груди руки, будто ограждая счастье, наполнявшее ее душу, и замерла на месте. А в это время госпожа Перрина перебирала чудесные вещицы, принесенные Асканио.

Увы! Жестоко было пробуждение бедной девушки от сладостных грез.

Перед ней вдруг появилась какая-то женщина, сопровождаемая одним из слуг прево.

– Его сиятельство граф д'Орбек изволит приехать послезавтра, – сказала незнакомка, – и он приказал мне с нынешнего дня прислуживать вам, сударыня. Я знаю, что сейчас носят при дворе, я покажу вам новые, красивые фасоны платьев, а господин граф и мессер прево велели мне сшить вам, сударыня, великолепнейший наряд из парчи, ибо ее высочество герцогиня д'Этамп намерена представить вас, сударыня, королеве в день отъезда ее величества в Сен-Жермен – другими словами, через четыре дня.

Читатель поймет, какое ужасное впечатление произвели на Коломбу обе эти новости после сцены, которую мы только что описали.

Глава 19. Любовь – мечта

На следующий день, как только рассвело, Асканио, решившийся вверить свою судьбу учителю, пошел в литейную мастерскую, где по утрам работал Челлини. Он собрался было постучаться в дверь комнаты, которую Бенвенуто называл своей кельей, когда услышал голосок Скоццоне. Подумав, что она позирует учителю, он скромно удалился, решив прийти попозже. В ожидании юноша прохаживался по саду Большого Нельского замка и раздумывал о том, что он скажет Челлини и что, по всей вероятности, ответит ему Челлини.

А между тем Скоццоне вовсе не позировала. Она еще ни разу не была в келье Бенвенуто, куда ваятель никого не впускал, – а это разжигало любопытство Катерины; он даже сердился, если кто-нибудь нарушал его покой. Поэтому-то маэстро Бенвенуто разгневался, когда, обернувшись, увидел, что сзади него стоит Катерина, широко открыв от удивления свои и без того большие глаза. Впрочем, любопытство незваной гостьи было не вполне удовлетворено. Несколько рисунков на стене, зеленая занавеска на окне, начатая статуя Гебы и набор инструментов для лепки – вот и все, что было в комнате.

– Что тебе нужно, змееныш? Зачем ты сюда явилась? Боже милосердный! Ты меня и в аду будешь преследовать! – разразился Бенвенуто, увидев Катерину.

– Увы, учитель, – произнесла Скоццоне вкрадчивым голоском, – право же, я не змея. Признаюсь, я охотно последовала бы за вами в ад, лишь бы нам никогда не разлучаться. Сюда же я пришла потому, что только тут и поговоришь с вами тайком.

– Хорошо, да поторапливайся! Что тебе надо?

– Ах боже мой! – воскликнула Скоццоне, заметив начатую статую. – Какое дивное лицо, Бенвенуто! Это ваша Геба… Я и не думала, что работа так подвинулась. До чего же она хороша!

– Не правда ли? – спросил Бенвенуто.

– О да, дивно хороша! И я теперь понимаю, почему вы не хотели, чтобы я позировала. Но кто же эта натурщица, а? – с тревогой спросила Скоццоне. – Ведь ни одна женщина не входила к вам и не выходила отсюда.

– Замолчи! Послушай, милая крошка, разве ты пришла потолковать о скульптуре?

– Нет, учитель, я пришла потолковать о нашем Паголо. Так вот, я послушалась вас, Бенвенуто: вчера вечером, когда вы ушли, он начал разглагольствовать о своей вечной любви, и по вашему приказу я выслушала его.

– Ах, вот как! Предатель! Что же он тебе говорил?

– Ах, такая была умора, и до чего же мне хотелось, чтобы вы его послушали! Заметьте-ка, чтобы не вызвать подозрения, он говорил все это, заканчивая золотую пряжку, которую вы поручили ему сделать. И напильник придавал выразительность речам лицемера. Вот что он говорил: «Дорогая Катерина, я схожу с ума от любви к вам. Когда же вы сжалитесь над моими муками? Я прошу вас сказать лишь одно словечко. Поймите, какой опасности я подвергаюсь ради вас! Если я не окончу пряжку, учитель, пожалуй, заподозрит меня кое в чем, а если заподозрит, то убьет без всякой жалости; но я на все готов ради ваших хорошеньких глазок. Господи Иисусе! Проклятая работа не двигается. Да послушайте, Катерина, и чего ради вы любите Бенвенуто? Ведь он платит вам не благодарностью, а равнодушием. А я бы любил вас так пылко, но был бы так осторожен. Право, никто бы ничего не заметил, и вашему положению не повредило бы. Вы-то можете довериться мне, я скромен, вас не подведу. Послушайте-ка, – продолжал он, ободренный моим молчанием, – я подыскал надежное и укромное убежище, мы с вами без страха могли бы там побеседовать». Ха-ха-ха! Да вы во всю жизнь не догадаетесь, Бенвенуто, какой тайник выискал наш тихоня! Бьюсь об заклад, что только такие вот скромники, такие смиренники и могут найти эдакое укромное местечко.

Знаете ли, где он вздумал назначить мне свидание? Да в голове вашей большущей статуи Марса! Говорит, что туда можно взобраться по приставной лестнице. Уверяет, будто там есть премиленькая каморка, где нас никто не приметит, зато мы оттуда увидим дивный сельский пейзаж.

– Действительно, мысль великолепная, – сказал, рассмеявшись, Бенвенуто. – Какой же ты дала ему ответ, Скоццоне?

– В ответ я расхохоталась – никак не могла удержаться, и господин Паголо обманулся в своих ожиданиях. Тут он стал укорять меня в бессердечии, в том, что я желаю ему смерти, и все в таком роде; орудовал молотком да напильником и все говорил, говорил целых полчаса: ведь стоит ему разойтись – болтает без умолку.

– Ну, а что в конце концов ты ему ответила, Скоццоне?

– Что ответила? Тут вы постучали в дверь, и он положил на стол пряжку – доделал все-таки, а я с самым серьезным видом взяла его за руку и сказала: «Паголо, вы говорите как по писаному!» Вот почему у него и был такой глупый вид, когда вы вошли.

– Право же, Скоццоне, зря ты так себя вела: напрасно ты его отпугиваешь.

– Вы мне велели выслушать его, я и выслушала.

– Надобно было не только выслушать его, милочка, а и ответить! Так нужно, чтобы выполнить мой замысел. Сначала поговорить с ним без раздражения, потом – снисходительно, а уж затем – с благоволением. Сделаешь все это – скажу, как поступать дальше. Ты только положись на меня и в точности следуй моим наставлениям. А теперь ступай, милая крошка, и не мешай мне работать.

Катерина выбежала вприпрыжку, заранее хохоча над шуткой, которую Челлини сыграет с Паголо, хотя ей так и не удалось отгадать, что это будет за шутка.

Она ушла, а между тем Бенвенуто и не думал работать: он бросился к окошку, выходившему в сад Малого Нельского замка, и застыл на месте, словно погрузившись в созерцание. Стук в дверь вывел его из задумчивости.

– Фу ты черт! – сердито воскликнул он. – Кто еще там? Неужели нельзя оставить меня в покое, тысяча дьяволов!

– Прошу прощения, учитель, – раздался голос Асканио. – Я уйду, если мешаю вам.

– Ах, это ты, сынок! Да нет же, нет, ты мне, право, никогда не мешаешь! Что случилось, зачем я тебе понадобился?

И Бенвенуто поспешил открыть дверь своему любимому ученику.

– Я нарушаю ваше уединение, прерываю работу, – произнес Асканио.

– Нет, Асканио, я всегда рад тебе.

– Дело в том, учитель, что я хочу открыть вам свою тайну и попросить вашей помощи.

– Говори. Все отдам тебе – и деньги, и свою силу, и ум.

– Быть может, мне все это и потребуется, дорогой учитель.

– Отлично! Я предан тебе душой и телом, Асканио. К тому же мне тоже надобно кое в чем исповедаться тебе. Да, я буду чувствовать себя виновным, меня будут терзать угрызения совести, пока ты не отпустишь мне невольный грех. Впрочем, говори первый.

– Хорошо, учитель... Но, великий боже, кого вы лепите? – воскликнул Асканио, прерывая себя.

Он только сейчас заметил начатую статую Гебы и в начатой статуе узнал Коломбу.

– Гебу, – ответил Бенвенуто, и его глаза заблестели. – Это богиня молодости. Не правда ли, Асканио, она прекрасна?

– О да, дивно хороша! Но мне знакомы эти черты, она не плод воображения!

– Ты нескромен! Но раз ты приоткрыл завесу, я ее совсем отдерну. Ничего не поделаешь, придется мне признаться первому. Ну что ж, садись вот тут, Асканио, и слушай – мое сердце станет для тебя открытой книгой. Ты вот сказал, что тебе нужна моя помощь, а мне нужно, чтобы ты выслушал меня. Когда ты все узнаешь, я почувствую огромное облегчение…

Асканио сел, побледнев сильнее, чем бледнеет осужденный, которому сейчас объявят смертный приговор.

– Ты флорентинец, Асканио, и нечего спрашивать тебя, ведома ли тебе история Данте Алигьери. Однажды он повстречал на улице юную девушку, по имени Беатриче, и полюбил ее. Девушка умерла, а он все любил ее, ибо любил ее душу, а души не умирают; он украсил ее головку венцом из звезд и поселил Беатриче в раю. После этого Данте стал исследовать, изучать человеческие страсти, поэзию и философию, и, когда, очищенный страданием и раздумьем, он подошел к небесным вратам, где Вергилию, то есть олицетворению мудрости, пришлось расстаться с ним, Данте не остановился оттого, что у него не стало проводника, ибо у порога он вновь встретил Беатриче, то есть олицетворение любви, – она ждала его…

Асканио, у меня тоже есть своя Беатриче, и она умерла, как Беатриче Данте, и, как та Беатриче, боготворима. Доныне то была тайна между нею, богом и мной. Я легко поддаюсь искушению, низменные страсти играли мною, но они не запятнали моей идеальной возлюбленной. Я поднял светильник любви так высоко, что грязь не могла его забрызгать. Человек бросался очертя голову в вихрь развлечений, а художник хранил верность своей таинственной суженой. И если я создал нечто прекрасное, Асканио, если мертвая материя – серебро ли, глина ли – оживает под моими пальцами, если иной раз мне удается вдохнуть красоту в мрамор и жизнь в бронзу, то лишь потому, что моя лучезарная богиня вот уже двадцать лет руководит мною, поддерживает меня, озаряет мою душу.

Не знаю, право, Асканио, но, вероятно, есть различие между поэтом и ювелиром, между чеканщиком мысли и чеканщиком золота. Данте грезит; мне нужно видеть. Он удовольствуется одним лишь именем Марии; мне же надо видеть лик мадонны. Образы возникают перед его умственным взором, мои же – осязаемы. Вот почему, пожалуй, моя Беатриче для меня, как ваятеля, была бы и очень малым, и очень многим. Духовно я был полон ею, но мне приходилось искать живой образ. Ангелоподобная женщина, светоч всей моей жизни, конечно, была прекрасна, и всего прекраснее было ее сердце, но я не мог найти в ней воплощения той нетленной красоты, какую рисовало мне воображение. Я вынужден был искать ее повсюду, придумывать ее образ.

Как, по-твоему, Асканио, если б мне случилось найти свой идеал, идеал ваятеля, здесь, на земле, во плоти и крови, если бы я стал боготворить его, не было бы это кощунством и изменой моему идеалу – идеалу поэта? Не думаешь ли ты, что небесное видение не посетит меня больше, что ангел станет ревновать к женщине? Как, по-твоему? Я спрашиваю об этом тебя, Асканио, и ты когда-нибудь узнаешь, почему я обращаюсь с таким вопросом к тебе, а не к другому, почему я трепещу, ожидая твоего ответа, будто мне должна ответить сама Беатриче.

– Учитель, – серьезно и печально промолвил Асканио, – я слишком молод, и не мне судить о столь возвышенных вещах, однако в глубине души я уверен, что вы один из тех избранников, которыми руководит сам бог, и все, что встречается на вашем пути, не случайность, а перст божий.

– Ты правда уверен в этом, Асканио? И ты считаешь, что земной ангел, прекрасное воплощение моей мечты, ниспослан мне господом богом и что небесный ангел не прогневается, если я предам его забвению? Тогда я признаюсь тебе, что обрел свою мечту, что она существует, что я вижу ее, почти прикасаюсь к ней. Послушай, Асканио, модель эта, исполненная красоты и чистоты, этот образец беспредельного совершенства, к которому мы, художники, неизменно стремимся, – тут, неподалеку, он полон жизни, и я могу любоваться им ежедневно. Ах, все, что я до сих пор создал, ничто по сравнению с тем, что я создам теперь! Вот ты нашел, что моя Геба прекрасна, и она действительно мое лучшее творение. Но я все еще недоволен; моя одушевленная мечта стоит рядом с ее изображением и кажется мне во сто крат прекраснее; но я добьюсь ее воплощения! Асканио, тысяча белоснежных статуй, похожих на нее, теснятся в моем воображении, заполняют мои мысли! Я вижу их, предчувствую, что придет день и мечта моя станет явью. А теперь, Асканио, хочешь, я покажу тебе моего прекрасного ангела-вдохновителя? Он, должно быть, еще здесь, неподалеку. Каждое утро, когда там, в небесах, восходит солнце, он светит мне здесь, на земле. Посмотри же!

И Бенвенуто отдернул занавеску и указал ученику на сад Малого Нельского замка.

По аллее, затененной зеленью, медленной поступью шла Коломба.

– Как она хороша! Не правда ли? – восторженно воскликнул Бенвенуто. – Фидий и старик Микеланджело не создали ничего более прекрасного, и только головы – творения античных мастеров – могли бы сравниться с головкой этой юной и грациозной девушки! Как она хороша!

– О да, очень хороша! – пробормотал Асканио, но тут ноги у него подкосились, и он снова сел, без сил, без мыслей.

Воцарилось минутное молчание; Бенвенуто упивался радостью, а его ученик старался постичь всю глубину своего несчастья.

– Но, учитель, куда же в конце концов заведет вас эта страсть – страсть художника? – решился, трепеща от ужаса, спросить ученик. – Что вы думаете предпринять?

– Асканио, – отвечал Челлини, – та, умершая, не была и не могла быть моей. Бог лишь указал мне на нее и не вложил мне в сердце земную любовь к ней. Странное дело! Он даже не дал мне почувствовать, чем она была для меня, пока не призвал ее к себе.

Она живет во мне только как воспоминание – неясный, промелькнувший образ. Но, если ты хорошо понял меня, Коломба вошла в мою жизнь, в мое сердце. Я дерзаю любить ее; я дерзаю думать: она будет моей!

– Она дочь парижского прево, – проговорил Асканио, дрожа от волнения.

– Пусть даже она была бы дочерью короля, Асканио, ведь тебе-то известно, что такое сила моего желания! Я достигал всего, чего хотел, а я никогда ничего не хотел так страстно. Не знаю, как я добьюсь цели, но она станет моей женой, понимаешь?

– Вашей женой! Коломба станет вашей женой?!

– Я обращусь к моему всесильному покровителю, – продолжал Бенвенуто. – Если он пожелает, я украшу статуями Лувр и замок Шамбор. Я уставлю его стол сосудами и светильниками, и, когда в награду я попрошу руку Коломбы и он откажет, значит, он не Франциск Первый. О, я надеюсь, Асканио, я надеюсь! Я приду к нему, когда его будет окружать весь двор. Слушай, через три дня, перед его отъездом в Сен-Жермен, мы пойдем к нему вместе. Мы отнесем ему серебряную солонку – я ее закончил – и рисунки для двери дворца Фонтенбло. Все станут восторгаться, ибо это прекрасно, и он будет восторгаться, будет удивляться больше всех. Так вот, каждую неделю я буду поражать его новыми творениями. Никогда еще я не ощущал такого прилива творческой, созидательной силы! Ум мой кипит день и ночь; любовь, Асканио, умножила мои силы, омолодила меня. И, когда Франциск Первый увидит, что каждый его замысел тотчас же осуществляется, я не буду просить – я потребую! Он возвеличит меня, я разбогатею, и хоть парижский прево знатен, он будет польщен союзом со мной. Ах, Асканио, я просто схожу с ума! Когда я думаю обо всем этом, то теряю самообладание. Она – моя! О райские мечты! Да понимаешь ли ты меня, Асканио? Она моя! Обними меня, сынок, ибо с той минуты, как тебе признался, я дерзаю надеяться. Я чувствую, что на сердце у меня стало спокойнее, ты как бы узаконил мое счастье.

Придет день, и ты поймешь все, о чем я тебе поведал. А пока мне кажется, будто я полюбил тебя еще больше с той минуты, как доверил тебе свою тайну; ты так добр, что выслушал меня. Обними же меня, дорогой Асканио!

– А вдруг она не любит вас, учитель? Вы не подумали об этом?

– О, замолчи, Асканио! Я думал об этом и завидовал твоей красоте и молодости. Но твои слова о господнем предопределении успокаивают меня. Она ждет меня. Да и кого ей любить? Какого-нибудь придворного щеголя, недостойного ее? Впрочем, кем бы ни был ее нареченный, я ведь тоже благородного рода, и к тому же я гениальный художник.

– Говорят, ее жених – граф д'Орбек.

– Граф д'Орбек? Отлично! Я знаю его. Он казнохранитель короля, у него-то я и буду брать золото и серебро для своих работ и деньги, которые жалует мне по доброте своей король. Граф д'Орбек скупец, угрюмый старик; он в счет не идет: победа над соперником-глупцом даже не лестна. Нет, она полюбит меня, Асканио, и не ради меня самого, а ради себя – ведь я как бы буду доказательством ее красоты! И она увидит, что ее понимают, боготворят, обессмертят! Одним словом, я так хочу! Повторяю: стоит мне произнести это, и я всякий раз достигаю цели. По своему обыкновению, я пойду прямо к цели, неумолимо, как рок. Говорю тебе, она будет моей, даже если мне придется перевернуть вверх дном все королевство. А если соперник вздумает преградить мне путь, – ты-то знаешь меня, Асканио! – пусть бережется! Клянусь, я убью его вот этой рукой, которая сейчас сжимает твою!.. Ах, боже мой, Асканио, прости меня! Какой же я себялюбец! Ведь я и забыл, что у тебя тоже есть тайна, что ты хотел поведать мне о чем-то, попросить об услуге. Я твой вечный должник, милый мой мальчик. Да рассказывай же наконец, рассказывай! Стоит мне пожелать, и я всего добьюсь для тебя тоже.

– Вы ошибаетесь, учитель. Есть вещи, которые зависят только от господней воли, и я понял, что должен уповать лишь на помощь господа бога. Пусть же моя тайна останется между мною, слабым смертным, и всемогущим провидением.

Асканио вышел.

Как только дверь за юношей затворилась, Челлини, полный радости и умиротворения, отдернул занавеску и, придвинув станок к окошку, принялся лепить Гебу.

Часть II

Глава 1. Человек, торгующий совестью

Наступил день, когда Коломбу должны были представить королеве.

Перенесемся мысленно в один из залов Луврского дворца; здесь собрался весь двор, чтобы сразу после обедни отправиться в Сен-Жермен: дожидались лишь выхода короля и королевы. Только несколько дам сидят; большинство придворных стоят или прогуливаются по залу, беседуя вполголоса; шуршат парчовые и шелковые платья; в тесноте шпага задевает за шпагу; встречаются сияющие нежностью или горящие ненавистью взгляды; влюбленные шепотом назначают свидания, соперники бросают друг другу вызов на дуэль; блестящий поток знати ошеломляет своим великолепием. Костюмы, сшитые по последней моде, роскошны; лица дам очаровательны. На этом пышном и до смешного пестром фоне выделяются одетые на итальянский или испанский лад пажи со шпагой у пояса; они стоят неподвижно, как статуэтки, положив руку на бедро. Впрочем, было бы бесполезно пытаться изобразить ослепительную, полную блеска и живых красок картину королевского двора: сколько бы мы ни старались это сделать, у нас получилась бы лишь тусклая и слабая ее копия. Попробуйте вдохнуть жизнь в галантных и насмешливых кавалеров, оживите изящных и остроумных дам «Гептамерона»[1] и Брантома,[2] вложите в их уста подлинно французский язык XVI века – яркий, сочный, наивный, и вы получите представление о прекрасном дворе Франциска I, особенно если припомните слова этого монарха: «Двор без дам – это год без весны или весна без цветов». И в самом деле, двор Франциска I олицетворял собой вечную весну, сверкающую самыми прекрасными и благородными цветами.

Освоившись со всем этим шумом и суетой и присмотревшись к толпе придворных, нетрудно было заметить, что она делилась на два лагеря. Отличительным признаком лагеря герцогини д'Этамп служил лиловый цвет; голубой указывал на принадлежность к лагерю Дианы де Пуатье. Сторонники герцогини являлись тайными поборниками реформы, их противники – ревностными католиками. Среди приверженцев Дианы де Пуатье можно было видеть дофина – человека с плоской, бесцветной физиономией; в лагере герцогини д'Этамп то и дело мелькало умное, живое лицо и золотистые кудри Карла Орлеанского, второго сына Франциска. Дополните эту картину политической и религиозной распри ревностью дам, соперничеством художников и поэтов, и вы получите довольно полное представление о ненависти, царившей при дворе Франциска I, что поможет вам понять причину злобных взглядов и угрожающих жестов, которые невозможно было скрыть от наблюдательного взора, несмотря на все лицемерие придворных.

Главные враги – Диана де Пуатье и Анна д'Этамп – сидят в противоположных концах огромного зала; и все же каждая

---

[1] «Гептамерон» (1558) – сборник новелл королевы Маргариты Ангулемской, носившей имя Маргариты Наваррской, по титулу своего мужа, короля Наварры.

[2] Брантом Пьер де Бурдей (1535–1614) – французский историк, автор «Жизни знаменитых капитанов» и «Галантных дам».

насмешка, брошенная одной из соперниц, вмиг достигает слуха другой, и столь же быстро приходит разящий ответ благодаря усердию множества досужих сплетников.

Среди разряженных в шелка и бархат вельмож, мрачный и равнодушный к остротам, да и ко всему окружающему, расхаживает в своей длинной докторской мантии Анри Этьенн, всецело преданный партии реформистов; а в двух шагах от него, столь же ко всему равнодушный, стоит, прислонясь к колонне, печальный и бледный Пьетро Строцци[1] – эмигрант из Флоренции; наверное, он видит в мечтах покинутую родину, куда ему суждено было вернуться пленником и обрести покой лишь в могиле. Пожалуй, излишне говорить, что этот благородный эмигрант – по женской линии родственник Екатерины Медичи – всей душой привержен партии католиков.

Вот проходят, беседуя о важных государственных делах и поминутно останавливаясь друг против друга, словно для того, чтобы придать больше веса своим словам, старик Монморанси, которого король каких-нибудь два года назад возвел в должность коннетабля, вакантную со времени опалы Бурбонов, и канцлер Пуайе, гордый недавно введенным им налогом на лотереи и собственноручно подписанным в Виллер-Котере указом.[2]

---

[1] Строцци Пьетро (ум. в 1558 году) – выходец из банкирского дома Строцци во Флоренции, враждовавшего с банкирами – герцогами Медичи; всю жизнь боролся против них, перешел на службу к Франциску I и участвовал в итальянских войнах на его стороне (Медичи были союзниками Карла V). В 1556 году стал маршалом Франции.

[2] В Виллер-Котере, маленьком городке департамента Сена, где у Франциска I имелся замок, был подписан знаменитый указ, гласящий, что постановления высших правительственных инстанций должны писаться не по-латыни, как это делалось прежде, а по-французски. Замок цел и поныне, хотя он потерял свое былое великолепие. Архитектура его претерпела значительные изменения по сравнению с первоначальным замыслом. Начатый Франциском I, украсившим его скульптурами саламандр, он был окончен Генрихом II, по приказу которого были выгравированы вензеля его самого и Екатерины Медичи. (Примеч. автора.)

Держась обособленно и ни с кем не вступая в разговор, расхаживает во всеоружии своей сверкающей белозубой улыбки бывший бенедиктинец, а ныне францисканец Франсуа Рабле. Он все вынюхивает, высматривает, ко всему прислушивается и все высмеивает. А горбун Трибуле,[1] любимый шут его величества, бросается всем и каждому под ноги со своим неистощимым запасом шуточек и, пользуясь положением любимца и карлика, издевается то над тем, то над другим – правда, довольно добродушно, но не всегда безобидно.

Что же касается Клемана Маро, великолепного в своем с иголочки новеньком мундире королевского камердинера, то он выглядит не менее смущенным, чем на приеме у госпожи д'Этамп. Видно, в кармане поэта и теперь лежит новоиспеченное стихотворение или какой-нибудь сиротливый сонет, и он ждет лишь случая преподнести его под видом импровизации. Увы! Всем известно, что вдохновение нисходит свыше и мы над ним не властны. Вот и ему пришли в голову восхитительные стихи о госпоже Диане. Он пытался бороться, но ведь муза не возлюбленная, а госпожа: стихи получились сами собой, рифмы каким-то чудом нанизывались одна на другую, и теперь злосчастный мадригал невообразимо терзал его. Имей Маро власть над собой, он, разумеется, посвятил бы его герцогине д'Этамп или Маргарите Наваррской, в этом не могло быть ни малейшего сомнения, – ведь поэт всей душой тяготел именно к партии протестантов. Быть может, этот проклятый мадригал и привязался-то к нему в ту минуту, когда он силился сочинить эпиграмму на госпожу Диану: как бы то ни было, а превосходные стихи, посвященные католичке, появились на свет божий. Можно ли было удержаться и, вопреки своей приверженности к партии

---

[1] Трибуле – придворный шут королей Людовика XII и Франциска I, упоминаемый в хрониках того времени. Трибуле выведен в драме Виктора Гюго «Король забавляется», а в написанной по мотивам этой драмы известной опере Верди действует под именем Риголетто.

протестантов, не продекламировать их хотя бы вполголоса комунибудь из друзей, понимающих толк в литературе?!

И бедняга Маро не удержался. Нескромный кардинал де Турнон, перед которым поэт излил свою пылкую душу, нашел эти стихи такими прекрасными, такими блестящими и великолепными, что, в свою очередь, не утерпел и пересказал их герцогу Лоранскому, а этот последний не замедлил передать их госпоже Диане. И тотчас же в партии «голубых» пошло шушуканье; поэта подозвали, его упросили, заставили прочесть стихи. «Лиловые», увидя, как Маро пробирается сквозь толпу к Диане, тоже приблизились и окружили испуганного и польщенного поэта. Наконец и сама герцогиня д'Этамп поднялась с места и с любопытством поглядела в сторону «голубых». «Только для того, чтобы увидеть, - сказала она, - сумеет ли этот плут Маро, всегда такой остроумный, достойно воспеть госпожу Диану».

Несчастный поэт поклонился улыбающейся ему Диане де Пуатье и уже собирался начать стихи, но, обернувшись, увидел госпожу д'Этамп, которая тоже ему улыбалась; однако, если улыбка Дианы была полна благосклонности, в улыбке госпожи д'Этамп таилась угроза. И так, пригреваемый с одной стороны и обдаваемый ледяным холодом - с другой, бедный Маро дрожащим, запинающимся голосом пролепетал свои стихи:

Подчас, признаться, стать хотел бы Фебом,
Но не затем, чтоб исцелять я мог
Боль сердца, мне ниспосланную богом, —
Ведь с болью, от которой изнемог,
Не в силах сладить никакой зарок,
И не затем, чтоб стрелами его
Сердца пронзать... Соперничать напрасно
Мне с королем. Хочу лишь одного —
Любимым быть Дианою прекрасной.

Едва прозвучали последние слова изящного мадригала, «голубые» разразились аплодисментами; «лиловые» хранили гробовое молчание. Ободренный похвалами и задетый за живое враждебными взглядами «лиловых», поэт решительно подошел к Диане де Пуатье и преподнес ей свое творение.

– Диане прекрасной, – произнес он вполголоса, склонясь перед красавицей. – Вы понимаете меня, сударыня? Прекраснейшей из прекрасных, несравненной!

Диана поблагодарила Маро выразительным взглядом, и он отошел.

– Почему бы не посвятить один мадригал прекрасной даме? Ведь до сих пор я посвящал свои стихи прекраснейшей из всех, – сказал виновато Маро, проходя мимо госпожи д'Этамп. – Помните, сударыня, «Властительнице гордой всех сердец»?

Вместо ответа Анна пронзила Маро грозным взглядом.

Все это время две небольшие группы держались в стороне от толпы придворных. Первую составляли небезызвестные нам Асканио и Бенвенуто Челлини, имевшие слабость предпочитать мадригалам «Божественную комедию». Во второй были столь же хорошо нам знакомые граф д'Орбек, виконт де Мармань, мессер д'Эстурвиль и Коломба, упросившая отца не смешиваться с толпой придворных; она находилась впервые среди этих людей, и они не внушали ей ничего, кроме страха. Граф д'Орбек, желая быть галантным, не захотел оставить невесту, которую отец привез во дворец, чтобы после обедни представить королеве.

Асканио и Коломба, хотя и были очень взволнованы, тотчас же заметили друг друга и то и дело украдкой переглядывались. Оба чистые и застенчивые, выросшие в возвышающем душу одиночестве, они чувствовали бы себя затерянными среди этой блестящей и испорченной знати, если бы не встретились здесь и не имели возможности обмениваться ободряющими взглядами.

Они так и не виделись с того самого дня, когда Асканио узнал о любви Бенвенуто к Коломбе. Асканио раз десять безуспешно пытался попасть в Малый Нельский замок. Но, когда бы он ни явился, вместо госпожи Перрины его встречала теперь новая дуэнья, приставленная к Коломбе графом д'Орбеком, которая каждый раз безжалостно его выпроваживала. А бедный Асканио не был ни достаточно богат, ни достаточно предприимчив, чтобы завоевать расположение этой женщины. К тому же он мог сообщить своей возлюбленной лишь печальные вести, а с ними можно было и повременить. Ведь Бенвенуто сам признался ему в своей любви к Коломбе. Бедные влюбленные не смели больше рассчитывать на помощь художника – напротив, они вынуждены были его опасаться.

Отныне Асканио, как он уже сказал об этом Челлини, оставалось надеяться только на божью помощь. По своей наивности, молодой человек решил тронуть сердце госпожи д'Этамп. Когда из-под ног человека ускользает почва, он готов ухватиться за соломинку. Всесокрушающая энергия Бенвенуто была теперь не только бесполезна для Асканио, она могла в любой момент обратиться против него. Но он был молод и потому верил, что ему удастся затронуть в душе герцогини д'Этамп струны великодушия и человеколюбия, внушить ей сострадание к любимому ею человеку. А если и эта соломинка выскользнет у него из рук, ему останется отдаться течению и ждать – ведь он беззащитен и одинок. Потому-то он и явился вместе с Бенвенуто Челлини ко двору короля Франциска.

Госпожа д'Этамп вернулась на место. Асканио, смешавшись со свитой герцогини, пробрался к самому ее креслу. Она оглянулась и увидела его.

– Ах, это вы, Асканио! – довольно холодно произнесла знатная дама.

– Да, герцогиня. Я пришел сюда со своим учителем Бенвенуто Челлини и осмелился потревожить вас. Меня очень беспокоит рисунок лилии, которую вы соблаговолили мне заказать. Я оставил на днях рисунок у вас, во дворце. Быть может, вы недовольны им?

– Нет, нет, напротив, рисунок мне очень по душе, – более мягко ответила госпожа д'Этамп. – Я показывала его таким ценителям, как господин де Гиз, и они вполне согласились со мной. Но сумеете ли вы так же хорошо выполнить и золотой цветок? А если вы уверены в своем мастерстве, то хватит ли вам для работы драгоценных камней?

– О да, сударыня, думаю, что хватит. Хорошо бы украсить венчик цветка крупным брильянтом, похожим на каплю росы. Но, быть может, это слишком дорогой материал для такого скромного мастера, как я?

– Мы вполне можем позволить себе такой пустяк!

– Однако, сударыня, брильянт этой величины стоит по меньшей мере двести тысяч экю.

– Хорошо, хорошо, я согласна. – И, понизив голос, герцогиня добавила: – Асканио, не окажете ли вы мне небольшую услугу?

– Я всегда готов служить вам, сударыня.

– Только что, слушая болтовню этого Маро, я заметила там, в конце зала, господина д'Орбека. Так вот, прошу вас, подойдите к нему и скажите, что я желаю с ним говорить.

– К графу?.. – воскликнул Асканио, побледнев.

– Да. Разве вы не сказали, что готовы мне служить? – высокомерно спросила герцогиня. – Мне хочется, чтобы вы присутствовали при нашем разговоре и кое над чем поразмыслили, если, впрочем, влюбленные вообще способны размышлять; поэтому я и даю поручение именно вам.

– Я повинуюсь вам, сударыня, – ответил Асканио, боясь прогневить герцогиню, от которой зависела теперь его судьба.

– Вот и прекрасно. Говорите с графом только по-итальянски, у меня есть на то свои причины, и возвращайтесь вместе с ним.

И Асканио, боясь вновь прогневить свою опасную покровительницу, покорно отправился выполнять поручение; обратившись к какому-то молодому дворянину в костюме, украшенном лиловыми лентами, он спросил, не может ли тот указать ему графа д'Орбека.

– Да вон он! Видите эту старую обезьяну, которая стоит рядом с очаровательной девушкой и разговаривает с парижским прево?

Очаровательная девушка была Коломба, на которую с любопытством поглядывали придворные щеголи. Что же касается старой обезьяны, то есть графа, он и в самом деле показался Асканио таким отвратительным, как того может только пожелать один соперник другому. Поглядев издали на графа д'Орбека, Асканио, к великому изумлению Коломбы, подошел к нему и передал по-итальянски приглашение госпожи д'Этамп. Граф д'Орбек извинился перед невестой и друзьями и поспешил к герцогине; Асканио последовал за ним, бросив ободряющий взгляд бедной Коломбе, встревоженной этим странным поручением, а главное, выбором посланца.

– А, здравствуйте, граф! Рада вас видеть! – воскликнула госпожа д'Этамп. – Мне надо сообщить вам нечто очень важное... Господа, – обратилась она к придворным, – их величества выйдут, наверное, минут через пятнадцать; с вашего разрешения, я воспользуюсь этим временем и побеседую с моим старым другом графом д'Орбеком.

Теснившиеся вокруг герцогини дворяне, столь бесцеремонно выпровоженные, поспешили удалиться и оставили ее наедине с королевским казнохранителем в одной из оконных амбразур, не менее просторной, чем наши нынешние салоны. Асканио хотел было последовать за ними, но герцогиня жестом удержала его.

– Кто этот юноша? – спросил граф.

– Это мой паж, итальянец; можете говорить при нем так же свободно, как если бы мы были одни: он ни слова не понимает по-французски.

– Прекрасно! – ответил граф. – До сих пор я повиновался вам слепо, сударыня, не пытаясь вникать в суть ваших приказаний. Вы пожелали, чтобы моя будущая супруга была представлена сегодня королеве, и вот Коломба с отцом уже здесь. Но теперь, когда я исполнил ваше желание, мне хотелось бы знать, зачем я это сделал. Не соблаговолите ли вы хоть теперь, сударыня, объяснить мне, в чем дело?

– Вы самый преданный из моих друзей, д'Орбек; не знаю, сумею ли я когда-нибудь отплатить вам за все ваши услуги; к счастью, мне предстоит еще много сделать для вас. Будем надеяться, что это мне удастся, ведь полученное вами место казнохранителя лишь начало, фундамент, на котором я воздвигну здание вашего благополучия, граф.

– О сударыня! – воскликнул граф, отвешивая низкий поклон.

– Поэтому я буду с вами вполне откровенна, граф. Но разрешите сначала похвалить ваш выбор. Я только что видела Коломбу. Она прелестна; чуть застенчива, правда, но это придает девушкам особое очарование. И все же, хоть я и хорошо вас знаю, граф, сколько я ни ломала голову, никак не могу понять, что заставляет вас вступать в этот брак; вас, человека солидного, рассудительного и, уж конечно, не питающего слабости к женской свежести и красоте. Что-то за всем этим кроется – ведь вы такой предусмотрительный человек, граф!

– Как вам сказать, сударыня... Рано или поздно надо же на ком-нибудь жениться. Ну и потом старый пройдоха оставит по завещанию немалое состояние своей дочери.

– Сколько же ему лет?

– Не то пятьдесят пять, не то пятьдесят шесть.

– А вам, граф?

– Гм... и мне почти столько же, но старик выглядит совсем дряхлым.

– Ну наконец-то я узнаю вас, граф! Правда, я и так была уверена, что вы гораздо выше пошлой чувствительности и не могли плениться прелестями этой девочки.

– Фи, сударыня! Да мне и в голову не могла прийти такая чепуха! Будь девушка хоть уродиной, мне все едино; ну, а раз она красива, тем лучше.

– В добрый час, граф! Очень рада, что мне не пришлось в вас разочароваться.

– Не соблаговолите ли вы теперь сказать, сударыня...

– Я мечтаю создать вам блестящую будущность, д'Орбек, – прервала его герцогиня. – Мне очень хотелось бы видеть вас на месте этого Пуайе. Я так его ненавижу! – И герцогиня бросила полный ненависти взгляд на канцлера, все еще расхаживавшего с коннетаблем по залу.

– Как! Вы прочите мне одну из высших должностей в государстве?!

– Отчего бы и нет, граф! Вы для этого достаточно знатны. Но, увы, моя власть над королем так непрочна – она прямо-таки висит на волоске. Вот и сейчас я нахожусь в смертельной тревоге. Дело в том, что у короля новая фаворитка, жена какого-то судейского, человека самого простого звания, по имени Ферон. Если эта особа окажется еще и честолюбивой, мы с вами пропали. Впрочем, я сама виновата: надо было заранее принять меры. Но где сыщешь вторую герцогиню де Бриссак, которую я нашла когда-то для его величества! Мне так трудно утешиться в ее утрате. Слабенькая, нежная, она была настоящим ребенком и к тому же совсем неопасна; бедняжка только и твердила королю о моих достоинствах. Несчастная Мари! Она приняла на себя все тяготы моего положения, оставив мне одни преимущества. А от этой Ферроньерши, как ее прозвали при дворе, надо во что бы то ни стало отвлечь короля! Но я израсходовала весь арсенал своих чар, и теперь мой единственный козырь – привычка.

– Возможно ли, сударыня?

– Увы, это так! Я владею только умом короля, а сердце его принадлежит другой. Понимаете ли, граф, мне нужна помощница, преданная и верная, на которую я могла бы вполне положиться. Я осыпала бы ее милостями, озолотила бы! Но где найти такое сокровище, д'Орбек? Помогите мне! Вы даже не подозреваете, что в душе Франциска Первого идет вечная борьба между монархом и человеком и что иной раз человек оказывается сильнее монарха. Ах, если бы мы властвовали над ним вдвоем не как соперницы, а как союзницы, если бы мы были не просто фаворитками, а подругами, если бы одна из нас управляла королем Франциском Первым, а другая просто Франциском, – о!.. тогда вся Франция оказалась бы в наших руках! И в какой момент, граф! Когда Карл Пятый спешит сам броситься в наши сети. Воспользовавшись его безрассудством, мы могли бы обеспечить себе блестящую будущность. Открою вам свои планы, д'Орбек: эта Диана, которая вам так нравится, потеряла бы в один прекрасный день всякую власть над нашей судьбой и некий граф мог бы стать... Но вот и король!

Так действовала госпожа д'Этамп: она редко что-либо объясняла, предпочитая прибегать к намекам; она внушала человеку мысли и чувства, разжигала в нем честолюбие, алчность, дурные наклонности и вовремя умолкала. Великое искусство, которое не мешало бы познать большинству влюбленных и поэтов!

Граф д'Орбек, человек безнравственный, жадный к деньгам и почестям, прекрасно понял герцогиню, тем более что в продолжении разговора взгляд ее не раз обращался в сторону Коломбы. У Асканио же была такая прямая и честная натура, что он даже не мог постигнуть все вероломство, всю низость этой затеи, однако он смутно почувствовал в мрачных и странных словах герцогини какую-то страшную угрозу для своей любимой Коломбы и с ужасом глядел на госпожу д'Этамп.

Служитель объявил о выходе короля и королевы. Придворные мгновенно вскочили и застыли в неподвижности, обнажив головы.

– Да хранит вас бог, господа! – сказал, входя, Франциск I. – Должен сообщить вам важную новость: наш любезнейший брат, император Карл Пятый, находится сейчас на пути во Францию, а быть может, уже пересек ее границу. Приготовимся же достойно встретить императора Карла! Полагаю, что нет нужды напоминать моему верному дворянству, к чему его обязывают законы гостеприимства. В лагере Золотой Парчи[1] мы уже доказали, что

[1] Лагерь Золотой Парчи. – Такое название получило место встречи в 1520 году французского короля Франциска I с

умеем принимать королей. Менее чем через месяц Карл Пятый будет в Лувре.

– А я, господа, заранее благодарю вас за прием, который вы окажете моему царственному брату, – нежным голосом добавила королева Элеонора.

В ответ раздались громкие возгласы:

– Да здравствует король!

– Да здравствует королева!

– Да здравствует император!

В этот миг, пробравшись сквозь толпу придворных, к королю подбежал шут Трибуле.

– Ваше величество! – воскликнул он. – Позвольте посвятить вам труд, который я собираюсь напечатать.

– Охотно, шут; но сначала скажи, как ты назовешь его и о чем там идет речь?

– Я назову его «Альманахом глупцов», сир, ибо он будет содержать перечень величайших глупцов, каких когда-либо носила земля. А на первой странице я уже вывел имя короля всех бывших и будущих глупцов.

– Ну, и кто же, интересно, этот достойный мой собрат, которого ты возвел на трон? – с улыбкой спросил король.

– Карл Пятый, – ответил Трибуле.

– Карл Пятый?! – воскликнул король. – Но почему именно он?

– А потому что никому, кроме него, и в голову не пришло бы явиться в страну вашего величества после того, как он держал вас пленником в Мадриде, – ответил шут.

– Ну, а если он благополучно проедет через все мое королевство? – спросил Франциск.

английским королем Генрихом VIII, во время которой между ними был заключен политический и военный союз (впоследствии нарушенный). Оба монарха соперничали в непомерной роскоши: палатка Франциска I была из золотой парчи и поддерживалась золотой статуей.

– О! Тогда я торжественно обещаю стереть его имя и заменить другим.

– Каким же, любопытно?

– Вашим, сир. Потому что, допустив это, вы окажетесь еще глупее, чем он.

Король расхохотался, придворные последовали его примеру. Только несчастная Элеонора побледнела при этой шутке.

– Ну что ж! – сказал Франциск. – Можешь сейчас же заменить имя Карла моим: я дал императору честное слово дворянина и сдержу его. А посвящение твое принимаю, и вот тебе плата за первый экземпляр.

И, вынув из кармана полный кошелек, король швырнул его шуту. Трибуле подхватил подарок зубами и убежал на четвереньках, ворча, как собака, уносящая брошенную ей кость.

К королеве приблизился парижский прево с Коломбой.

– Ваше величество, – сказал он, – дозвольте мне в этот радостный день представить вам мою дочь Коломбу, которую ваше величество изволили принять в число своих придворных дам.

Королева, у которой было доброе сердце, обласкала и ободрила смущенную девушку, между тем как король не спускал с Коломбы восхищенного взора.

– Честное слово дворянина, мессер прево! – с улыбкой вскричал Франциск I. – Да вы просто государственный преступник – до сих пор утаивали от нас такую жемчужину! Ведь ваша дочь может украсить венок из прекраснейших дам, окружающих ее величество! И если я прощаю ваше вероломство, сударь, то лишь благодаря немому заступничеству этих мило потупленных глаз.

Король изящным жестом приветствовал очаровательную девушку и в сопровождении всего двора направился к часовне.

– Сударыня, – сказал герцог де Медина-Сидониа, предлагая руку герцогине д'Этамп, – давайте пропустим вперед всех этих придворных. Мне надо сказать вам нечто весьма важное и секретное, и, я думаю, здесь это сделать всего удобней.

– Я к вашим услугам, господин посол, – ответила герцогиня. – Нет, нет, д'Орбек, останьтесь!.. Господин де Медина, вы смело можете говорить в присутствии моего старинного друга, я доверяю ему, как самой себе. А этот юный итальянец ни слова не понимает по-французски.

– Хорошо, сударыня, но помните: вам не менее важно, чем мне, сохранить этот разговор в тайне. Итак, мы теперь одни, и я буду говорить прямо, без околичностей. Вы знаете, что его священное величество император Карл Пятый решил проехать через Францию и, быть может, уже находится на ее земле. Император знает, что едет во вражеский стан, но по вашему совету рассчитывает на рыцарские чувства короля. Говоря откровенно, сударыня, ваше влияние на Франциска Первого сильнее, чем любого из его министров. Вот почему от вас одной зависит, будет ли этот совет дурным или хорошим, окажется ли он ловушкой для императора или сослужит ему службу. Но к чему вам, герцогиня, идти против нас? Ведь это ничего не даст ни вам самой, ни французскому государству.

– Продолжайте, монсеньор, продолжайте! Говорите все до конца.

– Хорошо, сударыня. Карл Пятый является достойным преемником Карла Великого, и потому весьма возможно, что он преподнесет в дар Франции то, что вероломный союзник мог бы потребовать от него в виде выкупа. Мало того, император сумеет щедро вознаградить и за гостеприимство и за совет.

– Прекрасно! Сделав это, он поступит великодушно и благоразумно.

– Король Франциск Первый давно мечтает о герцогстве Миланском, не правда ли? Так вот, Карл Пятый согласен уступить ему эту провинцию, испокон веков служившую причиной раздоров между Испанией и Францией, но, конечно, за известную ежегодную плату...

– Понимаю, понимаю! – перебила герцогиня. – Как известно, финансы императора находятся в плачевном состоянии, а герцогство Миланское разорено беспрерывными войнами. Вот его святейшее величество и не прочь переложить часть своих долгов на более состоятельного должника. Нет, господин де Медина, я отказываюсь от этого предложения! Вы же сами понимаете, что оно неприемлемо.

– Но, сударыня, переговоры уже начались, и, как я слышал, король в восторге от сделанного предложения.

– Пусть так, но я от него отказываюсь! И если вы можете обойтись в этом деле без меня, тем лучше для вас.

– Поверьте, сударыня, император бесконечно дорожит вашим содействием! И все, чего бы вы ни пожелали...

– Я не торгую своим влиянием на короля, господин посол.

– О сударыня! Никто не осмелится даже подумать об этом.

– Послушайте, вы уверяете, будто ваш повелитель желает заручиться моей поддержкой, и, между нами говоря, он прав. Я окажу ему поддержку и прошу за это значительно меньше, чем он предлагает. Но вот что он должен сделать, слушайте внимательно: он обещает Франциску дарственную на герцогство Миланское, однако, едва покинув Францию, вспомнит о нарушении Мадридского договора и забудет о своем обещании.

– Но ведь это повлечет за собой войну, сударыня.

– Терпение, господин де Медина. Действительно, его величество разгневается, пригрозит императору войной. Тогда Карл Пятый согласится сделать герцогство Миланское независимым и отдаст его, но только свободным от всяких долговых обязательств, Карлу Орлеанскому, второму сыну Франциска Первого. Таким образом, император и обещание выполнит, и не увеличит мощи своего соперника. Думаю, мой совет чего-нибудь стоит, и, надеюсь, господин посол, вам нечего возразить против него. Что же касается моих личных пожеланий, о которых вы только что упоминали, то, если его святейшему величеству понравится мой план, пусть он обронит при первой нашей встрече какой-нибудь блестящий камешек. И, если камешек окажется достойным моего внимания, я подниму его и сохраню на память о своем славном союзе с наследником римских цезарей, великим королем Испании и Индии.

При этих словах герцогиня д'Этамп склонилась к Асканио, не меньше напуганному этими таинственными и мрачными планами, чем герцог де Медина был ими обеспокоен, а граф д'Орбек восхищен.

– Все это ради тебя, Асканио! – прошептала она. – Чтобы завоевать твою любовь, я готова погубить Францию! – И уже громко добавила: – Ну как, господин посол?

– Решать такие важные вопросы может только сам император; но я почти уверен, он примет ваше предложение; выгоды его для нас столь очевидны, что меня это просто пугает.

– Поверьте, господин посол, что, берясь воздействовать на короля, я соблюдаю и собственную выгоду. Ведь у нас, женщин, есть своя дипломатия, подчас более тонкая, чем у политиков! Но, клянусь, в моих планах не таится для вас ни малейшей опасности, да и подумайте, какая тут может быть опасность? Впрочем, в ожидании решения Карла Пятого я постараюсь вооружить против него короля Франции и буду всячески убеждать его величество захватить своего гостя в плен.

– Как, сударыня, и вы считаете это достойным началом союза?

– Полноте, господин посол, вы такой блестящий государственный деятель, а не понимаете, что главное для меня сейчас – отвести от себя подозрения! Открыто стать на вашу сторону – значит погубить все дело. Не думаю, однако, чтобы кто-нибудь мог выдать меня. Позвольте же мне быть вашим врагом, герцог, позвольте говорить против вас! Да и не все ли вам равно? Бог мой! Разве вы не знаете, герцог, как можно играть словами!

Если, например, Карл Пятый отвергнет мое предложение, я скажу королю: «Сир, верьте моему женскому чутью, вы должны во имя справедливости без колебания покарать преступника!» Ну, а если его святейшее величество согласится, я скажу Франциску: «Сир, положитесь на мою женскую хитрость – мы, женщины, хитры и изворотливы, как кошки. Вам необходимо решиться на одну маленькую сделку».

– О, сударыня, как жаль, что вы повелеваете целым королевством! Из вас получился бы прекрасный дипломат! – склоняясь перед госпожой д'Этамп, воскликнул герцог де Медина.

И он удалился в восторге от неожиданного оборота, который приняли его переговоры с герцогиней.

– Ну, а теперь, друг мой, я буду говорить с вами откровенно, без обиняков, – сказала герцогиня, оставшись наедине с графом д'Орбеком и Асканио.

– Из нашего разговора, граф, вы узнали три вещи: во-первых, и для моих друзей и для меня самой необходимо, чтобы моя власть над королем окончательно упрочилась; во-вторых, после успешного завершения этого дела нам уже не надо будет опасаться завтрашнего дня – ведь короля заменит его сын, – а у герцога Миланского, которого возвышу я, будет гораздо больше причин быть мне благодарным, чем у Франциска Первого, который возвысил меня. И наконец, в-третьих, – его величество очарован вашей прелестной Коломбой. Вот почему я обращаюсь к вам, граф, как к человеку, который стоит выше всех пошлых предрассудков. Вы теперь держите свою судьбу в собственных руках. Скажите, хотелось бы вам, чтобы королевский казнохранитель д'Орбек занял место королевского канцлера Пуайе, или, выражаясь точнее, хотите ли вы, чтобы Коломба д'Орбек заняла место Марии де Бриссак?

Асканио содрогнулся от ужаса. К счастью, д'Орбек этого не заметил; его хитрые глазки были прикованы к герцогине, смотревшей на него выразительным, глубоким взглядом.

– Я хочу стать канцлером, – последовал его краткий ответ.

– Прекрасно! Мы спасены! Но как быть с прево?

– Что ж, найдете ему какое-нибудь тепленькое местечко, только пусть оно будет подоходней. К чему тут почет! Ведь когда этот старый подагрик отправится на тот свет, все его богатство перейдет ко мне.

Асканио не мог дольше сдерживаться.

– Сударыня!.. – вскричал он срывающимся от гнева голосом.

Но он так и не успел договорить, а граф не успел удивиться его дерзости: двери широко распахнулись, и в них появился король в сопровождении всего двора.

Госпожа д'Этамп крепко схватила Асканио за руки и, отойдя в сторону, сказала негромко, с трудом подавляя волнение:

– Понимаешь ли ты теперь, юноша, как нас, женщин, ломает жизнь? Девушка может стать фавориткой короля даже против воли!

Ее слова были заглушены остротами и веселыми шутками, которыми обменивались король и придворные.

Франциск I так и сиял от радости. Еще бы, приедет Карл V, начнутся торжественные приемы, пиршества, увеселительные прогулки, и на его долю выпадет самая благодарная роль. Весь мир устремит взоры на Париж и французского короля. При мысли о захватывающем спектакле, нити которого были у него в руках, Франциск I радовался, как дитя. Он ценил превыше всего внешний блеск и ни к чему не относился серьезно. Войны для него были турнирами, а управление государством – искусной игрой. Этот монарх, одаренный блестящим умом, увлекался самыми странными, рискованными и поэтическими идеями, а из своего царствования сделал театральное представление, аплодировать которому должен был весь мир.

И вот теперь ему представился случай ослепить своего соперника и Европу. Немудрено, что он был сегодня необыкновенно милостив и приветлив. Сделав вид, что благодушие короля придало ему смелости, Трибуле подбежал к Франциску, едва тот переступил порог.

– О сир! – жалобно завопил шут. – Прощайте навеки! Ваше величество скоро лишится своего верного слуги; но я сокрушаюсь больше о вас, нежели о себе, ваше величество! Что вы будете делать без своего жалкого шута Трибуле – ведь вы так его любите!

– Как! Ты хочешь меня покинуть, да еще теперь, когда у меня всего один шут на двух королей?

– Да, сир, именно теперь, когда на одного шута приходится целых два короля.

– Не болтай чепухи! Я приказываю тебе остаться.

– Повинуюсь, ваше величество. Но тогда издайте королевский указ, запрещающий господину де Вьейвиль преследовать меня. Я лишь повторил ему то, что говорят о его жене, и за такой пустяк он поклялся, что оборвет мне уши и душу из меня вытряхнет. «Если она у тебя есть», – добавил этот нечестивец. Ваше величество, да за такое кощунство ему язык надо отрезать!

– Ну, ну, успокойся, бедный мой шут. Тот, кто лишит тебя жизни, ровно через четверть часа после этого будет сам повешен.

– Ах, ваше величество, а нельзя ли сделать наоборот?

– То есть как это – наоборот?

– Очень просто: повесить его за четверть часа до того, как он меня убьет. Так будет лучше.

Все расхохотались, и громче всех Франциск I. Король двинулся дальше, и взгляд его случайно упал на итальянского эмигранта Пьетро Строцци.

– А, сеньор Строцци! – воскликнул он. – Кажется, вы уже давно ходатайствовали о предоставлении вам французского подданства. Нам отнюдь не делает чести, что человек, столь доблестно сражавшийся за нас в Пьемонте и отвергнутый за это своей родиной, до сих пор не принят в число подданных второй своей родины – Франции, ибо по храбрости вы настоящий француз. Сегодня же вечером, сеньор Строцци, мой секретарь Ле Масон пришлет вам грамоту на подданство... Не благодарите меня: я делаю это не только в ваших, но и в своих собственных интересах – необходимо, чтобы Карл Пятый нашел вас уже французом… А-а, это вы, Челлини! – продолжал король, обращаясь к художнику. – И, как всегда, не с пустыми руками. Что это у вас под мышкой? Но, клянусь честью, мой друг, я знаю, как отблагодарить вас! Пусть не говорят, что Франциска Первого кто-нибудь превзошел в щедрости… Мессер Антуан Ле Масон, вместе с грамотой для Пьетро Строцци изготовьте другую – для моего друга Бенвенуто Челлини, и притом безвозмездно: бедному чеканщику труднее раздобыть пятьсот дукатов, чем вельможе Строцци.

– От всей души благодарю вас, сир! – сказал Бенвенуто. – Но простите мое невежество: что такое грамота на подданство?

– Как, вы не знаете? – укоризненно воскликнул Антуан Ле Масон, а король расхохотался как безумный над столь наивным вопросом. – Грамота на подданство – это высшая милость, какую его величество может даровать иностранцу. Благодаря этой грамоте вы станете французом.

– О! Теперь я понял, сир, и несказанно вам признателен. Но для чего мне эта грамота? Я и так всей душой предан вашему величеству.

– Как – для чего? – воскликнул Франциск, по-прежнему в превосходном настроении. – А хотя бы для того, Бенвенуто, что теперь, когда вы стали французским подданным, я могу подарить вам Большой Нельский замок, а для иностранца я не мог бы этого сделать… Мессер Ле Масон, присоедините к грамоте на подданство дарственную на этот замок… Ну как, Бенвенуто, поняли вы теперь, какую пользу может принести человеку грамота на подданство?

– О да, сир, и разрешите поблагодарить вас не один, а тысячу раз! Наши с вами сердца без слов понимают друг друга; милость, которую вы мне сейчас оказали, позволяет мне надеяться на другую великую милость, о которой со временем я, быть может, осмелюсь просить ваше величество.

– Я не забыл своего обещания, Бенвенуто. Заканчивай скорей Юпитера и тогда проси чего хочешь.

– У вашего величества прекрасная память, и, смею надеяться, вы сдержите свое слово. Да, я буду просить, буду умолять ваше величество исполнить одно желание, от которого зависит счастье всей моей жизни! И то, что вы сделали для меня сейчас, каким-то непостижимым чудом угадав мои сокровенные мысли, позволяет мне надеяться на скорое осуществление моей мечты..

– Вот и прекрасно, мой великий мастер! Ну, а сейчас удовлетворите все-таки наше любопытство и покажите наконец, что у вас под мышкой.

– Это серебряная солонка, сир, в дополнение к кубку и тазу.

– А ну-ка, покажите ее скорей!

Король, как всегда, с огромным вниманием молча разглядывал некоторое время дивное творение Челлини и наконец воскликнул:

– Ну что за бессмыслица! Что за чушь!

– Как, сир, – в отчаянии воскликнул Бенвенуто, – вы недовольны моей работой?!

– Конечно, сударь, я недоволен вами, я зол на вас! Разве можно было портить такой прекрасный замысел, воплощая его в серебре! Из золота следовало делать эту вещь, Челлини, из золота, и вы это сделаете!

– Увы, сир, – грустно сказал Бенвенуто, – мои скромные творения недостойны столь высоких похвал. Я боюсь, как бы ценность материала не погубила сокровищ моей фантазии. Жизнь жестока, сир, а люди жадны и глупы; кто знает, не будет ли какой-нибудь кубок, за который ваше величество охотно заплатило бы десять тысяч дукатов, переплавлен когда-нибудь в десять экю. Нет! Глина дает более прочную славу, чем золото, – вот почему имена ювелиров не переживают их самих.

– Послушайте! Уж не думаете ли вы, что король Франции станет закладывать солонку со своего стола?

– Ваше величество, отдал же император Константинопольский венецианцам терновый венец Иисуса Христа!

– Да, но французский король выкупил его, сударь!

– Верно, ваше величество, но подумайте о всевозможных опасностях, которым подвергаются короли: о революциях, ссылках… У меня на родине, например, Медичи трижды изгонялись и трижды возвращались. Вряд ли есть на свете другой король, чья слава и казна были бы столь же прочны, как у вашего величества.

– Хорошо, хорошо, Бенвенуто! Но я желаю все же, чтобы вы сделали мне золотую солонку. Мой казнохранитель сегодня же отсчитает вам для этого тысячу полновесных золотых экю старой чеканки… Слышите, д'Орбек, сегодня же! Я не хочу, чтобы у Челлини пропала даром хоть одна минута… Прощайте, Бенвенуто, желаю вам успеха! Помните, французский король ждет Юпитера… Прощайте, господа! Не забывайте о Карле Пятом!

Пока Франциск I сходил с лестницы, чтобы сесть на коня и верхом сопровождать королеву, которая была уже в карете, в зале шли небезынтересные разговоры. Послушаем их.

Бенвенуто подошел к графу д'Орбеку и сказал:

– Я должен повиноваться его величеству, господин казнохранитель. Потрудитесь, пожалуйста, приготовить золото, а я тем временем схожу за мешком и через полчаса буду у вас.

Граф, в знак согласия, молча поклонился, и Челлини, напрасно поискав глазами Асканио, вышел из Лувра один.

В то же время Мармань тихо проговорил, обращаясь к прево, который все еще держал Коломбу за руку:

– Прекрасная возможность: побегу предупредить своих людей, а вы скажите д'Орбеку, чтобы он как можно дольше задержал у себя Бенвенуто.

И он исчез; а мессер д'Эстурвиль, подойдя к графу д'Орбеку, что-то прошептал ему на ухо и тут же громко добавил:

– А тем временем, граф, я отведу Коломбу в Нельский замок.

– Хорошо, – ответил д'Орбек. – И сегодня же вечером сообщите мне, чем все это кончится.

Они расстались; прево не спеша направился с дочерью к Малому Нельскому замку. Асканио, не замеченный ими, шел сзади, любуясь издали грациозной походкой Коломбы. А король вскочил на своего любимого коня – превосходного скакуна гнедой масти, подаренного ему Генрихом VIII, – и, вдев ногу в стремя, произнес:

– Нам с тобой, приятель, предстоит сегодня долгий путь:

Хоть ростом мал красавчик мой гнедой,
Друг другом все ж довольны мы с тобою…

Вот две первые строчки и готовы! – добавил он. – А ну-ка, Маро, попробуйте закончить четверостишие! Или вы, Мелен де Сен-Желэ.

Маро медлил, почесывая в затылке; Сен-Желэ опередил его, с необыкновенной быстротой сочинив удачное окончание:

Хоть ты не Буцефал,[1] но всадник твой
Превыше македонского героя.

Стихи были встречены громкими аплодисментами, и король, сидя в седле, изящным поклоном поблагодарил поэта за столь быстрый и удачный экспромт.

Что касается Маро, он вернулся к себе в отвратительнейшем настроении.

– Понять не могу, что сегодня случилось с придворными, – ворчал он, – но все они ужасно глупы!

---

[1] Буцефал – легендарный конь Александра Македонского.

Глава 2. Четыре сотни разбойников

Перейдя на противоположный берег Сены, Бенвенуто поспешил домой, однако не за мешком, как он сказал графу д'Орбеку, а за небольшой корзинкой, которую подарила ему во Флоренции одна из его двоюродных сестер – монахиня. Было уже два часа, а Бенвенуто непременно хотел покончить с этим делом сегодня же; поэтому, не дождавшись дома Асканио и других учеников, которые в эту пору обедали, ювелир отправился один на улицу Фруа-Манто, где жил граф д'Орбек; по пути он внимательно оглядывался по сторонам, однако не заметил ничего подозрительного.

Когда Челлини пришел к графу, тот заявил, что не может отдать ему золото сейчас же: необходимо-де выполнить сначала кое-какие формальности – пригласить нотариуса, составить контракт. Зная строптивый нрав Челлини, граф без конца извинялся и говорил так убедительно, что Бенвенуто поверил в несуществующие препятствия и согласился терпеливо ждать.

Но он решил воспользоваться, по крайней мере, этим промедлением и послать за своими подмастерьями, чтобы они проводили его и помогли донести золото. Д'Орбек тут же отправил в Нельский замок слугу и завел с Челлини разговор о его работе, о милостивом отношении к нему короля – словом, обо всем, что могло занять гостя. Впрочем, у Бенвенуто не было причин в чем-либо подозревать графа: ведь о любви художника к Коломбе знали только он сам и Асканио. Поэтому он довольно любезно отвечал казнохранителю на все его льстивые речи.

Потом потребовалось время, чтобы отобрать именно такие монеты, о которых говорил король. А нотариус все не являлся. Наконец он все же пришел, но очень долго провозился с составлением контракта. Короче говоря, когда Бенвенуто, обменявшись с хозяином последними любезностями, собрался уходить, начало уже смеркаться. Бенвенуто Челлини позвал слугу, которого посылали в Нельский замок, и тот сказал, что никто из подмастерьев прийти не мог, зато он сам охотно поможет сеньору ювелиру нести его золото. Только тут в душе Бенвенуто шевельнулось подозрение, и он отказался от помощи, как ни любезно она была предложена. Он ссыпал золото в корзинку и взял ее под мышку, продев свою руку в ручки, так что крышка оказалась плотно прижатой. Да и нести золото было таким образом гораздо удобнее, чем в мешке.

На Бенвенуто была надета под платьем превосходная кольчуга с наручами, сбоку у него висела короткая шпага, а за поясом торчал острый кинжал. Он быстрым, но твердым шагом пустился в путь. Когда он выходил от д'Орбека, ему почудилось, что слуги графа тихо о чем-то переговариваются, а затем выбегают один за другим из дому, делая вид, будто направляются в другую сторону, нежели он.

Теперь благодаря мосту Искусств, построенному через Сену, от Лувра до Академии рукой подать, а во времена Бенвенуто это было долгим путешествием. В самом деле, от улицы Фруа-Манто приходилось подняться по набережной до Шатле, пройти по Мельничному мосту, пересечь Сите; следуя по улице Святого Варфоломея, перебраться на левый берег реки по мосту Святого Михаила и отсюда вновь спуститься по набережной до Большого Нельского замка. И пусть не удивляется читатель, что в те времена воров и грабителей отважному Бенвенуто было немного не по себе: он опасался за огромную сумму денег, которые нес под мышкой. И, если читатель не прочь опередить вместе с нами Бенвенуто на несколько сотен шагов, он убедится, что эти опасения были не совсем напрасны.

Около часа назад, когда еще только начало смеркаться, на набережной Августинцев, возле церкви, остановились четверо молодцев довольно зловещего вида, с головы до пят закутанных в плащи. Набережную здесь отделяла от реки лишь невысокая каменная ограда, и по вечерам на ней было совсем пустынно. За все это время мимо незнакомцев прошел только прево, проводивший Коломбу в Малый Нельский замок и теперь возвращавшийся обратно. Все четверо с должным почтением приветствовали этого достойного представителя властей.

Они стояли у церковной стены и вполголоса вели беседу, надвинув шапки до самых бровей. Двое из них нам уже знакомы: это наемники, взятые в свое время виконтом де Марманем для осады Большого Нельского замка; их имена: Ферранте и Фракассо. Двое других занимались тем же достойным ремеслом, и звали их Прокоп и Маледан. А чтобы наши потомки не спорили о родине этих молодчиков, как спорят вот уже три тысячи лет о родине Гомера, добавим, что Маледан был пикардийцем, Прокоп – цыганом, а Ферранте и Фракассо появились на свет под благословенным небом Италии. Что же касается их отличительных особенностей, то Прокоп был юристом, Ферранте – педантом, Фракассо – мечтателем, а Маледан – просто глупцом. Как видит читатель, несмотря на нашу принадлежность к французской нации, мы отнюдь не заблуждаемся насчет достоинств нашего соотечественника. Но на войне или, точнее, в деле все они были сущими дьяволами.

А теперь, когда мы с ними познакомились, прислушаемся к их дружеской и весьма поучительной беседе. Из нее мы узнаем, что они были за люди и какая опасность грозит нашему другу Бенвенуто Челлини.

– Как хорошо, что сегодня рыжий болван виконт не будет совать нам палки в колеса! – сказал Ферранте, обращаясь к Фракассо. – Наконец-то мы обнажим наши шпаги, и этот проклятый трус не одернет нас и не заставит обратиться в бегство!

– Ты прав, – ответил Фракассо. – Но, раз он предоставил нам весь риск этого дельца, за что я ему весьма признателен, он должен предоставить нам и всю добычу. Какое, в сущности, право имеет рыжий дьявол присваивать пятьсот золотых – ровно половину добычи? Правда, и пять сотен, которые нам причитаются, неплохая награда. Ведь это приходится по сто двадцать пять экю на брата –

сумма знатная, что и говорить! В трудные времена мне случалось убивать человека и за два экю.

– «За два экю»! Пресвятая богоматерь! Да ведь это ремесло только позорить! – воскликнул Маледан. – А знаешь что, приятель, не говори лучше при мне таких вещей, а то, чего доброго, услышит кто-нибудь и сочтет меня таким же оболтусом, как и ты.

– Что ж делать, Маледан. Все в жизни бывает, – грустно произнес Фракассо. – Иной раз убил бы, кажется, человека за кусок черствого хлеба! Но вернемся к делу. По-моему, друзья, двести пятьдесят экю вдвое лучше, чем сто двадцать пять. А что, если, укокошив парня, мы прикарманим все денежки и не отдадим этому плуту Марманю ни гроша?

– Брат мой, – наставительно изрек Прокоп, – это значило бы надуть клиента, а в любой работе прежде всего следует быть честным. Я думаю, мы должны поступить так, как было условлено, и отдать виконту все пятьсот экю. Но distinguamus![1] Когда он их получит и убедится, что мы люди честные, я не вижу причин, почему бы нам не напасть на него и не отнять эти деньги.

– Вот это здорово! – одобрительно воскликнул Ферранте. – У нашего Прокопа честность всегда сочетается с поразительной изобретательностью.

– Ну это просто потому, что я изучал когда-то законоведение, – скромно заметил Прокоп.

– Не будем, друзья, отвлекаться от дела, – обычным для него поучительным тоном заметил Ферранте. – Recte ad terminum eamus.[2] Пусть себе виконт мирно почивает в своей мягкой постели! Его час не настал. Нам предстоит сейчас заняться флорентийским ювелиром. Ради успеха предприятия хозяин желает, чтобы мы прирезали ювелира вчетвером. Собственно говоря, укокошить человека и отобрать у него мошну мог бы и один из нас, но говорят, что богатство – страшное общественное зло, и поэтому лучше, если

---

[1] Оговорим (лат.).

[2] Пойдем прямо к цели (лат.).

доход поделят между собой несколько добрых приятелей. Но только, чур, надо скорехонько отправить его на тот свет – ведь человек, о котором идет речь, умеет постоять за себя. Мы с Фракассо уже убедились в этом. Для большей верности придется наброситься на него всем сразу. Итак, внимание! Побольше хладнокровия, держите ушки на макушке, глядите в оба и берегитесь его шпаги! Он, как и все эти итальянцы, отлично ею владеет, что и не замедлит вам доказать.

– Уж насчет этого можешь не беспокоиться! – презрительно проворчал Маледан. – Я привык ко всяким ударам – и режущего и колющего оружия. На собственной шкуре испытал их. Как-то раз мне привелось побывать ночью по личному делу в Бурбонском дворце. Я не успел управиться до рассвета и решил дождаться следующей ночи в каком-нибудь укромном уголке. Я подумал, что самое подходящее для этого место – оружейный зал; там была пропасть всякого рыцарского снаряжения и трофеев: шлемы, латы, наручи, щиты, забрала. И все это прилажено одно к одному и установлено на подставках. Ну прямо как настоящие рыцари в доспехах! Напялил я на себя доспехи, опустил забрало и встал на подставку...

– Вот потеха-то! Ну, а дальше? – нетерпеливо перебил Ферранте. – Ведь когда собираешься совершить геройский подвиг, самое лучшее – побольше слушать о доблести других. Продолжай, продолжай же!

– Ну вот, спрятался я, а не знал, что на этих проклятых рыцарских доспехах королевские сынки упражняются в искусстве владеть холодным оружием. Скоро в комнату вошли два дюжих молодца лет по двадцати, взяли по копью и по шпаге и ну лупить по моим доспехам! Хотите верьте, хотите нет, но я так и выдержал все до конца! Я стоял, будто и впрямь был деревянный и меня привинтили к этой дурацкой подставке. Счастье мое, что юнцы оказались не очень-то сильны. Но вот появился папаша и принялся их подзадоривать. Однако до сих пор святой Маледан, мой патрон, которому я все время про себя молился, отводил от меня наиболее опасные удары; но вдруг этот дьявол папаша выхватывает у одного из сынков копье, чтобы показать, как сшибают одним ударом забрало; действительно, забрало отлетело в сторону, и все увидели мое бледное, помертвевшее от страха лицо. «Пропал!» – подумал я.

– Бедняга! – печально произнес Фракассо. – Ты мог погибнуть ни за что.

– Не тут-то было! Увидев мое посиневшее лицо с дико выпученными глазами, эти олухи приняли меня за привидение своего прадеда и удрали, да так прытко, будто сам черт поджаривал им пятки! Ну, а я?.. Как бы это поскладнее объяснить вам… Я повернулся к ним спиной и тоже побежал. Но важно-то ведь не это! Надеюсь, вы могли убедиться, что я достаточно вынослив.

– Так-то оно так, но в нашем деле главное – не принимать удары, а наносить их, дружище Маледан! – изрек Прокоп. – А хороший удар – это тот, от которого жертва падает, не успев даже вскрикнуть. Да вот послушайте: во время одного из моих путешествий по Фландрии мне надо было освободить одного из своих клиентов от четверки дружков, которые путешествовали вместе. Мне предложили трех помощников, но я заявил, что или сделаю все один, или совсем отказываюсь от дела. Условие было принято, и в случае удачи мне обещали заплатить за четверых. Я знал, каким путем поедут приятели, и поджидал их в одной харчевне, где они должны были остановиться. Хозяин харчевни тоже когда-то погуливал по большим дорогам, а теперь, когда он сменил ремесло, ему стало еще легче и безопаснее грабить путешественников; впрочем, в душе трактирщика еще не заглохли добрые чувства, и мне было нетрудно добиться от него поддержки, обещав ему десятую долю своей награды. Договорившись обо всем, мы стали поджидать наших молодчиков и немного спустя увидели их на повороте дороги. Всадники проворно спешились у харчевни, чтобы поесть и дать отдохнуть лошадям. Но трактирщик заявил, что его конюшня слишком мала и вчетвером там просто не повернуться: придется-де заводить туда лошадей по очереди. Вот пошел первый да и пропал; пришлось идти другому, узнавать, в чем дело. Ну и этот не вернулся. Тогда, устав ждать приятелей, пошел третий и тоже исчез. «А-а, понимаю! – воскликнул хозяин, видя, что четвертый обеспокоен их задержкой. – Они вышли через заднюю дверь». Эти слова успокоили четвертого, он решил присоединиться к товарищам и нашел меня, потому что, как вы, наверное, догадались, в конюшне был я. Ну, последнему я дал возможность вскрикнуть разок, прощаясь с жизнью, – ведь это уже никого не могло испугать... Ферранте, как ты думаешь, нельзя ли в соответствии с римским правом назвать это trucidatio per divisionem necis? [1] А итальянца-то нашего все нет и нет, – продолжал Прокоп. – Уж не случилось ли с ним чего! Скоро совсем стемнеет...

– Suadentque cadentia sidera somnos, [2] – изрек Фракассо. – Кстати, друзья мои, как бы этот Бенвенуто не выкинул в потемках такую же штуку, какую однажды проделал я сам. Это было во время моих странствований по берегам Рейна. Я всегда любил эти края с их живописной и грустной природой. Рейн – река мечтателей. Мечтал и я. Мне, видите ли, очень хотелось отправить на тот свет некоего вельможу, по имени Шрекенштейн, если не ошибаюсь. Дельце было не из легких, потому что этот господин никогда не выходил из дому без надежной охраны. Но вот что я придумал. Выбрав ночку потемнее, я оделся точно в такое же платье, какое носил он сам, и стал поджидать его на улице. Увидев во мраке obscuri sub noste [3] Шрекенштейна и черные фигуры его телохранителей, шедших несколько позади, я вихрем налетел на вельможу, сорвал с него шляпу с перьями и, нахлобучив на себя, ловко стал на его место, так что мы оказались лицом к лицу. Не дав

---

[1] Последовательное предание казни (лат.).

[2] И ко сну зовут заходящие звезды (Вергилий, «Энеида», II, 9) (лат.).

[3] Скрытые ночью (Вергилий, «Энеида», VI, 26) (лат.).

ему опомниться, я оглушил его, сильно ударив по голове рукояткой шпаги, и среди поднявшейся суматохи, воплей и звона клинков принялся орать благим матом: «Помогите! Грабят! Убивают!» Эта военная хитрость удалась как нельзя лучше: люди Шрекенштейна яростно набросились на него и тут же прикончили, а я тем временем скрылся в ближайшем лесу. Почтенный сеньор мог, по крайней мере, утешиться перед смертью тем, что он погиб от дружеской руки.

– Что смело, то смело – ничего не скажешь, – заметил Ферранте. – Но если вспомнить мою далекую молодость, то найдется рассказать кое-что и похлеще. Как и тебе, Фракассо, мне пришлось иметь дело с одним вельможей, который нигде не появлялся без вооруженной охраны. Дело было в Абруццском лесу. Я взобрался на огромный дуб и уселся на толстой ветке, протянувшейся над дорогой; под ней-то и должен был проехать субъект, которого я поджидал. Рассветало; дул свежий утренний ветерок, и косые лучи восходящего солнца освещали замшелые стволы деревьев; воздух так и звенел от пения птиц. Сидя на своем суку, я размечтался, как вдруг…

– Тс! – прервал его Прокоп. – Шаги. Это он!

– Вот и прекрасно, – пробурчал Маледан, настороженно озираясь. – Поблизости ни души – нам везет.

Убийцы умолкли и замерли на своих местах. В сумерках нельзя было различить их загорелых, страшных лиц, виднелись только сверкающие глаза, руки, судорожно вцепившиеся в рукояти шпаг, и застывшие в напряженном ожидании фигуры. Вся эта живописная группа, притаившаяся в полумраке, являла собой картину, достойную кисти Сальватора Розы. Разбойники угадали: это был действительно Бенвенуто, шедший быстрым, бодрым шагом. Как мы уже говорили, он кое-что заподозрил, а потому зорко вглядывался в окружающую тьму. Впрочем, глаза его привыкли к темноте, и он еще за двадцать шагов различил фигуры четверых бандитов, вышедших из засады.

Но, прежде чем они успели наброситься на него, Бенвенуто с присущим ему хладнокровием прикрыл плащом корзинку с золотом, обнажил шпагу и прислонился спиной к церковной стене. Таким образом, он оказался защищенным с тыла.

Все четверо бандитов напали на него разом. Положение казалось безнадежным: бежать некуда, кричать бесполезно – до замка не менее пятисот шагов. Но Бенвенуто не был новичком в искусстве владеть оружием и ловко отражал все атаки. Нанося удары направо и налево, он не терял способности рассуждать. Вдруг в голове его мелькнула мысль: ясно, это ловушка, и устроена она ему, Челлини. Ну, а если убедить разбойников, что они ошиблись? Тогда он будет спасен. И вот под градом сыпавшихся на него ударов Челлини принялся вышучивать бандитов за их мнимую ошибку:

– Да что вы, ребята, спятили? Какой бес в вас вселился! Ведь с бедняка солдата многого не возьмешь. Плащ мой, что ли, вам приглянулся или, может быть, шпага? Эй, эй, парень! Побереги свои уши! Коли хотите получить мою шпагу, надо сперва суметь ее отбить. Право, для грабителей, да еще не новичков в своем деле, у вас совсем нет нюха.

Говоря это, Бенвенуто и не думал бежать, а сам теснил противников. Однако он отходил от стены самое большее на шаг, на два и тотчас же опять прислонялся к ней, беспрерывно нанося удары. Несколько раз он умышленно приоткрывал плащ, показывая, что никакого золота у него нет и в помине. Бенвенуто делал это на тот случай, если бы слуга графа д'Орбека успел предупредить грабителей; ведь негодяй куда-то исчез как раз перед его уходом. Уловка прекрасно удалась. Видя спокойную уверенность Бенвенуто и то, как проворно он владеет шпагой, слишком проворно для человека, отягощенного тысячей полновесных экю, наемники призадумались.

– А что, может, мы и впрямь ошиблись, Ферранте? – тихо спросил Фракассо.

– Боюсь, что так. Тот был вроде пониже. А если это он, то никакого золота при нет нем; одурачил нас проклятый виконт!

– Золото? Это у меня-то? – вскричал Бенвенуто, делая блестящий выпад шпагой. – Да у меня в кармане всего-навсего пара стершихся медяков! Но если, ребятки, вы вздумаете их отобрать, то медяки обойдутся вам дороже чистейшего золота, да еще вдобавок чужого, так и знайте!

– Вот черт! – воскликнул Прокоп. – Да он в самом деле военный. Где это видано, чтобы золотых дел мастер так управлялся со шпагой! Потейте тут с ним, сколько вашей душе угодно, а я не такой дурак, чтобы драться ради одной славы.

И Прокоп, ворча, покинул поле боя. Ослаб натиск и остальных бандитов, ибо они были сбиты с толку и лишились поддержки товарища. Бенвенуто воспользовался этим, отошел от стены и направился к замку; однако он все время держался лицом к бандитам, на ходу отбиваясь от них, словно дикий вепрь, в которого вцепились охотничьи псы.

– Идемте, идемте со мной, храбрецы! – говорил он. – Проводите-ка меня до Пре-о-Клер. Там в Мэзон-Руж живет моя краля; ее папаша торгует вином, а сейчас она ждет не дождется меня. Если верить россказням, эта дорога небезопасна, и я не прочь иметь охрану.

После этой шутки Фракассо тоже отказался от преследования и присоединился к Прокопу.

– Дураки мы с тобой, Ферранте! – сказал Маледан. – Это вовсе не Бенвенуто.

– Напротив, это он и есть! – воскликнул Ферранте, заметивший набитую золотом корзинку под мышкой у Бенвенуто, случайно распахнувшего свой плащ.

Однако было слишком поздно – до замка оставалось не больше полусотни шагов, и Бенвенуто принялся кричать своим зычным голосом, громко раздававшимся в ночной тиши:

– Помогите! Эй, кто-нибудь из Нельского замка, скорей сюда! Помогите!

Едва успели Фракассо и Прокоп прибежать на помощь товарищам, а Ферранте с Маледаном возобновить нападение, как ворота замка открылись, и оттуда с копьями наперевес выскочили Герман, Жан-Малыш, Симон-Левша и Жак Обри, давно уже с беспокойством поджидавшие учителя.

При виде их бандиты разбежались.

– Куда же вы, приятели? Хоть бы еще несколько шагов проводили меня. Эх вы, недотепы! Вчетвером не сумели отобрать у одинокого путника тысячу экю, которые к тому же совсем оттянули ему руку!

В самом деле, разбойники не причинили Бенвенуто Челлини ни малейшего вреда, если не считать легкой царапины на руке, и теперь убегали, сильно пристыженные, причем Фракассо улепетывал с громкими воплями. Дело в том, что в конце схватки он лишился правого глаза, и ему на всю жизнь предстояло остаться кривым, от чего и без того грустная физиономия бедняги стала еще более унылой.

– Ну, а теперь, друзья, – сказал Бенвенуто, обращаясь к подмастерьям, когда шаги убийц замерли вдали, – после такого славного дельца не худо бы и поужинать. Давайте выпьем за мое спасение!.. Но где же Асканио? Почему его нет с вами?

Читатель, наверное, помнит, что Асканио вышел из Лувра, так и не найдя своего учителя.

– А я знаю, где он! – воскликнул Жан-Малыш.

– Где же, дитя мое? – спросил Бенвенуто.

– Он уже битых полчаса бродит по Нельскому парку. Мы, то есть писец и я, хотели с ним поболтать, но Асканио просил оставить его одного.

«Странно! – подумал Бенвенуто. – Почему же тогда Асканио не прибежал ко мне на помощь вместе с остальными? Неужели он не слыхал моего крика?» И уже вслух добавил:

– Поужинайте без меня, друзья… А-а, это ты, Скоццоне!

– О господи! Вас хотели убить, сударь? Неужели это правда?

– Да-да, что-то в этом роде.

– Господи Иисусе!

– Все в порядке, все в порядке, милочка, – повторял Бенвенуто, чтобы успокоить побледневшую как смерть Катерину. – Теперь надо только раздобыть вина для моих славных спасителей, да получше. Займись-ка этим, Скоццоне. Возьми у госпожи Руперты ключи и сама все устрой.

– А вы не уйдете больше? – спросила Скоццоне.

– Нет-нет! Будь покойна. Я только поищу в парке Асканио, мне с ним нужно поговорить.

Ученики вместе с Катериной вернулись в мастерскую, а Бенвенуто отправился в парк.

Как раз в это время взошла полная луна, и он отчетливо увидел Асканио. Однако юноша вовсе не прогуливался, а, приставив к ограде Малого Нельского замка лестницу, взбирался по ней. Очутившись наверху, он втащил лестницу за собой и исчез по ту сторону ограды.

Бенвенуто провел рукой по глазам, как человек, не верящий тому, что видит, и тут же, приняв какое-то решение, побежал в мастерскую, поднялся к себе на мансарду, вылез из окна на крышу и ловко перескочил на ограду Малого Нельского замка. Потом, цепляясь за узловатые виноградные лозы, он бесшумно спрыгнул в сад Коломбы. Утром прошел дождь, и сырая земля заглушала шум шагов.

Прижавшись ухом к земле, Бенвенуто прислушался. Сперва все было тихо; потом вдали послышался шепот. Бенвенуто вскочил и стал осторожно, ощупью пробираться по саду, то и дело останавливаясь. Голоса становились все явственнее, и Бенвенуто уверенно двинулся туда, откуда они доносились. И вот, дойдя до аллеи, пересекавшей парк, он увидел Коломбу или, вернее, догадался, что это она.

Девушка была в белом платье и сидела подле Асканио на хорошо знакомой нам скамье. Влюбленные говорили очень тихо, взволнованно, но каждое слово отчетливо раздавалось в ночной тиши.

Бенвенуто спрятался за деревьями, почти у самой скамьи, и стал слушать.

Глава 3. Сон в осеннюю ночь

Осенний вечер был тих и прозрачен. Луна сияла среди редких облачков, плывших по серебристо-лазурному небосводу, усеянному яркими звездами. Безмятежный покой был разлит вокруг трех людей, притаившихся в Нельском парке, но их души были объяты смятением и тревогой.

– Милая Коломба! – говорил Асканио. (А Бенвенуто стоял позади, безмолвный, бледный и, казалось, воспринимал эти слова не слухом, а всем своим истерзанным сердцем.) – Любимая невеста моя! Сколько горя я причинил вам! И зачем только я вторгся в вашу тихую жизнь! Когда вы узнаете страшную весть, которую я принес, вы меня проклянете.

– Вы ошибаетесь, друг мой, – отвечала Коломба. – Что бы вы ни сказали, я всегда буду благословлять вас, ибо знаю: вы мне посланы богом. Я никогда не слышала голоса своей матери, но, когда вы говорите со мной, мне кажется, что я слышу ее. Говорите же, говорите, Асканио! И какие бы ужасные вещи вы ни сказали мне, что ж делать! Утешением мне послужит уже то, что я слышу их из ваших уст.

– Соберите же все свое мужество, все свои силы, Коломба!

И Асканио поведал ей обо всем, что он узнал во дворце: о страшном заговоре госпожи д'Этамп и графа д'Орбека, об их намерении предать интересы королевства и обесчестить Коломбу.

Для него было настоящей пыткой, когда пришлось объяснять этой чистой девушке, незнакомой с людской подлостью, всю гнусность предательства, которым запятнал себя казнохранитель; рассказывать ей об утонченной жестокости королевской фаворитки, о ее коварстве, подсказанном ревностью.

Но Асканио выдержал эту пытку до конца, а Коломба даже не покраснела – так велики были ее невинность и душевная чистота.

Она поняла одно: ее любимый расстроен, испуган. И Коломба, как и Асканио, задрожала, словно тонкая лозиночка, обвившаяся вокруг молодого деревца, которая трепещет вместе с ним во время бури.

– Друг мой! Необходимо открыть моему отцу весь этот мерзкий заговор против моей чести, – сказала она. – Отец и не подозревает, что мы любим друг друга. Он обязан вам жизнью и непременно послушает вас! Успокойтесь, мой друг! Он вырвет меня из рук графа.

– Увы! – вздохнул Асканио.

– Как, мой друг, вы и отца подозреваете в столь низком сообщничестве? – воскликнула Коломба, понявшая сомнения любимого по тону его голоса. – Но это было бы слишком ужасно, Асканио! Нет, нет! Я уверена – отец ничего не знает, ни о чем не догадывается, и, хотя он никогда не был со мною особенно ласков, он не может собственной рукой толкнуть меня в бездну бесчестия и отчаяния.

– Простите, Коломба, – продолжал Асканио, – но ваш отец иначе понимает счастье, чем вы; высокий титул для него дороже чести; он тщеславен, как все придворные, и считает, что стать фавориткой короля большее счастье для вас, нежели выйти замуж за простого художника. Коломба, я не хочу ничего скрывать от вас: граф д'Орбек сказал герцогине д'Этамп, что он уверен в согласии вашего отца.

– О боже! Возможно ли? – вырвалось у Коломбы. – Где же это видано, Асканио, чтобы отец продавал свое дитя?!

– Такие вещи случались во всех странах и во все времена, мой бедный ангел, и особенно часто повторяются они в наше время и в нашей стране. Не думайте, что мир подобен вашей прекрасной душе, а общество так же добродетельно, как вы сами. Да, Коломба, знатнейшие люди Франции без стыда и совести отдают в жертву королевским прихотям юность и красоту своих дочерей, своих жен. При дворе это самая обычная вещь, и ваш отец может сослаться в свое оправдание на множество известных примеров. Прости, любимая, что я заставил твою чистую, нежную душу соприкоснуться с этой грубой, отталкивающей действительностью! Но я хотел показать тебе пропасть, в которую тебя собираются столкнуть.

– Асканио! О Асканио! – в отчаянии вскричала Коломба, припадая к его груди. – Неужели и отец против меня? Как мне за него стыдно! Где же искать защиты? Только вы один остались у меня! Спасите меня, Асканио! Советовались ли вы со своим учителем? По вашим словам, он великодушен, добр, силен; я полюбила его за то, что вы его любите.

– Не люби его, Коломба! Не люби его больше!

– Но почему? – пролепетала девушка.

– Потому что он тебя любит! Это вовсе не друг наш, который помог бы нам в беде, – он злейший наш враг. Понимаешь, Коломба, злейший враг! Выслушай меня.

И Асканио рассказал ей, как в ту минуту, когда он собрался все поведать Бенвенуто, учитель сам признался ему в своей возвышенной любви к Коломбе и в том, что он, как особой милости, намерен просить у короля ее руки. И Бенвенуто вполне может рассчитывать на эту милость, ибо король обещал исполнить любую его просьбу, после того как будет закончена статуя Юпитера. Между тем всем известно, что Франциск I никогда не нарушает данного слова.

– Милосердный боже! – воскликнула Коломба, поднимая к небесам свои прелестные глаза и белоснежные руки. – Теперь ты единственная наша защита! Все друзья изменили нам, и вместо тихой пристани перед нами открывается бурное море. Но вполне ли вы уверены, Асканио, что мы совершенно одиноки?

– Увы, я вполне в этом уверен. Мой учитель так же опасен теперь для нас, как и ваш отец. И подумать только! Я должен бояться и ненавидеть Бенвенуто, моего лучшего друга, любимого учителя, защитника, отца, бога! – воскликнул Асканио, ломая руки. – И за что? Только за то, что, увидя вас, он проникся к вам прекрасным чувством, которое вы внушаете каждому человеку с возвышенной душой! За то, что он любит вас. Но ведь и я люблю вас! Значит, мы оба с ним равно виноваты друг перед другом. Да, но вы, Коломба, любите меня, и в этом мое оправдание! О боже! Что делать? Вот уже два дня, как меня терзают самые противоречивые чувства – то мне кажется, будто я начинаю ненавидеть учителя, то чувствую, что люблю его по-прежнему. Он любит вас, это правда, но ведь он любил и меня! Я теряю голову, и дух мой колеблется, как тростник от дыхания бури. Что сделает Бенвенуто, когда все узнает? Прежде всего я расскажу ему о намерении графа д'Орбека, и, надеюсь, учитель избавит вас от него. Но потом, когда мы окажемся соперниками, врагами, я боюсь, что его гнев будет неумолим и слеп, как рок. И тогда он забудет друга, чтобы всей душой предаться любимой Коломбе. На его месте я без сожаления пожертвовал бы старой дружеской привязанностью ради зарождающейся любви – иначе говоря, променял бы землю на небо. Почему бы и ему так не поступить? В конце концов, он человек, а жертвовать любовью свыше человеческих сил. Стало быть, мы вступим с ним в борьбу, но могу ли я, беспомощный и одинокий, противостоять Бенвенуто Челлини? И все же, как бы я ни возненавидел своего приемного отца, – а ведь я давно и от всей души люблю его, – я ни за что на свете не подвергну Бенвенуто пытке, которую испытал сам, когда он рассказывал мне о своей любви к вам!

Бенвенуто, все время неподвижно, как статуя, стоявший за деревом, почувствовал на лбу капли ледяного пота и судорожно схватился рукой за сердце.

– Бедный Асканио! – грустно сказала Коломба. – Сколько вы страдали и как много предстоит вам еще выстрадать! Будем все же надеяться, друг мой! Не надо преувеличивать наших горестей и отчаиваться. Мы не одни в борьбе с несчастьем, с нашей горькой судьбой, ведь с нами бог. Вы предпочли бы, наверное, чтобы я принадлежала Бенвенуто, а не графу д'Орбеку или, еще лучше, чтобы я навеки посвятила себя богу. Не так ли, Асканио? Ну так вот, обещаю вам: если я и не стану вашей женой на этом свете, то навеки останусь вашей невестой. Слышите, Асканио? Успокойтесь, милый!

– Благодарю, любимая! – ответил Асканио. – Забудем об окружающем нас огромном мире, нам так хорошо сейчас в этом маленьком садике! Но вы ни разу еще не сказали, Коломба, что любите меня. Увы, мне часто казалось, что для вас долг выше любви.

– Молчи! Молчи, Асканио! – воскликнула Коломба. – Неужели ты не понимаешь, что я хочу освятить свое счастье, став твоей женой! О, я люблю, люблю тебя, Асканио!

Бенвенуто не мог больше держаться на ногах. Он упал на колени, прижался головой к стволу дерева и смотрел перед собой невидящим взглядом, и каждое слово влюбленных больно отдавалось во всем его существе.

– Коломба, я люблю тебя! – повторял Асканио. – И сердце подсказывает мне, что мы будем счастливы. Господь бог не оставит прекраснейшего из своих ангелов! Все вокруг тебя, Коломба, дышит таким покоем и радостью, что я забываю о мире скорби, в который вернусь, расставшись с тобой.

– Необходимо подумать о завтрашнем дне, – возразила Коломба. – Не будем сидеть сложа руки, и бог не оставит нас. Прежде всего, я думаю, мы не должны скрывать свою любовь от вашего учителя Бенвенуто. Ведь, вступив в борьбу с герцогиней д'Этамп и графом д'Орбеком, он подвергнется страшной опасности. Мы обязаны все ему рассказать. Поступать иначе было бы нечестно.

– Я повинуюсь, дорогая Коломба. Каждое ваше слово для меня закон. Да и сердце подсказывает мне, что вы правы. Вы всегда правы, Коломба! Но, если бы вы знали, какой страшный удар я нанесу ему своим признанием! Увы, я это испытал на самом себе! И, кто знает, быть может, узнав о нашей любви, он возненавидит меня и даже прогонит… Что мне делать тогда одному, на чужбине, без крова, без друзей, перед лицом таких сильных врагов, как герцогиня д'Этамп и королевский казнохранитель? Кто мне поможет расстроить их дьявольские планы? Кто поддержит меня в этой неравной борьбе? Кто протянет мне руку помощи?

– Я! – раздался позади звучный низкий голос.

– Бенвенуто! – воскликнул ученик, которому не надо было оглядываться, чтобы узнать учителя.

Коломба громко вскрикнула и вскочила. Асканио в смятении глядел на Челлини, не зная, друг перед ним или враг.

– Да, это я, Бенвенуто Челлини! – продолжал золотых дел мастер. – Вы не любите меня, сударыня, а ты, Асканио, меня разлюбил, и все же я пришел, чтобы спасти вас обоих.

– Что вы хотите этим сказать? – воскликнул Асканио.

– А вот что: садитесь-ка рядом со мной, и потолкуем, так как нам надо понять друг друга. Не рассказывайте мне ничего: я не пропустил ни единого слова из вашей беседы. Простите, что нечаянно подслушал вас, но вы и сами понимаете: лучше, если я буду знать все. Мне пришлось услышать много печального и страшного для себя, но и много полезного. Кое в чем Асканио прав, а кое в чем – нет. Я действительно стал бы с ним бороться за вас, сударыня; но раз вы любите его – это решает все. Будьте счастливы. Асканио запретил вам любить меня, но я заставлю вас снова полюбить себя тем, что устрою вашу судьбу.

– Учитель! – вырвалось у Асканио.

– О сударь, вы так страдаете? – умоляюще складывая руки, промолвила Коломба.

– Благодарю, сударыня! – ответил Бенвенуто; на глаза его навернулись слезы, но он тут же овладел собой. – Вы заметили это, сударыня! А вот он, неблагодарный, ничего не видит. О, женщины так чутки! К чему лгать? Я действительно очень страдаю. Да оно и понятно: ведь я утратил вас. И все же я счастлив тем, что могу вам служить; вы будете обязаны мне своим счастьем – и это немного меня утешает. Ты ошибся, Асканио: моя Беатриче ревнива, она не терпит соперниц. Статую Гебы придется закончить тебе. Прощай, моя прекрасная мечта! Последняя мечта…

Бенвенуто говорил отрывисто, с трудом, хриплым голосом. Коломба склонилась к нему и, сочувственно взяв за руку, тихо сказала:

– Плачьте, друг мой, вам станет легче.

– Да-да, вы правы! – ответил Челлини, разражаясь рыданиями.

Он стоял, не произнося ни слова, весь содрогаясь от беззвучных рыданий. И долго сдерживаемые слезы облегчили его душу.

Коломба и Асканио с уважением взирали на глубокое горе учителя.

– Вот уже двадцать лет, как я не плакал, – сказал он, успокоившись, – если не считать того случая, когда, помнишь, Асканио, я ранил тебя и увидел твою кровь. Но сейчас удар был слишком жесток. Я так страдал, стоя вот тут, за деревом, что чуть не пронзил себя кинжалом. И только мысль о том, что я нужен вам обоим, удержала меня. Выходит, вы спасли мне жизнь. В общем, все благополучно. Асканио даст вам на двадцать лет больше счастья, чем дал бы я. К тому же он почти мой сын, и я, как всякий отец, буду радоваться вашему счастью. Бенвенуто Челлини победит и самого себя, и ваших врагов. Страдание – удел всех художников-творцов. И кто знает, быть может, из каждой моей слезы родится прекрасная статуя, подобно тому, как из каждой слезы великого Данте родился божественный стих. Видите, Коломба, я уже вернулся к прежней своей возлюбленной, к своей скульптуре, и уж она-то никогда не изменит мне. Слезы смыли всю горечь, накопившуюся в моей душе. Мне грустно, но сердце мое смягчилось, а помогая вам, я забуду о своем горе.

Асканио обеими руками сжал руку учителя. Коломба взяла его за другую руку и поднесла к губам. Бенвенуто вздохнул полной грудью и сказал с улыбкой:

– Полно, дети мои, оставим нежности, не то я совсем расчувствуюсь и потеряю силы. Лучше не будем никогда вспоминать обо всем этом. Отныне, Коломба, я ваш друг, ваш отец, и только. А все, что было, – просто дурной сон. Поговорим об угрожающей вам опасности и о том, как ее предотвратить. Я только что слышал о ваших намерениях, о ваших планах. Какие вы еще дети! Вы совсем не знаете жизни и сами подставляете себя под удары судьбы, надеясь победить алчность, злобу и все низкие страсти человеческие своей добротой, своей улыбкой. Милые мои безумцы! На вашем месте я был бы хитер, беспощаден, зол. Но я – другое дело, жизнь многому меня научила. Вы же, мои дорогие, созданы для мира и счастья, и я позабочусь о том, чтобы жизнь вас не обманула… Злоба не омрачит твоего ясного взора, Асканио, и страдание не изменит чистого овала твоего прекрасного лица, Коломба. Я заключу вас обоих в свои объятия и бережно понесу через всю грязь и все житейские невзгоды. Я опущу вас на землю, лишь убедившись, что вы вполне счастливы, и сам буду радоваться вместе с вами. Но предупреждаю: вы должны слепо мне доверять. Мои поступки могут показаться вам странными, грубыми… быть может, даже испугают вас, Коломба. Я действую круто, по-военному, и стремлюсь прямо к намеченной цели, не оглядываясь по сторонам. Да, я больше забочусь о чистоте своих намерений, нежели о чистоте применяемых средств. Так, создавая прекрасную статую, я вовсе не думаю о своих испачканных в глине руках. Когда статуя готова, я отмываю руки – вот и все. Пусть ваша чуткая и нежная душа, сударыня, не страшится моей вины перед богом: мы с ним отлично понимаем друг друга. Мне предстоит иметь дело с сильными противниками, но я знаю их слабости: граф тщеславен, прево скуп, герцогиня коварна. Все трое могущественны. Вы находитесь в их власти, и двое из них имеют на вас законное право. Придется применить хитрость, насилие, но вас, дети мои, это не коснется, вы незапятнанными выйдете из недостойной борьбы. Ну как, Коломба, согласны ли вы идти за мной с закрытыми глазами? Согласны ли вы, не рассуждая, повиноваться мне, когда я скажу: «Делайте это» или «Идите туда-то»?

– Как скажет Асканио, – пролепетала Коломба.

– Бенвенуто великодушен и добр, – ответил Асканио, – он любит нас и прощает нам. Заклинаю вас, Коломба, будем во всем ему повиноваться!

– Приказывайте, сударь, я стану повиноваться вам, как божьему посланцу.

– Вот и хорошо, дитя мое. Я потребую от вас только одного, хоть вам, вероятно, и трудно будет решиться на это, но все же решиться необходимо. А затем вам останется только ждать естественного хода событий, предоставив мне действовать одному. А для того чтобы вы оба вполне доверились человеку, жизнь которого, быть может, запятнана, но совесть чиста, я расскажу вам историю своей юности. Увы, все эти истории похожи друг на друга, и в каждой есть свое горе. Я расскажу вам о том, как узнал мою Беатриче, этого ангела, о котором, Асканио, я уже рассказывал тебе. Ты поймешь, чем она была для меня, и перестанешь удивляться, что я безропотно уступаю тебе Коломбу. Ведь этой жертвой я только пытаюсь искупить слезы, пролитые твоей матерью, Асканио! Она была настоящей святой! Беатриче – значит блаженная, а Стефана – венчанная.

– Вы давно уже обещали рассказать мне эту историю, учитель.

– Да, – продолжал Челлини, – и теперь час настал. Выслушайте меня, Коломба! Вы поймете тогда, почему я так люблю нашего Асканио, и всецело доверитесь мне.

Вот что рассказал своим мягким, звучным голосом Бенвенуто Челлини в эту ароматную, тихую ночь под сверкающими в небе звездами, нежно держа обоих влюбленных за руки.

Глава 4. Стефана

С тех пор прошло уже двадцать лет. Я был таким же, как ты, Асканио, двадцатилетним юношей и работал подмастерьем у золотых дел мастера, по имени Рафаэль дель Моро. Это был отличный мастер, человек со вкусом, но он предпочитал проводить время в праздности и легко поддавался соблазнам, тратя на забавы последние деньги и увлекая за собой учеников. Мне частенько приходилось оставаться одному в мастерской, чтобы закончить, напевая, какую-нибудь работу. Я тогда все время пел, вроде Скоццоне. Маэстро Рафаэль был известен своей бесхарактерностью. Он ни в чем не мог отказать людям, и к нему стекались в поисках работы или, вернее, развлечений все лентяи Флоренции. Разумеется, при таком образе жизни не разбогатеешь. Действительно, у него никогда не было денег, и вскоре он прослыл в городе мастером, недостойным доверия.

А впрочем, нет! Был во Флоренции еще менее уважаемый собрат моего учителя, хотя он и происходил из благородного рода художников. Я имею в виду Джизмондо Гадди. Только он упал во мнении флорентинцев не оттого, что не платил долгов, как Рафаэль дель Моро, а из-за неумения работать и, главное, из-за своей отвратительной скупости. В конце концов он растерял всех заказчиков, и в его мастерскую отваживался заглянуть разве лишь какой-нибудь неискушенный иностранец. Тогда Джизмондо начал заниматься ростовщичеством, ссужая под огромные проценты деньги сынкам богачей, расточавшим свое будущее наследство. Это дело пошло гораздо лучше, потому что Гадди всегда брал крупные залоги и никогда не шел на риск. Кроме того, по его собственным словам, Джизмондо был весьма предусмотрителен и терпим: он ссужал деньгами решительно всех – и соотечественников, и иностранцев, и христиан, и евреев; он охотно ссудил бы и святого Петра под залог его ключей, и сатану под залог адских сокровищ.

Надо ли говорить, что он давал деньги и моему несчастному хозяину Рафаэлю дель Моро, который день ото дня все больше запутывался в долгах, хотя по-прежнему оставался честным человеком. Постоянное деловое общение обоих собратьев по ремеслу, близкое соседство и, наконец, пренебрежительное отношение к ним сограждан сблизили их. Дель Моро был полон признательности к Джизмондо Гадди за безграничную готовность ссужать его деньгами. Гадди, в свою очередь, питал глубокое уважение к своему честному и скромному должнику. Словом, вскоре они стали закадычными друзьями, и Джизмондо ни за какие сокровища не пропустил бы ни одной из пирушек, на которые всегда приглашал его Рафаэль дель Моро.

Дель Моро был вдовцом и имел шестнадцатилетнюю дочь, по имени Стефана.

Стефана не была красавицей в строгом смысле этого слова, но с первого же взгляда пленяла каждого. Под ее слишком высоким и крутым для женщины лбом чувствовалась работа мысли, а взгляд больших, блестящих, бархатисто-черных глаз проникал в самую душу, и вы невольно ощущали при этом прилив благоговейной нежности. Мягкая, грустная улыбка озаряла, как осеннее солнце, ее бледное, чуть смуглое лицо. Я забыл сказать, что у девушки были божественно прекрасные руки, а голову ее венчала корона пышных черных волос.

Стефана имела привычку немного склонять головку, как лилия, надломленная бурей. Живое воплощение меланхолии! Но, когда она что-нибудь приказывала, повелительно подняв руку, стан ее гордо выпрямлялся, дивные глаза загорались, ноздри трепетали, и вы готовы были пасть перед ней ниц, как перед архангелом Гавриилом. Ты очень похож на нее, Асканио; но у тебя нет ее болезненной слабости и страдальческого выражения лица. Никогда еще бессмертная душа не являлась мне так ясно, как в этом хрупком, женственно изящном теле! Дель Моро, который любил свою дочь и вместе с тем побаивался ее, не раз говорил, что, хоть жена его и лежит в могиле, ее душа продолжает жить в Стефане.

Я был в то время ветреным, необузданным и отважным юнцом и больше всего на свете ценил свободу. Молодость била во мне ключом, и я расточал ее в буйных драках и в бурной любви. Работал я так же, как и развлекался, со всем пылом юности и, несмотря на свои дурачества, был лучшим подмастерьем Рафаэля. Только на моем заработке и держался еще кое-как наш дом. Однако все, что я делал хорошего, получалось чисто случайно, необдуманно. Я прилежно изучал античное искусство, целыми часами копируя статуи и барельефы греческих и римских мастеров; и это знакомство с великими ваятелями древности дало мне четкость линий и чистоту форм. Но я был тогда всего-навсего хорошим подражателем, а не творцом. И все же, повторяю, я считался самым искусным и трудолюбивым учеником дель Моро. Вот почему мой учитель, как я узнал об этом впоследствии, мечтал выдать за меня свою дочь.

Но я и не думал о женитьбе, поверьте! Я жаждал развлечений, свободы, независимости. Я на целые дни исчезал из дому, а по вечерам возвращался разбитый усталостью и все же успевал за несколько часов перегнать в работе остальных подмастерьев Рафаэля. Я дрался за одно сказанное невпопад слово, влюблялся за один брошенный мне взгляд. Нечего сказать, славный муж вышел бы из меня!

Чувство мое к Стефане ничуть не походило на мою влюбленность в красоток из Порта-дель-Прато или из Борго-Пинти. Я почти робел перед ней. И, если бы кто-нибудь сказал мне тогда, что люблю ее не как сестру, я расхохотался бы ему в лицо. Возвращаясь после своих похождений, я не решался поднять на нее глаза. Стефана бывала тогда не строга, нет, а печальна. И наоборот, если, устав от забав или испытывая благодатное рвение к труду, я оставался дома, мне было отрадно встречать на себе ясный взгляд Стефаны, слышать ее нежный голосок. Моя любовь к ней была глубокой, почти благоговейной, я и сам не понимал, что это за чувство, но от него так сладко замирало сердце... Нередко среди шумных развлечений мне вдруг приходила мысль о Стефане, и в тот же миг я становился тих и печален. А если, обнажая шпагу или кинжал, я произносил ее имя, как имя своей святой покровительницы, то неизменно выходил победителем, и притом без единой царапины. Но это чувство к прелестной, нежной и невинной девушке таилось, как святыня, в глубине моей души.

Стефана, холодная и гордая с моими нерадивыми товарищами, была со мной бесконечно добра и терпелива. Она приходила иногда в мастерскую и садилась возле отца; склонясь над работой, я всегда чувствовал на себе ее взгляд. Я был горд и счастлив ее предпочтением, хоть и не пытался разобраться в нем. А когда кто-нибудь из подмастерьев, желая грубо польстить мне, говорил, что хозяйская дочка влюбилась в меня, ему так доставалось, что он никогда больше не решался повторить своих слов. И только несчастье, случившееся со Стефаной, показало мне, как прочно воцарилась она в моем сердце.

Однажды, находясь в мастерской, она не успела отдернуть руку, и неловкий подмастерье – думаю, он был пьян – глубоко поранил ей резцом два пальца на правой руке. Бедняжка отчаянно вскрикнула, но тут же спохватилась и, чтобы успокоить нас, улыбнулась, хотя вся рука была в крови. Кажется, я убил бы этого парня. Джизмондо Гадди тоже был в мастерской; он сказал, что знает по соседству одного хирурга, и тотчас же побежал за ним. Хирург оказался паршивым лекаришкой; правда, он ежедневно навещал Стефану, но был настолько невежествен, что у больной началось заражение крови. Тогда этот осел важно заявил, что все его усилия оказались тщетными и, вероятно, придется отнять руку. Рафаэль дель Моро к тому времени почти разорился, и ему не на что было позвать другого врача. Я же, услыхав страшный приговор, бросился к себе в каморку, вытряхнул из кошелька все свои сбережения и помчался к Джакомо Растелли де Перузе, лучшему итальянскому хирургу, который лечил самого папу. Вняв моей отчаянной мольбе, а главное, увидев порядочную сумму денег, он тотчас же отправился к больной, проворчав: «Ох уж эти мне влюбленные!..» Осмотрев рану, врач объявил, что берется вылечить ее и что недели через две Стефана будет совсем здорова. Мне хотелось расцеловать этого достойного человека. Он перевязал больной раненые пальчики, и Стефане сразу стало легче. Но через несколько дней обнаружилась костоеда, и пришлось делать операцию.

Стефана попросила меня присутствовать на операции: это придаст ей смелости, сказала она. А у меня самого сердце сжималось от страха. Хирург Джакомо орудовал грубыми инструментами, которые причиняли девушке страшную боль. Она не могла сдержать стонов, которые надрывали мне сердце, на лбу у меня выступил холодный пот.

В конце концов я не выдержал: я не мог смотреть, как этот страшный инструмент терзает тонкие, нежные пальчики; мне казалось, будто он терзает меня самого. Я вскочил, умоляя метра Джакомо на несколько минут отложить операцию.

Можно было подумать, что меня вдохновил какой-то добрый гений: я сбежал в мастерскую и быстро изготовил стальной ножичек, тонкий и острый, как бритва. Вернувшись, я отдал его хирургу, и операция пошла так легко, что Стефана почти не страдала. В пять минут все было закончено, а через две недели она уже дала поцеловать мне свою ручку, которую, по ее словам, я спас.

Не берусь описывать, какую пытку пришлось мне пережить, глядя на страдания бедной «смиренницы» – так я называл иногда Стефану.

В самом деле, смирение являлось неотъемлемым, врожденным качеством ее души. Стефана не была счастлива: легкомыслие и беспутный образ жизни отца приводили ее в отчаяние; религия стала единственным ее утешением. Подобно всем несчастным, она была набожна.

Заходя в церковь (я всегда любил бога), я нередко встречал там Стефану, которая, стоя в сторонке, горячо молилась и плакала.

В трудные минуты, которые из-за беспечности Рафаэля дель Моро часто выпадали на ее долю, она обращалась ко мне за помощью, делая это с доверчивостью, с благородством, приводившими меня в восторг.

«Бенвенуто, – говорила она мне с той милой простотой, какая присуща лишь возвышенным сердцам, – прошу вас – посидите сегодня попозже за работой и закончите эту вещицу. У нас в доме нет ни гроша».

Вскоре у меня вошло в привычку спрашивать ее мнение о каждой работе; она умела зорко подмечать недостатки и давала превосходные советы. Одиночество и горе развили ее ум и возвысили душу. Ее наивные, но вместе с тем глубокие суждения помогли мне постигнуть не одну тайну творчества и часто открывали предо мной новые пути в искусстве.

Помню, однажды я показал ей модель заказанной мне кардиналом медали: на одной стороне был изображен сам кардинал, а на другой – Иисус Христос, идущий по волнам и протягивающий руку апостолу Петру. А внизу надпись: «Quare dubitasti» – «Зачем усомнился?»

Портрет кардинала Стефана похвалила – он мне удался и был довольно схож с оригиналом.

Потом она долго молча глядела на спасителя и наконец сказала: «Лицо красиво, и, если бы оно принадлежало Аполлону или Юпитеру, я не возражала бы. Но ведь спаситель не только красив – он божествен. Черты этого лица безупречно правильны, но где же в нем душа? Я восхищаюсь человеком, но не вижу бога. Помните, Бенвенуто, вы не только художник, вы христианин. Знайте, и мне приходилось падать духом, сомневаться, и я видела Христа, который, протягивая мне руку, говорил: „Зачем усомнилась?“ Ах, Бенвенуто, его небесный лик прекрасней, чем созданный вами! В нем чувствовалась и скорбь отца, и всепрощающее милосердие. Чело сияло, а уста улыбались. Он был не только велик, но и добр».

«Постойте, постойте, Стефана!»

Я поспешно стер набросок и за какие-нибудь четверть часа нарисовал у нее на глазах другой лик Христа.

«Верно я понял вас, Стафана?»

«О да, да! – воскликнула она со слезами на глазах. – Точно таким являлся мне спаситель в минуту отчаяния. Я сразу же узнала его величественное и благостное лицо. И я советую вам, Бенвенуто: прежде чем браться за работу, подумайте над тем, что вы собираетесь создать. Вы овладели мастерством – добивайтесь выразительности. У вас есть материал – одухотворяйте его. Пусть ваши руки выполняют веления вашего разума».

Вот какие советы давала мне эта шестнадцатилетняя девушка, наделенная свыше тонким художественным вкусом.

В одиночестве я часто размышлял над ее словами и понимал, что она права. Так Стефана просвещала и направляла меня. Овладев формой, я пытался вдохнуть в нее мысль, чтобы дух и материя выходили из моих рук, слитые воедино, как Минерва из головы Юпитера.

Господи! Как живучи воспоминания юности и как много в них очарования!.. Коломба, Асканио! Этот чудесный вечер живо напоминает мне вечера, проведенные наедине со Стефаной на скамье, возле дома ее отца. Она смотрела на звезды, я же смотрел только на нее. С тех пор прошло двадцать лет, а мне кажется, будто это было только вчера. Вот и сейчас у меня такое чувство, будто я сжимаю ее руки, но это ваши руки, дети мои! Да, что ни делает господь, все благо.

Стоило мне увидеть ее бледное личико и белое платье, как душа моя преисполнялась дивным покоем. Бывало, сидя рядом, мы за целый вечер не произносили ни слова; но этот безмолвный разговор рождал во мне высокие мысли и чувства, делал меня чище и лучше.

Всему, однако, приходит конец; кончилось и наше счастье.

Рафаэль дель Моро вконец разорился. Он задолжал своему доброму соседу две тысячи дукатов и не знал, как вернуть этот долг. Бедняга был просто в отчаянии. Он хотел, по крайней мере, спасти свою дочь, выдав ее за меня, и поделился этой мыслью с одним из подмастерьев, очевидно для того, чтобы тот поговорил со мной. Это был негодяй, которого я проучил однажды, когда он вздумал грубо подшучивать над моей братской любовью к Стефане.

«Откажитесь от этой мысли, маэстро дель Моро, – прервал он учителя, даже не дав ему договорить. – Ручаюсь, у вас ничего не выйдет».

Рафаэль дель Моро был горд и, решив, что я презираю его за бедность, не сказал мне ни слова.

Вскоре Джизмондо Гадди потребовал взятые у него в долг деньги. Рафаэль начал упрашивать его повременить немного. Тогда Гадди сказал:

«Послушайте, отдайте за меня свою дочь! Она умна и бережлива, и мы с вами будем квиты».

Дель Моро несказанно обрадовался. Гадди слыл за человека грубого и ревнивого, но был богат, а именно за богатство больше всего ценят и уважают человека бедняки.

Когда Рафаэль сказал дочери об этом предложении, она не промолвила ни слова; только вечером, собираясь вернуться домой после нашего свидания, девушка сказала просто: «Бенвенуто, Джизмондо Гадди просил моей руки, и отец дал свое согласие».

Не прибавив больше ни слова, она ушла. Я как ужаленный вскочил со скамьи, в сильнейшем волнении выбежал из города и стал бродить по полям.

Всю ночь я то метался как одержимый, то, рыдая, лежал на мокрой траве, и тысячи самых отчаянных, безумных, диких мыслей проносились в моем воспаленном мозгу. «Стефана будет женой Джизмондо! – говорил я себе, пытаясь овладеть собой. – И если я содрогаюсь от ужаса при мысли об этом, то каково же ей, бедняжке!

Стефана, разумеется, предпочла бы выйти за меня. Она ничего не говорит, но молча взывает к моей дружбе, старается пробудить во мне ревность. О да! Я ревную! Я бешено ревную! Но имею ли я право ревновать? Гадди, конечно, угрюм и груб, но будем беспристрастны: могу ли я дать счастье женщине? Ведь я жесток, своенравен, нетерпим, всегда готов драться на дуэли, волочиться за первой встречной! Сумею ли я переломить себя? Нет, никогда! Покуда кровь кипит в моих жилах, рука моя не выпустит шпаги, а ноги сами понесут меня из дома.

Бедная Стефана! Сколько ей пришлось бы страдать и плакать! Она зачахла бы у меня на глазах, была бы для меня вечным укором, и я возненавидел бы ее и себя.

В конце концов она умерла бы с горя, и я был бы ее убийцей. Увы, я не создан для мирных и чистых радостей домашнего очага. Мне нужны простор, свобода, бури – все, что угодно, только не однообразный покой семейного счастья. Своими грубыми руками я надломил бы этот нежный и хрупкий цветок. Я измучил бы своим беспутством это бесконечно дорогое мне существо, эту чуткую, любящую душу и себя истерзал бы нескончаемыми угрызениями совести. Да, но лучше ли ей будет с Джизмондо Гадди? И зачем ей, собственно, выходить за него? Ведь нам было так хорошо вдвоем! Стефана прекрасно понимает, что дух и судьбу художника нельзя сковать никакими цепями, подчинить мещанским потребностям семейной жизни. Мне пришлось бы навеки проститься с мечтами о славе, похоронить свое будущее, отказаться от искусства, которое не может существовать без свободы, без самостоятельности. Виданное ли дело – великий творец, гений, сидящий в углу за печкой? О, бессмертный Данте Алигьери! И вы, мой учитель Микеланджело! Как бы вы смеялись, видя, что ваш последователь баюкает детишек и трепещет перед своей супругой! Нет, только не это! Мужайся, Бенвенуто, и пощади Стефану. Оставайся одиноким и верным своей мечте».

Как видите, дети, я не стремлюсь приукрасить свой безрассудный поступок. Принятое мною решение было несколько себялюбиво; я руководствовался, однако, самой искренней и глубокой любовью к Стефане, и потому оно казалось мне правильным.

На следующий день я вернулся в мастерскую в довольно спокойном настроении. Стефана тоже выглядела спокойной и была только чуть бледнее обычного.

Прошел месяц. И вот однажды вечером, расставаясь со мной, она сказала:

«Бенвенуто, через неделю я стану женой Джизмондо Гадди».

Но в этот раз она медлила уйти, и я навсегда запечатлел в душе ее образ: девушка стояла передо мной грустная и безмолвная, прижав руку к сердцу и согнувшись под бременем страдания. И милая, приветливая улыбка ее была так печальна, что, глядя на нее, хотелось плакать. Она смотрела на меня скорбно, но без упрека. Казалось, мой тихий ангел навеки прощается со мной, покидая землю. Постояв минуту в полном молчании, она вошла в дом, и мне больше не суждено было ее видеть.

И опять я с непокрытой головой выбежал из города, но ни в этот день, ни на следующий я не вернулся обратно, а шел все дальше и дальше, не чувствуя усталости, пока не оказался в Риме.

Там я пробыл пять лет. Мое имя стало известным, я удостоился благосклонности папы, дрался на дуэлях, влюблялся, преуспевал в своем ремесле, но счастлив не был, мне все время чего-то недоставало, и, кружась в водовороте жизни, я каждый день вспоминал Флоренцию. И каждую ночь я видел во сне Стефану; она стояла бледная на пороге отчего дома и грустно глядела на меня.

Через пять лет я получил из Флоренции письмо с траурной печатью. Я столько раз читал и перечитывал его, что запомнил наизусть. Вот оно:

«Бенвенуто, я скоро умру. Бенвенуто, я любила вас. И вот о чем я мечтала: я знала вас, как самое себя, я предугадала скрытый в вашей душе талант и была уверена, что вы станете великим человеком. Ваше высокое чело, пламенный взгляд, неукротимая энергия – все говорило о гении, налагающем тяжкие испытания на женщину, которая стала бы вашей женой. Я готова была на все. Счастье для меня заключалось бы в величии выпавшей на мою долю миссии. Я была бы не только вашей женой, Бенвенуто, но матерью, другом, сестрой. Я понимала – ваша благородная жизнь принадлежит миру, и удовольствовалась бы тем, что развлекала бы вас в минуты горести и утешала в несчастье. Вы всегда и во всем оставались бы свободны. Увы, я так давно привыкла к мучительному одиночеству, к неровностям вашего пылкого характера, к прихотям вашей бурной натуры. У незаурядных людей – незаурядные стремления. Чем выше парит в небесах могучий орел, тем дольше он вынужден отдыхать на земле. Пробудившись от своих лихорадочных и возвышенных грез, вы снова принадлежали бы мне одной, мой великий Бенвенуто, мой прекрасный возлюбленный! Я никогда не упрекнула бы вас за долгие часы забвения – ведь в них не было бы для меня ничего оскорбительного. Что же касается меня, то, сама зная, что вы ревнивы, как все благородные сердца, как был ревнив сам бог поэтов, я держалась бы в ваше отсутствие подальше от глаз людей и ожидала бы вас в одиночестве, молясь за вас богу.

Вот какой представляла я свою жизнь.

Но когда вы меня покинули, я подчинилась воле провидения и вашей воле и, отказавшись от счастья, поступила так, как велел мне дочерний долг. Отец желал, чтобы я спасла его от бесчестия, выйдя замуж за его заимодавца; я повиновалась.

Муж мой оказался черствым, безжалостным и жестоким человеком. Он не довольствовался моей покорностью и требовал, чтобы я любила его; но это было свыше моих сил. Видя мою невольную грусть, он грубо обращался со мной. Я смирилась.

Надеюсь, я была ему верной и достойной женой, но всегда такой печальной, Бенвенуто! Бог наградил меня за страдания – он послал мне сына. В течение четырех лет нежные ласки ребенка позволяли мне забывать об оскорблениях, побоях, а под конец и о нищете. Потому что в погоне за наживой мой муж разорился и месяц назад умер от истощения и горя. Да простит ему бог все грехи, как прощаю их я!

Теперь и я умираю. Меня сегодня же не станет. Я завещаю вам, Бенвенуто, своего сына.

Быть может, все к лучшему. Как знать, сумела бы я, слабая женщина, до конца выполнить трудную роль, о которой мечтала... Мой сын Асканио (он похож на меня) будет вам более достойным и покорным спутником жизни, он сумеет любить вас если не сильней, то, по крайней мере, лучше меня. И я не ревную его к вам.

Бенвенуто, будьте моему сыну тем, чем я хотела быть для вас, – будьте ему другом!

Прощайте, Бенвенуто! Да, я любила и люблю вас и не стыжусь признаться в этом, стоя у врат вечности. Это святая любовь. Прощайте! Будьте великим художником, а я наконец обрету вечный покой и счастье. Смотрите хоть изредка на небо, чтобы я могла видеть вас оттуда.

Ваша Стефана».

Ну как, верите вы мне теперь, Коломба и Асканио? Согласны ли вы слушаться моих советов?

– Да! – в один голос воскликнули влюбленные.

Глава 5. Обыск

На другое утро после того, как в парке Малого Нельского замка при слабом мерцании звезд была рассказана эта история, мастерская Бенвенуто имела свой обычный вид: сам мастер работал над солонкой, золото для которой он так храбро защищал накануне от четырех наемников, посягавших на сей благородный металл, а кстати и на его жизнь; Асканио чеканил лилию для госпожи д'Этамп; Жак Обри, лениво развалясь в кресле, засыпал Челлини вопросами и тут же сам на них отвечал, потому что Бенвенуто не открывал рта; Паголо украдкой посматривал на Катерину, занятую каким-то рукоделием; Герман и остальные подмастерья шлифовали, паяли, пилили, чеканили, – и этот мирный труд оживляла веселая песенка Скоццоне.

Далеко не так спокойно было в Малом Нельском замке: исчезла Коломба. Суматоха поднялась ужасная. Девушку искали, звали. Госпожа Перрина испускала душераздирающие вопли, а прево – несчастного отца поспешили известить о случившемся – тщетно пытался добиться от дуэньи хотя бы одного вразумительного слова, чтобы напасть на след похищенной, а может быть, и сбежавшей дочери.

– Итак, госпожа Перрина, – спрашивал он, – вы сказали, что видели ее последний раз вчера вечером, вскоре после моего ухода?

– Увы, сударь, так оно и было!.. Господи Иисусе! Вот напасть-то!.. Бедняжечка выглядела немного печальной. Она сняла с себя роскошный наряд и драгоценности, в которых ездила ко двору, и надела простенькое белое платье… Силы небесные, сжальтесь над нами!.. Потом она сказала мне: «Госпожа Перрина, сегодня такой теплый вечер, я пройдусь немного по моей любимой аллее». Было часов семь, сударь, и вот эта дама… – госпожа Перрина указала на Пульчери, которую недавно дали ей в помощницы, а вернее, в начальницы, – эта дама уже вернулась к себе в комнату и, видно, по своему обыкновению, занялась нарядами, которые она так искусно мастерит, сударь! А я села в зале нижнего этажа и стала шить. Уж не знаю, сколько времени просидела я за работой… возможно, мои усталые глаза закрылись сами собой, и я на минутку забылась.

– Ну да, как обычно, – съязвила Пульчери.

– Около десяти часов я пошла в сад поглядеть, не замечталась ли там Коломба, – продолжала госпожа Перрина, не удостоив ответом клеветницу. – Я громко позвала ее, но Коломба не откликнулась. Тогда я подумала, что она вернулась и легла спать, а меня будить пожалела. Она часто так делала, моя голубушка!.. Милосердный бог! Ну кто бы мог подумать… Ах, мессер прево, чем угодно ручаюсь, что похитили ее, нашу бедняжечку.

– Ну, а сегодня утром? – нетерпеливо прервал прево. – Утром, утром-то что?

– Сегодня утром, когда я увидела, что она долго не выходит… Спаси и помилуй нас, пресвятая дева Мария!

– Да кончите ли вы наконец свои идиотские причитания?! – заорал мессер д'Эстурвиль. – Рассказывайте по порядку все, как было! Итак, сегодня утром?..

– Ах, сударь! Я не перестану плакать, пока не отыщется наша голубка, и вы не запретите мне проливать о ней горькие слезы. Сегодня утром я встревожилась, что ее так долго нет – ведь Коломба ранняя пташка, – и пошла ее будить. Я постучала в дверь – Коломба не отзывалась; тогда я вошла в ее комнату. Никого! Даже постель не разобрана. И тут я принялась кричать, звать на помощь! Я совсем голову потеряла! А вы еще хотите, сударь, чтобы я не плакала.

– Пускали вы кого-нибудь сюда в мое отсутствие, госпожа Перрина? – строго спросил прево.

– Я? В ваше отсутствие? А кого бы, например, я могла пустить сюда, сударь? – с явным возмущением воскликнула достойная дуэнья, совесть которой была не совсем чиста. – Разве не запретили вы мне этого? Случилось ли хоть раз, чтобы я ослушалась вас, сударь? Пускать сюда кого-нибудь? Вот еще!

– Ну, например, этого Бенвенуто, который осмелился сказать, что моя дочь красавица. Он не пытался вас подкупить?

– Бенвенуто? Поглядела бы я на него! Да ему легче было бы на луну забраться! Я славно приняла бы его, уж поверьте!

– Значит, у вас тут никогда не бывало мужчин, молодых людей?

– Молодых людей? Спросили бы лучше, сударь, не заходил ли сюда сам сатана!

– А кто же тогда этот миловидный юноша, который раз десять стучался к нам, с тех пор как я здесь работаю? – спросила Пульчери. – И я еще всякий раз захлопывала дверь перед самым его носом.

– Миловидный юноша? Ошибаетесь, милочка, это был, вероятно, граф д'Орбек. Ах да, понимаю, вы, видно, говорите про Асканио. Помните Асканио, ваша милость? Тот мальчик, который спас вам жизнь. Да в самом деле! Я отдавала ему чинить серебряные пряжки от своих башмаков. Так это вы его-то считаете молодым человеком, этого мальчишку-подмастерье? Опомнитесь, моя милая! Даже стены дома и каменные плиты двора могут засвидетельствовать, что его ноги тут никогда не бывало!

– Довольно! – строго прервал ее прево. – Но знайте, госпожа Перрина, если вы обманули мое доверие, вам несдобровать. А теперь пойду к Бенвенуто. Как-то еще встретит меня этот грубиян, но идти надо.

Вопреки всем ожиданиям, Бенвенуто Челлини встретил д'Эстурвиля с распростертыми объятиями. Художник был так спокоен и непринужденно обходителен, что старик не решился высказать ему своих подозрений. Он только заявил, что Коломба вчера чего-то испугалась и как сумасшедшая убежала из дому. Вот он и думает, не спряталась ли она – разумеется, без ведома Челлини – в Большом Нельском замке, а может быть, проходя через него, упала даже в обморок и теперь лежит где-нибудь без чувств. Словом, д'Эстурвиль врал самым немилосердным образом.

Но Челлини выслушал старика с таким видом, будто поверил всем его басням. Более того, он посочувствовал гостю, сказав, что был бы счастлив вернуть дочь такому любящему отцу, окружившему свое дитя самой трогательной заботой и вниманием. Он добавил, что беглянка совершила величайшую ошибку, но она скоро поймет это и не замедлит вернуться под родительский кров – свое единственное и надежное прибежище. И наконец, в доказательство своего искреннего участия к мессеру д'Эстурвилю Бенвенуто предложил сопровождать его во время поисков дочери не только по Большому Нельскому замку, но повсюду, где угодно.

Прево, почти поверивший Бенвенуто и тем более польщенный его похвалами, что в глубине души чувствовал, насколько они незаслуженны, принялся тщательнейшим образом обследовать свои бывшие владения, где знал все тайники и закоулки. Он входил в каждую дверь, открывал каждый шкаф, заглядывал, как бы невзначай, в каждый сундук. После замка он обошел парк, побывал в арсенале, в литейной мастерской, в конюшне и в подвале, все осмотрев самым внимательным образом. Бенвенуто, верный своему обещанию, изо всех сил старался ему помочь: предлагал ключи от той или иной двери, напоминал, что мессер забыл осмотреть такой-то коридор или чулан. Он посоветовал, наконец, прево всюду расставить часовых, чтобы Коломба, если она здесь, не могла незаметно проскользнуть из одного помещения в другое.

После двухчасовых напрасных поисков мессер д'Эстурвиль уверился, что дочери нигде нет, и покинул Большой Нельский замок, смущенный любезностью хозяина, которого он то благодарил, то просил извинить за причиненное беспокойство.

– Когда бы вам ни вздумалось возобновить поиски, мой дом в вашем распоряжении, – отвечал художник. – Можете приходить в любое время дня и ночи, как к себе домой. К тому же это ваше право, сударь! Ведь мы с вами подписали договор, в котором обязались жить, как добрые соседи.

Прево еще раз поблагодарил его и, желая отплатить любезностью за любезность, принялся расхваливать исполинскую статую Марса, над которой, как мы знаем, скульптор в то время трудился. Бенвенуто обвел гостя вокруг статуи, с удовольствием отмечая ее удивительные размеры. В самом деле, она имела более шестидесяти футов в высоту, и надо было сделать двадцать шагов, чтобы обойти ее у основания.

Мессер д'Эстурвиль ушел в полном отчаянии. Не найдя дочери в Большом Нельском замке, он решил, что она скрывается где-нибудь в городе. А Париж в те времена был уже достаточно велик, чтобы поиски исчезнувшей девушки затруднили даже начальника полиции. Да и как знать: похитили Коломбу или она сбежала сама? Явилась ли она жертвой насилия или действовала по собственному побуждению? Полная неизвестность, и неоткуда ждать помощи! Тогда прево стал надеяться, что в первом случае дочь ускользнет от похитителей, а во втором сама вернется в отчий дом. Итак, он терпеливо ждал, все же по двадцати раз в день допрашивая госпожу Перрину, которая богом клялась и призывала в свидетели всех святых, утверждая, что не пускала в замок никого, кроме Асканио; а его госпожа Перрина подозревала не больше, чем сам мессер д'Эстурвиль.

Прошло два дня. Коломба не появлялась. Тогда прево решил прибегнуть к услугам своих агентов. До сих пор он этого не делал, боясь огласки, которая могла повредить его доброму имени. Да и сейчас он дал им только приметы разыскиваемой особы, не называя ее, и велел производить розыски под совершенно иным, далеким от истины предлогом. Но все оказалось тщетным.

Правда, господин д'Эстурвиль никогда не был любящим, нежным отцом и не особенно тревожился о дочери, но тут оказалась задетой его честь, и он переживал муки уязвленной гордости. Он с негодованием думал о том, какую блестящую партию, быть может, упустила эта дурочка, и приходил в бешенство при мысли о шутках и насмешках, которыми будет встречена при дворе весть о его несчастье.

Но жениху все же пришлось сказать правду. Графа д'Орбека это известие огорчило, однако не больше, чем купца весть о порче товара. Он был философом, наш милейший граф, и потому обещал своему достойному другу, что, если дело не получит особой огласки, свадьба непременно состоится; и тут же, как человек, умеющий пользоваться обстоятельствами, намекнул о видах госпожи д'Этамп на Коломбу.

Несчастный прево был совсем ослеплен честью, которая могла выпасть на его долю; терзания его усилились, он проклинал в душе неблагодарную дочь, по собственной вине упустившую столь высокое положение.

Избавим читателя от разговора двух стариков придворных, последовавшего за сообщением графа д'Орбека. Заметим лишь, что скорбь и надежда проявлялись у них самым трогательным образом. А так как несчастья сближают людей, будущие родственники расстались закадычными друзьями, которые просто не могли отказаться от мелькнувшей перед ними блестящей перспективы.

Было решено никому не говорить о случившемся, кроме герцогини д'Этамп; герцогиня была их другом и верной сообщницей, и ее следовало посвятить в тайну.

Поступок оказался правильным. Госпожа д'Этамп приняла все случившееся ближе к сердцу, чем отец и жених беглянки, и сделала для розысков гораздо больше, чем все полицейские, вместе взятые.

В самом деле, она знала о любви Асканио к Коломбе, и по ее настоянию юноша присутствовал при сцене заговора. «Быть может, поняв опасность, грозящую чести любимой, – думала герцогиня, – Асканио решился на этот дерзкий шаг? Но ведь он сам говорил мне, что Коломба его не любит. А если так, девушка вряд ли согласилась бы бежать с ним». Герцогиня д'Этамп хорошо знала Асканио и не допускала мысли, чтобы он мог насильно похитить женщину. И все же, вопреки этим доводам и, казалось бы, явной невинности

Асканио, женская ревность подсказывала ей, что искать Коломбу надо в Нельском замке и что необходимо сначала взять под стражу Асканио.

Но госпожа д'Этамп не могла, разумеется, объяснить друзьям причину зародившихся у нее подозрений – ведь тогда ей пришлось бы признаться в своей любви к Асканио и сказать, что, ослепленная страстью, она открыла юноше свои намерения относительно Коломбы. Поэтому герцогиня заявила им только, что, по ее мнению, главный виновник похищения – Бенвенуто, его сообщник – Асканио, а убежищем беглянки служит Большой Нельский замок. И сколько прево ни спорил, уверяя, будто обшарил все углы и закоулки, герцогиня д'Этамп не сдавалась: у нее были на то свои причины. В конце концов ей все же удалось заронить сомнение в душу д'Эстурвиля.

– Впрочем, – заметила герцогиня, – я позову Асканио и хорошенько сама его допрошу, будьте покойны!

– О сударыня, вы так добры! – воскликнул прево.

– А вы слишком глупы, – пробормотала сквозь зубы герцогиня.

И, выпроводив обоих придворных, она стала размышлять, под каким бы предлогом вызвать юношу. Не успела герцогиня ничего придумать, как ей доложили о приходе Асканио. Итак, он сам шел навстречу ее желаниям.

Госпожа д'Этамп посмотрела на юношу таким испытующим взглядом, словно хотела проникнуть в сокровенные тайники его души. Но Асканио, по-видимому, ничего не заметил – он был спокоен и холоден.

– Сударыня, – сказал он с поклоном, – я принес вам лилию; она почти готова; недостает лишь капельки росы, но для нее нужен брильянт в двести тысяч экю, который вы обещали мне дать.

– Ну, а как твоя Коломба? – вместо ответа спросила госпожа д'Этамп.

– Если вы изволите говорить о мадемуазель д'Эстурвиль, сударыня, я готов на коленях умолять вас: не произносите больше при мне этого имени! – мрачно ответил Асканио. – Заклинаю вас всем святым, сударыня, не будем никогда говорить о ней!

– Что это? Вы, кажется, раздосадованы? – воскликнула герцогиня, не спуская с Асканио своего проницательного взора.

– Каковы бы ни были мои чувства, сударыня, я отказываюсь беседовать с вами об этом даже под угрозой вашей немилости. Я самому себе поклялся, что все воспоминания об этой особе навеки останутся погребенными в моей душе.

«Неужели я ошиблась и Асканио непричастен к этой истории? – подумала герцогиня. – Неужели девчонка сбежала с кем-нибудь другим – неважно, по своему желанию она это сделала или нет, – и, расстроив мои честолюбивые замыслы, невольно послужила моей любви?»

И герцогиня добавила вслух:

– Хорошо, Асканио, вы просите меня не говорить о Коломбе, но о себе-то, по крайней мере, могу я говорить? Вы видите, я соглашаюсь на вашу просьбу, но, может быть, разговор обо мне окажется для вас еще более неприятным. Быть может...

– Простите, сударыня, что я прерываю вас, – сказал Асканио, – но доброта, с какой вы согласились выполнить мою первую просьбу, дает мне смелость обратиться к вам со второй. Видите ли, хотя мои родители и благородные люди, но свое одинокое и грустное детство я провел в скромной мастерской золотых дел мастера. Из этого уединения я неожиданно попал в блестящую сферу придворного общества, оказался замешанным в заговоре людей, вершащих судьбы королевства, нажил себе врагов среди сильных мира сего и стал соперником самого короля, да еще какого короля, сударыня! Короля Франциска Первого, могущественнейшего из правителей всего христианского мира! Я сразу очутился в кругу знатнейших людей Франции. Я полюбил без надежды на взаимность милую девушку и пробудил к себе любовь знатной дамы, на которую не могу ответить. И кто же полюбил меня? Подумать только! Прекраснейшая, благороднейшая женщина в мире! Все это внесло смятение в мою душу, спутало мои представления о мире, подавило, ошеломило, уничтожило меня… Я борюсь, словно карлик, пробудившийся в царстве титанов. Мысли и чувства мои мешаются, я ничего не понимаю и брожу как потерянный, страшась окружающей меня жестокой ненависти, беспощадной любви, высокомерного тщеславия. Сударыня, умоляю вас, пощадите! Дайте мне собраться с духом, позвольте утопающему перевести дыхание, больному прийти в себя после тяжкого потрясения. Надеюсь, время исцелит мою душу, внесет успокоение в мою жизнь. Время, только время, сударыня! Умоляю вас, подождите и смотрите на меня сейчас просто как на художника, который пришел спросить, угодил ли он вам своей работой.

Герцогиня удивленно и недоверчиво глядела на Асканио. Она никак не ожидала, чтобы этот юноша, почти ребенок, мог так поэтично и вместе с тем так серьезно и ясно выражать свои мысли. Ей пришлось повиноваться; она заговорила о лилии, похвалила Асканио, дала ему кое-какие советы и обещала скоро прислать крупный брильянт. Юноша поблагодарил герцогиню и откланялся, всячески стараясь выказать свою признательность и почтение.

«Неужели это Асканио? – думала, глядя ему вслед, госпожа д'Этамп. – Он кажется постаревшим лет на десять. Откуда у него эта серьезность, чуть ли не важность? Страдания тому причиной или счастье? Искренен ли он или его подучил этот проклятый Бенвенуто? Играет ли он хорошо заученную роль или действует по велению сердца?»

И Анна д'Этамп не выдержала. Несмотря на весь ее ум, герцогиней овладело лихорадочное волнение, как и всеми, кому приходилось бороться с Бенвенуто Челлини. Она приставила к Асканио шпионов, которые должны были следить за каждым его шагом, но это ни к чему не привело. Тогда она посоветовала графу д'Орбеку и прево еще раз нагрянуть с обыском в Нельский замок.

Друзья повиновались. Однако Бенвенуто, хотя ему и помешали работать, принял их еще лучше, чем в первый раз господина д'Эстурвиля. Видя, как учтиво и уверенно он держится, можно было подумать, что в этом обыске нет для него ничего оскорбительного. Он дружелюбно рассказал графу д'Орбеку о засаде, в которую попал несколько дней назад, когда возвращался от него с золотом; именно в этот день, подчеркнул художник, и исчезла мадемуазель д'Эстурвиль. На сей раз он тоже предложил посетителям сопровождать их по замку и таким образом помочь д'Эстурвилю восстановить его отеческие права, которые Бенвенуто свято чтил. Радушный хозяин был очень рад, что гости застали его дома и что он может достойно их принять. Приди они часа через два, он уже уехал бы в Роморантен, куда благосклонно был приглашен Франциском I, чтобы вместе с другими художниками отправиться навстречу Карлу V.

В самом деле, политические события развертывались так же быстро, как и наша скромная история.

Успокоенный официальным обещанием своего соперника и тайным советом госпожи д'Этамп, Карл V находился уже в нескольких днях пути от Парижа. Для его встречи была назначена депутация, и, придя в Нельский замок, прево и д'Орбек действительно застали Бенвенуто в дорожном платье.

– Раз он едет вместе с эскортом, то, очевидно, Коломбу похитил не он и нам тут делать нечего, – тихо сказал д'Орбек.

– Я вам говорил это еще по дороге сюда, – ответил прево.

И все-таки, желая раз навсегда покончить с этим делом, они занялись самым тщательным осмотром замка. Сначала Бенвенуто сопровождал их, но, видя, что обыск затягивается, попросил разрешения удалиться: дело в том, что через полчаса он должен ехать, а перед отъездом нужно отдать кое-какие распоряжения подмастерьям, чтобы к его возвращению все было готово для отливки Юпитера.

Действительно, Бенвенуто отправился в мастерскую, роздал подмастерьям работу и попросил их во всем слушаться Асканио, потом он шепнул что-то по-итальянски Асканио, простился со всеми и собрался выйти во двор и сесть на коня, которого держал под уздцы Жан-Малыш.

Но тут к художнику подбежала Скоццоне и, отведя его в сторону, серьезно сказала:

– Знаете, сударь, ваш отъезд ставит меня в очень тяжелое положение!

– Каким образом, дитя мое?

– Паголо влюбляется в меня все сильней и сильней…

– В самом деле?

– Он то и дело твердит мне о своих чувствах.

– Ну, а ты?

– Я делаю, как вы мне велели: отвечаю, что надо, мол, подождать, все еще может уладиться.

– Вот и отлично!

– Как – отлично? Да разве вы не понимаете, что он принимает мои слова всерьез и это невольно связывает меня с ним! Вот уже две недели, как вы приказали мне вести себя таким образом, не правда, ли?

– Да… как будто… не помню точно.

– Зато я прекрасно помню! Первые пять дней я мягко уговаривала Паголо разлюбить меня; следующие пять дней я молча слушала его. Однако по сути это был уже ответ, и довольно ясный; но вы мне так приказали, и я повиновалась; и, наконец, в течение последних пяти дней я вынуждена была говорить ему о своих обязанностях по отношению к вам; вчера, сударь, я попросила его быть снисходительным к моей слабости, а он тут же попросил меня стать его женой.

– Ах, так? Ну, это меняет дело!

– Наконец-то! – вырвалось у Скоццоне.

– Да. А теперь, милочка, слушай меня внимательно. В течение трех первых дней после моего отъезда ты дашь понять Паголо, что любишь его, а в последующие три дня признаешься ему в любви.

– Что?! И это говорите мне вы, Бенвенуто! – воскликнула Скоццоне, уязвленная слишком большим доверием своего повелителя.

– Успокойся, Скоццоне. Тебе не в чем будет упрекнуть себя – ведь я сам позволяю тебе все это.

– Разумеется, не в чем, – сказала Скоццоне. – Я понимаю. И все же, обиженная вашим равнодушием, я могу ответить на любовь Паголо, могу, наконец, полюбить его по-настоящему.

– Это за шесть-то дней! И у тебя не хватит выдержки устоять перед соблазном каких-нибудь шесть дней?

– Ну ладно, шесть дней обещаю, только смотрите не задержитесь на седьмой!

– Будь покойна, детка, я вернусь вовремя. Прощай, Скоццоне!

– Прощайте, учитель, – ответила Катерина, сердясь, улыбаясь и плача одновременно.

В эту минуту появились прево и граф д'Орбек.

После ухода Челлини они без всякого стеснения рьяно принялись за поиски: обшарили все чердаки, погреба, простукали все стены, перевернули все вверх дном и повсюду расставили своих слуг, неумолимых, как кредиторы, нетерпеливых, как охотники. Оба друга сотни раз возвращались на одно и то же место, сотни раз обследовали одно и то же помещение – и все это с неистовым усердием судебных приставов, явившихся арестовать преступника. И вот теперь, закончив обыск, но так ничего и не обнаружив, они вышли во двор замка, красные от возбуждения.

– Что ж, господа, – сказал, увидя их, Челлини, садившийся на коня, – так ничего и не нашли? Жаль! Очень жаль! Я понимаю, насколько это тяжело, – ведь у вас обоих такая нежная, чувствительная душа. Однако, несмотря на все свое сочувствие и желание вам помочь, я вынужден ехать. Разрешите проститься с вами, господа. И, если вам понадобится в мое отсутствие еще раз осмотреть замок, будьте здесь как дома, не стесняйтесь. Я распорядился, чтобы двери его были всегда открыты для вас.

Поверьте, единственное, что меня утешает в вашей неудаче, – это надежда услышать по возвращении, что вы, господин прево, нашли свою милую дочь, а вы, господин д'Орбек, свою очаровательную невесту. Прощайте, господа. – Затем, обернувшись к собравшимся на крыльце подмастерьям – там были все, кроме Асканио, который, по-видимому, не хотел встречаться со своим соперником, Бенвенуто добавил: – До свидания, дети мои! Если господин прево пожелает осмотреть замок в третий раз, не забудьте принять его, как бывшего хозяина этого дома.

Сказав это, он дал коню шпоры и выехал за ворота.

– Ну, теперь-то, милейший, вы убедились, какие мы с вами олухи? – спросил, обращаясь к прево, граф д'Орбек. – Если человек похитил девицу, он не поедет с королевским двором в Роморантен!

Глава 6. Карл V в Фонтенбло

Не без серьезных колебаний и мучительных сомнений вступил Карл V на территорию Франции. Казалось, здесь и земля и воздух враждебны ему. И неудивительно: ведь, взяв в плен французского короля, он недостойно обращался с ним в Мадриде и, кроме того, как говорит молва, отравил дофина. Вся Европа ожидала, что Франциск I обрушит страшную месть на своего противника, благо тот готов добровольно отдаться ему в руки. Однако Карл, этот великий игрок, дерзко ставящий на карту целые империи, не пожелал отступать и, заранее подготовив почву, отважно перебрался через Пиренеи.

Правда, при дворе Франциска I у него были верные союзники: император считал, что вполне может положиться на честолюбие госпожи д'Этамп, на самомнение коннетабля де Монморанси и на рыцарские чувства короля.

Каким образом собиралась ему помочь герцогиня д'Этамп, мы уже знаем; что же касается коннетабля, тут дело обстояло иначе. Вопрос о союзах служил камнем преткновения для государственных деятелей во все времена и во всех странах. В этом отношении, как и во многих других, политика подобна медицине: она исходит из догадок и, увы, очень часто ошибается, изучая признаки сродства народов и прописывая лекарства против национальной вражды. У нашего коннетабля, например, мысль о союзе с Испанией превратилась в навязчивую идею. Он видел в нем спасение для Франции и боялся лишь одного – прогневить Карла V, который за двадцать пять лет царствования двадцать лет воевал с Франциском I. А до других союзников – турок и протестантов – коннетаблю де Монморанси просто не было дела, как, впрочем, и до блестящих политических возможностей, вроде присоединения Фландрии к французскому королевству.

Франциск I слепо верил коннетаблю. И действительно, во время последней войны тот проявил неслыханную решимость и остановил врага. Но надо сознаться, что эта победа досталась дорогой ценой: целая провинция была опустошена, путь врага проходил по выжженной земле, и десятая часть Франции подвергалась разграблению.

Больше всего нравились Франциску I в коннетабле надменность, резкость и непреодолимое упорство, которые человек поверхностный мог принять за гордость, неподкупность и твердость характера. И Франциск I взирал на этого великого совратителя добрых людей, как называл коннетабля Брайтон, с почтением, близким к благоговейному страху, какой внушал всем слабым душам этот грозный ханжа, перемежавший молитвы с казнями.

Итак, император Карл V мог смело рассчитывать на неизменную дружбу коннетабля де Монморанси.

Однако еще больше надежд он возлагал на великодушие своего врага. У Франциска эта добродетель доходила до крайности. «Мое королевство не мост, за проезд здесь ничего не платят,[1] – заявил он как-то. – Я не торгую своим гостеприимством». И коварный Карл V отлично знал, что вполне может положиться на слово короля-рыцаря.

И все же, когда император ступил на французскую землю, он не мог побороть своих сомнений и страхов. У границы его встретили два сына Франциска I, а в продолжение всего пути французы оказывали Карлу V всяческие почести и знаки внимания. Но хитрый монарх трепетал при мысли, что все это радушие лишь показное и за ним, быть может, скрывается ловушка. «Да, плохо спится на чужбине», – сказал он однажды. На празднествах, которые устраивали в его честь, он появлялся озабоченный и грустный; и по мере продвижения в глубь страны выражение его лица становилось все настороженнее и мрачнее.

[1] Намек на один из средневековых поборов – мостовую пошлину.

Слушая приветственные речи, которыми его встречали в каждом городе, или проходя под триумфальными арками, он неизменно спрашивал себя, не этот ли город станет его тюрьмой, и тут же отвечал на свой вопрос: «Ни этот, ни какой-либо другой. Вся Франция – моя тюрьма, а все эти льстивые придворные – мои тюремщики». И с каждой минутой возрастал дикий страх этого тигра, которому чудилось, что он в клетке и что все окружающие – его враги.

Однажды во время верховой прогулки Карл Орлеанский, этот милый шалун, которому не терпелось, как оно и подобает истому сыну Франции, стать отважным и учтивым кавалером, проворно вскочил на круп императорского коня и, схватив его за плечи, с задорной ребячливостью крикнул: «Вы мой пленник!» Карл V побледнел как мертвец и чуть не потерял сознание.

В Шательро мнимого пленника с чисто братским радушием встретил Франциск I и на следующий день представил ему в Роморантене весь двор: славных и галантных сынов высшего дворянства – гордость отечества; ученых и людей искусства – гордость короля. Роскошные празднества и увеселительные прогулки возобновились; император расточал любезные улыбки, но в глубине души трепетал и непрестанно корил себя за необдуманный шаг. Иной раз, желая удостовериться, действительно ли он свободен, Карл V уходил на рассвете из замка, где провел ночь, и с радостью убеждался, что, если не считать официальных церемоний, он пользуется неограниченной свободой. И все же, как знать, не следят ли за ним издали? Порой, к великому недовольству Франциска I, император внезапно менял заранее намеченный путь и этим портил специально подготовленное чествование.

За два дня до прибытия в Париж Карл V вдруг с ужасом вспомнил, чем в свое время оказался Мадрид для французского короля. Ведь столица – самая почетная и самая надежная тюрьма для императора. При мысли об этом Карл V остановил коня и попросил немедленно отвезти его в Фонтенбло, о котором, по его словам, он столько наслышался. Франциск I был слишком гостеприимен, чтобы чем-нибудь проявить свою досаду, и, хотя это рушило все его планы, поспешил отправить в Фонтенбло королеву и придворных дам.

Карла V несколько ободряло лишь присутствие сестры Элеоноры и то доверие, которое она питала к своему прямодушному супругу; но, даже временно успокоившись, он чувствовал себя неуютно при дворе Франциска I. Дело в том, что король Франциск I был зеркалом прошлого, а Карл V прообразом грядущего. Современный монарх не понимал чувств средневекового героя; не могло быть и речи о симпатии между последним представителем рыцарства и первым представителем нарождающейся дипломатии.

Правда, Людовик XI с некоторой натяжкой имел право на звание дипломата, но мы придерживаемся мнения, что этот король был скорее алчным собирателем, нежели хитрым дипломатом.

В день прибытия императора в лесу Фонтенбло была устроена охота – излюбленное развлечение Франциска I. Карла V охота утомляла, тем не менее он ухватился за эту новую возможность, чтобы проверить, действительно ли он свободен. В разгар охоты он углубился в лес и скакал до тех пор, пока не очутился один-одинешенек в самой его чаще и не почувствовал себя вольным, как ветер в поле, как пташка в небе. Он почти успокоился, и к нему начало возвращаться хорошее расположение духа. И все же императору Карлу пришлось еще раз испытать беспокойство: подъезжая к месту сбора, он увидел Франциска I, возбужденного охотой, который спешил ему навстречу с окровавленным копьем в руке. Победитель при Мариньяно и Павии чувствовался в нем даже во время королевских забав.

– Полно, любезный брат, развеселитесь! – воскликнул король, когда оба монарха спешились возле дворца, и дружески взял Карла под руку, чтобы показать ему галерею Дианы, сверкающую дивной росписью Россо и Приматиччо. – Бог мой! Да вы не менее озабоченны, чем я в Мадриде. Но согласитесь, дорогой брат, у меня имелись на то веские основания – ведь я был вашим пленником! А вы мой гость: вы свободны, окружены почетом и вас ждет триумф. Порадуйтесь же вместе с нами если и не забавам, которые слишком ничтожны для столь блестящего политика, то хотя бы новой возможности хорошенько проучить этих толстобрюхих пивоваров из Фландрии, задумавших, видите ли, возродить свои коммуны… А еще лучше – забудьте на время о смутьянах и отдайтесь общему веселью! Но, может быть, вам не по душе наш двор?

– Ваш двор изумительно хорош, – ответил Карл V, – и я завидую вам, брат! Вы были при моем дворе и знаете, что он суров и мрачен; угрюмое сборище государственных мужей и генералов, таких, как Ланнуа,[1] Пескер, Антонио де Лейра; а у вас, кроме воинов и купцов, кроме Монморанси и Дюбелле,[2] кроме ученых – Бюде,[3] Дюшателя,[4] Ласкари,[5] есть также великие поэты и художники: Маро, Жан Гужон,[6] Приматиччо, Бенвенуто Челлини, и, главное, ваш двор украшают прелестные дамы – Диана де Пуатье, Маргарита Наваррская, Екатерина Медичи и множество других. И,

---

[1] Ланнуа Шарль (1487–1527) – полководец на испанской службе, был вице-королем Неаполя; именно он разбил и взял в плен при Павии Франциска I.

[2] Дюбелле Гильом (1491–1553) – один из лучших военачальников Франциска I и искусный дипломат.

[3] Бюде Гильом (1468–1540) – ученый-гуманист, знаток греческого языка, занимавший ряд должностей при дворе Франциска I; заведовал королевской библиотекой, боролся с церковью и добился открытия Французского коллежа.

[4] Дюшатель Пьер (1480–1552) – придворный чтец Франциска I, прославленный своей ученостью. Шестнадцати лет уже хорошо знал латинский и греческий языки. Один из организаторов Французского коллежа.

[5] Ласкари Жан (ум. в 1535 году) – грек по происхождению, ученый-эллинист; жил при дворе герцогов Медичи во Флоренции, а с 1494 года – во Франции. Вместе с Бюде приводил в порядок библиотеку Франциска I.

[6] Гужон Жан (1510–1566) – виднейший французский скульптор эпохи Возрождения.

право, брат, я начинаю думать, что охотно променял бы свои золотые прииски на ваши усеянные цветами поля.

– О! Вы еще не видели прелестнейшего нашего цветка! – наивно воскликнул Франциск, позабыв, что говорит с братом Элеоноры.

– В самом деле? Горю нетерпением полюбоваться этой жемчужиной, – отозвался император, поняв, что Франциск I намекает на госпожу д'Этамп. – Но уже теперь могу сказать: да, правы люди, утверждающие, что вам принадлежит лучшее в мире королевство.

– А вам лучшее в мире графство – Фландрия и лучшее герцогство – Миланское.

– От первого из этих сокровищ вы сами отказались месяц назад, – с улыбкой возразил император, – и я глубоко вам за это признателен; а второе из них вы страстно желаете получить. Не так ли? – спросил он, вздыхая.

– Не будем говорить сегодня о серьезных вещах, любезный брат! – взмолился Франциск I. – Признаюсь, не люблю я омрачать пиры и бранные потехи.

– По правде говоря… – продолжал Карл V с гримасой скряги, сознающего необходимость уплатить долг, – по правде говоря, Миланское герцогство мне бесконечно дорого, и просто сердце кровью обливается, как подумаю, что придется отдать его.

– Скажем лучше – вернуть, брат; это будет гораздо правильнее, и, быть может, мысль о справедливом поступке облегчит хоть немного вашу печаль. К тому же сейчас вовсе не время думать о Милане. Давайте веселиться, а о делах поговорим потом.

– Не все ли равно – подарить или вернуть, – возразил император. – Главное, брат, вы будете владеть лучшим в мире герцогством! Но это решено, и, поверьте, я не менее свято выполняю свои обязательства, чем вы.

– О боже! – воскликнул Франциск, начинавший терять терпение от этого нескончаемого разговора. – Да и о чем вам жалеть, любезный брат? Вам, королю Испании, германскому императору, графу фландрскому, вам, подчинившему себе силой или влиянием всю Италию от Альп до Калабрии!

– Но у вас зато вся Франция! – вздохнул Карл.

– А вы владеете Индией со всеми ее сокровищами! У вас Перу с его рудниками!

– А у вас Франция!

– Ваша империя так обширна, что в ней никогда не заходит солнце.

– А Франция-то все-таки ваша... И что сказало бы ваше величество, если бы я так же пылко мечтал об этой жемчужине среди королевств, как вы о герцогстве Миланском?

– Послушайте, брат, – сурово произнес Франциск I, – во всех важных делах я руководствуюсь скорее чувством, нежели разумом; но, как говорят у вас в Испании: «Особа королевы неприкосновенна», так и я скажу вам: «Земля Франции неприкосновенна!»

– Бог мой! Да разве мы не братья, не союзники? – воскликнул Карл V.

– Ну разумеется! – подхватил Франциск I. – И я надеюсь, ничто не нарушит отныне ни нашего родства, ни союза.

– Я тоже надеюсь на это, – сказал император. – Но можно ли поручиться за будущее? – продолжал он со свойственной ему горделивой улыбкой и неискренним взглядом. – Могу ли я, например, помешать ссоре своего сына Филиппа с вашим Генрихом?

– Ну, если Августу наследует Тиберий,[1] нам эта ссора не будет опасна.

---

[1] В 30 году до н. э. Октазиан, окончательно разгромив аристократическо-республиканские учреждения Древнего Рима, стал во главе государства и под именем Августа («Божественного») фактически стал первым римским императором. Если Август был крупным государственным деятелем, то его преемник и пасынок Тиберий (правил с 37 по 14 год до н. э.) использовал власть только

– При чем тут правитель! – продолжал Карл V, горячась. – Империя всегда останется империей; Рим великих цезарей был всегда Римом, даже тогда, когда все величие цезарей заключалось в одном их имени.

– Верно! Однако империи Карла Пятого далеко до империи Октавиана, любезный брат! – возразил Франциск I, задетый за живое. – А битва при Павии хоть и великолепна, ее нельзя сравнить с битвой при Акциуме.[1] Кроме того, Октавиан был богат, а у вас, говорят, несмотря на все сокровища Индии и Перуанские рудники, не очень-то густо с деньгами, ни один банк не хочет больше давать вам взаймы ни из расчета тринадцати, ни четырнадцати процентов. Ваши войска не получают жалованья, и солдаты, чтобы как-нибудь прокормиться, вынуждены были грабить Рим; а теперь, когда он разграблен и тащить больше нечего, они бунтуют.

– А вы, любезный брат, – воскликнул Карл V, – кажется, продали королевские земли и всячески обхаживаете Лютера,[2] чтобы раздобыть денег у германских князей!

– Кроме того, – продолжал Франциск I, – ваши кортесы отнюдь не так сговорчивы, как сенат. Я же могу похвастаться, что навсегда сделал королей независимыми.

– Берегитесь, как бы в один прекрасный день ваш хваленый парламент не учредил над вами опеку! – отпарировал Карл V.

Собеседники распалялись все больше и больше, спор с каждой секундой становился ожесточенней, старинная вражда оживала.

в личных целях, отличался крайней подозрительностью и жестокостью и возбудил к себе ненависть в народе. Говоря о Тиберии, Франциск I намекает на наследника Карла V, будущего короля Филиппа II.

[1] Битва при Акциуме (31 год до н. э.) – решающее морское сражение, в котором Октавиан разбил своего противника Антония, поддерживаемого египетской царицей Клеопатрой.

[2] Лютер Мартин (1483–1546) – немецкий монах и богослов, основатель религиозного движения протестантизма, враждебного католической церкви.

Франциск I чуть не забыл о гостеприимстве, а Карл V – о благоразумии. Первым опомнился французский король.

– Клянусь честью, любезный брат, – воскликнул он со смехом, – еще немного – и мы поссоримся! Я же вас предупреждал, что не стоит говорить о важных делах, предоставим их нашим министрам и будем просто друзьями. Договоримся раз навсегда, что вы можете считать своим весь мир, за исключением Франции, и не станем больше к этому возвращаться.

– И за исключением герцогства Миланского, брат, – добавил Карл, поняв свою оплошность и спеша исправить ее, – ибо герцогство Миланское – ваше; я вам его обещал и подтверждаю свое обещание.

Но этот обмен любезностями был неожиданно прерван: дверь открылась, и в галерею вошла госпожа д'Этамп. Король поспешил ей навстречу и за руку подвел к своему венценосному брату.

Император видел фаворитку впервые и, зная о разговоре герцогини с господином де Медина, испытующе смотрел на нее.

– Видите вы эту прекрасную даму, брат мой? – спросил Франциск.

– Я не только вижу – я любуюсь ею!

– Отлично! А знаете ли вы, чего она от вас хочет?

– Быть может, одну из моих испанских провинций? Охотно отдам.

– Нет-нет, не угадали, брат!

– Но чего же тогда?

– Она желает, чтобы я удерживал вас в Париже до тех пор, пока вы не порвете Мадридский договор и не закрепите документом свое недавнее обещание.

– Что ж, к добрым советам надо прислушиваться, – ответил Карл V, отвешивая низкий поклон герцогине, не столько из учтивости, сколько из желания скрыть внезапную бледность, покрывшую его лицо при этих словах короля.

Он не успел ничего прибавить, как дверь опять отворилась и в галерею хлынула толпа придворных. Франциск I так и не заметил впечатления, произведенного этой шуткой, которую император, по своему обыкновению, принял всерьез.

Собравшееся перед пиршеством в зале шумное общество изящных, остроумных и развращенных придворных напоминало описанную выше сцену в Лувре. Те же самые кавалеры и дамы, те же вельможи и пажи. Так же встречались нежные взоры влюбленных и горящие ненавистью взгляды врагов; слышались те же льстивые речи и насмешки.

Заметив входящего коннетабля де Монморанси, которого он по праву считал своим союзником, Карл V пошел ему навстречу и, отведя в сторону вместе со своим послом герцогом де Медина, вступил с ними в оживленный разговор.

– Я подпишу все, что вам угодно, коннетабль, – сказал император, знавший честность старого вояки. – Заготовьте акт о передаче Франции герцогства Миланского, и, клянусь святым Иаковом, я уступлю его вам целиком и полностью, хотя это и лучший цветок в моем венце!

– Акт! – воскликнул коннетабль, негодующим жестом как бы отстраняя от себя самую мысль об этой предосторожности, походившей на недоверие. – Вам ли, сир, подписывать акты? Что вы только говорите, ваше величество? Не нужно никаких актов, сир, никаких документов. Достаточно вашего слова. Разве ваше величество приехали во Францию, заручившись каким-нибудь актом? И неужели вы изволите думать, что мы верим вашему слову меньше, чем вы нашему?

– Вы правы, господин де Монморанси, – ответил император, протягивая коннетаблю руку, – вы правы.

Коннетабль ушел.

– Простофиля несчастный! – вскричал Карл V. – Знаете, Медина, он занимается политикой, как крот, – вслепую.

– А король, сир? – спросил Медина.

– О! Этот слишком кичится своим великодушием, чтоб сомневаться в нашем. Он опрометчиво нас отпустит, а мы благоразумно заставим его подождать. Заставить ждать – еще не значит нарушить данное слово, сударь, – продолжал Карл V. – Это значит не выполнить обещания в срок, вот и все.

– А госпожа д'Этамп? – снова спросил Медина.

– Ну с ней-то мы поладим, – ответил император, то снимая, то надевая великолепный перстень с бесценным брильянтом, который он носил на большом пальце левой руки. – Да, мне необходимо побеседовать с ней без свидетелей.

Пока император и его посол обменивались вполголоса этими замечаниями, герцогиня д'Этамп в присутствии мессера д'Эстурвиля жестоко высмеивала господина де Марманя за его неудачное ночное приключение.

– Не про ваших ли людей рассказывает Бенвенуто всем и каждому такую забавную историю, господин де Мармань? Оказывается, на него напали четыре бандита, а он, защищаясь только одной рукой, заставил их проводить его до дому. Уж не было ли и вас, виконт, среди этих учтивых вояк?

– Сударыня, – ответил злосчастный Мармань, вконец смущенный, – все это произошло несколько иначе, и презренный Бенвенуто просто хвастает.

– Да-да, я не сомневаюсь, что он кое-что выдумал и приукрасил, но ведь, в сущности, это правда, виконт, чистая правда! А в таком деле сущность – главное.

– Сударыня, – возразил Мармань, – это ему даром не пройдет. Я отомщу! И, надеюсь, на сей раз буду счастливее.

– Постойте, постойте, виконт! Какая там месть! По-моему, вам просто придется начинать новую кампанию. Ведь, кажется, этот Челлини выиграл обе первые.

– О, сударыня, это случилось потому, что там не было меня, – пробормотал Мармань, все более и более смущаясь. – Наемники воспользовались моим отсутствием и сбежали, подлецы!

– А я вам советую, Мармань, признать свое поражение и не связываться с Челлини, – вмешался прево. – Вам положительно с ним не везет.

– Ну, в невезении, милейший прево, вы мне не уступаете, – ехидно ответил Мармань. – Ведь если верить некоторым слухам – впрочем, их подтверждают такие неоспоримые факты, как захват Большого Нельского замка и исчезновение одной из его обитательниц, – то и вам, дорогой мессер д'Эстурвиль, не очень-то посчастливилось с Челлини! Хотя говорят, что не слишком помышляя о вашем благоденствии, он печется зато о счастье вашего семейства.

– Господин де Мармань, – вскричал прево, взбешенный тем, что его домашние невзгоды стали предметом пересудов, – вы объясните мне позже смысл этих слов!

– Ах, господа, господа! – воскликнула герцогиня. – Прошу вас, не забывайте, пожалуйста, о моем присутствии. Вы оба не правы. Если человек не умеет искать, господин прево, он не должен упрекать другого в неумении находить... Надо объединяться против общего врага, а не радовать его зрелищем побежденных, старающихся перегрызть друг другу глотку, господин де Мармань. Но все уже идут к столу. Вашу руку, виконт. Что ж! Если сильные мужчины пасуют перед Челлини, посмотрим, не окажутся ли более удачливыми слабые женщины с присущей им хитростью. Я всегда считала союзников лишней обузой и любила бороться одна. Это опасней, конечно, но зато и честь победы не надо ни с кем делить...

– Вот нахал! – прервал герцогиню виконт де Мармань. – Поглядите, как фамильярно держится Бенвенуто с нашим великим королем! Право, можно подумать, что этот человек аристократ, тогда как на самом деле он всего-навсего жалкий чеканщик.

– Что вы, что вы, виконт! Челлини – подлинный аристократ! – смеясь, воскликнула герцогиня. – Разве много вы найдете среди нашего старинного дворянства семей, которые вели бы свой род от наместника Юлия Цезаря! Это так же редко, как владеть гербом с тремя белыми лилиями и гербовой связкой Анжуйского дома.[1] Вы думаете, господа, что, беседуя с этим чеканщиком, король оказывает ему честь? Ошибаетесь. Наоборот, чеканщик оказывает честь Франциску Первому тем, что отвечает ему.

В самом деле, Бенвенуто разговаривал с королем так непринужденно, как сильные мира сего приучили этого художника – избранника богов.

– Ну, как у вас подвигаются дела с Юпитером, Бенвенуто? – спросил король.

– Готовимся к отливке, сир.

– И когда же свершится это великое событие?

– Как только я вернусь в Париж, сир.

– Возьмите наших лучших литейщиков, Челлини; да смотрите ничего не жалейте, чтобы отливка удалась. Если понадобятся деньги, вы знаете – я не поскуплюсь.

– Знаю, ваше величество, что вы самый щедрый, самый великий и благородный король на свете! – ответил Бенвенуто. – Но благодаря жалованью, которое вы мне назначили, я теперь богат. Что же касается отливки, о которой вы изволите тревожиться, сир, то, с вашего позволения, мне хотелось бы сделать все самому. Откровенно говоря, я не очень-то доверяю французским литейщикам. Конечно, они люди способные, но я просто боюсь, как бы из-за своей любви к отечеству им не вздумалось испортить работу художника-иностранца. И, признаюсь вам, сир, для меня слишком важно добиться успеха в создании Юпитера, чтобы я мог доверить отливку статуи посторонним.

– Браво, Челлини! – воскликнул король. – Вы говорите, как истинный художник!

---

[1] Три белые лилии – герб династии Валуа, к которой принадлежал Франциск I; впоследствии – герб французских королей династии Бурбонов. Графство Анжу в XIII веке принадлежало Валуа.

– А кроме того, я хочу заслужить награду, обещанную вашим величеством.

– Правильно, верный мой Бенвенуто! Мы не забыли своего обещания и, если останемся довольны работой, щедро вас вознаградим. Повторяем это еще раз при свидетелях: при коннетабле и канцлере. И в случае нашей забывчивости они напомнят нам о данном слове. Не так ли, Монморанси?.. Не так ли, Пуайе?

– О, ваше величество, вы даже представить себе не можете, как важно для меня это обещание именно теперь!

– Вот и прекрасно! И мы непременно выполним его, сударь… Но двери зала уже открыты. За стол, господа, за стол!

Подойдя к императору, Франциск I взял его под руку, и они возглавили длинную вереницу почетных гостей. Оба государя вошли одновременно в широко распахнутые двустворчатые двери и сели за стол друг против друга. Карл V между Элеонорой и госпожой д'Этамп, Франциск I – между Екатериной Медичи и Маргаритой Наваррской.

Яства и вина были превосходны, и за столом царило непринужденное веселье. Франциск I чувствовал себя как рыба в воде во время пиров, празднеств и увеселений; он забавлялся истинно по-королевски и хохотал, как простолюдин, над рассказами и шутками Маргариты Наваррской. Карл V, со своей стороны, осыпал любезностями сидевшую рядом с ним госпожу д'Этамп. Гости беседовали об искусстве и политике. Пиршество подходило к концу.

За десертом пажи, по обыкновению, стали обходить гостей с тазами и водой для мытья рук. Госпожа д'Этамп взяла у пажа золотой кувшин и таз, предназначенный для Карла V, налила в таз воды и, опустившись, согласно этикету испанского двора, на одно колено, протянула таз императору; то же самое сделала Маргарита Наваррская по отношению к королю Франциску I. Карл V погрузил в воду кончики пальцев и, не отрывая взгляда от своей знатной и прекрасной прислужницы, с улыбкой уронил в таз драгоценный перстень, о котором уже упоминалось выше.

– Ваше величество, вы обронили перстень, – сказала герцогиня и, бережно вынув своими прелестными пальчиками перстень, протянула его императору.

– Сударыня, оставьте его себе, – тихо ответил Карл. – Он сейчас в таких благородных и прекрасных руках, что я просто не могу взять его обратно! – И император добавил еще тише: – Это задаток за Миланское герцогство.

Герцогиня молча улыбнулась: ведь к ее ногам упал брильянт стоимостью в целый миллион.

Когда после обеда гости направились в гостиную, а оттуда в бальный зал, госпожа д'Этамп задержала Челлини, случайно очутившегося возле нее.

– Мессер Челлини, – сказала герцогиня, вручая художнику перстень – залог ее союза с императором Карлом, – будьте добры, передайте брильянт своему ученику Асканио; он сделает из него капельку росы для моей золотой лилии.

– Поистине, сударыня, эта капля упала из рук самой Авроры![1] – ответил художник с иронической усмешкой и наигранной галантностью.

Но тут, взглянув на перстень, Бенвенуто вздрогнул от радостного волнения: он узнал брильянт и кольцо, некогда сделанное им по заказу папы Климента VII. Это был дар его святейшества великому императору; Бенвенуто лично отнес тогда перстень Карлу V.

Поистине, если император решился расстаться с такой драгоценностью, да еще отдал ее женщине, значит, у него были на то важные причины – какой-нибудь тайный сговор, тайная сделка между ним и госпожой д'Этамп.

---

[1] Аврора (греч. миф.) – богиня утренней зари.

Пока император Карл живет в Фонтенбло, проводя целые дни, а главное, ночи в тревоге и сомнениях, пока в душе его борются надежда и страх, как это было показано выше, пока он хитрит, интригует, подкапывается, строит козни, дает обещания, отрекается от них и тут же вновь обещает, заглянем в Большой Нельский замок и узнаем, не случилось ли еще чего-нибудь с его обитателями.

Глава 7. Легенда об угрюмом монахе

Весь Нельский замок был в смятении: три-четыре дня назад здесь появился угрюмый монах-призрак, некогда посещавший монастырь, на развалинах которого построен замок Амори. Госпожа Перрина собственными глазами видела, как он бродил ночью по аллеям Большого Нельского парка в белом одеянии; привидение двигалось бесшумно, не оставляя следов на песке дорожек.

Но каким же образом госпожа Перрина, жившая, как известно, в Малом Нельском замке, могла видеть угрюмого монаха, прогуливавшегося в три часа утра по саду Большого замка? Чтобы ответить на этот вопрос, нам придется выдать чужую тайну. Однако истина для повествователя дороже всего, и читатели имеют право знать мельчайшие подробности о жизни выведенных нами героев, в особенности если эти подробности могут пролить свет на развитие событий.

После исчезновения Коломбы, ухода Пульчери, оставшейся не у дел, и отъезда прево госпожа Перрина стала полновластной хозяйкой Малого Нельского замка, ибо, как мы уже говорили, из соображений бережливости садовник Рембо с помощниками был нанят лишь поденно. Таким образом, госпожа Перрина была не только полновластной, но и единственной обитательницей Малого замка; она целыми днями томилась от скуки, а по ночам умирала от страха.

Вскоре госпожа Перрина нашла все же прекрасное лекарство от скуки; она подружилась с госпожой Рупертой, и эта дружба открыла перед нею двери Большого Нельского замка. Дуэнья попросила разрешения навещать своих соседок и, разумеется, тут же его получила.

А навещая соседок, она, конечно, познакомилась и с соседями. Госпожа Перрина была немолодой, но все еще привлекательной особой: свежей, статной, полной и приветливой, которая, прожив на свете тридцать шесть лет, уверяла, будто ей всего-навсего двадцать девять. Естественно, что ее появление в мастерской, где ковали, гранили, пилили, чеканили и шлифовали двенадцать веселых подмастерьев, любивших по воскресным и праздничным дням поесть, попить и развлечься и всегда готовых поволочиться, не могло пройти незамеченным. И вот дня через три-четыре трое из наших старых знакомцев уже были ранены стрелой амура. Их имена:

Жан-Малыш,

Симон-Левша

и германец Герман.

Асканио, Жак Обри и Паголо устояли перед чарами прелестницы, да и то лишь потому, что были уже влюблены. Остальные ученики, возможно, тоже были охвачены любовным пламенем, но, понимая, что у них нет никакой надежды на взаимность, погасили его прежде, чем оно превратилось во всепожирающий пожар.

Жан-Малыш влюбился на манер Керубино, то есть в самую любовь. Госпожа Перрина была, понятно, слишком здравомыслящей особой, чтобы отвечать взаимностью на подобный вздор.

Симон-Левша казался человеком более надежным, и, следовательно, на его любовь можно было положиться. Но госпожа Перрина была очень суеверна. Увидев однажды собственными глазами, как Симон крестится левой рукой, она подумала, что и под брачным контрактом ему, чего доброго, придется подписываться левой рукой. Дуэнья была твердо уверена, что крестное знамение, творимое левой рукой, не только не спасает души, а, наоборот, предает ее сатане и что брачный контракт, подписанный левой рукой, лишит счастья обоих супругов. Разубедить ее в этом было невозможно. Поэтому при первой попытке Симона поухаживать за ней она повела себя так, что несчастный сразу лишился всякой надежды.

Оставался Герман. О, Герман – это другое дело! Герман не был молокососом, как Жан-Малыш, и природа не обидела его, как Симона-Левшу. Весь облик Германа говорил о добропорядочности, и это было очень по душе госпоже Перрине. Главное, правая рука у Германа не была на месте левой, а левая на месте правой, как у Симона; он так ловко орудовал обеими, что казалось, будто обе его руки правые. К тому же, по мнению всех, Герман был просто красавцем. На нем-то и сосредоточила свое внимание госпожа Перрина.

Но, как известно, Герман был младенчески наивен. Поэтому первые атаки Перрины – ее кокетливые ужимки, губки бантиком, пылкие взоры – потерпели полную неудачу, натолкнувшись на врожденную робость честного немца. Он глядел на нее восхищенным взором, но, как слепые в Евангелии, oculos habebat et non videbat,[1] а если и видел достойную дуэнью, то не замечал ее ухищрений. Тогда госпожа Перрина предложила Герману сопровождать ее во время прогулок по набережной Августинцев или по парку Нельского замка, что несказанно обрадовало влюбленного. И, когда прелестница опиралась на его руку, грубоватое сердце немца билось несколько быстрее, чем обычно; но то ли ему было трудно говорить по-французски, то ли он предпочитал слушать болтовню предмета своих тайных воздыханий, госпоже Перрине редко удавалось извлечь из него что-либо, кроме: «Топрый тень, матемуазель» и «То свитанья, матемуазель». Первое он произносил при встрече с дуэньей, беря ее под руку, второе – расставаясь с ней часа через два. И, хотя госпоже Перрине очень льстило, что ее называют «матемуазель» и было необыкновенно приятно два часа кряду болтать одной, не боясь, что ее прервут, достойной даме все же хотелось услышать хоть какое-нибудь междометие, свидетельствующее о чувствах ее безмолвного кавалера.

---

[1] Имел глаза и не видел (лат.).

Между тем любовь Германа разгоралась, хотя ни одно его слово, ни одно движение пока не выдавало этого. В сердце честного немца пылал настоящий костер любви, который от близости Перрины грозил превратиться в огнедышащий вулкан. Наконец Герман заметил предпочтение, оказываемое ему прелестной дамой, и ждал только полной уверенности, чтобы признаться ей в любви. Госпожа Перрина поняла его нерешительность и однажды вечером, прощаясь с Германом у ворот Малого Нельского замка, подумала, что совершит доброе дело, если пожмет ему руку, ведь славный малый казался таким взволнованным. Вне себя от радости Герман ответил ей тем же и был немало удивлен, когда госпожа Перрина громко вскрикнула. Дело в том, что в пылу страсти он забыл о своей недюжинной силе и чуть не раздавил руку бедной дуэньи, желая выразить ей свои чувства.

Услышав этот крик боли, Герман растерялся, но госпожа Перрина отнюдь не хотела обескуражить своего рыцаря, да еще при первой же его робкой попытке. Вот почему она улыбнулась и, разлепляя сплющенные его мощной ручищей пальцы, пролепетала:

– О, это ничего, ничего, милый господин Герман! Мне совсем не больно, уверяю вас…

– Простите меня, матемуазель Перрин! – воскликнул немец. – Но я вас люпить так крепко, крепко! И ваш рука хотел пожать, как люпить! Простите меня, матемуазель!

– Пустяки, господин Герман, пустяки! Надеюсь, в вашей любви нет ничего оскорбительного для женщины и мне не придется за вас краснеть.

– О пог мой! – вскричал Герман. – Я тумаю, матемуазель Перрин, што мой люпофь честний, я только никак не мог говорить фам о ней. Но раз так случилось и слово само вырвался, я скажу фсе: я люплю фас, люплю фас, люплю фас много-много, матемуазель Перрин!

– Господин Герман, вы честный молодой человек и не способны обмануть бедную женщину; и я тоже хотела бы вам сказать... О боже, но как выговорить это слово! – жеманясь, пролепетала Перрина.

– О, говорить, говорить! – вскричал Герман.

– Ну, так вот: я... Ой, не могу!

– Nein, nein! Вы мошете, мошете! Прошу фас!

– Ну хорошо! Признаюсь, что и я не совсем равнодушна к вам.

– О поже! – крикнул немец, чувствуя себя на вершине блаженства.

И вот однажды вечером, когда новоявленная Джульетта проводила своего Ромео до ворот Большого Нельского замка и возвращалась домой, она увидела, проходя мимо садовой калитки, белое привидение, о котором мы уже упоминали. По мнению достойной дуэньи, оно не могло быть не чем иным, как угрюмым монахом. Не стоит и говорить, что госпожа Перрина вернулась в замок ни жива ни мертва и поспешила запереться у себя в комнате.

На следующее утро о привидении знала уже вся мастерская. Но госпожа Перрина рассказывала об этом важном происшествии очень кратко, не вдаваясь в подробности: видела угрюмого монаха – вот и все. И сколько ее ни упрашивали, из дуэньи невозможно было вытянуть больше ни слова.

Весь этот день в Большом Нельском замке все разговоры вертелись вокруг угрюмого монаха; одни верили госпоже Перрине, другие над ней подшучивали. Асканио возглавил партию скептиков, в которую входили, помимо него, Жан-Малыш, Симон-Левша и Жак Обри. Партия верящих в привидение состояла из госпожи Руперты, Скоццоне, Паголо и Германа.

Вечером все собрались на заднем дворике Малого Нельского замка. Госпожу Перрину еще утром просили рассказать легенду об угрюмом монахе, но, желая, подобно современным режиссерам, обеспечить успех своему выступлению, она заявила, что припомнит эту ужасную историю разве только к вечеру: госпожа Перрина прекрасно понимала, что истории о привидениях теряют весь смысл, если рассказывать их среди бела дня, и, наоборот, в сумерках кажутся вдвое интереснее.

Слушателями госпожи Перрины были: Герман, сидевший справа от нее, госпожа Руперта, сидевшая слева, Паголо и Скоццоне, сидевшие рядом, и Жак Обри, лежавший на траве меж двух своих друзей: Жана-Малыша и Симона-Левши. Что касается Асканио, он заявил, что терпеть не может бабьих россказней и не желает слушать никаких дурацких историй.

– Итак, матемуазель Перрин, рассказывайт нам история о монахе, – сказал Герман после минутного молчания, во время которого все поудобнее устраивались на своих местах.

– Да, – ответила госпожа Перрина, – я расскажу ее вам, но предупреждаю: это ужасная история, и, может быть, лучше бы не вспоминать ее в такой поздний час. Но я знаю, все вы люди благочестивые, хотя кое-кто из вас и не верит в привидения, и притом господин Герман достаточно силен, чтобы обратить в бегство самого сатану, если бы ему вздумалось явиться сюда, а потому слушайте.

– Извините, матемуазель Перрин, но я хошу сказать, што, если сатана приходит, на меня нешего надейся, я траться с лютьми, сколько фам уготно, но с шёртом – нет.

– Ну ладно, тогда я подерусь, – вмешался Жак Обри. – Не бойтесь ничего, госпожа Перрина, рассказывайте.

– Матемуазель Перрин, а угольщик есть ф фаша история? – спросил немец.

– Угольщик? Нет, господин Герман, угольщика нет.

– Карашо, карашо, это не имейт знашения.

– Но почему вы спрашивали об угольщике?

– Потому што ф немецких историях фсекта есть угольщик. Но это софсем, софсем не имейт знашения. Фаш история фсе рафно интересный; говорийт ее, матемуазель Перрин.

– Ну так вот, – начала госпожа Перрина. – Когда-то на этом самом месте не было никакого Нельского замка, а стоял монастырь. Монахи были все, как на подбор, сильные, рослые, вроде господина Германа.

– Ну и монастырь! – не удержался Жак Обри.

– Молчите, болтун! – одернула его Скоццоне.

– Та, молшать, полтун! – поддержал ее Герман.

– Ладно, ладно, молчу. Продолжайте, госпожа Перрина.

– У монахов этой общины были шелковистые черные бороды и сверкающие темные глаза; но всех прекрасней был настоятель монастыря дон Энгерранд: у него была особенно черная борода, и глаза его горели особенно ярко. Кроме того, почтенные братья отличались необыкновенной набожностью и строгостью нравов, а голоса у них были такие сладкозвучные, что послушать, как они поют во время вечерни, стекались жители за много лье в окружности. Так, по крайней мере, мне рассказывали.

– Ах, бедняжки монахи! – вздохнула госпожа Руперта.

– Ах, как интересно! – воскликнул Жак Обри.

– Ах, какой шутесный история! – сказал Герман.

– И вот однажды, – продолжала госпожа Перрина, явно польщенная одобрением, – к настоятелю привели прекрасного юношу, который хотел поступить в монастырь послушником. Борода у него еще не выросла, но глаза были темные, как агат, а длинные шелковистые локоны – чернее воронова крыла. Его тут же приняли без всяких затруднений. Юноша сказал, что его зовут Антонио, и попросился в услужение к настоятелю, на что дон Энгерранд охотно согласился. Я уже говорила, что монахи этой общины прекрасно пели. У Антонио тоже был свежий, благозвучный голос, и когда в следующее воскресенье он запел в церкви, то привел в восторг всех прихожан. Но этот чарующий голос звучал как-то странно и будил в душе слушателей скорее греховные, нежели возвышенные помыслы. Сами-то монахи были, разумеется, слишком невинны, чтобы юный певец мог смутить их покой; заметили это только прихожане. Настоятель был так очарован голосом Антонио, что поручил ему петь под аккомпанемент органа все антифоны.[1]

Поведение юного послушника было безупречно, а настоятелю он прислуживал прямо-таки с непостижимым усердием и пылом. Единственное, в чем его можно было упрекнуть, – это в постоянной рассеянности. Горящий взгляд его неотступно следил за каждым движением настоятеля.

«На кого это вы все смотрите, Антонио?» – спрашивал его не раз дон Энгерранд.

«На вас, отец мой», – отвечал со вздохом юный монах.

«Лучше бы вы смотрели в свой молитвенник, сын мой!.. Ну, а теперь на что загляделись?»

«На вас, отец мой».

«Глядели бы вы лучше на образ богоматери, Антонио!.. А теперь на что вы глядите?»

«На вас, отец мой».

«Антонио, глядите-ка лучше на святое распятие!» Кроме того, дон Энгерранд начал примечать, что с тех пор как Антонио вступил в общину, его самого, то есть дона Энгерранда, все чаще и чаще томили греховные мысли. Прежде он никогда не грешил более семи раз в день, что, как известно, доступно только святым, а иногда – просто трудно поверить! – сколько он ни перебирал в памяти свое поведение за истекший день, он никак не мог припомнить более пяти-шести грехов! Теперь же настоятель дошел до десяти, двенадцати и даже пятнадцати грехов. Дон Энгерранд пытался искупить свою вину перед господом богом. Постился, молился, истязал плоть – ничто не помогало: чем строже он карал себя, тем больше грешил. Вскоре число грехов возросло до двадцати. Несчастный настоятель совсем потерял голову. Он ясно чувствовал, что гибнет, и не знал, как помочь беде. Кроме того, он заметил

[1] Антифон – церковное песнопение, исполняемое поочередно двумя хорами или солистом и хором.

(всякого другого это успокоило бы, а его испугало), что то же самое творится с добродетельнейшими из его монахов; все они находились под действием какой-то неведомой, непонятной, странной и непреодолимой силы. И если до сих пор исповедь их длилась не более двадцати минут – получаса, теперь она занимала целые часы. Пришлось даже перенести время ужина. Между тем до монастыря дошли тревожные слухи, целый месяц волновавшие окрестных жителей: у владельца соседнего замка пропала дочь Антония; она исчезла однажды вечером, точно так же, как несчастная Коломба, только я уверена, что наша Коломба сущий ангел, а эта девица была, видно, одержима нечистой силой. Где только не искал ее бедный отец! Ну, точь-в-точь как господин прево искал нашу Коломбу. Оставалось только осмотреть монастырь. Зная, что злой дух лукав и прячется иногда даже в святой обители, владелец замка обратился через своего духовника к дону Энгерранду, и настоятель охотно разрешил ему посетить монастырь. Быть может, он питал надежду, что обыск поможет обнаружить тайную силу, которая вот уже целый месяц тяготела над ним и над его монахами. Куда там! Все поиски оказались тщетными, и владелец замка, уже совсем отчаявшись, собрался покинуть монастырь. Прощаясь во дворе с настоятелем, он рассеянно глядел на длинную вереницу монахов, идущих мимо них к вечерне.

И вдруг, когда проходил последний монах, владелец замка испустил громкий вопль:

«Господи! Да это же Антония! Дочь!»

Антония – потому что и в самом деле это была она – стала бела, как лилия.

«Что ты здесь делаешь, дочка, да еще в монашеском одеянии?» – продолжал старик.

«Что делаю, батюшка? – проговорила Антония. – Я страстно полюбила дона Энгерранда».

«Сию же минуту вон из монастыря, несчастная!» – закричал разгневанный отец.

«Пока я жива, батюшка, я никуда отсюда не уйду», – спокойно ответила Антония.

И, не обращая внимания на протестующие крики владельца замка, она бросилась вслед за монахами в часовню и встала на свое обычное место. Настоятель на мгновение будто прирос к земле. Взбешенный отец ринулся было вслед за дочерью, но дон Энгерранд упросил его не осквернять своим гневом святой обители и дождаться окончания службы. Отец согласился и последовал за ним в часовню. Как раз в это время пели антифоны, и торжественные звуки органа были подобны гласу божьему. Дивно звучал голос послушника, но сколько горечи, сколько иронии, сколько гнева слышалось в нем! Это пела Антония, и сердца всех молящихся затрепетали. А когда она умолкла и раздались могучие, спокойные и величественные звуки органа, всем показалось, что неземным великолепием своей музыки он хочет заглушить горестный вопль жалкого певца земли. И, словно бросая вызов органу, еще неистовей, еще горестней, еще богопротивней зазвучал голос Антонии.

Молящиеся ожидали в смятении, чем кончится этот чудовищный поединок, это чередование богохульств и молений, это странное единоборство бога и сатаны. И вот в настороженной тишине по окончании одного из стихов грянула божественная музыка, подобная раскатам грома, и на смиренно склоненные головы обрушились потоки священного гнева. Орган грохотал, как трубный глас в день страшного суда. Одна Антония не опустила головы, она все еще пыталась бороться, но вместо пения у нее вырвался резкий, душераздирающий, надрывный крик отчаяния, похожий на хохот обезумевшего от горя человека; потом она упала на каменный пол, бледная и недвижимая. Когда же к ней подбежали и хотели поднять ее, то увидели, что она мертва…

– Господи Иисусе! – воскликнула госпожа Руперта.

– Бедная Антония! – наивно сказал Герман.

– Притворщица! – пробурчал Жак Обри. Остальные сидели молча. Даже самым недоверчивым из слушателей стало не по себе после страшного рассказа госпожи Перрины. Скоццоне смахнула слезинку, Паголо набожно перекрестился.

– Ну, а дон Энгерранд, – продолжала госпожа Перрина, – решил, что гнев божий поверг врага во прах, и возомнил себя навеки освобожденным от искушений. Но бедняга ошибся, ибо совсем позабыл о том, что давал приют девице, одержимой нечистой силой. И вот на следующую ночь не успел он задремать, как его разбудил звон цепей. Он открыл глаза и, невольно взглянув на дверь, увидел, что она отворилась сама собой и в комнату вошла женщина в белом одеянии послушницы. Привидение подошло к ложу дона Энгерранда, взяло его за руку и крикнуло: «Это я – Антония! Та самая Антония, которая любит тебя! Бог дал мне полную власть над тобой, ибо ты слишком много грешил если не делом, то в помыслах».

И привидение стало являться к нему неизменно ровно в полночь, неумолимое и верное своей любви, так что в конце концов дон Энгерранд не выдержал и отправился поклониться гробу господню, где, по милости божией, и умер, коленопреклоненный, во время молитвы.

Но Антония и тут не угомонилась. По правде сказать, очень немногие монахи оказались менее грешными, чем их злосчастный настоятель. Вот привидение и повадилось ходить ко всем по очереди, пугая их по ночам своим страшным голосом: «Это я – Антония! Та самая Антония, которая любит тебя!»

За что и прозвали призрак угрюмым монахом.

И если когда-нибудь вечером на улице вы увидите, что за вами идет некто в сером или белом капюшоне, бегите скорее домой, потому что это и есть угрюмый монах, который ищет новую жертву!

Когда сломали монастырь и построили вместо него замок, все были уверены, что угрюмый монах исчезнет. Не тут-то было: видно, уж очень полюбилось ему это место, и время от времени он все еще появляется. Вот и теперь – спаси нас господь и помилуй! – эта несчастная, неприкаянная душа снова бродит по замку... Да хранит нас бог от ее сатанинской злобы!

– Аминь! – сказала, крестясь, госпожа Руперта.

– Аминь! – вздрогнув, прошептал Герман.

– Аминь! – со смехом провозгласил Жак Обри.

– Аминь, – повторили и все остальные, каждый на свой лад, сообразно тому чувству, какое породила в его сердце эта легенда.

Глава 8. Что можно увидеть ночью с верхушки тополя

На следующее утро, в тот самый день, когда королевский двор должен был вернуться из Фонтенбло, госпожа Руперта объявила всем, кто накануне слушал легенду об угрюмом монахе, что и она может рассказать нечто необычайное.

Услышав столь заманчивое обещание, вчерашние слушатели госпожи Перрины, разумеется, поспешили собраться вечером, в тот же час и на том же самом месте.

Все чувствовали себя непринужденно. Накануне Бенвенуто написал Асканио, что задержится на два-три дня для отделки зала, в котором он намерен поставить Юпитера, и сразу же по возвращении будет отливать статую.

Что касается прево, он лишь один раз появился в Нельском замке, чтобы узнать, нет ли известий о Коломбе, и, получив от госпожи Перрины ответ, что все обстоит по-прежнему, тут же вернулся в Шатле.

Таким образом, жители обоих Нельских замков – Большого и Малого, – пользуясь отсутствием хозяев, наслаждались полной свободой.

У Жака Обри было в этот вечер назначено свидание с Жервезой, но любопытство взяло верх. Да и, кроме того, он рассчитывал, что рассказ Руперты окажется короче рассказа Перрины и ему не только удастся послушать историю, но и попасть на свидание.

Итак, вот что поведала собравшимся госпожа Руперта.

После рассказа госпожи Перрины мысль об угрюмом монахе не давала ей покоя. Воротясь к себе в комнату, она еще больше испугалась – ведь призрак Антонии мог навестить ее, несмотря на святые мощи, находившиеся у изголовья кровати.

Прежде всего Руперта накрепко заперла дверь, но это ничуть не уменьшило страха старой домоправительницы: она слишком хорошо знала привычки привидений и прекрасно понимала, что для них не существует запоров. Она охотно наглухо закрыла бы окно, выходившее в парк Большого Нельского замка, но прежний хозяин не позаботился о ставнях, а нынешний находил излишним тратиться на такие пустяки.

Обычно окно закрывалось занавесками; сегодня же, как нарочно, они были в стирке. Так что комнату отделяло от внешнего мира лишь прозрачное, как воздух, стекло.

Затем Руперта заглянула под кровать, обшарила шкафы, тщательно обыскала в комнате все углы и закоулки. Ей было известно, как мало места требуется нечистому духу, особенно если он подберет хвост и втянет рога и когти. Ведь пробыл же Асмодей[1] долгие годы, свернувшись клубком, на дне бутылки! В комнате никого не было; Руперта не обнаружила ни малейших следов привидения.

Итак, домоправительница легла спать, почти успокоившись, но светильник все-таки не потушила. Натянув на себя одеяло, она посмотрела в окно и на фоне ночного неба увидела огромную человеческую фигуру, заслонявшую собой звезды. Ну, а что до луны, ее и так нельзя было разглядеть – ведь она была на исходе.

Несчастная Руперта вздрогнула и зажмурилась от страха; она уже хотела крикнуть или постучать, но вовремя вспомнила, что как раз перед ее окном стоит гигантская статуя Марса. Тогда она решилась открыть глаза и, взглянув еще раз на мнимое привидение, узнала изваяние бога войны. Мгновенно успокоившись, Руперта приняла твердое решение как можно скорее уснуть.

---

[1] Асмодей – персонаж романа французского писателя Рене Лесажа «Хромой бес» (1707). Согласно этому роману, бес Асмодей, заключенный в бутылку ученым-астрологом, был выпущен на свободу студентом Клеофасом и в благодарность показал ему скрытые стороны жизни людей.

Однако сон, это сокровище бедняков, которому часто завидуют богачи, не подчиняется человеческой воле. По вечерам, когда господь бог выпускает это капризное дитя из небесных врат на землю, оно спешит, куда ему вздумается, не обращая внимания на страстные мольбы и врываясь именно туда, где его совсем не ждут. Сколько Руперта ни призывала сон, он долго к ней не являлся!

Наконец, уже около полуночи, усталость взяла свое; и без того неясные мысли Руперты начали путаться и, нарушив связующую их тонкую нить, рассыпались, как зерна порванных четок. Сознание достойной домоправительницы затуманилось, только ее встревоженное сердце продолжало усиленно биться; потом и оно успокоилось. Все уснуло, лишь трепетно горел фитилек светильника.

Но, как известно, все на земле имеет конец; кончилось и масло в светильнике; случилось это часа через два после того, как Руперта уснула сном праведных. В светильнике вышло все горючее, он стал меркнуть, мигать, потом вспыхнул ярким пламенем и погас.

В эту самую минуту Руперте снился страшный сон. Ей чудилось, будто она возвращается поздно вечером от госпожи Перрины и за ней гонится угрюмый монах. Но, к счастью, у Руперты, вопреки тому, что обычно бывает во сне, оказались ноги пятнадцатилетней девочки, и, хотя угрюмый монах не ступал, а, казалось, скользил по земле, он догнал домоправительницу только у ворот замка, которые захлопнулись перед самым его носом. Руперта слышала, как монах жалобно стонет и стучится в ворота, но, разумеется, отнюдь не собиралась ему открывать; она взяла лампу, взбежала по лестнице, перепрыгивая сразу через две ступеньки, влетела к себе в комнату, легла в постель и потушила свет.

И вот, едва свет погас, Руперта увидела за окном голову угрюмого монаха. Вскарабкавшись, словно ящерица, по стене, он пытался пробраться в комнату. Руперта слышала скрежет его когтей по стеклу.

Ну можно ли было, видя такой сон, спать по-прежнему? Конечно, нет, и Руперта проснулась; она была вся в холодном поту; волосы на голове стояли дыбом; ее испуганный, блуждающий взгляд невольно устремился на окно, и тут она испустила пронзительный вопль, ибо увидела страшное зрелище: огромная голова Марса светилась, а изо рта, носа, ушей и глаз вырывалось пламя.

Сперва Руперта подумала, что это сон. Желая убедиться в обратном, она до крови ущипнула себя за руку; потом перекрестилась, трижды прочла «Отче наш» и дважды «Богородицу», но страшное видение не исчезло. Собравшись с силами, Руперта взяла метлу и принялась что было сил дубасить ручкой в потолок, надеясь разбудить здоровенного немца, комната которого находилась как раз над нею; но сколько она ни стучала, Герман не подавал признаков жизни.

Тогда Руперта начала стучать в пол, чтобы разбудить Паголо, спальня которого была под ее комнатой. Но, увы, Паголо оказался столь же глух к ее зову, как и Герман; Руперта могла стучать сколько душе угодно: никто не отзывался.

Тогда она подумала о своем третьем соседе, Асканио, и постучала в стену. Но и здесь ее ждала неудача. Видно, все три подмастерья куда-то ушли. У домоправительницы мелькнула мысль: уж не унес ли их угрюмый монах, но от этой мысли ей не полегчало; наоборот, ее охватил еще больший ужас. Убедившись наконец, что никто не придет к ней на помощь, Руперта забралась с головой под одеяло и стала ждать.

Прождав час-полтора, а быть может, и два и не слыша ни малейшего шороха, она приободрилась, приподняла краешек одеяла и одним глазком взглянула в окно: голова Марса уже не извергала пламени, все вновь погрузилось во мрак.

Но как ни успокоительно действовали мрак и тишина, бедной женщине не спалось. Руперта лежала, напрягая слух, и широко открытыми глазами вглядывалась в темноту, пока первые лучи восходящего солнца не возвестили, что пора привидений миновала.

Таков был рассказ Руперты, и, надо сказать к ее чести, он имел еще больший успех, чем вчерашний. Особенно сильное впечатление он произвел на Германа, на госпожу Перрину, на Паголо и Скоццоне. Мужчины клялись, будто ничего не слышали, но так смущенно и такими неуверенными голосами, что Жак Обри громко расхохотался. А госпожа Перрина и Скоццоне слушали молча, затаив дыхание. Они то краснели, то бледнели, и не будь так темно, человеку, наблюдавшему со стороны это отражение душевной борьбы, могло показаться, что обе женщины или скончаются от апоплексического удара, или умрут от малокровия.

– Значит, вы уверены, госпожа Перрина, что видели угрюмого монаха в парке Большого Нельского замка? – спросила Скоццоне, опомнившаяся прежде всех.

– Я видела его так же ясно, как сейчас вижу вас, милочка.

– А вы, госпожа Руперта, видели, что у Марса светилась голова?

– Да эта проклятая голова так и стоит у меня перед глазами! – воскликнула Руперта.

– Так оно и есть, – сказала госпожа Перрина. – Привидение свило себе гнездо в голове языческого бога. Но ведь и призраку надо погулять, как живому человеку. Вот он и спускается оттуда по ночам, ходит, бродит повсюду, а когда устанет, снова забирается в эту самую голову. Идолы и духи всегда заодно. Что там ни говори, все они исчадия ада! И этот ужасный лжебог Марс попросту приютил у себя угрюмого монаха.

– Фи так тумайт, госпожа Перрин? – спросил наивный немец.

– Я уверена в этом, господин Герман, твердо уверена!

– У меня мурашки пегают по фсему телу, шестный слофо! – пролепетал Герман, вздрагивая.

– Значит, и вы тоже верите в привидения? – спросил Жак Обри.

– О та, о та, ферю!

Жак Обри пожал плечами, но про себя все же решил проникнуть в тайну привидений. Тем более что для него это не представляло особого труда: он был в замке своим человеком, приходил и уходил когда вздумается. Вот он и подумал, что на свидание с Жервезой успеет пойти и завтра, а эту ночь проведет в Большом Нельском замке. Вечером он распрощается со всеми и сделает вид, что уходит, а на самом деле останется в парке и, спрятавшись в ветвях тополя, познакомится с привидением.

Так он и сделал: ушел, как всегда без провожатых, из мастерской и громко хлопнул дверью, выходящей на набережную, чтобы все думали, будто его уже нет в замке, а сам быстро подбежал к тополю, росшему возле статуи, подпрыгнув, ухватился за его нижнюю ветку, вскарабкался по ней и мигом очутился на вершине дерева, как раз против головы Марса. Оттуда ему прекрасно были видны дворы и парки обоих замков.

В то время как Жак Обри устраивался поудобней на своем насесте, Лувр сверкал огнями: там должно было состояться великолепное празднество. Карл V решился наконец перебраться из Фонтенбло в Париж, куда оба монарха и прибыли в тот самый вечер, о котором идет речь.

Все было готово для приема императора – пиршество, игры, бал. По Сене скользили украшенные разноцветными фонариками гондолы с музыкантами и плавно останавливались против знаменитого балкона, откуда тридцать лет спустя Карл IX велел расстреливать свой народ; а от берега к берегу сновали увитые гирляндами цветов лодки, доставляя приглашенных из Сен-Жерменского предместья в Лувр.

В числе гостей был, разумеется, и виконт де Мармань.

Как мы уже говорили, виконт, высокий, бесцветный блондин, считал себя любимцем женщин. Вот и сегодня ему почудилось, что на него как-то особенно смотрит молоденькая хорошенькая графиня, муж которой находился в Савойской армии; Мармань много танцевал с ней, и ему показалось, что дама не осталась равнодушной к его многозначительному рукопожатию. И наконец, когда графиня уезжала домой, он вообразил по ее прощальному взгляду, что она, подобно Галатее, спасается бегством лишь для того, чтобы ее настигли. И Мармань последовал за ней. Дама его сердца жила в конце улицы Отфей, поэтому, выйдя из Лувра, он направился по набережной мимо Нельского замка и, свернув на улицу Августинцев, вышел на улицу Святого Андрея. Тут он неожиданно услышал позади себя звук шагов.

Ночь стояла довольно темная: луна, как мы уже говорили, была на исходе, а время – час пополуночи. Кроме того, если читатели помнят, храбрость отнюдь не являлась основной добродетелью Марманя. Итак, звук чьих-то шагов, казавшийся эхом его собственных, тревожил виконта все больше и больше. Он поплотней закутался в плащ, машинально положил руку на эфес шпаги и пошел еще быстрей.

Но это ни к чему не привело: человек сзади тоже ускорил шаг, и, когда Мармань огибал паперть церкви Августинцев, ему показалось, что, если он сейчас не перейдет с быстрого шага на гимнастический, незнакомец непременно его нагонит. Он уже готов был решиться на эту крайнюю меру, как вдруг к звуку преследующих его шагов присоединились звуки человеческого голоса.

– Черт побери, сударь! – воскликнул незнакомец. – А вы, пожалуй, правильно делаете, что так спешите: место здесь опасное, особенно в такой поздний час; ведь именно здесь, как вы, разумеется, знаете, убийцы напали на моего достойного друга, знаменитого мастера Бенвенуто Челлини, который сейчас находится в Фонтенбло и не знает, что творится у него дома. По-видимому, сударь, нам с вами по пути, и, если мы пойдем вместе, разбойники хорошенько подумают, прежде чем нападать на нас. Предлагаю вам, сударь, свою защиту в обмен на честь быть вашим попутчиком.

При первых же словах незнакомца Марманю показалось, что он уже где-то слышал этот голос, а когда Жак Обри упомянул имя Бенвенуто Челлини, виконт вспомнил болтуна, который при первой встрече дал ему такие ценные сведения о жизни обитателей Большого Нельского замка. Виконт остановился, сообразив, что общество Жака Обри может принести ему двойную пользу: во-первых, школяр будет для него надежной охраной, а во-вторых, может рассказать что-нибудь новенькое о ненавистном Бенвенуто. И, будьте покойны, виконт не упустит случая использовать эти сведения в своих интересах. Вот почему Марманъ приветствовал на этот раз школяра как нельзя более любезно.

– А-а-а, добрый вечер, добрый вечер, мой юный друг! – произнес он в ответ на дружески фамильярную тираду Жака Обри. – Что это вы толкуете о нашем славном Бенвенуто? Я надеялся встретить его в Лувре, а он, хитрец, взял да и остался в Фонтенбло!

– Черт возьми! Неужели это вы, дорогой виконт... Вот так удача! – вскричал Жак Обри. – Виконт де... Не припомню вашего имени, сударь! То ли вы забыли назвать мне его, то ли оно вылетело у меня из головы. Ну, да это неважно! Так, значит, вы из Лувра! И, конечно, там было очень хорошо, очень красиво, очень весело и очень много хорошеньких женщин! И, разумеется, мы спешим сейчас на свидание, не так ли? Ах, греховодник вы этакий!

– Да вы просто колдун, милейший! – воскликнул, рисуясь, Марманъ. – И как это вы угадали? Верно: я только что из Лувра, и король был ко мне очень милостив... Впрочем, я сейчас был бы там, если бы одна очаровательная графиня не намекнула, что предпочитает видеть меня наедине, а не в этой сутолоке. А сами вы откуда?

– Я откуда? – воскликнул Жак, расхохотавшись. – Ах да, чуть не забыл! Ну и дела! Бедняга Бенвенуто! Честное слово, он этого не заслужил!

– Но что же случилось с нашим дорогим другом?

– Так вот, если вы только что вышли из Лувра, знайте, что я вышел из Большого Нельского замка, где просидел два часа на суку огромного дерева – ни дать ни взять, как попугай.

– Черт возьми, положение не из приятных!

– Ничего, я не жалею, что забрался туда. Я такое видел там, что при одном воспоминании от смеха лопнешь!

И Жак Обри так простодушно и весело расхохотался, что Мармань, хотя и не знал причины смеха, не удержался и стал вторить ему. Но так как смеяться, собственно говоря, виконту было не над чем, он вскоре умолк.

– А теперь, юный мой друг, – сказал Мармань, – когда вам удалось меня рассмешить, ничего не рассказывая, может быть, вы поведаете мне все же, что за уморительные вещи привели вас в такое веселое настроение? Вы же знаете, я один из лучших друзей Бенвенуто, хотя мы с вами ни разу у него и не встречались. Видите ли, у меня бывает мало свободного времени. Но, поверьте, меня трогает все, что касается нашего общего друга. Милый Бенвенуто! Ну, рассказывайте, рассказывайте скорей, что происходит без него в Большом Нельском замке? Клянусь честью, меня это необычайно интересует!

– Что происходит? Ну нет! Это моя тайна, – ответил Обри.

– Тайна? От меня?! От лучшего друга Бенвенуто Челлини! – вскричал Мармань. – Ведь я только что вторил королю, когда он всячески расхваливал художника. Это дурно с вашей стороны, очень дурно, сударь! – обиженно проговорил Мармань.

– Если б я был уверен, что вы никому не скажете, милейший... Да, как звать-то вас, черт побери?.. Я, пожалуй, и не прочь бы поделиться: откровенно говоря, меня так и подмывает рассказать вам эту забавную историю, точно я тростник царя Мидаса.[1]

---

[1] Согласно античному мифу, у фригийского царя Мидаса были ослиные уши, что он тщательно скрывал. Но его болтливый брадобрей, не в силах хранить эту тайну и в то же время не решаясь открыть ее людям, выкопал у реки ямку и, нашептав в нее,

– Ну говорите же, говорите! – воскликнул Мармань.

– А вы никому не скажете?

– Никому.

– Честное слово?

– Клянусь честью!

– Так вот, представьте себе... Но сперва, любезный... любезный друг мой, скажите, известна ли вам легенда об угрюмом монахе?

– Да, что-то слышал; толкуют, будто в Большом Нельском замке появилось привидение.

– Вот именно! Тем лучше! Если вы уже знаете об этом, мне остается только кое-что досказать. Так вот: вообразите, что госпоже Перрине...

– Дуэнье Коломбы?

– Да, да! Сразу видно, что вы друг этого семейства. Итак, представьте себе: госпоже Перрине показалось во время ночной прогулки – она, видите ли, для здоровья прогуливается по ночам, – что по аллеям Большого Нельского парка бродит угрюмый монах, а госпожа Руперта... Вы знаете ее?

– Старая служанка Челлини?

– Вот именно! Итак, однажды, когда у госпожи Руперты была бессонница, она увидела, что изо рта, ноздрей и ушей огромной статуи Марса вылетало пламя. Знаете, того самого Марса, который стоит в саду...

– Да-да! Это подлинный шедевр! – воскликнул Мармань.

– Хорошо сказано! Именно шедевр, как и все произведения Челлини. И вот, достопочтенные дамы – то есть госпожа Перрина и госпожа Руперта – решили, что обе видели привидение и что, нагулявшись ночью в своем белом одеянии, угрюмый монах, едва

что «у царя Мидаса ослиные уши», засыпал землей. На этом месте вырос тростник, при каждом дуновении ветра повторявший слова брадобрея.

пропоют петухи, забирается в голову Марса – вполне подходящее пристанище для проклятой богом души, не правда ли? – и пылает там на адском огне, который вырывается из глаз, ушей и рта идола.

– Что за околесицу вы несете, милейший? – воскликнул Мармань, не понимая, серьезно говорит школяр или подшучивает над ним.

– Да это самая обыкновенная история о привидениях, любезный друг!

– Неужели такой разумный малый, как вы, милейший, может верить в подобную чушь?

– А я и не верю, – ответил Жак Обри. – Потому-то я и просидел целую ночь на дереве: уж очень хотелось вывести все на чистую воду и узнать, кто является причиной переполоха в Большом Нельском замке. Вот я и притворился, что ухожу, но, вместо того чтобы захлопнуть калитку парка за собой, я захлопнул ее перед собой и незаметно пробрался в темноте к облюбованному дереву. Через несколько минут я уже притаился в его густой листве, прямо против головы Марса. И как вы думаете, что я увидел?

– Откуда же мне знать? – ответил Мармань.

– И то верно! Догадаться об этом мог бы разве колдун. Сперва я увидел, как приоткрылась дверь замка… парадная дверь, знаете?

– Да-да, конечно, знаю! Продолжайте!

– Итак, дверь приоткрылась, и из нее выглянул человек, видимо желавший убедиться, нет ли кого-нибудь во дворе. Это был не кто иной, как Герман, толстый немец.

– Так, так, Герман, толстый немец, – повторил Мармань.

– Удостоверившись, что двор пуст, он осмотрелся, не взглянул только на мое дерево, ибо, сами понимаете, ему и на ум не пришло, что там кто-то может сидеть; потом он вышел, прикрыл осторожно дверь, сошел с крыльца и направился прямехонько во двор Малого Нельского замка. Там он трижды постучался – наверное, это был условный знак, дверь Малого замка открылась, из нее вышла какая-то женщина и впустила немца. Женщина оказалась достопочтенной госпожой Перриной, которая очень любит гулять по ночам в обществе нашего Голиафа.

– Вот так штука! Бедняга прево!

– Постойте, постойте! Это еще не все. Я следил за ними до тех пор, пока они не вошли в Малый замок, как вдруг слева от меня скрипнула оконная рама. Я быстро обернулся и увидел этого негодника Паголо. Ну кто бы мог подумать, что тихоня Паголо с его вечными «Отче наш» и «Богородицей» способен лазить по ночам из окошка! Осторожно оглядевшись, точь-в-точь как Герман, он выбрался наружу, соскользнул вниз по водосточной трубе и, переходя с балкона на балкон, добрался до окна другой комнаты… Угадайте чьей, виконт?

– Но откуда же мне знать! Может быть, госпожи Руперты?

– Ну да! Очень-то она ему нужна! До окна Скоццоне, сударь мой! Ни больше ни меньше как Скоццоне, любимой натурщицы Бенвенуто, этой очаровательной смуглянки! Каков плут, а? Что вы на это скажете?

– В самом деле забавная история, – согласился Мармань. – И больше вы ничего не видели?

– Терпение, дорогой виконт! Самый лакомый кусочек я приберег напоследок – так сказать, на закуску. Мы еще не дошли до конца, но, будьте покойны, доберемся и до него.

– Ну ладно, ладно, продолжайте. Честное слово, милейший, препотешная история!

– Подождите, то ли еще будет! Итак, слежу я за Паголо, который, рискуя сломать себе шею, перебирается с балкона на балкон, и слышу снова какой-то шум, на сей раз почти под самым деревом. Гляжу вниз и вижу Асканио, который крадучись выходит из литейной мастерской.

– Любимого ученика Бенвенуто?

– Его самого, сударь, этого святошу, похожего на мальчика из церковного хора и с виду скромного, как девушка. Недаром говорится, что наружность обманчива!

– Как интересно! Значит, Асканио вышел из дому, но для чего?

– Вот именно – для чего? Этот вопрос задавал себе и я. Но скоро все выяснилось. Оглядевшись по сторонам, как Герман и Паголо, и убедившись, что поблизости никого нет, он притащил из литейной лестницу и, приставив ее к плечам Марса, стал взбираться. Лестница находилась по другую сторону статуи, так что я потерял Асканио из виду и уже начал подумывать, куда это он запропастился, как вдруг у Марса загорелись глаза.

– Ну, уж это вы просто заговариваетесь, милейший! – воскликнул Мармань.

– Да нет же, сущая правда, виконт! И если бы я не знал, в чем тут дело, сознаюсь, мне было бы не по себе. Но я видел, как Асканио полез на статую, а потому был уверен, что он-то и зажег свет.

– Но что понадобилось Асканио ночью в голове Марса?

– Вот-вот, тот же вопрос задал себе и я! А так как никто не мог мне ответить, я решил разобраться во всем самостоятельно. Я изо всех сил пялил глаза, и наконец мне показалось, что я вижу через глазницы Марса привидение. Честное слово! В голове статуи был призрак женщины в белом платье, и перед ней на коленях, как перед святой мадонной, стоял наш Асканио. К сожалению, мадонна сидела ко мне спиной, и я не видел ее лица, но я видел шейку. О! Что за чудесные шейки бывают у привидений, виконт, прямо-таки лебяжьи! И белые-белые, как снег! Зато с каким обожанием глядел Асканио на призрак! Вот нечестивец! Тут я сразу понял, что это не привидение, а самая обыкновенная женщина. Каково?! Прятать любимую в голове Марса! Что вы на это скажете, милейший?

– Гм, гм… действительно, все это очень странно, – смеясь и в то же время что-то соображая, пробормотал Мармань. – Весьма странно. И вы не догадываетесь, кто эта женщина?

– Просто ума не приложу. А вы?

– Я тоже… Ну, а потом? Что же было потом?

– Потом? Я так расхохотался, что потерял равновесие и свалился со своего сука и если бы при этом не ухватился за другой сук, то непременно сломал бы себе шею. Тогда я решил, что, раз уж я все видел и к тому же проделал половину пути, лучше всего отправиться восвояси. Так я и поступил: вышел потихоньку за ворота и пошел домой, все еще смеясь, а по дороге повстречался с вами, и вы заставили меня рассказать эту историю. И, если вы друг Бенвенуто, посоветуйте, что мне делать. Ну, что касается госпожи Перрины, это ее личное дело; милейшая дама – совершеннолетняя, значит, вправе располагать собой. Но как быть со Скоццоне? Как быть с прелестной Венерой, поселившейся в голове Марса?

– Вы хотите, чтобы я дал вам совет?

– Да, как честный человек! Видите ли, я оказался в довольно затруднительном положении, мой дорогой… мой дорогой… Э-э-э… Вечно я забываю ваше имя!

– Мой совет – молчать. Тем хуже для простофиль, которые позволяют водить себя за нос. А теперь, милейший Жак Обри, разрешите поблагодарить вас за приятную компанию и занятный рассказ, ибо я вынужден вас покинуть. Плачу вам доверием за доверие, мой друг: мы на улице Отфей, а здесь живет дама моего сердца.

– Прощайте, мой славный, мой дорогой, мой превосходный друг! – вскричал Жак Обри, пожимая виконту руку. – Вы дали мне мудрый совет, и я непременно ему последую. Желаю вам удачи, и да хранит вас Купидон!

И попутчики расстались. Мармань отправился дальше по улице Отфей, а Жак Обри свернул на улицу Куклы, чтобы выйти по ней на улицу Арфы, в самом конце которой находилось его жилище.

Мармань солгал, уверив злосчастного школяра, что он не подозревает о том, кем может быть демон в образе девы, перед которым стоял на коленях Асканио. Он сразу понял, что в голове

Марса поселилась Коломба; и чем больше думал об этом, тем больше убеждался в справедливости своей догадки. Бедняга Мармань оказался в затруднительном положении. Как мы уже говорили, ему хотелось насолить всем троим: прево, графу д'Орбеку и Челлини, а этого никак не получалось. В самом деле, если он сохранит тайну, граф и прево останутся в своем прискорбном неведении, но зато будет ликовать Челлини; и, наоборот, объявив о похищении Коломбы, он повергнет в отчаяние Бенвенуто, но тем самым поможет прево отыскать дочь, а графу – невесту. Поэтому он решил хорошенько поразмыслить и найти наиболее выгодное для себя решение.

Мармань недолго колебался. Он знал, что по каким-то непонятным для него причинам госпожа д'Этамп заинтересована в женитьбе д'Орбека на Коломбе, и решил на следующее же утро все рассказать фаворитке. Таким образом, он поднимется во мнении герцогини, доказав ей, за неимением храбрости, хотя бы свою проницательность. И, приняв это решение, он в точности его выполнил.

По счастливой случайности, приходящей иногда на помощь человеку в дурных делах, все придворные в это утро были в Лувре, куда они отправились на Поклон к Франциску I и Карлу V. Вот почему, когда госпоже д'Этамп доложили о приходе виконта де Марманя, у нее были лишь двое преданных ей друзей: прево и граф д'Орбек. Мармань почтительно поклонился герцогине, она же ответила ему своей особой высокомерно-покровительственной и слегка презрительной улыбкой. Но это ничуть не обескуражило Марманя, ибо так улыбалась герцогиня не только ему, а очень и очень многим придворным. К тому же он знал, что стоит ему сказать одно слово, и эта презрительная улыбка сменится самой благожелательной.

– Ну как, мессер д'Эстурвиль, – сказал он, обращаясь к прево, – ваше блудное дитя все еще не вернулось?

– Вы опять за прежнее, виконт! – угрожающе вскричал прево, побагровев от гнева.

– Полно, полно, зачем же горячиться, достойный друг? – продолжал Мармань. – Я сказал это лишь потому, что в случае, если вы еще не нашли Коломбы, я мог бы указать, где ваша голубка свила себе гнездышко.

– Вы? – самым дружеским тоном спросила герцогиня. – Но где же, где? Говорите, говорите скорей, любезный господин де Мармань!

– В голове статуи Марса, которая стоит у Бенвенуто в парке Большого Нельского замка…

Глава 9. Марс и Венера

Разумеется, читатель вместе с Марманем разгадал правду, какой бы странной на первый взгляд она ни казалась. Итак, Коломба скрывалась в голове колосса. Марс, по выражению Жака Обри, приютил Венеру. Бенвенуто вторично призвал искусство на помощь судьбе, художника на помощь человеку. Он не только вкладывал в свои статуи гениальный замысел и талант скульптора, но и вверял им свою участь. В первый раз, как известно, он связал со своим творением план побега. Теперь он доверил огромной статуе свободу Коломбы и счастье Асканио. Однако, дойдя до этого места повествования, мы должны для большей ясности вернуться назад.

После того как Челлини кончил свой рассказ о Стефане, несколько минут царила полная тишина. Перед умственным взором художника, на фоне ярких и суровых образов его бурной юности, промелькнул печальный и чистый образ Стефаны, умершей двадцати лет от роду. Асканио, опустив голову, силился припомнить бледное лицо женщины, склонившейся над его колыбелью; ведь слезы матери так часто падали на розовые щечки ребенка и будили его. А Коломба растроганно глядела на Бенвенуто, которого любила некогда такая же чистая и юная девушка, как она сама. Голос Челлини казался ей теперь не менее нежным, чем голос возлюбленного, и рядом с этими двумя мужчинами, одинаково сильно любившими ее, она чувствовала себя в полнейшей безопасности, словно дитя на коленях у матери.

– Ну как, может ли довериться Коломба человеку, которому Стефана доверила своего единственного сына Асканио? – спросил, помолчав, Бенвенуто.

– Будьте мне отцом, а вы, Асканио, братом, – скромно и с достоинством ответила Коломба, протягивая им обе руки. – Я, не раздумывая, отдаюсь под вашу защиту. Сохраните меня для моего будущего супруга!

– Благодарю тебя, любимая! Благодарю за то, что ты ему веришь! – воскликнул Асканио.

– Итак, вы обещаете мне во всем повиноваться, Коломба? – спросил Бенвенуто.

– Во всем! – ответила Коломба.

– Хорошо. Тогда слушайте, дети мои. Я всегда был убежден, что при настойчивости человек может добиться чего угодно. Для того чтобы спасти вас от графа д'Орбека, уберечь от бесчестия и выдать за Асканио, необходимо время, а через несколько дней, Коломба, вы должны стать женой графа. Значит, главное сейчас – оттянуть эту ненавистную свадьбу. Не так ли, Коломба, дитя мое, сестра моя и милая дочь моя? В жизни бывают тяжелые минуты, когда приходится совершать проступок, чтобы предотвратить преступление. Будете ли вы достаточно отважны и тверды, Коломба? Почерпнете ли вы хоть немного смелости в своей чистой и преданной любви к Асканио? Отвечайте, Коломба!

– Пусть отвечает Асканио, – сказала Коломба, с улыбкой взглянув на юношу. – Я принадлежу ему и сделаю все, что он пожелает.

– Не беспокойтесь, учитель, Коломба будет мужественна, – ответил Асканио.

– Тогда доверьтесь нашей чести, Коломба, и смело следуйте за нами прочь из этого дома!

При этих словах учителя Асканио не мог скрыть удивления. Коломба с минуту молча глядела на обоих мужчин, затем поднялась со скамьи и сказала просто:

– Куда мне идти?

– О Коломба, Коломба! – вскричал Бенвенуто, до глубины души тронутый столь полным доверием. – Вы благородное, святое создание! И, однако, узнав Стефану, я стал требователен к людям.

Все зависело от вашего ответа. Но теперь мы спасены. Час пробил; сам бог помогает нам. Не будем же терять драгоценного времени; дайте мне руку, и идем.

Коломба опустила на лицо вуаль, словно желая скрыть краску смущения, и пошла вслед за Бенвенуто и Асканио. Дверь, соединявшая Большой и Малый Нельские замки, была заперта, но ключ торчал в замке, Бенвенуто бесшумно открыл ее. Тут Коломба остановилась.

– Подождите немного, – сказала она взволнованно.

Опустившись на колени у порога отчего дома, который не мог уже служить ей надежным пристанищем, девушка стала молиться. О чем – это известно одному лишь богу, но, видимо, она просила у него прощения и за отца, и за себя. Потом, преисполненная спокойствия и твердости, Коломба поднялась и последовала за Челлини. Асканио шел сзади в полном смятении и с нежностью глядел на плывшее перед ним во мраке ночи белое платье. Дрожа от волнения, какое обычно охватывает человека в решающие минуты жизни, они пересекли парк Большого Нельского замка. До их слуха донеслись песни и смех пирующих подмастерьев: в этот день, как известно, в замке был праздник.

Дойдя до статуи Марса, Челлини оставил Асканио и Коломбу у подножия статуи и, принеся из литейной мастерской лестницу, приставил ее к статуе. Всю эту сцену озарял бледный свет луны. Бенвенуто опустился перед Коломбой на одно колено, и в его суровом взгляде появилось выражение трогательной почтительности.

– Дитя мое, – сказал он, – обхвати меня обеими ручками за шею и держись крепче.

Коломба молча повиновалась, и Бенвенуто легко, будто перышко, поднял ее с земли.

– Я думаю, – обратился он к Асканио, – что любящий брат позволит мне отнести свою сестру в безопасное место.

И мускулистый, крепкий Челлини стал взбираться по лестнице с драгоценной ношей, да так проворно, будто нес маленькую птичку. А Коломба, склонив голову на плечо Бенвенуто, разглядывала сквозь вуаль мужественное и доброе лицо своего спасителя, испытывая чувства доверия и дочерней привязанности, которые, увы, ей были до той поры неведомы. У Челлини была поистине железная воля: каких-нибудь два часа назад художник охотно отдал бы жизнь за любовь этой девушки, и вот теперь он держал ее в объятиях, а сердце его билось ровно и ни один мускул на лице не дрогнул. Бенвенуто приказал сердцу успокоиться, и оно повиновалось.

Добравшись до шеи Марса, Бенвенуто открыл в ней маленькую дверцу, вошел в голову бога войны и опустил Коломбу на пол круглой комнатки, футов восьми в диаметре и десяти в высоту. Воздух и свет проникали сюда через рот, глаза и ноздри гигантской статуи, достигавшей шестидесяти футов в вышину. Челлини устроил эту комнатку, когда работал над головой Марса, чтобы держать в ней свои рабочие инструменты и не ходить за ними по нескольку раз в день; часто он приносил с собой обед и съедал его, сидя за столиком, стоявшим посредине этой своеобразной столовой. Таким образом, ему не надо было спускаться вниз даже для того, чтобы поесть. Это устройство так понравилось Бенвенуто, что он поставил тут же узкую кровать и в последнее время не только обедал, но и отдыхал в голове Марса. Вполне естественно, что ему пришла мысль спрятать здесь Коломбу; трудно было сыскать более надежное убежище.

– Некоторое время, Коломба, вам придется жить в этой комнате, – сказал он девушке, – и спускаться вниз только по ночам. Оставайтесь здесь под охраной всевышнего и нас, ваших лучших друзей, и ждите конца моих стараний. Будем надеяться, что Юпитер завершит дело, начатое Марсом, – добавил он с улыбкой, вспомнив обещание короля. – Значение моих слов вы поймете после. Ведь о нас печется весь Олимп, ну, а о вас, дитя мое, молятся все ангелы. Как тут не добиться успеха! Улыбнитесь же, милая

Коломба, если не настоящему, так, по крайней мере, будущему! Поверьте, надежда есть. Твердо надейтесь, дитя мое, если не на меня, то на бога. Я тоже когда-то сидел в темнице; та была похуже вашей, и только надежда заставляла меня забывать о неволе. А теперь прощайте. Мы не увидимся больше, пока не настанет день вашего освобождения. А до тех пор о вас будет заботиться брат ваш – Асканио. Ведь его никто не подозревает, и за ним не будут так строго следить, как за мной. Я поручу ему превратить эту мастерскую в келью монахини. Запомните хорошенько то, что я скажу вам на прощанье: вы сделали все, что зависело от вас, мужественное и доверчивое дитя; остальное предоставьте мне и надейтесь на провидение. Что бы ни случилось, в каком бы вы ни оказались безнадежном положении, даже у алтаря, перед тем как произнести роковое «да», которое навеки связало бы вас с графом д'Орбеком, не сомневайтесь, Коломба, в своем друге и отце. Положитесь на бога и на нас с Асканио, дитя мое. Ручаюсь, спасение придет вовремя! Будете ли вы слепо верить и проявите ли должную твердость? Отвечайте!

– Да! – уверенно сказала Коломба.

– Вот и прекрасно! А пока прощайте. Оставляю вас ненадолго в этом скромном убежище; Асканио принесет вам сюда все необходимое. Прощайте, Коломба!

Он дружески протянул ей руку, но Коломба подставила ему лоб для поцелуя, как привыкла это делать, прощаясь с отцом. Бенвенуто вздрогнул, однако тут же овладел собой и подавил волновавшие его чувства и мысли. Он провел рукой по глазам, словно отгоняя какое-то видение, и запечатлел на чистом челе Коломбы нежный отеческий поцелуй.

– Прощай, дочь моей любимой Стефаны! – прошептал он.

С этими словами Бенвенуто быстро спустился к ожидавшему его Асканио. Оба как ни в чем не бывало присоединились к пирующим подмастерьям, которые уже кончили трапезу, но продолжали пить вино.

Новая, странная, непостижимая жизнь началась для Коломбы и показалась ей жизнью, достойной королевы.

Как мы уже знаем, в комнатке стояли кровать и стол; Асканио добавил к ним низенькое, обитое бархатом кресло, венецианское зеркало, книги религиозного содержания, выбранные самой Коломбой, дивной чеканки распятие и серебряную вазочку работы Челлини, в которой каждую ночь появлялись свежие цветы.

Вот и все, что могла вместить эта белая келья, таившая в себе столько душевной красоты и невинности.

Днем Коломба обычно спала: так посоветовал ей Асканио, опасавшийся, как бы девушка не выдала себя каким-нибудь неосторожным движением. Но едва загорались в небе звезды, она пробуждалась и, стоя на коленях в постели, долго молилась перед висевшим у изголовья распятием; потом одевалась, расчесывала свои прекрасные длинные волосы и мечтала под пение соловья. Приходил Асканио; вскарабкавшись по приставной лестнице, он стучался в маленькую дверь. Если туалет Коломбы был окончен, она впускала друга, и он оставался у нее до полуночи. В полночь Асканио уходил к себе, а Коломба, если погода была хорошая, спускалась в парк и гуляла, предаваясь мечтам, которые зародились в ней еще во время прогулок по ее любимой аллее и теперь близились к осуществлению. Часа через два светлое видение возвращалось в свое уютное гнездышко и проводило остаток ночи, наслаждаясь ароматом цветов, собранных во время прогулки, соловьиными трелями и прислушиваясь к доносившемуся из Пре-о-Клер пению петухов.

Перед рассветом Асканио приходил еще раз; он приносил невесте еду на целый день, ловко похищенную при содействии Челлини у госпожи Руперты. Влюбленные вели восхитительные беседы: мечтали о будущем счастье, вспоминали сладкие мгновения первых встреч. Случалось и так, что Асканио безмолвно созерцал свое божество, а Коломба тоже молчала и, улыбаясь, принимала его поклонение. Часто они расставались, ничего не сказав за короткие мгновения встречи, но именно эти свидания давали им больше, чем любая беседа. Ведь их сердца не только без слов понимали друг друга, но и таили в себе сокровенные мысли, которые читает один бог.

Одиночество и страдание юных лет возвышают, облагораживают душу, сохраняют ее на всю жизнь молодой. Коломба, эта гордая, неприступная девственница, была в то же время живой и веселой девушкой; поэтому, кроме дней, вернее, ночей, потому что, как мы знаем, влюбленные нарушили естественный ход времени, – кроме ночей, когда они беседовали и мечтали, были и такие, когда оба резвились и хохотали, как настоящие дети, но, странное дело, не эти ночи пролетали для них особенно быстро. Любви, как всякому источнику света, необходима темнота, чтобы ярче сиять.

Ни разу, ни одним словом не смутил Асканио покоя этой чистой и застенчивой девушки, называвшей его своим братом. Они были подолгу наедине и любили друг друга, но именно это уединение, приближая их к богу, заставляло сильней ощущать его присутствие и, как святыню, хранить свою любовь.

Едва лишь утренняя заря начинала золотить верхушки деревьев, Коломба со вздохом сожаления прогоняла друга, но прогоняла, подобно влюбленной Джульетте, по нескольку раз призывая обратно. То он, то она вечно забывали сказать друг другу что-нибудь очень важное. Но в конце концов расставаться все же приходилось. В одиночестве Коломба предавалась мечтам, прислушиваясь к пению птичек под липами старого парка и к нежному голосу любви в своем сердце. А в полдень, помолившись, засыпала сном праведницы. Уходя, Асканио уносил, разумеется, и лестницу.

Каждое утро Коломба оставляла крошки для пернатых певцов на нижней губе гигантской статуи. Первое время воришки, быстро схватив добычу, спешили удрать, но мало-помалу привыкли к молоденькой хозяйке: ведь птицы прекрасно понимают девушек, души которых так же легки и крылаты, как они сами. Певуньи гостили у Коломбы все дольше и дольше и платили за угощение звонкими песнями. А один щегленок до того расхрабрился, что утром и вечером залетал в комнату и ел прямо из рук. А когда ночи стали прохладнее, щегленок дался однажды юной пленнице в руки, и она посадила его к себе на плечо, где птичка проспала всю ночь даже во время свидания и прогулки с Асканио. С тех пор щегленок прилетал каждый вечер, чтобы поспать на плече у Коломбы, а с первым проблеском зари принимался звонко насвистывать. Тогда девушка брала птичку в руки, давала Асканио поцеловать ее и выпускала на волю.

Так шла жизнь Коломбы в голове гигантского Марса. И только дважды было нарушено ее мирное течение; это случилось во время обысков, о которых мы в свое время говорили. В первый раз Коломбу разбудил голос отца; она испуганно вскочила, думая, что это сон. Но у подножия статуи в самом деле стоял господин д'Эстурвиль, и Бенвенуто говорил ему:

– Вас интересует мой великан, сударь? Это статуя Марса, которую его величество Франциск Первый изволил заказать мне для Фонтенбло. Как видите, сущая безделица – футов шестидесяти в высоту.

– Да-да, статуя весьма недурна и довольно внушительна, – отвечал мессер д'Эстурвиль. – Но продолжим наши поиски – ведь не Марса же я пришел искать сюда.

– Да, его-то не пришлось бы искать!

И они прошли мимо.

В своей комнате Коломба упала на колени и, простирая руки к отцу, готова была крикнуть: «Батюшка, я здесь!» Ведь несчастный старик ищет ее повсюду… быть может, горько оплакивает. Но мысль о графе д'Орбеке, воспоминание о гнусных замыслах госпожи д'Этамп остановили этот порыв. А при втором посещении, когда вместе с голосом отца до Коломбы донесся голос ненавистного графа, ей и в голову не пришло обнаружить себя.

– Вот так штука! – воскликнул д'Орбек, останавливаясь у подножия Марса. – Да это не статуя, а целый дом! Если она простоит здесь зиму, весной ласточки, пожалуй, совьют в ней гнезда.

В тот день, когда Коломбу так устрашил голос жениха, Асканио принес ей письмо от Челлини:

«Дитя мое, мне придется уехать на несколько дней, но будьте спокойны: я все устроил для вашего освобождения и счастья. Король обещал исполнить любую мою просьбу, а вы знаете – он никогда не нарушал данного слова. Ваш отец тоже сегодня уезжает. Не отчаивайтесь, Коломба, я все подготовил. И повторяю: даже если вы будете стоять у алтаря, готовясь произнести роковое слово, которое навеки свяжет вашу судьбу с судьбой графа, не бойтесь, и верьте: провидение вовремя придет вам на помощь. Клянусь в этом! Прощайте.

Ваш отец Бенвенуто Челлини».

Это письмо, вселившее в Коломбу радостные надежды, принесло огромный вред влюбленным, так как заставило их забыть о грозящей опасности. Юности свойственны резкие колебания, она мгновенно переходит от полного отчаяния к безграничной уверенности. Небо в ее глазах либо затянуто мрачными тучами, либо сияет лазурью. Вдвойне успокоенные письмом Челлини и отсутствием прево, Коломба и Асканио забыли об осторожности и целиком отдались своей любви. Коломба настолько осмелела во время ночных прогулок, что была замечена госпожой Перриной – к счастью, принявшей ее за привидение; Асканио забыл как-то задернуть занавески, и госпожа Руперта заметила свет в голове Марса. Рассказы обеих кумушек возбудили любопытство Жака Обри, и болтливый школяр, подобно Орасу из мольеровской «Школы жен»,[1] открыл тайну как раз тому, кому не следовало ее знать. О последствиях его печальной доверчивости нам уже известно.

---

[1] В комедии Мольера «Школа жен» (1661) Орас, влюбленный в Агнесу, которую держит взаперти ее воспитатель Арнульф,

Но вернемся в замок д'Этамп.

Когда у виконта спросили, как он добыл такие ценные сведения, Мармань напустил на себя таинственность и промолчал. Истина была слишком проста и отнюдь не делала чести его проницательности. Поэтому он дал понять, что это блестящее, поразительное открытие стоило ему огромного труда и сложных интриг. Герцогиня ликовала; она возбужденно ходила по комнате и забрасывала виконта вопросами. Итак, маленькая мятежница, наделавшая столько хлопот, наконец попалась! Госпожа д'Этамп непременно пожелала отправиться в Нельский замок, чтобы лично удостовериться в счастливом окончании поисков. Да и, кроме того, после всего случившегося, после побега или, вернее, после похищения Коломбы девушку нельзя было оставлять в Нельском замке. Герцогиня позаботится обо всем: она возьмет Коломбу к себе, она будет присматривать за ней гораздо лучше, чем дуэнья или неревнивый жених. Она будет присматривать за ней, как соперница. Таким образом, Коломба окажется под надежной охраной.

Герцогиня велела подать экипаж.

– Вся эта история осталась почти в полной тайне, – сказала она, обращаясь к прево, и добавила: – А вы, д'Орбек, надеюсь, не такой человек, чтобы придавать значение пустякам, вроде побега девчонки из дому, не правда ли? И потому я не вижу основания расстраивать вашу свадьбу и отказываться от наших замыслов.

– О сударыня! – воскликнул мессер д'Эстурвиль, отвешивая глубокий поклон.

– Свадьба состоится на тех же условиях, не правда ли, герцогиня? – спросил д'Орбек.

– Разумеется, милый граф! Что же касается Бенвенуто, виновник он или соучастник этого гнусного похищения, будьте

открывает тайну своей любви именно Арнульфу, не зная, что Агнеса его воспитанница и что Арнульф сам помышляет о женитьбе на ней.

покойны, я с ним все равно расквитаюсь, – продолжала госпожа д'Этамп. – Мстя ему за вас, я отомщу и за себя.

– Но говорят, герцогиня, – возразил Мармань, – будто король в своем увлечении искусством обещал Челлини исполнить любую просьбу в случае удачной отливки Юпитера.

– Не тревожьтесь, виконт, и предоставьте все мне: я приготовлю к этому дню такой сюрприз, какого Челлини никак не ожидает. Положитесь целиком на меня.

Да, ничего другого и сделать было нельзя. Давно никто не видел герцогиню такой оживленной и очаровательной. Она вся сияла от радости. Госпожа д'Этамп тут же отправила мессера д'Эстурвиля за его стражниками, и вскоре виконт де Мармань, граф д'Орбек и прево, предшествуемый вооруженной охраной, явились в Нельский замок. Госпожа д'Этамп остановила экипаж поодаль на набережной и, сгорая от нетерпения, то и дело выглядывала из него.

У подмастерьев был в это время обеденный час; Жан-Малыш, Паголо, Асканио и обе женщины оставались в замке одни. Бенвенуто ожидали только через день или через два дня утром. При виде гостей Асканио решил, что прево хочет произвести третий обыск, и, строго следуя указаниям учителя, не только не стал чинить препятствий посетителям, а, напротив, встретил их с величайшей вежливостью. Прево и его спутники направились прямо к литейной мастерской.

– Откройте эту дверь, – обратился д'Эстурвиль к Асканио.

У юноши сжалось сердце от дурного предчувствия. Однако он мог ошибаться и, подумав, что малейшее колебание покажется подозрительным, спокойно отдал ключи.

– Возьмите эту длинную лестницу, – приказал д'Эстурвиль своим людям.

Они повиновались, и прево повел их прямо к статуе Марса. Господин д'Эстурвиль сам приладил лестницу и уже хотел взбираться по ней, но тут Асканио не выдержал – бледный от гнева и страха, он решительно поставил ногу на ступеньку и воскликнул:

– Что вы делаете, мессер! Эта статуя – величайшее творение учителя, и он поручил мне охранять ее. Предупреждаю: первый, кто прикоснется к Марсу, будет убит!

И он выхватил из-за пояса тонкий острый кинжал, так хорошо закаленный, что одним ударом можно было перерубить золотую монету.

Прево дал знак стражникам, и на Асканио набросились восемь человек, не считая самого д'Эстурвиля, Марманя и графа д'Орбека. Юноша отчаянно защищался, двоих даже ранил, но в конце концов вынужден был сдаться численно превосходящему неприятелю. Его схватили, повалили, связали, заткнули ему рот кляпом, и прево стал взбираться по лестнице, сопровождаемый двумя вооруженными стражниками, дабы избежать нападения с тыла.

Коломба, видевшая эту сцену, решила, что Асканио убит, и отец нашел ее в обмороке.

Однако вид лежавшей без чувств дочери скорее обозлил, нежели встревожил прево; он грубо перекинул ее через плечо и снес вниз. Потом незваные гости двинулись в обратный путь. Стражники вели Асканио, за которым внимательно присматривал д'Орбек. Паголо стоял не двигаясь и глядел, как уводят товарища. Жан-Малыш куда-то исчез. И только Скоццоне, ничего не понимавшая во всем происходящем, попробовала загородить ворота.

– Что такое? В чем дело, господа? – кричала она. – Почему вы уводите Асканио? Кто эта женщина?

В этот момент ветер приподнял вуаль на лице Коломбы, и Скоццоне узнала девушку, послужившую моделью для статуи Гебы.

Побледнев от ревности, Скоццоне быстро отошла в сторону и молча пропустила прево, пленника и охрану.

– Что это значит? Почему вы так грубо обошлись с этим молодым человеком? – спросила госпожа д'Этамп при виде связанного, бледного и покрытого кровью Асканио. – Сейчас же развяжите его! Сию же минуту! Слышите?

– Сударыня, этот юноша отчаянно сопротивлялся и ранил двух моих стражников, – сказал прево. – Я уверен, что это сообщник Бенвенуто, и, право, его надо поскорее отправить в надежное место. К тому же, – добавил он шепотом, – молодой человек как две капли воды похож на итальянского пажа, который присутствовал при нашей тайной беседе. Если бы на нем было сейчас другое платье и он не говорил на нашем языке – ведь вы уверяли, будто итальянец не понимает ни слова по-французски, – я присягнул бы, герцогиня, что это и есть тот самый паж!

– Вы правы, господин прево, – поспешила согласиться герцогиня, – вы совершенно правы: он может оказаться для нас опасным. Задержите его.

– Отвести арестованного в Шатле! – распорядился прево.

– Ну, а мы, господа, отправимся в замок д'Этамп! – сказала герцогиня, рядом с которой в экипаже поместили все еще не пришедшую в сознание Коломбу.

Мгновение спустя по каменным плитам набережной процокали копыта мчавшегося галопом коня; это Жан-Малыш спешил сообщить Челлини о разыгравшейся в Нельском замке трагедии.

Асканио в это время входил в ворота Шатле. Он так и не увидел герцогиню и не узнал, какую роль она сыграла в событиях, разрушивших все его надежды.

Глава 10. Соперницы

С тех пор как госпожа д'Этамп впервые услышала о Коломбе, ее не покидало желание увидеть девушку вблизи и хорошенько ее разглядеть. Теперь это желание исполнилось: бедняжка все еще без чувств лежала в экипаже перед герцогиней.

При виде красоты Коломбы глаза госпожи д'Этамп злобно вспыхнули, и в продолжение всего пути она не спускала ревнивого взгляда с соперницы; отмечала все ее совершенства, всматривалась в каждую черту бледного юного личика, в каждый изгиб прекрасного тела. Наконец-то Коломба в ее власти! Они оказались лицом к лицу, эти две женщины, которые любят одного и того же мужчину, оспаривают одно и то же сердце. Первая – злобная и могущественная, вторая – беспомощная, но любимая; одна – покоряющая блеском роскоши, другая – прелестью и благоуханием юности; одна – страстью, другая – невинностью. Наконец-то они встретились, несмотря на все разделяющие их преграды, и тяжелое бархатное платье герцогини касается простого белого платьица Коломбы.

И хотя Коломба еще не пришла в сознание, трудно было сказать, кто из двух женщин бледнее. Очевидно, это безмолвное созерцание больно задевало тщеславие герцогини, убивая все ее надежды.

– О да! – невольно прошептала она. – Она красива, она очень красива! – И при этих словах госпожа д'Этамп судорожно сжала руку девушки.

Коломба открыла свои большие глаза и сказала:

– Ой, сударыня, вы сделали мне больно!

Герцогиня тотчас же выпустила ее руку. Сознание вернулось к Коломбе не сразу. Вскрикнув от боли, она еще несколько секунд удивленно смотрела на госпожу д'Этамп и никак не могла собраться с мыслями. Потом спросила:

– Кто вы, сударыня, и куда меня везут? – И тут же, отшатнувшись, вскрикнула: – А-а! Помню, помню! Вы герцогиня д'Этамп!

– Молчите! – повелительно прошептала Анна. – Скоро мы останемся наедине, и тогда можете кричать и удивляться сколько душе угодно.

Слова герцогини сопровождались жестким, надменным взглядом; но отнюдь не этот взгляд, а только чувство собственного достоинства заставило Коломбу сдержаться, и всю остальную часть пути она хранила молчание.

Когда же экипаж остановился у дворца д'Этамп, девушка по знаку герцогини последовала за ней в домашнюю часовню.

Оставшись наедине, соперницы минуту или две молча смотрели друг на друга испытующим взглядом, причем выражение их лиц являло резкий контраст: Коломба казалась спокойной; ее поддерживала вера в провидение и надежда на Бенвенуто; Анна была взбешена этим спокойствием, и, хотя лицо ее заметно исказилось, она старалась подавить гнев, так как рассчитывала на свое могущество и на несокрушимую силу воли, чтобы сломить беззащитную девушку.

Госпожа д'Этамп заговорила первая.

– Ну вот, мой юный друг, вы и вернулись под власть родителя, – начала она тоном, в котором, несмотря на всю мягкость, звучала скрытая издевка. – Но прежде всего позвольте мне выразить восхищение вашей смелостью. Вы... вы необычайно смелы для своего возраста, дитя мое!

– О, сударыня, это потому, что мне помогает бог, – просто ответила Коломба.

– О каком боге вы изволите говорить, мадемуазель?.. А-а! Очевидно, речь идет о Марсе! – сказала герцогиня, иронически щурясь, как она привыкла это делать при дворе.

– Я знаю только одного бога, сударыня. Бога доброго и милосердного, который заповедал богатым быть щедрыми, а великим – смиренными. И горе тем, кто не признает его, ибо настанет день, когда и он не признает их!

– Превосходно, превосходно, мадемуазель! – воскликнула герцогиня. – Да и время сейчас вполне подходящее для проповедей. Я от души поздравила бы вас с талантом проповедницы, если бы не считала, что все это лишь наглая попытка приукрасить бесстыдство вашего поступка.

– Я не собираюсь перед вами оправдываться, сударыня. Да и по какому праву можете вы обвинять меня? – слегка пожав плечами, но без раздражения возразила Коломба. – Вот когда меня спросит отец, я повинюсь ему с должным почтением. А если он станет меня бранить, постараюсь оправдаться. А до тех пор, герцогиня, разрешите мне молчать.

– Понимаю, милочка! Вас раздражает мой голос. Вы предпочли бы остаться в одиночестве и помечтать о своем возлюбленном. Не так ли?

– Никакой шум, даже самый неприятный, не помешает мне думать о нем, сударыня, особенно если мой любимый в беде.

– И вы осмеливаетесь открыто говорить о своей любви!

– Вы, герцогиня, тоже любите его, но боитесь в этом сознаться. Вот и все различие между вами и мной, сударыня.

– Дерзкая девчонка! – вырвалось у герцогини. – Кажется, она бросает мне вызов!

– О нет! Что вы, сударыня! Это не вызов – просто я отвечаю на ваш вопрос; вы же сами принуждаете меня к этому. Оставьте меня наедине с моими мечтами, и я не стану мешать вашим замыслам.

– Ну что ж, пеняй на себя, дитя мое! Раз ты считаешь себя достаточно сильной, чтобы бороться со мной, раз ты призналась мне в своей любви, признаюсь и я тебе, и не только в любви, но и в ненависти. Ты права: я люблю Асканио и ненавижу тебя! Да и к чему, в самом деле, мне лукавить? Ведь только тебе одной я могу сказать все, ибо тебе никто не поверит, что бы ты ни вздумала болтать обо мне. Да, я люблю Асканио!

– Тогда мне жаль вас, сударыня, потому что Асканио любит меня.

– Да, Асканио любит тебя. Что ж из этого! Я заставлю его разлюбить. Я обольщу его, а если моих чар окажется недостаточно, я пойду на ложь и даже на преступление. Слышишь? Недаром я Анна д'Эйли, герцогиня д'Этамп!

– Асканио отдаст свое сердце лишь той, кто будет любить его по-настоящему.

– Да вы послушайте только, что она говорит! – вскричала герцогиня, выведенная из себя самоуверенностью Коломбы. – Уж не думаете ли вы, милочка, что ваша любовь единственная в мире и не сравнима с любовью ни одной другой женщины?

– Я не говорю этого, сударыня. Конечно, и другие женщины могут любить так же сильно, как я, но только не вы.

– А что ты готова сделать во имя этой хваленой любви, которая, по-твоему, недоступна мне? Чем ты пожертвовала ради нее? Своим одиночеством и безвестностью?

– Нет, сударыня, я пожертвовала своим покоем.

– От чего ты отказалась ради нее? От нелепого брака с графом д'Орбеком?

– Нет, сударыня, я отказалась повиноваться отцу.

– Но что можешь ты дать своему возлюбленному? Славу, богатство, власть?

– Нет, я просто постараюсь сделать его счастливым.

– Только-то! – воскликнула герцогиня. – А у меня для него найдется кое-что получше. Я пожертвую ради него привязанностью самого короля; я брошу к его ногам знатность, богатство, почет; он будет править государством – вот что я дам ему!

– Что ж, – с улыбкой возразила Коломба, – значит, ваша любовь даст ему все, кроме самой любви...

– Ну, хватит! Довольно нелепых сравнений! – резко прервала герцогиня, чувствуя, что Коломба начиняет брать верх.

Некоторое время обе женщины молчали. Коломба держала себя спокойно и непринужденно, а герцогиня заметно злилась. Но мало-помалу лицо ее смягчилось, просветлело, в нем появился проблеск симпатии, естественной или притворной – трудно сказать. Герцогиня первая возобновила прерванную битву, из которой она во что бы то ни стало стремилась выйти победительницей.

– Ну, а если бы тебе сказали, Коломба: «Отдай за него жизнь!» Как бы ты поступила? – спросила она почти сердечно.

– О! Я с восторгом отдала бы ее!

– Я тоже! – воскликнула герцогиня тоном, говорившим если не об искренности ее намерения, то, по крайней мере, о силе страсти. – А честью… – продолжала она, – скажите, пожертвовали бы вы ради него своей честью?

– Если под словом «честь», сударыня, вы подразумеваете мое доброе имя, то пожертвовала бы; но если под честью вы понимаете добродетель – нет.

– Как, разве Асканио не ваш возлюбленный?

– Он мой жених, сударыня, не больше.

– Да, оказывается, она его не любит! – воскликнула герцогиня. – Совсем не любит! Честь, это громкое слово, для нее дороже любви.

– Ну, а если бы кто-нибудь вам сказал, сударыня: «Откажись ради него от титулов, от власти, пожертвуй благосклонностью короля, и не тайно – это было бы слишком легко, – а так, чтобы все об этом узнали!» Если бы вам сказали: «Анна д'Эйли, герцогиня д'Этамп, покинь свой дворец, откажись от богатства, от придворного общества и смени все это на полутемную мастерскую чеканщика!» Как бы вы поступили, сударыня? – спросила Коломба, потеряв терпение, несмотря на всю свою кротость.

– Я отказалась бы сделать это в его же собственных интересах, – вынуждена была сознаться герцогиня, не в силах лгать под устремленным на нее испытующим взором соперницы.

– Отказались бы?

– Да.

– Значит, вы его совсем не любите, сударыня! – торжествующе воскликнула Коломба. – Вы предпочитаете его любви почет – жалкий призрак счастья!

– Но я же сказала, что ради него хочу сохранить свое положение! – возразила герцогиня, возмущенная новой победой соперницы. – Я сказала, что хочу с ним делить почет и богатство. Все мужчины рано или поздно становятся тщеславными.

– Да, сударыня, – с улыбкой ответила Коломба, – но Асканио вовсе не похож на этих мужчин.

– Да замолчите же вы наконец! – топнув ногой, крикнула взбешенная герцогиня.

Так эта хитрая и властная женщина дважды понесла поражение от беззащитной девушки, которую думала смутить одним звуком своего повелительного голоса. Но на все гневные или насмешливые замечания госпожи д'Этамп Коломба неизменно отвечала с обезоруживающей скромностью и простотой. И герцогиня вскоре поняла, что, ослепленная гневом, пошла по ложному пути; да, по правде сказать, она не ожидала, чтобы девушка оказалась не только красива, но и умна. Итак, Анна д'Этамп изменила тактику: убедившись, что не может сломить соперницу силой, она решила взять ее хитростью.

Что же касается Коломбы, то, как мы видели, ее вовсе не устрашили гневные вспышки госпожи д'Этамп; она просто замкнулась в холодном, полном достоинства молчании. Но герцогиня уже изобрела новый план; с очаровательнейшей улыбкой она подошла к Коломбе и ласково взяла ее за руку:

– Простите, милое дитя, я, кажется, вспылила; не надо сердиться на меня. Ведь на вашей стороне столько преимуществ, что моя ревность вполне понятна. О! Я знаю, знаю, вы, как и все другие, считаете меня скверной, злой женщиной. Но, поверьте, зла моя судьба, а не я сама. Простите же меня! Разве мы виноваты, что обе любим Асканио? За что же нам ненавидеть друг друга?

Особенно вам меня: вы единственная, кого он любит! О, вы должны быть ко мне снисходительны! Будем откровенны, как сестры. Хотите, Коломба? Поговорим по душам, и я постараюсь изгладить дурное впечатление, быть может произведенное на вас моей безумной вспышкой.

– Говорите, сударыня, – сдержанно сказала Коломба, с непреодолимым отвращением выдергивая свою руку. – Говорите, я слушаю вас, – повторила она.

– О, будьте покойны, дикарка вы этакая! – весело ответила госпожа д'Этамп, прекрасно понимая причину сдержанности Коломбы. – Я не требую от вас доверия без надежной гарантии с моей стороны. Я расскажу вам в нескольких словах свою жизнь, чтобы вы так же хорошо знали меня, как и я сама. Вот увидите, я гораздо лучше, чем это кажется. Ведь мы, так называемые великосветские дамы, нередко становимся жертвами клеветы. О нас злословят из зависти, тогда как мы заслуживаем всяческого сожаления. Ну вот хоть бы вы, дитя мое, кем вы меня считаете? Погибшей женщиной, не правда ли? Скажите откровенно?

Коломба покачала головой – ей трудно было ответить на такой вопрос.

– Разве я виновата в том, что меня погубили? – продолжала госпожа д'Этамп. – Вы, Коломба, всегда наслаждались счастьем, не презирайте же несчастных! Ваша жизнь протекала в целомудренном одиночестве, и не дай вам бог изведать, что значит быть воспитанной для честолюбия! Несчастным девушкам, обреченным на эти муки, показывают лишь блестящую сторону жизни, как жертвам, которых перед закланием убирают цветами. Они не должны любить, но зато обязаны нравиться. С юных лет мне внушали, что нет большего счастья, как пленить короля. Красоту, которую бог дает женщине, чтобы она подарила ее мужчине в награду за истинную любовь, – эту красоту меня заставили отдать за громкий титул, мое женское обаяние превратили в ловушку. Вот и скажите, Коломба: может ли правильно поступать девушка, которой заранее внушили, что добро – это зло, а зло – это добро? И пусть все на свете считают меня безнадежно погибшей, я не впаду в отчаяние. Быть может, господь простит мне невольные заблуждения: ведь возле меня не было никого, чтобы вовремя напомнить о нем. Что оставалось мне делать, слабой, беспомощной, одинокой? Ложь и коварство стали моим единственным оружием. Но верьте: я не создана для такой жизни! Доказательством этому служит моя любовь к Асканио и то, что, полюбив его, я ощутила огромное счастье, но вместе с тем и жгучий стыд... Ну как, дитя, понимаете вы меня теперь?

– Да, сударыня, – наивно ответила Коломба, введенная в заблуждение прекрасно разыгранной искренностью герцогини.

– Значит, вы пожалеете меня! – вскричала госпожа д'Этамп. – И позвольте мне любить Асканио, хотя бы издали и без малейшей надежды на взаимность; я никогда не буду вашей соперницей – ведь он-то не полюбит меня. Я заменю вам рано умершую мать. Мне хорошо знакомы ложь, коварство и низость света; я буду охранять и защищать вас от них. Вы вполне можете мне довериться – ведь вам известна теперь вся моя жизнь. Ребенок, в сердце которого разжигали женские страсти, – таково мое прошлое; мое настоящее – вы его видите сами: это позор быть признанной фавориткой короля. Мое будущее – любовь к Асканио. Не его любовь, нет, потому что, как вы сейчас сказали, да я и сама это знаю в глубине души, Асканио никогда не полюбит меня; но именно потому, что любовь моя останется чистой, она очистит мою душу. Ну, а теперь ваша очередь, дитя мое: расскажите мне откровенно о себе.

– Но мне почти нечего сказать о себе, сударыня, – ответила Коломба. – Моя жизнь – это любовь: я любила, люблю и буду всегда любить господа бога, своего отца и Асканио. Прежде, когда я не знала Асканио, моя любовь к нему была мечтой; теперь, когда мы в разлуке, это – страдание; в будущем – это надежда.

– Отлично, – сказала герцогиня, подавляя ревность и едва сдерживая слезы. – Но будьте откровенны до конца, Коломба: скажите, что вы собираетесь делать? Как можете вы, беспомощная девушка, бороться с такими могущественными людьми, как граф д'Орбек и ваш отец? Не говоря уже о том, что в вас с первого взгляда влюбился король.

– О боже! – пролепетала Коломба.

– Внимание к вам короля привлекла ваша соперница, герцогиня д'Этамп, но ваш друг, Анна д'Эйли, освободит вас от этого поклонника. Итак, отбросим короля. Но что делать с вашим отцом и с графом д'Орбеком? Их честолюбие не так просто преодолеть, как легкое увлечение Франциска Первого.

– Так доведите свое доброе дело до конца, сударыня! – воскликнула Коломба. – Спасите меня и от них.

– У меня есть только одно средство помочь вам... – как бы в раздумье произнесла герцогиня.

– Какое, сударыня?

– Но вы испугаетесь, откажетесь следовать моему совету.

– О, если дело только в мужестве, говорите!

– Садитесь и слушайте, – сказала госпожа д'Этамп, ласково усаживая Коломбу на складной стульчик возле своего кресла и обвивая ее стан рукой. – Но смотрите не струсьте при первых же словах.

– Значит, вы собираетесь мне сказать что-то очень страшное? – спросила Коломба.

– Видите ли, дорогая моя девочка, вы безупречно добродетельны и чисты, а мы живем в такое время и в таком обществе, где эта очаровательная невинность опасна, ибо она лишает вас сил перед лицом врагов, которых можно победить только их же оружием. Итак, сделайте над собой усилие, опуститесь с заоблачных высей, смело посмотрите в глаза действительности. Вы сказали, что охотно пожертвовали бы ради Асканио своим добрым именем. Так много я не потребую от вас. Достаточно, если вы пожертвуете хотя бы для виду своей верностью любимому. Вам ли, одинокой и беззащитной, бороться с судьбой! Вам ли, дочери дворянина, выходить замуж за ученика золотых дел мастера!.. Да это же безумие! Примите лучше дружеский совет: не противьтесь браку с графом д'Орбеком, отдайте ему свою руку, оставаясь в душе целомудренной невестой или верной супругой своего Асканио. Вы нужны графу исключительно для осуществления его честолюбивых замыслов. А став графиней д'Орбек, вы легко разрушите все эти бесчестные намерения. Вам достаточно будет во всеуслышание заявить о них. Тогда как теперь... Ну, скажите: кто поддержит вас теперь? Даже я не осмелюсь помочь вам в борьбе против законных прав отца. Если бы речь шла только о том, чтобы расстроить планы вашего мужа, вы нашли бы во мне самую деятельную помощницу. Обдумайте все хорошенько. Покоритесь, дитя мое, чтобы стать хозяйкой своей судьбы; сделайте вид, будто жертвуете свободой, чтобы стать независимой. И тогда вас постоянно будет поддерживать мысль, что Асканио – ваш единственный законный супруг, что союз со всяким другим человеком – кощунство, и вы станете поступать так, как подсказывает сердце. Совесть никогда не упрекнет вас, а свет, перед которым будут соблюдены все приличия, вас оправдает.

– Сударыня, о сударыня! – прошептала Коломба, вскакивая со стула, несмотря на попытку герцогини удержать ее силой. – Не знаю, так ли я поняла вас, но мне кажется, вы советуете мне совершить низкий поступок.

– Что такое? – воскликнула герцогиня.

– Я говорю, сударыня, что добродетель не нуждается в уловках и что мне стыдно за вас. Я понимаю, вы ненавидите меня и прикрываетесь личиной дружбы, чтобы легче заманить меня в западню. Вы хотите обесчестить меня в глазах Асканио. Ведь вы прекрасно знаете, что Асканио не может любить женщину, которую презирает! Разве не так, герцогиня?

– А хоть бы и так! – не в силах более сдерживаться, крикнула госпожа д'Этамп. – В конце концов, я устала от всей этой комедии. Ты говоришь, что не желаешь попасть в западню? Прекрасно! Я столкну тебя в пропасть! Хочешь ты этого или нет, а за графа ты выйдешь!

– Значит, я стану жертвой насилия, и это послужит мне оправданием. И, уступив силе – если только я уступлю ей, – я не оскверню своей любви.

– А ты что же, бороться вздумала?

– Всеми средствами, какие найдутся у беспомощной девушки! Знайте, я никогда не дам согласия на этот брак! Вы насильно вложите мою руку в руку этого человека, а я скажу «нет»! Вы подведете меня к алтарю – я и тогда скажу «нет»! Заставите меня преклонить колени, но и стоя на коленях перед лицом священника я тоже отвечу «нет»!

– Что ж из того! Если свадьба состоится, Асканио поверит, что ты согласилась стать женой д'Орбека.

– Я надеюсь, сударыня, что свадьба не состоится.

– Кто же, интересно, избавит тебя от нее?

– Господь в небесах и один человек на земле.

– Человек этот в тюрьме!

– Нет, сударыня, он свободен.

– Кто же он?

– Бенвенуто Челлини!

Услышав имя ваятеля, которого она считала своим смертельным врагом, герцогиня заскрежетала зубами от злости и уже открыла рот, чтобы присовокупить к этому имени какое-нибудь страшное проклятие, но тут приподнялась портьера и паж объявил о приезде короля.

Герцогиня с улыбкой поспешила навстречу Франциску I и увлекла его в соседнюю комнату, сделав слугам знак, чтобы они следили за Коломбой.

Глава 11. Бенвенуто в тревоге

Через час после ареста Асканио и похищения Коломбы Бенвенуто не спеша ехал верхом по набережной Августинцев. Он только что расстался с королем и придворными, которых забавлял всю дорогу потешными историями, а на них он был великий мастер, искусно примешивая к вымыслу собственные приключения. Но теперь, оставшись один, он всецело погрузился в свои думы. Веселый рассказчик уступил место мечтателю. Поводья выпали из ослабевшей руки, на склоненном челе появилась печать глубокого раздумья. Челлини размышлял об отливке Юпитера, от которой зависела теперь не только его слава ваятеля, но и судьба дорогого ему Асканио. Казалось, что расплавленная бронза, прежде чем вылиться в форму, уже кипела в его воспаленном мозгу. Однако внешне он был спокоен.

У ворот своего дома Бенвенуто остановился, удивленный тем, что не слышит обычного стука молотков. Мрачной, безмолвной громадой чернел замок, будто в нем не было ни одной живой души. Ваятель дважды постучался в ворота – никакого ответа; лишь после третьего удара ему открыла Скоццоне.

– Ах, сударь, наконец-то! – воскликнула она. – Ну что бы вам приехать часика на два раньше!

– Но что же случилось? – спросил Бенвенуто.

– Приходили граф д'Орбек, герцогиня д'Этамп и прево.

– Ну и что же?

– Был обыск.

– Дальше!

– В голове Марса нашли Коломбу.

– Не может быть!

– Герцогиня увезла Коломбу к себе, а прево отправил Асканио в Шатле.

– Нас предали! – вскричал Бенвенуто, гневно топнув ногой.

И тут же, как обычно, в нем вспыхнула жажда мести. Он предоставил лошади идти одной в конюшню, а сам бросился в мастерскую.

– Все ко мне! – закричал он, вбегая туда. Секунду спустя его обступили подмастерья. Челлини всех подверг строжайшему допросу; никто, однако, не знал не только убежища Коломбы, но и того, каким образом врагу удалось его обнаружить. Все, даже Паголо, которого Челлини подозревал больше других, целиком оправдали себя в его глазах. Стоит ли говорить, что на честного немца не пало и тени подозрения, а Симона-Левшу оно едва лишь коснулось.

Не видя толку в дальнейшем допросе и поняв, что мстить некому, Бенвенуто с присущей ему быстротой принял решение.

Прежде всего он проверил, в порядке ли его шпага и остер ли кинжал, и велел подмастерьям оставаться на местах, чтобы в случае необходимости их легко было найти. Потом он поспешно вышел из мастерской, сбежал с крыльца и выскочил на улицу.

Лицо, походка, жесты Бенвенуто – все свидетельствовало о сильнейшем волнении. В его мозгу мелькали тысячи планов, тысячи сомнений. Асканио увезен именно теперь, когда для отливки Юпитера дорог каждый подмастерье, а особенно он, самый способный из всех. Похищена Коломба, и кто знает, не утратит ли она мужества, оказавшись в стане врагов... Ясная, тихая вера Коломбы, служившая ей лучшей защитой от дурных мыслей и всего порочного, могла покинуть девушку перед лицом стольких опасностей и козней.

Внезапно Бенвенуто припомнился один разговор с Асканио. Он предупредил как-то ученика о возможности мести со стороны коварной герцогини. Но Асканио с улыбкой возразил ему: «Госпожа д'Этамп не посмеет причинить мне зла, потому что я могу погубить ее одним словом». На просьбу Челлини объяснить смысл этих слов Асканио заявил: «Открыть вам сейчас тайну, учитель, – значит стать предателем. Подождем того дня, когда она станет для меня единственной защитой».

Бенвенуто понял, что учеником руководит благородное побуждение, и не настаивал. Значит, сейчас необходимо прежде всего увидеть Асканио.

У Бенвенуто Челлини слово никогда не расходилось с делом. Поэтому, не успел он подумать о свидании с учеником, как уже стучался в дверь Шатле. На стук приоткрылось маленькое оконце, и тюремный служитель спросил Бенвенуто, кто он такой. За служителем в полумраке стоял еще какой-то человек.

– Я Бенвенуто Челлини.

– Что вам здесь нужно?

– Видеть арестанта, содержащегося в этой тюрьме.

– Имя этого человека?

– Асканио.

– Асканио находится в одиночном заключении и не имеет права на свидание.

– Но почему же в одиночном заключении?

– Его обвиняют в преступлении, караемом смертной казнью.

– Тем более я должен его видеть! – вскричал Бенвенуто.

– Странно вы рассуждаете, сеньор Челлини, – насмешливо произнес человек, скрывавшийся в тени. – В Шатле так рассуждать не принято.

– Кто это насмехается над моими словами? Кто смеет издеваться над моей просьбой? – вспылил Бенвенуто.

– Я, – отвечал тот же голос. – Я, Робер д'Эстурвиль, парижский прево. Каждому свой черед, сеньор Челлини. В каждой игре бывают проигрыши и реванши. Первую партию выиграли вы, вторую – я. Вы незаконно отняли у меня замок, я законно арестовал вашего ученика. Вы не пожелали вернуть мне замок и потому будьте покойны: я не верну вам Асканио. Но ведь вы, господин Челлини, так предприимчивы и отважны, у вас целая армия преданных друзей! Смелей же, храбрый победитель крепостей! Смелей, ловкий стенолаз! Смелей, вышибатель дверей! Вперед на Шатле! Желаю успеха!

И вслед за этими словами окошко захлопнулось.

Бенвенуто взревел от бешенства и бросился на массивные ворота; но сколько он в них ни ломился, яростно работая кулаками и ногами, ворота не подались.

– Смелей, смелей же, приятель! Так их! Лупи хорошенько! – кричал стоявший за воротами прево. – Но предупреждаю: вы ничего не добьетесь, только шуму наделаете. Ну, а если уж слишком расшумитесь, вас могут схватить дозорные. Это вам не Нельский замок. Шатле – собственность Франциска Первого. И мы еще посмотрим, кто здесь сильней – вы или его величество французский король!

Бенвенуто огляделся и увидел валявшуюся на набережной каменную тумбу, которую вряд ли могли бы поднять даже двое. Он, не колеблясь, подбежал к ней и взвалил себе на плечо, словно это был обыкновенный булыжник. Но, сделав несколько шагов, художник подумал, что, даже проломив ворота, он окажется лицом к лицу с тюремной стражей, которая схватит его и засадит в тюрьму. Кто же освободит тогда Асканио? При этой мысли Бенвенуто бросил тумбу, которая была так тяжела, что на несколько дюймов ушла в землю.

Очевидно, прево наблюдал эту сцену через «глазок» в двери, ибо до слуха Бенвенуто донесся новый взрыв смеха. Убегая от соблазна размозжить себе голову о проклятые ворота, Бенвенуто опрометью бросился прочь от тюрьмы.

Он направился прямо ко дворцу д'Этамп.

Не все еще потеряно, если удастся повидать Коломбу. Ведь в пылу любовных излияний Асканио мог доверить невесте тайну, которую не решился открыть учителю.

Сначала все было хорошо: ворота дворца оказались открытыми. Бенвенуто пересек двор и вошел в переднюю, где стоял огромного роста слуга в расшитом золотом мундире – настоящий великан, четырех футов в плечах и шести футов ростом.

– Кто вы такой? – спросил он Челлини, смерив его взглядом с ног до головы.

При других обстоятельствах Бенвенуто ответил бы на этот оскорбительный взгляд какой-нибудь дерзкой выходкой, но дело шло о свидании с Коломбой, дело шло о спасении Асканио, и он сдержался.

– Я Бенвенуто Челлини, флорентийский мастер, – проговорил он.

– Что вам угодно?

– Видеть мадемуазель Коломбу.

– Мадемуазель Коломбу видеть нельзя.

– Почему?

– Потому что ее отец, мессер д'Эстурвиль, парижский прево, поручил дочь попечению герцогини д'Этамп и просил строго присматривать за ней.

– Но ведь я ее друг.

– Тем более; от этого вы кажетесь еще подозрительнее.

– А я говорю, мне необходимо ее видеть! – воскликнул Бенвенуто, начинавший горячиться.

– А я говорю, что вы ее не увидите.

– Нельзя ли, по крайней мере, видеть герцогиню?

– Нельзя.

– Но ведь она моя заказчица!

– Она никого не принимает.

– Значит, меня попросту не велено пускать!

– Вот именно, в самую точку попали.

– А знаешь ли ты, дружок, что я за человек? – вскричал Челлини, разражаясь своим жутким смехом, который всегда предшествовал у него приступу ярости. – Знаешь ли ты, что я вхожу именно туда, куда меня не пускают?

– Как же это? Сделайте милость, расскажите.

– Ну, если, например, у дверей стоит такой олух, как ты…

– Так, так! – подзадоривал слуга.

– …я опрокидываю олуха и вышибаю дверь, – закончил Бенвенуто, тут же приступая к делу: сильным ударом кулака он отбросил несчастного лакея шага на четыре и ногой толкнул дверь.

– Караул! – завопил слуга.

Но ему незачем было кричать: едва Бенвенуто вышел из передней, как оказался лицом к лицу с полдюжиной лакеев, которые будто специально поджидали его.

Золотых дел мастер тотчас же догадался, что герцогиня узнала о его возвращении и приняла нужные меры предосторожности.

При других обстоятельствах Бенвенуто, имевший при себе шпагу и кинжал, набросился бы на всю эту челядь и расправился бы с нею, но поступить так во дворце королевской фаворитки было рискованно и могло повлечь за собой ужасные последствия. И вот вторично, вопреки своему обыкновению, Бенвенуто подавил гнев, вложил в ножны уже обнаженную шпагу и повернул обратно, останавливаясь на каждом шагу, как лев, отступающий после битвы. Он медленно вышел из вестибюля, пересек двор и, очутившись на улице, направился в Лувр, уверенный, что король примет его в любое время.

Бенвенуто шел размеренным шагом и казался спокойным, но это спокойствие было кажущимся; на лбу у него выступили крупные капли пота, а в душе кипела мрачная злоба, мучившая его тем сильнее, чем решительнее он старался ее побороть. Ничто не было так противно его деятельной натуре, как пассивное ожидание; ничто так не выводит из себя, как пустяковое препятствие, вроде запертой двери или отказа наглого слуги. Сильные люди, умеющие владеть собой, приходят в полное отчаяние, когда перед ними встает какая-нибудь непреодолимая вещественная преграда.

Бенвенуто отдал бы сейчас десять лет жизни, лишь бы сорвать на ком-нибудь свой гнев. Время от времени он поднимал голову и вперял в прохожих сверкающий взгляд, как бы желая сказать: «А ну-ка, есть среди вас несчастный, которому надоела жизнь? Я охотно помогу ему убраться на тот свет».

Через четверть часа Бенвенуто уже был во дворце, в комнате пажей, и просил немедленно доложить о себе королю. Он хотел все рассказать Франциску I и просить у него если не освобождения Асканио, то хотя бы свидания с ним. Он всю дорогу обдумывал, в каких словах выразить королю свою просьбу, заранее предвкушая удовольствие от подготовленной речи, так как был высокого мнения о своем красноречии. Между тем все эти неожиданные события, полученные оскорбления, непреодолимые препятствия, беготня, хлопоты разожгли кровь пылкого художника. В висках у него стучало, руки дрожали, сердце неистово колотилось. Он и сам не понимал почему, но его духовные и физические силы удвоились. Порой энергия целого дня сосредоточивается в одной минуте жизни.

Именно в таком состоянии и был Бенвенуто, когда он обратился к королевскому пажу с просьбой доложить о себе Франциску I.

– Король не принимает, – ответил паж.

– Да вы не узнали меня, что ли? – удивился Бенвенуто.

– Напротив, я сразу вас узнал.

– Я Бенвенуто Челлини и в любое время имею доступ к его величеству!

– Именно потому, что вы Бенвенуто Челлини, вас и не велено принимать, – ответил паж.

Бенвенуто остолбенел.

– А! Это вы, господин де Терм! – продолжал паж, обращаясь к вошедшему вместе с Челлини придворному. – Входите, пожалуйста… И вы, граф де ла Фай, извольте войти… И вы, маркиз де Пре.

– А я? Разве я не могу войти?! – вскричал Бенвенуто, бледнея от гнева.

– Вы? Нет, не можете! Король вернулся минут десять назад и сказал: «Когда явится этот наглый флорентинец, передайте ему, что я не желаю его видеть, да посоветуйте ему быть поскромней, если он не хочет сравнить тюрьму Шатле с крепостью Святого Ангела».

– Помоги мне, боже! Пошли мне терпения! – глухо пробормотал Бенвенуто. – Видит бог, не привык я, чтобы монархи заставляли меня ждать. Ватикан ничуть не хуже Лувра, и папа Лев Десятый не хуже Франциска Первого, и все же я никогда не ждал ни у дверей Ватикана, ни в приемной Льва Десятого. Но я догадываюсь, в чем дело. Король только что вернулся от госпожи д'Этамп, которая успела вооружить его против меня. Да-да, так оно и есть! Будем же терпеливы ради Асканио! Ради Коломбы!

Однако, несмотря на это благое намерение, Бенвенуто был вынужден в изнеможении прислониться к колонне; у него подгибались ноги, а сердце готово было разорваться. Последнее оскорбление не только уязвило самолюбие, но и задело его лучшие чувства. Душа Челлини преисполнилась отчаяния и горечи, а плотно сомкнутые губы, мрачный взгляд и судорожно сжатые кулаки свидетельствовали о силе его скорби.

И все же через минуту он взял себя в руки; тряхнув головой, откинул упавшие на лоб волосы и твердым, решительным шагом вышел из дворца. Все присутствовавшие при этой сцене с невольным уважением глядели ему вслед.

Но если Бенвенуто и казался спокойным, то лишь благодаря своему исключительному самообладанию, ибо на самом деле он чувствовал себя как загнанный олень.

Некоторое время художник шел, не отдавая себе отчета, куда идет и зачем; он видел вокруг только серый туман, слышал лишь шум собственной крови и спрашивал себя, словно пьяный, сон это или явь. Неужели его, знаменитого мастера Бенвенуто Челлини, баловня пап и королей, перед которым настежь распахивались все двери, трижды выгнали в течение одного часа! И, несмотря на это тройное оскорбление, несчастный вынужден был подавить свой гнев и скрыть краску стыда, покрывшую щеки. Ведь он не смеет дать волю чувствам, пока не спасет Асканио и Коломбу! Бенвенуто казалось, что все прохожие, будь то беззаботные гуляки или спешившие по делам горожане, читали написанные на его лице позор и отчаяние. И, быть может, впервые за всю свою жизнь этот незаурядный, но жестоко униженный человек усомнился в себе. Наконец после четверти часа беспорядочного, бесцельного, панического бегства Бенвенуто очнулся и поднял голову; упадок духа прошел, снова началась лихорадка.

– Посмотрим! – громко воскликнул он, одержимый единственной мыслью, единственным желанием. – Посмотрим, сумеют ли они так же унизить ваятеля, как только что унизили человека! Посмотрим, Челлини, что скажут они, когда ты снова заставишь их восхищаться своей работой! А ну-ка, Юпитер, докажи, что ты по-прежнему властвуешь не только над Олимпом, но и над простыми смертными!

С этими словами Бенвенуто, увлекаемый поистине сверхъестественной силой, быстро зашагал по направлению к Турнельскому замку – бывшей резиденции королей, где все еще жил престарелый коннетабль Анн де Монморанси.

Невзирая на все свое нетерпение, Бенвенуто удалось попасть к главнокомандующему Франциска I, которого вечно осаждали придворные и просители, лишь после целого часа ожидания.

Анн де Монморанси – высокий, слегка согбенный годами старик, высокомерный, холодный, сухой, с живым взглядом и отрывистой речью – вечно был не в духе и постоянно ворчал. Вероятно, он счел бы себя униженным, если бы кто-нибудь застал его улыбающимся. Каким образом мог понравиться этот угрюмый и пожилой человек обаятельному, любезному королю Франциску? Очевидно, разгадку следует искать в законе сходства противоположностей. Франциск I владел тайным искусством отпускать от себя довольными даже тех, кому он отказывал; коннетабль, напротив, приводил в ярость даже удовлетворенных просителей. Не блеща талантами, он тем не менее сумел внушить королю доверие своей непреклонностью старого вояки и важностью истого диктатора.

Когда Бенвенуто вошел к нему, коннетабль, по обыкновению, прохаживался из конца в конец комнаты. Он ответил лишь кивком на приветствие Челлини; потом вдруг остановился и, вперив в просителя пронзительный взгляд, спросил:

– Кто такой?

– Бенвенуто Челлини.

– Чем занимаетесь?

– Королевский золотых дел мастер, – ответил Бенвенуто, удивленный, что ему задают этот вопрос, после того как он назвал себя.

– А-а! Да-да, верно. Узнаю, – пробурчал коннетабль. – Что вам от меня угодно, любезный? Хотите получить заказ? Предупреждаю: не рассчитывайте – зря потеряете время. Честное слово, не понимаю теперешнего повального увлечения искусством! Это просто эпидемия какая-то, только я избежал ее. Нет, скульптура ничуть не интересует меня, господин ваятель! Предложите свои услуги кому-нибудь другому. Прощайте.

Бенвенуто хотел было уйти.

– Ей-богу, – продолжал коннетабль, – мой отказ не должен вас огорчать. Найдется сколько угодно придворных обезьян, которые в подражание королю будут корчить из себя ценителей искусства, ничего в нем не смысля. Что касается меня, то запомните раз навсегда: я признаю только одно ремесло – военное. И прямо вам говорю: мне во сто крат дороже добрая крестьянка, которая каждый год рожает по ребенку, то есть дает стране солдата, чем жалкий скульптор, зря теряющий время на отливку бронзовых людей, от которых нет никакого проку, только пушки дорожают.

– Но, ваша светлость, – возразил Бенвенуто, выслушавший всю эту тираду с непостижимым для него самого терпением, – я пришел говорить с вами вовсе не об искусстве, а о деле чести.

– Ну, это другое дело. Что же вам угодно? Говорите, только поскорей.

– Помните, ваша светлость, как однажды в вашем присутствии король обещал исполнить любую мою просьбу, когда я закончу отливку из бронзы статуи Юпитера? Его величество еще просил вас и канцлера Пуайе напомнить ему об этом обещании.

– Помню. Ну и что же?

– Ваша светлость, приближается день, когда я буду умолять, чтобы вы напомнили об этом королю. Соблаговолите ли вы удовлетворить мою просьбу?

– И ради этого вы тревожите меня, сударь? Вы пришли, чтобы напомнить мне о моем долге?

– Ваша светлость…

– Вы наглец, господин золотых дел мастер! Знаете, сударь: коннетаблю де Монморанси незачем говорить, чтобы он поступал, как честный человек. Король просил напомнить о данном им обещании… Не в обиду будь ему сказано, он должен бы почаще прибегать к такой предосторожности. Да, я сделаю это, пусть даже мое напоминание и не понравится его величеству. Прощайте, господин Челлини, меня ждут другие дела.

С этими словами коннетабль повернулся к Бенвенуто спиной и подал знак, чтобы впустили следующего просителя. Бенвенуто поклонился коннетаблю, грубоватая искренность которого пришлась ему по душе. Под влиянием того же лихорадочного волнения, под гнетом той же неотвязной мысли он отправился к жившему поблизости, у ворот Святого Антония, канцлеру Пуайе.

Канцлер Пуайе являлся как внешне, так и внутренне полной противоположностью вечно угрюмому, словно аршин проглотившему коннетаблю де Монморанси. Пуайе был учтив, остроумен, коварен и весь утопал в горностае; среди мехов виднелась лишь седеющая голова с огромной лысиной, умные, живые глаза, тонкие губы и худые бледные руки. В нем было, пожалуй, не меньше душевного благородства, чем в коннетабле, но гораздо меньше прямоты.

Здесь Бенвенуто также пришлось прождать около получаса. Но он уже привык к ожиданию: его просто нельзя было узнать.

– Ваша светлость, – сказал Челлини, когда его пригласили войти, – я пришел, чтобы напомнить вам об одном обещании короля. Его величество дал мне это обещание в вашем присутствии и просил вас быть не только свидетелем, но и поручителем…

– Я понимаю вас, мессер Бенвенуто, – прервал его Пуайе, – и, если вам угодно, я готов при первом же случае напомнить об этом его величеству. Должен, однако, вас предупредить, что с точки зрения закона у вас нет ни малейшего права чего-либо требовать. Король дал это обещание устно, полагаясь на вашу скромность, но оно не имеет никакой силы перед судом и законом. Итак, если Франциск Первый удовлетворит вашу просьбу, то исключительно по свойственному ему благородству и великодушию.

– Точно так же думаю и я, ваша светлость, – ответил Бенвенуто. – И прошу вас только об одном: выполнить при случае возложенное на вас королем поручение, предоставив остальное великодушию его величества.

– Отлично! – сказал Пуайе. – В таком случае, можете вполне на меня положиться, дорогой господин Челлини.

Бенвенуто ушел от Пуайе несколько успокоенный, но он все еще дрожал от нетерпения, гнева, обиды, которые так долго подавлял, а мысли его бежали беспорядочно, своим чередом. Для него не существовало в эту минуту ни пространства, ни времени; широко шагая по улице, Бенвенуто, как в горячечном сне, видел светлый образ Стефаны, жилище дель Моро, крепость Святого Ангела и Коломбу в саду Малого Нельского замка. Вместе с тем он ощущал прилив какой-то сверхъестественной силы, и ему казалось, что он парит высоко над землей.

В таком состоянии он вернулся в Большой Нельский замок. Все подмастерья, послушные его приказу, были на местах и ожидали дальнейших распоряжений.

– А ну-ка, сыны мои, живо! Начинаем отливку Юпитера! – крикнул он еще с порога и бросился в мастерскую.

– Добрый день, маэстро Челлини, – сказал Жак Обри, который вошел за ним следом, весело напевая. – Неужели вы и впрямь не видели и не слышали меня? Вот уже добрых минут пять, как я бегу за вами и кричу во всю глотку, запыхался даже. Что у вас тут стряслось? Все такие унылые, словно судьи при вынесении приговора.

– В литейную! Живо, живо! – продолжал Бенвенуто, едва обратив внимание на Жака. – Все зависит от качества отливки. Да поможет нам милосердный бог! Ах, друзья мои! – продолжал он отрывисто, обращаясь то к подмастерьям, то к Жаку Обри. – Ах, Жак! Если бы ты знал, что тут без меня случилось! Они ловко воспользовались моим отсутствием!

– Да что с вами, маэстро? – спросил Жак Обри, не на шутку встревоженный необычайным возбуждением Челлини и угнетенным видом подмастерьев.

– Прежде всего, ребятки, тащите сюда побольше еловых дров, да самых что ни на есть сухих – знаете, тех, что я заготовил полгода назад... А случилось то, любезный Жак, что мой лучший ученик Асканио, без которого я как без рук, сидит в Шатле. Коломба, эта прелестная девушка, дочь прево, которую любит Асканио, похищена из статуи Марса, где я ее прятал, и находится в руках своего злейшего врага – госпожи д'Этамп. Но ничего, мы их спасем!.. Эй, эй! Куда ты, Герман? Дрова не в подвале, а во дворе.

– Асканио арестован! – вскричал Жак Обри. – Коломбу похитили!

– Да. Какой-то гнусный шпион выследил несчастных детей и выдал герцогине тайну, которую я скрывал даже от вас, милый Жак. Но погодите, дайте мне только сыскать этого мерзавца!..

Живей, живей, ребятки!.. И это еще не все. Представь себе, король не желает меня видеть, а ведь он всегда называл меня своим другом! Вот и верь после этого в человеческую дружбу! Хотя, по правде говоря, короли не люди, а всего-навсего короли. Все мои старания проникнуть в Лувр оказались тщетными: меня не допустили до его величества; я не мог сказать ему ни одного слова. Так пусть же все скажет моя статуя!.. Готовьте скорей форму, друзья, не будем терять ни минуты!.. Подумать только, эта ужасная женщина, быть может, оскорбляет сейчас несчастную Коломбу! Подлец прево потешается надо мной! А тюремщики пытают Асканио! Эти кошмарные видения, Жак, весь день не дают мне покоя! Я отдал бы десять лет жизни, лишь бы кто-нибудь пробрался к Асканио и узнал у него тайну, которая даст нам власть над высокомерной герцогиней! Понимаешь, Жак, Асканио знает какую-то важную тайну, и она связана с герцогиней. Но благородный юноша не захотел открыть ее даже мне. И все же я добьюсь своего! Не бойся, Стефана, я буду защищать твое дитя до последней капли крови и спасу его! Да, спасу! Ах, только бы попался мне этот мерзавец, который предал нас! Я задушил бы его собственными руками! Хоть бы дня три еще прожить! Мне все кажется, что огонь, сжигающий мою душу, готовится пожрать и тело. Неужели я умру, так и не закончив Юпитера?.. Живей, живей, ребятки! За работу!

При первых же словах Бенвенуто Жак Обри страшно побледнел, заподозрив, что он-то и является причиной всех бед. А по мере того как Челлини говорил, Жак все более убеждался в справедливости своего предположения. И вдруг, видно приняв какое-то решение, он незаметно исчез. Между тем Челлини, дрожа от лихорадки, ринулся в литейную мастерскую. Ученики бросились вслед за ним.

– Живо, живо за работу, ребятки! – кричал он как безумный.

Глава 12. О том, как трудно честному человеку попасть в тюрьму

Бедняга Жак Обри вышел из Нельского замка в полном отчаянии: не оставалось сомнения, что он сам, хоть и невольно, выдал тайну Асканио. Но кто, в свою очередь, выдал его? Ведь не тот же благородный вельможа, имени которого Жак не знал! Разумеется, нет. Ведь он настоящий дворянин! Легче уж заподозрить плута Анри, а может статься, это Робен или Шарло, а возможно, и Гильом. По правде говоря, бедняга Обри терялся в догадках. Дело в том, что болтливый школяр поведал о своем открытии десятку ближайших друзей, и теперь среди них не так-то легко было найти предателя. Да и что проку искать его! Ведь главным, подлинным, единственным предателем был он сам – Жак Обри! Да-да! Он и есть тот подлый шпион, которого жаждал задушить собственными руками Бенвенуто Челлини. Вместо того чтобы схоронить в глубине души случайно обнаруженную тайну друга, он разболтал ее и из-за своего проклятого языка стал причиной страданий Асканио, которого любил, как брата. С досады Жак рвал на себе волосы, бил себя в грудь, осыпал себя отборной бранью и все-таки не находил слов, чтобы заклеймить по достоинству свой отвратительный поступок.

Угрызения совести были так велики, что под конец Жак Обри впал в отчаяние и, может быть, впервые в жизни принялся рассуждать. В самом деле, пусть даже он выдерет все свои волосы и останется лысым, пусть исколотит себя до синяков и сойдет с ума от угрызений совести, Асканио от этого не станет легче. Значит, надо попытаться любой ценой исправить причиненное зло, а не терять попусту драгоценное время. Честному Жаку запали в душу слова Бенвенуто: «Я отдал бы десять лет жизни, лишь бы кто-нибудь пробрался к Асканио и узнал у него тайну, которая даст нам власть над высокомерной герцогиней». И, как мы уже сказали, вопреки своему обыкновению, Жак принялся рассуждать и пришел к заключению, что прежде всего ему надо проникнуть в Шатле. А там он уж как-нибудь доберется до Асканио.

Войти в тюрьму под видом посетителя, как это хотел сделать Челлини, бесполезно, да и к тому же Жак Обри был не настолько самонадеян, чтобы рассчитывать на успех там, где потерпел неудачу сам Бенвенуто Челлини. Но, если невозможно проникнуть в тюрьму под видом посетителя, нет ничего легче, как очутиться там на правах арестанта, – по крайней мере, так казалось Жаку. А потом, когда он повидается с Асканио и тот поверит другу свою тайну, ему незачем будет оставаться в Шатле. Он выйдет оттуда и принесет спасительную тайну Бенвенуто, за что потребует от художника, разумеется, не десяти лет жизни, которыми тот готов был пожертвовать, а прощения за невольное предательство.

Радуясь богатству своего воображения и гордый сознанием своей преданности, он зашагал в Шатле.

«А ну-ка, поразмыслим над всем этим хорошенько, чтобы не натворить новых глупостей, – продолжал рассуждать Жак Обри по пути в тюрьму, к этой вожделенной цели. – История кажется мне такой же запутанной, как моток ниток Жервезы.

Итак, попытаемся разобраться во всем по порядку: Асканио полюбил дочь прево, Коломбу. Хорошо. Узнав, что прево собирается выдать ее замуж за графа д'Орбека, Асканио похитил возлюбленную. Прекрасно. Похитив девушку и не зная, куда деть прелестную крошку, он запрятал ее в голову Марса. Превосходно! Тайник великолепный, честное слово! И если бы не такая скотина… однако продолжим… до себя-то я еще успею добраться. Сообразуясь с моими указаниями – очевидно, так оно и было, – прево сцапал дочку и арестовал Асканио. И выходит, я дважды скотина! Но здесь-то клубок еще больше запутывается. При чем тут герцогиня? Почему она ненавидит Коломбу, которую все любят? Правда, почему?.. А-а, догадался! Когда в мастерской заходит речь о герцогине, подмастерья начинают хихикать, а Асканио смущается…

Ну ясно, госпожа д'Этамп неравнодушна к нему и ненавидит свою соперницу, – это вполне естественно. Жак, дружище! Ты презренный негодяй, но зато малый не промах. Да, но откуда у Асканио тайна, которая может погубить герцогиню? Почему Челлини то и дело приплетает к имени короля какую-то Стефану? И почему он, будто язычник, постоянно взывает к Юпитеру? Черт меня возьми, если я хоть что-нибудь понимаю во всем этом! А впрочем, незачем и голову ломать. В камере Асканио – вот где меня ждет разгадка! Главное – попасть в тюрьму. Остальное соображу потом».

И Жак Обри, успевший добраться до Шатле, изо всех сил постучал в ворота. Окошечко тотчас же приоткрылось, и грубый голос тюремного сторожа спросил, что ему надобно.

– Камеру в вашей тюрьме, вот что, – мрачно ответил Жак.

– Камеру? – изумился тюремщик.

– Да, самую тесную и темную; да и та, пожалуй, будет слишком хороша для меня.

– Но почему?

– Потому что я страшный преступник.

– Какое же преступление вы совершили?

«В самом деле, что же я такое совершил?» – подумал Жак; он совсем и забыл выдумать какое-нибудь приличествующее случаю преступление. Хоть бедняга Жак и назвал себя «малым не промах», он отнюдь не блистал быстротой соображения; вот почему он не нашел ничего лучшего, как повторить вопрос тюремщика:

– Какое преступление?

– Да, какое?

– Угадайте, – сказал Жак, а про себя добавил: «Этот молодчик должен получше меня разбираться в преступлениях; пусть он перечислит их, а я что-нибудь да выберу».

– Убийство?

– Ну что вы! – возмутился Жак при одной мысли о том, что его могут причислить к убийцам. – За кого только вы меня принимаете, дружище?!

– Так, может быть, вы украли? – продолжал тюремщик.

– Украл? Как бы не так!

– Ну так что же вы сделали, в конце концов? – нетерпеливо крикнул тюремщик. – Мало объявить себя преступником, надо сказать, какое ты совершил преступление.

– Но если я сам заявляю, что перед вами стоит негодяй, мерзавец, которого надо колесовать, вздернуть на виселицу!

– Преступление! Говорите, какое вы совершили преступление, – бесстрастно твердил тюремщик.

– Какое, хотите вы знать? Хорошо. Я предал друга.

– Ну, какое же это преступление? Прощайте, – ответил тюремщик и запер окошечко.

– Не преступление? Друга-то обмануть – не преступление? Но что же это, по-вашему?

И, схватив дверной молоток, Жак Обри принялся стучать еще сильнее.

– Что там случилось? – послышался голос другого человека, только что подошедшего к воротам.

– Да сумасшедший какой-то, во что бы то ни стало хочет попасть в Шатле, – ответил сторож.

– Ну, если это сумасшедший, его надо отправить в больницу, а не в тюрьму.

– В больницу! – заорал Жак, удирая во все лопатки. – Нет, черт возьми! Я хочу именно в Шатле; больница мне совсем ни к чему. Пускай туда отправляют нищих и убогих. Ну скажите, слыханное ли дело, чтобы в больницу клали человека, у которого в кармане позвякивают тридцать парижских су? В больницу! Видали вы таких умников, как этот тюремщик, уверяющий, будто обмануть друга не преступление! Значит, попасть в тюрьму удостаивается лишь тот, кто убил или ограбил. Ого! Но если этого и не случилось, то вполне могло случиться... Ура, нашел! Вот мое преступление – я обманул Жервезу!

И Жак Обри опрометью бросился к дому своей возлюбленной, молоденькой вышивальщицы, единым духом взбежал по лестнице, а в ней было не менее шестидесяти ступеней, и с разбегу влетел в комнату, где миловидная девушка в простеньком домашнем платье гладила кофточку.

– Ах, сударь, – кокетливо вскрикнула она, – как вы напугали меня!

– Жервеза, дорогая, – воскликнул Жак, пытаясь заключить ее в объятия, – ты должна меня спасти!

– Погодите, погодите минутку, – заслоняясь наподобие щита утюгом, отвечала Жервеза. – Скажите-ка лучше, гуляка вы этакий, где вы пропадали целых три дня?

– Ну, я виноват, виноват, Жервеза! Но если бы ты знала, как я несчастен! И я люблю тебя. Видишь, попав в беду, я поспешил прямо к тебе. Разве это не лучшее доказательство любви? Повторяю, Жервеза. – ты должна меня спасти!

– Так, так, понимаю: вы напились где-нибудь в кабачке и затеяли драку; а теперь вас разыскивают, чтобы упрятать в тюрьму. Вот вы и прибежали к своей покинутой Жервезе, чтобы просить у нее приюта и помощи. Нет, сударь, отправляйтесь в тюрьму и оставьте меня в покое!

– Как раз этого-то я и добиваюсь, милая крошка! Я хочу в тюрьму, а негодяи сторожа меня не впускают.

– Господи помилуй! Жак, да ты что, рехнулся? – тоном самого нежного участия спросила Жервеза.

– Вот-вот, и они тоже говорят, что я рехнулся, и хотели даже упрятать меня в сумасшедший дом; а я во что бы то ни стало должен попасть в Шатле!

– В Шатле? Но зачем, Жак? Шатле – ужасная тюрьма. Говорят, туда гораздо легче попасть, чем выйти оттуда.

– И все-таки это необходимо! – воскликнул Жак. – Понимаешь ли, необходимо! Только таким путем я могу его спасти.

– Кого?

– Асканио.

– Как, этого красивого юношу, ученика вашего друга Челлини?

– Да-да, Жерваза! Его посадили в Шатле. И что всего ужаснее – по моей вине!

– Господи боже! – воскликнула Жерваза.

– Вот почему, – сказал Жак, – я должен попасть в тюрьму, я должен спасти его!

– Но за что его посадили в Шатле?

– За то, что он влюбился в дочку прево.

– Бедный юноша! – вздохнула Жерваза. – А разве за это сажают в тюрьму?

– Сажают, Жерваза. Понимаешь теперь? Он спрятал девушку. Я открыл тайник и, как последний болван, как мерзавец, как негодяй, разболтал об этом всем и каждому.

– Только не мне! – воскликнула Жерваза. – Узнаю, сударь, ваши повадки.

– А разве я тебе не говорил?

– Ни словечка! Болтаете-то вы с другими, а когда сюда приходите, у вас только и дела, что есть, пить да шутить. Никогда не поговорите со мной по-человечески. А не мешало бы вам знать, сударь, что женщины большие охотницы поболтать.

– А что же мы с тобой сейчас делаем, крошка? Мне кажется, болтаем.

– Ну да, потому что я вам нужна.

– Что верно, то верно: ты могла бы оказать мне огромную услугу.

– Какую?

– Сказать, что я тебя обманул.

– Еще бы, конечно, обманули, негодник вы этакий!

– Я? – взревел удивленный Жак Обри.

– Увы, вы бесстыдно обольстили меня, сударь, вашими прекрасными речами и лживыми клятвами.

– «Прекрасными речами и лживыми клятвами»?

– Да. Разве вы не говорили мне, что я самая красивая девушка в предместье Сен-Жермен-де-Пре?

– Но я и сейчас это скажу.

– И разве не уверяли меня, что умрете с горя, если я вас не полюблю?

– Неужели я это говорил? Странно, но что-то не припомню.

– И что, если я вас полюблю, вы женитесь на мне.

– Нет, Жервеза, вот уж этого я никогда не говорил!

– Говорили, сударь!

– Нет, нет и нет! Потому что, видишь ли, Жервеза, мой отец заставил меня поклясться, как некогда Гамилькар Ганнибала.[1]

– В чем?

– В том, что я умру холостым.

– О, я несчастная! – разражаясь слезами, воскликнула Жервеза, которая, подобно всем женщинам, всегда могла заплакать в нужный момент. – Вот каковы мужчины – клянутся, обещают и тут же забудут все свои клятвы! Вот и я возьму и поклянусь, что никогда больше не попадусь на такую удочку!

– И правильно сделаешь, Жервеза, – наставительно сказал Жак Обри.

---

[1] По преданию, карфагенский полководец Ганнибал (247–183 годы до н. э.), сын Гамилькара Барки, девятилетним мальчиком был взят отцом в поход против римлян. Перед походом отец заставил его принести клятву, что он посвятит всю жизнь борьбе с Римом – главным врагом его родины.

– Подумать только! – продолжала девушка. – Для воров, разбойников, мошенников законы существуют, а вот для таких негодяев, которые обманывают бедных девушек, никакого наказания не придумано!

– И для них есть наказание, Жервеза.

– Неужели?

– А как же! Ведь несчастного Асканио посадили в Шатле за то, что он обманул Коломбу.

– И хорошо сделали, – отвечала Жервеза. – Мне очень хотелось бы, чтобы и вы оказались там же.

– Боже мой! Жервеза, да ведь того же самого хочу и я! – воскликнул школяр. – И, как я уже говорил, рассчитываю в этом деле на твою помощь.

– На мою помощь?

– Да.

– Смейтесь, смейтесь, неблагодарный!

– Жервеза, я говорю совершенно серьезно. Если бы только ты согласилась…

– Согласилась?.. На что?

– Да, если бы ты согласилась пожаловаться на меня в суд.

– За что?

– За то, что я тебя обманул. Но ты побоишься…

– Я? – воскликнула Жервеза, обидевшись. – Побоюсь сказать правду?

– Но ведь придется дать клятву.

– Что ж тут такого?

– И ты поклянешься, что я тебя обманул?

– Да, да, да! Тысячу раз да!

– Ну, тогда все в порядке! – сразу повеселел Жак Обри. – А я-то боялся, что ты не согласишься. Ведь клятва – вещь серьезная.

– Хоть сейчас поклянусь, лишь бы вас поскорей засадить в Шатле, сударь!

– Прекрасно!

– Отправляйтесь к своему Асканио!

– Превосходно!

– Там у вас будет достаточно времени, чтобы вместе с ним покаяться в грехах.

– О большем я и не мечтаю!

– А где мне искать судью?

– Во дворце Правосудия.

– Сейчас же иду туда.

– Идем вместе, Жервеза.

– Да-да, вместе. И, надеюсь, наказание не заставит себя ждать.

– Вот тебе моя рука, Жервеза, обопрись на нее, – сказал Жак Обри.

– Идемте, сударь!

И оба не спеша, так же как обычно ходили гулять по воскресеньям в Пре-о-Клер или на Монмартр, отправились во дворец Правосудия.

Однако по мере приближения к храму Фемиды, [1] как высокопарно называл Жак здание парижского суда, Жервеза все больше замедляла шаг; добравшись туда, она еле взошла по лестнице, а у дверей судьи ноги вовсе отказались ей повиноваться, и девушка всей своей тяжестью повисла на руке школяра.

– Ну что, крошка, струсила? – спросил Жак.

– Ничуть, – ответила Жервеза. – Просто робею немного перед судьей.

– А чего перед ним робеть? Такой же человек, как и все.

– Да, но ведь придется ему все рассказывать…

– Ну и расскажешь, велика важность!

---

[1] Фемида (греч. миф.) – богиня правосудия.

– И клятву придется давать.

– Ну и дашь!

– Жак, а ты вполне уверен, что обманул меня?

– Черт возьми, разумеется! Не ты ли сама только что уверяла меня в этом?

– Так-то оно так, но, знаешь, как ни странно, а вся эта история кажется мне сейчас совсем другой, чем дома.

– Идем, идем! Я так и знал, что струсишь.

– Жак, миленький, – взмолилась Жерведа, – пойдем лучше домой!

– Эх, Жерведа, Жерведа, но ты же обещала!

– Жак, дружочек, я больше никогда не буду тебя упрекать! Не буду ни о чем просить. Я полюбила тебя просто потому, что ты мне понравился, вот и все.

– Идем, идем! – тащил ее Жак. – Недаром я боялся, что ты струсишь. Но теперь все равно поздно.

– Почему?

– Ты шла, чтобы пожаловаться на меня, вот и жалуйся.

– Ни за что! Ни за что, Жак! Я хочу домой!

– Э, нет! – ответил Жак, раздраженный как ее упорством, так и причиной отказа. – Нет, и еще раз нет!

И он решительно постучал в дверь.

– Что ты делаешь? – закричала Жерведа.

– Сама видишь: стучу.

– Войдите! – послышался гнусавый голос.

– Я не хочу входить, не хочу! – твердила Жерведа, пытаясь вырваться из рук Жака.

– Входите! – повторил тот же голос, на этот раз более внятно.

– Жак, пусти, не то я закричу! – сказала Жерведа.

– Да входите же! – в третий раз произнес голос, но теперь уже у самой двери, и в тот же миг она распахнулась. – Ну-с, что вам угодно? – спросил высокий, тощий человек, одетый в черное, при одном взгляде на которого Жервеза задрожала, как лист.

– Вот эта девица, – сказал Жак Обри, – пришла к вам с жалобой на меня.

И он втолкнул Жервезу в темную, отвратительную, грязную переднюю. Дверь тут же захлопнулась, словно западня.

Жервеза слабо вскрикнула не то от страха, не то от неожиданности и скорей упала, чем села, на табурет у стены.

А Жак Обри, боясь, как бы девушка не позвала его, не вернула насильно, пустился наутек по коридорам, о существовании которых знали только клерки, писцы да сутяги. Выбежав во двор церкви Сент-Шапель, он уже более спокойным шагом добрался до моста Святого Михаила, по которому Жервеза должна была непременно пройти по дороге домой.

Через полчаса она и в самом деле появилась.

– Ну, как дела? – спросил, подбегая к ней, Обри.

– Ах, Жак, ты вынудил меня солгать! – отвечала девушка. – Но, я надеюсь, бог меня простит – ведь я сделала это с благой целью.

– Я беру твой грех на себя, – успокоил ее Жак. – Рассказывай.

– Я и сама ничего не знаю, – ответила Жервеза. – Мне до того было стыдно, что я даже не помню, о чем шел разговор. Господин судья задавал мне разные вопросы, а я отвечала «да» или «нет» и даже не вполне уверена, правильно ли я говорила.

– О несчастная! – вскричал Жак. – Вот увидите, она, чего доброго, заявила судье, что не я ее обманул, а она меня!

– Нет, – возразила Жервеза, – не думаю, чтобы до этого дошло.

– Записали они, по крайней мере, мой адрес, чтобы вызвать меня в суд? – спросил Жак.

– Да, я дала им адрес, – пролепетала Жервеза.

– Значит, все в порядке, – с облегчением вздохнул Жак. – Ну, а теперь что бог даст…

Отведя Жервезу домой и утешив по мере сил в том, что ей пришлось дать ложные показания, Жак Обри отправился восвояси, полный веры в провидение.

И действительно, вмешалось ли в дело провидение, или это было чистой случайностью, но на следующее утро Жак Обри получил вызов в суд. И такова сила правосудия, что Жак невольно содрогнулся, читая эту бумагу, получить которую было его заветной мечтой. Поспешим, однако, добавить, к чести школяра, что надежда увидеть Асканио и желание вызволить друга из беды, которую он же сам и навлек на него, помогли Жаку Обри тут же справиться с невольной слабостью.

Явиться в суд предлагалось к двенадцати часам, а было всего только девять. Поэтому Жак помчался к Жервезе, которую застал не менее взволнованной, чем накануне.

– Ну, как дела? – спросила она.

– А вот, взгляни! – победоносно ответил Жак Обри, показывая ей исписанную иероглифами бумажку.

– Когда вам надо явиться?

– В полдень. А больше я ничего не разобрал.

– Вы даже не знаете, в чем вас обвиняют?

– Да, наверное, в том, что я тебя обманул, милая крошка!

– А вы не забудете, сударь, что сами заставили меня дать такие показания?

– Разумеется, не забуду; я готов присягнуть, что так оно и было, даже если бы тебе вздумалось все отрицать.

– Так вы не станете на меня сердиться за то, что я вас послушалась?

– Да нет же! Я всегда от души буду тебе благодарен!

– Что бы ни случилось?

– Что бы ни случилось.

– Да я и сказала-то все это лишь потому, что вы заставили меня.

– Ну разумеется.

– А если у меня с перепугу ум за разум зашел и я сболтнула лишнее, вы простите?

– Не только прощу, милая, славная моя Жервеза, но уже простил, прежде чем ты попросила об этом!

Было уже без четверти двенадцать, когда Жак спохватился, что к двенадцати ему надо быть в суде. Он простился с Жервезой и опрометью выбежал на улицу – до здания суда было довольно далеко.

Постучавшись в ту же дверь, что и накануне, он услышал, что часы бьют двенадцать.

– Войдите! – прогнусавил тот же голос, что и вчера.

Жак не заставил повторять приглашение и с широкой улыбкой, задрав нос и сдвинув шапку набекрень, вошел в приемную.

– Ваше имя? – спросил уже знакомый нам человек в черном.

– Жак Обри.

– Ремесло?

– Школяр.

– Ах да! На вас вчера приходила жаловаться Жер… Жер…

– Жервеза Попино.

– Правильно. Садитесь и ждите своей очереди.

Жак повиновался и стал ждать. В комнате уже сидели пять или шесть мужчин и женщин разного возраста и положения. Они, разумеется, были вызваны к судье первыми. Одни вышли оттуда без конвоя – это означало, что против них не оказалось достаточно улик; другие – в сопровождении полицейского офицера или двух стражников прево. На последних Жак поглядывал с завистью, потому что их вели в Шатле, куда ему так хотелось попасть.

Наконец вызвали и Жака Обри.

Жак вскочил с места и с такой довольной миной вбежал в кабинет судьи, будто речь шла о приятнейшем развлечении.

В кабинете сидели двое. Первый – еще выше, еще черней, еще костлявей и суше, чем мрачный человек в приемной (каких-нибудь пять минут назад это показалось бы Жаку невозможным), – был секретарем; второй – маленький, толстый, почти круглый человечек с веселыми глазами, приятной улыбкой и жизнерадостным выражением лица – был судьей.

Улыбающиеся взгляды Жака и судьи встретились, и школяр внезапно почувствовал такую симпатию к этому почтенному человеку, что чуть было не пожал ему руку.

– Хе, хе, хе… Так это вы и есть тот самый молодой человек? – спросил судья, пристально глядя на вошедшего.

– Признаться, да, мессер, – ответил Жак Обри.

– Вы и впрямь как будто малый не промах, – продолжал судья. – А ну-ка, господин пострел, берите стул и садитесь.

Жак уселся, положив ногу на ногу, и с довольным видом выпятил грудь.

– Так! – потирая руки, произнес судья. – А ну-ка, господин секретарь, прочтите нам показания истицы.

Секретарь встал и, изогнувшись над столом, без труда дотянулся благодаря своему непомерному росту до его противоположного конца, где и достал из груды папок дело Жака Обри.

– Вот это дело, – произнес он.

– Как имя истицы?

– Жерведа-Пьеретта Попино, – прочел секретарь.

– Она самая, – сказал Обри, утвердительно кивнув.

– Несовершеннолетняя, – продолжал секретарь, – девятнадцати лет от роду.

– Ну и ну! Несовершеннолетняя! – воскликнул Жак Обри.

– Так записано с ее слов.

– Бедняжка Жервеза! – пробормотал школяр. – Верно она сказала, что от смущения плела всякую чушь. Ведь сама же призналась мне, что ей двадцать два. И вот нате вам, девятнадцать!

– Значит, ветрогон вы этакий, – сказал судья, – вас обвиняют в том, что вы обманули девушку... Вы признаете обвинение? – спросил судья.

– Признаю, сударь, – решительно ответил Жак. – И это и любое другое. Я преступник, господин судья, и, пожалуйста, не церемоньтесь со мной.

– Вот плут, вот бездельник! – проворчал судья добродушным тоном комедийного дядюшки.

И, опустив на грудь свою большую круглую голову, он погрузился в глубокое раздумье.

– Пишите, – проговорил он, встрепенувшись и подняв указательный палец. – Пишите, господин секретарь. «Принимая во внимание, что обвиняемый Жак Обри сознался в том, что лживыми обещаниями и заверениями в любви обманул девицу Жервезу-Пьеретту Попино, приговорить упомянутого Жака Обри к штрафу в двадцать парижских су и к уплате судебных издержек».

– А тюрьма? – спросил Жак.

– Какая тюрьма? – ответил вопросом на вопрос судья.

– Обыкновенная! Разве меня не посадят в тюрьму?

– Нет.

– И я не попаду, как Асканио, в Шатле?

– А кто такой Асканио?

– Ученик мастера Бенвенуто Челлини.

– И что натворил этот ученик?

– Обманул девушку.

– Кого же именно?

– Дочь парижского прево, мадемуазель Коломбу д'Эстурвиль.

– Ну так что же?

– Как – что? Я считаю приговор несправедливым. Мы оба совершили одно и то же преступление, так почему же его засадили в Шатле, а меня приговорили только к штрафу в двадцать парижских су? Да существует ли справедливость на этом свете?

– Конечно, молодой человек, справедливость существует. Вот почему мы и вынесли этот приговор.

– Ничего не понимаю...

– Дело в том, бездельник, что честное имя благородной девицы стоит тюремного заключения, а честное имя простой девушки – не больше двадцати парижских су.

– Но это чудовищно! Отвратительно! – воскликнул Жак Обри.

– А ну-ка, дружок, платите штраф и убирайтесь подобру-поздорову! – сказал судья.

– Никакого штрафа я платить не буду и никуда отсюда не уйду!

– Тогда придется позвать стражников и отправить вас в тюрьму, где вы будете сидеть, пока не уплатите штраф.

– Только этого мне и надо!

Судья вызвал стражников:

– Отведите этого бездельника в тюрьму Отцов-кармелитов.

– Отцов-кармелитов?! – воскликнул Жак. – А почему не в Шатле?

– Потому что Шатле не долговая тюрьма, а королевская крепость. Поняли, дружок? И, чтобы туда попасть, надо совершить что-нибудь поважнее. Вам угодно в Шатле? Как бы не так!

– Постойте, постойте... – запротестовал Жак. – Да постойте же, говорят вам!

– В чем дело?

– Если меня отправят не в Шатле, я согласен уплатить штраф.

– Ну вот и хорошо; значит, не о чем больше толковать, – сказал судья и, обращаясь к стражникам, добавил: – Можете идти, молодой человек согласен уплатить.

Стражники ушли, а Жак вынул из кошелька и положил перед судьей двадцать парижских су.

– Сосчитайте, – велел судья секретарю.

Секретарь опять изогнулся дугой, как мрачная, черная радуга, над заваленным бумагами столом и, не сходя с места, достал лежащие на нем деньги; казалось, он обладает способностью безгранично вытягиваться в длину.

– Сумма верна, – сказал он, пересчитав.

– В таком случае, отправляйтесь домой, бездельник, и освободите место для других: правосудие не может заниматься только вами. Идите, идите!

Жак Обри и сам видел, что ему нечего больше здесь делать, и удалился в полном отчаянии.

Глава 13, в которой Жак Обри поднимается до вершин поистине эпических

«А любопытно знать… – размышлял школяр, выйдя из дворца Правосудия и машинально направляясь по Мельничному мосту в Шатле, – любопытно знать, как отнесется Жерваза к тому, что ее честь оценена в двадцать парижских су? Она скажет, что я разоткровенничался, сболтнул лишнее, и выцарапает мне глаза».

– Ба! Кого я вижу!

Последний возглас относился к пажу того самого учтивого вельможи, которому Жак Обри поверял, как лучшему другу, свои сокровенные тайны. Мальчик стоял, прислонясь к парапету набережной, и забавлялся, подбрасывая в воздух камешки.

– Вот так удача, черт возьми! – воскликнул школяр. – Мой безымянный друг пользуется, насколько я понимаю, достаточным влиянием при дворе, чтобы отправить меня в тюрьму. Само провидение посылает мне его пажа; мальчик скажет, где я могу отыскать своего друга. Ведь ни имени его, ни адреса я не знаю!

И, желая поскорей воспользоваться тем, что он рассматривал как особую милость провидения, Жак Обри направился к пажу.

Мальчик тоже узнал его; он сразу поймал все три камешка, заложил ногу за ногу и стал ждать Жака Обри с насмешливым видом, присущим всем членам корпорации, к которой он имел честь принадлежать.

– Здравствуйте, господин паж! – еще издали крикнул Жак Обри.

– Здравствуйте, господин школяр, – ответил мальчик. – Что поделываете в этих местах?

– Как вам сказать… Я кое-что искал и, кажется, нашел, ибо встретил вас. Видите ли, мне нужен адрес моего превосходного друга, графа… нет, барона… то бишь виконта… одним словом, адрес вашего господина.

– Вы желали бы с ним повидаться? – спросил паж.

– Да, и как можно скорей.

– Ну, вам повезло: он сейчас у прево.

– В Шатле?

– Да, и с минуты на минуту должен оттуда выйти.

– Счастливчик, он может входить в Шатле, когда ему вздумается! Наверное, мессер Робер д'Эстурвиль связан с моим достойным другом, виконтом… графом… нет, кажется, бароном…

– Виконтом, – поправил паж.

– С моим другом виконтом… Да подскажите же мне! – продолжал Обри, желая воспользоваться представившимся случаем, чтобы узнать наконец имя своего друга. – Виконтом де…

– Виконтом де Мар… – начал было паж. Но Жак не дал ему докончить.

– А-а, дорогой виконт! Вот я и нашел вас! – воскликнул он, увидев показавшегося в дверях Марманя. – Вы мне так нужны! Я повсюду искал вас.

– Здравствуйте, здравствуйте, милейший, – отвечал Мармань, явно раздосадованный этой встречей. – Я с удовольствием поболтал бы с вами, но, к сожалению, очень спешу. А посему прощайте!

– Постойте, постойте! – закричал Жак Обри, хватая собеседника за руку. – Не собираетесь же вы уйти, черт возьми! Я хочу попросить вас об одной огромной услуге.

– Вы?

– Да. Вы же знаете: святая обязанность друзей – во всем помогать друг другу.

– Друзей?

– Разумеется. Разве мы с вами не друзья? В конце концов, что такое дружба? Это полное доверие друг другу. А я всегда доверял вам и потому рассказывал не только свои, но даже чужие тайны.

– И никогда не раскаивались в этом?

– Никогда! По крайней мере, в отношении вас; к сожалению, не могу сказать того же обо всех своих друзьях: есть в Париже один человек, которого я напрасно разыскиваю, но когда-нибудь, с божьей помощью, мы с ним встретимся на узенькой дорожке…

– Слушайте, милейший, повторяю вам: я очень спешу, – прервал его Мармань, прекрасно понимавший, кого именно ищет Жак Обри.

– Но подождите хоть немного – я же сказал: вы можете оказать мне услугу…

– Ну хорошо, говорите, только поскорей.

– Скажите, вас ценят при дворе?

– Так, по крайней мере, говорят мои друзья.

– И вы пользуетесь доверием короля?

– Да, и в этом вполне могли убедиться мои враги.

– Прекрасно! Милый граф… то бишь барон… мой дорогой…

– Виконт, – подсказал Мармань.

– Дорогой виконт, отправьте меня в Шатле!

– Но в качестве кого же?

– Разумеется, в качестве заключенного.

– Заключенного? Что за странное желание!

– Желания бывают разные.

– Но зачем вам непременно в Шатле? – спросил Мармань. Он подозревал, что в этом желании кроется какая-то новая тайна и хотел ее выпытать.

– Кому-нибудь другому я ни за что не доверился бы, любезный друг, ведь я на собственном горьком опыте, вернее – на опыте Асканио, убедился, к чему ведет болтовня, – отвечал Жак. – Но вы – другое дело. Вы же знаете, от вас у меня нет секретов.

– Ну, коли так, говорите скорей.

– А вы отправите меня в Шатле, если я скажу?

– Сию же минуту.

– Отлично! Представьте себе, я был так неосторожен, что рассказал еще кое-кому, кроме вас, об увиденной мной в голове Марса прелестной девушке.

– Ну и что же?

– Эти вертопрахи, эти лоботрясы разболтали о моем открытии, и история дошла до самого прево; а так как у прево несколько дней назад пропала дочь, он подумал, что не она ли избрала себе это убежище. Д'Эстурвиль поспешил предупредить графа д'Орбека и герцогиню д'Этамп, и вот, пока Челлини был в Фонтенбло, они устроили в Большом Нельском замке обыск. Коломбу увезли, а Асканио посадили в Шатле.

– Неужели?!

– Истинная правда, дорогой друг! И, как вы думаете, кто это подстроил? Некий виконт де Мармань.

– Но вы мне так и не сказали, что вам понадобилось в Шатле, – поспешно проговорил Мармань, с беспокойством замечая, что Жак то и дело повторяет его имя.

– А вы не догадываетесь?

– Нет.

– Асканио-то арестовали?

– Да.

– И посадили в Шатле?

– Верно.

– Так теперь я открою вам то, чего никто не знает, кроме герцогини д'Этамп, Бенвенуто и меня: у Асканио есть какое-то письмо, тайна какая-то, которая может погубить герцогиню. Ну, поняли теперь?

– Да-да, начинаю понимать. Но помогите мне, дорогой друг!

– Видите ли, виконт, – впадая в аристократический тон, продолжал Жак Обри, – я хочу попасть в Шатле, увидеть там Асканио, взять у него письмо или узнать тайну. По выходе из тюрьмы я все расскажу Бенвенуто, и мы с ним найдем средство увенчать любовь Асканио и Коломбы назло всем этим де Марманям, д'Орбекам, прево и герцогиням!

– Неплохо придумано, – сказал Мармань. – Благодарю вас за доверие. Вы не раскаетесь в нем.

– И вы обещаете мне помочь?

– В чем?

– Да попасть в Шатле – я же вам говорил!

– Будьте покойны.

– Прямо сейчас?

– Подождите меня здесь.

– На этом самом месте?

– Да-да.

– А вы?

– Я схожу за ордером на арест.

– О бесценный друг, дорогой барон, граф! Скажите же мне наконец свое имя, свой адрес на случай, если бы вы почему-нибудь задержались!

– Нет-нет, я сейчас вернусь.

– Возвращайтесь скорей! А если вам встретится этот проклятый Мармань, скажите ему...

– Что именно?

– Скажите ему, что я поклялся...

– В чем?

– В том, что он погибнет от моей руки.

– Прощайте! – крикнул виконт, уходя. – Ждите меня здесь!

– До свиданья, – ответил Жак. – Приходите скорей. Вы настоящий друг; такому человеку, как вы, можно верить, и мне очень хотелось бы узнать...

– Прощайте, господин школяр, – сказал паж все время стоявший поодаль и теперь пустившийся вслед за своим господином.

– Прощайте, любезный паж, – ответил Жак Обри. – Но, прежде чем уйти, окажите мне одну услугу.

– Какую?

– Скажите, пожалуйста, как звать благородного вельможу, в услужении у которого вы находитесь?

– Того самого, с которым вы проболтали целых четверть часа?

– Да.

– И которого называли своим другом?

– Да.

– И вы не знаете, как его звать?

– Нет.

– Так ведь это же…

– Наверное, очень знатный человек?

– Еще бы!

– И влиятельный?

– Первый человек после короля и герцогини д'Этамп.

– Что?! Но как же его зовут?..

– Виконт де… Но я бегу… Простите, он обернулся, я ему нужен.

– Вы говорите – виконт…

– Виконт де Мармань!

– Мармань?! – заорал Жак Обри. – Виконт де Мармань? Этот кавалер и есть виконт де Мармань?

– Он самый.

– Друг прево, графа д'Орбека и герцогини д'Этамп?

– Собственной персоной.

– Злейший враг Бенвенуто Челлини?

– Совершенно верно!

– О! – воскликнул Жак, перед которым, словно при вспышке молнии, сразу предстали все предшествовавшие этой встрече события. – Теперь понимаю! Так это Мармань, Мармань!

И, мгновенно выхватив у пажа шпагу – сам он был безоружен, – Жак бросился вслед за Марманем, крича:

– Стойте!

Мармань с беспокойством обернулся и, увидев бегущего школяра с оружием в руках, понял, что разоблачен. Ему оставалось либо принять вызов, либо спасаться бегством. Однако Мармань был не настолько храбр, чтобы драться, но и не так труслив, чтобы пускаться наутек. Поэтому он избрал нечто среднее, а именно: бросился в открытые ворота ближайшего дома, рассчитывая захлопнуть их за собой. На его беду, оказалось, что ворота не закрываются: их удерживает вделанная в стену цепь, которую Мармань никак не мог отвязать. Таким образом Жак Обри вбежал во двор прежде, чем виконт успел скрыться в доме.

– А-а, наконец-то я нашел тебя, проклятый шпион! Наконец-то, подлый Мармань, ты у меня в руках! Разбойник! Похититель чужих тайн! Защищайся, злодей!

– Неужели вы полагаете, сударь, – высокомерно отвечал Мармань, пытаясь говорить пренебрежительным тоном аристократа, – что виконт де Мармань снизойдет до какого-то школяра Жака Обри и согласится скрестить с ним свою шпагу?

– Но если виконт де Мармань не снизойдет до Жака Обри, то Жак Обри снизойдет до виконта де Марманя и проткнет его шпагой!

В подтверждение своих слов Жак приставил к груди виконта шпагу и, проткнув камзол, слегка пощекотал противника ее острием.

– Спасите! Убивают! – заорал Мармань.

– Ори, ори себе, сколько душе угодно! – подзадоривал Жак. – Прежде чем кто-нибудь тебя услышит, ты умолкнешь навеки! Единственный для тебя выход – драться. Итак, предупреждаю: защищайся, виконт!

– Ну, погоди! Коли ты сам этого захотел, узнаешь, как драться с виконтом де Марманем!

Мармань, как мы уже имели возможность убедиться, не был храбрецом, но, подобно всем дворянам того рыцарского времени, получил военное воспитание. Более того, он слыл неплохим фехтовальщиком. Говорили, правда, что эта репутация скорее спасала его от дуэлей, чем помогала побеждать дуэлянтов. Как бы то ни было, но, видя, что противник яростно нападает на него, виконт обнажил шпагу и встал в позицию по всем правилам фехтовального искусства.

Однако, если Мармань считался хорошим фехтовальщиком в придворных кругах, Жак Обри славился непревзойденной ловкостью среди школяров и членов корпорации судейских писцов. Итак, каждый из них с самого начала понял, что имеет дело с достойным противником. Но у Марманя было огромное преимущество: его шпага была на шесть дюймов длиннее шпаги Жака, который выхватил ее у пажа. Это обстоятельство не слишком мешало Жаку Обри при защите, но затрудняло нападение.

В самом деле, Марманю, который был на целых шесть дюймов выше Жака и к тому же вооружен более длинной шпагой, ничего не стоило удерживать противника на почтительном расстоянии, поднося к его лицу острие шпаги. И сколько Жак ни атаковал, ни делал выпадов и ни прибегал к обману, виконту достаточно было сделать шаг, чтобы оказаться вне его досягаемости. Между тем, несмотря на ловкую защиту Жака, шпага Марманя уже дважды или трижды коснулась его груди, а школяр при всем своем проворстве неизменно попадал мимо.

Обри понял, что еще немного – и он погиб. И тут же решил пойти на хитрость. Чтобы одурачить противника, он притворился, будто продолжает защищаться, прибегая к выпадам и обманам, а сам незаметно, дюйм за дюймом, стал сближаться с виконтом. Очутившись на достаточно близком от него расстоянии, школяр словно нечаянно открылся. Мармань, увидя это, сделал выпад. Жак, конечно, не был застигнут врасплох: он отбил удар, а потом, воспользовавшись тем, что шпага противника оказалась над его головой, бросился вперед и быстрым, ловким выпадом ранил виконта, причем коротенький клинок ушел в его грудь по самую рукоятку. Мармань издал душераздирающий вопль смертельно раненного человека, страшно побледнел, выпустил шпагу и упал навзничь.

В это время невдалеке проходил сторожевой патруль. Услышав крик, увидев пажа, делавшего отчаянные знаки, и собравшуюся у ворот толпу, стражники прибежали на место происшествия. Жак все еще держал в руке окровавленную шпагу, и, разумеется, его тут же арестовали. Школяр хотел было оказать сопротивление, но в эту минуту начальник патруля гаркнул:

– Обезоружить негодяя и отвести в Шатле!

Обрадованный приказом, Жак покорно отдал шпагу и последовал за стражниками в Шатле, восхищаясь мудростью провидения, по воле которого он сразу убил двух зайцев: попал в тюрьму к Асканио и отомстил виконту де Марманю.

На сей раз Жака Обри беспрепятственно водворили в королевскую крепость. Надзиратель и привратник долго совещались, не зная, куда его поместить, так как тюрьма была переполнена. В конце концов эти почтенные господа пришли к соглашению. Привратник, жестом приказав Жаку следовать за собой, заставил его сойти вниз по тридцати двум ступенькам, открыл дверь, втолкнул заключенного в совершенно темную камеру и запер за ним дверь.

Глава 14, о том, как трудно честному человеку выйти из тюрьмы

Ослепленный резким переходом от яркого света к полной тьме, Жак Обри несколько мгновений не мог прийти в себя: где он? Неизвестно. Близко от Асканио или нет – трудно сказать. В коридоре, по которому его только что вели, он видел, кроме двери своей камеры, еще две запертые двери. Но как бы то ни было, цель его достигнута – он под одной крышей с Асканио.

Но нельзя же век стоять на одном месте. Поэтому, увидев шагах в пятнадцати в противоположном конце камеры проблеск света, Жак осторожно шагнул в том направлении, но тут же оступился, соскользнул вниз по трем или четырем ступенькам и, вероятно, по инерции ударился бы головой о стену, но споткнулся обо что-то мягкое и шлепнулся на пол. Таким образом ему удалось отделаться только легкими ушибами.

Препятствие, на которое так удачно налетел школяр, издало глухой стон.

– Извините, пожалуйста, – промолвил Жак, поднимаясь и вежливо снимая шапку. – Я, кажется, наступил на кого-то или на что-то. Я никогда не совершил бы такой неучтивости, будь здесь посветлей. Извините меня!

– Вы наступили на то, что в течение шестидесяти лет было человеком, а теперь скоро станет трупом, – ответил голос.

– В таком случае, – сказал Жак, – я еще больше сожалею, что потревожил вас. Как и подобает перед смертью доброму христианину, вы, вероятно, каялись богу в содеянных вами грехах?

– Я уже давно покаялся, господин школяр. Я грешил, как любой человек, но зато страдал, как мученик, и, надеюсь, когда господь взвесит мои дела, чаша страданий перетянет чашу грехов.

– Да будет так! – воскликнул Обри. – Всем сердцем желаю вам этого. А теперь, дорогой товарищ по несчастью, скажите, пожалуйста, если разговор не слишком вас утомляет, каким чудом вы узнали, что я школяр? Я говорю «дорогой», ибо надеюсь, что вы простили мою неучтивость. Впрочем, я о ней не жалею: ведь благодаря ей я познакомился с вами.

– Я догадался об этом по вашему платью, а главное, по чернильнице, которая висит у вас на поясе на том месте, где дворяне носят кинжал.

– По моему платью и чернильнице?.. Но послушайте, дорогой сотоварищ, если не ошибаюсь, вы сказали, что умираете?

– Да, пришел ныне конец моим земным страданиям! И надеюсь, что, уснув сегодня на земле, я завтра пробужусь на небесах.

– Я ничего не имею против этого, – ответил Жак, – но позвольте заметить, что положение, в котором вы находитесь, отнюдь не располагает к шуткам.

– А почему вы думаете, что я шучу? – с тяжким вздохом прошептал умирающий.

– Как – почему? Вы только что сказали, что видите мое платье и чернильницу, а я вот, сколько ни таращу глаза, даже собственных рук не вижу.

– Возможно, – ответил старик. – Но когда вы просидите, как я, пятнадцать лет в тюрьме, вы будете видеть в темноте ничуть не хуже, чем при самом ярком дневном свете.

– Пусть лучше дьявол выцарапает мне глаза, не хочу я проходить такую школу! – воскликнул Жак. – Легко сказать – пятнадцать лет! Неужели вы просидели в тюрьме целых пятнадцать лет?

– Не то пятнадцать, не то шестнадцать... Впрочем, не все ли равно? Я уже давно потерял счет времени.

– Но, видно, вы совершили ужасное преступление, раз понесли такую жестокую кару! – воскликнул Жак.

– Я невиновен, – ответил узник.

– Невиновны! – в ужасе вскричал Жак. – Полно, не шутите, дорогой мой! Ведь я уже говорил вам – время для этого совсем неподходящее.

– А я вам уже ответил, что не шучу.

– Ну, а лгать и совсем не годится. В конце концов, шутка – лишь безобидная игра мысли, она не оскорбляет ни человека, ни бога, тогда как ложь – смертный грех, убивающий душу.

– Я никогда не лгал.

– Значит, вы и в самом деле без всякой вины просидели пятнадцать лет в тюрьме?

– Я сказал – около пятнадцати.

– Вот как! – вскричал Жак. – А знаете ли вы, что я тоже невиновен?

– В таком случае, да защитит вас бог, – произнес умирающий.

– Но разве мне что-нибудь угрожает?

– Да, несчастный! Преступник может еще надеяться выйти отсюда, невиновный же человек – никогда!

– Ваши рассуждения весьма глубокомысленны, друг мой, но, знаете, все это звучит не очень утешительно.

– Я сказал вам сущую правду.

– И все же какая-нибудь пустяковая вина у вас наверняка найдется, если поискать хорошенько. Прошу вас, расскажите мне об этом по секрету!

И Жак Обри, который в самом деле начинал смутно различать в темноте очертания предметов, взял стоявшую у стены скамейку и поставил ее в углу, возле ложа умирающего старца. Затем, усевшись поудобнее на этом импровизированном стуле, он приготовился слушать.

– Но почему же вы молчите, дорогой друг?.. А-а, понимаю: после пятнадцати лет одиночного заключения вы стали подозрительны и не решаетесь мне довериться. Ну что ж! Давайте познакомимся поближе: меня зовут Жак Обри, мне двадцать два года, и, как вы уже определили, я школяр. Я сам захотел попасть в Шатле, на что у меня имеются особые причины. Я нахожусь здесь каких-нибудь десять минут и уже успел познакомиться с вами. Вот и вся моя жизнь в двух словах. Теперь вы знаете Жака Обри не хуже, чем он сам. Расскажите же и вы о себе, дорогой товарищ, я слушаю вас.

– Меня зовут Этьен Ремон, – сказал узник.

– Этьен Ремон? – тихо переспросил Жак Обри. – Я никогда не слышал этого имени.

– Во-первых, вы были еще ребенком, когда, по воле божьей, я исчез с лица земли, – сказал старик, – а во-вторых, я жил так тихо и незаметно, что никто не обратил внимания на мое отсутствие.

– Но кем вы были? Чем занимались?

– Я был доверенным лицом коннетабля Бурбона.

– Ну тогда все понятно: вы вместе с ним предали родину.

– Нет, я отказался предать своего господина, вот и вся моя вина.

– Но расскажите же, как это произошло?

– Я находился тогда в Париже, во дворце коннетабля, а сам он был в своем замке Бурбон-д'Аршамбо. И вот однажды капитан его телохранителей привез мне письмо: коннетабль приказывал немедленно вручить посланцу небольшой запечатанный пакет, хранящийся в его спальне, в шкафчике у изголовья кровати. Я повел гонца в спальню герцога, отпер шкаф, нашел там пакет и отдал его; капитан тут же уехал. А через час ко мне явились из Лувра солдаты с офицером во главе и тоже приказали отпереть спальню герцога и указать им шкафчик у изголовья кровати. Я повиновался. Они перерыли шкаф, но, разумеется, ничего не нашли; а искали они тот самый пакет, который только что увез герцогский гонец.

– Ну и дела! – пробормотал Обри, проникаясь сочувствием к своему товарищу по несчастью.

– Офицер всячески угрожал мне, но я молчал, будто не понимая, чего им от меня надо. Ведь если бы я сказал правду, они бросились бы в погоню за герцогским гонцом и отняли у него пакет.

– Черт возьми, – не выдержал Жак, – вот что называется действовать с умом! Вы поступили, как преданный и честный слуга.

– Тогда офицер оставил меня под охраной двух солдат, а сам с двумя другими поехал в Лувр. Через полчаса он вернулся, на этот раз с приказом отправить меня в замок Пьера Ансизского, в Лионе. Меня заковали в кандалы и втолкнули в карету, где я оказался между двумя стражниками. А через пять дней я уже сидел в тюрьме… Впрочем, должен признаться: она была отнюдь не такой суровой и зловещей, как эта. А в общем, не все ли равно: тюрьма есть тюрьма, – шепотом добавил умирающий. – В конце концов я привык к Шатле так же, как и к другим тюрьмам.

– Гм… Это доказывает, что вы философ, – сказал Жак.

– Первые три дня и три ночи прошли спокойно, а на четвертую ночь меня разбудил слабый шум; я открыл глаза и увидел, что дверь камеры отворилась и в нее вошла какая-то женщина под вуалью в сопровождении тюремного привратника. По знаку таинственной посетительницы привратник поставил светильник на стол и смиренно вышел; тогда незнакомка приблизилась к моей койке и подняла вуаль. Я громко вскрикнул…

– Ну и кем же оказалась эта дама? – спросил Обри, придвигаясь поближе к рассказчику.

– Эта дама была не кто иная, как Луиза Савойская, герцогиня Ангулемская, регентша Франции и мать короля.

– Вот это да! – воскликнул Обри. – Но что могло ей понадобиться у такого бедняги, как вы?

– Она пришла, чтобы расспросить меня о пакете, который увез гонец герцога. В нем, оказывается, были любовные письма, неосторожно присланные когда-то этой знатной дамой человеку, которого она теперь преследовала.

– Стой, стой, стой! – сквозь зубы пробормотал Жак. – Эта история чертовски напоминает мне историю герцогини д'Этамп и Асканио.

– Э! Да все эти истории о влюбленных и сумасбродных знатных дамах как две капли воды похожи одна на другую! – ответил старик, слух которого, казалось, был таким же острым, как и зрение. – Но горе малым мира сего, если они в них замешаны!

– Погодите, погодите, вещун вы этакий! – вскричал Жак Обри. – Что вы там городите? Ведь я тоже замешан в историю сумасбродной и влюбленной дамы!

– Ну, если так, вам придется навеки распроститься с белым светом и даже с жизнью.

– Да пошли вы к дьяволу с вашим карканьем! Мне-то какое дело до всего этого? Ведь влюблены-то не в меня, а в Асканио!

– А разве в меня были влюблены? – возразил узник. – О моем существовании до поры до времени и не подозревали. Вся моя вина заключалась в том, что я оказался зажатым, как в тиски, между бесплодной любовью и неистовой жаждой мести, и тиски эти меня раздавили.

– Клянусь честью, – вскричал Обри, – все это не очень утешительно, достойный друг! Но вернемся к даме; ваш рассказ очень занимает меня; все случившееся с вами очень похоже на мою собственную судьбу, меня даже мороз по коже продирает.

– Ну вот, – продолжал старик, – как я уже сказал, ей нужны были письма. Чего только она мне за них не обещала: почет, милости, деньги! Чтобы получить обратно свои письма, она готова была выманить у королевского казнохранителя четыреста тысяч экю, даже если бы за эту услугу ему пришлось, как барону де Семблансе,[1] отправиться на виселицу.

Я ответил, что никаких писем у меня нет и что я вообще не понимаю, о чем идет речь.

Тогда заманчивые предложения сразу сменились угрозами; но запугать меня оказалось так же трудно, как и соблазнить, потому что я говорил истинную правду: писем у меня не было. Ведь я же отдал их гонцу. Герцогиня ушла разъяренная, и целый год о ней не было ни слуху ни духу.

Через год она снова пришла, и разыгралась точно такая же сцена. Но на этот раз я молил, упрашивал ее освободить меня, заклиная сделать это ради моей жены и детей. Все было напрасно. Она объявила, что если я не отдам писем, то буду сидеть в тюрьме до самой смерти.

Однажды я нашел в куске хлеба напильник. Это мой благородный господин вспомнил обо мне. При всем своем желании он не мог ни мольбами, ни силой вызволить меня из темницы – ведь он сам был на чужбине, несчастен, гоним. И все же коннетабль Бурбон отправил во Францию своего слугу, чтобы тот упросил тюремщика передать мне напильник и сказать, кем он послан.

Я перепилил два прута железной решетки в окне; сделал из простынь веревку и стал по ней спускаться. Но, добравшись до конца, я напрасно искал под ногами землю: веревка была слишком коротка. Тогда, призвав на помощь господа бога, я выпустил ее из рук и полетел вниз: ночная стража при обходе нашла меня без чувств, со сломанной ногой.

После этого меня отправили в крепость в Шалон-на-Соне. Я провел там два года в одиночном заключении. А через два года ко мне снова явилась моя преследовательница. Письма, эти злосчастные письма, не давали ей покоя. На сей раз она привела с собой палача, чтобы он пытками вынудил у меня признание.

[1] Семблансе, барон (1457–1527) – казначей Франциска I; был обвинен в растрате доверенных ему сокровищ и повешен.

Напрасная жестокость! Герцогиня опять ничего не добилась, да и не могла ничего добиться. Я сам знал только то, что отдал письма человеку герцога.

Однажды я нашел на дне кувшина с водой полный мешочек золота. Это снова мой благородный господин вспомнил своего верного слугу.

Я подкупил на эти деньги тюремщика... верней, этот негодяй прикинулся, что подкуплен. В полночь он отпер дверь моей камеры, и я вышел. Следуя за ним по тюремным коридорам, я уже чувствовал себя свободным, как вдруг на нас набросились двое стражников и обоих нас связали. Все оказалось очень просто: увидев у меня золото, тюремщик сделал вид, будто тронут моими мольбами, а завладев им, мерзавец предал меня, чтобы не упустить причитающегося доносчикам вознаграждения.

Тогда меня отправили в Шатле.

Здесь ко мне еще раз, и последний, приходила Луиза Савойская, и опять с палачом.

Но угроза смерти имела надо мной не больше власти, чем пытки и обещания. Мне связали руки и накинули петлю на шею. Ответ мой оставался неизменным. Я твердил, кроме того, что смерть для меня благодеяние, ибо она избавит несчастного узника от тюрьмы.

Очевидно, эти слова и заставили герцогиню отказаться от своего намерения. Она вышла из камеры в сопровождении палача.

Больше я ее не видел. Что сталось с моим благородным господином? Жива ли герцогиня Савойская? Не знаю. С тех пор прошло около пятнадцати лет, и за это время я ни с кем, кроме тюремщика, не разговаривал.

– Они оба умерли, – ответил Жак.

– Умерли! Мой добрый господин умер! Но ведь он был еще не стар, всего пятьдесят два года! Отчего он умер?

– Он убит при осаде Рима и, может быть… – Жак хотел сказать: «Может быть, одним из моих друзей», но вовремя удержался, поняв, что мог этим оттолкнуть от себя старика. А, как известно, Жак Обри с некоторых пор стал более осторожен.

– Что «может быть»? – спросил узник.

– Может быть, его убил человек, по имени Бенвенуто Челлини.

– Двадцать лет назад я проклял бы убийцу; сегодня же от души благословляю его! А построили герцогу достойную этого благородного человека гробницу?

– Думаю, что да; прах его покоится в гаэтанском соборе. На надгробной плите начертана эпитафия, гласящая, что по сравнению с тем, кто здесь погребен, Александр Великий был всего лишь искателем приключений, а Цезарь – гулякой.

– Ну, а другая?

– Кто – другая?

– Моя преследовательница. Что сталось с ней?

– Тоже умерла лет девять назад.

– Так я и думал. Потому что однажды ночью я увидел в своей камере призрак молящейся на коленях женщины. Я вскрикнул, и призрак исчез. Это была герцогиня – она приходила просить у меня прощения.

– Значит, вы думаете, что перед смертью она вас простила?

– Надеюсь, ради спасения ее души.

– Но тогда вас должны были бы освободить.

– Может быть, она и приказала это сделать, но я такой незаметный человек, что, наверное, во время войны обо мне забыли.

– А вы, умирая, тоже ее простите?

– Приподнимите меня, юноша, я хочу помолиться за них обоих.

И, приподнявшись с помощью Жака Обри, умирающий стал молиться о своем благодетеле и своей преследовательнице, о том, кто до самой смерти вспоминал о нем с любовью, и о той, которая никогда не забывала о нем в своей ненависти, – о коннетабле и о регентше.

Старик оказался прав: глаза Жака мало-помалу привыкли к темноте, и теперь он уже различал во мраке лицо узника, прекрасное старческое лицо с белоснежной бородой и высоким лбом, очень похожее на видение, которое являлось художнику Доменикино, когда он работал над своей картиной «Причащение святого Иеронима».

Кончив молиться, старик глубоко вздохнул и упал: он потерял сознание.

Жак решил, что страдалец умер, но все же схватил кувшин и, налив в пригоршню воды, смочил ему лицо. Старик пришел в себя:

– Ты хорошо сделал, юноша, что вернул меня к жизни, и вот тебе награда.

– Что это?

– Кинжал.

– Кинжал! Но каким образом он очутился у вас?

– Слушай хорошенько: однажды, когда тюремщик принес мне хлеб и воду, он поставил свой фонарь на скамью, случайно придвинутую к самой стене. Тут я заметил, что один камень чуть выдается и на нем нацарапаны какие-то буквы. Но прочесть их не успел. Оставшись один, я принялся тщательно ощупывать в темноте надпись и в конце концов разобрал слово «мститель». Что это могло означать? Я ухватился за камень, пытаясь его вытащить. Он слегка шатался, как старческий зуб. После долгих усилий я вынул его из стены и тотчас же сунул руку в образовавшееся углубление. Там-то я и нашел этот кинжал. Тогда мною овладела страстная жажда свободы. Я решил проделать ход в соседнюю камеру и вместе с неизвестным мне узником составить план побега. И пусть из моей затеи ничего не вышло бы, но рыть землю, прокладывать ход – все же занятие! Вот когда вы проведете в тюрьме столько лет, сколько провел я, вы поймете, юноша, какой страшный враг заключенного – время!

Жак Обри содрогнулся.

– Но вы все-таки привели свой план в исполнение? – спросил он.

– Да, и это оказалось гораздо проще, чем я думал. Я здесь так давно, что никто уже не опасается моего побега. За мной следят не больше, чем вон за тем крыльцом в стене. Коннетабль и регентша умерли, а кто, кроме них, может обо мне вспомнить? Здесь никто не слышал даже имени Этьена Ремона. Никто не знает, что меня так зовут.

При мысли об этом полном забвении, об этой загубленной жизни на лбу у Жака выступил холодный пот.

– Ну и что же дальше? – спросил он.

– Дальше? Я целый год рыл землю, – продолжал узник, – и мне удалось выкопать под стеной отверстие, через которое вполне может пролезть человек.

– А куда вы девали вынутую землю?

– Рассыпал ее по полу и плотно уминал ногами.

– А где лазейка?

– Под койкой. За все пятнадцать лет никому не пришло в голову переставлять ее. Тюремщик приходит ко мне только раз в день. Едва щелкнет ключ в замке и затихнут его шаги, я отодвигаю койку и принимаюсь за работу. А незадолго до его прихода ставлю койку на место и ложусь на нее… И вот позавчера я лег, чтобы никогда больше не вставать. Истощились силы, кончилась жизнь… Благословляю тебя, юноша! Ты поможешь мне умереть, а я сделаю тебя своим наследником.

– Наследником? – удивился Жак.

– Да. Я оставлю тебе этот кинжал. Ты улыбаешься? Но существует ли более ценное наследство для узника? Ведь кинжал – это, быть может, свобода.

– Вы правы, благодарю вас, – сказал Жак. – Но куда ведет вырытая вами лазейка?

– Я еще не добрался до конца, но думаю – он недалеко. Вчера я слышал в соседней камере голоса.

– Черт возьми! И вы думаете...

– Я думаю, работу можно кончить за несколько часов.

– Благодарю вас! – сказал Жак Обри. – Благодарю!

– А теперь священника... Я хотел бы исповедаться, – сказал умирающий.

– Конечно, отец! Не может быть, чтобы они отказали умирающему в такой просьбе.

Он подбежал к двери, его глаза уже стали привыкать к темноте, и принялся изо всех сил стучать в нее руками и ногами.

Вошел тюремщик.

– Ну, чего вы шумите? – спросил он. – Что вам надобно?

– Старик, мой товарищ по камере, умирает, – сказал Жак, – и просит позвать священника. Неужели вы ему откажете?

– Гм... – буркнул тюремщик. – Что будет, если все эти разбойники захотят священника?.. Ладно, придет священник.

И в самом деле, минут через десять явился священник. Он нес святые дары, а впереди него шли два мальчика-служки: один – с крестом, другой – с колокольчиком.

Величественное зрелище являла собой исповедь этого безвинного мученика, молившегося перед смертью не о себе, а о прощении своих мучителей.

Жак Обри, хоть и не был человеком впечатлительным, упал на колени и невольно вспомнил все позабытые с детства молитвы.

Когда исповедь была окончена, священник сам опустился на колени перед умирающим и попросил его благословения.

Старец просиял лучезарной улыбкой, какая бывает лишь у избранников неба, простер руки над головами священника и Жака Обри, глубоко вздохнул и упал навзничь. Вздох этот был последним.

Священник в сопровождении мальчиков-служек вышел, и камера, осветившаяся на мгновение дрожащим пламенем свечей, снова погрузилась во мрак.

Жак Обри остался наедине с мертвецом.

Невеселое общество, порождающее тягостные мысли... Ведь человек, лежащий здесь, попал в тюрьму безвинно и пробыл в ней целых пятнадцать лет, пока смерть, эта великая освободительница, не пришла за ним.

Весельчак Жак Обри не узнавал себя. Впервые очутился он перед лицом величественной и мрачной загадки, впервые попытался проникнуть в жгучую тайну жизни, заглянуть в немые глубины смерти...

Потом в душе его проснулся эгоизм: он подумал о себе, о том, что, подобно этому старику, он вовлечен в орбиту королевских страстей, которые ломают, калечат, уничтожают человеческую жизнь. Асканио и он могут исчезнуть с лица земли подобно Этьену Ремону. Кто позаботится о них? Разве только Жерветa и Бенвенуто Челлини...

Но Жервеза бессильна – ей остается только плакать; что касается Бенвенуто, он сам признался в своей беспомощности, рассказав, как тщетно пытался попасть в тюрьму к Асканио. Единственной возможностью спасения, единственной надеждой был завещанный стариком кинжал.

Жак спрятал его у себя на груди и тут же судорожно сжал рукоятку, словно боясь, как бы оружие не исчезло.

В эту минуту дверь открылась: тюремные служители пришли за трупом.

– Когда принесете обед? – спросил Жак. – Я хочу есть.

– Через два часа, – ответил тюремщик. И школяр остался один в камере.

Глава 15. Честный вор

Все два часа, оставшиеся до обеда, Обри неподвижно просидел на скамье. Думы настолько поглотили его, что не было сил двигаться.

В назначенное время пришел тюремщик и принес воду с хлебом – это и называлось на языке Шатле обедом.

Школяр вспомнил слова умирающего, что дверь камеры открывается только раз в сутки; и все же он еще долго не двигался с места, опасаясь, как бы из-за смерти старика не был нарушен тюремный распорядок.

Вскоре он увидел в маленькое оконце, что приближается ночь. Минувший день был на редкость беспокойным: утром допрос у судьи; в полдень дуэль с Марманем; в час дня – заключение в тюрьму; в три часа – смерть узника, а теперь надо было поскорей готовиться к побегу.

Не часто в жизни человека выдаются такие дни.

Жак медленно встал, подошел к двери и прислушался. Тишина... Затем он снял куртку, чтобы не запачкать ее известью или землей, отодвинул кровать и, увидев под ней отверстие, скользнул в него, как змея.

Перед ним открылась узкая лазейка футов восьми в длину, которая проходила под стеной, а по ту сторону ее круто поднималась вверх.

При первом же ударе кинжала Жак почувствовал по звуку, что скоро достигнет цели – выйдет на поверхность. Но где, в каком месте? Ответить на этот вопрос мог разве только волшебник.

Как бы то ни было, Жак продолжал энергично работать, стараясь поменьше шуметь. Время от времени он возвращался в камеру, чтобы разбросать по полу вынутую землю, и снова продолжал рыть...

…Пока Обри работал, Асканио с грустью думал о Коломбе. Мы уже знаем, что он тоже сидел в Шатле, и так же, как Обри, в одиночном заключении. Только его камера случайно или по распоряжению герцогини была не такой голой и мрачной, как у Обри.

Впрочем, не все ли равно, больше или меньше в тюрьме удобств! Камера Асканио все же была камерой. И заточение в ней означало разлуку с любимой. Ему не хватало Коломбы; девушка была дорога ему больше всего на свете – больше свободы, больше жизни. Если бы она оказалась сейчас с ним, тюрьма превратилась бы в обетованную землю, в сказочный дворец.

Как он был счастлив последнее время! Днем думал о своей возлюбленной, а ночью мечтал, сидя с ней рядом; ему казалось тогда, что счастью не будет конца. Однако даже на вершине блаженства острые когти сомнения вонзались в его сердце. И тогда, как человек, над которым нависла смертельная опасность, он поспешно гнал от себя тревожные мысли о будущем, чтобы полней насладиться настоящим.

И вот теперь он один в своей камере. Коломба далеко. Кто знает, может быть, девушку заключили в монастырь и она выйдет оттуда женой ненавистного графа…

Несчастным влюбленным грозила страшная опасность: страсть госпожи д'Этамп подстерегала Асканио, тщеславие графа д'Орбека – Коломбу.

Оказавшись в одиночестве, Асканио совсем пал духом. У него была одна из тех мягких натур, которым необходима поддержка сильного человека. Как прелестный, хрупкий цветок, он поник, согнулся при первом же дыхании бури, и вернуть его к жизни могли только живительные лучи солнца.

Если бы в тюрьме оказался Бенвенуто, он прежде всего исследовал бы двери, стены и пол своей камеры; его живой, непокорный ум без устали работал бы, стараясь отыскать какое-нибудь средство спасения. Но Асканио сел на койку и, низко опустив голову, прошептал имя Коломбы. Он даже не подумал, что можно бежать из камеры, находящейся за тремя железными решетками, и пробить стену толщиной в шесть футов.

Мы уже сказали, что камера Асканио была не так пуста и убога, как камера Жака Обри; в ней стояли кровать, стол, два стула и лежала старая циновка. Кроме того, на каменном выступе стены – видно, специально для этого устроенном – стоял зажженный светильник. Несомненно, это была камера для привилегированных преступников.

Заметно отличался здесь и стол: вместо хлеба и воды, получаемых Жаком раз в сутки, Асканио приносили пищу дважды; но это преимущество обесценивалось тем, что тюремщика тоже приходилось видеть дважды. Необходимо сказать, к чести заботливой администрации Шатле, что еда была не слишком отвратительной.

Да Асканио и не интересовала эта сторона тюремного быта: он был одним из тех юношей, с женственно-чуткой душой, глядя на которых кажется, что они живут лишь ароматом цветов и свежестью утренней росы. Целиком уйдя в свои мечты, Асканио съел немного хлеба и запил его несколькими глотками вина; он думал о Коломбе, как о своей единственной возлюбленной, и о Бенвенуто, как о своей единственной опоре.

В самом деле, до сих пор Асканио не приходилось ни о чем беспокоиться: обо всем заботился Челлини, а юноша жил бездумно, создавал прекрасные произведения искусства и любил Коломбу. Он был подобен плоду на ветке мощного дерева, дающего ему все нужные для жизни соки.

И даже теперь, несмотря на отчаянное положение, его вера в учителя была безгранична. Если бы в тот миг, когда юношу арестовали или когда его вели в Шатле, он увидел бы Бенвенуто и Бенвенуто пожал бы ему руку, говоря: «Не тревожься, сынок, я оберегаю тебя и Коломбу», – Асканио спокойно ждал бы в своей камере, уверенный, что двери и решетки тюрьмы, так внезапно захлопнувшиеся за ним, в один прекрасный день непременно распахнутся. Но Бенвенуто не знал, что его любимый ученик, сын его Стефаны, томится в тюрьме. Да если бы кому-нибудь и пришло в голову сообщить ему об этом в Фонтенбло, дорога туда и обратно заняла бы не менее двух суток; за это время враги Асканио и Коломбы могли натворить немало бед.

Итак, не чувствуя поддержки друга, Асканио провел остаток дня и первую ночь своего заключения без сна; он то ходил взад и вперед по камере, то снова садился, то бросался на койку, застеленную чистыми простынями, что свидетельствовало о привилегированном положении узника.

За весь этот день, за всю ночь и все следующее утро ничего не случилось, если не считать обычных появлений тюремщика, приносившего еду.

А часа в два пополудни, насколько заключенный вообще мог судить о времени, ему почудился где-то поблизости голос: слабый, чуть слышный шепот, в котором невозможно было разобрать слов, но все же было ясно, что это человеческий голос. Асканио прислушался и, руководствуясь этим звуком, подошел к углу камеры, молча приложился ухом к стене, потом к земляному полу. Казалось, что шепот доносится из-под земли. Значит, его камеру отделяет от камеры соседа лишь тонкая стена или перегородка.

Часа через два голос умолк, и опять воцарилась тишина.

И вдруг среди ночи шум возобновился, только теперь это были не голоса, а как бы глухие частые удары кирки по камню. Звуки доносились из того же угла; они не затихали ни на секунду, становясь все явственнее.

И хотя Асканио был поглощен своими мыслями, странный шум привлек его внимание; юноша сидел, не сводя глаз с угла, из которого он доносился. Время было позднее, не меньше полуночи, но Асканио, несмотря на бессонную ночь накануне, не помышлял о сне.

Шум продолжался; судя по времени, трудно было предположить, чтобы в тюрьме велись какие-нибудь работы; очевидно, кто-то из заключенных делал подкоп с целью побега. Асканио грустно улыбнулся при мысли о том, что, закончив работу, несчастный узник вместо свободы попадет к нему и сменит одну тюремную камеру на другую…

Наконец шум стал настолько явственным, что Асканио схватил светильник и подбежал к стене. Почти в тот же миг земляной пол в углу вздыбился, земля отвалилась пластом, и в отверстии появилась чья-то голова.

Асканио вскрикнул сперва от неожиданности, затем от восторга, и ему ответил не менее радостный возглас другого человека: это был Жак Обри.

Асканио тут же помог Жаку вылезти из дыры, и друзья крепко обнялись.

Разумеется, первые вопросы и ответы были довольно бессвязны, но, обменявшись несколькими отрывочными фразами, приведя в порядок свои мысли, друзья стали разбираться в случившемся. Асканио, собственно, нечего было рассказывать, зато надо было о многом узнать.

Жак Обри рассказал обо всем: и о том, как он пришел вместе с Бенвенуто в Нельский замок, и как оба они услышали об аресте Асканио и похищении Коломбы, и как Бенвенуто словно безумный бросился в мастерскую с криком: «Живо, живо за работу!» – а он, Жак Обри, помчался в Шатле. А что произошло потом в Нельском замке, Жак Обри не знал.

За этой своеобразной «Илиадой» последовала «Одиссея». Обри рассказал о своих неудавшихся попытках попасть в Шатле, о разговоре с Жервезой, о допросе судьи, о штрафе в двадцать парижских су, о приговоре и, наконец, поведал другу о своей встрече с Марманем в тот момент, когда он уже отчаялся попасть в тюрьму, и обо всем, что за этим последовало, вплоть до минуты, когда, пробив последний тонкий слой земли, он очутился в чьей-то камере и при слабом мерцании светильника увидел Асканио.

Тут друзья опять обнялись и поцеловались.

– А теперь поверь, Асканио, нам нельзя терять ни минуты.

– Сначала скажи мне, где Коломба, что с ней? – спросил Асканио.

– Коломба? Но я ничего о ней не знаю; наверное, она у госпожи д'Этамп.

– У госпожи д'Этамп? – вскричал Асканио. – У своей соперницы?

– Так, значит, правду говорят, что герцогиня любит тебя?

Асканио покраснел и пролепетал что-то невразумительное.

– Ну чего же тут краснеть! – удивился Жак. – Не каждому, черт побери, выпадает в жизни такое счастье. Подумать только: герцогиня! Да еще фаворитка самого короля! Я ни за что бы не стал отказываться. Но вернемся к делу.

– Да-да, – подхватил Асканио, – поговорим о Коломбе.

– О Коломбе? Ну нет, лучше о письме.

– О каком письме?

– О том, которое написала тебе герцогиня д'Этамп.

– Кто тебе сказал, что у меня есть письмо герцогини?

– Бенвенуто Челлини.

– А почему он сказал тебе об этом?

– Потому что ему понадобилось письмо герцогини, потому что оно просто ему необходимо; потому что я взялся раздобыть письмо; да только из-за этого я и пустился на все проделки, о которых сейчас рассказал!

– Но что собирается делать Бенвенуто с этим письмом? – спросил Асканио.

– А мне какое дело! Я ничего не знаю и знать не хочу. Бенвенуто нужно письмо, и я взялся его доставить – вот и все. Я добился того, что меня посадили в тюрьму, добрался до тебя, и вот я тут. Давай письмо, я передам его Челлини. Ну!.. В чем дело?

Вопрос был вызван тем, что Асканио вдруг помрачнел.

– Бедный мой Жак! – сказал он. – Дело в том, что ты зря трудился.

– Как это – зря? – вскричал Обри. – У тебя нет письма?

– Оно здесь, в кармане, – ответил Асканио, прижимая руку к груди.

– Так в чем же дело? Давай сюда, и я передам его Бенвенуто.

– Ни за что, Жак!

– Почему это?

– Потому что я не знаю, для чего оно понадобилось Бенвенуто.

– Но при помощи этого письма он хочет тебя спасти.

– И, быть может, погубить герцогиню д'Этамп? Нет, Жак, я никогда не соглашусь бороться с женщиной.

– Но эта женщина старается погубить тебя, Асканио, она тебя ненавидит! Впрочем, нет, она обожает тебя.

– И ты хочешь, Жак, чтобы в ответ на это чувство…

– Но ведь ты-то ее не любишь. Не все ли тебе равно, ненавидит она тебя или обожает? Да и кто все это заварил, как не она.

– Что ты хочешь сказать?

– А то, что и тебя арестовали и Коломбу увезли по приказанию герцогини.

– Кто сказал?

– Да никто. Просто, кроме нее, некому.

– А прево? А граф д'Орбек? А Мармань, которому, по твоим же собственным словам, ты все рассказал?

– Ах, Асканио, Асканио, – вскричал Жак, отчаявшись убедить друга, – ты губишь себя!

– Пусть лучше я погибну, чем сделаю низость.

– Да какая же это низость, если ее хочет совершить сам Бенвенуто Челлини!

– Выслушай меня, Жак, – начал Асканио, – и не сердись на то, что я скажу. Если бы на твоем месте был Бенвенуто Челлини и он сам сказал бы мне: «Госпожа д'Этамп твой враг – она приказала тебя арестовать; она увезла Коломбу, держит ее взаперти и хочет выдать замуж за графа д'Орбека. Я могу спасти Коломбу только при помощи этого письма», – я заставил бы Челлини поклясться, что он не покажет письмо королю, и только после этого отдал бы его. Но Бенвенуто здесь нет, и я отнюдь не уверен, что в наших злоключениях виновна герцогиня. Кроме того, попав к тебе, письмо оказалось бы не в очень надежных руках. Прости, милый Жак, но ведь ты и сам знаешь, что слишком легкомыслен.

– Клянусь тебе, Асканио, что за один день я состарился на целых десять лет!

– Ты мог бы потерять письмо, Жак, или использовать его неосмотрительно, хотя бы и с самыми хорошими намерениями. Нет, пусть лучше письмо останется при мне!

– Но подумай, друг ты мой милый, ведь Бенвенуто сказал, что в этом письме твое спасение!

– Бенвенуто сумеет спасти меня и без письма, Жак. Недаром король обещал исполнить любую его просьбу после окончания статуи Юпитера. И вот когда Бенвенуто бегал и кричал: «Живо, живо за работу!» – он вовсе не спятил с ума, как ты подумал, а просто принялся за дело моего спасения.

– А если отливка Юпитера не удастся? – спросил Жак.

– Ну, этого быть не может! – ответил Асканио.

– Но, говорят, такие вещи случались даже с самыми искусными французскими литейщиками.

– Ваши искусные французские литейщики по сравнению с Бенвенуто жалкие ученики.

– Сколько времени займет отливка?

– Три дня.

– А сколько понадобится времени, чтобы доставить статую на место?

– Тоже три дня.

– Значит, целая неделя! А если за это время герцогиня принудит Коломбу выйти за графа д'Орбека?

– Госпожа д'Этамп не имеет никакого права распоряжаться судьбой Коломбы. Да и Коломба никогда не согласится.

– Допустим. Но зато Коломба обязана повиноваться прево как его дочь, а прево в качестве подданного обязан повиноваться королю. Король прикажет прево, а прево – Коломбе.

Асканио страшно побледнел.

– Представь себе, что Бенвенуто удастся освободить тебя только через неделю, а за это время Коломбу выдадут за другого. К чему тебе тогда свобода?

Асканио провел рукой по лбу, чтобы вытереть холодный пот, выступивший при этих словах Жака Обри, а другой рукой полез было в карман за письмом. Жак был почти убежден, что Асканио сдался, но тот упрямо тряхнул головой, как бы отгоняя прочь сомнения.

– Нет! – решительно воскликнул он. – Только Бенвенуто отдам я это письмо... Поговорим лучше о другом.

Он произнес эти слова тоном, ясно показывающим, что настаивать бесполезно – по крайней мере, сейчас.

– Ну, о другом успеем поговорить и завтра, – сказал Обри, видимо принявший какое-то важное решение. – Я, видишь ли, опасаюсь, что нам придется-таки пробыть здесь некоторое время. К тому же я устал от дневных волнений и ночной работы и не прочь немного отдохнуть. Оставайся, а я пойду к себе. Когда захочешь меня видеть, позови. Только отверстие снова прикрой циновкой, чтобы кто-нибудь не обнаружил лазейку. Итак, спокойной ночи!

Утро вечера мудренее, и завтра, надеюсь, ты будешь благоразумнее, чем сегодня.

С этими словами Жак, не желавший больше ничего слушать, ползком спустился в подземный ход и на четвереньках вернулся к себе в камеру.

Асканио последовал совету друга: едва Жак исчез, он притащил в угол циновку и закрыл дыру, уничтожив всякие следы хода между камерами. Потом он снял и бросил на один из стульев камзол, растянулся на койке и вскоре уснул: физическая усталость пересилила душевные муки.

Жак Обри, хотя он и не меньше Асканио нуждался в отдыхе, сел на скамейку и принялся размышлять. Как известно читателю, это отнюдь не входило в его привычки, а потому сразу было видно, что Жак решает важный вопрос.

Школяр пребывал в задумчивости минут пятнадцать-двадцать, потом медленно встал, направился к лазейке неторопливым, уверенным шагом человека, покончившего со всеми сомнениями, снова нырнул в нее, добрался до противоположного конца и, приподняв головой циновку, с радостью убедился, что Асканио даже не проснулся – так бесшумно и осторожно был выполнен этот маневр.

Только этого и надо было Жаку Обри. С еще большими предосторожностями он вылез из лазейки, затаив дыхание подкрался к стулу, на котором висел камзол, и, не отрывая взора от спящего, вытащил из кармана драгоценное письмо – предмет вожделений Челлини. Потом он вынул письмо из конверта и подменил его записочкой Жервезы, сложенной так же, как послание герцогини, подумав, что если Асканио не будет перечитывать письмо, то и не заметит подмены.

Потом он так же тихо подошел к лазейке, приподнял циновку, нырнул в отверстие и исчез, как привидение на сцене оперного театра.

Жак ушел вовремя, ибо, едва очутившись у себя, он услышал, что дверь в соседней камере скрипнула и Асканио крикнул испуганно, как внезапно разбуженный человек:

– Кто там?

– Не бойтесь, – ответил нежный женский голос, – это я, ваш друг.

Асканио, спавший, как мы уже говорили, полуодетым, приподнялся; голос показался ему знакомым, и при трепетном огоньке светильника он увидел женщину под вуалью. Женщина медленно подошла к постели и подняла вуаль. Асканио не ошибся: это была госпожа д'Этамп.

Глава 16, которая показывает, что письмо простой девушки, если его сжечь, дает не меньше огня и пепла, чем письмо герцогини

Прекрасное, выразительное лицо Анны д'Эйли дышало грустью, состраданием. Асканио был тронут и, прежде чем герцогиня успела открыть рот, решил, что она неповинна в несчастье, обрушившемся на него и на Коломбу.

– Так вот где мы встретились, Асканио! – воскликнула госпожа д'Этамп своим мелодичным голосом. – Я мечтала подарить вам дворцы, а нахожу вас в темнице!

– Ах, сударыня! – ответил юноша. – Значит, вы и в самом деле непричастны к нашей беде?

– Как вы могли меня заподозрить, Асканио! – воскликнула герцогиня. – Теперь я понимаю, почему вы ненавидите меня, и мне остается лишь сетовать на то, что меня плохо понял человек, которого я так хорошо понимаю.

– Нет, сударыня, я вас не заподозрил! Правда, мне говорили, что вы повинны в моем заключении, но я никому не поверил.

– И хорошо сделали, Асканио! Вы не любите меня, знаю, но я рада и тому, что вы не ослеплены ненавистью. Нет, Асканио, я не только не причинила вам зла, но и сама ничего не знала. Во всем виноват прево: это он открыл убежище Коломбы, рассказал обо всем королю и добился, чтобы ему вернули дочь, а вас арестовали.

– Так Коломба у отца? – живо спросил Асканио.

– Нет, она у меня, – ответила герцогиня.

– У вас? – вскричал юноша. – Но почему же?

– Она так хороша, Асканио! – тихо проговорила герцогиня. – Я понимаю, почему вы избрали именно ее и никогда не полюбите другую женщину, даже если она положит к вашим ногам богатейшее из герцогств.

– Я люблю Коломбу, сударыня, а вы ведь знаете, что любовь – это небесный дар; она выше всех земных благ.

– Да, Асканио, вы любите ее больше всего на свете. Я надеялась, что это – простое увлечение, которое может скоро пройти. Но я ошиблась. Да, теперь я прекрасно вижу, – добавила она со вздохом, – что пытаться вас разлучить – значило бы противиться воле божьей.

– Ах, сударыня! – воскликнул Асканио, умоляюще складывая руки. – Господь даровал вам власть... Будьте же великодушны до конца, сударыня, помогите двум бедным детям устроить свою судьбу, и они будут любить и благословлять вас до конца жизни!

– Хорошо! – ответила герцогиня. – Я побеждена, Асканио; я согласна оберегать и защищать вас. Но, увы, теперь, быть может, уже слишком поздно...

– Поздно! Что вы хотите этим сказать, сударыня?! – вскричал Асканио.

– Быть может, в эту самую минуту, Асканио, я стою на краю гибели.

– На краю гибели? Почему?

– Из-за любви к вам, Асканио.

– Из-за любви ко мне! Вы гибнете потому, что полюбили меня?

– Да, гибну, гибну из-за собственной неосторожности, из-за того, что писала вам!

– Я ничего не понимаю, сударыня...

– Неужели вы не понимаете, что, заручившись приказом короля, прево велел произвести обыск во всем Нельском замке? Неужели не понимаете, что тщательнее всего будут обыскивать вашу комнату? Ведь им надо найти доказательства вашей любви к Коломбе.

– Ну и что же? – нетерпеливо спросил Асканио.

– Как – что? – удивилась герцогиня. – Если у вас в комнате найдут письмо, написанное мною в минуту безумия, если узнают мой почерк и отдадут письмо королю, я погибла! Франциск Первый убедится, что я вас люблю, что я готова изменить ему ради вас, и тогда конец моей власти! Понимаете ли вы, что тогда я уже ничем не могу помочь ни вам, ни Коломбе? Понимаете ли вы, наконец, что я стою на краю гибели?

– О сударыня, успокойтесь! Вам ничто не угрожает: ваше письмо здесь, у меня, я никогда с ним не расстаюсь.

Герцогиня глубоко вздохнула, и тревога на ее лице сменилась выражением радости.

– Никогда не расстаетесь? – воскликнула она. – Никогда? Но скажите, Асканио, какому чувству я обязана тем, что это письмо всегда с вами?

– Благоразумию, сударыня, – пробормотал Асканио.

– Только благоразумию! Значит, я снова ошиблась. О боже мой, боже! Пора бы мне было убедиться, понять! Итак, благоразумию! Ну что ж, тем лучше! – добавила она, делая вид, будто превозмогает свое чувство. – Но уж если говорить о благоразумии, то скажите: неужели вы считаете благоразумным хранить письмо при себе, зная, что вас в любой момент могут обыскать? Неужели благоразумно подвергать опасности единственного человека, способного помочь вам и Коломбе?

– Не знаю, сударыня, – проговорил Асканио мягко и с той грустью, которую испытывают чистые душой люди, когда им приходится в ком-либо усомниться, – действительно или только на словах вы хотите спасти меня и Коломбу. Не знаю... быть может, вас привело сюда простое желание получить письмо... Ведь вы сами сказали, что оно может вас погубить. Не знаю, наконец, не превратитесь ли вы, получив это письмо, из друга, за которого себя выдаете, в нашего врага... Но зато я твердо знаю, сударыня, что письмо это ваше, а следовательно, вы вправе его требовать. И раз вы его требуете, я обязан вам отдать его.

Асканио встал, подошел к стулу, на котором висел его камзол, порылся в кармане и вынул письмо; герцогиня тотчас узнала конверт.

– Вот оно, сударыня, это столь желанное для вас письмо, – сказал он. – Мне оно не нужно, а вам могло бы причинить вред. Возьмите его, разорвите, уничтожьте. Я выполнил свой долг; вы же поступайте, как вам угодно.

– Ах, Асканио, у вас благороднейшее сердце! – воскликнула герцогиня с непосредственностью, не чуждой порой даже самым испорченным людям.

– Осторожней, сударыня, кто-то идет! – воскликнул Асканио.

– Вы правы, – сказала герцогиня.

И, так как шаги действительно приближались, она быстро поднесла письмо к светильнику; огонь мгновенно охватил бумагу. И, лишь когда пламя коснулось пальчиков герцогини, она выронила остатки сожженного письма; обуглившийся клочок бумаги полетел, кружась в воздухе, и, едва коснувшись пола, рассыпался в прах; но даже пепел она растоптала ногой. Тут в дверях показался прево.

– Меня предупредили, что вы здесь, сударыня, – проговорил он, с беспокойством посматривая то на госпожу д'Этамп, то на Асканио, – и я решил узнать, не нужно ли вам чего-нибудь: я и мои люди всецело к вашим услугам.

– Нет, мессер, – ответила госпожа д'Этамп, не в силах скрыть огромной радости, от которой так и сияло ее лицо. – Нет, спасибо; но я от души благодарю вас за желание мне помочь. Я пришла только затем, чтобы кое о чем расспросить арестованного юношу и проверить, действительно ли он так виновен, как мне говорили.

– Ну, и какое же впечатление он произвел на вас, сударыня? – спросил не без иронии прево.

– По-моему, Асканио гораздо менее виновен, чем я предполагала; поэтому прошу вас, мессер, быть к нему повнимательней. Прежде всего позаботьтесь о том, чтобы юноша получил более приличное помещение.

– Завтра же переведу его в другую камеру, сударыня! Вы знаете, ваше слово для меня закон. Не будет ли еще каких-нибудь распоряжений? Не желаете ли продолжить допрос?

– Нет, мессер, я узнала все, что хотела, – ответила герцогиня.

И с этими словами она вышла, бросив Асканио благодарный и нежный взгляд.

Прево последовал за герцогиней и запер дверь камеры.

– Черт побери, – пробормотал Жак Обри, не пропустивший ни слова из этой беседы, – вот что значит поспеть вовремя!

* * *

В самом деле, когда Мармань пришел в себя, его первой заботой было известить герцогиню о том, что он тяжело... может быть, смертельно ранен и перед смертью желает сообщить ей важную тайну. Герцогиня не замедлила явиться. Мармань рассказал ей, что на улице на него напал некий Жак Обри, школяр, во что бы то ни стало желавший попасть в Шатле, чтобы увидеться с Асканио и передать от него какое-то письмо Бенвенуто Челлини.

Услышав об этом, герцогиня сразу поняла, о каком письме идет речь, и, хотя было два часа утра, она поспешила в Шатле, проклиная свою страсть, заставившую ее забыть о всяком благоразумии. Придя в тюрьму, она разыграла в камере Асканио уже описанную выше комедию и считала, что все уладила как нельзя лучше, хотя, как мы знаем, Асканио не был вполне одурачен.

Итак, Жак Обри был прав: он действительно вмешался вовремя.

Однако сделана была лишь половина дела: оставалось самое трудное. Драгоценное письмо, которое он только что спас от уничтожения, находилось в его руках. И все же истинную ценность оно приобрело бы только в руках Бенвенуто Челлини.

Но Жак Обри сам был в тюрьме, и, вероятно, надолго: ведь от своего предшественника он узнал, что человеку, попавшему в крепость Шатле, не так-то легко из нее выбраться. Таким образом, он оказался в положении петуха, который, найдя жемчужное зерно, не знает, что ему делать со своим сокровищем.

Вырваться из тюрьмы силой нечего было и пытаться. Конечно, имея кинжал, Жак мог бы убить тюремщика, приносившего ему пищу, и отобрать у него ключи и одежду. Однако, не говоря уже о том, что крайние меры были не по душе честному школяру, он считал их недостаточно надежными. Можно было почти наверняка сказать, что его тут же схватят, обыщут, отберут письмо и водворят на место.

Ловкость тоже не помогла бы: камера находилась на восемьдесят футов ниже поверхности земли; оконце, через которое в нее проникал сверху тусклый свет, было забрано решеткой из толстых железных прутьев. Потребовались бы месяцы, чтобы перепилить хоть один из этих прутьев. Да и неизвестно, что ожидало беглеца за решеткой… Быть может, он очутился бы на тюремном дворе, огороженном неприступной стеной, где его нашли бы на другое же утро.

Оставался подкуп. Но из-за уплаты штрафа, к которому его приговорил судья, оценивший честь Жервезы в двадцать парижских су, у Жака Обри было теперь в кармане всего каких-нибудь десять су; сумма, явно недостаточная, даже чтобы подкупить самого захудалого тюремщика из самой захудалой тюрьмы; а предложить ее важному привратнику королевской крепости Шатле было просто неприлично.

Итак, надо сознаться: Жак Обри был в ужасном затруднении.

Время от времени в голове у него мелькала мысль об освобождении, но осуществить ее, очевидно, было нелегко, ибо, как только она возвращалась с навязчивостью всякой прекрасной мысли, лицо Обри заметно мрачнело, и бедный малый испускал тяжкие вздохи, свидетельствовавшие о сильнейшей внутренней борьбе.

Эта душевная борьба была так сильна и продолжительна, что Жак всю ночь не сомкнул глаз. Он шагал взад и вперед по камере, садился, вскакивал и снова принимался ходить. Это была первая бессонная ночь, которую он провел в раздумье.

К утру борьба несколько утихла – очевидно, победила одна из противоборствующих сил. Жак Обри испустил еще более жалобный вздох, чем все предыдущие, и бросился на койку, как человек, силы которого вконец истощены.

Едва он лег, на лестнице раздались шаги.

Шаги приближались; потом щелкнул ключ в замке, заскрипели петли, дверь открылась, и на пороге появились два блюстителя закона: один из них был судья, другой – его секретарь.

Неприятное впечатление от этого визита сглаживалось удовольствием, которое испытал Жак при виде своих старых знакомых.

– А-а-а! Так это вы, молодой человек! – воскликнул судья, узнав Жака Обри. – Вам удалось-таки попасть в тюрьму? Ну и пострел! Ему ничего не стоит продырявить вельможу. Берегитесь! На сей раз вам не отделаться двадцатью парижскими су, черт побери! Жизнь кавалера стоит подороже, чем честь простой девушки.

Как ни грозны были слова судьи, тон, которым они были произнесены, несколько ободрил узника. Казалось, от этого человечка с приветливым выражением лица, в чьи руки Жаку посчастливилось попасть, нельзя было ждать ничего дурного. Другое дело – секретарь, который при каждой угрозе судьи зловеще кивал головой. Жак Обри впервые видел этих людей рядом, и, как ни был юноша озабочен своим печальным положением, он невольно погрузился в философские размышления о причудах судьбы, которая иногда шутки ради объединяет двух совершенно различных как по характеру, так и по внешнему облику людей.

Начался допрос. Жак Обри ничего не стал скрывать. Он рассказал, что, признав в Мармане того самого дворянина, который много раз обманывал его, он выхватил шпагу у его пажа и вызвал виконта на дуэль. Мармань принял вызов, и они стали драться. Потом противник упал. А что было дальше, Жак не знает.

– Вы не знаете, что было дальше? Не знаете? – ворчал судья, диктуя секретарю протокол допроса. – Черт побери! Но, по-моему, и того, что вы рассказали, вполне достаточно. Ваше дело ясно как день, тем более что виконт де Марманъ – один из фаворитов госпожи д'Этамп. Она-то и подала на вас жалобу, мой юный храбрец!

– Вот те на! – воскликнул школяр, начинавший волноваться. – Но скажите, господин судья: неужели дела мои и впрямь так плохи, как вы говорите?

– Еще хуже, мой друг! Гораздо хуже! Я не привык запугивать клиентов. И предупреждаю вас на тот случай, если вы захотите сделать какие-нибудь распоряжения…

– Распоряжения! – вскричал школяр. – Но, господин судья, разве у вас есть основания думать, что мне грозит…

– Вот именно, – ответил судья, – вот именно. Вы пристаете на улице к знатному человеку, вызываете его на дуэль и протыкаете шпагой. И после этого вы еще спрашиваете, не грозит ли вам что-нибудь! Да, мой милый, вам грозит опасность, и даже очень большая!

– Но ведь дуэли случаются каждый день, и я никогда не слыхал, чтобы людей за это судили.

– Вы правы, мой юный друг, но так бывает только в тех случаях, когда оба дуэлянта дворяне. О! Если двое дворян во что бы то ни стало желают свернуть друг другу шею, это, в конце концов, их личное дело, и король не станет вмешиваться. Но если бы в один прекрасный день простолюдинам пришло в голову передраться с дворянами – а ведь простолюдинов во много раз больше, чем дворян, – то вскоре не осталось бы на свете ни одного дворянина, что было бы, право, очень жаль.

– А как вы полагаете, сколько дней может продолжаться судебное разбирательство?

– Пять-шесть дней.

– Как, – вскричал Жак, – всего пять-шесть дней?!

– Разумеется. Дело совершенно ясное: человек убит, вы сознаетесь, что вы его убийца, и правосудие удовлетворено. Но если... – продолжал судья еще более благодушно, – если два-три лишних дня устроили бы вас...

– Даже очень устроили бы! – воскликнул Жак.

– Ну что ж, можно затянуть судопроизводство и выиграть эти два-три дня. Вы славный малый, и, в конце концов, мне хотелось бы вам чем-нибудь помочь.

– Благодарю вас, господин судья.

– А теперь, – продолжал судья, – нет ли у вас какой-нибудь просьбы?

– Мне хотелось бы священника. Можно?

– Конечно! Вы имеете на это право.

– В таком случае, господин судья, велите мне его прислать.

– Я непременно выполню вашу просьбу, мой юный друг. И не поминайте меня лихом.

– За что же? Напротив, я от души вам благодарен.

– Господин школяр, не можете ли вы исполнить одну мою просьбу? – подходя к Жаку, сказал вполголоса секретарь.

– Охотно, – ответил Жак. – В чем дело?

– Но у вас, может быть, есть родные, друзья или еще кто-нибудь, кому вы хотели бы оставить свои вещи?

– Друзья? У меня есть один-единственный друг, но он, как и я, в тюрьме. Ну, а что касается родни, так у меня остались только двоюродные, вернее, даже троюродные братья. Поэтому говорите прямо, господин секретарь, что вы от меня хотите.

– Сударь, я бедный человек, и у меня пятеро детей.

– Прекрасно, что же дальше?

– Видите ли, мне вечно не везет, хотя я и выполняю свои обязанности честно и аккуратно. Все мои собратья по профессии обгоняют меня.

– Почему же?

– Почему? Вот то-то и оно! Я вам скажу почему.

– Да-да, я слушаю.

– Потому что им везет.

– А-а!

– А почему им везет, вы не знаете?

– Именно об этом я и хотел спросить вас, господин секретарь.

– Так я вам это скажу, господин школяр.

– Сделайте милость.

– Им везет потому… – Секретарь еще больше понизил голос. – Им везет потому, что у каждого лежит в кармане кусок веревки повешенного. Поняли?

– Нет.

– Не очень-то вы сообразительны. Вы будете завещание писать, не правда ли?

– Завещание? А зачем?

– Как вам сказать… Ну, затем, чтобы вашим наследникам не пришлось из-за вас судиться. Так вот: упомяните в завещании Марка-Бонифация Гримуано, секретаря уголовного судьи города Парижа, и распорядитесь, чтобы палач дал ему кусочек вашей веревки.

– А-а! – глухо протянул Жак. – Теперь понимаю.

– И вы исполните мою просьбу?

– Еще бы, конечно!

– Только не забудьте, молодой человек. Мне и другие обещали, но одни из них умерли без завещания, другие неправильно написали мое имя – Марк-Бонифаций Гримуано, – а к этому придрались и завещание признали недействительным; наконец, третьи, хотя и были настоящими преступниками – уж поверьте моему слову, сударь, – добились-таки помилования и хоть все равно кончили жизнь на виселице, но где-нибудь в других краях. Я было совсем отчаялся, как вдруг вы попали к нам!

– Ладно, ладно, господин секретарь, – сказал Жак, – на сей раз можете быть покойны: если меня повесят, веревка ваша.

– Вас повесят, сударь, непременно повесят! Уж будьте уверены.

– Эй, Гримуано! Скоро вы там? – окликнул его судья.

– Иду, господин судья, иду!.. Так, значит, решено, господин школяр?

– Решено.

– Честное слово?

– Слово простолюдина.

– Что ж, – пробормотал, уходя, секретарь, – пожалуй, на этот раз я своего добился. Надо поскорее сообщить добрую весть жене и ребятам.

И он последовал за судьей, который вышел первым, добродушно выговаривая секретарю за то, что он так долго задержался.

Глава 17, в которой говорится о том, что истинный друг способен даже на такое самопожертвование, как женитьба

Оставшись один, Жак Обри погрузился в глубокое раздумье, чему, надо сказать, немало способствовала его беседа с судьей. Поспешим, однако, добавить, что если бы мы могли читать его мысли, то убедились бы, что главное место в них занимали Асканио и Коломба, судьба которых зависела от находящегося в руках Жака письма; он беспокоился о них гораздо больше, чем о собственной персоне, зная, что впереди у него есть время, чтобы заняться своей участью.

Он размышлял уже около получаса, как вдруг дверь снова открылась, и на пороге появился тюремщик.

– Это вы звали священника? – спросил он ворчливо.

– Да, да, – ответил Жак.

– Черт меня побери, если я понимаю, на что им всем сдался этот проклятый монах! – пробормотал тюремщик. – Только ни минуты не дают они мне покоя, бедняге. – И, отойдя в сторону, чтобы пропустить священника, добавил: – Входите, отец мой, да не задерживайтесь здесь.

Продолжая ворчать, он запер дверь, и священник остался наедине с узником.

– Вы звали меня, сын мой? – спросил священник.

– Да, отец мой, звал, – отвечал школяр.

– Вы желаете исповедаться?

– Не совсем так… Мне просто хотелось побеседовать с вами о делах совести.

– Говорите, сын мой, – ответил священник, садясь на скамью. – И если по своему слабому разумению я сумею наставить вас…

– Вы угадали, мне именно совет нужен, отец мой.

– Говорите же.

– Я великий грешник, отец мой, – сказал Жак.

– Увы, сын мой! Блажен тот, кто хотя бы осознал всю мерзость свою.

– Я не только сам великий грешник, отец мой, но и совращал с пути истинного других людей.

– А можете ли вы искупить свою вину перед ними?

– Надеюсь, что смогу, отец мой. Надеюсь. Я увлек за собой в пучину порока молодую, невинную девушку.

– Вы обманули ее?

– Обманул. Да, да, именно так, отец мой, обманул!

– И вам хотелось бы исправить причиненное ей зло?

– По крайней мере, попытаться, отец мой.

– Для этого существует лишь один путь.

– Знаю, отец мой, потому-то я и не решался так долго; если бы их было два, я бы, уж конечно, избрал второй.

– Значит, вы хотите жениться на ней?

– Не торопитесь, отец мой. Не стану лгать: я не хочу этого, а просто покоряюсь необходимости.

– Лучше, если бы вами руководило более чистое, более святое чувство.

– Что поделать, отец мой! Одни люди словно созданы для супружеской жизни, а другие, наоборот, – для холостой. Безбрачие – мое призвание, и, клянусь, чистая случайность заставляет меня…

– Хорошо, хорошо, сын мой. Если вы желаете вернуться на стезю добродетели, то чем скорее вы это сделаете, тем лучше.

– Ну, а скоро можно это устроить? – спросил Обри.

– Как вам сказать! – воскликнул священник. – Поскольку это бракосочетание in extremis,[1] можно рассчитывать на кое-какие льготы; и я думаю, что даже послезавтра…

---

[1] При чрезвычайных обстоятельствах (лат.).

– Послезавтра так послезавтра, – вздохнул Жак.

– А как девица? – спросил священник.

– Что девица?

– Согласится ли она?

– На что?

– Выйти за вас замуж.

– Черт возьми, согласится ли она! Да с восторгом! Ей ведь не каждый день приходится получать такие предложения.

– Значит, нет никаких препятствий?

– Никаких.

– А ваши родители?

– У меня их нет.

– А ее?

– Неизвестны.

– Как ее зовут?

– Жервеза-Пьеретта Попино.

– Желаете вы, чтобы я лично сообщил ей об этом?

– Если вы примете на себя этот труд, отец мой, я буду вам от души благодарен.

– Она сегодня же будет поставлена в известность.

– А скажите, отец мой, не могли бы вы передать ей письмо?

– Нет, сын мой. Мы, тюремные священники, даем клятву ничего не передавать от заключенных, пока они живы. После их смерти – пожалуйста, все, что угодно.

– Спасибо, но тогда это будет уже бесполезно… Довольствуемся женитьбой, – прошептал Обри.

– Вы ничего больше не хотите сказать мне?

– Ничего… Да, вот еще что: если встретятся какие-нибудь трудности, можно будет сослаться в подтверждение моей просьбы на жалобу самой Жервезы-Пьеретты Попино, которая находится у господина судьи.

– Согласны ли вы, чтобы я все уладил в два дня? – спросил священник, которому казалось, что Жак относится к предстоящему бракосочетанию весьма прохладно и действует под влиянием необходимости.

– В два дня…

– Таким образом, вы скорее вернете девице отнятое у нее доброе имя.

– Пусть будет так, – глубоко вздохнул Жак.

– Вот и отлично, сын мой! – обрадовался священник. – Чем тяжелее жертва, тем угодней она богу.

– Клянусь честью, в таком случае бог должен быть мне весьма признателен! Идите же, отец мой, идите! – воскликнул школяр.

Действительно, Жак принял это решение не без огромной внутренней борьбы. Как он уже объяснял Жервезе, у него было врожденное отвращение к браку, и только любовь к Асканио, только мысль, что он виновник несчастий своего друга, заставила его решиться на эту жертву, достойную, по его мнению, подвигов героев древности.

Какая же существует связь, спросит читатель, между женитьбой Жака на Жервезе и счастьем Асканио и Коломбы? Каким образом брак Обри может спасти его друга?

На этот вопрос можно бы ответить, что читателю не хватает проницательности. Правда, читатель, в свою очередь, мог бы на это возразить, что по своему положению он вовсе и не обязан ее иметь. Если так, то пусть потрудится и дочитает до конца эту главу, чего он мог бы избежать, если бы обладал более острым умом.

После ухода священника Жак Обри, видя, что отступать поздно, успокоился. Таково свойство любого решения, даже самого неприятного: разум, утомленный борьбой, отдыхает, встревоженное сердце приходит в равновесие.

Итак, Обри отдыхал и даже вздремнул немного. Когда из камеры Асканио донесся какой-то шум, он решил, что другу принесли завтрак и в течение нескольких часов можно не опасаться появления тюремщика. Подождав еще немного и убедившись, что кругом царит полная тишина, Жак спустился в подземный ход, добрался до противоположного конца и, как обычно, приподнял головой циновку. В камере Асканио было совершенно темно.

Жак окликнул его вполголоса. Никто не отозвался: камера была пуста.

Сначала школяр обрадовался: значит, Асканио освободили. А если так, ему, Жаку Обри, незачем жениться... Однако он тут же вспомнил о вчерашнем распоряжении госпожи д'Этамп, пожелавшей, чтобы Асканио дали более удобную камеру. Вероятно, только что слышанный шум и объяснялся тем, что его друга переводили в другое помещение. Надежда, озарившая душу бедного школяра, была лучезарна, но угасла столь же быстро, как вспышка молнии.

Он опустил циновку и, пятясь задом, вернулся к себе. У него отняли последнее утешение – близость друга, ради которого он готов был пожертвовать собой.

Жаку Обри не оставалось ничего иного, как размышлять. Но за последнее время школяр так много размышлял и это привело к таким плачевным результатам, что он почел за лучшее лечь спать.

Он бросился на койку и, несмотря на гложущее беспокойство, погрузился в глубокий сон, ибо уже несколько дней явно недосыпал.

Жаку снилось, что его приговорили к смерти и повесили, но по нерадивости палача веревка оказалась плохо намыленной и оборвалась. Жак был еще жив, но его все-таки похоронили. Он уже начал кусать себе руки, по обыкновению всех заживо погребенных, но тут явился тощий секретарь, которому была обещана веревка, и, разрыв могилу, вернул ему жизнь и свободу.

Увы, это был только сон; открыв глаза, школяр снова оказался в неволе и вспомнил об угрожающей ему смертной казни.

Вечер, ночь и весь следующий день прошли спокойно: в камеру приходил только тюремщик. Жак попытался расспросить его, но безуспешно: из ворчуна невозможно было вытянуть ни слова.

А среди ночи, когда Жак спал крепким сном, он услышал скрип двери и мгновенно проснулся. Как бы крепко ни спал заключенный, шум отворяемой двери непременно его разбудит. Жак приподнялся на своем ложе.

– Вставайте и одевайтесь, – послышался грубый голос тюремщика.

Позади него при свете факела, который он держал, поблескивали алебарды двух стражников прево.

Приказание повторять не пришлось. Жак тут же вскочил, ибо спал одетым: ни одеяла, ни простынь у него не было.

– Куда вы меня ведете? – спросил он, не вполне проснувшись.

– Уж больно вы любопытны, приятель, – ответил тюремщик.

– И все же мне хотелось бы знать, – настаивал Жак.

– Ну пошли, нечего рассуждать! Следуйте за мной.

Сопротивляться было бесполезно. Узник повиновался. Тюремщик шагал впереди, школяр следовал за ним, стражники замыкали шествие.

Жак тревожно озирался по сторонам, не стараясь скрыть своего волнения; он боялся, что его ведут на казнь, несмотря на ночное время, но успокаивал себя, не видя нигде ни палача, ни священника.

Минут через десять Жак Обри очутился в приемной Шатле; тут у него мелькнула мысль, что еще несколько шагов – и тюремные ворота откроются перед ним; ведь в горе человек склонен к самообману.

Но вместо этого тюремщик отворил маленькую угловую дверь, и они вышли в коридор, а затем во внутренний двор.

Первое, что сделал школяр, очутившись во дворе, под открытым небом: он стал полной грудью вдыхать свежий ночной воздух, ибо не знал, повторится ли когда-нибудь еще такая неожиданная удача.

Потом, увидев в противоположном конце двора сводчатые окна часовни XIV века, Жак догадался, в чем дело.

Здесь долг повествования обязывает нас заметить, что при мысли об этом силы чуть не покинули бедного узника.

Он вспомнил Асканио, Коломбу; сознание величия собственного подвига помогло ему преодолеть невольную слабость, и он более или менее твердым шагом направился к часовне.

Переступив ее порог, Жак Обри убедился, что прав: священник уже стоял у алтаря, а на клиросе узника ждала женщина, – это была Жервеза.

В церкви к нему подошел начальник королевской крепости Шатле.

– Вы просили, чтобы перед смертью вам дали возможность обвенчаться с обманутой вами девушкой, – сказал он Жаку. – Требование ваше справедливо, и мы его удовлетворяем.

У Жака Обри потемнело в глазах, но он поднес руку к карману, в котором хранилось письмо герцогини, и вновь обрел спокойствие.

– О бедный мой Жак! – вскричала Жервеза, бросаясь в его объятия. – Ну кто бы мог подумать, что это долгожданное событие произойдет при таких обстоятельствах!

– Что же делать, милая Жервеза, – отвечал Жак, прижимая ее к груди. – Богу видней, кого покарать, а кого помиловать. Положимся на его святую волю. – И, незаметно передав девушке письмо герцогини, он добавил шепотом: – Для Бенвенуто, в собственные руки!

– О чем это вы? – быстро приближаясь к жениху и невесте, спросил начальник крепости.

– Я только сказал Жервезе, что люблю ее.

– Ну, тут клятвы излишни – ведь девушка не успеет даже убедиться, что вы ей лгали. Приблизьтесь к алтарю, не мешкайте!

Жак Обри и Жервеза молча подошли к священнику и опустились на колени. Начался обряд венчания.

Жаку очень хотелось сказать Жервезе хоть несколько слов, а Жервеза горела желанием выразить Жаку свою благодарность, но стоявшие по обе стороны стражники подстерегали каждое их слово, каждое движение. Хорошо, что начальник крепости, видно пожалев жениха и невесту, разрешил им обняться при встрече. Иначе Жак не сумел бы передать письмо, и все его самопожертвование пропало бы даром.

Священник, наверное, тоже получил какие-то предписания: проповедь его была исключительно краткой. А может быть, он просто решил, что излишне подробно говорить новобрачному об обязанностях мужа и отца, если он будет через два-три дня повешен.

Жак и Жервеза думали, что после проповеди и венчания их хотя бы на минуту оставят наедине, но этого не случилось. Невзирая на слезы Жервезы, которая разревелась в три ручья, стражники по окончании обряда сразу же разлучили новобрачных.

И все-таки им удалось обменяться многозначительными взглядами. Взгляд Обри говорил: «Не забудь о моем поручении». Взгляд Жервезы отвечал: «Не тревожься, выполню сегодня же ночью или, самое позднее, завтра утром».

После этого их повели в разные стороны: Жервезу любезно выпроводили за ворота, Жака водворили обратно в камеру. Войдя туда, он испустил тяжкий вздох, самый тяжкий за все время своего пребывания в тюрьме: еще бы, вот он и женат!

Так из-за преданности другу Жак Обри, этот новоявленный Курций,[1] бросился в бездну Гименея.[2]

---

[1] Согласно легенде, в древнем Риме однажды произошло землетрясение, и на главной площади города, Форуме, образовалась глубокая трещина. Жрецы-предсказатели утверждали, что она наполнена сокровищами. Тогда именитый гражданин Курций, желая добыть их и этим увеличить могущество

Глава 18. Отливка Юпитера

А теперь, с разрешения читателя, мы покинем Шатле и вернемся в Нельский замок.

На крик Бенвенуто собрались подмастерья и последовали за ним в литейную мастерскую.

Все отлично знали, с какой горячностью работает учитель, но никто до сих пор не видел, чтобы лицо его пылало таким огнем, а глаза сверкали так ярко. И если бы кто-нибудь запечатлел в этот миг выражение его лица, создав статую самого художника, то получилось бы прекраснейшее в мире произведение искусства.

Все было готово: восковая модель фигуры, покрытая слоем глины и скрепленная железными обручами, лежала в обжиговой печи, дрова были аккуратно уложены. Бенвенуто с четырех сторон разжег огонь, еловые, хорошо высушенные поленья мгновенно вспыхнули, и пламя охватило всю печь, так что форма оказалась в центре огромного костра. Из специальных отверстий стал вытекать воск, а форма обжигаться. Это была первая стадия работы. Тем временем подмастерья вырыли возле печи большую яму для отливки статуи. Челлини, не желавший терять ни минуты, решил сразу же после обжига формы приступить к этому важнейшему делу.

Тридцать шесть часов подряд вытекал воск из формы, и все это время подмастерья сменялись повахтенно, как матросы на военном корабле. Бенвенуто не отдыхал ни минуты: он ходил вокруг печи, подбрасывал дрова, подбодрял учеников. Наконец художник убедился, что весь воск вытек и форма прекрасно обожжена. Была

государства, в полном вооружении, верхом на боевом коне бросился в бездну, которая сомкнулась над ним.

[2] Гименей – бог, покровитель бракосочетания; «броситься в бездну Гименея» – здесь в смысле: жениться.

закончена вторая стадия работы. Третья, и последняя, стадия заключалась в плавке металла и в отливке статуи.

Подмастерья, не понимавшие, почему учитель трудится с такой неукротимой энергией, с таким неистовым пылом, уговаривали его немного отдохнуть, прежде чем приступать к литью. Но каждый час отдыха соответственно удлинял срок тюремного заключения Асканио и муки Коломбы. И Бенвенуто наотрез отказался прилечь. Можно было подумать, что он сам сделан из того металла, из которого собирался отлить Юпитера.

Он приказал обвязать форму крепкими веревками, затем ее подняли при помощи воротов, со всевозможными предосторожностями перенесли к вырытой яме и бережно опустили туда, вровень с печью. Здесь Бенвенуто укрепил форму, засыпал ее землей, которую плотно утрамбовал, и провел внутрь глиняные трубки для подачи металла. Все эти приготовления заняли остаток дня. Наступила ночь. Уже сорок восемь часов Бенвенуто Челлини не спал; более того, он не прилег и даже не присел. Напрасно подмастерья упрашивали его отдохнуть, напрасно ворчала Скоццоне – учитель ничего не хотел слушать. Казалось, его поддерживает какая-то сверхъестественная сила, и, не обращая внимания на воркотню и уговоры, он, как генерал на поле боя, продолжал резким, властным голосом отдавать приказания.

Бенвенуто хотел тотчас же приступить к отливке. Этот энергичный человек, привыкший преодолевать все препятствия, решил подчинить своей могучей воле самого себя. Падая от усталости, снедаемый тревогой и лихорадкой, он заставил свое тело повиноваться. А подмастерья тем временем один за другим выбывали из строя, точно солдаты во время сражения.

Печь для плавки была готова. Бенвенуто велел заполнить ее слитками чугуна и меди, расположив их симметрично, чтобы жар охватил весь металл и плавка шла быстрее и равномернее. Потом он сам развел огонь и в этой печи. Дрова были еловые, очень сухие и смолистые, и пламя, поднявшись выше, чем ожидали, охватило деревянную крышу литейной мастерской, которая тотчас же загорелась. Испугавшись пожара, а главное, нестерпимого зноя, все подмастерья, кроме Германа, разбежались. Но Бенвенуто и Герман могли выдержать и не то. Они взяли по топору и принялись рубить деревянные подпоры, на которых покоилась крыша. Минуту спустя пылающая кровля рухнула. Тогда Герман и Бенвенуто стали баграми засовывать обгорелые бревна в печь. Огонь усилился, и плавка пошла еще лучше.

И тут силы покинули Бенвенуто. Шутка ли: шестьдесят часов он не спал, двадцать четыре часа не ел и все-таки был душой, стержнем этой кипучей деятельности! Им овладела сильнейшая лихорадка. Лицо, только что горевшее огнем, покрылось смертельной бледностью. В раскаленном воздухе литейной, где никто не мог выдержать, кроме него, Бенвенуто дрожал от холода, а зубы его стучали так, будто он находился среди вечных снегов Лапландии. Заметив состояние учителя, подмастерья окружили его. Он все еще пытался бороться с болезнью, отрицать свое поражение, ибо ему казалось позором покориться даже неизбежности. Но в конце концов и он должен был признать, что окончательно выбился из сил. К счастью, самое главное было уже сделано: плавка близилась к концу; оставалась лишь чисто техническая работа, с которой вполне мог справиться опытный подмастерье. Бенвенуто окликнул Паголо; но ученик, как нарочно, куда-то запропастился. Товарищи принялись звать его хором, и наконец он явился. Он сказал, что уходил молиться за удачный исход отливки.

– Сейчас не время молиться! – крикнул Бенвенуто. – Сам господь бог сказал: «Работа есть молитва». Работать надо, Паголо! Слушай внимательно: я чувствую, что умираю; но умру я или нет, а Юпитер должен быть закончен. Паголо, друг мой! Поручаю тебе руководить отливкой. Я уверен, что ты справишься с ней не хуже меня. В температуре плавки ты ошибиться не можешь; как только металл покраснеет, вели Герману и Симону-Левше взять по лому... Дай бог память, что я такое сказал?.. Ах да! Пусть они вышибут из печи обе втулки, и металл польется в форму. Если я умру, напомните королю о его обещании исполнить мою просьбу, скажите, что вы пришли вместо меня, и я прошу его… О господи! Я не помню… О чем я хотел просить Франциска Первого? А! Вспомнил! Асканио… Владелец Нельского замка… Коломба, дочь прево… граф д'Орбек… госпожа д'Этамп… О боже, я схожу с ума…

Бенвенуто покачнулся и упал на руки Германа, который отнес его, как ребенка, в спальню, а Паголо, выполняя приказание учителя, велел подмастерьям продолжать работу.

Бенвенуто был прав, говоря о смертельной болезни. У него начался страшный бред.

Скоццоне, которая, очевидно, молилась вместе с Паголо, прибежала на помощь Бенвенуто, не перестававшему кричать:

– Умираю! Умер! Асканио!.. Что теперь будет с ним!.. Асканио!

В мозгу больного одно за другим проносились кошмарные видения. Образы Асканио, Коломбы, Стефаны появлялись и исчезали, как тени. Потом вставали окровавленные призраки золотых дел мастера Помпео, которого Бенвенуто убил ударом кинжала, и сиенского почтаря, застреленного им из аркебуза. Прошлое переплеталось с настоящим. То он видел, что папа Климент VII держит Асканио в тюрьме, то это Козимо Медичи принуждает Коломбу выйти замуж за д'Орбека. Думая, что перед ним госпожа д'Этамп, он грозил, умолял и тут же замечал, что разговаривает с призраком герцогини Элеоноры; потом принимался хохотать прямо в лицо плачущей Скоццоне, советуя ей получше приглядывать за своим Паголо; не то, чего доброго, бегая, как кошка, по карнизам, он сломает себе шею. Моменты сильнейшего возбуждения чередовались с периодами полной прострации, когда действительно казалось, что он умирает.

Припадок продолжался уже три часа. Бенвенуто находился в полном изнеможении, когда в комнату вошел Паголо с искаженным, бледным лицом.

– Да помилуют нас Иисус Христос и пресвятая дева! – вскричал он. – Все пропало, остается уповать на помощь провидения.

Бенвенуто лежал без сил, без движения, чуть живой, и все же он услышал слова Паголо, и они болью отозвались у него в сердце. Туман, окутавший его сознание, рассеялся, и, как Лазарь, услышавший голос Христа, больной вскочил со своего ложа с криком:

– Кто смеет говорить, что все пропало, когда Бенвенуто еще жив?

– Увы, учитель, это я, – ответил Паголо.

– Подлец, бездельник! – заорал Бенвенуто. – Ты, значит, будешь вечно предавать меня! Но будь покоен, голубчик. Иисус Христос и пресвятая дева, которых ты призывал, помогают только честным людям, а изменников карают!

В это время раздались отчаянные возгласы подмастерьев:

– Бенвенуто! Бенвенуто!

– Я здесь! – крикнул художник, выбегая из комнаты, бледный, но полный сил и решимости. – Я здесь! И горе тем, кто забыл о своих обязанностях!

В два прыжка Бенвенуто очутился в литейной мастерской, где нашел подмастерьев растерянными и удрученными. А ведь когда он уходил, работа кипела. Даже великан Герман, казалось, изнемогал от усталости; его шатало из стороны в сторону, и, чтобы не упасть, он вынужден был прислониться к уцелевшей подпоре.

– А ну-ка! Слушайте меня! – неожиданно, будто гром в ясном небе, прогремел Бенвенуто, появляясь среди подмастерьев. – Я еще не знаю, что у вас тут случилось, но, клянусь душой, все можно исправить! Только повинуйтесь мне слепо, беспрекословно, раз я беру дело в свои руки. Предупреждаю: первого, кто ослушается, я убью на месте! Я говорю это нерадивым. А прилежным скажу: от успеха отливки зависит свобода, счастье вашего товарища Асканио, которого вы все любите! Начнем же!

С этими словами Челлини подошел к печи, чтобы самому во всем разобраться. Оказалось, кончились дрова, и металл, охладившись, превратился, выражаясь языком специалистов, в «пирог».

Бенвенуто сразу понял, что беду легко поправить. Простонапросто Паголо недоглядел, и температура в печи упала. Надо было ее поднять, чтобы вернуть металлу текучесть.

– Топлива! – крикнул Бенвенуто. – Как можно больше топлива! Бегите к пекарям и, если понадобится, покупайте дрова, соберите в замке все до последней щепки! В Малом Нельском замке – тоже; если госпожа Перрина не захочет открыть ворота, ломайте их: на войне все средства хороши. Главное, топливо! Принесите побольше топлива!

И, желая показать подмастерьям пример, Бенвенуто схватил топор и с размаху принялся рубить последние две подпоры, которые вскоре рухнули вместе с остатками крыши; столбы и крышу он поспешил отправить в печь.

Отовсюду сбегались подмастерья с охапками дров.

– Вот это дело! – воскликнул Бенвенуто. – Ну как? Будете меня слушаться?

– Будем, будем! – раздались со всех сторон голоса. – Приказывайте, будем повиноваться вам до последнего вздоха!

– Тогда кидайте сначала в печь дубовые доски. Дуб хорошо горит, он живо приведет в порядок нашего Юпитера!

Тотчас же в топку полетели дубовые доски и чурки, так что Бенвенуто был вынужден под конец остановить подмастерьев.

– Довольно! – крикнул он.

Ваятель заразил своей энергией всех окружающих: они понимали его приказания с полуслова и выполняли их мгновенно. Один только Паголо время от времени цедил сквозь зубы:

– Вы хотите невозможного, учитель, это значит испытывать бога.

Челлини отвечал ему лишь взглядом, говорившим: «Не беспокойся, голубчик, у нас с тобой разговор еще впереди».

И вот, несмотря на мрачные пророчества Паголо, металл снова начал плавиться. Чтобы ускорить этот процесс, Бенвенуто время от времени бросал в печь кусочки свинца и длинным железным шестом перемешивал расплавленную бронзу до тех пор, пока, выражаясь его собственными словами, «металлический труп» не стал оживать. А вместе с ним ожил и сам художник: он повеселел и не ощущал больше ни лихорадки, ни слабости.

Наконец металл закипел и поднялся. Тогда Бенвенуто открыл отверстие формы и велел вышибить втулки плавильной печи, что и было немедленно сделано. Но, по-видимому, этой нечеловеческой работе суждено было до конца походить на битву титанов. В самом деле, когда втулки были вынуты, Челлини заметил, что металл не только течет слишком медленно, но что его, пожалуй, не хватит. И тут ваятеля осенила блестящая мысль, одна из тех, что приходят одним гениям.

– Пусть часть людей остается здесь, все остальные за мной! – скомандовал он.

И в сопровождении пяти подмастерьев он побежал в Нельский замок. Несколько минут спустя все вышли оттуда, нагруженные серебряной и оловянной посудой, слитками этих металлов, незаконченными рукомойниками, кувшинами, кружками. По знаку Бенвенуто подмастерья бросили свою драгоценную ношу в печь, которая мгновенно пожрала все: бронзу, свинец, серебро, металлические болванки, тончайшие чеканные изделия и при этом с таким же равнодушием, с каким она пожрала бы и самого ваятеля, вздумай он броситься в огонь.

С помощью этих металлов бронза скоро стала жидкой и, словно раскаявшись в своем упорном нежелании плавиться, стремительно потекла в форму. Наступил момент напряженного ожидания, сменившегося щемящим душу страхом, когда Бенвенуто заметил, что вся бронза вытекла, а уровень расплавленного металла все еще не доходит до отверстия формы. Он опустил в сплав длинный шест и с трепетом убедился, что голова Юпитера заполнена.

Тогда великий мастер упал на колени и возблагодарил всевышнего. Юпитер, который должен спасти Асканио и Коломбу, закончен и, даст бог, получился удачно. Однако Бенвенуто мог убедиться в этом только на следующий день.

Легко понять, что ночь прошла для него тревожно. Несмотря на усталость, он едва забылся сном, но и сон не принес ему облегчения. Стоило художнику закрыть глаза, как действительный мир сменялся миром фантазии. Он видел своего Юпитера, повелителя богов, красу и гордость Олимпа, таким же кривобоким, как Вулкан, [1] и никак не мог понять, почему это случилось: виновата ли во всем форма или неправилен был самый процесс литья? Его ли это ошибка или насмешка судьбы? Грудь его теснилась, в висках бешено стучало, и он то и дело просыпался в холодном поту, с сильно бьющимся сердцем. Сперва он не мог понять, явь это или сон. Потом вспомнил, что его Юпитер все еще покоится в форме, как неродившееся дитя в чреве матери. Он перебирал в уме все принятые накануне предосторожности и призывал бога в свидетели, что старался не только создать шедевр, но и совершить доброе дело.

Наконец, немного успокоенный, он засыпал, сломленный усталостью, но лишь затем, чтобы увидеть сон еще мучительнее, еще кошмарнее прежнего.

Как только рассвело, Бенвенуто вскочил с постели, оделся и минуту спустя был уже в мастерской.

Бронза, очевидно, еще недостаточно остыла, и не стоило ее обнажать, но художнику не терпелось убедиться, удалась статуя или нет, и, не будучи в силах удержаться, он принялся освобождать от формы голову Юпитера. Дотронувшись до нее, он смертельно побледнел.

– Фи полен, сутарь? – раздался рядом голос, по которому нетрудно было узнать Германа. – Фам лутше лешать ф постель.

---

[1] Вулкан – в Древнем Риме бог огня, покровитель кузнечного дела.

– Ты ошибаешься, друг мой, – отвечал Бенвенуто, удивленный, что видит его на ногах так рано. – Наоборот, это в постели я умирал. А ты-то зачем поднялся в такую рань?

– Я хотил погулять, сутарь. Я ошень люплю погулять, – пролепетал Герман, покраснев до корней волос. – Хотите, сутарь, я фам помогать?

– Нет-нет! – вскричал Бенвенуто. – Никто не прикоснется к форме, кроме меня! Погоди, погоди!

И он принялся осторожно снимать куски формы с головы статуи. Хоть и случайно, но художнику все же хватило металла. Не приди ему в голову удачная мысль бросить в печь все свое серебро – кувшины, блюда, кружки, – Юпитер получился бы без головы.

Но, к счастью, голова вышла на славу.

Вид ее приободрил Челлини. Он принялся очищать всю статую, снимая с нее форму, как скорлупу с ореха. И вскоре освобожденный из плена Юпитер явился во всем своем величии, как и подобает олимпийскому богу. На бронзовом теле статуи не оказалось ни малейшего изъяна, и, когда упал последний кусок обожженной глины, у подмастерьев, незаметно столпившихся вокруг учителя, вырвался крик восторга. Бенвенуто же был так поглощен мыслями о своем успехе, что до сих пор не замечал их присутствия.

Но, услышав этот крик, художник почувствовал себя богом. Он поднял голову и с гордой улыбкой произнес:

– Посмотрим, решится ли французский король отказать в милости человеку, создавшему такую статую!

И тотчас же, словно раскаявшись в своем тщеславии, которое, кстати сказать, было ему свойственно, Бенвенуто упал на колени и, сложив руки, громко прочитал благодарственную молитву.

Едва он кончил молиться, в комнату вбежала Скоццоне и сообщила, что его желает видеть госпожа Обри; у нее для художника письмо, которое муж поручил передать в собственные руки Бенвенуто.

Челлини дважды заставил Скоццоне повторить имя посетительницы, ибо никак не предполагал, чтобы у Жака Обри была законная супруга.

Тем не менее он тут же вышел к ожидавшей его женщине, предоставив подмастерьям гордиться и восхищаться талантом своего учителя.

Но, приглядевшись повнимательней, Паголо заметил на пятке статуи небольшой изъян; вероятно, что-нибудь помешало металлу проникнуть до конца формы.

Глава 19. Юпитер и Олимп

В тот же день Бенвенуто сообщил Франциску I, что статуя готова, и спросил, когда король Олимпа может предстать пред очами короля Франции.

Франциск I ответил, что в четверг на следующей неделе они с императором Карлом V отправляются на охоту в Фонтенбло, и к этому дню статую следует установить в большой галерее дворца.

Ответ был несколько сух: госпожа д'Этамп явно вооружила короля против его любимого художника.

То ли гордость помогла Бенвенуто, то ли вера в бога, но только он улыбнулся в ответ и сказал:

– Хорошо.

Наступил понедельник. Челлини погрузил статую в повозку и, вскочив на коня, решил сопровождать свое творение верхом – из страха, как бы с ним чего-нибудь не случилось.

В четверг, в десять часов утра, и ваятель и произведение прибыли в Фонтенбло.

Достаточно было мельком взглянуть на Челлини, чтобы заметить на его лице выражение благородной гордости и лучезарной надежды. Художественное чутье подсказывало ему, что он создал шедевр, а честное сердце – что скоро он совершит доброе дело. Поэтому Бенвенуто был особенно весел и высоко держал голову, как человек, которому чужда ненависть, а следовательно, и страх. Конечно, Юпитер понравится королю. Монморанси и Пуайе напомнят Франциску I о его обещании, это произойдет в присутствии императора и всех придворных, и королю не останется ничего иного, как сдержать свое слово.

Герцогиня д'Этамп тоже строила планы – правда, без светлых надежд Челлини, но зато с такой же необузданной страстностью. Хотя госпожа д'Этамп восторжествовала над художником, когда он пытался проникнуть к ней и к Франциску I, она прекрасно понимала, что это лишь первое столкновение; за ним непременно последует другое, более опасное, и, чего доброго, Бенвенуто добьется от короля исполнения обещанного. Герцогиня решила во что бы то ни стало этому помешать. Вот почему она явилась в Фонтенбло за день до Челлини и повела свою игру с чисто женской хитростью, которая доходила у нее до виртуозности.

Бенвенуто не замедлил испытать это на себе.

Едва переступив порог галереи, где ему предстояло установить Юпитера, он получил удар в самое сердце и остановился, подавленный, поняв, чья рука нанесла этот удар.

Галерея, расписанная великим Россо, что уже само по себе могло отвлечь внимание от любого находящегося в ней шедевра, за последние три дня пополнилась присланными Приматиччо из Рима античными статуями. Здесь были представлены чудеса скульптуры, освященные двумя тысячелетиями восторгов ценителей, статуи, исключавшие всякое сравнение, не боявшиеся никакого соперничества. Ариадна, Венера, Геркулес, Аполлон и, наконец, сам великий олимпиец Юпитер, воплощенные грезы величайших гениев, небожители, увековеченные в камне и бронзе, собрались здесь как бы на совет богов, предстать перед которым было бы кощунством, а приговора этого верховного трибунала должен был страшиться всякий художник.

Поместить на этом Олимпе своего Юпитера, возле Юпитера Фидия, значило бросить вызов великому скульптору, а для Бенвенуто это было равносильно богохульству, одна мысль о котором заставила совестливого ваятеля почтительно отступить на три шага от прекрасного творения, несмотря на безграничную веру в свои силы.

Добавим, что античные статуи, как им и подобает, занимали все лучшие места; для несчастного Юпитера Челлини остались только темные углы, куда можно было попасть, лишь пройдя перед величественным строем древних богов.

Подавленный, с опущенной головой, стоял Бенвенуто на пороге галереи, смотря перед собой грустным и восхищенным взглядом.

– Мессер Антуан Ле Масон, – обратился художник к сопровождавшему его королевскому секретарю, – я хочу, я должен сейчас же увезти обратно своего Юпитера! Ученик не смеет оспаривать превосходство учителя; дитя не может бороться с предками; я слишком горд и слишком скромен для этого.

– Бенвенуто, – ответил королевский секретарь, – поверьте дружескому совету: если вы так поступите, вы пропали. Скажу вам по секрету: именно этого ожидают ваши враги как признания вашего бессилия. Что бы я ни говорил его величеству, как бы ни извинялся за вас, король, который ждет не дождется Юпитера, ничего не станет слушать и под влиянием госпожи д'Этамп навсегда лишит вас своей милости. Боюсь, что именно этого кое-кто и добивается. Опасайтесь, Бенвенуто, не мертвых соперников, а живых врагов!

– Вы правы, мессер, я понимаю вас и благодарю. Вы напомнили мне, что я не имею сейчас права быть гордым.

– Вот и хорошо, Бенвенуто! Но выслушайте еще один дружеский совет: госпожа д'Этамп была сегодня так очаровательна, что, наверное, замыслила какие-нибудь козни. Посмотрели бы вы, с каким неотразимым кокетством она увлекла Франциска Первого в лес на прогулку! Право, я испугался за вас – ведь герцогиня, пожалуй, задержит там короля до самой ночи.

– Неужели это возможно? – воскликнул, побледнев, Бенвенуто. – Тогда я погиб: при искусственном освещении моя статуя будет выглядеть вдвое хуже.

– Будем надеяться, что я ошибся, – ответил Антуан Ле Масон, – и подождем дальнейших событий.

И Челлини с лихорадочным волнением стал ждать. Он выбрал для Юпитера лучшее место и все же прекрасно понимал, что в сумерках статуя не произведет впечатления, а ночью и вовсе покажется непривлекательной. В своей ненависти герцогиня все рассчитала с точностью, с какой скульптор соразмеряет пропорции своего произведения. Таким образом, еще в 1541 году госпожа д'Этамп предвосхитила методы критики XIX столетия.

Бенвенуто с отчаянием глядел на солнце, клонившееся к горизонту, и жадно ловил каждый звук, но во дворце, кроме слуг, никого не было.

Пробило три часа. Намерения госпожи д'Этамп уже не оставляли никаких сомнений, и казалось, успех ее обеспечен. Бенвенуто в изнеможении опустился в кресло.

Все рушилось, гибло, и в первую очередь его слава художника. Позор послужит единственной наградой лихорадочной борьбе, чуть было не стоившей ему жизни и о трудностях которой ваятель почти забыл теперь, ибо они сулили ему победу. Он с болью смотрел на своего Юпитера, вокруг которого уже сгущался мрак, и видел, что с каждой минутой линии статуи становятся все менее четкими.

И вдруг его осенила гениальная мысль. Он вскочил, позвал прибывшего вместе с ним Жана-Малыша и поспешно выбежал из дворца. Ничто еще не предвещало появления короля. Челлини поспешил к городскому плотнику и с помощью этого человека и его подмастерьев менее чем за какой-нибудь час сделал дубовый цоколь на четырех колесиках.

Теперь он боялся, как бы двор не вернулся раньше, чем все будет готово. Но пробило пять, вечерело, а коронованных особ еще не было видно. Госпожа д'Этамп, где бы она ни находилась, вероятно, в эту минуту торжествовала победу.

Как только цоколь был готов, Бенвенуто установил на нем статую. В левой руке Юпитер держал земной шар, а в правой, чуть приподнятой над головой, молнию, словно готовясь поразить ею смертных. В этой же руке статуи ваятель незаметным образом пристроил свечу.

Едва он закончил свои приготовления, как послышались звуки фанфар, возвещавших прибытие короля и императора. Тогда

Бенвенуто зажег свечу, велел Жану-Малышу встать позади статуи, где его совсем не было видно, и с сильно бьющимся сердцем стал ждать короля.

Десять минут спустя двери галереи широко распахнулись, и на пороге появился Франциск I под руку с Карлом V. За ними следовали: дофин, дофина, король Наваррский – словом, весь двор. Позади всех шли прево с дочерью и граф д'Орбек. Коломба была грустна и очень бледна. Но, увидев Челлини, она подняла головку, и лицо ее озарилось ясной, доверчивой улыбкой.

Челлини ответил ей взглядом, говорившим: «Не тревожьтесь; что бы ни случилось, я с вами».

Едва открылись двери, как по знаку Бенвенуто Жан-Малыш слегка подтолкнул цоколь, и статуя, как живая, поплыла навстречу королю, оставив позади себя произведения древности.

Тотчас же на нее устремились все взоры. Падающий сверху мягкий свет свечи оказался гораздо приятней, чем резкое дневное освещение.

Госпожа д'Этамп прикусила от злости губу.

– Не находите ли вы, сир, что лесть несколько грубовата? – спросила герцогиня. – Ведь это король должен был бы идти навстречу небожителю.

Франциск I усмехнулся; но было заметно, что лесть не так уж ему неприятна; по своему обыкновению, он забыл о творце ради творения и, подойдя к Юпитеру, долго и безмолвно созерцал его. Карл V, бывший в душе скорее политиком, нежели художником, хотя в минуту хорошего расположения духа он и поднял кисть, оброненную Тицианом. – Карл V, повторяем, терпеливо ждал вместе с придворными, которым не полагается иметь собственного мнения, что скажет король.

Несколько минут царило напряженное молчание, во время которого Бенвенуто Челлини и госпожа д'Этамп обменялись полными глубокой ненависти взглядами.

И вдруг король воскликнул:

– Это прекрасно! Действительно прекрасно! Признаюсь, статуя превзошла мои ожидания.

И только тогда все принялись хвалить статую и поздравлять ваятеля, а громче всех император Карл.

– Если бы художников можно было завоевывать, как города, – сказал он Франциску, – я немедля объявил бы вам войну, брат мой, чтобы отбить этого мастера.

– Но статуя Юпитера, – произнесла разгневанная госпожа д'Этамп, – совсем заслонила от нас прекрасные творения древности, которые остались позади! А, думается мне, они не менее достойны внимания, чем все эти современные изделия.

Тогда король подошел к античным скульптурам, освещенным факелами снизу вверх, от чего их торсы оставались во мраке и статуи производили не такое сильное впечатление, как Юпитер.

– Фидий, бесспорно, божествен, – сказал король, – но ведь в эпоху Франциска Первого и Карла Пятого тоже может быть свой Фидий, как и во времена Перикла.

– Но надо непременно прийти сюда днем, – с горечью проговорила герцогиня. – Первое впечатление обманчиво, а световой эффект еще не искусство. И потом, к чему это покрывало? Признайтесь, маэстро Челлини, уж не скрывает ли оно какого-нибудь изъяна статуи?

Речь шла о легкой ткани, которой Челлини задрапировал Юпитера, чтобы придать ему еще больше величия.

При этих словах герцогини Бенвенуто, казавшийся таким же безмолвным, недвижимым и холодным, как его статуя, презрительно усмехнулся и, гневно сверкнув глазами, сорвал покрывало с дерзновенной смелостью художника языческих времен.

Он думал, что герцогиня придет в ярость.

Но вместо этого госпожа д'Этамп, невероятным усилием воли подавив гнев, улыбнулась страшной, хотя и любезной улыбкой и милостиво протянула художнику руку; он опешил от такой внезапной перемены.

– Сознаюсь, я была неправа! – произнесла она громко тоном избалованного ребенка. – Вы, Челлини, великий скульптор! Простите мои придирки, и будем друзьями! Хотите? Вашу руку! – И скороговоркой тихо добавила: – Но смотрите, Челлини, не вздумайте просить у короля разрешения на брак Асканио и Коломбы, иначе и вы и они погибли!

– А если я попрошу что-нибудь другое, вы мне поможете? – также шепотом спросил Бенвенуто.

– Да, – живо ответила герцогиня. – И клянусь, что бы это ни было, король исполнит вашу просьбу!

– А мне незачем просить соизволения короля на брак Асканио и Коломбы, – заметил Бенвенуто. – Вы сами попросите об этом, сударыня.

Герцогиня пренебрежительно усмехнулась.

– О чем вы там шепчетесь? – спросил Франциск I.

– Герцогиня была так добра, что вспомнила об обещании, данном вами, сир, на тот случай, если я вам угожу своим Юпитером.

– Мы тоже были свидетелями, ваше величество, я и канцлер Пуайе, – сказал, подходя, коннетабль. – Вы даже поручили мне и моему коллеге…

– Да-да, коннетабль! – весело прервал его король. – Я просил вас напомнить об одном обещании, если бы я о нем позабыл; честное слово дворянина, я прекрасно все помню! Итак, господа, благодарю вас за вмешательство, хотя оно и совершенно излишне. Ведь я обещал исполнить любую просьбу Бенвенуто, когда будет готов его Юпитер. Не так ли, коннетабль?.. Хорошая у меня память, канцлер?.. Требуйте, Челлини, я в ваших руках, только, прошу вас, поменьше думайте о своих заслугах, ибо они безграничны, и побольше о наших возможностях, ибо они весьма ограниченны. Требуйте всего, чего пожелаете, кроме нашей короны и нашей возлюбленной!

– Что ж, сир, – сказал Челлини, – если вы так милостивы к своему недостойному слуге, я воспользуюсь этим и попрошу вас только об одном: помилуйте беднягу школяра, который поссорился с виконтом де Марманем на набережной, против Шатле, и во время дуэли проткнул виконта шпагой.

Все придворные были поражены скромностью этой просьбы и в первую очередь госпожа д'Этамп; она изумленно глядела на Челлини, думая, что ослышалась.

– Черт побери! – воскликнул Франциск I. – Вы желаете не более и не менее, как заставить меня воспользоваться правом помилования, ибо еще вчера канцлер говорил, что преступник заслуживает виселицы!

– О сир, – воскликнула герцогиня, – я сама хотела вступиться за этого молодого человека. Дело в том, что я недавно имела вести от Марманя. Виконту гораздо лучше, и он просил меня передать, что сам искал ссоры со школяром… Как его зовут, маэстро Челлини?

– Жак Обри, сударыня.

– И что этот Обри ни в чем не повинен. Мой вам совет, сир, не спорьте с Бенвенуто и поскорее исполните его просьбу, пока он не спохватился и не попросил чего-нибудь большего.

– Хорошо, маэстро, будь по-вашему, – сказал Франциск I. – Недаром говорит пословица: «Кто дает быстро – дает вдвойне». Поэтому пусть приказ об освобождении отправят немедленно. Слышите, канцлер?

– Да, сир, все будет исполнено.

– А вас, дорогой маэстро Челлини, – продолжал Франциск I, – я попрошу зайти в понедельник в Лувр. Мы с вами потолкуем о мелочах, которыми с некоторых пор пренебрегает мой казначей.

– Но разве вашему величеству неизвестно, что двери Лувра…

– Ничего, ничего! Лицо, давшее этот приказ, отменит его. Это была военная мера, ну, а поскольку нас окружают теперь одни друзья, военное положение отменяется.

– Отлично, сир! – воскликнула герцогиня. – Но, если вы, ваше величество, так великодушны, выполните и мою просьбу, хоть я не имею ничего общего с Юпитером.

– Зато, сударыня, у вас много общего с Данаей,[1] – заметил вполголоса Бенвенуто.

– В чем же заключается ваша просьба, сударыня? – спросил Франциск I, не расслышавший колкости Челлини. – И поверьте, герцогиня, наше желание угодить вам неизменно и не зависит от случая, пусть даже самого торжественного.

– Благодарю вас, сир! Я прошу ваше величество оказать честь господину д'Эстурвилю и в понедельник на будущей неделе подписать брачный контракт моей юной подруги мадемуазель д'Эстурвиль и графа д'Орбека.

– Но какая же это милость? – воскликнул Франциск I. – Это удовольствие, и прежде всего для самого короля; я еще останусь вашим должником, сударыня, клянусь вам!

– Значит, сир, условлено: в понедельник? – переспросила герцогиня.

– В понедельник, – ответил король.

– А разве не жаль, герцогиня, что к этому торжественному дню у вас не будет заказанной вами Асканио золотой лилии? – спросил вполголоса Бенвенуто.

– Конечно, жаль, – отвечала госпожа д'Этамп. – Но что ж поделать, ведь Асканио в тюрьме.

– Да, но зато я на свободе, – возразил Бенвенуто. – Я охотно закончу лилию и принесу ее вам, сударыня.

– О! Если вы это сделаете, я, честное слово, скажу…

– Что вы скажете, сударыня?

– Скажу, что вы очень любезны.

---

[1] Даная – по древнегреческому мифу, прекрасная девушка, пленившая своей красотой бога Зевса (Юпитера).

С этими словами герцогиня протянула Бенвенуто ручку, и художник, спросив взглядом разрешения короля, галантнейшим образом запечатлел на ней поцелуй.

В эту минуту кто-то слабо вскрикнул.

– Что случилось? – спросил король.

– Простите, ваше величество, – сказал прево, – это моя дочь; ей дурно.

«Бедняжка! – подумал Бенвенуто. – Она решила, что я предал ее».

Глава 20. Брак по расчету

Бенвенуто собирался уехать из Фонтенбло в тот же вечер, но Франциск I так его удерживал, что пришлось переночевать в замке.

К тому же с присущей ему решительностью художник задумал покончить на следующий же день с одной давно затеянной интригой. Это дело совсем не относилось к происходящим событиям, и Бенвенуто желал завершить его, прежде чем целиком займется судьбой Асканио и Коломбы.

Итак, он поужинал и даже позавтракал наутро в замке и лишь в полдень, распрощавшись с королем и с герцогиней д'Этамп, отправился в сопровождении Жана-Малыша в обратный путь.

Оба ехали на хорошо отдохнувших лошадях, и все же, вопреки своему обыкновению, Бенвенуто не спешил. Сразу было видно, что он хотел прибыть в Париж к определенному часу. Действительно, только в семь часов вечера они с Жаном-Малышом добрались до улицы Арфы.

Более того, Бенвенуто почему-то не поехал сразу в Нельский замок, а постучался к своему другу Гвидо, медику из Флоренции. Убедившись, что приятель дома и накормит его ужином, художник велел Жану-Малышу ехать в Нельский замок одному и сказать подмастерьям, что учитель вернется из Фонтенбло только завтра; а потом он должен потихоньку открыть дверь, как только учитель постучится.

Жан-Малыш обещал исполнить все в точности и тут же поскакал в Нельский замок.

Подали ужин, но, прежде чем сесть за стол, Бенвенуто спросил приятеля, не знает ли он какого-нибудь честного и умелого нотариуса, который мог бы составить контракт, да такой, чтобы нельзя было придраться ни к одному слову. Приятель предложил своего зятя и тотчас же послал за ним.

Когда ужин уже подходил к концу, явился нотариус. Челлини вышел из-за стола, заперся с ним в соседней комнате и попросил составить брачный контракт, не вписывая в него имен супругов. После того как они дважды перечитали контракт, желая убедиться, не осталось ли в нем какой-нибудь неясности, Бенвенуто положил документ в карман, щедро заплатил нотариусу, попросил у приятеля вторую шпагу, такой же длины, как его собственная, спрятал ее под плащом и отправился в Нельский замок. К этому времени уже совсем стемнело.

Подойдя к воротам, он тихо постучался. Но как ни тихо он постучался, ворота мгновенно открылись. Жан-Малыш не дремал на своем посту.

На вопрос Челлини он ответил, что подмастерья ужинают и не ждут его раньше завтрашнего дня. Бенвенуто велел мальчику не говорить никому о своем возвращении и направился в спальню Катерины, от которой у него был ключ. Прокравшись незаметно в комнату, он запер дверь, спрятался за портьерой и стал ждать.

Через четверть часа на лестнице послышались легкие шаги, дверь отворилась, и в комнату вошла Скоццоне с лампой в руке. Она заперла дверь изнутри, поставила светильник на камин и уселась в большое кресло, стоявшее так, что Бенвенуто мог видеть лицо девушки.

К великому удивлению художника, всегда открытое, веселое и жизнерадостное личико Катерины было задумчиво и грустно.

Дело в том, что Скоццоне мучили угрызения совести.

Мы привыкли видеть девушку счастливой и беззаботной, но это было, когда Бенвенуто любил ее. Пока она чувствовала эту любовь или, вернее, благосклонность к себе учителя, пока в ее грезах, словно золотистое облачко на горизонте, мелькала надежда стать его женой, она не изменяла своей мечте. Любовь омыла душу Катерины от всего нечистого в прошлом. Но с тех пор как она заметила, что ошиблась и чувство Челлини, которое она принимала за любовь, оказалось всего-навсего увлечением, Скоццоне утратила надежду на счастье, и ее душа, расцветшая от улыбки художника, снова поблекла.

Постепенно Скоццоне лишилась всей своей детской непосредственности и веселья. Ей было скучно, и прежние привычки стали предъявлять свои права. Так свежевыкрашенная стена сохраняет окраску в ясную погоду и утрачивает ее под дождем. Покинутая Челлини, Скоццоне попыталась из самолюбия удержать художника. Воспользовавшись ухаживанием Паголо, она стала рассказывать Челлини о новом поклоннике, надеясь возбудить его ревность. Но и тут она обманулась. Бенвенуто не рассердился, как она ожидала, а весело расхохотался; он не запретил ей встречаться с Паголо, а, напротив, посоветовал видеться с ним почаще. Тогда Скоццоне почувствовала, что гибнет, и, по-прежнему безразличная ко всему на свете, отдалась течению, подобно увядшему листку, увлекаемому осенней непогодой.

Тогда-то Паголо и удалось побороть ее равнодушие. Как-никак, а Паголо был молод и, если бы не его постная физиономия, мог считаться красивым малым, Паголо был влюблен, он без конца твердил Скоццоне о своих чувствах, а Челлини совсем перестал говорить о них. «Я люблю тебя» – в этих трех словах заключается весь язык человеческого сердца, и каждое сердце должно хоть с кем-нибудь говорить на этом языке.

От скуки, с досады, а быть может, под влиянием самообмана Скоццоне сказала Паголо, что любит его, сказала, не любя и лелея в душе образ Челлини, повторяя про себя его имя.

И тут же ей пришло в голову, что, быть может, в один прекрасный день Бенвенуто вернется к ней, увидит, что, вопреки его советам, она по-прежнему верна ему, и вознаградит ее за постоянство... не женитьбой, нет, об этом несчастная девушка уже не мечтала, а уважением и жалостью, которые она могла бы принять за возврат былой любви.

От этих мыслей Скоццоне была так задумчива, грустна, они-то и будили в ее душе угрызения совести. Вдруг ее одинокое раздумье было нарушено легким шумом на лестнице; Катерина вздрогнула и подняла голову; скрипнула ступенька, потом щелкнул ключ в замке, и дверь открылась.

– Паголо, как вы сюда попали и кто дал вам ключ? – закричала, вскочив, Скоццоне. – От этой двери только два ключа: один у меня, другой у Челлини.

– Что ж делать, голубушка, если вы такая капризница? – смеясь, сказал Паголо. – То оставляете дверь открытой, то запираетесь; а когда хочешь попасть сюда через окошко, начинаете звать на помощь, хотя сами же разрешили прийти. Вот и приходится хитрить.

– О боже! Но скажите, по крайней мере, что вы потихоньку вытащили ключ у Бенвенуто, скажите, что не он дал вам ключ, что он ничего не знает об этом, иначе я умру от стыда и отчаяния!

– Успокойся, славная моя Катерина! – произнес Паголо, запирая дверь на двойной поворот ключа и садясь возле девушки, которую он тоже заставил сесть. – Бенвенуто не любит вас больше, это правда, но Бенвенуто очень похож на тех скряг, что стерегут свое сокровище, хоть сами к нему и не притрагиваются… Нет, этот ключ я сделал собственноручно. Кто умеет создавать великое, создаст и малое. Золотых дел мастеру нетрудно превратиться в простого ремесленника. Видите, как я люблю вас, Катерина! Эти пальцы, привыкшие мастерить цветы из жемчуга, золота и брильянтов, не погнушались обработать кусок презренного железа. Правда и то, коварная, что из железа получился ключ, да еще какой: ключ от райских врат!

С этими словами Паголо хотел взять Катерину за руку, но, к великому удивлению Бенвенуто, не пропустившего ни одного слова, ни одного движения влюбленных, Катерина оттолкнула юношу.

– Так, так! И долго будут продолжаться эти капризы? – спросил Паголо.

– Послушайте, Паголо, – ответила Катерина таким печальным голосом, что тронула Челлини до глубины души, – я знаю, если женщина уступила хоть раз, ей нечего прикидываться недотрогой; но послушайте, если мужчина, перед которым она не устояла, порядочный человек и если она скажет ему, что поддалась минутной слабости, потеряв власть над собой, то, поймите, он не должен злоупотреблять ее ошибкой. Поверьте, Паголо: и я тоже уступила вам не любя, я любила другого человека – Бенвенуто Челлини. Можете презирать меня, вы имеете на это право, но пощадите и не мучьте меня больше!

– Превосходно, нечего сказать! Ловко вы все это устроили! – воскликнул Паголо. – Вы долго, очень долго заставляли меня добиваться вашей благосклонности, а теперь меня же во всем упрекаете! Но не ждите, что я освобожу вас от слова, данного вами, кстати сказать, вполне добровольно! Ну нет! И подумать только, что все это делается ради Бенвенуто! Ради человека вдвое старше вас, да и меня тоже. Но ведь он совсем вас не любит!

– Замолчите, Паголо! Сейчас же замолчите! – крикнула Скоццоне, покраснев от стыда, ревности и злобы. – Бенвенуто не любит меня, это правда, но раньше любил и уважал меня и теперь уважает.

– Хорошо, так почему же тогда он не женился на вас, раз обещал?

– Обещал? Нет! Бенвенуто никогда не обещал жениться на мне, а если бы обещал, то непременно сдержал бы слово. Просто мне очень хотелось этого, постепенно желание превратилось в надежду, а надежда так окрылила меня, что я приняла свои мечты за действительность и стала о них болтать. Нет, Паголо, – продолжала Катерина с грустной улыбкой, бессильно опустив руку, – нет: Бенвенуто никогда ничего не обещал мне.

– Хорошо! Но подумайте, Скоццоне, как вы неблагодарны! – воскликнул Паголо, схватив руку девушки, ибо он принял за возврат нежности то, что с ее стороны было лишь признаком уныния. – Я обещаю, я предлагаю вам то, чего Бенвенуто, по вашим же словам, никогда не обещал и не предлагал. Я вам предан, я люблю вас, а вы меня отталкиваете! Он вам изменил, и все же, окажись он на моем месте, я уверен, вы с радостью согласились бы стать его женой. А мне вы отказываете, хоть и знаете, как я люблю вас!

– Ах, если бы он был здесь! – воскликнула Скоццоне. – Если бы только он был здесь, Паголо, вы сквозь землю провалились бы от стыда! Ведь вы предали его из ненависти, а я, хоть и сделала то же, но из-за любви к нему.

– Но чего же мне стыдиться, разрешите спросить?! – воскликнул Паголо, ободренный тем, что Бенвенуто далеко. – Разве не имеет права мужчина добиваться любви женщины, если эта женщина свободна? Будь Челлини здесь, я прямо сказал бы ему: «Вы изменили Катерине, покинули несчастную девушку, а она так любила вас! Сперва она была в отчаянии, но, к счастью, ей повстречался хороший и славный малый, он сумел оценить ее, полюбил и предложил стать его женой, чего вы никогда ей не предлагали. Ваши права перешли к нему, и теперь эта женщина его». Интересно знать, что ответил бы на это твой Челлини?

– Ничего, – раздался вдруг позади разболтавшегося Паголо резкий мужской голос, – ровным счетом ничего!

И на плечо ему легла тяжелая рука. Поток красноречия Паголо мгновенно иссяк; отброшенный назад Челлини, он грохнулся на пол, и недавняя отвага сменилась жалким испугом.

Картина была поистине замечательная: бледный как смерть, вконец растерявшийся Паголо ползал, скорчившись, на коленях; Скоццоне слегка приподнялась в кресле и, опираясь на его ручки, застыла, недвижимая и безмолвная, как статуя недоумения; а Бенвенуто стоял перед ними не то с грозным, не то с ироническим выражением лица, держа в одной руке обнаженную шпагу, а в другой – шпагу в ножнах.

Наступила минута мучительного ожидания. Удивленные Паголо и Скоццоне молчали под хмурым взором учителя.

– Предательство! – прошептал наконец Паголо, чувствуя себя глубоко униженным. – Предательство!

– Да, несчастный, – ответил Челлини, – предательство, но только с твоей стороны!

– Что ж, Паголо, вам хотелось его видеть. Вот и он! – сказала Скоццоне.

– Да, вот и он, – пробормотал Паголо, которому было стыдно, что с ним так обращаются в присутствии любимой женщины. – Только у него есть оружие, а у меня ничего нет.

– Я принес тебе оружие! На, держи! – крикнул Челлини, отступая на шаг и бросая к ногам Паголо шпагу, которую держал в левой руке.

Подмастерье молча глядел на оружие, не двигаясь с места.

– А ну-ка, живо! Бери шпагу и поднимайся! – приказал Челлини. – Я жду.

– Дуэль? – пролепетал Паголо, стуча от страха зубами. – Но разве могу я принять вызов такого сильного противника?

– Хорошо, – согласился Челлини, перекидывая шпагу из одной руки в другую, – я буду драться левой рукой – тогда наши силы сравняются.

– Мне драться с вами? С моим благодетелем? С человеком, которому я всем обязан! Ни за что! – воскликнул Паголо.

Бенвенуто презрительно усмехнулся, а Скоццоне отступила на шаг, даже не пытаясь скрыть овладевшее ею чувство омерзения.

– Не мешало бы вспомнить о моих благодеяниях до того, как ты собрался отнять у меня женщину, вверенную вашей с Асканио чести! – отвечал Бенвенуто. – А теперь поздно, Паголо, защищайся!

– Нет, нет, не надо, – лепетал трус, пятясь на коленях от Бенвенуто.

– Ну что ж, не хочешь драться, как подобает честному человеку, – я накажу тебя, как негодяя.

И, говоря это, Челлини с бесстрастным выражением лица вложил шпагу в ножны и, вынув кинжал, медленным, но твердым шагом стал приближаться к Паголо. Скоццоне, вскрикнув, бросилась между ними. Бенвенуто спокойно отстранил ее одним лишь движением, но таким властным, словно рука его принадлежала бронзовому изваянию; девушка, чуть живая от страха, упала в кресло. А Челлини, продолжая наступать, прижал злосчастного ученика к стене и приставил к его горлу кинжал.

– Молись перед смертью, – сказал он, – тебе осталось жить всего пять минут.

– Пощадите! – придушенным голосом завопил Паголо. – Пощадите! Не убивайте меня!

– Что? – воскликнул Челлини. – Ведь ты знал мой нрав и, однако, соблазнял Катерину. Я все слышал, все до единого слова! И ты еще смеешь просить о пощаде! Да ты что, смеешься надо мной, Паголо?

И Бенвенуто сам разразился смехом, но таким резким, таким жутким, что Паголо задрожал от ужаса.

– Учитель, учитель! – вскричал подмастерье, чувствуя, что острие кинжала щекочет ему горло. – Это не я! Это она! Да, она сама увлекла меня!

– Клевета, предательство, трусость! Когда-нибудь я сделаю скульптурную группу из этих трех чудовищ, и на нее страшно будет взглянуть. Так, значит, это она тебя увлекла? Несчастный! Не забывай, что я находился здесь и все слышал.

– О Бенвенуто, – умоляюще сказала Катерина, – разве вы не понимаете, что он лжет?

– Да, – ответил Бенвенуто, – я прекрасно понимаю, что он лжет, как и лгал, обещая жениться на тебе, но будь покойна: он получит сполна за эту двойную ложь.

– Что ж, накажите меня, – воскликнул Паголо, – но будьте милосердны, не убивайте!

– Ты лгал, говоря, что она тебя увлекла?

– Да, лгал, виноват я сам; но я безумно ее полюбил, вы сами знаете, учитель, до чего доводит человека любовь.

– И ты лгал, говоря, что готов жениться на ней?

– Нет, учитель, на этот раз я не лгал.

– Значит, ты действительно любишь Скоццоне?

– Да, я люблю ее! – ответил Паголо, понимая, что сила страсти – единственное оправдание в глазах Челлини. – Я люблю ее, – повторил он.

– Ты, значит, утверждаешь, что не лгал, обещая жениться на ней?

– Не лгал, учитель.

– Ты сделал бы ее своей женой?

– Да.

– Отлично! Так бери Катерину, я отдаю ее тебе.

– Что вы сказали? Вы пошутили?

– Нет, Паголо, я никогда еще не был так серьезен. А если не веришь, погляди на меня.

Паголо робко взглянул на Челлини и по выражению его лица увидел, что он каждую минуту может превратиться из судьи в палача. Юноша со вздохом опустил глаза.

– Сними это кольцо, Паголо, и надень его Катерине.

Подмастерье послушно исполнил первое приказание.

Бенвенуто сделал Катерине знак, девушка подошла.

– Протяни ему руку, Скоццоне, – велел Челлини.

Скоццоне повиновалась.

– Делай то, что тебе приказано, Паголо, – продолжал Бенвенуто.

Паголо надел Катерине кольцо.

– А теперь, когда обручение закончено, приступим к свадьбе, – предложил Бенвенуто.

– К свадьбе! – прошептал Паголо. – Какая же это свадьба? Для свадьбы нужны священник и нотариус.

– Прежде всего нужен контракт, – возразил Бенвенуто, вынимая из кармана бумагу. – А он уже готов, остается вписать имена.

Он положил контракт на стол и протянул Паголо перо:

– Пиши.

– Я в ловушке, – пролепетал подмастерье.

– Что, что такое? Как ты сказал? – спросил Бенвенуто, не повышая голоса, хоть в нем и прозвучала угроза. – Ты говоришь о ловушке? Но где ты видишь ловушку? Разве я насильно толкнул тебя в комнату Скоццоне? Разве это я посоветовал сделать ей предложение? Ну так и женись, Паголо! А когда станешь ее мужем, наши роли переменятся: если я зайду к Катерине, ты пригрозишь мне дуэлью, а я испугаюсь.

– Ах, как это было бы смешно! – воскликнула Катерина, мгновенно переходя от дикого ужаса к безумному веселью и покатываясь со смеху при мысли о таком обороте событий.

Паголо немного оправился от страха и, ободренный смехом Катерины, стал относиться более спокойно ко всему происходящему. Подумав, что учитель просто запугивает его, чтобы принудить жениться, – женитьба являлась бы слишком трагической развязкой для комедии, – он решил отвертеться от навязываемого ему брака и повел себя более твердо.

– Ну что ж! – воскликнул он весело в тон настроению Скоццоне. – Я согласен, что положение получилось бы довольно забавное, но, к сожалению, этого никогда не будет.

– Как – не будет?! – вскричал Бенвенуто, пораженный не менее льва, увидевшего, что на него собирается напасть лисица.

– Да, не будет, – продолжал Паголо. – Уж лучше я умру! Лучше убейте меня!

Едва Паголо произнес эти слова, как Челлини одним прыжком очутился подле него. Юноша увидел блеснувшее лезвие и быстро отскочил в сторону. Кинжал пролетел мимо и, слегка задев ему плечо, врезался на два дюйма в деревянную обшивку стены – с такой силой метнул Челлини оружие.

– Я согласен! – закричал Паголо. – Пощадите! Я сделаю все, что вы прикажете!

И, пока Бенвенуто с трудом вытаскивал из стены кинжал, Паголо подбежал к столу и быстро подписал лежащий на нем контракт. Все это произошло так быстро, что Катерина даже не успела вмешаться.

– Благодарю вас, Паголо, за честь, которую вы мне оказываете, соглашаясь назвать своей женой, – сказала она, вытирая навернувшиеся от страха слезы и в то же время подавляя невольную улыбку. – Но мы должны объясниться. Я выслушала вас, выслушайте же и вы меня: вы только что отказывались жениться на мне, а теперь я отказываю вам. Я говорю это вовсе не для того, чтобы вас унизить. Нет, Паголо, я просто не люблю вас и предпочитаю вовсе не выходить замуж.

– Тогда он умрет, – холодно проговорил Челлини.

– Бенвенуто, но ведь я же сама отказала ему!

– Он умрет, – повторил Бенвенуто. – Пусть никто не посмеет сказать, что оскорбивший меня мужчина избежал наказания!.. Готов ли ты умереть, Паголо?

– Катерина, – вскричал подмастерье, – я люблю вас! Я всегда, всегда буду вас любить! Ради бога, сжальтесь надо мной! Подпишите контракт! Будьте моей женой, Катерина, на коленях умоляю вас!

– Ну, Скоццоне, решай скорей, – сказал Челлини.

– А не слишком ли сурово поступаете вы со мной, учитель? – сердито спросила Катерина. – Ведь я так вас любила и, право, мечтала совсем о другом!.. О господи! Поглядите вы на него! Что за физиономия! – воскликнула девушка, вновь переходя от грусти к веселью. – Сию же минуту перестаньте хмуриться, Паголо! Иначе я никогда не соглашусь быть вашей женой. Ох! Ну до чего же вы сейчас потешны!

– Спасите меня, Катерина, а уж тогда, если хотите, мы вместе посмеемся!

– Ну что с вами поделаешь! Если вы уж так этого хотите…

– Да, я очень, очень этого хочу! – вскричал Паголо.

– Вам известно, кем я была и кем осталась?

– Да, я все знаю.

– Значит, я не обманываю вас?

– Нет.

– И вы не будете жалеть, что женились на мне?

– Нет, никогда!

– В таком случае, по рукам. Все это очень странно, и я не ожидала, что буду вашей женой, но ничего не поделаешь.

Скоццоне взяла перо и, как подобает покорной супруге, подписалась под именем своего мужа.

– Благодарю тебя, Катерина, дорогая! – воскликнул Паголо. – Вот увидишь, каким хорошим мужем я буду!

– А если он забудет о своем обещании, – добавил Бенвенуто, – напиши мне, Скоццоне, и, где бы я ни находился, я приеду, чтобы освежить его память.

С этими словами Бенвенуто, глядя в упор на подмастерье, спрятал кинжал, взял со стола подписанный обоими супругами контракт, аккуратно сложил его вчетверо и сунул в карман; затем, обращаясь к Паголо, проговорил со свойственной ему беспощадной иронией:

– Теперь, дружище Паголо, вы с Катериной муж и жена, но только перед людьми, а не перед богом, потому что церковь еще не освятила вашего союза. Поэтому твое присутствие здесь противно всем законам, и божеским и человеческим. Прощай, Паголо.

Паголо побледнел как смерть: но Челлини повелительно указал ему на дверь, и юноша, пятясь, вышел.

– Только вам, Бенвенуто, и могла прийти такая мысль! – хохоча как безумная, сказала Катерина и, пока еще Паголо не успел закрыть за собой дверь, крикнула: – Я отпускаю вас, Паголо, потому что так принято, но будьте покойны, клянусь пресвятой девой, что, как только вы станете моим мужем, все другие мужчины, в том числе и Бенвенуто, найдут во мне лишь верную вам супругу!

И, когда дверь захлопнулась, она весело воскликнула:

– О Челлини! Ты дал мне мужа, но зато освободил меня от него на сегодня. Что ж, спасибо и на этом. В конце концов, ты должен был меня чем-нибудь вознаградить.

Глава 21. Война продолжается

Через три дня после описанной выше сцены в Лувре разыгралась сцена другого рода.

Наступил понедельник, то есть день, назначенный для подписания брачного контракта. Было одиннадцать часов утра, когда Бенвенуто, выйдя из Нельского замка, направился к Лувру и, несмотря на волнение, твердым, решительным шагом поднялся по парадной лестнице.

В приемной, куда его пригласили, он увидел прево и графа д'Орбека, которые беседовали в углу с нотариусом. В противоположном конце зала сидела Коломба, недвижимая, бледная, ничего не замечая вокруг себя. Мужчины, видимо, отошли от нее подальше, чтобы она не слышала их разговора.

Несчастная девушка сидела одна, опустив голову и потупив безжизненный взор.

Челлини прошел мимо нее, обронив на ходу:

– Мужайтесь! Я здесь.

Услыхав этот голос, Коломба радостно вскрикнула и подняла голову. Но, прежде чем она успела произнести хоть слово, ваятель вышел в соседний зал.

Служитель раздвинул штофный занавес и пропустил Бенвенуто в покои короля.

Слова Челлини сразу вернули Коломбе утраченную бодрость. Бедняжка уже считала себя всеми покинутой и погибшей. Мессер д'Эстурвиль привез сюда дочь, полумертвую от горя, несмотря на всю ее веру в бога и в Бенвенуто. Она впала в такое отчаяние, что перед тем, как сесть в карету, отбросила всякую гордость и принялась умолять госпожу д'Этамп отпустить ее в монастырь, обещая навсегда отказаться от Асканио, лишь бы избежать брака с графом д'Орбеком. Но герцогиня хотела целиком насладиться победой: ей надо было, чтобы Асканио поверил в измену любимой; и Анна д'Эйли безжалостно отвергла мольбу несчастной Коломбы. Лишь воспоминание о том, что Бенвенуто велел ей оставаться спокойной и мужественной даже у подножия алтаря, спасло девушку от полного отчаяния и придало сил ехать в Лувр, где король должен был подписать в полдень ее брачный контракт.

Но там силы вновь покинули Коломбу. У нее оставались три возможности: получить помощь от Бенвенуто, тронуть слезами Франциска I и умереть от горя.

И Бенвенуто явился! Бенвенуто велел ей надеяться. К Коломбе вернулась вся ее утраченная бодрость.

Войдя в покои короля, Челлини нашел там только герцогиню. Этого ему и надо было, иначе пришлось бы просить знатную даму об аудиенции.

Несмотря на свою победу, госпожа д'Этамп сильно беспокоилась. Правда, после того как она собственными руками сожгла письмо, ей нечего было опасаться за свое положение, но зато она с ужасом взирала на опасности, на каждом шагу подстерегавшие ее любовь. И так бывало всегда: едва герцогиню оставляли в покое муки честолюбия, как в сердце ее проникал любовный яд. Она была соткана из честолюбия и страсти и мечтала осчастливить Асканио, возвысив его, но вскоре заметила, что Асканио, хоть и аристократического происхождения (род Гадди, к которому он принадлежал, вел начало от древних флорентийских патрициев), желает только одного – заниматься искусством. Если он и мечтал о чем-нибудь, то лишь об изящных линиях вазы, амфоры или статуи; а если и желал иметь золото, брильянты и жемчуга – эти сокровища земли, – то лишь затем, чтобы делать из них цветы, более прекрасные, чем те, которые распускаются, окропленные живительной росой. Он был равнодушен к почестям и титулам, если источником их не являлся его собственный талант, если они не венчали его славу художника. Что было делать этому мечтателю в беспокойном, неуютном мире госпожи д'Этамп? Первая же буря надломила бы хрупкий стебелек нежного, едва распустившегося цветка, обещавшего дать чудесные плоды. Быть может, в минуту душевной подавленности или равнодушия он и позволил бы вовлечь себя в интриги своей царственной покровительницы, но, превратившись в бледную тень, жил бы только воспоминаниями о прошлом. Асканио казался герцогине тем, чем и был на самом деле, – человеком с утонченной и нежной душой, жаждавшим покоя и чистоты, прелестным ребенком, которому не суждено было стать мужчиной. Он мог всецело отдаться чувству, но не идее. Созданный для нежности и любви, он сразу пал бы в битве страстей, под бременем житейских невзгод. Такой человек мог удовлетворить сердце госпожи д'Этамп, но не ее честолюбие.

Именно об этом и думала герцогиня, когда вошел Бенвенуто; на лице фаворитки лежал отпечаток мрачных мыслей, не дававших ей покоя.

Враги смерили друг друга взглядом, на их губах одновременно появилась ироническая усмешка, а глаза ясно говорили, что оба готовы сражаться не на жизнь, а на смерть.

«Наконец-то мне попался достойный противник! – думала Анна. – Он настоящий мужчина. Но у меня слишком большой перевес над ним, и честь такой победы невелика».

«В самом деле, сударыня, вы женщина решительная, – говорил тоже про себя Бенвенуто, – и редкий поединок давался мне тяжелее, чем борьба с вами, но будьте покойны: я и оружием галантности владею ничуть не хуже, чем любым другим».

Эти два беззвучных монолога не нарушили напряженного молчания.

Герцогиня заговорила первая.

– Вы поспешили, маэстро Челлини, – сказала она вслух. – Король назначил подписание брачного контракта в полдень, а сейчас только четверть двенадцатого. Разрешите мне извиниться за его величество. Но дело в том, что не король опоздал, а вы пришли слишком рано.

– Я счастлив, сударыня, что поспешил; благодаря этому я имею честь беседовать с вами наедине, чего мне пришлось бы добиваться, если бы не эта счастливая случайность.

– Что это, Бенвенуто? Неужели в несчастье вы стали льстецом?

– В несчастье? Нет, сударыня, речь не обо мне, но я всегда почитал за добродетель быть сторонником людей, впавших в немилость, и вот доказательство, сударыня!

С этими словами Челлини вынул из-под плаща заказанную герцогиней золотую лилию, которую он закончил только утром. У госпожи д'Этамп вырвался крик удивления и радости: никогда она еще не видела такой чудесной безделушки. И никогда цветы, растущие в волшебных садах Шехерезады, не восхищали так взора фей или пери.

– Ах! – воскликнула она и протянула руки к драгоценной лилии. – Действительно, вы обещали мне ее, но я не ожидала.

– Но почему, сударыня? Разве вы не верите моему слову? Вы меня просто обижаете!

– Ну, если бы ваше слово сулило мне месть, а не любезность, другое дело.

– А вы не допускаете мысли, что можно сочетать и то и другое? – спросил Бенвенуто, отдергивая руку с лилией.

– Я вас не понимаю, – отвечала герцогиня.

– Не находите ли вы, сударыня, что задаток, полученный за предательство интересов Франции, произведет превосходное впечатление? – продолжал Бенвенуто, показывая герцогине дрожащий в чашечке золотой лилии брильянт, который ей подарил Карл V.

– Вы говорите загадками, дорогой Челлини, но, к сожалению, мне некогда их разгадывать: скоро придет король.

– А я вам отвечу на это старой латинской пословицей: «Verba volant, scripta manent», то есть: «Слова летучи, письмена живучи».

– Ошибаетесь, милейший ювелир: письмена обратились в прах. Не трудитесь меня запугать, я не малое дитя. Давайте сюда лилию, она принадлежит мне по праву.

– Терпение, сударыня, я должен предупредить вас, что в моих руках лилия является чудесным талисманом, а в ваших она утратит всякую ценность. Работа моя более искусна, чем это кажется на первый взгляд. Ведь там, где толпа видит простую безделушку, у художников часто скрывается тайный замысел. Хотите, я покажу вам свой замысел, сударыня? Нет ничего проще. Вы нажимаете вот эту скрытую от глаз пружинку, пестик приоткрывается, и на дне чашечки мы видим не червя, какие встречаются порой в живых цветах и в испорченных сердцах человеческих, – нет, а нечто похожее и, может быть, худшее: бесчестие герцогини д'Этамп, запечатленное ее же рукой и за ее собственной подписью.

Говоря так, Бенвенуто нажал пружинку и вынул из сверкающего венчика лилии записку. Потом он не спеша развернул ее и показал побледневшей от ужаса и онемевшей от гнева герцогине.

– Вы не ожидали этого, не так ли, сударыня? – невозмутимо спросил Челлини, вновь складывая записку и пряча ее в лилию. – Но, если бы вы лучше знали мои привычки, вас это не удивило бы. Однажды я спрятал в статуе веревочную лестницу; в другой раз скрыл прелестную девушку; а на этот раз речь шла лишь о бумажке; разумеется, мне было нетрудно сделать для нее тайник.

– Но ведь я собственными руками уничтожила эту злосчастную записку! Она сгорела на моих глазах, я видела пламя, я прикасалась к ее пеплу!

– А прочли вы записку, прежде чем сжечь ее?

– Нет! Какое безумие – я не прочла ее!

– Зря, сударыня, иначе вы убедились бы, что письмо простой девушки, если его сжечь, дает не меньше пепла, чем письмо герцогини.

– Значит, этот подлец Асканио обманул меня?

– Замолчите, замолчите, сударыня! Не подозревайте это целомудренное, это чистое дитя! Впрочем, даже обманув вас, он лишь отплатил бы вам той же монетой. Но нет, Асканио не обманул вас; он не сделал бы этого даже ради собственного спасения, даже ради спасения Коломбы. Он сам был обманут.

– Кем?

– Юношей, тем самым школяром Жаком Обри, который ранил виконта де Марманя. Виконт, наверное, рассказывал вам об этом.

– В самом деле, – пробормотала герцогиня. – Мармань говорил, что какой-то Жак Обри пытался проникнуть к Асканио, чтобы взять у него письмо.

– И, узнав об этом, вы отправились к Асканио? Но школяр, как известно, народ проворный: Жак Обри опередил вас. Когда вы покинули дворец д'Этамп, он проскользнул в камеру своего друга, а когда туда вошли вы, он уже успел уйти.

– Но я никого не видела!

– Если бы вы, сударыня, получше пригляделись, то заметили бы в углу циновку, а приподняв ее, обнаружили бы подземный ход в соседнюю камеру.

– Но при чем тут Асканио?

– Когда вы вошли, он спал – не так ли?

– Да.

– Так вот: пока он спал, Жак Обри, которому друг отказался отдать ваше письмо, вынул его из кармана Асканио и подменил записочкой своей возлюбленной. Введенная в заблуждение конвертом, вы подумали, что уничтожили письмо герцогини д'Этамп; на самом деле вы сожгли записку Жервезы Попино.

– Но этот мерзавец Обри, этот простолюдин, покушавшийся на жизнь знатного человека, дорого заплатит за свою наглость! Он в тюрьме и приговорен к смертной казни.

– Он свободен, герцогиня, и обязан этим прежде всего вам.

– Каким образом?

– Очень просто: он ведь и есть тот самый бедняга, о помиловании которого вы соблаговолили просить короля вместе со мной.

– Безумная! – кусая губы, прошептала госпожа д'Этамп, пристально глядя на Челлини, и, задыхаясь от волнения, спросила: – На каких условиях вы согласны вернуть мне письмо?

– Предоставляю вам самой догадаться об этом, сударыня.

– Я недогадлива: скажите.

– Вы попросите у короля согласия на брак Асканио и Коломбы.

– Плохо же вы знаете герцогиню д'Этамп, господин ювелир! Угрозой ее не заставишь отказаться от любимого человека!

– Вы ответили не подумав, сударыня.

– И все же я остаюсь при своем.

– Позвольте мне, сударыня, сесть и поговорить с вами попросту, откровенно, – сказал Бенвенуто с той подкупающей непринужденностью, которая присуща незаурядным людям. – Я всего лишь скромный скульптор, а вы прославленная герцогиня, но, хотя расстояние между нами и огромно, мы вполне сумеем понять друг друга. И не принимайте, пожалуйста, неприступного вида королевы, это ни к чему. Я не собираюсь вас оскорблять, а только хочу кое-что разъяснить. Надменность тут, право, неуместна, ведь вашей гордости ничто не грозит.

– Поразительный вы человек, Бенвенуто, честное слово! – невольно рассмеявшись, воскликнула Анна. – Ну хорошо, говорите, я согласна выслушать вас.

– Я уже сказал, герцогиня, – холодно продолжал Бенвенуто, – что, несмотря на разницу в положении, мы с вами прекрасно можем столковаться и даже быть полезны друг другу. Вы были возмущены, когда я попросил вас отказаться от любви к Асканио, вам это показалось невозможным. И вот на примере я хочу доказать обратное.

– На собственном примере?

– Да, сударыня! Вы любите Асканио, я любил Коломбу.

– Вы?

– Да. Я любил ее, как любят только раз в жизни! Я готов был отдать за нее свою кровь, жизнь, душу, и все-таки ради Асканио я отказался от нее.

– Вот уж поистине бескорыстная страсть, – насмешливо заметила герцогиня.

– О сударыня! Не превращайте мое страдание в предмет насмешки, не издевайтесь над моей скорбью! Я много пережил и понял, что Коломба не для меня, так же как Асканио не для вас, герцогиня. Выслушайте меня: мы оба с вами, если такое сопоставление не слишком вас оскорбляет, принадлежим к исключительным и странным натурам, у которых особый мир чувств, особая жизнь и которые редко сближаются с другими людьми. Мы оба, сударыня, являемся жрецами великих и страшных кумиров, служение которым возвышает душу и ставит человека над толпой. Ваш кумир – честолюбие, мой – искусство. Оба эти божества ревнивы, и, как бы мы от них ни страдали, они везде и всегда будут властвовать над нами. Вы жаждали любви Асканио, чтобы увенчать себя ею, как короной; я мечтал о Коломбе, как Полифем о Галатее. Вы любили, как герцогиня, я – как художник; вы преследовали, я страдал. О! Не подумайте, что я осуждаю вас! Напротив, я восхищаюсь вашей энергией и смелостью. И что бы ни толковала чернь, по-моему, прекрасно перевернуть весь мир, чтобы расчистить путь любимому. Я узнаю в этом всесокрушающую силу страсти и ратую за людей с цельным характером, способных на героизм и на преступление; ратую за сверхчеловеческие натуры, ибо меня пленяет все непредвиденное, все выходящее за рамки обыденного. Итак, всей душой любя Коломбу, сударыня, я понял, что моя гордая, необузданная натура не подходит для этой ангельски чистой души. Да и сама Коломба полюбила нежного, незлобивого Асканио; ее испугал бы мой резкий и крутой нрав. Я велел своему сердцу молчать, а когда оно не послушалось, призвал на помощь божественное искусство, и вдвоем нам удалось справиться с этой строптивой любовью и навсегда ее изгнать. Скульптура, моя единственная истинная страсть, запечатлела на моем челе горячий поцелуй, и я успокоился. Поступите, как я, герцогиня: не разрушайте небесную любовь этих детей, не омрачайте их блаженства! Наш с вами удел – земля со всеми ее печалями, битвами и опьяняющей радостью побед. Попытайтесь найти прибежище от сердечных ран в удовлетворенном честолюбии: сокрушайте империи, если это вам нравится, играйте ради забавы королями и владыками мира! Они заслуживают этого, и я первый буду вам рукоплескать. Но пощадите счастье и покой невинных детей – они так нежно любят друг друга перед лицом господа бога и девы Марии!

– Что вы за человек, маэстро Бенвенуто Челлини? Я не знала вас до сих пор, – с удивлением проговорила герцогиня.

– Я незаурядный человек, клянусь богом! Как и вы, герцогиня, – незаурядная женщина! – ответил, смеясь, Бенвенуто с присущим ему простодушием. – А если вы не знаете меня, значит, у меня огромное преимущество перед вами, потому что я-то очень хорошо вас знаю, сударыня.

– Возможно, – ответила герцогиня, – но зато я поняла теперь, что незаурядные женщины умеют любить сильнее, чем незаурядные мужчины; они презирают сверхчеловеческое самопожертвование и до последней возможности, всеми средствами отстаивают свою любовь.

– Итак, вы продолжаете противиться браку Асканио и Коломбы?

– Я продолжаю любить его ради самой себя.

– Пусть так. Но берегитесь! У меня тяжелая рука, и вам не сладко придется в борьбе со мной. Вы все обдумали, не так ли? И решительно отказываетесь дать согласие на брак Асканио и Коломбы?

– Решительно, – ответила герцогиня.

– Хорошо. Так займем наши позиции! – воскликнул Бенвенуто. – Война продолжается!

В этот момент дверь открылась, и служитель объявил о прибытии короля.

Глава 22. Брак по любви

Вошел Франциск I об руку с Дианой де Пуатье, с которой он только что был у постели больного сына. Диана, руководимая ненавистью, инстинктивно чувствовала, что ее сопернице грозит унижение, и не хотела упустить столь приятное зрелище.

А Франциск I ничего не видел, ничего не слышал, ни о чем не подозревал; он решил, что госпожа д'Этамп и Бенвенуто окончательно помирились, и, видя их сидящими рядом и мирно беседующими, приветствовал обоих улыбкой и кивком головы.

– Здравствуйте, королева красоты! Здравствуйте, король всех художников! – произнес он. – О чем это вы беседовали, да еще так оживленно?

– Ах, ваше величество! Мы просто говорили о политике, – ответил Бенвенуто.

– Хотелось бы знать, какой же вопрос привлек ваше просвещенное внимание?

– Да тот, о котором сейчас говорит весь мир, – продолжал Бенвенуто.

– Понимаю: вопрос о Миланском герцогстве.

– Да, сир.

– Ну и каково же ваше мнение на этот счет?

– У нас с герцогиней разные мнения; согласно одному из них, император собирается передать Миланское герцогство вашему сыну Карлу, нарушив таким образом свое обещание.

– Кто же из вас так думает?

– Кажется, герцогиня.

Госпожа д'Этамп побледнела как полотно.

– Если бы император так поступил, это было бы с его стороны низким предательством, – сказал Франциск I, – но он этого не сделает.

– Если даже он этого и не сделает, – вмешалась в разговор Диана, – то вовсе не потому, что у него не было недостатка в добрых советах. Так, по крайней мере, говорит молва.

– Хотелось бы мне знать, черт возьми, кто мог ему дать такой совет! – вскричал Франциск I.

– Ради бога, не волнуйтесь, сир! – возразил Бенвенуто. – Ведь разговор был чисто отвлеченный, мы просто-напросто делились своими предположениями. Ну, какие мы с госпожой д'Этамп политики, ваше величество! Герцогиня – истинная женщина и заботится лишь о своих туалетах, хотя при ее красоте это совершенно излишне; а я, ваше величество, истинный художник и не интересуюсь ничем иным, кроме искусства. Не правда ли, герцогиня?

– А главное, дорогой Челлини, – сказал Франциск I, – вы с герцогиней обладаете величайшими в мире сокровищами, и вам нет надобности завидовать даже тем, кто владеет Миланским герцогством. Герцогиня – королева по красоте, вы – король по гениальности.

– Король, сир?

– Да; и если у вас нет трех лилий на гербе, как у меня, зато есть одна, которую вы сейчас держите в руке. И она кажется мне прекрасней всех лилий, когда-либо красовавшихся под лучами солнца или на фоне герба.

– Это не моя лилия, сир, она принадлежит герцогине и сделана по ее заказу моим учеником Асканио; но Асканио не успел ее закончить, и я, понимая желание герцогини поскорее получить эту прелестную вещицу, закончил ее сам, всей душой надеясь, что она послужит символом мира, в котором мы с герцогиней поклялись на днях перед лицом вашего величества.

– Какая чудесная безделушка! – воскликнул король, протягивая руку к золотому цветку.

– Не правда ли, ваше величество? – сказал Бенвенуто, как бы невзначай отдергивая руку. – Работа заслуживает того, чтобы герцогиня щедро вознаградила юного мастера, не правда ли?

– Именно это я и собираюсь сделать, – ответила госпожа д'Этамп, – причем моей награде позавидует сам король.

– Но вы же знаете, сударыня, что, несмотря на ценность награды, Асканио предпочитает совсем другое. Что поделаешь, герцогиня! Мы, художники, народ своенравный и часто пренебрегаем тем, чему, по вашим словам, позавидовал бы сам король.

– И все же Асканио придется довольствоваться той наградой, которую предложу ему я, – краснея от гнева, ответила госпожа д'Этамп. – Я уже сказала вам, Бенвенуто, что не изменю своего решения.

– В таком случае, ты скажешь мне по секрету, чего хочет Асканио, и, если это слишком трудно, мы постараемся уладить дело, – снова протягивая руку за лилией, произнес Франциск I.

– Взгляните повнимательнее на эту вещицу, сир, – сказал Бенвенуто, отдавая Франциску I золотой цветок. – Хорошенько рассмотрите каждый лепесток, и вы поймете, что для такого шедевра нет достойной награды.

При этих словах Бенвенуто устремил на герцогиню свой пронзительный взгляд, но госпожа д'Этамп так хорошо владела собой, что и бровью не повела, когда лилия очутилась в руках Франциска I.

– В самом деле, вещь чудесная, – ответил король. – Но где вы отыскали этот великолепный брильянт, от которого так и сверкает чашечка цветка?

– Это не я нашел, ваше величество, – с очаровательным простодушием ответил Челлини. – Брильянт дала моему ученику сама герцогиня.

– Я никогда не видел у вас этого камня, герцогиня. Откуда он?

– Откуда, сир? Очевидно, оттуда же, откуда берутся и другие брильянты: из алмазных россыпей Гузерата или Голконды.

– О, ваше величество, у этого брильянта своя история, и, если вам угодно, я расскажу ее, – предложил Бенвенуто. – Мы с ним старинные друзья: этот камень трижды побывал в моих руках. Первый раз я вправил его в тиару его святейшества папы, которую брильянт дивно украсил; затем, по распоряжению Климента VII, я вделал его в крышку требника, подаренного его святейшеством императору Карлу Пятому, а Карл Пятый велел вставить его в перстень, желая, очевидно, иметь при себе на всякий случай этот камень, – ведь он стоит дороже миллиона. Ваше величество, наверное, заметили у императора перстень?

– В самом деле! – воскликнул король. – При первой нашей встрече в Фонтенбло я видел у него кольцо с этим камнем. Каким же образом брильянт попал к вам, герцогиня?

– Да-да, расскажите, пожалуйста, как эта драгоценность перешла от императора к вам! – проговорила с заблестевшими от радости глазами Диана.

– Если бы этот вопрос задали вам, сударыня, – заметила госпожа д'Этамп, – вы, разумеется, не затруднились бы на него ответить – ведь вы рассказываете некоторые интимные вещи не только своему духовнику.

– Но вы так и не ответили на вопрос короля, сударыня, – возразила Диана де Пуатье.

– Как же все-таки попал к вам этот брильянт? – повторил Франциск.

– Спросите у Бенвенуто, он вам расскажет, – ответила герцогиня, бросая своему противнику последний вызов.

– Говори, Челлини, да поскорей, мне надоело ждать, – приказал король.

– Хорошо, – ответил Бенвенуто. – Должен сознаться, что при виде этого камня у меня, как и у вас, сир, зародились странные подозрения. Вы знаете, ваше величество, мы с герцогиней одно время были врагами; вот мне и хотелось узнать какую-нибудь тайну, которая уронила бы ее в ваших глазах. Я принялся за поиски и узнал…

– Что именно?

Челлини бросил быстрый взгляд на герцогиню и увидел, что она улыбается. Такое самообладание, свойственное ему самому, понравилось художнику, и, вместо того чтобы одним ударом закончить поединок, он решил продлить его, как это делает уверенный в себе борец, желая блеснуть силой и ловкостью при встрече с достойным противником.

– Так что же ты узнал? – настаивал король.

– Я узнал, что герцогиня попросту купила брильянт у ростовщика. Кстати, сир, вам надлежит знать следующее: вступив в пределы Франции, император истратил очень много денег, он даже вынужден был заложить свои брильянты. А госпожа д'Этамп с истинно королевской щедростью скупает то, что Карл не может сберечь по бедности.

– А ведь это недурно, честное слово!.. – воскликнул Франциск I, вдвойне польщенный и как любовник, и как король. – Но, дорогая герцогиня, – добавил он, обращаясь к госпоже д'Этамп, – вы, наверное, совсем разорились на покупку брильянта, и, право, мы считаем своим долгом возместить этот расход. Не забудьте, что Франциск Первый ваш должник. В самом деле, камень изумительно хорош, и мне хотелось бы, чтобы вы имели его не от императора, а от французского короля.

– Благодарю вас, Челлини, – прошептала госпожа д'Этамп. – Я начинаю верить, что мы действительно сумеем понять друг друга.

– О чем вы шепчетесь? – спросил король.

– О, сущие пустяки, сир! Я извинился перед герцогиней за свое подозрение, и она соблаговолила простить меня; я тем более ценю ее великодушие, что вслед за этим первым подозрением зародилось второе, более серьезное.

– Какое именно? – спросил Франциск I.

А Диана, которая отнюдь не была одурачена этой комедией, ибо ненависть делала ее прозорливой, так и впилась взглядом в свою торжествующую соперницу.

Герцогиня поняла, что поединок с неутомимым противником еще не окончен, и на ее лице набежала тень страха, но следует отдать должное самообладанию красавицы: это выражение тотчас же исчезло. Более того, воспользовавшись минутной рассеянностью короля, она снова попыталась взять у него лилию. Однако Бенвенуто, как бы невзначай, встал между нею и Франциском I.

– Какое? О! Это подозрение поистине чудовищно, – сказал, улыбаясь, художник. – Я просто стыжусь его и не знаю, не будет ли с моей стороны дерзостью говорить о нем. Только строжайшее приказание вашего величества могло бы заставить меня…

– Я вам приказываю! Говорите! – произнес король.

– Хорошо. Прежде всего признаюсь откровенно, хоть причиной этому служит, быть может, наивное тщеславие художника, но я очень удивился, что герцогиня поручила ученику заказ, который мог осчастливить любого мастера. Вы помните моего ученика Асканио, сир? Прелестный юноша! И, клянусь, он мог послужить дивной моделью для статуи Эндимиона.

– Ну и что же дальше? – нетерпеливо спросил король, хмурясь от подозрения, закравшегося в его душу.

На этот раз госпожа д'Этамп, несмотря на все самообладание, не могла скрыть своих терзаний: она ясно читала в глазах Дианы де Пуатье злорадное любопытство и, кроме того, прекрасно знала, что если Франциск I способен простить ей государственную измену, то ни за что не простит измены сердечной.

А Бенвенуто, словно не замечая страха герцогини, продолжал:

– Так вот, сир, при мысли о красоте моего Асканио я подумал… простите, быть может, французам мое предположение покажется несколько дерзким, но я сужу по нашим итальянским принцессам, которые, откровенно говоря, ведут себя в делах любви, как простые смертные… итак, я подумал, что чувство, побудившее герцогиню поручить этот заказ Асканио, не имеет ничего общего с любовью к изящным искусствам…

– Маэстро Челлини, – все более хмурясь, прервал его Франциск I, – думайте о том, что вы говорите!

– Я заранее извинился за свою дерзость, сир, и даже просил ваше величество разрешить мне промолчать.

– Я свидетельница того, что вы сами приказали ему говорить, – вмешалась Диана. – А теперь, когда он начал…

– Никогда не поздно замолчать, если знаешь, что лжешь, – возразила госпожа д'Этамп.

– Если вам угодно, герцогиня, я замолчу, – предложил Бенвенуто. – Для этого достаточно одного вашего слова.

– Но я желаю, чтобы он продолжал. Вы правы, Диана, некоторые вещи надо доводить до конца, – проговорил король, не сводя глаз с Бенвенуто и герцогини. – Итак, сударь, говорите.

– Все это были только предположения, пока некое поразительное открытие не дало мне новую пищу для догадок.

– Какое? – в один голос воскликнули король и Диана де Пуатье.

– Я продолжаю, – тихо сказал Бенвенуто, обращаясь к госпоже д'Этамп.

– Сир, к чему вам держать лилию, пока он рассказывает свою длинную историю? – как бы не слыша слов Бенвенуто, заметила герцогиня. – Ваше величество так привыкли к скипетру и держите его так крепко, что я, право, опасаюсь, как бы вы не сломали этот хрупкий цветок.

И герцогиня с присущей ей одной улыбкой протянула руку к лилии.

– Простите, герцогиня, – вмешался Бенвенуто, – но этот цветок играет в моей истории важную роль, а потому позвольте мне для пояснения рассказа…

– Так, значит, лилия играет в истории важную роль? – воскликнула Диана, с быстротой молнии выхватив золотой цветок из рук короля. – В таком случае, госпожа д'Этамп права: если эта история хоть отчасти подтверждает мои подозрения, цветку гораздо лучше быть в моих руках. Ведь с умыслом или без умысла, а может быть, просто утратив самообладание, вы, ваше величество, действительно можете его сломать.

Госпожа д'Этамп страшно побледнела, предчувствуя близкую гибель; она схватила Бенвенуто за руку и уже открыла рот, намереваясь что-то сказать, но сделала над собой усилие, выпустила руку художника и сжала губы.

– Говорите все, что вам угодно, – процедила она сквозь зубы, – говорите… – И чуть слышно добавила: – Если посмеете.

– Да, да, говорите, маэстро, но будьте осторожны и не скажите лишнего, – заметил Франциск I.

– А вы, сударыня, будьте осторожны и не молчите слишком долго, – тихо обратился Бенвенуто к герцогине.

– Скорее! Мы ждем! – воскликнула Диана де Пуатье, сгорая от любопытства.

– Хорошо, я продолжаю. Представьте себе, сир, вообразите, сударыня! Оказывается, герцогиня и Асканио вели переписку…

У герцогини был такой вид, будто она ищет оружие, чтобы сразить им Челлини.

– Переписку? – переспросил король.

– Да, переписку. И, что самое интересное, эта переписка между бедным подмастерьем и герцогиней была любовная.

– Доказательства, маэстро Челлини! Надеюсь, они у вас имеются? – в ярости крикнул король.

– Разумеется, сир, – ответил Бенвенуто. – Вы понимаете, ваше величество, я никогда не решился бы высказать такое подозрение, если бы не мог его доказать.

– Так давайте же скорей эти доказательства, раз они у вас есть! – воскликнул король.

– Простите, ваше величество, я ошибся, говоря, что они у меня. Они только что были в руках вашего величества.

– У меня? – удивился король.

– Да. А сейчас они у госпожи де Пуатье.

– У меня? – воскликнула Диана.

– Да, – невозмутимо продолжал Бенвенуто, который один только сохранял хладнокровие, ибо король был охвачен гневом, герцогиня пребывала в смертельном страхе, а Диана де Пуатье пылала ненавистью к сопернице. – Да, сир, доказательства в лилии.

– В лилии? – воскликнул король, беря у Дианы цветок и разглядывая его с напряженным вниманием, не имевшим на этот раз ничего общего с любовью к искусству. – В лилии, говорите вы?

– Да, сир, в лилии, – спокойно повторил Челлини. – Вы, герцогиня, знаете, что они там, – продолжал он многозначительно, обернувшись к задыхавшейся от волнения госпоже д'Этамп.

– Я уступаю, – прошептала герцогиня. – Коломба не выйдет за графа.

– Этого мало, – также шепотом ответил Челлини. – Она должна выйти за Асканио.

– Никогда! – возразила госпожа д'Этамп.

Между тем король продолжал вертеть в руках роковой цветок с тем большим гневом и тревогой, что не мог выразить своих чувств открыто.

– Доказательства в лилии! – твердил он. – В лилии! Но я не вижу в ней ничего особенного.

– Ваше величество, вы ни за что не найдете их, не зная секрета, при помощи которого цветок открывается.

– Так, значит, есть секрет? Сейчас же откройте мне его, или я...

Франциск I сделал движение, словно собираясь сломать цветок; обе женщины вскрикнули. Король взял себя в руки.

– О сир! Жаль портить эту чудесную вещицу! – воскликнула Диана. – Дайте ее мне, и я ручаюсь, что найду секрет, если только он существует.

И своими тонкими, гибкими пальцами, ставшими, казалось, еще проворнее под влиянием ненависти, Диана принялась ощупывать все извилины и углубления золотого цветка. А герцогиня д'Этамп, изнемогая от волнения, безумными глазами следила за каждым ее движением. Сперва все попытки были тщетны.

Наконец, благодаря счастливой случайности или проницательности, обостренной ревностью, Диана нажала невидимую пружинку. Лилия тотчас же раскрылась.

Обе женщины снова громко вскрикнули: одна радостно, другая испуганно. Госпожа д'Этамп бросилась к Диане, чтобы вырвать у нее цветок, но Бенвенуто, удержав ее одной рукой, другой показал вынутое из лилии роковое письмо. Быстро взглянув в чашечку цветка, госпожа д'Этамп увидела, что тайник пуст.

– Я на все согласна, – сказала упавшим голосом герцогиня, не в силах продолжать борьбу.

– Клянетесь Евангелием? – спросил Бенвенуто.

– Клянусь!

– Где же они, ваши доказательства, маэстро Челлини? – нетерпеливо произнес король. – Я вижу только искусно сделанное в цветке небольшое углубление, и ничего больше.

– Верно, ваше величество, здесь ничего нет, – подтвердил Бенвенуто.

– Но прежде могло быть, – заметила Диана.

– Вы правы, сударыня, – согласился Челлини.

– А вы не подумали о том, сударь, что подобные шуточки могут очень дорого обойтись? Люди и покрупнее вас жестоко расплачивались за попытку играть мной.

– Поверьте, сир, я был бы в отчаянии, если бы навлек на себя ваш гнев, – совершенно спокойно ответил Челлини. – Но, право, я не сделал ничего плохого, и, надеюсь, вы, ваше величество, не приняли всерьез этой шутки. Неужели вы допускаете, чтобы я с такой легкостью возвел на герцогиню столь тяжкое обвинение? Госпожа д'Этамп, если вы пожелаете, может сама показать вам письмо, вынутое из тайника. В нем действительно говорится о любви, но о любви Асканио к одной благородной девице. На первый взгляд такая любовь может показаться безумием, но Асканио, как всякий истинный художник, вообразил, что прекрасное творение достойно прекрасной девушки. Он использовал эту лилию в качестве посланца любви и вложил в нее письмо, в котором обращается к госпоже д'Этамп, моля ее, как провидение, о помощи. А ведь, как вам известно, сир, провидение всемогуще; и я полагаю, вы не станете гневаться на герцогиню, ибо, совершив это доброе дело, она приобщит к нему короля Франции. Вот и вся загадка, ваше величество! А если мои упражнения в красноречии оскорбили вас, простите великодушно! Вспомните, ваше величество, что вы всегда разрешали мне держаться в вашем присутствии просто и непринужденно.

Эта серьезная, почти строгая речь сразу все изменила. По мере того как Челлини говорил, лицо Дианы вытягивалось, лицо госпожи д'Этамп, напротив, прояснялось, а к Франциску I мало-помалу возвращалось хорошее настроение, и на лице его расцветала веселая улыбка.

– Простите, дорогая герцогиня! – воскликнул он. – Умоляю, простите меня за то, что я на секунду усомнился в вас! Скажите, чем я могу искупить свою вину и вернуть ваше расположение?

– Только тем, ваше величество, что исполните так же милостиво, как и мою, ту просьбу, с которой хочет обратиться к вам герцогиня, – ответил за фаворитку Бенвенуто.

– Челлини, вы знаете мое желание. Скажите о нем вместо меня, – произнесла госпожа д'Этамп гораздо любезнее, чем мог ожидать художник.

– Ну что ж, если госпожа герцогиня поручает мне быть ее посредником, разрешите сказать, сир, что она просит о вашем всемогущем вмешательстве в сердечные дела моего несчастного Асканио.

– Охотно вмешаюсь! – смеясь, воскликнул король. – Я от всей души желаю счастья этому славному подмастерью. Но как имя невесты?

– Коломба д'Эстурвиль, сир.

– Коломба д'Эстурвиль?! – вскричал Франциск I.

– Вспомните, ваше величество, что вас просит об этой милости герцогиня д'Этамп… Поддержите же мою просьбу, сударыня! – обратился Бенвенуто к герцогине, вновь вынимая из кармана злосчастное письмо. – Иначе его величество может подумать, что вы обращаетесь с этой просьбой просто из снисхождения ко мне.

– Вы действительно желаете этого брака, сударыня? – спросил Франциск I.

– Да, сир, желаю… – прошептала герцогиня. – Всем сердцем желаю…

Чтобы заставить госпожу д'Этамп несколько усилить свою просьбу, Бенвенуто пришлось еще раз показать кончик письма.

– Но я не знаю, – заметил Франциск I, – согласится ли прево назвать своим зятем человека без роду, без племени.

– Прежде всего, сир, – возразил Челлини, – прево, как верноподданный, должен желать лишь того, чего желает его король. Затем, Асканио вовсе не человек без роду, без племени. Его имя Асканио Гадди, и один из его предков был флорентийским подеста.[1] Правда, он золотых дел мастер, но в Италии занятие искусством не считается зазорным; и даже если бы Асканио не был древнего аристократического рода, он теперь французский дворянин, ибо я позволил себе вписать его имя вместо своего на грамоте, пожалованной мне вашим величеством. Не подумайте, сир, что это жертва с моей стороны. Для меня вознаградить Асканио – значит вдвойне вознаградить самого себя. Итак, Асканио владелец Нельского замка, и я позабочусь о том, чтобы у него не было недостатка в деньгах. Он сможет, если пожелает, оставить свое ремесло и приобрести роту копьеносцев или какую-нибудь должность при дворе. Я оплачу все расходы.

---

[1] Подест – выборный глава административной, военной, судебной власти во многих итальянских городах-республиках.

– А мы, разумеется, позаботимся о том, – сказал король, – чтобы такая щедрость не слишком истощила ваш кошелек.

– Так, значит, сир...

– Согласен, согласен! Пусть женихом будет Асканио Гадди, владелец Нельского замка! – от души смеясь, воскликнул король.

– Герцогиня, – вполголоса сказал Бенвенуто, – по совести говоря, вы не можете долее держать в Шатле владельца Нельского замка – это годилось лишь для подмастерья Асканио.

Герцогиня позвала одного из офицеров дворцовой стражи и тихо ему что-то сказала. Затем, повысив голос, добавила:

– Именем короля!

– Что вы приказали ему, сударыня? – спросил король.

– Ничего особенного, ваше величество, – ответил за нее Челлини. – Герцогиня послала за женихом.

– Но где же он?

– Там, где госпожа д'Этамп, зная доброту вашего величества, велела ему дожидаться воли короля.

Через четверть часа распахнулись двери приемной, где в ожидании Франциска I сидели Коломба, прево, граф д'Орбек, испанский посол и почти все сановники, за исключением виконта де Марманя, который все еще болел.

Служитель провозгласил:

– Его величество!

Вошел Франциск I под руку с Дианой де Пуатье, за ним между госпожой д'Этамп и Асканио, в лицах которых не было ни кровинки, следовал Бенвенуто Челлини.

При появлении короля все придворные обернулись к двери и, увидев эту странную группу, на секунду замерли в изумлении, а Коломба почувствовала, что вот-вот упадет в обморок.

Всеобщее удивление усилилось еще больше, когда, пропустив Челлини вперед, Франциск I во всеуслышание заявил:

– Маэстро Бенвенуто, уступаем вам на минуту наш сан и нашу власть. Говорите от имени короля Франции, и пусть все повинуются вам, как королю!

– Берегитесь, сир: желая удостоиться этой чести, я буду просто великолепен! – пошутил Челлини.

– Хорошо, хорошо, Бенвенуто, – смеясь, ответил король. – Мы станем рассматривать ваше усердие как желание нам польстить.

– Что ж, в добрый час, ваше величество! Такие слова мне по душе, и я постараюсь льстить вам как можно больше… Итак, – продолжал он, обращаясь к придворным, – не забывайте, пожалуйста, знатные дамы и господа, что моими устами говорит сам король! Господа нотариусы, приготовили вы контракт, который его величество удостаивает собственноручной подписи? Впишите же имена супругов.

Оба нотариуса взяли перья и положили перед собой два контракта, один из которых должен был храниться в государственном архиве, а другой – у них в конторе.

– Одна из сторон, вступающих в брак, – знатная и могущественная мадемуазель Коломба д'Эстурвиль.

– Коломба д'Эстурвиль, – машинально повторили нотариусы.

Придворные слушали Бенвенуто с величайшим удивлением.

– Другая сторона, – продолжал Челлини, – знатнейший и могущественнейший Асканио Гадди, сеньор Нельский.

– Асканио Гадди! – воскликнули одновременно прево и д'Орбек.

– Простой подмастерье! – с горечью добавил прево, обернувшись к Франциску I.

– Асканио Гадди, сеньор Нельский, – как ни в чем не бывало продолжал Бенвенуто, – которому король Франциск Первый, по своей великой милости, жалует французское подданство и должность управляющего королевскими замками.

– Если ваше величество приказывает, я готов повиноваться, – сказал прево, – но все же…

– По ходатайству Асканио Гадди его величество жалует мессеру д'Эстурвилю, прево города Парижа, титул камергера.

– Сир, я согласен, – сказал господин д'Эстурвиль, окончательно сдаваясь.

– О боже мой! Боже мой! Неужели это не сон! – пролепетала Коломба, падая на стул.

– А я? Как же я-то? – воскликнул д'Орбек.

– Что касается вас, граф, – заявил Челлини, продолжая выполнять королевские обязанности, – я пощажу вас и не назначу судебного расследования по вашему делу, хотя вы и вели себя непозволительно. Великодушие, так же как щедрость, – одна из добродетелей короля. Не так ли, сир?.. – проговорил он, обращаясь к Франциску I. – Но вот и контракты готовы. Давайте их подпишем, господа.

– Ну чем не его величество! – воскликнул Франциск I, веселясь, как школьник на каникулах.

Король подписал контракт и передал перо Асканио, а тот, начертав дрожащей рукой свое имя, отдал перо Коломбе, которой Диана помогла подняться со стула и подвела к столу, бережно поддерживая под руку. Руки влюбленных соединились, и оба чуть не потеряли сознание.

Затем настала очередь Дианы подписать контракт; от нее перо перешло к госпоже д'Этамп; герцогиня передала его прево, тот – графу д'Орбеку и, наконец, граф – испанскому послу.

А под всеми этими громкими именами четким, твердым почерком подписался Бенвенуто Челлини. А ведь его жертва была, пожалуй, самой большой.

Подписав контракт, испанский посол подошел к герцогине.

– Наш уговор остается в силе, не правда ли, сударыня? – спросил он.

– О господи! – воскликнула герцогиня. – Поступайте как знаете. Какое мне дело до Франции! Какое мне дело до целого мира!

Герцог поклонился и вернулся на свое место.

– Кажется, император намерен сделать герцогом Миланским не короля Франциска, а его сына? – спросил в эту минуту посла его племянник, еще молодой и неопытный дипломат.

– Герцогом Миланским не будет ни тот, ни другой, – ответил посол.

Тем временем присутствующие один за другим продолжали ставить свои подписи под контрактом.

Когда все подписались, Бенвенуто подошел к Франциску I и, опустившись на одно колено, проговорил:

– Сир, я только что приказывал, как король, а теперь молю вас, как самый смиренный и преданный из ваших подданных: окажите мне, ваше величество, последнюю милость!

– Говори, Бенвенуто, говори, – благосклонно ответил король, наслаждаясь сознанием своего королевского могущества. – Скажи, чего ты хочешь?

– Вернуться в Италию, сир, – ответил Бенвенуто.

– Как – в Италию?! – воскликнул король. – Тебе предстоит сделать для меня так много прекрасных вещей, а ты хочешь меня покинуть? Нет, я не согласен.

– Я вернусь! Клянусь вам, сир! Но сейчас отпустите меня. Я должен побывать на родине. Не стану говорить о том, что мне пришлось пережить и как я страдаю, – тихо добавил он, грустно покачав головой, – этого не передашь словами. Только воздух родины может излечить мое израненное сердце. Вы могущественны, щедры, ваше величество, и я люблю вас. Я непременно вернусь, как только солнце родины исцелит меня. К тому же я оставляю вам Асканио – мое второе «я» – и Паголо – мою правую руку; они заменят вам Бенвенуто, ваше величество. А когда ласковый ветер родной Флоренции развеет мою печаль, я вернусь, и тогда уж ничто на свете, кроме смерти, не разлучит нас!

– Поезжайте, – грустно согласился Франциск I. – Художник должен быть свободным, как ласточка. Поезжайте, Челлини!

И король протянул ему руку, на которой Бенвенуто запечатлел в знак благодарности почтительный поцелуй.

Перед уходом Челлини приблизился к герцогине д'Этамп.

– Вы очень гневаетесь на меня, сударыня? – спросил он, незаметно передавая ей роковое письмо, которое, подобно магическому талисману, только что совершило настоящее чудо.

– Нет, – сказала герцогиня, радуясь, что письмо наконец-то у нее в руках. – И все-таки вы победили меня таким оружием, что…

– Полноте, герцогиня! – прервал ее Бенвенуто. – Ведь я только пригрозил вам этим оружием. Неужели вы могли подумать, что я им воспользуюсь?

– Силы небесные! – воскликнула герцогиня, словно громом пораженная. – Как легко ошибиться, если судишь о других по себе!..

На следующий день Асканио и Коломбу обвенчали в дворцовой часовне Лувра, и, вопреки всем правилам придворного этикета, молодые настояли, чтобы на церемонии бракосочетания присутствовал Жак Обри с супругой.

Для Жака это была великая честь, но нельзя не согласиться, что скромный школяр вполне ее заслужил.

Глава 23. Брак из чувства долга

А через неделю Герман торжественно обвенчался с госпожой Перриной, которая принесла ему в приданое двадцать тысяч ливров серебром.

Поспешим добавить, что последнее обстоятельство гораздо больше, чем что-либо другое, способствовало его решению.

Вечером того дня, когда состоялась свадьба Асканио и Коломбы, Бенвенуто Челлини, сколько его ни упрашивали молодые, уехал во Флоренцию.

Там-то он и создал свою знаменитую статую Персея, еще и по сей день украшающую Старую дворцовую площадь.

И, пожалуй, это лучшее из произведений художника, ибо он трудился над ним в минуты величайших душевных мук.

ОГЛАВЛЕНИЕ